宋代文學論集

王基倫 著

臺灣 學生書局 印行

黃 序

　　王基倫兄彙輯近年所撰與宋代文學相關論文成《宋代文學論集》一書，即將付梓，屬序於啟方；忝在多年交遊，誼不容辭！

　　基倫兄新書十七篇論述，時間最早者為 1988 年 5 月發表於《國文天地》的〈畫荻刺字見慈暉──歐母、蘇母與岳母〉，表彰宋代三位成就一代直臣烈士的賢母：歐母畫荻、岳母刺字，人所熟悉，惟蘇軾母親能以范滂母自許，而期蘇軾以能如范滂有攬轡澄清之志一事，或為人所不知；基倫兄以蘇母與歐母、岳母並舉，是亦能發潛德之光，而蘇軾一生為生民立命、一無反顧之凜然氣慨，是亦無忝於賢母矣！1993 年基倫兄以蘇軾〈稼說送張琥〉文中「吾少也有志於學，不幸而早得與吾子同年」之「不幸」應做何解，提出辨析，文章簡而有力，頗得歐文丰神，與胡楚生教授所見相近，可以互參。此兩文蓋基倫兄牛刀初試，已見學殖。其後自 2000 年起，先後完成〈歐蘇散文創作與接受活動的考察〉（2003）、〈蘇軾對史事本義的追求──從〈省試刑賞忠厚之至論〉談起〉（2007）、〈歐陽脩古文的創作階段及風格嬗變〉（2009）、〈辛稼軒「以文為詞」的現象及其在文學發展史上的意義〉（2010）、〈北宋碑記文的發展〉、〈歐蘇文本互動之考察〉、〈朱熹的文學意圖：人間架構下的學術與文章〉（以上三篇均 2011）、〈宋朝三類不同的遺民〉、〈陳衍《石遺室論文》論宋代古文〉、〈綱目與血

脈：呂祖謙《古文關鍵》的評文觀點初探〉（以上三篇均 2012）、
〈評點學之筆法研究——從呂祖謙到金聖歎〉（2013）、〈中唐入
北宋時期古文家的「道統」說〉、〈北宋古文家繼承「道統」而非
「文統」說〉、〈曾鞏筆下的女性書寫：一個來自儒家生命的思
索〉（以上三篇均 2014）、〈蘇軾惠州期的思想變遷與會通〉（2015）
等十五篇論述，多屬近五年內作品，而且已先後刊登於國內一級學
術期刊，則可見基倫兄勤於研究著述之好學精神，固已獲得學界之
肯定。

　　十七篇論文中有關北宋者似以歐、蘇為主，然而上窮淵源，下
及流變，極見功力；如〈北宋碑記文的發展〉，基倫兄即提出擲地
有聲之結論：「北宋碑記文仍然繼承寫作規範的傳統，記命名緣
由、修建過程，忠實紀錄，以示不忘，保有碑記文的尺度，因此不
會與山水遊記混淆。北宋並未大量出現『變體』之作，有些『變
體』，雖然加入議論的內容，但是立言正大，垂範後世，仍然被世
人接受，給予極高的評價。北宋的碑記文數量遠勝於唐代，題材也
較唐代更為寬闊，尤其擴展了「學記」的題材。這時期大量的碑記
文，具有承先啟後的重要意義。」「碑記文」在北宋的發揚光大，
熟悉北宋文學發展者或都能留意，然如基倫兄以明確文字出之者，
前此似未曾見。又如〈中唐入北宋時期古文家的「道統」說〉、
〈北宋古文家繼承「道統」而非「文統」說〉二文，發明北宋文論
淵源於中唐之義，則與早年愚說暗合，故頗有見後浪推前浪之欣然
也！

　　世之研討宋代文學者，每重北宋而輕南宋，蓋元人修《宋史》
時，於〈文苑傳〉中，南宋文人所佔比例僅為北宋之緒餘，因受限
於資料也。近年《全宋文》、《全宋詩》、《全宋筆記》之編纂，

引發南宋文學研究之風氣,極為可喜。基倫兄避熟就生,由理學家呂祖謙與朱熹之文學觀點入手,是知理學與文學之互動不容輕忽。而清季「石遺室老人」陳衍乃一代宋學泰斗,其論宋詩、宋文之深邃見解,向為學界所重。基倫兄固熟諳於此,特就其《石遺室論文》中論宋代古文處考論,亦諸多證明,令人欽佩!本書於古文著力尤深,由唐入宋,成就特顯。十七篇論述,均可為見證。

昔先師張清徽先生嘗訓勉云:「兩宋為文史大國,無論文史、詩詞、小說、戲曲,可供研考的資料很多。」啟方得先師啟迪,致力於兩宋文史之研討蓋有年矣!古人有「皓首窮經」之嘆,啟方則自惟雖皓首欲窮一家而有所不能,以心餘而才力絀也。基倫兄從槐南羅聯添先生學,專研唐代文學,羅先生畢生治唐代文學,成就斐然,其縝密謹嚴之治學風格,聲揚國際;羅先生於本書出版前,以九十高齡猝然長逝,學界同悼!然基倫兄固已無忝為羅門高弟也。基倫兄年富力強,篤實勤學,猶如本師,他日大成,可以預卜。既承見屬,謹贅所見如上,並以共勉云!

乙未春月
莆陽 **黃啟方**
于新店心隱齋

自　序

　　涉入唐宋文學的研究領域，是從就讀臺灣大學中文研究所博士班開始的。當年羅聯添老師開設「唐代文學專題研究」這門課，帶領我們閱讀許多唐宋古籍，在原典中尋覓問題，勤找資料，那嚴謹治學的態度，至今難忘。羅老師曾提及傅樂成「唐型文化」與「宋型文化」有差異的觀點，不過，老師治唐不治宋，他說：「宋代文獻材料太多了，不好做。」他喜歡作唐代文學研究，把一個主題的相關材料全都找到，提出頗為完整的論述。

　　後來黃啟方老師出任臺大中文系主任、文學院院長，我是他任內畢業的學生，漸漸地與老師有些交談。老師在政治大學中文研究所開設過「唐宋文學專題研究」這門課，他的教法是「由唐入宋」，大約從中唐講起。熟悉唐宋研究的學者都知道，日本學者內藤湖南提出著名的「唐宋變革」理論，認為唐、宋二朝截然不同。他的說法歷經討論，最終為海內外多數學者所繼承，成為世界漢學界研究中國歷史的基本觀念。近年劉方回應了內藤湖南、傅樂成、還有陳寅恪「中唐論」、劉子健「兩宋之交論」的不同說法，直指唐宋變革非一蹴而就，乃是一個歷史的連續演進過程，因此他說：「由精神內核（宋學）、制度和物質三層文化建構而成的『宋型文化』始自中唐的安、史之亂，定型於南宋。」兩年前的春天，臺灣大學舉辦一場「中唐文學的變革」演講活動，邀請川合康三教授與

我交流對談。我們的共同看法仍然是：中唐李、杜、韓、柳以來的文學變革，對後世影響很大。

　　這麼多年來，我也因此持續關注唐代與宋代的文學研究領域。羅、黃兩位老師在傳道授業、為人處世方面給與我的鼓勵與啟發，一直感念在心。這本書正是多年來的研究心得，收錄十七篇文稿，分文學思想篇、文體與創作篇、接受與評點篇、附錄四部分，其中〈歐、蘇文本互動之考察〉、〈評點學之筆法研究——從呂祖謙到金聖歎〉、〈陳衍《石遺室論文》論宋代古文〉三篇，獲得國科會（今科技部）專題研究計畫 95、96、99 年度補助。書中許多篇論文，當年承蒙胡曉明（華東師範大學）、何寄澎（臺灣大學）、熊禮滙（武漢大學）、黃啟方（世新大學）、張高評（成功大學）、王次澄（中央大學）諸位教授的盛情邀請與協助，始得以發表刊登。特別要聲明的是，本書〈〈稼說送張琥〉文中「不幸」宜作何解？〉一文，原為解答讀者疑惑而作；正巧已有中興大學胡楚生教授釋疑在先，見解精闢道地。今徵得胡教授本人首肯，增添本書之內容。

　　我在臺灣師範大學開設「宋代文學專題研究」課程多年，先從呂思勉《宋代文學》一書開始討論起，再介紹海內外的相關研究成果。感謝歷年來上課的碩、博士班同學，尤其是去年的王潤農、廖本銘、吳蕎安、羅羽淳、竇敏慧、顏端緻、黃欣怡、李尉帷、廖筱慧九位同學，他們在課堂上熱烈地參與討論，像隻啄木鳥似的，找出舊稿諸多缺失，讓我有尋求改善的機會。

　　兩年前來到東京，參加了「第十七屆日本宋代文學談話會」，發表論文。在內山精也教授的帶領下，集合長久以來一直耕耘宋代文學的人共同討論，氣氛很熱烈。今年我承蒙內山教授的幫忙，來到早稻田大學訪問研究，也因此有暇整理舊稿，完成這本書。正在

此書即將付梓之際，忽然接到我的博士論文指導教授——前臺灣大學中文系主任羅聯添教授辭世的消息。我遠在扶桑，不克前往弔喪，只能寫下生平事略及追思文章。 羅師曾經在臺灣學生書局出版《唐代文學論集》，論述有據，蜚聲中外。在這等心情下出版此書，緬懷 師恩，追記前人腳步，感觸良多。

感謝黃啟方老師為本書寫序；也感謝傅武光老師為本書封面題字，他曾任臺灣師大國文學系主任，也是我大學求學時期的恩師。雖然得到這麼多人幫助，然而這本書還存在著不少缺點，尚請學者方家們不吝指正。因為，宋代文學材料實在太豐富了。

王基倫

謹序於東京早稻田大學中央圖書館四樓第九研究室

中華民國一〇四年（2015 年）八月

宋代文學論集

目　次

中唐入北宋時期古文家的
「道統」說

提　要

　　中唐韓愈提出「道統」說，領導古文運動，促成了宋代文化的形成。他們所指稱的「道」，既合乎儒家學說內容，也具體實踐在人倫日用生活之間，「道」是具體生活言行的展現，藉由「文」表現出來。唐、宋古文家重「道」又重「文」，不偏廢其一，對「道」的理解有其一致性。他們始終沒有落居於「道統」之外。後世道學家興起，開始大力批判古文家不能繼承「道統」的問題。本文以中唐入北宋時期為討論範圍，擇取代表作家的觀點，說明此一現象的形成原因。

關鍵詞：中唐，北宋，古文家，韓愈，柳宗元，李漢，柳開，趙湘，智圓

一、前言

　　隋朝末年，王通（仲淹，584-617）提出了「學者博誦云乎哉？必也貫乎道。文者苟作云乎哉？必也濟乎義」的主張。[1]他認為讀書必須能貫乎道，他的「道」主要是指來自儒家思想的一般原則，運用在人世生活間，這與他強調作文必須能濟乎義的觀點相通。然而，他的說法在當時並未獲得重視。

　　武后神功二年（698），有一篇佚名的〈曲阜縣令蓋暢墓誌銘并序〉，言及蓋暢「乾封二年，授雍州富平丞。丁憂，解。咸亨四年，授兗州曲阜令。……久居吏職，非其所好，秩滿，歸家不仕，以文史自娛，著《道統》十卷，誠千古之名作，一代之良才。」[2]這則資料中正式出現「道統」一詞，而且由一位文人官吏提出，可知唐朝人心中隱然有此一觀念。可惜原書早佚，不得其詳。近年又有學者提出「道統」一詞最早出現於南宋秦檜（1091-1155）〈宣聖七十二賢贊像記〉的說法，該文發現自明代吳訥（1372-1457）的文集，以「道統」來指稱古代周文王、孔子傳承至宋徽宗、宋高宗的關係，屬於政治權威公領域的理解。此說證明了後來朱熹在 1181 年提出的「道統」說，大步邁向私領域的解說有思想史上的重大意

---

[1]　〔隋〕王通：《文中子》（臺北：廣文書局，1965 年 8 月），〈天地篇〉，頁 15。

[2]　〔唐〕佚名：〈曲阜縣令蓋暢墓誌銘并序〉，收入吳鋼主編：《全唐文補遺》（西安：三秦出版社，1995 年 5 月），頁 351。有關此文的討論，可參考葉國良（1949-）：〈唐代墓誌考釋八則〉，《臺大中文學報》第 7 期，1995 年 4 月，頁 56-59。

義。[3]秦檜此文寫於南宋孝宗紹興二十五年（1155），對比可知，蓋暢、秦檜的說法並未引起廣大迴響，亦未影響到唐、宋文人，故而知之者鮮少。

　　文學史上著名的於唐、宋古文運動，仍須從中唐韓愈（昌黎，退之，768-824）、柳宗元（子厚，河東，773-819）談起，他們二人才明確地將「道」與「文」聯結起來，受到世人看重。韓愈〈重答張籍書〉[4]、〈與孟尚書書〉（《昌黎集》卷 18）等文，反覆申明孔子（丘，仲尼，前 551-前 479）到孟子（軻，前 372-前 289）、揚雄（子雲，前 53-18）一路相承下來的道統觀念；柳宗元更在〈答韋中立論師道書〉提出「文者以明道」的主張，[5]〈報崔黯秀才論為文書〉又說：「聖人之言，期以明道，學者務求諸道而遺其辭。辭之傳於世者，必由於書。道假辭而明，辭假書而傳，要之，之道而已耳。」（《柳集》卷 34，頁 886）韓、柳都認為讀書作文的終極目標是為了傳

3　參見李卓穎、〔美〕蔡涵墨（Charles Hartman）：“A Newly Discovered Inscription by Qin Gui: Its Implications for the History of Song Daoxue”, *Harvard Journal of Asiatic Studies* 70.2 (2010.12): pp.387-448. 此文已由邱逸凡譯成中文：〈新近面世之秦檜碑記及其在宋代道學史中的意義〉，刊載於《宋史研究論叢》第 12 輯（石家莊：河北大學出版社，2011 年 12 月），頁 1-57。

4　〔唐〕韓愈著，〔宋〕朱熹（晦庵，1130-1200）校：《朱文公校昌黎先生文集》（臺北：臺灣商務印書館，1979 年 11 月臺 1 版），四部叢刊正編第 34 冊，卷 14，頁 19-21。以下引用韓愈文皆依據此書，簡稱《昌黎集》，隨文標示卷次、篇名、頁碼，不另列註。

5　〔唐〕柳宗元著，吳文治（1925-2009）點校：《柳宗元集》（北京：中華書局，1979 年 9 月），卷 34，〈答韋中立論師道書〉，頁 873。以下引用柳宗元文皆依據此書，簡稱《柳集》，隨文標示卷次、篇名、頁碼，不另列註。

揚「道」，這是「文」的重大功能。稍後，韓愈的弟子李漢（835
前後）也在編纂《韓昌黎集》時提出「文者，貫道之器也」的說
法，[6]「道」與「文」合一，成為唐代古文運動的核心議題。中唐
以下，「道」與「文」兩者之間的互動關係屢被提起。陳寅恪
（1890-1969）認為：「綜括言之，唐代之史可分為前後兩期，前期
結束南北朝相承之舊局面，後期開啟趙宋以降之新局面，關於政治
社會經濟者如此，關於文化學術者亦莫不如此。」[7]多數學者同意
此觀點，認為中唐以下到北宋時期，形成了一種新型文化，王水照
（1934-）說：「從文化上看，唐朝代表了中國封建文化的上升期，
宋朝則是由中唐逐漸發展起來的新型文化的定型期、成熟期。」[8]
葛兆光（1950-）也說：「沒有中唐，何來兩宋。」[9]傅樂成（1922-
1984）也依據陳寅恪說法延伸出唐、宋文化的最大的不同點為：
「大體說來，唐代文化以接受外來文化為主，其文化精神及動態是
複雜而進取的」，「到宋，各派思想主流如佛、道、儒諸家，已趨

6　〔唐〕李漢：〈昌黎先生集序〉，收入〔唐〕韓愈著，〔宋〕朱熹校：
　　《朱文公校昌黎先生文集》，卷首，頁1。

7　陳寅恪：〈論韓愈〉，陳寅恪：《金明館叢稿初編》（收入陳美延
　　（1937-）、陳琉求（1929-）主編：《陳寅恪集》13種14冊，北京：三
　　聯書店，2001年7月），頁332。

8　詳見王水照主編：《宋代文學通論》（開封：河南大學出版社，1997年6
　　月第1版），緒論，〈一、宋型文化：中國傳統文化成熟期的型範〉，頁
　　2。

9　參見葛兆光：〈「唐宋」抑或「宋明」──文化史和思想史研究視域變話的
　　意義〉，《歷史研究》，2004年第1期，頁20。此外，柳立言（1958-）：
　　〈何謂「唐宋變革」？〉也對此問題有許多深入的討論，詳見《中華文史
　　論叢》，2006年第1期，頁125-171。

融合，漸成一統之局，遂有民族本位文化的理學的產生，其文化精神及動態亦轉趨單純與收斂。南宋時，道統的思想既立，民族本位文化益形強固，其排拒外來文化的成見，也日益加深。」[10]根據上述，唐、宋文化有比較大的差異，而新型宋代文化的形成，淵源自中唐的思想文化而來。這裡面，韓愈提倡的「道統」說，他所領導的古文運動，起了很大的作用。

郭紹虞（1893-1984）說：唐代開始出現「貫道說」（以筆為文），唐學重在文；至宋代則出現「載道說」（以「學」為文），宋學重在道。[11]他更扼要地點出：「唐人主文以貫道，宋人主文以載道。……貫道是道必藉文而顯，載道是文須因道而成，輕重之間，區別顯然。」[12]他發現中唐入北宋時期，「貫道說」到「載道說」這裡面起了微妙的轉變。柳宗元的「明道說」與李漢的「貫道說」較為接近，認為文學作品可以承載特定的思想、功能，以此觀念論文即可稱為「以文論文」；比較起來，「貫道」似乎比「明道」的語氣更強烈一些，也就是更強調「文」的自主性。周敦頤（1017-1073）的「載道說」則認為文學寫作的主要目的是承載「道」，此「道」主要是指以儒學思想為指導原則的文學觀、價值系統，為文學作品不可缺少的內容要素，以此觀念論文即可稱為「以道論文」。直到今日，論文、道關係，有二種傾向：一是偏主於道，一

10　傅樂成〈唐型文化與宋型文化〉，收入傅樂成：《漢唐史論集》（臺北：聯經出版公司，1977 年 9 月初版），頁 380。

11　郭紹虞：〈文學觀念與其含義之變遷〉，收入郭紹虞：《照隅室古典文學論集》（臺北：丹青圖書公司，1985 年 10 月臺 1 版），第 3 節，頁 100-104。

12　同前註，頁 100。

是偏主於文。前者論道必拘拘於儒家之說，兼具道德和社會之意義；後者對道之觀點較開闊，而道之性質較近自然之道。

　　然而，郭紹虞指稱「唐人主文以貫道，宋人主文以載道」的說法，與事實不符。這不是時代的區隔，而是從中唐到北宋時期，有一段漸進地變化的過程。到了北宋道學家興起之後，與古文家日趨矛盾對立，加入了作家身分立場不同的因素，造成了嚴重的區隔。問題不在古文家身上，不論唐代或宋代的古文運動，都十分一致，他們都重視「道」，主張「文以明道」，韓、柳、歐陽（脩，1007-1072）、蘇（軾，東坡，1036-1101）等人的基本路線是相同的。

　　以下主要討論一個問題：唐、宋古文家究竟如何看待「道」的問題，他們所謂的「道」，究竟指向什麼內容？這須從中唐古文家的觀念說起，而後再討論北宋初期的古文家如何認識「道」的問題，這之間是否有差異？當我們判別出唐、宋古文家的「道」的含義時，就能理解他們所指稱的「道統」是否也觀點一致。經由上述討論，預期對中唐至北宋「道統觀」之建立的相關問題，能作些釐清。

二、中唐時期「道源」觀念的展開

(一)韓愈

　　安、史之亂發生於玄宗天寶十四年（755），七年之後結束。韓愈對應於國家迅速衰敗的政局，一生崇奉儒學，排斥佛老，不遺餘力。他倡導以復興儒學運動為主軸的古文運動，於是寫下〈原道〉，提出了道統說：

日：斯道也，何道也？曰：斯吾所謂道也，非向所謂老與佛
之道也。堯以是傳之舜，舜以是傳之禹，禹以是傳之湯，湯
以是傳之文、武、周公，文、武、周公傳之孔子，孔子傳之
孟軻。軻之死，不得其傳焉。荀與揚也，擇焉而不精，語焉
而不詳。由周公而上，上而為君，故其事行；由周公而下，
下而為臣，故其說長。（《昌黎集》卷11，頁3）

　　這個堯、舜、禹、湯、文、武、周公、孔子、孟子代代相傳的
道統，雖說已於《孟子》書中略見雛形，[13]但亦可說是上承漢代揚
雄之說。揚雄說：「孔子習周公者也。」[14]又稱許孟子闢楊、墨，
自比於孟子，（《法言·吾子》卷第二，頁3）故韓愈述道統時增添周
公、孟子，乃更加完備。文中韓愈主張「明先王之道以道之」，亦
即以聖人之道讀書、治國、立言。（《昌黎集》卷11，頁1-3）韓愈在
〈答尉遲生書〉中說：「夫所謂文者，必有諸其中，是故君子慎其
實，實之美惡，其發也不揜，本深而末茂，形大而聲宏，行峻而言
厲，心醇而氣和；昭晰者無疑，優游者有餘，體不備不可以為成

13　《孟子·盡心下》：「孟子曰：『由堯、舜至於湯，五百有餘歲，若禹、
　　皋陶則見而知之；若湯則聞而知之。由湯至於文王，五百有餘歲，若伊
　　尹、萊朱則見而知之；若文王則聞而知之。由文王至於孔子，五百有餘
　　歲，若太公望、散宜生則見而知之；若孔子則聞而知之。由孔子而來至於
　　今，百有餘歲，去聖人之世，若此其未遠也；近聖人之居，若此其甚也，
　　然而無有乎？則亦無有乎爾。』」參見〔宋〕朱熹：《四書集注》（臺
　　北：學海出版社，1976年9月），頁218-219。
14　〔漢〕揚雄：《法言》（臺北：臺灣商務印書館，1979年11月臺1
　　版），四部叢刊正編第18冊，〈學行〉卷1，頁1。以下引用揚雄《法
　　言》皆依據此書，隨文標示卷次、篇名、頁碼，不另列註。

人，辭不足不可以為成文。」（《昌黎集》卷 15，頁 4）在〈答李翊書〉中說：「始者非三代、兩漢之書不敢觀，非聖人之志不敢存，……行之乎仁義之途，遊之乎《詩》、《書》之源，無迷其途，無絕其源，終吾身而已矣。」（《昌黎集》卷 16，頁 9）又在〈題哀辭後〉（801 年作）說：「思古人而不得見，學古道，則欲兼通其辭。通其辭者，本志乎古道者也。」（《昌黎集》卷 22，頁 3）這表明他學習古代聖人之道，讀聖人經典，是為了充實學養，這有助於習寫古文；而習寫古文的目的，是為了復興古道。復興古道、學寫古文，二者相輔相成。

值得注意的是，韓愈在〈進學解〉一文歷數三代、兩漢以來的聖賢典籍，從《尚書》、《春秋》講到揚雄、司馬相如（前 179-前 117）。（《昌黎集》卷 12，頁 2-4）在〈送孟東野序〉一文又提出自唐堯、虞舜以下歷代善鳴者的代表人物，從莊周（約前 350-約前 270）、屈原（約前 339-約前 278）、司馬遷（約前 145-前 86）、司馬相如、揚雄，一直講到唐代陳子昂（661-702）以下的代表作家。（《昌黎集》卷 19，頁 6-8）他的心目中似乎有一個源自儒家經典而來的文學家統緒。韓愈說：

　　唐之有天下，陳子昂、蘇源明、元結、李白、杜甫、李觀，皆以其所能鳴。其存而在下者，孟郊東野，始以其詩鳴。其高出魏、晉，不懈而及於古，其他浸淫乎漢氏矣。從吾遊者，李翱、張籍，其尤也，三子者之鳴信善矣。抑不知天將和其聲，而使鳴國家之盛邪？抑將窮餓其身，思愁其心腸，而使自鳴其不幸邪？三子者之命，則懸乎天矣。其在上也，奚以喜？其在下也，奚以悲？東野之役於江南也，有若不釋

然者，故吾道其命於天者以解之。（《昌黎集》卷19，頁7-8）

他將所有善鳴者納入文學寫作羣體，這裡顯然擴大了「道」的解釋。由此可知，文學寫作表現出來的具體內容，不再侷限於狹義的儒家思想，而是能表現時代精神、有所寄託之言。葛曉音（1946-）說：「韓、柳變歷代文人奉行的『達則兼濟』、『窮則獨善』的立身準則為『達則行道』、『窮則傳道』，並肯定了窮苦怨刺之言在文學上的正統地位，扭轉了以頌美為雅正的傳統文學觀。」[15]為了說明這一點，葛曉音對韓愈〈送孟東野序〉又說：

〈送孟東野序〉一文稱孟郊是善鳴者，又將陳子昂、元結、蘇源明、李白、杜甫、李觀、李翱、張籍等復古的同道與之並提，指出一個擅長文辭而有道的作家，總會通過他的詩文來反映時代的盛衰治亂，使他的名聲傳於後世。只是不知他將謳歌國家之盛明還是哀歎個人的不幸，這要取決於時代的發展和作家的遭際。這說明鳴國家之盛固然是明道，哀歎個人的不遇，為道德才學之士不得其位而鳴不平，同樣是明道。[16]

把這個意思擴大來說，「明道」、「行道」蘊含了「達者」在其位應該關心社會現實，也包括了「窮者」自鳴其心志，共同反映

15　葛曉音：〈論唐代的古文革新與儒道演變的關係〉，收入葛曉音：《漢唐文學的嬗變》（北京：北京大學出版社，1990年11月），頁174。

16　同前註，頁175。

時代的心聲，這都是「明道」的表現。羅宗強（1932-）認為，韓愈
「道」的具體內容就是「仁義」，「仁義的具體內容，最主要之點
就是聖人施博愛而臣民行其所宜。……在當時這樣做，目的有兩
個：一是反佛老，二是反藩鎮割據，強化中央政權。」[17]據此，羅
宗強說：

> 從以上兩點看，韓愈確實給儒家傳統文學觀的明道說加入了
> 與當時政治生活密切相關的內容，完全改變了他的前輩們那
> 種空言明道的性質。[18]

　　關於上述言論，呂正惠（1948-）明白表示：「我個人完全贊同
羅宗強的解說。大部分人都誤解了唐、宋古文家，以為他們只是
『空言明道』；其實不論是韓愈、柳宗元，還是歐陽脩、王安石
（1021-1086）、蘇軾，在他們所寫的實用文章和個人感懷作品中，
到處充滿了對現實政治的關懷，以及對具體生命的感受，這些都是
『明道』的具體表現。所以『文以明道』，翻成現代話，應該是，
以儒家博愛的精神關心現實、關心具體生命，並以文學加以表
現。」[19]葉國良也說：「『道』，據《論語》中所見孔子的詮釋，

17　參考羅宗強：《隋唐五代文學思想史》（上海：上海古籍出版社，1986
　　年8月），第6章第3節，〈韓愈、柳宗元的文體和文風改革與理論上的
　　建樹〉，頁237-238。

18　同前註，頁244-245。

19　呂正惠：〈韓愈〈師說〉在文化史上的意義〉，收入羅聯添教授八秩晉五
　　壽慶論文集編輯委員會：《羅聯添教授八秩晉五壽慶論文集》（臺北：臺
　　灣學生書局，2011年11月），頁195-196。

既指抽象的道理，也指具體的言行。那麼，文章家既可以寫發揮抽象道理的文章，更可以寫表揚善人的文章，因為具體的言行也是『道』。」[20]可見唐、宋古文家對「道」的理解有其一致性，「道」是具體生活言行的展現，不僅是周、孔之道，或是樸質無華的古文而已。

(二)柳宗元

與韓愈同聲相和的柳宗元、李漢等古文家，他們對「道」的解釋與韓愈相近，而又說明得更清楚，進而得知「道」就是儒家之道，是「文」的根本。柳宗元首先提出「明道」一詞，（詳前，本文頁 1）他在〈送元十八山人南遊序〉說明「道」的含義：「……悉取向之所以異者，通而同之，搜擇融液，與道大適，咸伸其所長，而黜其奇衺，要之與孔子同道，皆有以會其趣，而其器足以守之，其氣足以行之。」（《柳集》卷 25，頁 663）這裡明確地提出了融合異端文化的原則──伸長黜奇，具體作法是會通，會通的標準是「孔子之道」。在貞元十五年（799 年），柳宗元寫下〈柳公行狀〉讚美柳渾說：「凡為學，略章句之煩亂，採摭奧旨，以知道為宗；凡為文，去藻飾之華靡，汪洋自肆，以適己為用。」（《柳集》卷 8，頁181）羅宗強指出：「既是『以適己為用』，當然也就強調了情性，而並非強調明道。」[21]柳宗元看出「文」的主導力量，有其自

---

20 葉國良：〈中晚唐古文家對「小人物」的表彰及其影響〉，《長庚人文社會學報》，第 3 卷第 1 期，頁 1-18，2010 年 4 月，收入羅聯添教授八秩晉五壽慶論文集編輯委員會：《羅聯添教授八秩晉五壽慶論文集》，頁 443。

21 同註 17，頁 248。

身的獨立價值。故他說:

> 本之《書》以求其質,本之《詩》以求其恆,本之《禮》以
> 求其宜,本之《春秋》以求其斷,本之《易》以求其動,此
> 吾所以取道之原也。(《柳集》卷34,頁873)

這段引文中,柳宗元既指出了「五經」是文學寫作的「道源」
特徵,也認為本於「五經」可以尋獲創作的方法,進而獲得
「質」、「恆」、「宜」、「斷」、「動」等寫作風格的效果。於
他的想法,「道」即是文學創作之源,這是中國古代文學創作理論
中辯證思維的展現。如柳宗元〈楊評事文集後序〉云:

> 文有二道:辭令褒貶,本乎著述者也;導揚諷諭,本乎比興
> 者也。著述者流,蓋出於《書》之謨、訓,《易》之象、
> 繫,《春秋》之筆削,其要在於高壯廣厚,詞正而理備,謂
> 宜藏於簡冊也。比興者流,蓋出於虞、夏之詠歌,殷、周之
> 風雅,其要在於麗則清越,言暢而意美,謂宜流於謠誦也。
> 茲二者,考其旨義,乖離不合。故秉筆之士,恆偏勝獨得,
> 而罕有兼者焉。(《柳集》卷21,頁579)

此處柳宗元認為文雖二道,然皆起源於經,故「五經」為「道
源」,亦即文章寫作之總源。「五經」都被納入「文」的範圍內,
尤其「著述」之文可以敘述,可以議論,要寫得言詞嚴正,道理充
分,正足以證明柳宗元認為「以文明道」即是「以道為文」,
「道」與「文」二者絕非對立相悖難,而是相輔相成,可以並存。

　　另一方面，柳宗元寫有〈永州八記〉等傳世名篇，（《柳集》卷29，頁 762-773）這些文章表面上看來與儒家思想無多大關聯，然而，文學作品原本有其存在的情感、結構、特徵，並不一定要每篇文章都承載特定的思想。柳宗元〈零陵三亭記〉曾經說過：「邑之有觀遊，或者以為非政，是大不然。夫氣煩則慮亂，視壅則志滯。君子必有游息之物，高明之具，使之清寧平夷，恆若有餘，然後理達而事成。……在昔禆諶謀野而獲，宓子彈琴而理。亂慮滯志，無所容入。則夫觀游者，果為政之具歟？」（《柳集》卷 27，頁 737-738）這段話饒富趣味。柳宗元明白地提示眾人，當政者從事觀遊的活動，足以平心靜氣，這是養志的工夫，並不是毫無作為。由此推知，所謂的施行仁政、實踐儒家之道，並不是每日案牘勞形，皓首窮經一生，而是優游自在於日常生活中，生活中的百事百物，都可以陶冶性情，都可以寫入文章之中，因而他們都是「道」的具體落實。就這點來說，韓愈、柳宗元，以及後來的歐陽脩等人，他們都在生活中實踐了儒家之道，並沒有走上經學家注疏章句之學，或是道學家談論心性命理之學，而主要是以文學家的生命型態，在現實生活中傳承儒家聖賢之道。彼等觀念是十分相近的。

(三)李漢

　　柳宗元去世後不久，韓愈的弟子李漢在編纂《韓昌黎集》時，直接稱揚韓愈的作法是「文以貫道」。他在〈昌黎先生集序〉先說明《易》、《春秋》、《詩》、《書》、《禮》的內容「皆深矣乎」；而後用大量文字強調韓愈「日記數千百言，比壯，經書通念曉析。酷排釋氏；諸史百子，皆搜抉無隱。……日光玉潔，周情孔思，千態萬貌，卒澤於道德仁義，炳如也。」（《昌黎集》卷首，頁 6-

7）因此，他能領導唐代古文運動，以寫作古文的方式復興儒家之道：「洞視萬古，慜惻當世，遂大拯頹風，教人自為。時人始而驚，中而笑且排，先生益堅，終而翕然隨以定。嗚呼！先生於文，摧陷廓清之功，比於武事，可謂雄偉不常者矣！」（同上，頁7）依據李漢的說法，韓愈先有深厚的儒家思想的學養，沉浸於仁義道德之中，而後才能提倡寫古文以復興古道。這其中有一大段艱辛的努力過程。由此亦可知，李漢從韓愈身上看到的「文以貫道」作法，基本意義與柳宗元的「文以明道」說相近，都是主張「道」是儒家之道，「道」為學養，「文」為發用，二者互動、互補；「文」在傳揚「道」的過程中具有很大的主動話語權。就字面看來，「貫道」比「明道」的語氣更強，李漢對韓愈的稱頌也比柳宗元的夫子自道之言來得有力量許多。

　　陳弱水（1956-）《唐代文士與中國思想的轉型》一書的「總說」指出：

　　　　從文學與文化關係的角度觀察中唐思想的變局，韓、柳等人所領導的古文運動，有以下四個值得提出的特點。第一，在文學思想上，明確把「文」與「道」聯繫在一起，在此，「道」就是儒道，全無他意。第二，儘管仍然存在要求文章臣屬於「人文」的呼聲，一般不強求泯除文學與其他文化要素的界限，文學的獨特性受到肯定。第三，文章寫作和儒家復興有分離的跡象，對於儒道的探索往往獨立於文學論說。第四，興起了一個同時反映文學和思想變化方向的概念：

「古」。[22]

　　這段話說明了中唐韓、柳領導的古文運動影響力十分深遠。韓、柳確立以儒家之道為古文寫作的核心力量，文章寫作和儒學復興都必須能追求復古，但又能分開這兩方面來討論。不過，這裡指出「文章寫作和儒家復興有分離的跡象」，這點延續到北宋，產生了不同的效用。

三、北宋初期「道」、「文」對舉觀念的萌生

　　從唐代到宋代，古文運動和新儒學運動繼續沿承下去。以古文家為系統的文學理論大致認為「文」是生活意義的展現，文可以承載「道」。漸漸地，文章寫作和儒學復興有分離的跡象，這在初起時，不是來自道學家的說法，而是源自中唐以來思想變局的發展。

(一)柳開

柳開（948-1001）〈應責〉云：

> 古文者，非在辭澀言苦，使人難讀誦之；在於古其理，高其意，隨言短長，應變作制，同古人之行事，是謂古文也。……吾之道，孔子、孟軻、揚雄、韓愈之道；吾之文，

22　陳弱水：〈總說：中古傳統的變異與裂解——論中唐思想變化的兩條線索〉，收入陳弱水：《唐代文士與中國思想的轉型》（桂林：廣西師範大學出版社，2009年10月），頁49。

孔子、孟軻、揚雄、韓愈之文也。*23*

　　這裡所說的「古其理，高其意」，是指儒家之道的內容，而且內容勝過文辭的追求，這和韓愈「師其意，不師其辭」（《昌黎集》卷 18，〈答劉正夫書〉，頁 4）的說法是相通的。其後歐陽脩〈記舊本韓文後〉說：「天下學者亦漸趨於古，而韓文遂行于世。至于今，蓋三十餘年矣，學者非韓氏不學也，可謂盛矣！」（《歐集》卷 73，頁 10）這裡面有一個傳承，因此朱東潤（1896-1988）說：「大抵宋人儀型所在，多稱退之，古文領域至此不復開拓。」*24*

　　然而，柳開也可能是另一個轉折時期的關鍵人物。柳開雖然追求道與文的和諧統一，但是他已經將「吾之道」和「吾之文」並提，這種將「道」與「文」對舉的說法，在當時影響很大。羅立剛指出：「趙宋立國之後，『道統』論再次成為共同關注的對象時，宋儒的著眼點已不再是韓愈式的存異求同、二者兼取，而是更多地注意到二者之間的差別……。雖然宋初儒學的復興，曾以二統融通的形態出現，最初提倡儒學的柳開，也在精神上跟韓愈很接近。其闡文、道二統，表面上看，似乎是韓愈文道觀的宋代翻版，事實上，他將『吾之道』與『吾之文』並列對舉，已說明他心裡早就注意到『文』、『道』乃兩個不同系統這一事實。而且，視其『文』

<hr>

23　〔宋〕柳開：《河東先生集》（臺北：臺灣商務印書館，1979 年 11 月臺 1 版），四部叢刊正編第 39 冊，卷 1，〈應責〉，頁 11。以下引用柳開文皆依據此書，簡稱《河東集》，隨文標示卷次、篇名、頁碼，不另列註。

24　朱東潤：〈古文四象論述評〉，收入朱東潤等：《中國文學批評家與文學批評（三）》（臺北：臺灣學生書局，1971 年 10 月），頁 156。

為『孔子、孟軻、揚雄、韓愈之文』也在精神上與韓愈所提倡的
『不師其辭』迥異。」[25]這段話指明柳開的論述方式與韓愈有些微
小差異，乃源自於說精神層面的認知不同。

　　柳開認為韓愈一生志在彰明聖人之道，他在〈昌黎集後序〉一
文說：「聖人不以好廣于辭而為事也，在乎化天下，傳來世，用道
德而已。」（《河東集》卷11，頁3）可見他有重「道」輕「文」的觀
念。柳開另有一篇〈上王學士第三書〉說：

　　　文章為道之筌也，筌可妄作乎？筌之不良，獲斯失矣。女惡
　　　容之厚于德，不惡德之厚于容也。文惡辭之華於理，不惡理
　　　之華於辭也。（《河東集》卷5，頁7）

　　這裡更明白地視「道」與「文」為兩個物件，「道」是一個主
體性的存在，「文」是伴隨「道」而來的外在工具——文章。郭紹
虞指出：「這竟以道為本，以文為末，以道為目的，以文為手段；
儼然是後來道學家文以載道的口吻了。」[26]羅立剛指出：「柳開以
『筌』為喻，『文章』的功用具體而明確，就是為『道』服務。但
這種『筌』為『文章』的思想，與中唐人『文以明道』的思想又很
不相同：『明道』，重在『文』之本質、目的，其立論的基礎是
『文』、『道』相隨互動，『文』、『道』二者是互為體用的關

25　羅立剛：《史統、道統、文統——論唐宋時期文學觀念的轉變》（上海：
　　東方出版中心，2005年5月），第5章第4節，〈「道統」觀念下
　　「文」「道」關係述概〉，頁140-141。

26　郭紹虞：《中國文學批評史》（臺北：文史哲出版社，1982年9月），
　　上卷第6篇第1章第1節第2目，〈柳開與趙湘〉，頁308。

係;『道筌』之論,則直截了當是『文』之用,立論的基礎是『文』為『道』用,同時承認『文』作為『筌』的獨立性,是一種『文』、『道』分離的思想,以『道』為體『文』為用,與『道』相比,『文』具形而下之義。」[27]祝尚書(1944-)也指明:「柳開將『文』僅看作是『道』的無足輕重的外在形式,是女子『德』與『容』的關係,是漁夫『魚』與『筌』的關係,雖說『筌』不可『妄作』,那是因為『筌之不良,獲斯失矣』,即『文』不良不可以載『道』,而兩者並不在同一個層面上。因此,柳開『合一』論的實質是重道輕文,以文從道。」[28]據此可知,柳開開啟了「道」與「文」分離的思想,二者有輕重之分、主從之別。

也因此,柳開是站在獨尊聖賢經典的立場,貶抑了其他諸子、史傳、文集之作。柳開曾經說:「經聖人之手者,文無不備矣。文苟不備,則不得為世之法也,何足為聖人乎?」(《河東集》卷6,〈答臧丙第三書〉,頁9-10)又說:「六經之辯其文,兼其政,遂其用,簡于人,其功扶于時。」(《河東集》卷6,〈答臧丙第二書〉,頁6)祝尚書據此說明:「原來他理解的文是指『辯』,即儒家經典中的思辨和推理技巧,是『兼政』的政治文書,而只有這種『文』才適於時用,文學家所說的辭藻文采是『華而不實』,是淫詞蔓語,應當絕對排斥。」[29]別人問他:「百子皆書也,何獨經?」他回答說:「百子,鳥獸也;經,其龍也。」(《河東集》卷6,〈答陳

---

[27] 羅立剛:《史統、道統、文統——論唐宋時期文學觀念的轉變》,第9章第2節,〈「文」的新釋與「文」「道」分離〉,頁267-268。

[28] 祝尚書:《北宋古文運動發展史》(北京:北京大學出版社,2012年2月),第1章第3節,〈柳開「文、道一元論」的謬誤〉,頁26-27。

[29] 同前註,頁24。

昭華書〉，頁 2）別人再問他：「雜乎經史百家之言，苦學而積用，不有其功且大乎？」柳開就明白地指出：「如是，小矣。君子之文簡而深，淳而精，若欲用其經史百家之言，則雜也。」（《河東集》卷 2，〈上王學士（祜）第四書〉，頁 8）對各書評價不一，其中有些微詞。因此在他心底的想法是：「道」與「文」都出自聖人、賢人。聖賢之外的「道」不必說，聖賢之外的「文」他也十分鄙夷。他孜孜矻矻以求的是「儒者之學」，也就是聖賢經典之文，是「扶時」的政理文，是「有德者」之「言」。[30]明白及此，就能明白為何他對韓愈的文章也有所批評了，他說：

> 聖人之文章，《詩》、《書》、《禮》、《樂》也。……
> 《孟子》十四篇，軻之書也；揚之《太玄》、《法言》，雄
> 之書也；王氏六經，通之書也，焉學能至哉！韓氏有其文，
> 次乎下也。（《河東集》卷5，〈上王學士第三書〉，頁7）

關於這段文字，祝尚書解釋道：「在他看來，『文』除了經典，就是揚雄、王通這類『賢人』所著的『翼經』之書，文人的文集不在其中——雖然他自述『吾之文』時包含了韓愈，但這裡又說『次乎下』，原因是韓愈的『文』主要是詞章……」[31]綜上可知，柳開雖然主張「道」、「文」合一，但他也提出了重「道」輕「文」的觀念，他自謂其「文」：「專於政理之文，是我獨得于世

30　同前註，頁 23、24。

31　祝尚書：〈論宋代理學家的「新文統」〉，收入祝尚書：《宋代文學探討集》（鄭州：大象出版社，2007 年 12 月第 1 版），頁 83。

而行之。」（《河東集》卷 6，〈答臧丙第三書〉，頁 8）他的作法影響了
往後的發展。

(二)趙湘、智圓等人

柳開的主張有其影響力，大約經過了五十年之久散發出他的力
量。先是，比柳開稍晚的趙湘（959-993），仍然保有中唐以來
「道、文合一」的「道統」觀念，他的〈本文〉說：

> 靈乎物者文也，固乎文者本也。本在道而通乎神明，隨發以
> 變，萬物之情盡矣。……聖人者生乎其間，總文以括二者，
> 故細大幽闡，咸得其分。由是發其要為仁、義、孝、悌、
> 禮、樂、忠、信，俾生民知君臣、父子、夫婦之業，顯顯焉
> 不混乎禽獸。故在天地間，介介焉示物之變。蓋聖神者，若
> 伏羲之卦，堯、舜之典，大禹之謨，湯之誓命，文、武之
> 誥，公旦、公奭之詩，孔子之禮樂，丘明之褒貶，垂燭萬
> 祀，赫莫能滅。……《周禮》之後，孟軻、揚雄頗為本者，
> 是故其文靈且久；太史公亦漢之尤者也，揚雄呼其文為實
> 錄，道之所推耳。[32]

趙湘在此開宗明義的就提出文之本在道的觀念，並據此說明從
上古伏羲之卦以來，儒家之道統綿延不絕，堯、舜、禹、湯、文、
武、周公姬旦、召公姬奭到孔子、左丘明（前 556-前 451）、孟軻、

---

[32] 〔宋〕趙湘：《南陽集》（臺北：藝文印書館，1966 年），百部叢書集
成：武英殿聚珍版叢書，卷 6，〈本文〉，頁 3-4。

揚雄、司馬遷等人，形成一個具有典範意義的文學發展脈絡。在他的認知，儒家之道有著濃厚的道德教化作用，此所以歷代聖君賢士沿承此一道統，作為治國之根本。就現存文獻看來，當時廣義的文人——不論是佛教徒或經學家、古文家的身分不同，如孫何（961-1004）、智圓（976-1022）、孫復（992-1057）、石介（1005-1045）、契嵩（1007-1072）等人，都有相似的主張，[33]王水照說：「據有關記載來看，歐、蘇跟契嵩亦有交往。爭論佛統是契嵩平生大事，驚動朝野叢林，歐、蘇等人當亦有所聞。佛門與士大夫之間千絲萬縷的精神聯繫，幫助我們從更寬闊的視角範圍內，了解『統』的思想作為一種社會意識的普遍深入。」[34]在這個思想動盪、韓愈古文日漸復甦的年代，其中智圓和尚的看法尤其值得注意，[35]他的〈故錢唐白蓮社主碑文〉說：「國初以來，薦紳先生宗古為文，多斅韓退之之為

---

[33] 參見郭紹虞：《中國文學批評史》，上卷第 6 篇第 1 章第 1 節第 1 目，〈統的觀念〉、第 2 目，〈柳開與趙湘〉、第 3 目，〈石介與孫復〉，頁 303-314；以及曾棗莊（1937-）：《宋文通論》（上海：上海人民出版社，2008 年 12 月），第 1 編第 3 章第 1 節，〈文、道之爭〉，頁 143-144、150-153。

[34] 王水照：〈北宋的文學結盟與尚「統」的社會思潮〉，收入孫欽善（1934-）、曾棗莊、安平秋（1941-）、倪其心（1934-2002）、劉琳（1939-）主編：《國際宋代文化研討會論文集》（成都：四川大學出版社，1991 年 10 月），頁 272。

[35] 智圓在宋代學術發展過程中值得注意，參見漆俠（1923-2001）：《宋學的發展和演變》（石家莊：河北人民出版社，2002 年 10 月），第 2 編第 4 章，〈宋學形成前儒釋道三家思想的滲透、溝通及其向縱深處發展（上）：釋智圓對儒學思想的認識〉，頁 140-159。

人，以擠排釋氏為意。」[36]於是他也重視儒家之道，提倡古文。
〈送庶幾序〉一文中說：

> 夫所謂古文者，宗古道而立言，言必明乎古道也。古道者
> 何？聖師仲尼所行之道也。……古文之作，誠盡此矣，非止
> 澀其文字，難其句讀，然後為古文也。果以澀其文字、難其
> 句讀為古文者，則老、莊、楊、墨異端之書，亦何嘗聲律耦
> 對邪？以楊、墨、老、莊之書為古文可乎？不可也。……故
> 為文入於老、莊者謂之雜，宗於周、孔者謂之純。……孟
> 軻、揚雄之書，排楊、墨，罪霸戰，黜浮偽，尚仁義，先儒
> 文之純也。吾嘗試論之，以其古其辭而倍於儒，豈若今其辭
> 而宗於儒也。今其辭而宗於儒，謂之古文可也；古其辭而倍
> 於儒，謂之古文不可也。[37]

智圓很深入地討論「文」、「道」關係，將文學的起源歸之於
道，這個「道」是文學創作的內在本源，與文學本身的藝術性無
關，它只是智圓通過個人的價值判斷所建構出來的文學起源觀，而
此個人價值判斷是在儒家的系統之中。因此曾棗莊在《宋代文學編
年史》評述智圓：「智圓除通佛學典籍外，又喜讀儒家經典，學古
文以通其道，吟詩以賦其性情。其論文重道輕文，以為古文非澀其

36　〔宋〕釋智圓：《閒居編》，收錄於金程宇（1972-）編：《和刻本中國
　　古逸書叢刊》（南京：鳳凰出版社，2013 年 4 月），上冊，卷 33，頁
　　460-461。

37　同前註，上冊，卷 29，頁 408-411。

文句，難其句讀而已，當宗古道以立言，推崇韓愈『高文七百篇，炳若日月懸』。」[38]

當此時，「道」的重要性高過「文」，「道」與「文」的關係是「道、文合一」。郭紹虞說：「宋初一般人之『統』的觀念，大概猶混文與道而言之。」[39]這個現象，有更深層的存在原因。王水照說：「北宋佛、儒之間的交融吸取日益成為一種歷史趨勢，在『統』的問題上，兩家也有十分相類的思路。……智圓，在〈對友人問〉中也宣揚周公、孔子、孟軻、揚雄、王通、韓愈、柳宗元的儒家道統。在〈敘傳神〉中，他又說：『仲尼得唐、虞、禹、湯、文、武、姬公之道，仲尼既歿，能嗣仲尼之道者，推孟軻、荀卿、揚子雲、王仲淹、韓退之、柳子厚而已。』」[40]可見在中唐時期，韓愈原本是受到佛教影響而提出道統說，[41]而到了北宋初期，佛教徒們又以儒家思想為「道源」，建構出文學創作之源在此，這是當時大多數文人的共同看法。宋初文人不論是儒家或是佛家的背景，都已經有了「統」的觀念，只是當時他們不重視文學本質的藝術特徵，而重視儒家思想為「道」的基礎，這點是大多數人的共同看法。是故郭紹虞又說：「因此，可知宋初一般人論文，大率傾向於

---

[38] 曾棗莊、吳洪編：《宋代文學編年史》（南京：鳳凰出版社，2010 年 4 月），卷 1，〈乾興元年壬戌（1022）〉，頁 345。

[39] 郭紹虞：《中國文學批評史》，上卷第 6 篇第 1 章第 2 節，〈文與道之偏勝與三派之分歧〉，頁 322。

[40] 同註 34，頁 271。

[41] 陳寅恪〈論韓愈〉說：「退之自述其道統傳授淵源固由孟子卒章所啟發，亦從新禪宗所自稱者摹襲得來也。」又再次強調：「退之道統之說表面上雖由孟子卒章之言所啟發，實際上乃因禪宗教外別傳之說所造成，禪學於退之影響亦大矣哉！」（參見陳寅恪：《金明館叢稿初編》，頁 320、321。）

道的方面。」[42]由此可知，中唐韓愈道統說已經深入至北宋人的心中。

實則，柳開既主張「道、文合一」，又提出「道」與「文」分離的思想，預示了這是個思想觀念鬆動而即將有所轉變的時代。到了後來北宋道學家興起，理學思想漸成氣候，他們認為「道」是文學不可缺少的本質要素，所有文章必須「以道論文」，於是漸漸地發展出「道統」與「文統」二分的說法，也就是以道學家為主體者，認為「道」是本，「文」是末，主張「以道論文」，由他們建立起「道統」；至於所有以古文家為主體者，就是「文」為本，「道」為末，他們是「以文論道」，他們只能歸入「文統」之列。這是北宋道學家興起之後，他們對應於宋代古文興盛的現象所作的反撥。

四、結語

本文討論了中唐入宋時期的「道」與「文」互動發展，發覺了幾項事實：

一、在前述「道統」與「文統」之建構中，我們觀察到古文家與道學家都有崇古、尊聖、宗經的主張，但是重點有同有異。他們的相同點都是「道勝於文」，不同點則是道學家認為古文家先文後道，甚至於學文棄道，古文家其實並非如此。

二、韓愈領導的古文運動，旨在復興儒家之道，同時提倡古文的寫作，因此他們重視「道」、「文」合一，「道」、「文」並

---

[42] 同註26，頁309-310。

重，甚至於時有重「道」輕「文」、先「道」後「文」的主張。因此古文運動的核心主張在於「明道」、「貫道」，古文運動的關注重心在「道」同時也不輕視「文」。這個觀念，為北宋古文家所繼承。

三、首先將「道」、「文」分別討論者，始於北宋初期的柳開。柳開「文章為道之筌」的說法，開啟了周敦頤「文以載道」之說，他們把「文」當作工具，強調「道」的主導性。宋初「道」、「文」分途的背景因素，由此產生。如果與韓愈〈進學解〉對經、史、子、集「含英咀華」的態度比，柳開顯然對「文」的理解要狹窄得多。

四、北宋古文家從來沒有置身於道統之外，寫作古文即是提倡古道，道統從未離他們遠去，古文也因此享有崇高的地位。學者指出：「古文運動的儒學復興運動本質，決定了學術界關注的中心、重心在『道』而不在『文』。」[43]這就說明瞭唐、宋古文家為什麼始終關注「道」這個論題，並提出重道的文學主張。

本文僅討論中唐至北宋初期為止，到了歐陽脩、蘇軾領導文壇以後，局面有所改觀；而道學家的批評也日漸深刻。相關討論，請參見筆者的下一篇論文：〈北宋古文家繼承「道統」而非「文統」說〉。

（胡曉明主編：《古代文學理論研究》，第 37 輯〈美的觀點與中國文論〉，上海，華東師範大學出版社，2013 年 12 月。）

---

[43]　羅立剛：《史統、道統、文統──論唐宋時期文學觀念的轉變》，第 9 章第 1 節，〈「文統」概念的提出及其發展過程〉，頁 260。

北宋古文家繼承「道統」
而非「文統」說

提　要

　　北宋古文家認為孔子、孟子、韓愈、歐陽脩一脈相承，早已建立了儒家道統在我身上的共識，古文家自認繼承了「道統」。古文家與道學家的相同點都是「道勝於文」，道學家也能肯定古文家以深厚的學養而從事寫文章。不同點則是：道學家認為古文家先文後道，甚至於空言明道、學文棄道。古文家其實並非如此。

　　本文檢索宋人的材料，並未發現北宋古文家捨棄「道統」，轉而自認為繼承「文統」的說法。然而，後人將「道統」與「文統」二分對舉，其說法過於簡化，一直發展到清朝，更有人認為「道統」由道學家所繼承，古文家不在其內，古文家只能繼承「文統」。這個說法，不合乎北宋古文家寫作古文的初衷，不適用於他們身上。

關鍵詞：道，文，道統，文統，道學家，古文家

一、前言

　　北宋周敦頤（1017-1073）提出了「文以載道」說以後，（詳見第三節）家喻戶曉，甚至以此為唐、宋古文運動的首要主張。周敦頤「載道說」的重點在於「道」，認為文學寫作的主要目的是承載「道」，此「道」主要是指以儒學思想為指導原則的文學觀、價值系統，為文學作品不可缺少的內容要素。因此，近人郭紹虞（1893-1984）說：「古文家自有其文統的觀念，而道學家也自有其道統的觀念。……宋初一般人之『統』的觀念，大概猶混文與道而言之。到後來，道學家建立他們的道統，古文家建立他們的文統，便各不相謀了。」*1* 爾後多位學者也步其後塵，直接將「道統」歸入道學家、「文統」歸入古文家，且用前者來指稱北宋道學家以下「以道論文」的發展，後者用來指稱唐、宋古文家以下「以文論文」的發展。*2*

1　郭紹虞：《中國文學批評史》（臺北：文史哲出版社，1982 年 9 月），
　　上卷第 6 篇第 1 章第 2 節，〈文與道之偏勝與三派之分歧〉，頁 303、
　　322-323。

2　多位學者顯然受到郭紹虞的影響，譬如何寄澎（1950-）：《唐宋古文新
　　探》（臺北：大安出版社，1990 年 5 月）、《北宋的古文運動》（臺
　　北：幼獅文化事業公司，1992 年 8 月）、張毅（1957-）：《宋代文學思
　　想史》（北京：中華書局，1995 年 4 月）、羅立剛（1968-）：《宋元之
　　際的哲學與文學》（上海：復旦大學出版社，1999 年 6 月）、羅立剛：
　　《史統、道統、文統——論唐宋時期文學觀念的轉變》（上海：東方出版
　　中心，2005 年 5 月）、彭亞非（1955-）：《中國正統文學觀念》（北
　　京：社會科學文獻出版社，2007 年 5 月）等書，基本上是延伸郭紹虞之
　　說而闡之更密。

　　考察北宋歐陽脩（1007-1072）、曾鞏（南豐，文定公，1019-1083）、蘇軾（東坡，文忠公，1036-1101）等人的文學觀念，他們始終以儒家信徒自居，主張道、文並重。自韓愈（昌黎，退之，768-824）寫下〈原道〉、[3]提倡了「道統」說以來，他就是孔、孟之後儒家道統的重要傳人，那麼北宋古文家也以繼承韓愈以來的道統觀念自居，他們就不會認為自己在「道統」之外，而以「文統」的繼承者自居。被稱為北宋「文統」的代表人物歐陽脩與蘇軾等人，終其一生從來沒有使用過「文統」這個名詞。郭紹虞所謂「古文家建立他們的文統」的說法，令人滋生疑竇。

　　如果說歐、蘇等人因為身為文學家的身分就不能在「道統」之列，而必須是「文統」的代表人物，這是否合理？採用「道統」、「文統」並舉的概念，將北宋古文家列入「文統」的作法是否恰當？這是本文想要討論的問題。以下主要分從兩個面向進行討論，一是北宋古文家究竟如何提倡「道統」觀念；二是北宋以下的道學家如何批判古文家不能繼承「道統」的問題，其觀念是否正確？經由反覆辯證之後，方能提出本文的結論。

二、古文家重「道」的文學觀

　　唐代韓愈所領導的古文運動，其出發點在於提倡古文、復興儒

3　〔唐〕韓愈：〈原道〉，收入〔唐〕韓愈著、〔宋〕朱熹（晦庵，1130-1200）校：《朱文公校昌黎先生文集》（臺北：臺灣商務印書館，1979年11月臺1版），四部叢刊正編本，第39冊，卷11，頁1-4。以下引用韓愈文皆依據此書，簡稱《昌黎集》，隨文標示卷次、篇名、頁碼，不另列註。

家之道。宋代歐陽脩所領導的古文運動，其出發點與之相同，如出一轍，兩者都是提倡古文、復興儒家之道。韓愈提出「不平則鳴」說，歐陽脩主張「窮者而後工」，[4]韓、歐二人的文學觀念有高度的相似性。

(一)歐陽脩

首先，歐陽脩繼承傳統「先道德而後文章」的文道觀，強調「道」的主導作用。他說：

> 聖人之文，雖不可及，然大抵道勝者，文不難而自至也。故孟子皇皇不暇著書，荀卿蓋亦晚而有作；若子雲、仲淹，方勉焉以模言語，此道未足而彊言者也。後之惑者，徒見前世之文傳，以為學者文而已，故愈力愈勤而愈不至，……道未足也。若道之充焉，雖行乎天地，入於淵泉，無不之也。（《歐集》卷47，〈答吳充秀才書〉，頁8）

> 學者當師經，師經必先求其意。意得則心定，心定則道純，道純則充於中者實，中充實則發為文者輝光，施於世者果致。（《歐集》卷68，〈答祖擇之書〉，頁9）

4　〔宋〕歐陽脩：《歐陽文忠公集》（臺北：臺灣商務印書館，1979 年 11 月臺 1 版），四部叢刊正編本，第 49-50 冊，卷 42，〈梅聖俞詩集序〉，頁 10-12。以下引用歐陽脩文皆依據此書，簡稱《歐集》，隨文標示卷次、篇名、頁碼，不另列註。

聞古人之於學也，講之深而信之篤。其充於中者足，而後發
乎外者大以光。譬夫金玉之有英華，非由磨飾染濯之所為，
而由其質性堅實而光輝之發自然也。《易》之〈大畜〉曰：
「剛健篤實，輝光日新。」謂夫畜於其內者實，而後發為光
輝者，日益新而不竭也。故其文曰：「君子多識前言往行，
以畜其德。」此之謂也。（《歐集》卷 69，〈與樂秀才第一書〉，
頁 10）

　　上述主張，說明了道為文之根本，有「道」而後有「文」，
「文」的根源力量來自於「道」的修養是否充實，因而學者必先師
經、畜德，培養出內在良好的質性，而後才有好文章。為了培養人
心中具體存在的良好的質性，必須「多識前言往行」，反覆思考端
正自己的品行，這應當是長久日積月累的工夫而來。對儒家人物來
說，從小開始就修養品行，歷經不同年齡層的生命體驗，最後才有
「七十而從心所欲，不踰矩」[5]的修養境界。然而此一境界，實由
一生不斷地修養工夫得來，因此境界即工夫，工夫即境界，如果自
以為已經得到此境界，當下放棄過去所修持的工夫，則此境界亦將
瞬間灰飛煙滅。歐陽脩〈與樂秀才第一書〉一文說：「夫欲充其
中，由講之深，至其深，然後知自守。能如是矣，言出其口而皆
文。」（《歐集》卷 69，頁 11）反覆說明的也是這個意思。

5　〔魏〕何晏（195?-249）集解，〔宋〕邢昺（932-1010）疏：《論語注
　　疏》（臺北：藝文印書館，十三經注疏 8，嘉慶 20 年江西南昌府學開雕
　　重刊宋本，1989 年 1 月），卷 2，〈為政第二〉，頁 2。以下引用此書
　　時，隨文標示卷次，不另列註。

　　歐陽脩對道的解釋，主要就是儒家的學問思想，故要充實學養以從事古文創作，就必須先讀儒家六經典籍。歐陽脩〈條約舉人懷挾文字札子〉說：「臣伏見國家自興建學校以來，天下學者日盛，務通經術，多作古文，其辭藝可稱，履行修飭者，不可勝數。」（《歐集》卷 111，《奏議》卷 15，頁 1）可見通曉經術與學作古文是密不可分的。然而認真地檢討起來，他所認知的經書內容與當代道學家有些不同。譬如他寫於明道二年（1033）的〈與張秀才第二書〉說：

> ……述三皇太古之道，捨近取遠，務高言而鮮事實，此少過也。君子之於學也，務為道，為道必求知古；知古明道，而後履之以身，施之於事，而又見於文章而發之，以信後世。其道，周公、孔子、孟軻之徒常履而行之者是也；其文章，則六經所載，至今而取信者是也。其道易知而可法，其言易明而可行。……孔子之言道，曰：「道不遠人。」言〈中庸〉者曰：「率性之謂道。」又曰：「可離非道也。」……凡此所謂道者，乃聖人之道也。此履之於身，施之於事，而可得者也。……孔子之後，惟孟軻最知道，然其言不過教人樹桑麻、畜雞豚，以謂養生送死為王道之本。……其事乃世人之甚易知而近者，蓋切於事實而已。（《歐集》卷 66，頁 5-7）

　　他指明六經、《論語》、〈中庸〉、《孟子》等書的主要內容，乃是「切於事實」，反映日常生活；又揭示聖人之道簡易明白，就在修身、行事之中表現出來，很具有實踐價值。這樣的意

思，在景祐元年（1034）作〈代人上王樞密求先集序書〉時，曾經引用《左傳》襄公二十五年記錄孔子的話：「言之無文，行而不遠。」6就此作更進一步的發揮：

> 君子之所學也，言以載事，而文以飾言，事信言文，乃能表見於後世。《詩》、《書》、《易》、《春秋》，皆善載事而尤文者，故其傳尤遠。（《歐集》卷67，頁1）

他既肯定以儒家思想為主導的文學觀，也十分肯定記事信實，文彩優美，兩者搭配得宜，才能構成流傳久遠的條件。在〈試筆〉一卷也說：「漢之文士，善以文言道時事，質而不俚，茲所以為難。」（《歐集》卷130，〈漢人善以文言道時事〉，頁7）可見歐陽脩對於古文的語言有其獨特看法。後來，他在康定元年（1040）寫下的〈答吳充秀才書〉也說：

> 夫學者未始不為道，而至者鮮焉。非道之於人遠也，學者有所溺焉爾。蓋文之為言，難工而可喜，易悅而自足。世之學者，往往溺之，一有工焉，則曰：「吾學足矣」，甚者至棄百事不關於心，曰：「吾文士也，職于文而已。」此其所以至之鮮也。（《歐集》卷47，頁7-8）

6　〔周〕左丘明傳、〔晉〕杜預（222-284）注、〔唐〕孔穎達（574-648）疏：《春秋左傳注疏》（臺北：藝文印書館，十三經注疏6，嘉慶20年江西南昌府學開雕重刊宋本，1989年1月），卷36，〈襄公二十五年〉，頁623。

　　這裡看出歐陽脩認為「文」如果脫離了「道」，即失去了存在的價值。[7]歐陽脩在重道以充文的過程中，把「道」落實到人間萬事萬物上面，加入了「百事」這個條件，建構了道→事→文的進路，文士必須關心現實生活中發生的事件，關心人間的萬事萬物，將其納入寫作的範圍。[8]這就與空言古道、漠視現實者，劃清了界線。在〈與黃校書論文章書〉一文說：「見其弊而識其所以革之者，才識兼通，然後其文博辯而深切，中於時病而不為空言。」

7　郭預衡（1920-2010）：《中國古代文學史長編・宋遼金卷》（北京：首都師範大學出版社，2000 年 9 月），第 3 章第 1 節 2，〈歐陽脩的文學主張〉，頁 111。

8　郭紹虞解讀此文說：「歐陽脩之所謂道，雖然是儒家傳統之道；但作為道的具體內容，則是現實生活中的『百事』。論文而推原於道，論學道而歸之於關心現實生活中的『百事』，關心現實生活中的『百事』而道在其中，這樣，就給文士們指出了對待現實的正確態度，也說明了文章是不可脫離現實的。這種平實而淺易近人的看法，不似石介等人論道之陳腐；和後來一般道學家的空談心性，更是背道而馳的。」參見郭紹虞：《中國歷代文論選》（臺北：木鐸出版社，1980 年 5 月），中冊，〈答吳充秀才書・說明〉，頁 31。羅根澤（1900-1960）《中國文學批評史》也說：「歐陽脩步趨韓愈的地方確是很多，但近於韓愈的地方也不少，最重要的就是『事信言文』。他以『事信』釋『道勝』，認為只是『知古明道』還不夠，必須『履之以身，施之於事，而又見之於文章』。」參見羅根澤：《中國文學批評史》（臺北：學海書局，1990 年 2 月），第 6 篇第 3 章第 3 節，〈「道勝文至」與「事信言文」〉，頁 644。楊慶存（1954-）也說：「對『道』的認識，前期古文家多囿於儒家傳統，偏重倫理綱常，而歐陽脩、蘇軾則以『百事』、『萬物』為道，以『事實』為道，涵延深廣。」參見楊慶存：《宋代散文研究（修訂版）》（北京：人民文學出版社，2002 年 9 月），第 7 章第 3 節，〈體派共生的多元複合羣體：歐蘇古文派〉，頁 163-164。

（《歐集》卷 67，頁 5）在〈薦布衣蘇洵狀〉一文又說：「文章不為空言而期於有用。」（《歐集》卷 110，頁 14）可知歐陽脩重具體、尚實際，而不好空言。類似的見解，在至和元年（1054）所作〈送徐無黨南歸序〉也明確表示過：「其所以為聖賢者，修之於身，施之於事，見之於言，是三者所以能不朽而存也。」（《歐集》卷 43，頁 2）歐陽脩去世後，其子歐陽發（1040-1085）追述而成的〈先公事迹〉說：「先公在河北，既被朝廷委任之重，悉力經管。凡一路官吏能否，山川地理財產所出，兵糧器械、教閱陣法，一一別為圖籍，盡四路之事，如在目前。或問公曰：『公以文章儒學名天下，而治此俗吏之事乎？』公曰：『吏之不職，吾所愧也。系民休戚，其敢忽乎？』」（《歐集》附錄，頁 2）可見歐陽脩是位身體力行的實踐者。

　　歐陽脩用這樣的方式闡揚儒家之道，因而開展出宋代文章的一大特點——高度的現實性。在他的領導之下，「言政遂成為古文家的主要內容」，[9]這造成了宋文除了有以講學為出發點而興起的言道之文以外，還有另一個以論政為目的的議論之文，前者有很強的哲學性，後者有很強的時代性。[10]尚可補充說明的是，歐陽脩關心百事，這還包括過去的歷史事件，可以鑒往知來，做為今日施政的參考。歐陽脩撰寫了《新五代史》，其中討論〈宦者傳〉、〈伶官傳〉等文章，都具有高度的時代意義，也鼓動了宋人喜歡寫史論的風潮。中唐韓愈曾經表明不願寫史書，受到柳宗元的斥責。（《柳集》卷 31，〈與韓愈論史官書〉，頁 807-809）晚唐杜牧（803-852）曾經評

9　郭預衡：《中國古代文學史長編·宋遼金卷》，第 1 章第 2 節 2，〈宋文的總特點及分期〉，頁 40。

10　同前註，頁 38。

論歷史事件,有〈阿房宮賦〉等名篇,[11]但是他沒有提出重視史事的文學主張。在中唐入宋時期,真正能將「道」從理論層面經由「關心百事」而具體落實到「文」這個創作層面者,非歐陽脩莫屬。

(二)蘇軾、曾鞏、秦觀等人

歐陽脩是北宋古文運動的掌舵者,他主張學習儒家經典,提出關心百事,不託之空言,這些都比韓愈、柳宗元「文以明道」的觀念更進一步。蘇軾也曾經論述六經與經世致用的關係:「故知禮樂者可與言化,通《春秋》者長於治人。蓋三代之所常行,於六經可以備見。」[12]可見在落實經學、經世致用方面,歐、蘇二人的理念十分相近。在文藝雕飾方面,歐陽脩曾經主張:除去文飾,歸彼淳樸。(《歐集》卷 74,〈斲雕為樸賦〉,頁 11-12)蘇軾〈回喬舍人啟〉也說:「文章以華采為末,而以體用為本。」[13]蘇軾〈答謝民師書〉引用孔子「言之不文,行而不遠」、「辭達而已矣」的話,強調文辭暢達,不必「好為艱深之辭,以文淺易之說。」(《經進集》卷 46,頁 780)這些觀點都是源自儒家文質並重,而又「繪事後素」

---

11 〔唐〕杜牧:《樊川文集》(臺北:臺灣商務印書館,1979 年 11 月臺 1 版),四部叢刊正編本,第 37 冊,卷 1,〈阿房宮賦〉,頁 1-2。

12 〔宋〕蘇軾著、孔凡禮(1923-2010)點校:《蘇軾文集》(北京:中華書局,1986 年 3 月初版),第 4 冊,卷 46,〈謝秋賦試官啟〉,頁 1334。以下引用蘇軾此書時,隨文注明卷次、篇名、頁碼,不另列註。

13 〔宋〕蘇軾著,〔宋〕郎曄(1192 前後)選註:《經進東坡文集事略》(香港:中華書局香港分局,1979 年 6 月港一版),下冊,卷 28,〈回喬舍人啟〉,頁 488。以下引用蘇軾此書時,簡稱《經進集》,隨文注明卷次、篇名、頁碼,不另列註。

（《論語‧八佾》第三）的主張。蘇軾在〈乞郡劄子〉中明白表示：
「臣屢論事，未蒙施行，乃復作為詩文，寓物託諷，庶幾流傳上
達，感悟聖意。」（《經進集》卷 35，頁 611）這不但是忠君愛國的表
現，更是他秉持儒家詩學的諷諫傳統，據事論理以實踐儒家之道的
方式。據此，蘇軾延續了歐陽脩道→事→文的進路，也因此，他的
文章不會處處談論道學家的性命之理，而會處處論事論理。

　　上述源自歐陽脩的文學觀念，歐陽脩的門生曾鞏也作了很好的
繼承。曾鞏曾經寫下〈寄歐陽舍人書〉，盛讚歐公「畜道德而能文
章」，[14]也認為應先「志乎道」而後「汲汲乎辭」（《元豐類藁》卷
16，〈答李沿書〉，頁 10-11），強調「學之有統，道之有歸」，當本原
六經，一切要「折衷於聖人」（《元豐類藁》卷 11，〈新序目錄序〉，頁
1-2）。到了蘇門六學士之一的秦觀（1049-1100），他提出「後世道
術為天下裂，士大夫始有意于為文」的觀點，再將文章分成五類
時，說道：

> 夫所謂文者，有論理之文，有論事之文，有敘事之文，有託
> 詞之文，有成體之文。[15]

　　表面上看來，他的分類方式不符合今人分類的眼光，但是他不
將道、文對舉並立，完全立足於文的特性與功能作討論，是值得注

14　〔宋〕曾鞏：《元豐類藁》（臺北：國立故宮博物院，元朝大德甲辰刊
　　本，1988 年 6 月初版），卷 16，〈寄歐陽舍人書〉，頁 5。以下引用曾
　　鞏文皆依據此書，隨文標示卷次、篇名、頁碼，不另列註。

15　〔宋〕秦觀：《淮海集》（臺北：臺灣商務印書館，1979 年 11 月臺 1
　　版），四部叢刊正編本，第 50 冊，卷 22，〈韓愈論〉，頁 2。

意的。在他的心目中,「道」與「文」並未分離,所以不對此進行
討論。他的分類顯然先以古文的功能為主,論理、論事、敘事,都
是古文的主要寫作內容;他尤其看重「事」的部分,很有可能是受
到歐陽脩的影響。舉蘇軾、曾鞏、秦觀三人的例子可知,歐陽脩關
心百事的觀點,廣泛地影響了北宋文壇。王水照(1934-)、朱剛
(1969-)《蘇軾評傳》指出:「『道』對於宋人來說,既是天地自
然與人文文化的統一本原,也是士人立身行事的不易準則。……文
學也是一樣,既以『道』為終極的意義,又以人的各種具體的社會
實踐、人倫日用為內容。所以,那些主張在實踐中講求『道』的文
學家,便十分強調文學的淑世精神,在作品中反映重大的政治、社
會題材,表達對國計民生的關懷和意見,其廣度和深度為前人不
及。」[16]綜上可知,唐、宋古文家都以闡揚儒家之道為共同歸趨,
且「道」的具體實踐,就在人倫日用生活之間表現出來。

三、道學家對古文家的錯誤認知

筆者在前一篇論文已經說明,北宋初期柳開(948-1101)等人已
提出「道」、「文」對舉觀念,這對後來的道學家產生了影響。以
下進一步申說之。

(一)周敦頤

承前文所述,柳開的思想與中唐韓愈、柳宗元的思想有同有

16　王水照、朱剛:《蘇軾評傳》(南京:南京大學出版社,2004 年 9
　　月),導言第 4 節,〈哲學、文學的勃興與「士」的崛起〉,頁 39。

異，其中「道」與「文」分離的思想，與後來周敦頤「文以載道」
的思想頗為相近。周敦頤〈通書·文辭第二十八〉說：

> 文所以載道也，輪轅飾而人弗庸，徒飾也，況虛車乎？文
> 辭，藝也；道德，實也。篤其實而藝者書之，美則愛，愛則
> 傳焉，賢者得以學而至之，是為教。故曰：「言之無文，行
> 之不遠。」然不賢者，雖父兄臨之，師保勉之，不學也；強
> 之，不從也。不知務道德而第以文辭為能者，藝焉而已。
> 噫！弊也久矣。[17]

這裡強調「道」的價值，「文」只能是為「道」服務的工具。
縱使文辭華美，只能成為一種技藝，至多達到教化流播的程度，儻
若缺乏實質的內容，終將徒勞無功。

(二)程顥、程頤

二程（程顥，明道，1032-1085）、（程頤，伊川，1033-1107）由周敦頤
「文以載道」之說轉而為「作文害道」之論，《伊川語錄》載：

> 問：「作文害道否？」
> 曰：「害也。凡為文不專意則不工，若專意則志局於此，又
> 安能與天地同其大也。《書》云：『玩物喪志』，為文亦玩

---

[17] 〔宋〕周敦頤：〈通書·文辭第二十八〉，收入〔清〕張伯行編：《濂洛
關閩書》（臺北：藝文印書館，1966 年），百部叢書集成：正誼堂全
書，第 15 函，第 1 冊，卷 1，頁 18-19。

物也。……古之學者，惟務養情性，其他則不學。今為文
者，專務章句，悅人耳目；既務悅人，非俳優而何？」

曰：「古者學為文否？」

曰：「人見六經，便以為聖人亦作文，不知聖人亦攄發胸中
所蘊，自成文耳。所謂『有德者必有言』也。」

曰：「游、夏稱文學，何也？」

曰：「游、夏亦何嘗秉筆學為詞章也？且如『觀乎天文以察
時變，觀乎人文以化成天下』，此豈詞章之文也！」[18]

　　二程舉出「玩物喪志」之言，作為「作文害道」說的佐證。他
區分古、今治學之異，認為古人是「有德者必有言」（語出《論語‧
憲問》第十四），當代文人努力寫文章是沒有必要的。郭紹虞指出周
敦頤與二程的不同：「（周敦頤）把『不知務道德而第以文辭為能
者』說成『藝焉而已』，表示出重道輕文之意。不過他還說，『美
則愛，愛則傳』，並不曾否認文辭飾言的作用，所反對的只是『徒
飾』而已。到了程頤就變本加厲地提出了『作文害道』，並發揮了
『有德者必有言』的主張，認為文是可以不學而能的。於是道學家
之所謂文，只成為講義語錄的文字紀錄，而與文學絕緣了。所以此
後主張載道說的道學家，和主張貫道說的古文家經常發生理論上的
衝突。」[19]這段話頗為重要，因為他不只指出了二程變本加厲之

---

[18]　〔宋〕程顥、〔宋〕程頤：《二程語錄》（臺北：藝文印書館，1966
　　年），百部叢書集成：正誼堂全書，第14函，第3冊，卷11，頁61。以
　　下引用此書，隨文標示卷次，不另列註。

[19]　郭紹虞：《中國歷代文論選》，中冊，〈通書文辭‧說明〉，頁61。

處，也指出道學家主要發展語錄體文字，日漸與文學脫鉤。

二程還有一個明確的主張，那就是區分讀書人的身分，以及讀書治學的途徑有高下之分：

> 古之學者一，今之學者三，異端不與焉。一曰文章之學，二曰訓詁之學，三曰儒者之學。欲趨道，舍儒者之學不可。
>
> （《二程語錄》卷11，頁7）

又說：

> 今之學者有三弊，一溺於文章，二牽於訓詁，三惑於異端。苟無此三者，則將何歸？必趨於道矣。（同上）

這裡把讀書人分成三類，雖然認定寫文章者、作注疏者，都不會遠離聖賢之道，但是真正要登入堂奧，還是必須從義理之學入門。程頤認為文章不假外求，心中有德的人，自然能寫出好文章；故而他很排斥沉溺於寫作文章的「學者」。眾所周知，二程曾經過這樣的話來：「且如今言能詩，無如杜甫，如云：『穿花蛺蝶深深見，點水蜻蜓款款飛』，如此閒言語，道出做甚？某所以不嘗作詩。」（《二程語錄》卷11，頁61-62）的言論出現。[20]程頤完全忽略了

20　此處程頤雖然如此說，但是二程仍然學寫文章，可惜他們的門生不察，不再從事文章之學，甚至鄙視學寫文章。錢穆（1895-1990）形容北宋理學人物的著作說：「若論文章之學，亦惟明道、伊川兩人尚有文集得傳世。」參見錢穆：《朱子學提綱》（臺北：東大圖書公司，1986年1月再版），《朱子新學案》，第1冊，第5節，頁16。

文學的本質與特性。事實上，韓愈、柳宗元、歐陽脩一再表明關心百事的重要性，柳開在強調「古其理，高其意」的同時，也指出「隨言短長，應變作制，同古人之行事」[21]的重要性，這裡已經反應了文學創作的生活化、隨意性，不是一定要為某個目的而服務，而是可以施用於人們的「行事」之間。關於這點，古文家與道學家的立場大相逕庭。

南宋初期高宗紹興年間，陳善（約 1147 前後）說：「唐文章三變，本朝文章亦三變。荊公以經術，東坡以議論，程氏以性理，三者要各自立門戶，不相蹈襲。」[22]明代王格（1526 進士）也說：「當介甫時，大儒輩出，程、張諸君以道學顯，歐、蘇諸子以古文名，而介甫介其間，意蓋欲兩取之，觀其議論可見矣。」[23]以上兩則資料，都說明了古文家王安石、蘇軾與道學家程頤對立的態勢；而造成古文家與道學家尖銳對立的原因，南宋周必大（1126-1204）曾經有說：「自元祐（1086-1093）間，蘇文忠公有詆伊川程氏之語，門人怨怒，力排蘇氏，由是學問文章遂分洛、蜀，識者非之。」[24]在當時，流傳多則蘇軾挖苦、詆毀程頤的紀錄，二人不合之說甚囂塵上。故知道術與文章分裂的現象，在北宋末年已經出現，且延續了

21　〔宋〕柳開：《河東先生集》（臺北：臺灣商務印書館，1979 年 11 月臺 1 版），四部叢刊正編本，第 39 冊，卷 1，〈應責〉，頁 11。

22　〔宋〕陳善：《捫蝨新話》（臺北：新文豐出版公司，《叢書集選》第 52 冊，1984 年 6 月），卷 3，頁 253。

23　〔明〕王格：〈書臨川後〉，收錄於祝尚書編：《宋集序跋彙編》（北京：中華書局，2010 年 7 月），卷 11，頁 509。

24　〔宋〕周必大：〈程洵尊德性齋小集序〉，收入〔宋〕周必大：《文忠集》（臺北：臺灣商務印書館，景印文淵閣四庫全書本第 1147-1149 冊，集部，1983 年 6 月初版），卷 54，頁 8。

很長的一段時間。[25]有識之士對此不以為然，譬如元朝初年劉壎（1240-1319）的《隱居通議》說：「永嘉有言：『洛學起而文字壞』，此語當有為而發。聞之雲臥吳先生曰：『近時水心一家，欲合周程、歐蘇之裂。』」[26]這是指南宋重視事功的永嘉學派葉適（水心，1150-1223）等人，有意打破對立的僵局。稍後永嘉傳人吳子良（1198-1257?）〈箕窗續集序〉說得更清楚：

> 自元祐後，談理者祖程，論文者宗蘇，而理與文分為二。呂公病其然，思融會之，故呂公之文早範而晚實。逮至葉公，窮高極深，精妙卓特，備天地之奇變，而隻字半簡無虛設者。壽老一見，亦奮躍，策而追之，幾及焉。……余十六，從箕窗；二十四，從葉公，公亦以囑箕窗者囑予也。[27]

　　文中提及的呂公，是浙東學者呂祖謙（1137-1181），葉公是葉適，壽老是陳耆卿（1180-1236）的字；再加上吳子良等人，可見當時有許多人嘗試會通洛、蜀之學。不過，二程與蘇軾之爭如火如荼，兩派都有眾多的擁護者，整體來說，除了南宋的朱熹等少數例

25　參見朱剛：〈從「周程、歐蘇之裂」說起——宋代思想史視野下的文學家研究〉，收入朱剛、劉寧（1969-）主編：《歐陽脩與宋代士大夫：思想史研究第四輯》（上海：上海人民出版社，2007 年 9 月第 1 版），頁 200-217。

26　〔元〕劉壎：《隱居通議》（臺北：新文豐出版公司，1984 年 6 月初版），卷 2，〈理學二・合周程歐蘇之裂〉，頁 17。

27　〔宋〕吳子良：〈箕窗續集序〉，收在〔宋〕陳耆卿：《箕窗集》（臺北：臺灣商務印書館，景印文淵閣四庫全書本第 1178 冊，集部，1983 年 6 月初版），卷首，頁 2。

外，大多數的道學家都承繼洛學而來，不再可能是文學家；道學家
亟欲提倡載道說，也就斷絕了古文家「明道」或是「貫道」的說
法，「道」與「文」二者之間再也不能交流。

隨著北宋五子的出現，理學被大力講求，「道」與「文」對舉
分立的現象更加確定。羅立剛說：「隨著宋人理性的成熟，宋代儒
學融攝佛、道二教思想而煥發出新的生機。出於堅定的衛道之心，
為維護道統的尊嚴，以周敦頤、邵雍（1011-1077）、張載（1020-
1077）、二程為代表的道學先生們便變得越來越純粹，甚至有以道
廢文的傾向。歷代文學家皆不在其視野之內，……甚至出現了『文
以害道』的極端思想──『文』、『道』相融共存的思想不能見容
於道學家。」[28]因為道學家的解釋，讓我們明瞭「道」與「文」的
對舉分立，與道學的興盛發展緊密地結合在一起。

事實上，北宋後期即神宗、哲宗、徽宗、欽宗四朝（1068-
1127）是文風鼎盛時期，此時有曾鞏、王安石（介甫，臨川，荊公，
1021-1086）、三蘇父子蘇洵（1009-1066）、蘇軾、蘇轍（子由，1039-
1112）等文學家輩出，也有周敦頤、二程、楊時（龜山，1053-1135）等
道學家輩出，當時已經有不少重道輕文的聲音。譬如北宋王安中
（履道，1076-1134）〈答吳檢法書〉說：「向上諸聖，雖寓此（指作文
章）以見仁義道德之意，然文非仁、非義、非道、非德，實則辭
也。《易》有聖人之道四，而以言者尚其辭。辭之為尚，欲以行

---

28 羅立剛：《史統、道統、文統──論唐宋時期文學觀念的轉變》，第 5 章
第 4 節，〈「道統」觀念下「文」「道」關係述概〉，頁 141。於此補充
說明一點，羅立剛所謂「隨著宋人理性的成熟……」，這樣的敘述方式不
太妥當，因為道學家帶來的不僅是「理性」的層面，反而也有「非理性」
的「極端思想」，對後世產生了不少負面的作用。

遠，不工則不達。謂文曰道，吾不求工，此非某之所敢知。」[29]到
了南宋初年，「宋學發生了巨大的演變。……一直處於民間、影響
不大的二程理學，卻在南宋初四十年間突然興發起來，在社會上逐
步取得主導地位。」[30]故而造成南宋前期即高宗、孝宗、光宗三朝
（1128-1194）有了「文章之士」多宗蘇、「道學之儒」多崇程的鮮
明對立的現象。[31]從此以後，「道」、「文」對舉，乃至「道統」
之外另有「文統」之說。道學家傳承「道統」的說法可能比古文家
傳承「道統」的說法更晚，也不符合古文家寫作的初衷，更不可能
被古文家所接受。

(三)楊時

　　長久以來還有一個迷思。程頤說：「退之晚來為文，所得處甚
多。學本是修德，有德然後有言，退之卻倒學了。……」（《二程
語錄》卷11，頁52）這段話幾乎是道學家攻擊古文家最為振振有詞的
說法。南宋楊時〈與陳傳道序〉也是這麼說的：

29　引自〔宋〕王正德（1192 前後）《餘師錄》（臺北：臺灣商務印書館，
　　文淵閣四庫全書本第 1480 冊，集部，1983 年 6 月初版），卷 3，頁 31-
　　32。

30　漆俠（1923-2001）：《宋學的發展和演變》（石家莊：河北人民出版
　　社，2002 年 10 月），第 4 編第 17 章，〈二程理學突然興發〉，頁 511-
　　532。

31　參見曾棗莊（1937- ）：《宋文通論》（上海：上海人民出版社，2008 年
　　12 月），第 1 編第 2 章第 2 節，〈學問議論文章之士莫盛於熙、豐、
　　元、紹（北宋後期）〉、第 1 編第 2 章第 3 節，〈「文章之士」與「道學
　　之儒」（南宋前期）〉，頁 39-118。

若唐之韓愈，蓋嘗謂「世無仲尼，不當在弟子之列」，則亦
不可謂無其志也。及觀其所學，則不過乎欲雕章鏤句，取名
譽而止耳。然則士固不患不知有志乎聖人，而特患乎不知聖
人之所以學也。……雖然，士之去聖遠矣，舍六經亦何以求
聖人哉？要當精思之，力行之，超然默會於言意之表，則庶
乎有得矣。……嗚呼！今之士未嘗以此學也。類皆分文析
字，屑屑於章句之末，甚者廣記問，工言辭，欲誇多鬥靡而
已，是烏用學為哉！*32*

　　從寫作構思的過程來說，的確有可能在臨文下筆之前，拿一個
道來作為立論的前提，程頤的話有可能是事實。然而，韓愈是否果
真如此？道學家們是否真有憑據，或只是推想猜測而已？這恐怕已
經無由解答。若說韓愈一生「不過乎欲雕章鏤句，取名譽而止
耳」，這種情況下寫出來的文章還能夠算是好文章？足以流傳於後
世嗎？進一步言之，韓愈終身服膺儒家思想，他主張修養仁義道
德，以及讀儒家的《詩》、《書》是「終吾身而已矣」（《昌黎集》
卷 16，〈答李翊書〉，頁 9）的志業，他更主張寫作古文是「無望其速
成，無誘於勢利。養其根而竢其實，加其膏而希其光」（同上）的
工夫，種種跡象看來，韓愈是以儒家思想為基礎，從事寫作文章，
因而他不是「倒學」，更不是沽名釣譽而已。他的作品不時流露出
來的，正是學養深厚的表現，這是很自然的事情。楊龜山話鋒一
轉，批評「今之士未嘗以此學也。類皆分文析字，屑屑於章句之末，

32　〔宋〕楊時：《楊龜山集》（臺北：臺灣商務印書館，1965 年 12 月臺 1
　　版），叢書集成簡編，卷 4，〈與陳傳道序〉，頁 79-80。

甚者廣記問，工言辭，欲誇多鬥靡而已」，可見他真正擔心的是當代學子不學道而學作文，這背後另有其深刻的社會文化意識。[33]

(四)朱熹

後來的朱熹與楊時幾乎口徑一致地說出同樣的話來，他與弟子陳文蔚（才卿，約 1210 年前後在世）有一段極富盛名的對話：

> 才卿問：「《韓文》李漢〈序〉頭一句甚好。」
> 曰：「公道好，某看來有病。」
> 陳曰：「『文者，貫道之器。』且如六經是文，其中所道皆是這道理，如何有病？」
> 曰：「不然。這文皆是從道中流出，豈有文反能貫道之理？文是文，道是道，文只如喫飯時下飯耳。若以文貫道，却是把本為末，以末為本，可乎？其後作文者皆是如此。」[34]

從這段文字觀之，陳文蔚認為六經和韓文所說的道理相同，對

33　譬如後來南宋陸九淵（1139-1193）也引用過孔子的話說：「『有德者必有言』，誠有其實，必有其文。實者，本也；文者，末也。今人之習，所重在末，豈惟喪本，終將併其末而失之矣。」他所批判的對象也是當時代的讀書人心態。參見〔宋〕陸九淵：《象山先生全集》（臺北：臺灣商務印書館，1979 年 11 月臺 1 版），四部叢刊正編本，第 56 冊，卷 11，〈與吳子嗣〉之四，頁 4。以下引用陸九淵文皆依據此書，簡稱《象山集》，隨文標示卷次、篇名、頁碼，不另列註。

34　〔宋〕黎靖德編，王星賢點校：《朱子語類》（北京：中華書局，1986年 3 月），卷 139，〈論文上〉，頁 3305-3306。以下引用此書，隨文標示卷次、篇名、頁碼，不另列註。

此，朱熹並未反駁；而朱熹反駁的意見，集中在「文」皆是從「道」中流出，「文」不能「貫道」。朱熹曾指責韓愈「未免裂道與文以為兩物」，[35]只是寫文章，故朱熹最不滿意古文家的地方，在於古文家抬高了「文」的地位，「文」具有闡釋「道」的主動性，如此一來，「道」反而落居下風了。他以道學家的眼光看待文學創作，以義理為根本，文章為末務，所執著的是本末先後的次序問題。

韓愈筆下曾經如此形容自己：「始者非三代、兩漢之書不敢觀，非聖人之志不敢存，處若忘，行若遺，儼乎其若思，茫乎其若迷」，經歷此過程，後來才能達到「當其居於心而注於手也，汩汩然來矣」、「其皆醇也，然後肆焉」。（《昌黎集》卷 16，〈答李翊書〉，頁 9）到了北宋的蘇洵，也有過極為相似的苦學歷程，他在〈上歐陽內翰第一書〉中說：

> 洵少年不學，生二十五歲，始知讀書，從士君子遊。年既已晚，而又不遂刻意屬行，以古人自期。而視與己同列者，皆不勝己，則遂以為可矣。其後困益甚，然每取古人之文而讀之，始覺其出言用意，與己大異。時復內顧，自思其才則又似夫不遂止於是而已者。由是盡燒曩時所為文數百篇，取《論語》、《孟子》、韓子及其他聖人、賢人之文，而兀然端坐，終日以讀之者七八年矣。方其始也，入其中而惶然，

博觀於其外，而駭然以驚。及其久也，讀之益精，而其胸中
豁然以明，若人之言固當然者，然猶未敢自出其言也。時既
久，胸中之言日益多，不能自制，試出而書之，已而再三讀
之，渾渾乎覺其來之易矣。然猶未敢以為是也。[36]

　　歐陽脩〈故霸州文安縣主簿蘇君墓誌銘〉一文，也記載了蘇洵
少年時期「閉戶讀書為文辭」的歷程，學有所成之後，「由是下
筆，頃刻數千言，其縱橫上下，出入馳驟，必造於深微而後止。」
（《歐集》卷 34，頁 6-8）到了南宋，朱熹在〈滄州精舍諭學者〉一
文，也抄錄了前述蘇洵現身說法的文字，說明蘇洵讀書苦學而後能
成功的情形，很傳神地描繪出一位古文家讀書、學道，靜心冥思，
豁然明朗，最後達到源泉滾滾，不擇地皆可出的寫作成就。可惜的
是，朱熹只是欣賞蘇洵的苦讀勤學，對於古文家們努力從事寫作的
心態，終究難以認同。接續上述肯定蘇洵的文字之後，朱熹說道：

　　予謂老蘇，但為欲學古人說話聲響，極為細事，乃肯用功如
　　此，故其所就，亦非常人所及。如韓退之、柳子厚輩，亦是
　　如此。其〈答李翱〉、〈韋中立〉之書，可見其用力處矣。
　　然皆只是要作好文章，令人稱賞而已，究竟何預己事？却用
　　了許多歲月，費了許多精神，甚可惜也。今人說要學道，乃

36　〔宋〕蘇洵著，曾棗莊、金成禮箋注：《嘉祐集箋注》（上海：上海古籍
　　出版社，1993 年 3 月第 1 版），卷 12，〈上歐陽內翰第一書〉，頁 329-
　　330。以下引用蘇洵文皆依據此書，簡稱《嘉祐集》，隨文標示卷次、篇
　　名、頁碼，不另列註。

> 是天下第一至大至難之事,却全然不曾著力。蓋未有能用旬
> 月功夫,熟讀一人書者,及至見人泛然發問,臨時揍合,不
> 曾舉得一兩行經傳成文,不曾照得一兩處首尾相貫。其能言
> 者不過以己私意,敷演立說,與聖賢本意、義理實處,了無
> 干涉。何況望其更能反求諸己,真實見得、真實行得
> 耶?……不如歸家杜門,依老蘇法,以二、三年為期,正襟
> 危坐,將《大學》、《論語》、《中庸》、《孟子》及
> 《詩》、《書》、《禮記》、程、張諸書分明易曉處,反復
> 讀之;更就自己身心上,存養玩索,……是乃所謂「就有道
> 而正焉」者,而學之成也可冀矣。(《朱集》卷74,頁24)

　　朱熹認同老蘇的讀書方式,沉潛苦讀,修養身心,是道學家一
貫追求的目標。既然如此,身為古文家的老蘇能進入聖賢古籍的世
界,其他古文家又何嘗不能如此?因此,朱熹雖然鄙薄韓、柳等人
都只是談文章之道,耗費許多歲月精神,不能做聖賢學問;他却始
終不肯面對一個事實,那就是古文家也能終身確實地讀聖賢古籍,
走入聖人之門的堂奧。朱熹批評當時能言善道之人,「與聖賢本
意、義理實處,了無干涉」,這話說得太過,只能說他們論道不如
道學家之精到,却不能說他們筆下所言脫離了儒家聖賢本意。

　　歐陽脩也是一個很好的例子。他也是崇儒、反佛的人,他的儒
學修養不是一天兩天的事情。當他主張道為文之根本、先道後文
時,並不是臨文下筆之前的寫作技巧,而是長久努力的學道過程,
早已形成了一個內在修養、培養出具體存在的良好的質性,於是很
自然地表現在文章之中。這和前引韓愈〈答李翊書〉的主張,以及
朱熹對老蘇的肯定,並無二致。郭紹虞《中國文學批評史》曾經如

此下斷語：「如果欲說明歐陽脩所言文與道的關係與道學家不同之處，至多只能說：道學家於道是視為終身的學問，古文家於道只作為一時的工夫。視為終身的學問，故重道而輕文；作為一時的工夫，故充道以為文。」[37]這些話極可能是受到二程、楊時、朱熹道學家一路的影響而來，而且明顯是錯誤的！古文家於道也是視為終身的學問，不是只作為一時的工夫。正因為視為終身的學問，古文家提出道、文並重的主張，但是有時候也會重道而輕文，儼然常見「道學家的口吻」。[38]古文家也能寫出自然而然流露「道」的文章，一如朱熹對老蘇的讚美所說的那樣。

　　再以蘇軾為例來說。蘇軾有段名言：「某平生無快意事，惟作文章，意之所到，則筆力曲折，無不盡意，自謂世間樂事無逾此者。」[39]以「意」行文，喜歡「論事」，是蘇文的一大特色。為了追求「意」的技巧，蘇軾還提出了變化之道：「出新意於法度之

37　郭紹虞：《中國文學批評史》，上卷第 6 篇第 1 章第 3 節第 1 目，〈歐陽脩〉，頁 329。

38　郭紹虞指出：歐陽脩「寄吳（充）一書，言溺於文則遠於道，謂『道勝者文不難而自至。』此與道學家所謂『有德者必有言』之旨相同。送徐（無黨）一序，又言重在修於身，次則施於事，而不重在見於言；以為凡『勤一世以盡心於文字間者皆可悲也。』這又與道學家所謂『玩物喪志』之說為近。所以這些儼然都是道學家的口吻。」參見郭紹虞：《中國文學批評史》，上卷第 6 篇第 1 章第 3 節第 1 目，〈歐陽脩〉，頁 329。不過，其中「有德者必有言」之旨，出自《論語‧憲問》第十四載孔子之言，歐陽脩的立論來自儒家精神，自然而然與道學家的立論往往相似，並非刻意與道學家相同。

39　〔宋〕何薳著、張明華點校：《春渚紀聞》（北京：中華書局，1983 年 1 月初版），卷 6，〈東坡事實‧文章快意〉，頁 84。

中，寄妙理於豪放之外。」（《經進集》卷 60，〈書吳道子畫後〉，頁
998）朱熹認為這種作法過於追求文章技巧，無形中忽略了文章的
根本道理，因而有過很強烈的批評：

> 道者，文之根本；文者，道之枝葉。惟其根本乎道，所以發
> 之於文，皆道也。三代聖賢文章，皆從此心寫出，文便是
> 道。今東坡之言曰：「吾所謂文，必與道俱」，則是文自文
> 而道自道，待作文時，旋去討箇「道」來入放裏面，此是他
> 大病處。……緣他都是因作文，却漸漸說上道理來；不是先
> 理會得道理了，方作文，所以大本都差。歐公之文則稍近於
> 道，不為空言。（《朱子語類》卷 139，〈論文上〉，頁 3319）

　　這段評論和前引《二程語錄》、《楊龜山集》批評韓愈「倒
學」的話，觀點是相通的；與朱熹同時的陸九淵也有相似的看法，
他說：「韓退之是倒做，蓋欲因學文而學道。歐公極似韓，其聰明
皆過人，然不合初頭俗了。」（《象山集》卷 34，〈語錄上〉，頁 7）可
見這是道學家共通的意見。然而，朱熹的話未必合乎實情，只能說
蘇軾比起韓愈、歐陽脩更接受佛學，且重視文學、輕忽道學，沒有
道學家所喜愛的氣味，譬如罕見韓愈〈原道〉、〈原性〉（《昌黎
集》卷 11，頁 1-5）、歐陽脩〈本論上〉、〈本論下〉（《歐集》卷 17，
頁 1-6）、《新唐書·禮樂志》[40]之類的名篇，於是蘇軾遭受到更猛
烈的攻擊。有待補充說明的是，東坡「我所謂文，必與道俱」這句

---

[40] 〔宋〕歐陽脩：《新唐書》（臺北：藝文印書館，1956 年），卷 11-22，
〈禮樂志〉，頁 153-246。

話，出自他的〈祭歐陽文忠公夫人文〉，（《蘇軾文集》卷 63，頁 1956）適足以證明歐陽脩與蘇軾的觀點一路相承。朱熹〈與汪尚書書〉又批評他：

> 夫學者之求道，固不於蘇氏之文矣。然既取其文，則文之所述，有邪有正，有是有非，是亦皆有道焉，固求道者之所不可不講也。……若曰惟其文之取，而不復議其理之是非，則是道自道，文自文也。道外有物，固不足以為道，且文而無理，又安足以為文乎？蓋道無適而不存也。故即文以講道，則文與道兩得而一以貫之，否則亦將兩失之矣。（《朱集》卷 30，頁 12）

　　在朱熹看來，蘇軾之文與「道」的距離較遠，但是蘇軾的「文」仍然有他的文理，並非一無可取。因此應該「即文以講道」，不可分拆，亦即追求「文、道合一」是可行的。

　　事實上，宋代古文家寫作文章的這條進路雖然飽受道學家的批評，但是他們始終擁護儒家思想的立場，也贏得後世許多文學家的肯定，乃至於部分道學家的認同。譬如《朱子語類》中朱熹有不少推崇歐陽脩、曾鞏的言論，相對地批評三蘇父子的文字較多，就是站在儒家之道的立場所作的論斷。[41]由此亦可反證，北宋以來，古

---

[41] 〔宋〕朱熹云：「歐公文字敷腴溫潤。曾南豐文字又更峻潔，雖議論有淺近處，然却平正好。到得東坡，便傷於巧，議論有不正當處。後來到中原，見歐公諸人了，文字方稍平。」又云：「老蘇文字初亦喜看，後覺得自家意思都不正當。以此知人不可看此等文字，固宜以歐、曾文字為正。東坡、子由晚年文字不然，然又皆議論衰了。東坡初進策時，只是老蘇議

文家的確有從寫作這條進路，以闡發儒家思想內容的現象，這與道學家從講學這條進路所作的努力，都達到了相同的效果。他們都發揚光大了儒家思想，可以說都是繼承了儒家道統。

四、北宋古文家「道統」地位的確立

當「道統」、「文統」並舉的概念出現以後，道學家以道統傳承者自居，慢慢地就排斥了古文家也能繼承道統的說法了。最早是由二程提出了「作文害道」說，後來此說深入人心，影響頗為深遠。朱熹算是較能欣賞文學作品的道學家，他曾經說：

> 韓退之則於大體處見得，而於作用施為處却不曉。……緣他費工夫去作文，所以讀書者，只為作文用。……而於經綸實務不曾究心，所以作用不得。（《朱子語類》卷 137，〈戰國漢唐諸子〉，頁 3255）

朱熹在〈答程允夫〉的書信中也說：

> 蘇氏文辭偉麗，近世無匹，若欲作文，自不妨模範。但其詞

論。」又云：「蘇文害正道，甚於老、佛。」又云：「南豐文字確實。」又云：「南豐文却近質。他初亦只是學為文，却因學文，漸見些子道理。故文字依傍道理做，不為空言。只是關鍵緊要處，也說得寬緩不分明。緣他見處不徹，本無根本工夫，所以如此。但比之東坡，則較質而近理。東坡則華豔處多。」以上俱見《朱子語類》卷 139，〈論文上〉，頁 3309、3311、3306、3313-3314。

意矜豪譎詭，亦有非知道君子所欲聞。是以平時每讀之，雖未嘗不喜，然既喜，未嘗不厭，往往不能終帙而罷，非故欲絕之也，理勢自然，蓋不可曉。（《朱集》卷41，頁12-13）

　　據此可知，朱熹對於古文家韓愈、蘇軾者流，一方面肯定其文章，另一方面否定其對道體的認識不足，以及不關心經綸實務，詞意過於譎詭。韓愈一生撰作〈師說〉（《昌黎集》卷12，頁1-2）、〈張中丞傳後敘〉（《昌黎集》卷13，頁3-6）、〈爭臣論〉（《昌黎集》卷14，頁7-9）、〈平淮西碑〉（《昌黎集》卷30，頁8-12）、〈論佛骨表〉（《昌黎集》卷39，頁2-4）等，要說他不關心國計民生之事，恐怕說不過去。蘇軾的許多古文名篇，大家耳熟能詳，要說他「詞意矜豪譎詭」，恐怕也屈指可數。古文家既傳揚了儒家之學，又兼顧了文學寫作的興趣，這有何不可呢？

　　歐陽脩〈記舊本韓文後〉說：「孔、孟皇皇於一時，而師法於千萬世；韓氏之文沒而不見者二百年，而後大施於今，此又非特好惡之所上下，蓋其久而愈明，不可磨滅，雖蔽於暫而終耀於無窮者，其道當然也。」（《歐集》卷73，頁10）這裡把孔、孟、韓愈並提，而且肯定韓文上承孔、孟，影響至今，是因為他在思想內容上的表現。蘇洵〈上歐陽內翰第二書〉也說：「自孔子沒，百有餘年而孟子生；孟子之後，數十年而至荀卿子。荀卿子後乃稍闊遠，二百餘年而揚雄稱於世；揚雄之死，不得其繼，千有餘年而後屬之韓愈氏。韓愈氏沒三百年矣，不知天下之將誰與也？」（《嘉祐集》卷12，頁334）這段話受到韓愈的道統觀念影響而來，也肯定韓愈位在道統之列。

　　蘇軾也曾經誇讚韓愈：「文起八代之衰，道濟天下之溺。」

（《經進集》卷 55，〈韓文公廟碑〉，頁 878）、「文至於韓退之，……而
古今之變、天下之能事畢矣。」（《經進集》卷 60，〈書吳道子畫後〉，
頁 997）這些對韓愈的讚美，是北宋文人常有的說法。蘇軾在〈六
一居士集敘〉中歷敘道統，強調孔子、孟子之後，「學者以愈配孟
子，蓋庶幾焉。愈之後三百餘年而後得歐陽子，其學推韓愈、孟
子，以達於孔氏；著禮樂仁義之實，以合於大道。其言簡而明，信
而通，引物連類，折之於至理，以服人心，故天下翕然師尊之。自
歐陽子之存，世之不說者讒而攻之，能折困其身，而不能屈其言。
士無賢不肖，不謀而同曰：『歐陽子，今之韓愈也。』」（《經進
集》卷 56，頁 903-905）文中又說：「歐陽子論大道似韓愈。」（同
上，頁 906）從這段文字看來，蘇軾認為孔子、孟子、韓愈、歐陽脩
一路延續下來，繼承的是道術、大道，不可能視文章為道學之附
庸，而去認同載道說。王水照也指出：蘇軾〈祭歐陽文忠公文〉以
「斯文有傳，學者有師」稱許歐陽脩，（《蘇軾文集》卷 63，頁 1937）
「斯文有傳」即典出《論語‧子罕》第九，言孔子以傳承文王「斯
文」自誓。斯文，原指禮樂制度，蘇軾這裡實指儒道和古文。[42]故
知在唐、宋古文家心目中，恆有一道統觀念存在。

　　蘇軾的弟弟蘇轍撰寫〈歐陽文忠公神道碑〉，文中歷敘文王、
孔子、子思、孟子、孫卿以來的文學傳統，認為「惟韓退之一變復
古，……及公（歐陽脩）之文行於天下，乃復無愧於古。」因而結

42　王水照：〈北宋的文學結盟與尚「統」的社會思潮〉，收入孫欽善
　　（1934- ）、曾棗莊、安平秋（1941- ）、倪其心（1934-2002）、劉琳
　　（1939- ）主編：《國際宋代文化研討會論文集》（成都：四川大學出版
　　社，1991 年 10 月），頁 268。

語寫道：「於乎！自孔子至今，千數百年。文章廢而復興，惟得二人焉，夫豈偶然也哉！」（《歐集》附錄卷 2，頁 10-20）這篇文章結合了「道」與「文」的角度，肯定韓、歐陽二人繼承了道統，寫出好文章。儘管當時北宋道學家開始興起，道學家人數日益增多；但是古文家們自行堅守道統，肯定韓愈、歐陽脩都位在道統之列的立場，清晰可見。

　　歐陽脩一生飽讀儒家經典，興儒學，排佛、老，關心百事。他說：「脩每惡前輩學古者，道未及其藩籬，而自相稱譽入於堂奧，不徒妄奸名譽，亦足惑於後人。」[43]可知他是以嚴謹的態度，寫作文章。蘇軾也是一位重視儒家之道的人物，過去許多學者看重他能融合道家、佛家的學問，大肆宣揚，反而忽略了他的基本主張。倒是朱熹看出一些端倪，他說：

　　歐公、東坡亦皆於經術本領上用功，今人只是於枝葉上粉澤爾。（《朱子語類》卷 139，〈論文上〉，頁 3318）

　　由是可知，朱熹從扶持儒家之道的立場，給予歐公、大蘇相當地肯定了。只是朱熹不願意將「道統」的地位讓與古文家，因而另創「文章正統」一詞，於〈答鞏仲至〉的書信中說：

　　文章正統在唐及本朝，各不過兩三人，其餘大率多不滿人

43　歐陽脩：〈與蔡忠惠公〉，收錄在日本學者東英壽（1960-）：《歐陽脩新發見書簡九十六篇》（東京：研文出版，2013 年 2 月第 1 版），〈新發見書簡九十六篇〉第 44 篇，頁 51。

意，止可為知者道耳。（《朱集》卷 64，頁 14）

這裡雖未明白講出對像是誰，但是韓愈、柳宗元、歐陽脩、曾鞏等人，最有可能獲得他的肯定，至於蘇軾或許也是被肯定的對象之一。我們看到朱熹對古文家的一些肯定之語，其實已經說明瞭古文家在儒家六經之道方面的努力成果是不容抹煞的。

歐陽脩主張聖人之道淺易明白，因而提倡平易近人的文風，這與朱熹所說：「聖人之言坦易明白，因言以明道」（《朱子語類》卷 139，〈論文上〉，頁 3318）、「文章須正大，須教天下後世見之，明白無疑」（同上，頁 3322）、「古人文章，大率只是平說而意自長。後人文章，務意多而酸澀」，（同上，頁 3299）實無二致。朱熹在〈答徐載叔〉的書信中說：「所喻學者之害，莫大於時文，此亦捄弊之言。然論其極，則古文之與時文，其使學者棄本逐末，為害等爾。但此等物如淫聲美色，不敢一識其趣。……」（《朱集》卷 56，頁 6）實則，韓愈〈答崔立之書〉（《昌黎集》卷 16，頁 7-9）、歐陽脩〈記舊本韓文後〉（《歐集》卷 73，頁 9-11）、蘇軾〈答李端叔書〉（《經進集》卷 47，頁 794-796）……，都有反對時文而堅持學習古文的主意，換言之，學習寫古文與學習寫時文二者的效果不同，尤其在於能否弘揚儒道的差異上；而朱熹將二者等同並列，仍是把道與文對舉並立，把古文、時文皆視作「文」的領域，進而強調「道」先「文」後的次序考慮而已。歸根結柢，道學家擔心學寫古文者不能弘揚儒道，這是多餘之舉；他們真正擔心的問題是，學寫古文者不會再進入道學家之門。假設朱熹也不能否認古文家，只不過是在先後次序上打轉，那麼北宋古文家能復興儒道，已經無庸置疑。

可惜的是，道學家為了維護自己佔有「道統」的地位，不斷地

排拒古文家。

朱熹在〈大學章句序〉記敘孟子去世之後，「俗儒記誦詞章之習，其功倍於小學而無用；異端虛無寂滅之教，其高過於大學而無實。」[44]由此證明二程能上承孟子之學，諸子百家不在其間。在〈中庸章句序〉又明言：「蓋自上古聖神繼天立極，而道統之傳有自來矣」、「堯之所以授舜也，……舜之所以授禹也，……自是以來，聖聖相承，若成湯、文、武之為君，皋陶、伊傅、周、召之為臣，既皆以此而接夫道統之傳。」之後孔子傳至孟子，孟子之後異端興起，有賴「程夫子兄弟者出，得有所考，以續乎千載不傳之緒，得有所據，以斥夫二家似是之非。」[45]更明白揭示「道統」說，且是孟子之後由二程兄弟接手，顯然著重於道學而非文章。事實上，朱熹的道統觀念與韓愈〈原道〉相近，接續道統，排斥佛、老，這些作法古文家與道學家並無二致，只是朱熹認定「道統」只在道學家身上，而在提出「文章正統」說以後，雖然間接地肯定了古文家的部分努力，但是另一方面更把「道統」地位從古文家身上轉移到道學家身上了。

明代古文家茅坤（1512-1601）編纂《唐宋八大家文鈔》時，肯定唐、宋八大家的地位；到了清代張伯行（1651-1725）再次編纂《唐宋八大家文鈔》時，襲用原書而又補訂之。他一生服膺程、朱之學，喜讀濂、洛、關、閩諸大儒之書，生命性格亦近於朱子之說。譬如在這本書中，收錄曾鞏文章最多，顯然是跟上道學家的腳

44　〔宋〕朱熹：《四書集注》（臺北：學海出版社，1976 年 9 月），〈大學章句序〉，頁 1。

45　〔宋〕朱熹：《四書集注》，〈中庸章句序〉，頁 1-2。

步，肯定曾鞏文合乎儒家之道。[46]他在《道統錄‧原序》提出道統
觀念時，認為「自伏羲始，孔子繫《易》，……無非為道統所屬
也。」[47]然而他認為唐、宋八大家只是「文章蔚興，固不敢望六
經，而彬彬乎可以追西漢之盛。」因此不當在道統之列。並且說：

> 余故選其文而論之，不特以資學者作文之用，而窮理格物之
> 功，即於此乎在。蓋學者誠能沿流而溯其源，究觀古聖賢所
> 以立言者，則由六經、四子而下，惟有周、程、張、朱五夫
> 子之書，可以上接堯、舜、禹、湯、文、武、周公、孔、
> 曾、思、孟之心傳，兼立德、立言、立功，以不朽於萬世
> 者。夫豈唐、宋文人之所及也哉！[48]

這段話很明顯地認為宋代五夫子接續了孔、孟以來的道統，道
統說的創始人韓愈，以及始終自認一生在復興儒家古道的歐陽脩、
曾鞏等人，完全被排除在外了。

此後，有以「道統」為書名者，如不著撰人的《道統圖贊》、
《春秋道統》等。[49]明代以後，又有以「文統」為書名者，如明代

46　〔清〕張伯行：《唐宋八大家文鈔》（臺北：藝文印書館，1966 年），
　　百部叢書集成：正誼堂全書，第 19 函，第 1 冊。全書共 19 卷，而選錄曾
　　鞏文共計 7 卷，其他各家選文至多 3 卷，比重不同，明顯肯定曾鞏文多過
　　其他各家。參見該書卷 11 至卷 17，〈曾文定公文〉。

47　〔清〕張伯行：《道統錄‧原序》（臺北：藝文印書館，1966 年），百
　　部叢書集成：正誼堂全書，第 13 函，上冊，卷首，頁 1。

48　〔清〕張伯行：《唐宋八大家文鈔‧原序》，卷首，頁 2。

49　參見〔清〕永瑢（1743-1790）、〔清〕紀昀（1724-1805）等撰：《四庫
　　全書總目提要》（臺北：臺灣商務印書館，1983 年 10 月初版），《春秋

趙鶴（1496 進士）所編之《金華文統》、明代童養正編之《史漢文統》皆是，[50]然而這些只是搜集文章的書，不具有道統論述的意義。清朝初年汪琬（1624-1691）〈王敬哉先生集序〉云：

> 嗣後陵遲益甚，文統、道統於是歧而為二，韓、柳、歐陽、曾以文，周、張、二程以道，未有彙其源流而一之者也。其間釐別義理之絲微，鑽研問學之根本，能以其所作進而繼孔子者，惟朱徽國文公（熹）一人止耳。儻微文公論說之詳，辨晰之力，則向之晦者幾何而不熄，向之亂者幾何而不漸滅蕩盡也，然則使孔子之文踰數十傳不墜，蓋文公之力居多。[51]

　　由此可見，「文統」、「道統」二分並舉的觀念流傳不衰，到了清朝初年更是明顯地以朱熹傳揚孔子的學術文章，排除古文家在道統之列。這樣的詮釋太過簡化，完全不適用於宋代古文家的文化環境，與古文家寫作古文的志趣背道而馳，而且很容易讓人誤解道學家繼承了道統，那些文學家就自然而然沒有繼承道統了。

　　再補充說明一點。清代頗富盛名的文學家袁枚（1716-1797），

道統》之說解，該書冊 1，卷 30，經部 30，春秋類存目一，頁 604；《道統圖贊》之說解，該書冊 2，卷 59，史部 15，傳記類存目一，頁 310。

50 參見〔清〕永瑢、〔清〕紀昀等撰：《四庫全書總目提要》，《金華文統》之說解，該書冊 5，卷 192，集部 45，總集類存目二，頁 136；《史漢文統》之說解，該書冊 5，卷 193，集部 46，總集類存目三，頁 182。

51 〔清〕汪琬：《汪琬全集箋校》（北京：人民文學出版社，2010 年 1月），第 3 冊，〈堯峰文抄〉卷 29，頁 1430-1431。

其〈答友人第二書〉也說：「文人學士，必有所挾持以占地步，故一則曰『明道』，再則曰『明道』，直是文章家習氣如此。而推究學者之心，都是道其所道，未必果文王、周公、孔子之道也。」[52]可見文學家也有不滿的聲音。袁枚不滿「必有所挾持以占地步」的「文章家習氣」，這可能是指當代較不入流的寫作者；再者，繼承孔、孟道統的古文家，其實也不必每篇文章都要說明「文王、周公、孔子之道」，否則就不成其為文學作品了。袁枚的指摘有可能太過了些。

五、結語

　　經由上述的討論，可以明瞭唐、宋以來的古文家與道學家都有崇古、尊聖、宗經的主張，但是重點有同有異。他們的相同點都是「道勝於文」，充實內在涵養而後能寫文章；不同點則是道學家認為古文家先文後道，甚至於學文棄道，古文家其實並非如此。韓愈、歐陽脩所領導的古文運動，其核心主張在於「明道」、「貫道」，古文運動的關注重心在「道」同時也不輕視「文」。古文家認為孔子、孟子、韓愈、歐陽脩一脈相承，可見古文家早已建立了儒家道統在我身上的共識，認為自己是在飽讀儒家經典之後，以深厚的學養而從事寫文章。古文家不會一再重述「道」對文的具體影響，這是因為他們關心實務多於空言事理，是一種文人的共同習慣；但絕不能因此認定古文家為文必然棄道，或說他們「空言明

---

[52] 〔清〕袁枚：《袁枚全集》（南京：江蘇古籍出版社，1993 年 9 月），第 2 冊，《小倉山房文集》卷 19，頁 322。

道」，這顯然與事實不符。朱熹肯定了歐陽脩、蘇洵、蘇軾的經術本領，也認為唐朝、宋朝各有兩三人合乎「文章正統」，這正好說明了古文家實能與儒家之道相結合，古文家從來沒有置身於道統之外，也因此古文寫作有其重要的價值。

　　首先將「道」、「文」分別討論者，始於北宋初期的柳開。柳開「文章為道之筌」的說法，開啟了周敦頤「文以載道」之說，他們把「文」當作工具，強調「道」的主導性。宋初「道」、「文」分途的背景因素，由此產生。二程提出「玩物喪志」、「作文害道」之說，是很偏頗的言論，這種說法會造成道學家與文學家無法溝通對話，道學研究者與古文寫作絕緣。二程、楊時、朱熹常常批評古文家是「倒學」，作文時再「討個道來」，這些說法恐非實情。韓愈〈答尉遲生書〉說：「夫所謂文者，必有諸其中，是故君子慎其實，……體不備不可以為成人，辭不足不可以為成文。」（《昌黎集》卷15，頁4，參見本書第一篇論文：〈中唐入北宋時期古文家的「道統」說〉）歐陽脩反覆申說：「大抵道勝者，文不難而自至也。」、「道純則充於中者實，中充實則發為文者輝光。」、「其充於中者足，而後發乎外者大以光。」（以上俱見前引）他再提出道→事→文的進路，與蘇軾提出重意行文的觀點，都深化了古文的寫作理論。朱熹批評韓愈不重視經綸實務，批評蘇軾「詞意矜豪譎詭」，這些說法並不公允。再者，道學家常在有意無意之間把當時「專務章句，悅人耳目」、「雕章鏤句，誇多鬪靡」的寫作亂象，怪罪到古文家的身上。其實古文家對此亂象也抱持反對的意見。古文家反對寫作時文，這與道學家視古文與時文為一物，並不相同。一直發展到清朝初年，更有人認為道統由道學家所繼承，古文家不在其內。這般說法，不合乎古文家寫作古文的初衷，並不適用於中

唐入宋以來的文化環境。

　　綜上可知，過去以道學家為「道統」、古文家為「文統」的二分法，並不恰當。不論是道學家或是古文家，都能弘揚儒家學說，繼承了儒家聖賢代代相傳下來的「道統」，如果能改稱前者為「道學家的正統」，後者為「古文家的正統」，較符合實際情形。只將古文家列入「文統」之列，而不提他們也繼承了「道統」，很容易讓人誤以為古文家重「文」而輕「道」，忽略了他們維護道統觀念所作的努力。

　　（本文初稿發表於 2013 年 6 月 15 日日本東京早稻田大學主辦之「第 17 回宋代文學研究談話會」，後刊登於高雄，國立中山大學：《文與哲》，第 24 期，2014 年 6 月。）

蘇軾惠州時期的
思想變遷與會通

提　要

　　蘇軾寓惠期間儘管仍以儒家思想觀念為基石，但已表現出兼揉道、佛思想觀念的發展趨勢。就現存文獻看來，蘇軾主要是以儒家思想為立身處世的準則；來到惠州前後的一段時間，他的思想觀念有些轉變，他開始大量接受道教文化的思維，包括養生、煉丹之術等，這一方面是因為道教文化原本就溯源自老子、莊子，另一方面是因為惠州的地緣關係，生命走向晚年，希望能在惠州延年益壽、度過餘年的心理需求。在惠州期間，面對親友去世時，佛理的安慰也成為他生命中的最大支柱。日常生活中，儒、佛二家最能提供他出處進退的思考。蘇軾能融合儒家、道家與佛家的思想，建立起自己樂天知命、隨緣委命的生活方式，以終老一生。

關鍵詞：蘇軾，惠州，思想觀念，儒家，道教，佛教

一、前言

　　北宋蘇軾（子瞻，東坡，1037-1101）曾說：「心似已灰之木，身如不繫之舟。問汝平生功業，黃州、惠州、儋州。」[1]然而，學界對黃州時期討論的最多，儋州次之，而對於蘇軾在惠州期間的生活情形討論的最少。推測起來，應該是因為在黃州經歷了生平第一次貶官，幾乎瀕臨死亡，之後留滯黃州長達五年，蘇軾面對貶謫後的人生觀念及生活態度，大致於此一時期形成，故而討論的最多。而貶官至儋州也是前所未聞的文人經驗，又是他晚年生活的最後階段，因此也引起學界很大的重視。雖然如此，我們發覺，蘇軾在惠州時期所面臨的生存危機，與黃州時期並無二致；而他在惠州和儋州的貶謫之地，在宋人當時都視為「海外嶺表」，蘇軾被貶到惠州時，已有老死於此地的打算，心靈遭受到嚴重的打擊。只是他沒料到之後還有更遠更偏僻的儋州之貶。換言之，蘇軾在黃州、惠州、儋州三地都有刻骨銘心的生活經驗，所以蘇軾將此三地並提，而未將其他地方列入。

　　哲宗紹聖元年（1094 年）閏四月三日，蘇軾離開定州，《宋會要輯稿》載：「紹聖元年四月十一日，蘇軾落端明殿學士、翰林侍讀學士，降充左承議郎、知英州。」[2]於六月二十五日，蘇軾赴貶

1　〔宋〕蘇軾著，〔清〕王文誥（1764-?）輯註，孔凡禮（1923-2010）點
　　校：《蘇軾詩集》（北京：中華書局，1982 年 2 月），卷 48，〈自題金
　　山畫像〉，頁 2641。以下引用蘇軾詩，大多依據此書，隨文注明卷次、
　　篇名、頁碼，不另列註。

2　〔清〕徐松（1781-1848）輯：《宋會要輯稿》（北京：中華書局，2006

所行經當塗（今安徽當塗縣）時，又責授建昌軍（治所在今江西南城）司馬、惠州（治所在今廣東惠州市）安置。自云：「自當塗聞命，便遣骨肉還陽羨，獨與幼子過及老雲并二老婢共吾過嶺」。[3]途經江西廬陵（今江西吉安市境內），又改貶寧遠軍節度副使，仍惠州安置、不得簽書公事。這時候他的處境極為危險，黃庭堅（1045-1105）〈跋子瞻和陶詩〉說：「子瞻謫嶺南，時宰欲殺之。」時人任淵（約1090-1164）注說：「東坡以紹聖元年安置惠州，時章惇為宰相。」[4]黃庭堅〈次蘇子瞻和李太白潯陽紫極宮感秋詩韻，追懷太白、子瞻〉又說：「平生人欲殺，耿介受命獨。」任淵注：「山谷跋東坡和陶詩云：『子瞻謫嶺南，時宰欲殺之。』亦此意也。」[5]可見當時章惇欲殺蘇軾之心，眾人皆知。

　　紹聖元年八月二十一日蘇軾過虔州（今江西贛州市），九月度大庾嶺，十月二日抵達惠州，時年五十九。當他抵達惠州後，依例須立即上表，於是在惠州的第一篇文章〈到惠州謝表〉寫出了自己誠惶誠恐的心情：

　　　……尚荷寬恩，止投荒服。……迹其狂妄，久合誅夷。……

　　年2月），第99冊，〈職官〉67之7，頁3891。

3　〔宋〕蘇軾著，孔凡禮點校：《蘇軾文集》（北京：中華書局，1986年3月第1版），卷53，〈與陳季常十六首之十六〉，頁1570。以下引用蘇軾文，大多依據此書，隨文注明卷次、篇名、頁碼，不另列註。

4　〔宋〕黃庭堅撰，〔宋〕任淵、〔宋〕史容（1147-1217）、〔宋〕史溫注：《山谷詩內外集注》（臺北：學海出版社，1979年10月初版），頁920。

5　同前註，頁913。

> 知臣老死無日，不足誅鋤。明降德音，許全餘息。……臣敢
> 不服膺嚴訓，託命至仁；洗心自新，沒齒無怨。但以瘴癘之
> 地，魑魅為隣，衰疾交攻，無復首丘之望。精誠未泯，空餘
> 結草之忠。臣無任。（《蘇軾文集》卷 24，頁 706-707）

　　在這篇奏疏中，蘇軾自言一身「狂妄」，招來禍端，來到此
「瘴癘之地」，已知沒有北返的機會。畢竟對他來說，生命已經邁
向盡頭。蘇軾〈遷居〉詩寫於到惠州的第三年，詩序回顧這些年的
經歷說：「吾紹聖元年十月二日，至惠州，寓居合江樓。是月十八
日，遷於嘉祐寺。二年三月十九日，復遷於合江樓。三年四月二十
日，復歸於嘉祐寺。時方卜築白鶴峰之上，新居成，庶幾其少安
乎？」（《蘇軾詩集》卷 40，頁 2194）可見蘇軾在惠州期間，幾度漂
移，居所不定。紹聖二年間，故友參寥、虔州鶴田處士王子直及早
年從不往來的表兄程之才（正輔，1035-?）等人，自遠地來訪。紹聖
三年七月五日，朝雲病卒。紹聖四年閏二月十四日，自嘉祐寺遷入
白鶴峰新居，有屋 20 間，題名「德有鄰堂」，並「思無邪齋」。
不料，是月再貶瓊州（治所在今海南島瓊山縣）別駕、昌化軍安置、不
得簽書公事。乃置家惠州，四月十九日再次與幼子過南行；苟擔過
海，子孫痛哭於江邊，以為死別。故知自紹聖元年十月二日至紹聖
四年四月十九日，在惠州過了二年零七個月的謫居日子，此後在海
南島又住了三年。

　　蘇軾貶往惠州路途中，有感於仕途險巇，已經下定決心學道，
熱衷追求道教養生之術。而寓居惠州三年期間，蘇軾也和佛教徒時
相往來，相關詩文甚多。蓋自幼及長，同時接觸儒、釋、道，兼容
並蓄，並不排斥其一。然則，蘇軾惠州時期有無思想上的變遷？

「道」是道家哲學,或是道教文化?或是二者不作區隔?「道」與「佛」的吸納、融合與會通,在蘇軾身上如何可能?本文試圖以惠州近三年時光為研究範圍,針對上述問題進行討論。

二、蘇軾一貫堅持的生活態度

宋神宗元豐二年（1079 年）十二月,蘇軾被貶為黃州團練副使,這是蘇軾第一次被放逐,隨之而來的是悲憤恐懼的歲月。元豐四年,蘇軾〈黃州上文潞公書〉云:

> 軾始得罪,倉皇出獄,死生未分,六親不相保。然私念所及,不暇及他。但願平生所存,名義至重,不知今日所犯,為已見絕於聖賢、不得復為君子乎?抑雖有罪不可赦,而猶可改也?（《蘇軾文集》卷 48,頁 1279）

黃啟方（1941-）對此解釋道:「所謂『名義』,也就是『君子』的名聲與『君臣』間的道義。」[6]接著又說:

> 東坡對於自己平日持守存養的義理,極有自信,他對堂侄蘇千之說:「人苟知道,無適而不可,初不計得失也。……獨立不懼者,惟司馬君實（光）與叔兄弟耳。萬事委命,直道

---

[6] 黃啟方:〈從東坡書牘認識東坡——以黃州、惠州、儋州時期書牘為主〉,收入黃啟方:《東坡的心靈世界》（臺北:臺灣學生書局,2002年10月初版）,頁 33。

而行，縱以此竄逐，所獲多矣！」（《蘇軾文集》卷 60，〈與千之姪二首〉之一、之二，頁 1839、1840）滿朝文武，只有司馬光和蘇軾兄弟兩人是「獨立不懼」的，是「直道而行」的，因此，雖然因此而遭竄逐，也還是一大收穫。所以在給李常的信中他也說：「吾儕雖老且窮，而道理貫心肝，忠義填骨髓，直須談笑於死生之際。」（《蘇軾文集》卷 51，〈與李公擇十七首之十一〉，頁 1500）類似這些話語，在惠州與瓊州時期，雖已不再見於書信中，但我們從東坡一貫堅持的風骨看，這種對「道理」與「忠義」的堅持，是生死以之的，這是東坡立身行事的根本原則，固無須一再申明之也。[7]

　　由此得知，東坡先生以一生正直而守道義，不論在何地居官都是如此；而其一生的大節，大約在黃州時期已經立定了基礎，後來在惠州、儋州時期，仍然堅守這等立身處世的原則。王水照（1934-）也說：「惠州、儋州的貶謫生活是黃州生活的繼續，蘇軾的思想和創作也是黃州時期的繼續和發展。佛、老思想又成為他思想的主導，而且比前有所滋長。」[8]這個說法為學界所共同認知。

　　元豐四年（1081 年），蘇軾撰成《論語說》、《易傳》，試圖由此二書思索人生出處進退的問題。蘇軾晚年自承，於貶官期間喜讀陶潛（淵明，365-427）詩和柳宗元（柳州，773-819）的文集，而柳宗元〈送僧浩初序〉論及佛教僧徒出處進退的問題，曾經說到「僧浩

7　同前註，頁 33-34。

8　王水照：《蘇軾》（臺北：萬卷樓圖書公司，1993 年 1 月初版），第 12 章，〈再貶惠州、儋州〉，頁 128-129。

之言，往往與《易》、《論語》合」，則此二書確實可作為討論出處抉擇的依據。[9]此外，在《蘇軾詩集》中共有九處用了「吾生如寄耳」句，從熙寧十年（1077 年）〈過雲龍山人張天驥〉「吾生如寄耳，歸計失不早。」（《蘇軾詩集》卷 15，頁 749）到建中靖國元年（1101 年）〈鬱孤臺〉「吾生如寄耳，嶺海亦閑游。」（《蘇軾詩集》卷 45，頁 2429）王水照搜集這九例後說：「這九例作年從壯（42 歲）到老（66 歲），境遇有順有逆，反復使用。」[10]實則，漢末古詩已有「人生寄一世，奄忽若飆塵」、「人生忽如寄，壽無金石固」的句子，[11]自古以來常見人生短暫的感歎。蘇軾並非生在世衰亂離的時代，他對「吾生如寄耳」的省思，不僅是時間的短暫，也包括了屢次被貶謫外地所帶來的空間的漂泊感受。與此相似的是，蘇軾還有許多「人間如夢」的語句，譬如〈念奴嬌・赤壁懷古〉：「多情應笑我，早生華髮。人間如夢，一尊還酹江月。」[12]按：「人生如夢」可以有多重解釋，一是人生如夢般短暫，二是因為東坡一生飽

9　蘇軾對柳宗元詩深有體會，可參見黃啟方：〈寂寞無人見——東坡的幽獨情懷〉，收入黃啟方：《東坡的心靈世界》，頁 83-87。柳宗元〈送僧浩初序〉一文，參見〔唐〕柳宗元著，吳文治（1925-2009）點校：《柳宗元集》（北京：中華書局，1979 年 9 月），卷 25，頁 673-675。

10　王水照：〈蘇軾的人生思考和文化性格〉，收入王水照：《蘇軾論稿》（臺北：萬卷樓圖書公司，1994 年 12 月初版），頁 75-76。

11　〔漢〕佚名：〈古詩十九首〉之四、之十三，收錄於〔南朝梁〕蕭統著，李善注：《昭明文選》（臺北：藝文印書館，1976 年 10 月 8 版），卷 29，頁 3、6。

12　〔宋〕蘇軾著，龍榆生校箋：《東坡樂府箋》（臺北：華正書局，1980 年 2 月初版），卷 2，頁 9。以下引用東坡詞，大多依據此書，隨文注明卷次、篇名、頁碼，不另列註。

經憂患，感受到人生如夢般變幻無常，三是人生如夢般無法掌控，東坡曾言道：「常恨此身非我有。」（〈臨江仙·夜歸臨皋〉，《東坡樂府箋》，卷 2，頁 12）然而結合東坡詩文中常常出現的「人生如寄」，以及「此生如幻耳」、「此生暫寄寓」、「人生如朝露」、「哀吾生之須臾」，可知他對於人生如此短暫有很深刻的感受，這是蘇軾一生中不曾間斷的思考。

自前引蘇軾〈黃州上文潞公書〉和〈到惠州謝表〉二文觀之，不論是在黃州或是惠州，被貶之後都有一股恐懼的心情，閉門思過是最直接的表現。蘇軾被貶到惠州後自言：

> 夫南方雖號為瘴癘地，然死生有命，初不由南北也。……定居之後，杜門燒香，閉目清坐，深念五十九年之非耳。
> （《蘇軾文集》卷 57，〈與吳秀才三首之二〉，頁 1738）

> 僕方杜門念咎，不願相知過有粉飾，以重其罪。（《蘇軾文集》卷 57，〈與吳秀才三首之三〉，頁 1739）

他帶著閉門反省的心情，來到貶謫地，不與故舊朋友來往，惟恐再次陷入險境。時人也不敢與蘇軾父子來往，與蘇軾同時來到嶺南的蘇軾幼子蘇過（1072-1123）曾經說：「紹聖初，先君子謫羅浮，是時法令峻急，州縣望風指，不敢與遷客遊。」[13]於宣和二年

13　〔宋〕蘇過撰，舒大剛（1959-）、蔣宗許（1949-）等校注：《斜川集校注》（成都：巴蜀書社，1996 年 12 月第 1 版），卷 9，〈書漳南李安正防禦碑陰〉，頁 670。

（1120）父親辭世十九年之後蘇過又追憶道：「先君之遷於南也，平昔親舊屏跡不敢問安否者七年。」[14]文中指出來「七年」的光陰，正是從被貶至惠州開始算起，直到東坡去世為止。可想而知蘇軾晚年生活之艱困，內心潛藏的苦楚，外人實難以體會。

到惠州之後不久，蘇軾「寓居嘉祐寺松風亭。杖屨所及，雞犬皆相識。」（《蘇軾文集》卷 71，〈題嘉祐寺壁〉，頁 2270）蘇軾寫下了當時生活的一個片斷：

> 余嘗寓居惠州嘉祐寺，縱步松風亭下，足力疲乏，思欲就床止息。仰望亭宇，尚在木末。意謂如何得到？良久忽曰：「此間有甚麼歇不得處？」由是心若掛鈎之魚，忽得解脫。若人悟此，雖兩陣相接，鼓聲如雷霆，進則死敵，退則死法，當恁麼時，也不妨熟歇。（《蘇軾文集》卷 71，〈記游松風亭〉，頁 2271）

這段話很可能是初到惠州的前半年所寫，反映了蘇軾靈光乍現的一刻，忽然對人生有了極大的體悟。正因為人生可以就地歇息，故不需強求眼前得不到的事物，不需強硬碰觸敵對的勢力，應當轉而思索在艱困環境下能如何解脫。於是隨遇而安成為一股生存力量，可以循此安頓自身的心靈。

大約到惠州半年光景，也就是紹聖二年四月左右，蘇軾已能收

14　〔宋〕蘇過撰，舒星校補，蔣宗許、舒大剛注：《蘇過詩文編年箋注》（北京：中華書局，1996 年 12 月第 1 版），下冊，卷 9，〈王元直墓碑〉，頁 888。

拾好心情，適應當地的生活。〈與陳季常十六首之十六〉說：「到
惠將半年，風土食物不惡，吏民相待甚厚。」（《蘇軾文集》卷 53，
頁 1570）〈與徐得之十四首之十三〉也說：「某到惠已半年，凡百
粗遣，既習其水土風氣，絕欲息念之外，浩然無疑，殊覺安健
也。」（《蘇軾文集》卷 57，頁 1724）他的生活態度始終一直保有樂觀
精神。寫於此時的〈四月十一日初食荔支〉說：「人間何者非夢
幻，南來萬里真良圖。」（《蘇軾詩集》卷 39，頁 2122）寫於紹聖三年
四月的〈食荔支二首其二〉又說：「羅浮山下四時春，盧橘楊梅次
第新。日啖荔支三百顆，不辭長作嶺南人。」（《蘇軾詩集》卷 40，
頁 2194）這兩首詩都作於惠州，表現出歡喜居住此地的想法，雖然
只是因為荔枝的緣故。他已經將自己從「逐臣」的身分轉換成「歸
人」的身分，對在地生活完全認同。紹聖二年六月，有一封書簡寫
給自幼年即有交情的王鞏（定國，約 1048-1117）說：

> 某到此八月，獨與幼子一人、三庖者來。凡百不失所，風土
> 不甚惡。某既緣此絕棄世故，身心俱安，而小兒亦遂超然物
> 外，此非父不生此子也。呵呵！書中所諭，甚感至意，不替
> 疇昔而加厚也。幸甚！幸甚！子由不住得書，極自適，道氣
> 有成矣。餘無足道者。南北去住定有命，此心亦不念歸。明
> 年買田築室，作惠州人矣。（〈與王定國四十一首之四十〉，《蘇
> 軾文集》卷 52，頁 1531）

蘇軾來到惠州歷經八個月之後，已經完全融入當地生活；此時
朝雲陪侍在側，照顧他的生活飲食起居，這裡將朝雲納入「庖者」
之列。其弟蘇轍（子由，1039-1112）同時期也被貶到嶺南，除了常常

互通音訊外，也在修習道家養生之術，常告知兄長有所進步的情形，蘇軾對此表示肯定。

在惠州的最後一年——紹聖四年，蘇軾〈答范純夫十一首之十一〉還是這麼說道：「我視此邦，如洙如沂。邦人勸我，老我安歸。」（《蘇軾文集》卷50，頁1457）短短數年之間，蘇軾在惠州的生活平和而安詳。

三、蘇軾得自儒家的思想觀念

儒家信徒積極用世之心頗為強烈，所謂「仕而優則學，學而優則仕」[15]的觀念，深入人心。早在嘉祐六年（1061年）之前，蘇軾已經寫了許多篇經義策論文字，收入《應詔集》中。其中〈中庸論中〉云：「夫聖人之道，自本而觀之，則皆出於人情。」（《蘇軾文集》卷2，頁61）〈詩論〉一文亦云：「夫六經之道，惟其近於人情，是以久傳而不廢。」（同上，頁55）嘉祐八年（1063年），蘇軾為鳳翔太守作〈凌虛臺記〉，云：「夫臺猶不足恃以長久，而況於人事之得喪，忽往而忽來者歟？而或者欲以夸世而自足，則過矣。蓋世有足恃者，而不在乎臺之存亡也。」（《蘇軾文集》卷11，頁351）這篇文章也是以儒家思想為論事的依據，強調外物不足恃，而內在的品德、得民心的政績，才是當政者應當努力追求的目標。

15　〔魏〕何晏（195?-249）注、〔宋〕邢昺（932-1010）疏：《論語注疏》（嘉慶20年江西南昌府學開雕重刊宋本，臺北：藝文印書館，十三經注疏8，1989年1月），卷19，〈子張〉，頁4。以下引用此書，隨文注明卷次、篇名，不另列註。

他在〈墨君堂記〉文中又以竹子的氣節風骨來詮釋儒家「得志澤加於民，不得志脩身見於世。窮則獨善其身，達則兼善天下」[16]的境界精神，稱：「得志，遂茂而不驕；不得志，瘁瘠而不辱。群居不倚，獨立不懼。」（《蘇軾文集》卷 11，頁 356）凡此，都是青年時期的蘇軾，在養成教育過程中深受儒家思想的明證。

蘇軾貶至黃州後，即潛心學術，不與人事，不斷地有些反省檢討的心路歷程。他在黃州時，曾經多次檢討自己：「軾強狠自用，……使少循理安分，豈有今日？」（《蘇軾文集》卷 49，〈與章子厚參政書二首之一〉，頁 1411-1412）、「軾所以得罪，正坐名過實耳。」（《蘇軾文集》卷 49，〈答李昭玘書〉，頁 1439）這裡有關「安分守己」、「名實相符」的觀點，接近儒家學說的思考。直到他在紹聖元年（1094 年）六月接獲前往惠州安置的誥命時，也沒有因為貶逐在外，而忘記了為國效力的理想，寫於這一年七月的〈望湖亭〉一詩說：「許國心猶在，康時術已虛。岷峨家萬里，投老得歸無？」（《蘇軾詩集》卷 38，頁 2050）他仍然常常自我反省，隨時剔厲自己的品德，以期有朝一日報效於國家。

蘇軾一生實踐儒家推己及人、仁民愛物的理想，具體作法有二，一是繼承《詩經》以來諷諫勸誡的傳統，以詩文來打動上位者之心，提供拾遺補闕的功用；二是以地方官員的身分，苦民之所苦，施惠政於老百姓身上。在前來惠州的前幾年，蘇軾於元祐三年

16　〔漢〕趙岐（108-201）注、〔宋〕孫奭（962-1033）疏：《孟子注疏》（嘉慶 20 年江西南昌府學開雕重刊宋本，臺北：藝文印書館，十三經注疏 8，1989 年 1 月），卷 13 上，〈盡心章句上〉，頁 6。以下引用此書，隨文注明篇名，不另列註。

十月十七日作〈乞郡劄子〉即云：

> 昔先帝召臣上殿，訪問古今，勑臣遇事即言。其後臣屢論
> 事，未蒙施行，乃復作為詩文，寓物托諷，庶幾流傳上達，
> 感悟聖意。而李定、舒亶、何正臣三人，因此言臣誹謗，臣
> 遂得罪。（《蘇軾文集》卷29，頁829）

　　這裡所說的「先帝」是指神宗趙頊（1048-1085，1068-1085 在位）。熙寧四年（1071 年）神宗召見蘇軾，問當時政令得失，其中有些意見受到採納，蘇軾倍受鼓舞，隨後接連有幾封〈上神宗皇帝書〉。（《蘇軾文集》卷25，頁729-752）日後時運不濟、仕途不順時，蘇軾轉而抒發民意，盼望獲得上位者採納。紹聖二年五、六月在惠州期間，蘇軾曾經寫下〈荔支歎〉一詩，頗能反映民生疾苦。[17]類似的作品實多，蘇軾暮年在海南島曾經自我感歎：「東坡何事不違時！」（《蘇軾詩集》卷41，〈椰子冠〉，頁 2269）也說出自己是位隨時反映民心的寫作者。蘇轍〈亡兄子瞻端明墓誌銘〉對此有些說明：

> 初，公既補外，見事有不便於民者，不敢言，亦不敢默視
> 也。緣詩人之義，托事以諷，庶幾有補於國。……（謫居惠
> 州後）人無賢愚，皆得其歡心。疾苦者畀之藥，殞斃者納之

---

[17] 關於〈荔支歎〉一詩的討論，請參考劉昭明：〈蘇軾〈荔支歎〉發微〉，收入劉昭明主編：《文與哲·臺灣南區大學中文系策略聯盟學術論叢》（高雄：國立中山大學中國文學系，2014 年 6 月），頁 357-424。

竈。又率眾為二橋以濟病涉者，惠人敬愛之。**18**

到了南宋，隨著中央政權的南遷，蘇軾良好的政績更是流傳開來，廣為人知。費袞（1190-1194 國子監免解進士）對蘇軾嶺南義行最有體會，《梁谿漫志·東坡謫居中勇於為義》說：

> 陸宣公謫忠州，杜門謝客，惟集藥方，蓋出而與人交，動作言語之際，皆足以招謗，故公謹之。後人得罪遷徙者，多以此為法。至東坡則不然，其在惠州也，程正輔為廣中提刑，東坡與之中外，凡惠州官事，悉以告之。諸軍闕營房，散居市井，窘急作過，坡欲令作營屋三百間，又薦都監王約，指使藍生同幹。惠州納秋米六萬三千餘石，漕符乃令五萬以上，折納見錢，坡以為嶺南錢荒，乞令人戶納錢與米，並從其便。博羅大火，坡以為林令在式假，不當坐罪，又有心力可委，欲專牒令修復公宇倉庫，仍約束本州科配。惠州造橋，坡以為吏屏而胥橫，必四六分，分了錢，造成一座河樓橋，乞選一健幹吏來了此事。……凡此等事，多涉官政，亦易指以為恩怨，而坡奮然行之不疑，其勇於為義如此！謫居尚爾，則立朝之際，其可以死生禍福動之哉！**19**

---

18 〔宋〕蘇轍著，陳宏天（1938-1989）、高秀芳（1924-）校點：《蘇轍集》（北京：中華書局，1990 年 8 月），《欒城後集》卷 22，〈亡兄子瞻端明墓誌銘〉，頁 1117-1118。以下引用蘇轍文，皆依據此書，隨文注明卷次、篇名、頁碼，不另列註。

19 〔宋〕費袞：《梁谿漫志》（臺北：廣文書局，1969 年 9 月初版），卷 4，〈東坡謫居中勇於為義〉，頁 3-4。

王稱（1195-1200 為吏部郎中）《東都事略》也讚譽說：

> 受之於天，超出乎萬物之表，而充塞乎天地之間者，氣也。
> 施之於事業，足以消沮金石；形之於文章，足以羽翼元化，
> 惟軾為不可及矣。故置之朝廷之上，而不為之喜；斥之嶺南
> 之外，而不為之慍。邁往之氣，折而不屈，此人中龍也。**20**

後世給予東坡極高的評價，正是因為他勤政愛民，惠民有聲，
贏得百姓的愛戴。而他在嶺南時期的表現，說明了蘇軾一生具體實
踐了儒家淑世濟民的理想。

四、蘇軾道家觀念的呈現

元豐五年（1082 年），蘇軾在黃州寫下了名篇〈赤壁賦〉，
云：「客亦知夫水與月乎？逝者如斯，而未嘗往也；盈虛者如彼，
而卒莫消長也。蓋將自其變者而觀之，則天地曾不能以一瞬；自其
不變者而觀之，則物與我皆無盡也。而又何羨乎？」（《蘇軾文集》
卷 1，頁 6）這裡從大自然的循環不息，看出人世間的永恆不變，很
像莊子（前 369-前 286）〈逍遙遊〉泯除天地萬物長短、大小、有
無、榮辱……相對的概念，且具備了〈齊物論〉「天地與我並生，
而萬物與我為一」的思想觀念。**21**蘇軾一方面很能看出世間萬物的

---

20 〔宋〕王稱：《東都事略》（臺北：國立中央圖書館，1991 年 2 月），
    冊 3，〈蘇軾傳〉，頁 1449。

21 〔清〕郭慶藩（1844-1896）編、王孝魚（1900-1981）整理：《莊子集

消長盈虛，另一方面，如同這段文字和前節引述〈凌虛臺記〉的文字中，又可得知他對萬物的不能長久頗有感受，故而很容易接受老、莊哲學思想。在他的生命歷程中，秉持儒家精神，又融合道家思想，以尋求安身立命之方，並不困難。他寫完前、後〈赤壁賦〉（《蘇軾文集》卷 1，頁 5-8）的時間點，正是貶官黃州之後的第三年，基本上已經走出了痛苦。當然，往後再遭受貶官時，心情仍然難免有所起伏。

　　蘇軾在元祐六年（1091 年）六月作〈上清儲祥宮碑〉說道：「臣謹按道家者流，本出於黃帝、老子。其道以清淨無為為宗，以虛明應物為用，以慈儉不爭為行，合於《周易》「何思何慮」、《論語》「仁者靜壽」之說，如是而已。自秦、漢以來，始用方士言，乃有飛仙變化之術，《黃庭》、《大洞》之法，太上、天真、木公、金母之號，延康、赤明、龍漢、開皇之紀，天皇、太一、紫微、北極之祀，下至於丹藥奇技，符籙小數，皆歸於道家，學者不能必其有無。然臣嘗竊論之。黃帝、老子之道，本也；方士之言，末也。脩其本而末自應。故仁義不施，則韶濩之樂，不能以降天神。忠信不立，則射鄉之禮，不能以致刑措。……其後文、景之治，大率依本黃、老，清新省事，薄斂緩獄，不言兵而天下富。」（《蘇軾文集》卷 17，頁 503）這段話清楚地指出，道家就是黃、老之道，此為本；眾人所說的道教，即秦、漢以來方士所說的飛仙變化之術，此為末。蘇軾將黃、老之道與儒家《周易》、《論語》的仁義、忠信之說結合起來，認為道理是相通的；而他對於道教的源流

　　釋》（臺北：木鐸出版社，1982 年 9 月），內篇，〈逍遙遊第一〉，頁1-42、〈齊物論第二〉，頁 43-114。

發展知之甚詳，但是並沒有將道教之術放在與黃、老之道同等的地位上。

可惜事與願違，蘇軾在黃州期間曾經說：「吾儕漸衰，不可復作少年調度，當速用道書方士之言，厚自養鍊。謫居無事，頗窺其一二。」（《蘇軾文集》卷52，〈答秦太虛七首之四〉，頁1535）他開始急速學習道書方士之言，肇因於「謫居無事」的心境下。巧合的是，元豐二年七月發生「烏臺詩案」，同年十二月即責授黃州團練副使，而在此之前的四月到七月間，蘇軾移知湖州。就在這幾個月內，張方平（安道，1007-1091）致贈「軟硃砂膏，某在湖州服數兩，甚覺有益。」（《蘇軾文集》卷52，〈與王定國四十一首之三〉，頁1514）後來他與張安道結為知交，更寫下〈養生訣──上張安道〉說：「近年頗留意養生。讀書延問方士多矣，其法百數，擇其簡易可行者，間或為之，輒有奇驗。今此閑放益究其妙，乃知神仙長生非虛語爾。其效初不甚覺，但積累百餘日，功用不可量。比之服藥其力百倍。……若信而行之，必有大益，其訣如左：每夜以子後披衣起，面東或南，盤足，叩齒三十六通，握固，閉息，內觀五臟，……。待腹滿氣極，即徐出氣。……復前法。閉息內觀，納心丹田，調息漱津，皆依前法。如此者三，……以氣送入丹田。……又依前法為之。凡九閉息，三嚥津而止。然後以左右手熱摩兩腳心，及臍下腰脊間，皆令熱徹，次以兩手摩熨眼、面、耳、項，皆令極熱。仍按捏鼻樑左右五、七下，梳頭百餘梳而臥，熟寢至明。右其法至簡近，唯在常久不廢，即有深功。且試行一、二十日，精神自已不同，……面目有光，久之不已，去仙不遠。」（《蘇軾文集》卷73，頁2335-2336）這裡說得很清楚，蘇軾留意養生非一、兩年之事，主要是運氣調息之法，搓熱身體，用功甚勤，持之以恆。他

在〈與王定國四十一首之八〉中也說：「道術多方，難得其要，然以某觀之，惟能靜心閉目，以漸習之，但閉得百十息，為益甚大，……數為之，似覺有功。幸信此語，使真氣雲行體中，瘴冷安能近人也。」（《蘇軾文集》卷52，頁1518）不過，須注意一點，蘇軾雖然服用過軟硃砂膏，但是主要的養生之術是閉息、運氣，在這封書信中，蘇軾還寫道：「近有人惠丹砂少許，光彩甚奇，固不敢服。然其人教以養火，觀其變化，聊以怡神遣日。……大抵道士非金丹不能解化，而丹材多出南荒，故葛稚川乞岣嶁令，竟化於廣州，不可不留意也。」（同上，頁1517-1518）於此可見蘇軾並非迷信之人，他追求養生，但是不相信人可以長生不死，南方丹材亦未可常用。上述這些經歷始於黃州時期，日後蘇軾的生活常常如此。

　　蘇軾前往惠州途中的心境，似乎受到前往南方瘴癘之鄉的憂慮、日益年邁向體衰的身軀的影響，更加速了他學道求仙的動力。原因之一是東坡南來惠州之前一年，即元祐八年（1093年）八月一日，其妻王季章卒於京師，新喪不久，就遭逢追貶官職，情緒低落事小，生死恐懼事大，實有勉強度日的意味。〈與錢濟明十六首之四〉說：

> 某到貶所，闔門省愆之外，無一事也。瘴鄉風土，不問可知，少年或可久居，老者殊畏之。唯絕嗜欲、節飲食，可以不死，此言已書之紳矣。餘則信命而已。近來親舊書問已絕，理勢應爾。（《蘇軾文集》卷53，頁1550-1551）

　　他初到惠州時心情低落，親朋不再往來，又擔心來自於南方的水土不服，只得清心寡欲，延長餘命過日子而已。他在〈答范純夫

十一首之十〉也說：「某謫居瘴鄉，惟盡絕欲念，為萬金之良藥。……子由極安常，燕坐胎息而已。」（《蘇軾文集》卷 50，頁1456）這篇尺牘作於紹聖四年閏二月初，蘇軾此時並不知道新的誥命即將下來，不久又將貶謫至儋州。由以上二文可知，蘇軾在惠州期間，始終過著清淡而減少嗜欲的日子。

　　他在前往惠州途中，試圖放開心懷，不計較個人的得失毀譽，有心求道。〈與劉宜翁使君書〉說：

> 軾齠齔好道，本不欲婚宦，為父兄所強，一落世網，不能自逭。然未嘗一念忘此心也。今遠竄荒服，負罪至重，無復歸望。杜門屏居，寢飯之外，更無一事，胸中廓然，實無荊棘。竊謂可以受先生之道。故託里人任德公親致此懇。……軾雖不肖，竊自謂有受道之質三，謹令德公口陳其詳。伏料先生知之有素，今尤哀之，想見聞此，欣然拊掌，盡發其秘也。幸不惜辭費，詳作一書付德公，以授程德孺表弟，令專遣人至惠州。路遠，難於往返咨問，幸與軾盡載首尾，勿留後段以俟憤悱也。或有外丹已成，可助成梨棗者，亦望不惜分惠。迫切之誠，真可憫笑矣。夫心之精微，口不能盡，而況書乎？然先生筆端有口，足以形容難言之妙，而軾亦眼中無障，必能洞視不傳之意也。但恨身在謫籍，不能千里踵門，北面摳衣耳。昔葛稚川以丹砂之故求句漏令，先生儻有意乎？嶠南山水奇絕，多異人神藥，先生不畏嵐瘴，可復談笑一遊，則小人當奉杖屨以從矣。（《蘇軾文集》卷 49，頁1415-1416）

　　這封信當作於紹聖元年（1094 年）七月，蘇軾受敕命前往惠州，在安徽當塗至江西九江途中。[22]初聞被貶，驚魂未定，急忙求教於異人神仙之術，甚至於丹藥亦在祈求之列，蘇軾自言「迫切之誠，真可憫笑矣。」此種心情，絕非局外人所能體會。不過，文中自言少年已有慧根，不欲婚宦，有心求道，可以說蘇軾的天性如此。更值得留意的是，蘇軾自言「眼中無障，必能洞視不傳之意也」，看出他學道的自信。在二度貶官後，他已經看破宦海浮沈，因此「更無一事，胸中廓然，實無荊棘。」這般意思，同樣在惠州時期的〈與杜子師四首之三〉也說過：「貶竄皆愚暗自取，罪大罰輕，感恩念咎之外，略不置胸中也。」（《蘇軾文集》卷 56，頁 1673）與上述黃州時期對照看來，蘇軾求仙求道的意願更加強烈。

　　蘇軾於紹聖元年十月二日至惠州，「謫惠後，萬念俱灰，求道

22　吳雪濤《蘇文繫年考略》說：「書中既云『托里人任德公親致此懇』，又云『謹令德公口陳其詳』，且欲劉宜翁『詳作一書付德公』，則軾作書時，必與任德翁在一處，因詳述其意，令口陳宜翁；此書亦必托任德翁交於宜翁，故特告宜翁將答書面交德翁，然後再轉遞惠州。考蘇軾在惠期間，並無任德翁赴惠相仿之事，而其時軾又在謫籍之中，不得離惠他之，因知此書必不作於至惠之後，而當在赴惠途中。按，紹聖元年，軾在定州任上被貶知英州，閏四月三日即離定赴英。行至當塗，復聞改謫惠州之命。《後集》卷四有〈六月七日泊金陵，阻風，得鍾山泉公書，寄詩為謝〉一首，即作於南遷途中。當塗距金陵不遠，意其至當塗當在六月下旬。同卷又有〈八月七日初入贛，過惶恐灘〉詩，亦為南遷途中所作，說明軾於該年八月上旬始離開長江，折入江西，沿贛江南下。由此可見，軾六月下旬在當塗聞改惠州之命後，繼續溯江西上，至八月上旬始轉入贛江，其間共一月有餘。……凡此數事，俱合如符節，因知本書必作於紹聖元年七月。」參見吳雪濤：《蘇文繫年考略》（呼和浩特：內蒙古教育出版社，1990 年 2 月第 1 版），〈紹聖元年甲戌（1094）〉，頁 377-378。

之心更切,而致力研求丹藥及服食長生。」[23]十月二十日即煉成
「思無邪丹」,有〈思無邪丹贊〉云:

> 飲食之精,草木之華。集我丹田,我丹所家。我丹伊何?鈆
> 汞丹砂。……晝煉于日,赫然丹霞。夜浴于月,皓然素葩。
> 金丹自成,曰思無邪。(《蘇軾文集》卷21,頁606-607)

可見到惠州之初,東坡喜歡道家煉丹之術。作於惠州時期的
〈與程正輔七十一首之五十五〉說:

> 某近頗好丹藥,不惟有意於却老,亦欲玩物之變,以自娛
> 也。聞曲江諸場,亦有老翁須生銀是也。甚貴,難得,兄試
> 為體問,如可求,買得五六兩,為佳。若費力難求即已,非
> 急用也。不罪!不罪!(《蘇軾文集》卷54,頁1615)

〈與陳季常十六首之十六〉又說:

> 自數年來,頗知內外丹要處。(《蘇軾文集》卷53,頁1570)

這些都是蘇軾好求丹藥的證據。在惠州前後這幾年,蘇軾已經
熱衷於煉丹藥之術,且頗有心得。或許當時風俗,以為服食丹藥可
以讓自己容貌看來更年輕,可以「却老」,可以延年益壽,蘇軾為

---

[23] 李慕如:〈東坡詩文中道家道教思想之玄蘊〉,《中國學術年刊》,第
18期,1997年3月,頁22。

了達到此目的，也想盡辦法購買生銀五六兩，這當然也是為了煉丹藥所須，凡此皆不能免俗。後來的〈與陸子厚一首〉說：「惠州百凡不惡，杜門養痾，所獲多矣。」（《蘇軾文集》卷 60，頁 1853）可知蘇軾在惠州調養身心，有些成效。他的具體心得是：

> 世外之道，金丹為上，儀鄰次之，服食草木又次之，而胎息三住為本，殆無出此者。嵇中散云：「守之以一，養之以和，和理日濟，同乎大順，然後蒸以靈芝，潤以醴泉，晞以朝陽，綏以五絃。」僕今除五絃不用外，其他舉以中散為師矣。適飲桂酒一杯，醺然徑醉……。桂酒，乃仙方也，釀桂而成，盎然玉色，非人間物也。（《蘇軾文集》卷 60，〈與陸子厚一首〉，頁 1853-1854）

　　由上可知，蘇軾追求道家之術，得自嵇康（叔夜，約 223-263 前後，官曹魏中散大夫）以來的說法為多。他幾乎從各種途徑一起努力，以求達到養生目的，可謂用心至深。就在紹聖元年的十一月，據王文誥《蘇詩總案》云：「得桂酒方於海上，釀成而玉色，作〈桂酒頌〉，刻其法，藏石羅浮鐵橋下。」[24]其頌詞云：

> 《本草》：桂有小毒，……殺三蟲，輕身堅骨，養神發色，使常如童子，療心腹冷疾，為百藥先，無所畏。陶隱居云：「《仙經》，服三桂，以蔥涕合雲母，烝為水。」而孫思邈

> 亦云：「久服，可行水。此輕身之效也。」吾謫居海上，法
> 當數飲酒以禦瘴，而嶺南無酒禁。有隱者，以桂酒方授吾，
> 釀成而玉色，香味超然，非人間物也。……故為之頌，以遺
> 後之有道而居夷者。其法蓋刻石置之羅浮鐵橋之下，非忘世
> 求道者莫至焉。其詞曰：……肌膚渥丹身毛輕，冷然風飛罔
> 水行。誰其傳者疑方平，教我常作醉中醒。（《蘇軾文集》卷
> 20，〈桂酒頌〉，頁 594）

　　據此，蘇軾相信一些來自民間的養生療法，希企由飲食習慣改
變體質。其中釀酒的過程有些奇異，明知「桂有小毒」而用之，而
且引用《仙經》及前人說法，釀造一個「非人間物」，追求達到輕
身堅骨、肌膚如童子，似仙人一般「冷然風飛罔水行」的功效。這
裡面雜揉了道教仙風道骨之說，是蘇軾當年的生活目標之一。此
後，在紹聖二年二月一日起，蘇軾習道家龍虎鉛汞說，調息煉功，
以百日為期。（《蘇軾文集》卷 73，頁 2331-2333）四月八日，蘇軾書嵇
康〈養生論〉贈羅浮道士鄧守安（?-?），並跋。（《蘇軾文集》卷 66，
頁 2056）五月，蘇軾釀成「真一酒」，請鄧守安拜奠北斗真君，記
其事。鄧守安，蘇軾稱他「專靜有守，世外良友也。」（《蘇軾文
集》卷 60，〈與陸子厚一首〉，頁 1853）蘇軾作〈真一酒〉詩（《蘇軾詩
集》卷 39，頁 2124）、〈題真一酒詩後〉（收入《蘇軾文集》，《蘇軾佚文
彙編》卷 5，頁 2537），另寫〈真一酒法〉一文寄給徐大正（得之）。
（《蘇軾文集》卷 73，頁 2372）[25]六月，蘇轍也有〈勸子瞻修無生法〉

25　參見孔凡禮：《蘇軾年譜》（北京：中華書局，1998 年 2 月第 1 版），
　　下冊，卷 34，〈紹聖二年〉，頁 1200。

詩：「除却靈明一一空，年來丹竈漫施功。……」（《蘇轍集》卷
2，〈勸子瞻修無生法〉，頁 892）八月二十七日，書養生三法：食芡
法、胎息法、藏月砂法，寄弟轍。這類求仙求道的事例頗多。由此
可知，蘇軾喜歡道教非一時興起而已，他深信不疑，並且與弟弟子
由、志同道合的好友分享之。然而在修習養生之術的同時，蘇軾心
中也有些動搖，寫於紹聖二年的〈與吳秀才三首之二〉中說：
「（吳）子野一見僕，便論出世間法，以長生不死為餘事，而以鍊
氣服藥為土苴也。僕未能行，然喜誦其言，嘗作〈論養生〉一篇，
為子野出也。」（《蘇軾文集》卷 57，頁 1737-1738）友人「出世間
法」，佛教也，意在以佛理貶抑道教；蘇軾此時執意學習道教養生
之術，雖未能棄道學佛，然而心中保有喜歡佛理的因子。

　　紹聖三年年底，芝上人懸秀（?-?）南來惠州，東坡為之作〈夢
齋銘〉，開篇即曰：「至人無夢。」而後歷數「高宗、武王、孔子
皆夢，佛亦夢」；然而「夢不異覺，覺不異夢，夢即是覺，覺即是
夢，此其所以為無夢也歟？」（《蘇軾文集》卷 19，頁 575）於此，蘇
軾採用了《莊子・逍遙遊》「至人无己」說，[26]加上「超然物外」
的觀念，說明佛家「夢即是覺，覺即是夢」、「法身充滿，處處皆
一」。（《蘇軾文集》卷 19，〈夢齋銘〉，頁 575）說道、談佛，也可以
融合為一，於東坡居士身上的確如此。

　　東坡曾寫下〈游羅浮山一首示兒子過〉詩，羅浮山是道教的仙
山，位於今廣東省博羅縣西北，距離惠州不遠。相傳東漢葛洪（稚
川，284-363）來此山建立道觀，鍊丹修身，此後陸續有道士來訪，

26　〔清〕郭慶藩編、王孝魚整理：《莊子集釋》，內篇，〈逍遙遊第一〉，
　　頁 17。

尋訪「夜半觀日」的神迹，絡繹不絕。蘇軾應該是在貶謫惠州時造訪此處。詩中有云：「東坡之師抱朴老，真契久已交前生。」[27]可見東坡在貶謫時期，由於地緣關係，升高了對《抱朴子》一書的興趣。他「對養生長生的道家也表示出比以前更大的興趣。……他似乎想超塵出世，遠離人間了。」[28]

　　然而，蘇軾對於葛洪的態度，有些堅持，也有些轉變。首先，前引〈與劉宜翁使君書〉中，蘇軾也曾邀請「不畏嵐瘴」的劉宜翁南來一遊。（《蘇軾文集》卷49，頁1416）因葛洪來到嶺南，故而引發文人的歸隱之思。如蘇軾作於紹聖二年（1095）秋天的〈和陶讀《山海經》并引〉其一云：「愧此稚川翁，千載與我俱。畫我與淵明，可做三士圖。」（《蘇軾詩集》卷39，頁2130）其十三亦云：「攜手葛與陶，歸哉復歸哉」（同上，頁2136），表達自己願意歸隱之心。其次，蘇軾〈和陶讀《山海經》并引〉其二云：「稚川雖獨善，愛物均孔、顏」（同上，頁2130），他以葛洪與孔子、顏回並論，追求一種道、儒共有的獨善其身、復能仁民愛物的生活意境。

　　然而，蘇軾畢竟生活在俗世凡塵中，與陶淵明相同，到了晚年，對於神仙蹤跡的追尋，乃至丹藥能成仙的說法有所保留。蘇軾〈廣州蒲澗寺〉寫道：

　　　　不用山僧導我前，自尋雲外出山泉。千章古木臨無地，百尺

27　〔宋〕蘇軾著，〔清〕馮應榴（1740-1800）輯注，黃任軻、朱懷春校點：《蘇軾詩集合註》（上海：上海古籍出版社，2001年6月），下冊，卷38，〈游羅浮山一首示兒子過〉，頁1963。

28　王水照：《蘇軾》，第12章，〈再貶惠州、儋州〉，頁129。

> 飛濤瀉漏天。昔日菖蒲方士宅,後來蘑菇祖師禪。而今只有
> 花含笑,笑道秦皇欲學仙。(《蘇軾詩集》卷 38,頁 2065-2066)

這座寺廟產菖蒲,又名杜若、鳶尾花,相傳是秦、漢時期的方士安期生(?-?)在此地以菖蒲為食,秦始皇派人向他求仙。首句蘇軾寫出「不用山僧導我前」句,可能是個隱喻,表示自己發自內心樂意追尋方外之術,並未受到何人引導。頸聯寫出此地原是方士的故居,而今成了佛教僧人清修之所。末句則表明不信道教神仙之術,轉而尋求佛理了。王水照認為「他並不真正相信虛無,……對秦始皇求仙的諷刺說明他骨子裡是入世的。」[29]這裡我們看到蘇軾並非盲從迷信的人,對於太過虛妄的事情,他敬謝不敏。他的〈和陶讀《山海經》并引〉其十也寫道:

> 金丹不可成,安期渺雲海。誰謂黃門妻,至道乃近在。尸解
> 竟不傳,化去空餘悔。丹成亦安用,御氣本無待。(《蘇軾
> 詩集》卷 39,頁 2135)

這裡歎息葛洪「尸解」之法失傳,又指明丹藥無所用,他真正嚮往的是御守天地之間的真氣。蘇轍亦云其兄晚年「讀《抱朴子》書」以求「固形養氣延年」。(《欒城集》卷 17,〈服茯苓賦〉并序)蘇軾雖然對葛洪很心儀,但他也實事求是的指出:

> 古強本庸妄,蔡誕亦夸士。曼都斥仙人,謁帝輕舉止。學道

29　同前註。

未有得，自欺誰不爾。稚川亦隘人，疏錄此庸子。（《蘇軾
詩集》卷 39，頁 2135-2136）

詩中提及古強、蔡誕、項曼都三人，都是葛洪《抱朴子》著錄
的人物，以自欺欺人的方式，誇口已經成仙，譬如古強「自言已四
千歲」之類。[30]蘇軾於此責備葛洪以未得道者為仙人，不認同這種
荒謬怪誕的傳說。

五、蘇軾佛家觀念的呈現

蘇軾自幼生長於信佛的家庭。[31]嘉祐六年（1061 年），蘇軾於
鳳翔任所寫出〈王大年哀辭〉一文說：「嘉祐末，予從事岐下，而
太原王君諱彭，字大年，監府諸軍。居相隣，日相從也。……予始
未知佛法，君為言大略，皆推見至隱以自證耳，使人不疑。予之喜
佛書，蓋自君發之。」（《蘇軾文集》卷 63，頁 1965）這是蘇軾自言學

30　參見〔漢〕葛洪《抱朴子・袪惑篇》，〔清〕王文誥輯註，孔凡禮點校：
　　《蘇軾詩集》，卷 36，〈和陶讀《山海經》并引〉，頁 2136 引。

31　蕭麗華（1958-）指出：「蘇軾的父親蘇洵雖以儒學為宗，但亦結交蜀地
　　名僧雲門宗圓通居訥和寶月大師惟簡，僧傳曾把他列為居訥法嗣。母程氏
　　信佛虔篤，「家藏十六羅漢像，每設茶供」，蘇軾在〈十八大阿羅漢頌〉
　　及〈真相院釋迦舍利塔銘〉、〈阿彌陀佛頌〉（《蘇軾文集》卷 19、
　　20）中都曾述及。其弟蘇轍更是常與兄論佛問法，由蘇軾〈思無邪齋
　　銘〉、〈與子由弟十首〉（《蘇軾文集》卷 19、卷 60）可知。……處在
　　一個佛教氛圍與佛教家庭環境中，是蘇軾學佛的重要因緣。」參見蕭麗
　　華：〈東坡詩論中的禪喻〉，《佛學研究中心學報》，第 6 期，2001 年 7
　　月，頁 249。

佛之始，時年二十六歲。熙寧六年（1073 年），蘇軾「通守錢塘」時，前往拜見當地僧官海月大師法號惠辯者，「每往見師，清坐相對，時聞一言，則百憂永解，形神俱泰。」而「師沒後二十一年，余謫居惠州，……為說贊曰……」（《蘇軾文集》卷 22，〈海月辯公真贊〉，頁 638）可見與佛教徒結緣頗早，相知甚深。在黃州時期，身遭大難，更促成了佛教思想的深化。其弟蘇轍〈亡兄子瞻端明墓誌銘〉云：

> 既而謫居於黃，杜門深居。……後讀釋氏書，深悟實相，參之孔、老，博辯無礙，浩然不見其涯也。（《欒城後集》卷 22，頁 1127）

元豐三年（1080 年），蘇軾獲罪而初到黃州，隨即寓居定惠院，是年三、四月間〈與章子厚參政書二首之一〉說道此時「不敢復與人事，……深自感悔，一日百省」，「見寓僧舍，布衣蔬食，隨僧一餐」的過日子，而且「杜門不出。閑居未免看書，惟佛經以遣經日，不復近筆硯矣。」（《蘇軾文集》卷 49，頁 1411-1412）〈與程彝仲書六首之六〉也說明此意：「……多難畏人，不復作文字，惟時作僧佛語耳。」（《蘇軾文集》卷 58，頁 1752）可見處在艱困的環境中，佛經是他很大的安慰。

蘇軾貶官到惠州以後，一如北宋時人的理解：「五嶺生還少」，[32]在此地生活吉凶未卜，能否年老還鄉亦不可知。然而，蘇

---

[32]　〔宋〕陶弼（1015-1078）：〈送臨城令戴若訥出嶺〉，收入北京大學古文獻研究所主編：《全宋詩》（北京：北京大學出版社，1991 年 7 月-

軾在南遷途中,已經逐步調整心境。〈與程德孺四首之一〉云:

> 老兄罪大責薄,未塞公議,再有此命,兄弟俱竄,家屬流
> 離,汙辱親舊。然業已如此,但隨緣委命而已。(《蘇軾文
> 集》卷56,頁1687)

這篇尺牘作於紹聖元年七月間,文中所謂「再有此命」,指的是蘇軾從接獲貶至英州的敕命後,再接到一封改為貶至惠州的敕命,也由此得知《蘇軾文集》篇題下原有「儋耳」二字是錯的,應當作「惠州」。[33]又其中提及「隨緣委命」的作法,與《論語・為政》「知天命」的說法相通,但是更接近《大乘起信論》「隨緣不變,不變隨緣」的觀念。蕭麗華說:

> 「隨緣」是佛家語,達摩二入四行觀即以「隨緣行」示法,
> 眾生無我,苦樂隨緣,得失隨緣,心無增減。而處時安命是
> 儒者修為,孔子曾說:「死生有命,富貴在天」(《論語・顏
> 淵篇》)、「君子居易以俟命」(《中庸第十四章》),孟子也
> 曾引《詩》云:「永言配命,自求多福。」(《孟子・公孫丑
> 上》)蘇軾發展出一套人生哲學,實根源於儒、釋融合的思
> 想。茅坤《蘇文忠公文鈔》云:「無論學禪、學聖賢,均從

1998年12月第1版),第8冊,頁4988。

[33] 參見劉昭明:《蘇軾與章惇關係考——兼論相關詩文與史事》(臺北:新文豐出版公司,2011年6月),第8章第1節,〈蘇軾連遭罪謫〉,注163,頁505。

　　篤行上立腳。」蘇軾融攝儒、佛，也正是此一生命實踐。[34]

　　蘇軾對於佛理粗有涉獵，自承所學不精，事實上，他並非只信從一家思想，而是兼容並蓄，在融合儒、釋、道三家的思想過程中，尋得安身立命之道。當他剛過嶺南時，與中原尚未通音訊，引起長子蘇邁、次子蘇迨掛懷。蘇州定慧院長老派遣弟子前來探訊，蘇軾有〈次韻定慧欽長老見寄八首并引〉其一云：「左角看破楚，南柯聞長滕。鉤簾歸乳燕，穴紙出癡蠅。為鼠常留飯，憐蛾不點燈。崎嶇真可笑，我是小乘僧。」（《蘇軾詩集》卷 39，頁 2114-2115）此詩以生活瑣事為題材，自嘲有細微的慈悲善行，因而可以忝為「小乘僧」之列，足見蘇軾是以一種樂在其中的生活態度學佛。

　　蘇軾在紹聖元年前來惠州時，曾經路過虔州，見到當時的虔州通判俞括。俞括帶他進入崇慶院，觀看《寶輪藏》。俞君推許這批佛經「於江南壯麗為第一」，請蘇軾「為一言記之」。不料二人初識不久，俞君即謝世。紹聖二年五月，蘇軾履行承諾，寫下〈虔州崇慶禪院新經藏記〉說道此事的來龍去脈：

　　　　如來得阿耨多羅三藐三菩提，曰：「以無所得故而得。」舍
　　　　利弗得阿羅漢道，亦曰：「以無所得故而得。」如來與舍利
　　　　弗若是同乎？曰：何獨舍利弗，至於百工賤技，承蜩意鉤，
　　　　履狶畫墁，未有不同者也。夫道之大小，雖至於大菩薩，其
　　　　視如來，猶若天淵然，及其以無所得故而得，則承蜩意鉤，

34　蕭麗華：〈東坡詩論中的禪喻〉，《佛學研究中心學報》，第 6 期，頁
　　252-253。

履狶畫墁，未有不與如來同者也。

以吾之所知，推至其所不知，嬰兒生而導之言，稍長而教之書，口必至於忘聲而後能言，手必至於忘筆而後能書，此吾之所知也。……及其相忘之至也，則形容心術，酬酢萬物之變，忽然而不自知也。自不能者而觀之，其神智妙達，不既超然與如來同乎？故《金剛經》曰：一切賢聖，皆以無為法，而有差別。以是為技，則技疑神，以是為道，則道疑聖。古之人與人皆學，而獨至於是，其必有道矣。

吾非學佛者，不知其所自入，獨聞之孔子曰：「《詩》三百，一言以蔽之，曰：思無邪。」夫有思皆邪也，善惡同而無思，則土木也，云何能使有思而無邪，無思而非土木乎？嗚呼！吾老矣。安得數年之暇，託於佛僧之宇，盡發其書，以無所思心會如來意，庶幾於無所得故而得者。謫居惠州，終歲無事，宜若得行其志。而州之僧舍無所謂經藏者，獨榜其所居室曰「思無邪齋」，而銘之致其志焉。

……俞君博學能文，敏於從政，而恬於進取。數與吾書，欲棄官相從學道。自虔罷歸，道病卒於廬陵。虔之士民，有巷哭者，吾亦為出涕。故作此文以遺湜、錫，並論孔子「思無邪」之意，與吾有志無書之歎，使刻于石，且與俞君結未來之因乎？紹聖二年五月二十七日記。（《蘇軾文集》卷 12，頁390-391）

此文讓我們看到幾個重點：首先，東坡已經鑽研過佛經，熟知佛理，文中引述如來「無所得故而得」的說法，不是藉由言說思考可得，完全是向內反觀內證，不假外求的，蘇軾讀佛書應當已有些

心得體會。其次，蘇軾學佛，是「以吾之所知，推至其所不知」，從日常生活經驗出發，由淺至深，循序漸進的過程。他討論佛理時，舉出孔子「思無邪」之意，可見他的知識層面，主要是來自儒家，直到晚年都是如此。他由儒家之有知，以推求至其所不知的佛學層面，某種意義上來說，正是「援儒入佛」的表現。陳曉芬（1948-）指出：「把佛教思想範疇的『無所思心』比同於孔子的『思無邪』說，不啻是蘇軾的一大發明。他本人顯然也很在意這一見解，因此在不少文章中一再論及這個問題。正是這一見解，頓時顯露出蘇軾的儒者內質。其核心就是在竭力強調超越世俗的認識觀念時，絕不能丟失用以自持的崇高精神。」[35]蘇軾認為孔子「思無邪」之意，或許可以藉由入住廟宇、研讀佛經的努力，達成目標。在蘇軾看來，儒、佛兩家思想的最高境界是相通的。再者，蘇軾到了晚年，蘇軾仍然這麼形容自己：「吾非學佛者，不知其所自入」，這可能與他在惠州期間曾經有意學佛、但是苦於無佛書可讀的經驗有關。最後要說明的是，蘇軾相信有來生，先與俞君結下因緣，將來可以相見。

　　大約寫於紹聖二年六月之後的另一篇尺牘說：

　　　　某一味絕學無憂，歸根守一，乃無一可守。此外皆是幻。此
　　　　道勿謂渺漫，信能如此，日有所得，更做沒用處，亦須作地
　　　　行仙，但屈滯從狗竇中過爾。勿說與人，但欲老弟知其略

---

35 陳曉芬：《傳統與個性：唐宋六大家與儒佛道》（上海：上海古籍出版社，2002年8月第1版），第6章第1節，〈以求真會通儒佛道〉，頁235。

爾。……所云作書自辯者，亦未敢便爾。「不怨天，不尤
人，下學而上達，知我者，其天乎」？（《蘇軾文集》卷 52，
〈與王定國四十一首之四十一〉，頁 1531）

　　文中「歸根守一」的觀念，來自《老子》第十六章：「致虛
極，守靜篤。萬物並作，吾以觀復。夫物芸芸，各復歸其根。歸根
曰靜……」，以及《老子》書中多次提到「一」，第三十九章云：
「昔之得一者，天得一以清，地得一以寧，神得一以靈，谷得一以
盈，萬物得一以生，侯王得一以為天下正。」第四十二章云：「道
生一，一生二，二生三，三生萬物。」「一」是「道」的本源，當
然要守。可是蘇軾又說：「乃無一可守。此外皆是幻。」這又分明
是來自佛家的觀念了。蘇軾揉合了道與佛的思想，才有所謂「作地
行仙」之說。然而文末回到現實世界，蘇軾強調不為自己辯白心志
的原因，引用的「怨天尤人」、「下學上達」全是《論語・憲問》
第十四記載孔子的話，這幾句話也在《孟子・公孫丑下》、《禮
記・中庸》、韓愈（768-824）〈答侯繼書〉[36]出現過，一直是歷代
儒者立身處世的準則。蘇軾引用起來，與老、佛之言不但不衝突，
更活化出一位與世無爭、無憂而自得的人格形象來。紹聖二年十一
月，蘇軾寫給表兄的尺牘〈與程正輔七十一首之十三〉也是這麼說
的：

---

[36] 〔唐〕韓愈著，〔宋〕朱熹（晦庵，1130-1200）校：《朱文公校昌黎先
　　生集》（臺北：臺灣商務印書館，1979 年 11 月臺 1 版），四部叢刊正編
　　本，第 39 冊，卷 16，〈答侯繼書〉，頁 6-7。

　　某覩近事，已絕北歸之望，然中心甚安之。未說妙理達觀，
　　但譬如元是惠州秀才，累舉不第，有何不可！知之免憂。
　　（《蘇軾文集》卷54，頁1593）

另一篇尺牘〈與程正輔三首之一〉也說：

　　軾近得子由書報，近有旨，去歲貶逐十五人，永不敘復，恐
　　赦書量移指麾，亦未該也。行止孰非命者？譬如元是惠州
　　人，累舉不第，雖欲不老於此邦，豈可得哉！（收入《蘇軾文
　　集》，《蘇軾佚文彙編》卷3，頁2488）

還有一篇尺牘〈與孫志康二首之二〉也說：

　　某謫居已逾年，諸況粗遣。禍福苦樂，念念遷逝，無足留胷
　　中者。又自省罪戾久積，理應如此，實甘樂之。今北歸無
　　日，因遂自謂惠人，漸作久居計。正使終焉，亦有何不可！
　　（《蘇軾文集》卷56，頁1681）

　　以上三則資料再次展現了蘇軾隨遇而安的想法，心中常有此念
頭，可能是來自天性使然，加上儒、佛、道家思想的修持。學者們
往往看到儒家人物有積極用世之心，如孔子、孟子周遊列國，志在
施展抱負；却忽略了孔子說過：「士志於道，而恥惡衣惡食者，未
足與議也。」（《論語·里仁》第四）、「隱居以求其志，行義以達其
道。」（《論語·季氏》第十六）這樣的話來。孟子也說：「窮則獨善
其身，達則兼善天下。」（《孟子·盡心上》）換言之，能出仕，亦

能隱居；能處顯，亦能守窮，這本來就是儒者應有的情懷。蘇軾自幼飽讀儒家典籍，一生奉孔、孟之道為終身準則，能在不同的時空環境裡，找出融合儒、佛、道家思想的共通點，以尋得安身立命之方，並不令人訝異。

紹聖三年四月，蘇軾〈遷居〉詩寫道：

> 前年家水東，回首夕陽麗。去年家水西，濕面春雨細。東西兩無擇，緣盡我輒逝。今年復東徙，舊館聊一憩。已買白鶴峰，規作終老計。長江在北戶，雪浪舞吾砌。青山滿牆頭，髣髴幾雲髻。雖慚抱朴子，金鼎陋蟬蛻。猶賢柳柳州，廟俎薦丹荔。吾生本無待，俯仰了此世。念念自成劫，塵塵各有際。下觀生物息，相吹等蚊蚋。（《蘇軾詩集》，卷40，頁2195-2196）

詩中看出蘇軾已有在惠州安居委命的想法，這種想法，過去在黃州、後來在儋州都出現過，是蘇軾一貫的生活態度。王水照解釋此詩說道：「佛教以世界成壞一次為『劫』，『念念成劫』，是說人世變化神速；道教以世界為『塵』，『塵塵有際』，是說處處有世界。『下觀』兩句是用《莊子·逍遙遊》的典故，說萬物的生存，與蚊蚋小蟲的呼吸無異。」[37]詩中「吾生本無待」，亦即《莊子·逍遙遊》「無所待」之意，可見全詩已經融合了儒家、佛家和道家思想於一爐。惟不容忽視的是，「雖慚抱朴子」句，說明他無法學仙得道，又好像委婉地拒絕了道教求神仙之術的說法。

---

[37]　王水照：《蘇軾》，第12章，〈再貶惠州、儋州〉，頁129。

　　那麼，蘇軾對佛家思想是否就接受了呢？恐怕也不盡然。王水照從蘇軾在惠州寫的〈與程正輔七十一首之十三〉（詳見前引），以及〈答參寥簡三首之一〉文中「某到貶所半年，凡百粗遣，更不能細說，大略只似靈隱天竺和尚退院後，却住一箇小村院子，折足鐺中，罨糙米飯喫，便過一生也得。」（《蘇軾文集》卷61，頁1864-1865）、在儋州寫的〈觀棋〉詩：「勝固欣然，敗亦可喜。優哉游哉，聊復爾耳。」（《蘇軾詩集》卷42，頁2311）等處，看出蘇軾能學習佛教徒粗茶淡飯、安貧樂道，過著閒雲野鶴般的生活，認為「佛、老思想對他的主要作用是作為在政治逆境中自我解脫的精神武器。」[38]

　　如果我們只停留在面對人生挫折逆境的思考，那麼道家、佛家，甚至於儒家，都能提醒蘇軾躲避災禍，放開心懷，逆來順受，坦然在人生中追求隨遇而安的生活方式。即使在生死問題上，有學者認為「蘇軾思想中佛教影響超越了道家。……他的生死觀實與道家相近。……但他並未在此止步，最終仍然超越道家思想，接受了佛家的『無生』理論。……蘇軾說：『本自無生可得亡。』（《蘇軾詩集》卷10，〈吊天竺海月辯師〉）『契我無生，長生之宗。』（《蘇軾文集》卷22，〈水陸法像贊‧一切五通神仙眾〉）正是領悟了佛家之最高境界，從思想上消滅生死界線，以期獲得根本的解脫與自由。」[39]這種說法雖然有其根據，但是我們也不能忘了莊子有「方生方死，

---

[38]　同前註，頁129-130。

[39]　劉石（1963-）：《論蘇軾與佛教》（成都：四川大學中文系碩士論文，1987年，高雄：佛光山文教基金會，《中國佛教學術論典》第38冊，2001年6月），第2章第2節，〈蘇軾受佛教道家差異辨〉，頁368-370。

方死方生」之說，莊子也能「從思想上消滅生死界線，以期獲得根本的解脫與自由。」可見蘇軾同時接受了莊子和佛家思想。然而，邁入老年生活的蘇軾，遇到親朋故舊逝世的機率大增，在遭逢親人逝世的當下，佛家思想的影響就不容小覷了。前已言及，東坡南來惠州之前一年，其妻王季章去世。而其「臨終之夕，遺言捨所受用，使其子邁、迨、過為畫阿彌陀像。紹聖元年六月九日，像成，奉安於金陵清涼寺。」（參見《蘇軾文集》卷 21，〈阿彌陀佛贊〉，頁619）紹聖二年八月一日，為一同南來的過兒寫下〈書金光明經後〉（《蘇軾文集》卷 66，頁 2086-2087）。綜觀蘇軾一生詩文，有許多與佛教有關的畫像贊、與僧侶往來的信札、唱和詩、偈語，以及寫寺廟的碑記等，可見其與佛教淵源之深。

　　紹聖三年七月五日，朝雲去世，八月初三日，葬朝雲於棲禪山寺松林中，僧人建「六如亭」於墓之前，其椎心之痛可想而知。朝雲姓王名子霞，侍奉東坡 23 年，病故時才 34 歲。她「常從比丘尼義沖學佛法，亦粗識大意。且死，誦《金剛經》四句偈以絕。」（《蘇軾文集》卷 15，〈朝雲墓誌銘〉，頁 474）所謂《金剛經》四句偈」是指《金剛般若經》的：「一切有為法，如夢幻泡影。如露亦如電，應作如是觀。」[40] 可見朝雲其信佛之虔誠。紹聖元年十一月，朝雲在世時，蘇軾作〈朝雲詩并引〉云：「阿奴絡秀不同老，天女維摩總解禪。經卷藥爐新活計，舞衫歌扇舊因緣。丹成逐我三山去，不作巫陽雲雨仙。」（《蘇軾詩集》卷 38，頁 2074）詩中引《維摩

---

[40]　《金剛般若波羅蜜經講經文》，收入潘重規（1908-2003）編著：《敦煌變文集新書》（臺北：中國文化大學、中文研究所敦煌學研究會，1983年 7 月初版），上冊，卷 2，頁 119。

經》，自比維摩詰居士（梵文：Vimala-kīrti）──他是釋迦牟尼佛時代的佛教修行者，而以天女比朝雲。朝雲能通佛理，二人又煉丹養生，可夫妻情深，有共同話題和興趣。因此之故，朝雲之喪全程採用佛教儀式辦理，有〈悼朝雲〉詩云：「苗而不秀豈其天，不使童烏與我玄。駐景恨無千歲藥，贈行惟有小乘禪。傷心一念償前債，彈指三生斷後緣。歸臥竹根無遠近，夜燈勤禮塔中仙。」（《蘇軾詩集》卷 40，頁 2202-2203）東坡夫妻情感深厚，復以死者為大，尊重死者的遺願而於夜燈下誦佛經、禮佛。幾日之後，蘇軾遵從佛禮，設供祭拜，〈惠州薦朝雲疏〉一文又云：

> 伏願山中一草一木，皆被佛光；今夜少花少香，遍周法界。湖山安吉，墳墓永堅。接引亡魂，早生淨土。不論幽顯，凡在見聞。俱證無上之菩提，永脫三界之火宅。（《蘇軾文集》卷 62，頁 1910）

文中表達對朝雲的深情，從而推廣大愛，希望佛光永照。由此可知，對於生死大事，蘇軾往往是尋求佛教之理以寬解之。

對亡妻如此，若是朋友家中有喪亡之慟亦如此。東坡在元豐六年（1083 年）〈與蔡景繁十四首之十二〉中就說道：「驚聞愛女遽棄左右，切惟悲悼之切，痛割難堪，奈何！奈何！情愛著人如黐膠油膩。……若又反覆尋繹，便纏繞人矣。區區，願公深照，一付維摩、莊周令處置為佳也。」（《蘇軾文集》卷 55，頁 1664）可見釋、道二家都能寬慰人心，紓解悲苦。[41]蘇軾後來到了儋州，於紹聖 5 年

---

[41] 蘇軾〈與王子高三首之二〉也寫道：「某驚聞大郎監薄，遽棄左右，伏惟

寬慰程氏喪妻之慟時，回想起前年悼亡朝雲時的情景，也說道：
「萬般追悼，於亡者了無絲毫之益，而於身有不貲之憂。……願兄
深照痛遣，勿留絲毫胷中也。惟有速作佛事，升濟幽明，此不可不
信也，惟速惟妙。老弟前年悼亡，亦只汲汲於此事，亦不必盡之。
佛僧拯貧苦尤佳，但發為亡者意，則俯仰之間，便貫幽顯也。忝至
眷，必不訝。草次。」（《蘇軾文集》卷 54，〈與程正輔七十五首之五十
七〉，頁 1615）這裡看出佛教法事能從死者立場設想，讓死者安心步
入幽冥界，生者應當信從。東坡舉自己對朝雲身故的悲悼與治喪方
式，以安慰他的表哥，文中稱為「至眷」的程正輔。文中「亦不必
盡之」一句，是勸勉程氏作佛教法事適可而止，不必過度的意思。

　　上述文章中，蘇軾之所以相信佛理能寬慰人心，一方面是因為
「隨念隨拂」，有超度至另一世界的意思；另一方面，蘇軾已經受
到佛家說法的影響，相信有來生，死者靈魂不滅，故將來得以相
見，此刻也就不必過度悲傷了。綜上可知，蘇軾的道家知識、佛家
知識大多由生活中體驗得來，而不是學理的論辯。「從生活實踐而
不是從純粹思辨去探索人生底蘊，這是蘇軾思維的特點。」[42] 唯其
如此，他能夠出入道、佛之間，優游自得，而不執著、受限於任何
一端。

悲悼痛裂，酸苦難堪，奈何！奈何！逝者已矣，空復追念，痛苦何益？但
有損爾。竊望以明識照之，縱不能無念，隨念隨拂，勿使久留胸中。……
願深自愛，以慰親友之望。無由面慰，臨書哽塞。不一一。」（《蘇軾文
集》卷 57，頁 1714）不知此文作於何年，然而勿使悲痛過於久長，則始
終是蘇軾面對死亡的態度，此大蓋皆有得於佛、老者。

42　王水照：〈蘇軾的人生思考和文化性格〉，收入王水照：《蘇軾論稿》，
　　頁 75。

六、結語

　　蘇軾在惠州三年期間，秉持一貫的生活態度，閉門思過，隨時反省，雖然居所久久未能安定下來，但是來到惠州半年後，已經能融入當地生活，喜愛吃荔枝，宣稱自己「願作惠州人」，可見他始終正向積極地面對人生，即使在失意潦倒的時刻，也能設法安頓身心，保持樂觀的精神。

　　蘇軾自幼讀儒家書，主要是以儒家思想為立身處世的準則。終其一生，入則仕，出則退，忠心謀國，既能勤政愛民，又能作諷諫詩文，以提供當權者施政參考。他是位落實儒家道德理想的實踐者。

　　蘇軾幼年的家庭因素，讓他初步接受了佛教的洗禮；在黃州貶官時期，喜讀《莊子》，又融入了道家哲學的思考；來到惠州前後的一段時間，他的思想觀念有些轉變，他開始大量接受道教文化的思維，包括養生、煉丹之術等，這一方面是因為道教文化原本就溯源自老子、莊子，另一方面是因為惠州的地緣關係，以及生命走向晚年，希望能在惠州延年益壽、度過餘年的心理需求。蘇軾原本就有「道家為本，道教為末」的精神，南貶之後，為了抵抗瘴癘之氣，他大量接觸道教文化，食物清淡，減少嗜慾，相信飲食習慣能改變體質。時常有調息養氣之舉，以運轉氣息為主；有時會配以丹藥、旨酒，有時敬而遠之。不過對他來說，道家哲學，或是道教文化，都屬於「道」。

　　蘇軾年輕時即接受佛法，一路貶謫下來，佛理是他生活的慰藉。在惠州期間，面對親友去世時，佛理的安慰成為他生命中的最大支柱。日常生活中，則以儒、佛二家最能幫助提供他出處進退的

思考，他看待葛洪之術實以養生為主，譬如他並不相信秦始皇求仙能獲得成功。生死觀方面，蘇軾又能融會道、佛二家說法，泯除生死界線，採取較為釋懷坦然的方式過日子。對他來說，道家、佛家、儒家學說都是「道」。

　　黃庭堅與東坡相處甚久，知之甚深。他發覺東坡游走在儒、釋、道之間，尤其在追求道教養生之術方面，活動頗多，卻又是淺嚐即止。他說：「東坡生平好道術，聞輒行之，但不能久，又棄去。」[43]這的確看出了東坡性格的一面。然而對蘇軾來說，隨時隨地能融合儒、佛、道思想，道家哲學與道教文化也能融於一爐，構成了一種隨遇而安的生活方式。這三家思想，他會通成一個完整的人生道路，那就是終身以儒家思想為依歸，而又能融合道家與佛家的思想，建立起自己樂天知命、隨緣委命的生活方式。[44]王水照說：「蘇軾的人生苦難意識和虛幻意識是異常沉重的，但並沒有發展到對整個人生的厭倦和感傷，其落腳點也不是從前人的『對政治的退避』變而為『對社會的退避』。他在吸取傳統人生思想和個人生活體驗的基礎上，形成了一套從苦難──省悟──超越的思路。……蘇軾的歌唱中固然也如實地帶有悲哀的聲調，但最終卻是悲哀的揚棄。」[45]故而後人看待東坡，應從樂觀正向的一面視之。

43　〔宋〕黃庭堅撰：《豫章黃先生文集》（臺北：臺灣商務印書館，1979年11月臺1版），四部叢刊正編本，第49冊，卷25，〈題東坡書道術後〉，頁10。

44　張高評（1949-）認為，蘇軾是宋代文人中，「以儒治世，以佛修心，以道養身」的代表，其說法也可以成立。參見氏著：《宋詩之新變與代雄》（臺北：洪葉文化事業公司，1995年9月），頁508-509。

45　同註10，頁75-77。

　　蘇軾〈定風坡〉（常羨人間琢玉郎）一闋，有「試問嶺南應不好，却道，此心安處是吾鄉」語，此詞寫作緣由，有序云：「王定國歌兒曰柔奴，姓宇文氏，眉目娟麗，善應對，家世住京師。定國南遷歸，余問柔：『廣南土風，應是不好。』柔對曰：『此心安處，便是吾鄉。』因為綴詞云。」（《東坡樂府箋》，卷2，頁23）[46]此作實屬巧合。東坡綴此詞在先，約作於元豐三年至七年間（1080-1084），當時不知日後會貶到嶺南，且一貶再貶，由惠州而至儋州。然而東坡為人之曠達，早有修養，故而貶官在惠州期間，能隨緣委命，生活自適。然而這背後自有其融合儒、釋、道三家思想的理路脈絡，只不過道家轉而為道教，道教又不如佛教思想來得更有影響力，而終身以儒家思想為底蘊，能安身立命，復能積極有為，則為不爭的事實。

　　（廣東惠州，惠州學院：《惠州學院學報》「東江文化研究」專欄，2015年第1期，2015年3月。）

---

[46]　又見鄒同慶（1937-）、王宗堂著：《蘇軾詞編年校注》（北京：中華書局，2002年9月第1版），頁2641。

朱熹的文學意圖初探

提　要

　　朱熹一生的學術成就，世人多將其定位為道學家，忽略了他在文學教育方面的影響力。實則，《朱子語類》記載朱熹與弟子們討論過讀書方法、評論歷代文章、講求字句的欣賞與解讀，道道地地是一位喜愛文學寫作的人物。

　　本文從朱熹深厚的學術涵養出發，考察朱熹的文學心願與目的。文章研究發現，朱熹讀書的目光關注在學問之根本，以及能用於世。他所謂的「道」，乃是存在於具體世界中的「理」；視道德與文章為一以貫之之事，反對「無頭學問」的文章，主張文章寫得平易正大，得體合宜；不追求科試名利，而以實踐儒家內聖外王的理想為寫作的終極目標。這就構成了朱熹的文學意圖，追求一個符合儒家理想的人間秩序。

關鍵詞：朱熹，文學意圖，朱子語類，韓愈，歐陽脩，蘇軾

一、前言

　　古人並不會自稱為經學家、史學家、道學家、理學家、文學家或是教育家，那是近現代知識分門別類觀念下的產物。生於南宋初年的朱熹（1130-1200），也不會自限於其中一種身分，而正如一般的中國古代知識分子，他以一生絕大部分的時間和精力追求儒家理想人格精神的實踐，以立德、立功為先，著書與講學的立言工作尚在其次，從而建立起多元化的學術成就，成為一代著名的大儒者。

　　錢穆（1895-1990）說：「在中國歷史上，前古有孔子，近古有朱子，此兩人，皆在中國學術思想史及中國文化史上發出莫大聲光，留下莫大影響。曠觀全史，恐無第三人堪與倫比。孔子集前古學術思想之大成，開創儒學，成為中國文化傳統中一主要骨幹。北宋理學興起，乃儒學之重光。朱子崛起南宋，不僅能集北宋以來理學之大成，並亦可謂其乃集孔子以下學術思想之大成。此兩人，先後矗立，皆能匯納羣流，歸之一趨。自有朱子，而後孔子以下之儒學，乃重獲新生機，發揮新精神，直迄於今。」[1]劉子健（1919-1993）也討論自北宋以來理學思想的發展，認為朱熹「他的獨創性發現不僅數量眾多，而且意義重大。」「無論其知識的廣度、智慧性，還是其學問的重要性，都使得朱熹成為十一世紀儒家先行者們的同道和最成功的繼承人，同時又超越了他們全體。所以，他能夠引導他十二世紀的同輩學人。……朱熹的偉大在於他經常觸及哲學

---

[1]　錢穆：《朱子學提綱》（臺北：東大圖書公司，1986 年 1 月再版），《朱子新學案》，第 1 冊，第 1 節，頁 1。

以外的領域。」[2]他們都指明了朱熹的重要學術成就及其地位，不僅止於理學而已。

今人綜觀朱熹一生的學術成就，大多將他定位為一位道學家、理學家、思想家，以朱熹推崇二程（顥，明道，1032-1085、頤，伊川，1033-1107）、繼承並發揚光大「重道不重文」的立場來說，他的確親近理學而遠離文學，因此這說法也趨近於事實。只可惜在此觀念下，很容易忽略了朱熹在文學教育方面的影響力；同時在討論朱熹的文學觀念時，常常圍繞著朱熹「重道輕文」的說法打轉，似乎忘了他在《朱子語類》與弟子們討論過讀書方法、評論歷代文章、講求字句的欣賞與解讀，道道地地是一位喜愛文學寫作的人物。在他那個強大的理學氛圍的時代背景下，他應該有他自己的文學意圖，否則他談論文學的內容就全然失去了意義。以下，我們結合朱熹的學術與文章，從他深厚的學術涵養出發，討論朱熹本人以及他對別人的文學評論，從中考察朱熹的文學心願與目的。

二、學術身分的認同

朱熹是位紮紮實實做學問的道學家，也是位頗受後人敬重的理學家。他不只一次提出「道體」的概念，這是理學思想層次的講求，而非文學寫作者所能體會。他說：「道即性，性即道。」回答弟子提問時也說：

2　劉子健：《中國轉向內在：兩宋之際的文化轉向》（南京：江蘇人民出版社，2012 年 1 月第 1 版），〈餘論〉，頁 150-151。

> 或問：「由是而之焉之謂道？」曰：「此是說行底，非是說
> 道體。」問：「足乎己無待於外之謂德？」曰：「此是說行
> 道而有得於身者，非是說自然得之於天者。」[3]

此處弟子之言都引自韓愈（退之，昌黎，768-824）〈原道〉篇，朱熹明白指出這些都是人自身修養過程中的實踐，而非得自上天賦予人的本然之性。因此他在許多地方，直言古文家如韓愈、歐陽脩、蘇轍、司馬光（1019-1086），都把儒家學說重點放在用，而不是講道體，換言之，「都是箇無頭學問」。（《朱子語類》卷 137，〈戰國漢唐諸子〉，頁 3272）

　　更進一步言之，唐朝李漢（835 前後）為韓愈寫〈昌黎先生文集序〉時說出「文者貫道之器」的說法，朱熹礙難同意。他大致沿續了北宋周敦頤（濂溪，1017-1073）〈通書・文辭第二十八〉所說：「文所以載道也，輪轅飾而人弗庸，徒飾也，況虛車乎？文辭，藝也；道德，實也。……不知務道德而第以文辭為能者，藝焉而已。噫！弊也久矣。」[4]《朱子語類》有一段名言：

> 才卿問：「《韓文》李漢〈序〉頭一句甚好。」
> 曰：「公道好，某看來有病。」

3　〔宋〕黎靖德編，王星賢點校：《朱子語類》（北京：中華書局，2004
　　年 2 月），卷 137，〈戰國漢唐諸子〉，頁 3271。以下引用此書，隨文標
　　示卷次、篇名、頁碼，不另列註。

4　〔宋〕周敦頤：〈通書・文辭第二十八〉，收入《濂洛關閩書》（臺北：
　　藝文印書館，1966 年），百部叢書集成：正誼堂全書，第 15 函，第 1
　　冊，卷 1，頁 18-19。

陳曰：「『文者，貫道之器。』——且如六經是文，其中所道皆是這道理，如何有病？」

曰：「不然。這文皆是從道中流出，豈有文反能貫道之理？文是文，道是道，文只如喫飯時下飯耳。若以文貫道，却是把本為末，以末為本，可乎？其後作文者皆是如此。」（《朱子語類》卷139，〈論文上〉，頁3305-3306）

又說：

道者，文之根本；文者，道之枝葉。惟其根本乎道，所以發之於文，皆道也。三代聖賢文章，皆從此心寫出，文便是道。（《朱子語類》卷139，〈論文上〉，頁3319）

　　朱熹顯然繼承了程伊川「作文害道」、「玩物喪志」[5]的說法，更洞穿了學古文而不能進入古道的可能性。因此，朱熹雖然多次推崇歐陽脩的文學成就，也肯定過他在儒學思想方面的努力，却也不能不說他：「於道體猶有欠闕」。[6]

5　〔宋〕程顥、〔宋〕程頤：《二程語錄》（臺北：藝文印書館，1966年），百部叢書集成：正誼堂全書，第14函，第3冊，卷11，頁61。以下引用此書，隨文標示卷次，不另列註。案：此則資料又見於〔宋〕程顥、〔宋〕程頤著：《二程遺書》（上海：上海古籍出版社，1992年2月），卷18，〈伊川先生語錄〉，頁188。

6　〔宋〕朱熹：《朱文公文集》（臺北：臺灣商務印書館，1979年11月臺一版），四部叢刊正編本第52、53冊，卷38，〈答周益公〉第三書，頁29。以下引用此書，簡稱《朱集》，隨文標示卷次、篇名、頁碼，不另列註。

朱熹所謂的「道」，就是存在具體世界中的「理」。朱子云：

> 太極只是天地萬物之理。在天地言，則天地中有太極；在萬
> 物言，則萬物中各有太極。未有天地之先，畢竟是先有此
> 理。……理形而上者，氣形而下者。自形而上下言，豈無先
> 後？（《朱子語類》卷 1，〈理氣上〉，頁 1、3）

> 未有這事，先有這理。如未有君臣，已先有君臣之理；未有
> 父子，已先有父子之理。（《朱子語類》卷 95，〈程子之書一〉，
> 頁 2436）

> 天地之間，有理有氣。理也者，形而上之道也，生物之本
> 也；氣也者，形而下之器也，生物之具也。是以人物之生，
> 必稟此理，然後有性；必稟此氣，然後有形。（《朱集》卷
> 58，〈答黃道夫書〉，頁 5）

馮友蘭（1895-1990）《中國哲學史》討論過上述觀點，據此說
明：「理即在具體的事物之中。」「具體的世界為氣所造作；氣之
造作必依理。」因此，「理即如希臘哲學中所說之形式（Form），
氣即如希臘哲學所說之材質（Matter）也。」「氣即生物的材料，具
體的物之生。氣為材料，理為形式。」[7]這正足以說明朱熹為何主

---

7 馮友蘭：《中國哲學史》（臺北：臺灣商務印書館，1993 年 4 月增訂臺
   一版），第 2 篇，第 13 章第 2 節，〈氣〉、第 3 節，〈天地人物之生
   成〉，頁 903-910。

張先求形而上，再求形而下；提倡「理一分殊」的主張；而他之所以強調古文家必須先探討「道」的內涵，「這文皆是從道中流出」，不能先學文而後學道，這是「倒學」，其實背後都有一套完整的理論系統。

再探究下去，朱熹主張「心統性情」，[8]強調「聖人千言萬語，只是教人明天理，滅人欲。」（《朱子語類》卷12，〈學六持守〉，頁 207）故而他提出性為天理，即所謂「道心」，以此對抗人欲，即所謂「人心」；[9]顯然終其一生都是在道德修養上下工夫。這就讓我們更能了解朱熹的學術努力的用心所在。馮友蘭評論朱熹格物、致知的工夫，「實為修養方法，其目的在於明吾心之全體大用。」因而，「多窮一理，即使吾氣中之性多明一點。窮之既多，則有豁然頓悟之時。至此時則見萬物之理，皆在吾性中。所謂『天下無性外之物』，至此境界，『則眾物之表裏精粗無不到，而吾心之全體大用無不明矣。』用此修養方法，果否能達到此目的，乃另一問題。不過就朱子之哲學系統言，朱子固可持此說也。」[10]

朱熹是位以學術研究知名的理學家，固不待言；然而，他的學問根柢植基於儒家經典上，故而他一生的著作如《周易本義》、《詩集傳》、《四書章句集注》等，無不環繞對經典的詮釋而展開。他在經學方面用力甚勤，《四書章句集注》影響深遠，人盡皆

---

[8]　馮友蘭：《中國哲學史》，第 2 篇，第 13 章第 4 節，〈人物之性〉，頁 915。

[9]　馮友蘭：《中國哲學史》，第 2 篇，第 13 章第 5 節，〈道德及修養之方〉，頁 918。

[10]　同前註，頁 919-920。

知；而他在《詩經集傳》*11*中強調以「詩」說《詩》，對傳統《詩序》的美刺說提出批評，更指出「凡《詩》之所謂『風』者，多出於里巷歌謠之作，所謂男女相與詠歌，各言其情者也。」（《朱集》卷 76，〈詩集傳序〉，頁 3）此處揭示「國風」原是民歌的面目，對後代《詩經》研究產生了重大的影響。這些研究，我們很難說他是在從事經學或是文學的研究；朱熹的《楚辭集注》也是不盲目附和前人的注釋，就書中內容討論此書，使《詩經》、《楚辭》不再停留在「美刺」、「怨君」中打轉，恢復了本來的文學面目，大大調整了傳統學術的研究方向。*12*可以確定的是，「同程頤等人相

---

11 朱熹的《詩經》學著作，主要有《詩集傳》20 卷和《詩序辨說》1 卷，在此之前北宋蘇轍（1039-1112）已有《詩集傳》一書，《四庫全書》為了與此書區隔，將蘇轍的《詩集傳》稱為《蘇氏詩集傳》，將朱熹的《詩集傳》稱為《詩經集傳》。參見〔宋〕蘇轍著：《蘇氏詩集傳》（臺北：臺灣商務印書館，景印文淵閣四庫全書本，1983 年 6 月初版），第 70 冊，〈蘇氏詩集傳提要〉，頁 311-312。〔宋〕朱熹著：《詩經集傳》（臺北：臺灣商務印書館，景印文淵閣四庫全書本，1983 年 6 月初版），第 72 冊，〈詩集傳提要〉，頁 745-747。

12 皮錫瑞（1850-1908）認為「歐陽脩（1007-1072）《詩本義》始不專主毛（亨，?-?、萇，?-?）、鄭（玄，127-200）。宋人競立新說，至朱子集其成。」參見皮錫瑞：《經學通論》（臺北：河洛圖書出版社，1974 年 12 月臺景印初版），卷 2，〈詩經·論《詩》比他經尤難明，其難明者有八〉，頁 2。余英時（1930-）認為朱熹不僅集理學之大成，「其實朱子更集新經學之大成」，所謂「新經學」即相對於漢、唐的「舊經學」而言，既然強調「新」，則對「舊」自然有破有立，而朱熹廢〈詩序〉說，正是對傳統《詩經》學一項「破舊立新」的宣示。參見余英時：〈意識形態與學術思想〉，《中國傳統思想的現代詮釋》（臺北：聯經出版事業公司，1992 年），頁 57。夏傳才（1924-）則將鄭玄的《毛詩傳箋》、孔穎達的《毛詩正義》、朱熹的《詩集傳》稱為《詩經》詮釋學史的三個里程碑，尤其認為「朱熹吸取了當時哲學、文學和經史研究的成就，集兩宋

比，朱熹不僅有更高的理論修養，而且有更高的文學修養。他研究過《詩經》、《楚辭》和古文，撰有《詩集傳》、《楚辭集注》，校刊了韓愈的文集，自己又能詩擅文。這就為他發展和提高道學家的文學理論提供了充足的條件。」[13]此外，朱熹在世時廣授生徒，與弟子們的言談紀錄《朱子語類》問世以後，他對學術教育的影響力與日俱增，至今不衰。

　　早先程頤曾經說過：「後之儒者，莫不以為文章、治經術為務，文章則華靡其詞，新奇其意，取悅人耳目而已；經術則解釋詞訓，較先儒短長，立異說以為己工而已。如是之學果可至於道乎？」[14]他把寫文章、治經術都當成道學的對立面，後來的朱熹却不曾如此。程頤反對治經術者流，可能與北宋中期王安石等人有關；而朱熹却完全從另外的角度看待經術。他常常引用《尚書》的內容勸諫皇帝，又喜歡對帝王談《孟子》，他一生的古文寫作，不似北宋文人以辭賦、碑誌、哀祭類敘事、抒情性質的文章見長，而是擅長寫作發展至南宋偏重議論性質的論辨、書牘、贈序（含字序、經解序）、雜記類文章。[15]他在〈孫稽仲文集序〉中說：

《詩經》研究的大成。」參見夏傳才：《思無邪齋文鈔》（北京：學苑出版社，2002 年 9 月），頁 191。

[13]　成復旺（1939-）等：《中國文學理論史（二）》（北京：北京出版社，1991 年 9 月），第 4 編，第 3 章第 1 節，頁 397。

[14]　〔宋〕程頤：〈為家君作試漢州學策問三首〉（其一），收入〔宋〕程顥、〔宋〕程頤著：《二程集》（北京：中華書局，2008 年 7 月），《河南程氏文集》卷 8，頁 580。

[15]　方笑一（1976-）：〈論朱熹經學與古文之關係〉，收入陳來（1952-）主編：《哲學與時代：朱子學國際學術研討會論文集》（上海：華東師範大學出版社，2012 年 9 月），頁 394-402。

> 至於談經之趣，足以見其文之所以為本；論事之章，足以見
> 其學之所以為用，又皆明白磊落，間見層出於其間。（《朱
> 集》卷76，頁28）

這裡雖是評論他人文章之言，但也看出朱熹讀書的目光關注在學問
之根本，以及能用於世。由此可以看出，朱子對於寫文章並未持全
然否定的態度，他也寫古文，只是不寫「無頭學問」的文章罷了。
就南宋古文家的創作成果來說，朱子在文學史上有個重要的位置。

三、文學方面的見解

朱熹看待「道」是本，天地萬物包括「文」在內，都是自然而
然由道生發出來的具體之物，這正是他所謂的「理一分殊」。他說
寫文章在於「大意主乎學問以明理，則自然發為好文章。詩亦
然。」（《朱子語類》卷139，〈論文上〉，頁3307）又說：「貫穿百氏及
經史，乃所以辨驗是非，明此義理，豈特欲使文詞不陋而已？義理
既明，又能力行不倦，則其存諸中者，必也光明四達，何施不可！
發而為言，以宣其心志，當自發越不凡，可愛可傳矣。」（《朱子
語類》卷139，〈論文上〉，頁3319）可見掌握學問的源頭，先「道」而
後「文」，有道學自然發而為文章，這是朱熹立定學問方向的一大
準則。

朱熹〈讀唐志〉一文對古今文人作出簡要的評價，其中論及韓
愈〈原道〉諸篇，認為他「庶幾其賢矣」，但是對於他「弊精神，
糜歲月」於文，深不以為然，他說：

今讀其書，則其出於詔諛戲豫放浪而無實者，自不為少，若夫所原之道，則亦徒能言其大體，而未見其有探討服行之效，使其言之為文者必皆由是以出也。故其論古人，則又直以屈原、孟軻、馬遷、相如、揚雄為一等，而猶不及於董、賈；其論當世之弊，則但以詞不已出，而遂有神徂聖伏之歎。……蓋未免裂「道」與「文」以為兩物，而於其輕重緩急、本末賓主之分，又未免於倒懸而逆置之也。（《朱集》卷70，〈讀唐志〉，頁4）

這裡對韓愈的批評，其實正是對中唐以來的古文運動進行總體檢。朱熹不滿意於古文家者，在於耗費精神，而見道不深，尤其在「道」、「文」不能合一，以及未能講求先「道」後「文」。（關於這方面的討論，已見於本書第二篇論文〈北宋古文家繼承「道統」而非「文統」說〉，尚請讀者參看。）

　　北宋古文運動興起以後，歐陽脩等文學家以傳承儒家學說自居，他們認定以古文傳揚儒家之道是正確的作法，並對於理學家以性命之理傳揚儒家之道的作法提出懷疑。歐陽脩〈答李詡第二書〉提出了一個非常著名的論斷：「脩患世之學者多言性，故常為說曰：夫性，非學者之所急，而聖人之所罕言也。《易》六十四卦不言性，其言者，動靜得失吉凶之常理也。《春秋》二百四十二年不言性，其言者，善惡是非之實錄也。《詩》三百五篇不言性，其言者，政教興衰之美刺也。《書》五十九篇不言性，其言者，堯、舜、三代之治亂也。……六經之所載，皆人事之切於世者，是以言之甚詳；至於性也，百不一二言之，或因言而及焉，非為性而言也，故雖言而不究。……今之學者，於古聖賢所皇皇汲汲者，學之

行之，或未至其一二，而好為性說，以窮聖賢之所罕言而不究者，
執後儒之偏說，事無用之空言，此予之所不暇也。」[16]這當然是對
應於北宋新興起的理學，反對他們大談性說；其實也由此引導出許
多古文家，自認寫作古文即能傳揚儒家之道的向上一路。譬如秦觀
（1049-1100）曾經讚美他的老師蘇軾（東坡，1036-1101）說：「蘇氏之
道最深於性命自得之際，其次則器足以任重，識足以致遠，至於議
論文章，乃其與世周旋，至粗者也。閣下（傅彬老）論蘇氏而其說
止於文章，意欲尊蘇氏，適卑之耳。」[17]歐陽脩、蘇軾等人，自認
為有儒家之道的修養，又能有文辭上的表現；但是在朱熹的眼光
中，認同歐陽脩的儒學修養高於蘇軾，對於他們的文章技巧大體給
與肯定，不過，他始終主張「重道輕文」、反對「先文後道」的態
勢相當明顯。

　　朱子學的興起對南宋文壇產生了某種關鍵性的作用。朱熹一生
談格物致知、涵養主敬，做學問從修養工夫做起，文章應該是餘
事。朱熹〈讀唐志〉一文指責了韓愈「裂道與文以為兩物」，而後
也批評歐陽脩道：

　　　　歐陽子曰：「三代而上，治出於一，而禮樂達於天下；三代
　　　　而下，治出於二，而禮樂為虛名。」此古今不易之至論也。

16　〔宋〕歐陽脩：《歐陽文忠公集》（臺北：臺灣商務印書館，1979 年 11
　　月臺 1 版），四部叢刊正編本，第 49-50 冊，卷 47，〈答李詡第二
　　書〉，頁 3-4。以下引用歐陽脩文皆依據此書，簡稱《歐集》，隨文標示
　　卷次、篇名、頁碼，不另列註。
17　〔宋〕秦觀：《淮海集》（臺北：臺灣商務印書館，1979 年 11 月臺 1
　　版），四部叢刊正編本，第 50 冊，卷 30，〈答傅彬老簡〉，頁 105。

然彼知政事禮樂之不可不出於一，而未知道德文章之尤不可
使出於二也。夫古之聖賢，其文可謂盛矣，然初豈有意學為
如是之文哉！有是實於中，則必有是文於外。如天有是氣，
則必有日月星辰之光耀；地有是形，則必有山川草木之行
列。聖賢之心既有是精明純粹之實，以旁薄充塞乎其內，則
其著見於外者，亦必自然條理分明，光輝發越而不可揜。蓋
不必託於言語，著於簡冊，而後謂之文；但自一身接於萬
事，凡其語默動靜，人所可得而見者，無所適而非文也。
（《朱集》卷 70，〈讀唐志〉，頁 3）

這段話是典型的儒家言論，《論語‧憲問》「有德者必有言」[18]之
意，也是歐陽脩〈答吳充秀才書〉「大抵道勝者，文不難而自至
也」（《歐集》卷 47，頁 8）、〈答祖擇之書〉「道純則充於中者實，
中充實則發為文者輝光」（《歐集》卷 68，頁 9）的說法，歐陽子與朱
子的說法並不矛盾。朱熹一再強調的是，「道」與「文」不是二
途，有道德於其中而能形成文章於外。就這點上，朱熹給予歐、蘇
二人肯定，他說：「歐公、東坡亦皆於經術本領上用功，今人只是
於枝葉上粉澤爾。」（《朱子語類》卷 139，〈論文上〉，頁 3318）錢穆也
指明上述朱熹〈讀唐志〉這段文字：「此乃言廣義之文學，以經學
文學貫通合一言之，而理學精神亦自包孕在內。朱子論學重博通，

18　〔魏〕何晏（195?-249）集解，〔宋〕邢昺（932-1010）疏：《論語注
　　疏》（臺北：藝文印書館，十三經注疏 8，嘉慶 20 年江西南昌府學開雕
　　重刊宋本，1989 年 1 月），卷 14，〈憲問〉，頁 1。以下引用此書時，
　　隨文標示卷次，不另列註。

重一貫，故能言及於此。」[19]可知朱子是從較為宏觀的觀點看待文學作品的寫作。朱熹要求認真談論有關道德心性的問題，不要寫實內容，更不必講求藝術技巧。他畢竟是從道學家的眼光看待文學創作，以義理為根本，文章為末務，所以論文就是強調心性修養而任其自然，反對一直在文章寫作方面下工夫、費力氣。

朱熹又說：

> 有治世之文，有衰世之文，有亂世之文。六經，治世之文
> 也。如《國語》，委靡繁絮，真衰世之文耳。是時語言議論
> 如此，宜乎周之不能振起也。至於亂世之文，則《戰國》是
> 也。然有英偉氣，非衰世《國語》之文之比也。……楚、漢
> 間文字真是奇偉，豈易及也！（《朱子語類》卷 139，〈論文
> 上〉，頁 3297）

錢穆說這段文字是「以文學通之於史學」，[20]意謂從歷史上的治世、衰世，看出當世文學的氣運變遷。朱熹常有此類看法，譬如說：

> 大率文章盛，則國家却衰。如唐貞觀、開元都無文章，及韓
> 昌黎、柳河東以文顯，而唐之治已不如前矣。（《朱子語類》
> 卷 139，〈論文上〉，頁 3302）

19　錢穆：《朱子學提綱》，第 29 節，頁 204。
20　同前註，頁 205。

就先秦、兩漢文章來說，六經是聖賢文章，朱熹讚譽為治世之文，自然以此為最高典範。《國語》是衰世之文，《戰國策》是亂世之文，楚、漢間則是奇偉文字。但是對後世來說，衰世才是文章大盛的時代，基本上，朱熹肯定了唐代韓愈、柳宗元（773-819，子厚，河東）的文章寫得好，然而他們已經步入衰世的生活。由此可知，除了六經產生於三代治世之外，後代治世並沒有好文章。

朱熹對於古文名家的寫作技巧給予肯定，他說：「人要會作文章，須取一本西漢文與韓文、歐陽文、南豐（曾鞏，1019-1083）文」（《朱子語類》卷 139，〈論文上〉，頁 3321），因為「司馬遷（前 145-前87?）文雄健，意思不帖帖，有戰國文氣象」（同上，頁 3299），「退之要說道理，又要則劇，有平易處極平易，有險奇處極險奇」（同上，頁 3303），「韓文高。歐陽文可學。曾文一字挨一字，謹嚴。」（同上，頁 3306）朱熹評蘇軾〈服胡麻賦〉一文時說道：「國朝文明之盛，前世莫及。自歐陽文忠公、南豐曾公鞏與公（蘇軾）三人，相繼迭起，各以其文擅名當世，然皆傑然自為一代之文。」[21]朱熹評論北宋文人作品時，往往能集中討論其風格、技巧的佳妙處。[22]但是，朱熹不滿江西詩派拘泥「出處」、「嵌字」、「使難字」的作風，（《朱子語類》卷 140，〈論文下〉，頁 3324、3334）因為那些作法恰似文字遊戲，只是勞費精神。

21　參見朱熹注，蔣立甫（1937-）校點：《楚辭集注》（上海：上海古籍出版社，2001 年 12 月第 1 版），《楚辭後語》卷 6，〈服胡麻賦第四十八〉注，頁 291。

22　參見張健（1939-）：《朱熹的文學批評研究》（臺北：臺灣商務印書館，1969 年 11 月），第 5 章第 9 節，〈歐陽脩梅堯臣石延年〉、第 12節〈蘇軾文〉，頁 89-92、96-101。

　　朱熹對於一般人學寫古文是為了應試謀得一官半職的作法也難以苟同，〈答徐載叔〉云：

> 所喻學者之害，莫大於時文，此亦捄弊之言。然論其極，則古文之與時文，其使學者棄本逐末，為害等爾。但此等物如淫聲美色，不敢一識其趣。……（《朱集》卷56，頁6）

　　朱熹在〈答汪尚書〉更是猛烈地批評蘇氏說：

> 蓋歐陽（脩）、司馬（光，1019-1086）之學，其於聖賢之高致，固非末學所敢議者，然其所存所守，皆不失儒者之舊，特恐有所未盡耳。至於王氏（安石，1021-1086）、蘇氏（軾），則皆以佛、老為聖人，既不純乎儒者之學矣。而王氏支離穿鑿，尤無義味，至於甚者，幾類俳優，本不足以惑眾，徒以一時取合人主，假利勢以行之，至於已甚。故特為諸老先生之所排詆，在今日則勢窮禍極，故其失人人得見之。至若蘇軾之言，高者出入有無，而曲成義理；下者指陳利害，而切近人情。其智識、才辨、謀為、氣燄，又足以震耀而張皇之，使聽者欣然而不知倦，非王氏之比也。然語道學則迷大本，論事實則尚權謀，衒浮華，忘本實，貴通達，賤名檢，此其害天理，亂人心，妨道術，敗風教，亦豈盡出王氏之下也哉！（《朱集》卷30，〈答汪尚書〉第四書，頁7-8）

這般論點，與前引北宋秦觀的說法簡直是南轅北轍，大相逕庭。這當然是古文家與道學家立場不同而有以致之，但是蘇軾古文作品的

內容揉合了佛理與道家思想，不如歐陽脩、曾鞏更為醇正古雅，再加上來到南宋以後，王安石文章的氣數已盡，三蘇文章却風行不衰，如日中天，引起道學家的側目，這都是蘇軾受到嚴厲攻擊的主因。文中批評蘇軾「語道學則迷大本」，這個意思，在《朱子語類》說得很明白，朱熹說：

> 道者文之根本，文者道之枝葉。惟其根本乎道，所以發之於文，皆道也。三代聖賢文章，皆從此心寫出，文便是道。今東坡之言曰：「吾所謂文，必與道俱」，則是文自文而道自道，待作文時，旋去討簡「道」來入放裏面，此是他大病處。……緣他都是因作文，却漸漸說上道理來；不是先理會得道理了，方作文，所以大本都差。歐公之文則稍近於道，不為空言。（《朱子語類》卷 139，〈論文上〉，頁 3319）

　　許多學者由此討論道學家站在儒道的立場大肆批評古文家的離經叛道，目的在於給古文家致命的一擊！郭紹虞（1893-1984）說：「南宋時代，只見道學家的活躍，不見古文家的氣燄。」[23]之所以形成這種情勢倒反的現象，極可能與朱熹有關。郭紹虞指出：「宋代道學至朱子而集其大成，宋代道學家之文學批評也至朱子而集其大成。濂溪言『文以載道』，而朱子即闡載道之旨；伊川言『作文害道』，而朱子亦言逐末之弊。善取諸人以為長，這即是他的文論之特點。他在南宋道學家中可謂能文之士，然而他的文學觀却不帶

23　郭紹虞：《中國文學批評史》（臺北：文史哲出版社，1982 年 9 月），下卷，第 1 篇第 2 章，〈南宋金元文學批評概述〉，頁 434。

古文家的意味。他始終只是道學家中最極端的主張。以前諸家雖不
免都有重道輕文的傾向，尚不致卑視古文。他則似乎修洛、蜀之舊
怨，對於古文家頗有不滿的論調；尤其對於三蘇，三蘇中間，尤其
對於東坡。」[24]為何針對蘇軾有如此大的反彈？大概是因為老蘇曾
經下工夫苦讀，朱熹曾對此表示肯定（詳見本書第二篇論文〈北宋古文家
繼承「道統」而非「文統」說〉），而蘇軾文章多，名氣大，偏偏不是
純儒，而是雜揉了釋、老之學的作家，自然成為箭靶。錢穆說：
「從理學立場論，朱子極不喜歡蘇氏父子。就文論文，則加讚
許。」[25]此言甚是。

　　如果只是站在上述道學家的立場批評古文家，那似乎忽略了朱
熹言論中含有更深刻的含義。朱熹〈答楊子順書〉云：

> 世之業儒者，既大為利祿所決潰於其前，而文詞組麗之習，
> 見聞掇拾之工，又日夜有以滲泄之於其後，使其心不復自知
> 道之在是，是以雖欲慕其名而勉為之，然其所安終在彼而不
> 在此也。（《朱集》卷59，〈答楊子順〉第一書，頁17）

《朱子語類》又說：

> 今人作文，皆不足為文。大抵專務節字，更易新好生面辭
> 語。至說義理處，又不肯分曉。觀前輩歐、蘇諸公作文，何

---

24 郭紹虞：《中國文學批評史》，下卷，第2篇第1章第1節第2目，〈朱
熹〉，頁444。

25 錢穆：《朱子學提綱》，第29節，頁207。

嘗如此？聖人之言坦易明白，因言以明道，正欲使天下後世由此求之。使聖人立言要教人難曉，聖人之經定不作矣。

（《朱子語類》卷 139，〈論文上〉，頁 3318）

今人不去講義理，只去學詩文，已落第二義。況又不去學好底，却只學去做那不好底。（《朱子語類》卷 140，〈論文下〉，頁 3334）

於此處，朱熹秉持「明天理，滅人欲」的一貫立場，明白反對利祿之欲浸染人心，也表明從事寫作的人由於「組麗文辭」、「掇拾見聞」，只學習文章技巧，很容易偏離古道；倘若不能立定主意學習古道，終究只能學寫古代詩文而不能傳揚古道了。朱熹類似的意見甚多，如：「孟軻氏沒，聖學失傳，天下之士背本趨末，不求知道養德以充其內，而汲汲乎徒以文章為事業。」（《朱集》，卷 70，〈讀唐志〉，頁 3）其他見於〈滄洲精舍諭學者〉、《朱子語類》等尚有多處，[26]這裡不再一一列舉。

朱熹注意到儒家學說有「內聖」與「外王」兩個層面，因此他除了從道體、心性評論古文家之外，也會從風教、事功去評論古文家。從北宋歐陽脩開始，古文家大多偏重「外王」而少涉「內聖」之學，不談心性。王安石「他以『道德性命』之說打動神宗，這是他的『內聖』之學；他以《周官新義》為建立新秩序的根據，這是他的『外王』理想。道學的創建人如張載（1020-1077）、二程與王安石屬於同一時期。……宋代儒學以重建秩序為最主要的關懷，從

26　同註 24，頁 445。

古文運動、改革運動到道學的形成無不如此。如果進一步觀察這一動向，其間顯有一發展歷程，即儒家思想從前期的『外王』嚮往轉入後期的『外王』與『內聖』並重的階段，而王安石則是這一轉折中的關鍵人物。」[27]這影響到後來理學的發展，「無可爭辯的歷史事實，二程道學是在與安石『新學』長期奮鬥中逐漸定型的。」[28]因此我們瞭解到，雖然理學家嚴厲地批評過古文家，但是二者都同樣追求儒家理想的實踐，因而文章寫作須關懷現實民生，為國家社會貢獻心力，這是大家一致追求的目標。

四、結語

「從現代的觀點說，古文運動屬於文學史，改革運動屬於政治史，道學則屬於哲學史，……但是深一層觀察，這三者之間却貫穿著一條主線，即儒家要求重建一個合理的人間秩序。」[29]這個秩序的重建，是古文家與理學家共同的主張。於是，我們觀察到古文家不追求過分華美的辭藻，平易自然是歐陽脩、蘇軾古文的表徵，也是他們的作品風行於世的主因。到了朱熹身上，他也認為「文章須正大，須教天下後世見之明白無疑。」（《朱子語類》卷 139，〈論文上〉，頁 3322）「古人文章，大率只是平說而意自長，後人文章，務意多而酸澀。如〈離騷〉初無奇字，只恁說將去，自是好。」（同

---

[27]　余英時：《朱熹的歷史世界》（北京：生活・讀書・新知三聯書店，2004年 8 月），上篇，緒說 3〈古文運動、新學與道學的形成〉，頁 45-46、56。

[28]　同前註，頁 54。

[29]　同前註，頁 45。

上，頁 3299）、「歐公文章及三蘇文好說，只是平易說道理，初不曾使差異底字換却那尋常底字。」（同上，頁 3309）評論北宋文章時則說：「國初文章，皆嚴重老成。嘗觀嘉祐以前誥詞等，言語有甚拙者，而其人才，皆是當世有名之士。蓋其文雖拙，而其辭謹重，有欲工而不能之意，所以風俗渾厚。至歐公文字，好底便十分好，然猶有甚拙底，未散得他和氣。到東坡文字便已馳騁，忒巧了。及宣（和）、政（和）間，則窮極華麗，都散了和氣。所以聖人取『先進於禮樂』，意思自是如此。」（同上，頁 3307）錢穆因此說道：「其論文，寧拙毋巧，寧重毋薄，皆與理學相通。」[30]原來，自古以來在儒家思想影響下，古文家與道學家有其共同的文論主張，有其共同的寫作標準，那就是視道德與文章為一以貫之之事，不追求名利，不以科舉考試為手段，而以實踐儒家內聖外王的理想為寫作的終極目標，這就構成了朱熹的文學意圖，追求一個符合儒家理想的人間秩序。在此意圖下，文章自然寫得平易正大，得體合宜，古拙而不酸澀，和氣而不忒巧，這就形成一種近乎完美的寫作風格了。

（廈門，篔簹書院：《篔簹書院院刊》，第 4 期，2010 年 3 月。）

---

[30]　錢穆：《朱子學提綱》，第 29 節，頁 206。

北宋碑記文的發展

提　要

　　本文旨在探討北宋碑記文的寫作發展歷程。文中詳細分析重要作家的作品，逐一討論其傳承與創新之處。研究結果發現：北宋碑記文仍然繼承寫作規範的傳統，記命名緣由、修建過程，忠實記錄，以示不忘，保有碑記文的尺度，因此不會與山水遊記混淆。北宋出現不少「變體」之作，雖然加入議論的內容，但是立言正大，垂範後世，仍然被世人接受，給予極高的評價。北宋碑記文數量遠勝於唐代，題材也較唐代更為開闊，尤其擴展了「學記」的題材。這時期大量的碑記文，具有承先啟後的重要意義。

關鍵詞：北宋，碑記，變體，歐陽脩，蘇軾，曾鞏

一、前言

本文所要討論的對象為「碑記文」，指的是以記事為主要目的一種記敘文章，通常出現於修造宮室、祠堂、廳壁、亭臺樓閣記這類作品。這類作品源自有刻石習慣的碑文體，其目的是記錄實情，以示不忘。衍變至宋代，有的刻石，有的不刻石；亦即在寫作方法上，有的遵守傳統規範，有的不遵守傳統規範。於是北宋時期大量的古文家作品，就具有承先啟後的重要意義。

有待討論的是，碑記文在唐代開始興盛，被稱為「正體」。到了北宋以後，是否真的大量出現了「變體」之作？如果「正體」之作代表一種文體規範的呈現，那麼「變體」之作又如何能受到後人的肯定？北宋文人對於碑記文的文體寫作，又有何具體的貢獻可說呢？本文擬經由重要作家文本的討論過程，爬梳剔抉，參互考尋，闡明北宋碑記文的價值。

二、碑記文的定義及其特質

清姚鼐（1731-1815）《古文辭類纂》首先提出「雜記」之名，且將碑記文歸入雜記類，而非碑誌類。姚氏此書前有序，對每類文體皆敘述其源流及選文標準，他說：

> 雜記類者，亦碑文之屬。碑主於稱頌功德，記則所紀大小事殊，取義各異。故有作序與銘詩全用碑文體者，又有為紀事

而不以刻石者。[1]

　　姚鼐所謂雜記類的文章，指的就是以「記敘」為主要目的，不論篇幅長短、記事大小，不限題材，記人、敘事或寫景無事不可書的文章。這類文章的源流，實由秦漢時期的碑文而來，但又與碑文性質不同。碑文具有「刻石」、「稱頌功德」兩個重點，因此以稱頌人物為主要目的的刻石文章稱之為碑誌類；其他另有以記事或寫景為主的文章，屬於雜記類。其中有的序文與銘詩全用碑文體，大多刻石；另有些不用碑文體寫作，也不刻石。清末民初林紓（1852-1928）《畏廬論文》說：「所謂全用碑文體者，則祠廟廳壁亭台之類。記事而不刻石，則山水遊記之類。」[2]由林紓所言，可知修建廳壁亭台多刻石，山水遊記則不刻石；其實有些器物瑣事記也不刻石。清曾國藩（1811-1872）《經史百家雜鈔·序例》說：「雜記類，所以記雜事者。後世古文家，修造宮室有記，遊覽山水有記，以及記器物、記瑣事皆是。」[3]民國初年姚永樸（1861-1939）《文學

1　〔清〕姚鼐輯，王文濡（1867-1935）評註：《評註古文辭類纂》（臺北：華正書局，2004年9月），序目，頁11。

2　林紓：《畏廬論文等三種》（臺北：文津出版社，1978年7月），頁19-20。

3　〔清〕曾國藩：《經史百家雜鈔·序例》（臺北：弘道文化事業公司，1976年9月，原刻本校刊），序例，頁1下。王葆心（1864-1944）《古文辭通義》（臺北：臺灣中華書局，1984年4月）也認為：雜記是「所以合記諸類及雜事瑣言者」，古代記事之文以及筆記、小品、唐以後興起之記體文，皆歸入雜記類。參見該書卷13，頁20。日本學者兒島獻吉郎（1866-1931）著、孫俍工（1894-1962）譯：《中國文學通論》（臺北：臺灣商務印書館，2004年5月），也說：「記是記事之文，或曰紀事，

研究法》也綜合姚、曾二家說法，認為雜記文可分成這三類。[4]當代學者馮書耕、金仞千《古文通論》也說：「《古文辭類纂》雜記類：除碑誌外，凡記修建宮室、遊覽山水及器物瑣事之作，皆入此類。」[5]由是可知，姚鼐《古文辭類纂》所說的「雜記類」，主要可分成：祠廟廳壁亭臺宮室記、山水遊記、器物瑣事記三類。上述雜記類三類作品之中，祠廟廳壁亭臺宮室記以其用碑文體寫作、大多刻石的特性，又與另二類作品有些區隔。

　　碑記文開始受到重視，應當始於唐代的韓愈（昌黎，退之，文公，768-824）。[6]當代錢穆先生（1895-1990）認為：「雜記一體，於《韓集》頗不多見。然細論之，此當分兩類。一曰碑記，如〈汴州東西水門記〉、〈郫州谿堂詩〉之類似也。此等實皆金石文字，應與碑誌相次。其另一類乃為雜記，如〈畫記〉是也。」[7]錢先生認為：雜記類作品有些不同，一是「碑記」，本由碑誌作品的金石文

或曰述，是皆把事物客觀地觀察同時記錄之，不過欲使其為永久不忘記念，其名雖殊，而目的則一，體裁亦同。」參見該書頁 47。

4　姚永樸：《文學研究法》（臺北：新文豐出版公司，1979 年 8 月），〈體類〉，頁 32。

5　馮書耕、金仞千：《古文通論》（臺北：國立編譯館中華叢書編審委員會，1979 年 4 月），頁 843。

6　明末李長祥〈與龔介眉書〉說：「彼唐宋八大家之文，若記、敘，猶唐詩之五言、七言律，固近體也。雖《禮記》稱『記』，《詩小敘》稱『敘』，八大家之為之者則異。蓋彼則一書，此則一篇，實昌黎之創此者。……而記、敘在八大家皆各能見長，書、論則又各有短長。」參見氏著：《天問閣文集》卷 3，轉引自洪本健（1945-）：《歐陽脩資料彙編》（北京：中華書局，1995 年 5 月），中冊，頁 638-639。

7　錢穆：〈雜論唐代古文運動〉，《中國學術思想史論叢（四）》（臺北：東大圖書公司，1978 年 1 月），頁 49。

字而來，二是記器物瑣事的「雜記」。這樣的區別有其必要。美國學者艾朗諾（Ronald C. Egan）也注意到此，他曾經以歐陽脩（永叔，文忠，廬陵，1007-1072）的記體文為例說：

> The *chi* 'account' was originally nothing more than a description of some object or event. Often it was commissioned upon the completion of a new structure, such as a school, a dam, or a scholar's pavilion, and then inscribed on a stele at the site (hence my alternative rendering, 'dedicatory inscription'). Such an inscription would typically record the reasons for undertaking the project, the amount of time and money required, and the names of those to whom credit for the project belonged.

> 「記」，原先只是對某物某事的描述，它通常是受託為剛落成的建築如學館、堤堰或士大夫的亭臺樓閣而寫的，然後刻石立於該地（我因此有了另一種名稱：「碑記文」）。這種記文一般記錄了從事該工程的起因、所費的時間和錢財、紀念有功於此工程者的題名。[8]

　　很顯然的，有一類記事物而又刻石的作品，可稱之為「碑記文」，屬於雜記類，不屬於碑誌類。早期這種記文一般記錄了從事

8　Ronald C. Egan: *The Literary works of Ou-yang Hsiu*, (London: Cambridge University Press, 1984.), C.2, *Prose*, p.31. 王宜瑗譯：〈歐陽脩日常性散文的特徵〉，《古典文學知識》1991年第6期（總第39期），頁101。

該工程的原因、經過,《周禮‧考工記》就是這類具有代表性的著作。到了後世,這類著作記錄工程的相關事項愈來愈少,有時不是為了興建工程而作記,是為了觀覽已興建完成的名勝古蹟而作記,碑記文從記事轉而抒情的成分愈來愈多,於是碑記作品又有新的名稱與分類方式。譬如姜濤《古代散文文體概論》說:「營造名勝記,是指古人在建造或修葺亭臺樓閣,以及觀覽名勝古蹟時所寫的記,在六朝以前比較少見,至唐宋才作者漸多,作品日盛。」[9]褚斌杰(1933-2006)《中國古代文體概論》說:「我們根據雜記文所記寫的內容和特點,似可以簡約地分為四類:即臺閣名勝記、山水遊記、書畫雜物記和人事雜記。」[10]陳必祥《古代散文文體概論》說:「有以記人事為主的……有以記山水為主的……有以記物為主的……有以記亭臺樓閣為主的。」[11]於此,碑記文有「營造名勝記」、「臺閣名勝記」、「亭臺樓閣記」等不同的稱呼,現代學者又有「私人建物記」的稱呼,[12]這些用法大同而小異,意義相當接近。但是,「名勝」二字並不恰當,有些記的對象不見得是名勝景點,而且這很容易與山水遊記混淆;「亭臺樓閣」還不足以包括所有建築物,如祠堂廳壁記並未包羅進去;「建物記」的名稱較好,

---

9 姜濤:《古代散文文體概論》(太原:山西人民出版社,1990 年 6 月)。

10 褚斌杰:《中國古代文體概論》(北京:北京大學出版社,1992 年 8 月),頁 353。

11 陳必祥:《古代散文文體概論》(臺北:文史哲出版社,1987 年 10 月),頁 41-42。

12 參見蓋琦紓:〈蘇門文人私人建物記之美學意涵〉,《漢學研究》第 24 卷第 1 期(總號第 48 號),2006 年 6 月。

但又不容易區分屬於「公共」或「私人」的問題。筆者考量「碑記」名稱出現較早，且能彰顯此類作品的源流與發展，因而仍定名為「碑記文」；[13]後世觀覽名勝古蹟時所寫的記，有的有刻石，有的可能已經不刻石，也無從證明，但是它們仍然是從碑文體衍生而來，在前述各家為雜記文作分類時仍然歸屬為同一類建築物相關作品，因此我們還是以「碑記文」視之。

三、北宋以前碑記文的發展

南宋真德秀（1178-1235）《文章正宗・綱目》將文章分為辭命、議論、敘事與詩賦四類，在敘事類中提及「記」：

> 記以善敘事為主。〈禹貢〉、〈顧命〉，乃記之祖。後人作記，未免雜以議論。

他又說：

> 按敘事起於史官，其體有二：有紀一代之始終者，《書》之〈堯典〉、〈舜典〉，與《春秋》之經是也；後世本紀似

13　曾子魯：〈略論蘇軾「記」體散文的藝術特色〉一文，曾以蘇軾記體作品為研究對象，作了四項分類：「記敘亭臺樓閣、佛寺道院等名勝建築」、「記載書畫文物、奇事異聞」、「記敘公堂、學校、水利建設」、「山水遊記、寓言遊記」。這分法也與筆者相當符合。曾文發表於《西北師院學報》1986 年 4 期（1986 年 10 月），頁 60-63。

之。有紀一事之始終者，〈禹貢〉、〈武成〉、〈金縢〉、
〈顧命〉是也；後世志、記之屬似之。又有紀一人之始終
者，則先秦蓋未之有，而于漢司馬氏；後之碑誌事狀之屬似
之。[14]

記以敘事為主，記錄一件事情的終始本末，這個觀念為後代文
體學家沿用。真德秀將敘事文章依所記內容分為「紀一代之始終
者」、「紀一事之始終者」、「紀一人之始終者」三類，其中「紀
一代之始終者」、「紀一人之始終者」，與史書「本紀」及「列
傳」、古文中的傳狀碑誌類文章關係密切，都是以記人為主；只有
「紀一事之始終」這一類後來獨立為雜記類。

南朝劉勰（465-520?）《文心雕龍》在無韻之筆中，立出「書
記」類，以概括其餘雜體，並說：「書記廣大，衣被事體，筆劄雜
名，古今多品。」他所體認的這類文體，十分龐雜，包括譜、籍、
簿、錄、方、術、占、式、律、令、法、制、符、契、券、疏、
關、刺、解、牒、狀、列、辭、諺等。[15]基本上，〈書記〉之
「記」，指的是「奏記」，劉勰將上書三公之府的書牘稱「奏
記」，行於郡守之文書稱為「奏牋」，以為政府官吏處理公務之
用，「並有司之實務」，並非指唐宋古文家所開創的雜記類。這也
可以和我國第一部文學總集《昭明文選》收錄自先秦至南朝梁的詩

14　〔宋〕真德秀編：《文章正宗》（臺北：臺灣商務印書館，1983 年 6
　　月），景印文淵閣四庫全書本，集部，第 1355 冊，頁 6。

15　〔南朝梁〕劉勰著，范文瀾（1893-1969）注：《文心雕龍注》（臺北：
　　文史哲出版社，1977 年 8 月），卷 5，〈書記〉，頁 455-461。

文作品共三十八類，獨獨缺少記體一類的現象相印證。事實證明，在南北朝之前，記體文章並不流行。

魏晉時期，以「記」名篇、最負盛名者，當屬陶潛（365-427）〈桃花源記〉。此文有「記」之名，實為詩序。[16]「記」在當時不是獨立的文體，自然也沒有固定的體式。其後，有「奏記」是奏議文字，「序記」是序跋文字，「傳記」用以記人物完整生平，三者功用不同；這些文體雖有「記」之名，內容性質與碑記仍有差異。南北朝時期，出現不少「造像記」、「佛經翻譯記」、「解經記」用以記宗教事件，這是記體文章，却又少了些文學意義。直到唐代雜記文體興起，情況才有重大的轉變。元代潘昂霄《金石例》談到了碑石文章的寫作體例，他說：「記者，紀事之文也。……其末有銘，亦碑文之類，至唐始盛。」[17]在這裡他將所有包括記人或記事的文章統稱之為「碑文」，這包括碑誌、碑記之屬，強調它們都是到了唐代才開始盛行。

初唐、盛唐時期，有張九齡（673-740）〈開大庾嶺路記〉，寫築路緣起、經過及意義，層次井然，文字簡潔，是一篇立在路旁的

16　楊慶存（1954-）：《宋代文學論稿》（上海：復旦大學出版社，2007 年 3 月）：「漢揚雄〈蜀記〉，影響不廣；晉陶潛〈桃花源記〉實乃詩序，非獨立成篇；《昭明文選》『奏記』、《文心雕龍》『書記』都不具備後世所稱記體文的文體意義；故魏晉之前記體文尚未獨立成一式。」頁27。考察古人歸類，〔明〕徐師曾（1517-1580）《文體明辨序說》（臺北：泰順書局，1973 年 9 月）將〈桃花源記〉歸入「記」體之下，而姚鼐《古文辭類纂》雜記類不錄〈桃花源記〉。〔晉〕陶潛寫作〈桃花源記〉時並非單獨成篇，乃是〈桃花源詩〉之序文，故應當列為詩序。

17　〔元〕潘昂霄：《金石例》（臺北：臺灣商務印書館，1983 年 6 月），景印文淵閣四庫全書本，集部，第 1482 冊，卷 9，頁 362 上。

碑記文。李華（715-766）〈中書政事堂記〉，記述中書堂的性質、職權、作用，說明宰相在此議事，須忠於職守，借此批判當時李林甫、楊國忠的權臣亂政。獨孤及（725-777）〈邕州馬退山茅亭記〉，[18]感歎「夫美不自美，因人而彰」，藉山水被埋沒感歎懷才不遇。這篇稱為「茅亭記」的作品，是否還保有「刻石」的工程，已經無由得知。這幾篇碑記文堪稱佳作，可惜只是零星出現。世人較熟悉的作品，集中在王勃（650-676）〈秋日登洪府閣王閣餞別序〉（675 年作）、元結（719-772）〈右溪記〉、〈九疑圖記〉，但這些都不是碑記文。直到韓、柳古文運動興起以後，碑記作品始大量增加。

　　韓愈〈汴州東西水門記〉（798 年作），頌美董晉興建東西水門之成功，大體以四字句行文，具官方文書性質。明蔣之翹《唐昌黎集》評說：「語莊而雅，近似秦紀〈之罘〉、〈東觀〉刻石。」[19]清吳汝綸（1840-1903）也說：「詞但用東漢金石體，而駿邁完固，

---

18 〔唐〕柳宗元著，吳文治（1925-2009）點校：《柳宗元集》（北京：中華書局，1979 年 9 月第 1 版）收入此篇，題作〈邕州柳中丞作馬退山茅亭記〉，然而〔宋〕李昉（925-996）：《文苑英華》（臺北：新文豐出版公司，1979 年 1 月）列此篇為唐代獨孤及作，〔清〕陳景雲（1670-1747）：《柳集點勘》（臺北：新文豐出版公司，1989 年 7 月），叢書集成續編本，文學類第 183 冊、〔清〕何焯（1661-1722）：《義門讀書記》（臺北：臺灣商務印書館，1983 年 6 月），景印文淵閣四庫全書本，第 860 冊，子部，第 166 冊，都認同《文苑英華》的說法，吳文治校勘也認同：「陳、何二說近是。」參見《柳宗元集》卷 27，頁 731。

19 〔唐〕韓愈著，〔明〕蔣之翹評注：《唐昌黎集》（東京：汲古書院，昭和五十六年（1981 年）6 月），和刻本漢詩集成第七輯，〈汴州東西水門記〉，卷 13，頁 16。

乃古今無類。」可見此文源自金石文體。又有〈燕喜亭記〉（804
年作），為王仲舒修建此亭而作記，文中前兩大段詳敘出游人物、
地點，解釋各景點的名義、合稱為「燕喜」之名的由來，滿懷遊賞
之樂。末段忽然宕開一筆，表明王氏「今其意乃若不足」，由此引
發出「吾知其去是而羽儀於天朝也不遠矣」。全文主旨固不限於描
摹山水之美與宴遊之樂，而在顯揚王氏的才德品行。明茅坤（1512-
1601）《唐宋八大家文鈔》評：「淋漓指畫之態，是得記文正體，
而結局處特高。歐公文大略有得於此。」[20]清何焯《義門讀書記》
評：「題固記其名，文是當行家語，得其翦裁之法。雖參入議論，
仍不礙記事體矣。」[21]

　　又有〈藍田縣丞廳壁記〉（815 年作），突破以往寫廳壁記的成
規，[22]用一系列具體的生活細節，寫出縣丞崔立之（斯立，788 年進
士）內心的鬱悶以及對他的同情。明唐順之（1507-1560）《文編》卷
五十五說：「此但說斯立不得盡職，更不說起記壁之意，亦變體
也。」清呂留良（1629-1683）《唐韓文公文》卷一說：「愚謂為崔
斯立記丞廳壁須如此，乃切變而不失其正。」又有〈新修滕王閣

---

20 〔明〕茅坤編：《唐宋八大家文鈔》（臺北：臺灣商務印書館，1883 年 6
　　月），景印文淵閣四庫全書本，第 1383 冊，集部，第 322 冊，卷 8，
　　〈昌黎文鈔〉卷 8，頁 4。

21 〔清〕何焯：《義門讀書記》，卷 31，〈昌黎集〉卷 2，頁 21。

22 〔唐〕封演（天寶年間太學生），張耕注評：《封氏聞見記》（北京：學
　　苑出版社，2001 年 10 月）說：「朝廷百司諸廳皆有壁記，敘官秩創置及
　　遷授始末。原其作意，蓋欲著前政履歷，而發將來健羨焉。故為記之體，
　　貴其說事詳雅，不為苟飾。韋氏〈兩京記〉云：『郎官盛寫壁記以紀當廳
　　前後遷除出入，寖以成俗。』」見該書卷 5，頁 99。由此可知，後來州縣
　　官署亦有壁記。

記〉（820 年作），全文不揄揚長官，不描述江山之美，乃別闢蹊徑，反覆細述欲遊滕王閣而三度不如願的過程，寫作技巧特出，引人注目。儲欣（1631-1706）《唐宋八大家類選》評：「只自述因緣，不描寫滕王閣一字。凡江山景物，目所未接，固難以臆撰也。若架空立論，又是宋人家數，韓、柳記殊不然。」[23]姚鼐《古文辭類纂》卷五十一引方苞（1668-1749）曰：「迴環作態，歐公諸記所本。」清沈德潛（1673-1769）《唐宋八大家文讀本》說：「總以未得造觀，生情作態，此記體中別行一路法也。末段意、言俱不盡，讀者徘徊賞之。」[24]曾國藩《求闕齋讀書錄》則說：「反復以不得至彼為恨，此等蹊徑，自公闢之，亦無害。後人踵之以千萬，乃遂可厭矣。」[25]又有〈郾州谿堂詩〉（822 年作），讚美馬總能治軍，能治民，而有「谿堂」之作，韓愈為之作詩歌頌之。北宋陳師道（後山，1053-1101）曰：「退之作記，記其事耳，今之記乃論也。退之此篇未嘗不論，然止是記事，尤神而明之矣。」[26]沈德潛《唐宋八大家文讀本》也說：「敘事夾議論，字字鏤心雕肝而出。」[27]可見這是一篇記體文章。民國吳闓生（1877-1949）《古文範》却說：「此碑文之一種，當入於碑銘類，姚選列之雜記類，非也。亭記、

23　轉引自葉百豐（1913-1986）：《韓昌黎文彙評》（臺北：正中書局，1990 年 2 月），頁 75。

24　〔清〕沈德潛評點、〔日〕嶋田正幹纂評：《纂評唐宋八大家文讀本》（京都：嵩山堂，1887 年 6 月），卷 5，頁 3。

25　〔清〕曾國藩：《求闕齋讀書錄》（臺北：廣文書局，1969 年 1 月），卷 8，〈韓昌黎集〉，頁 12-13。

26　同註 23，頁 80。

27　同註 24，卷 4，頁 25。

學記等，亦與碑銘同體。」推想吳氏堅守古代文體的源流而有此說；但這般作法，忽視了文體有其不同的發展演變，也未顧及文章以記敘建物為主要目的的事實，與多數文體學家的認知不同。由此例，我們可以從反面瞭解到「碑記」已經從碑誌類獨立出來，走向雜記文的現象；韓愈還有〈徐泗濠三州節度掌書記廳石記〉等。

　　柳宗元（柳州，子厚，773-819）碑記作品更多，集中在《柳宗元集》卷 26-28。有〈興州江運記〉（805 年以前作），敘述嚴礪在興州開鑿山石，暢通河運的事跡。碑文分序文和正文兩部分，序文用散體，正文用四言韻語，此為古代碑文體常見的體式，寫得嚴整而慎重。有〈鼇屋縣新食堂記〉，記述新食堂修建的資金來源以及建成後的作用。有〈永州新堂記〉，藉永州新堂建造前後的不同，讚美韋使君造福人民，文中兼具抒情議論成分。有〈柳州東亭記〉（817 年作），寫城南發現一景點，於是整修環境、建亭、游憩的經過，全文讀來似遊記，已經更脫離傳統碑文典重厚實的成分，而與前些年〈永州八記〉的筆法相似。其他還有〈永州萬石亭記〉、〈零陵三亭記〉、〈嶺南節度使饗軍堂記〉、〈四門助教廳壁記〉、〈館驛使壁記〉、〈永州龍興寺西軒記〉、〈全義縣復北門記〉、〈永州法華寺西亭記〉、〈武功縣丞廳壁記〉、〈柳州復大雲寺記〉、〈永州修淨土院記〉等。

　　綜合言之，碑記內容本以記敘為主，作為記錄工時長短、工費多寡、主佐姓名之用，韓愈能遵循傳統寫法，然而也有些篇章，自成文體，使實用性質的碑記成為作者抒發情思議論的文學創作。柳宗元也是從早年的碑文體，轉為晚年的遊記體，痕迹頗為明顯。他們都客觀的書寫建物建造過程、地理景觀，但是在記敘之外略作議論，記體寫法開始產生了變化。前人指出，韓文迴環作態、生情多

姿、結處特高的寫法，影響到了歐陽脩。

明吳訥（1372-1457）《文章辨體・序說》在解釋「記」文體時說：

> 記之名，始於《戴記》、〈學記〉等篇。記之文，《文選》
> 弗載。後之作者，固以韓退之〈畫記〉、柳子厚遊山諸記為
> 體之正。然觀韓之〈燕喜亭記〉，亦微載議論於中；至柳之
> 記新堂、鐵爐步，則議論之辭多矣。迨至歐、蘇而後，始專
> 有以論議為記者，宜乎后山諸老以是為言也。大抵記者，蓋
> 所以備不忘，如記營建，當記月日之久近，工費之多少，主
> 佐之姓名，敘事之後，略作議論以結之，此正體；至若范文
> 正公之記嚴祠、歐陽文忠公之記畫錦堂、蘇東坡之記山房藏
> 書、張文潛之記進學齋、晦翁之作〈婺源書閣記〉，雖專尚
> 議論，然其言足以垂世而立教，弗害其為體之變也。學者以
> 是求之，則必有以得之矣。*28*

這裡指出唐代之前，記體文甚少；唐代韓、柳之後，確立了記
體文的寫作規範。從文章體式看來，韓愈〈畫記〉記畫，柳宗元

---

28 〔明〕吳訥：《文章辨體序說》（臺北：泰順書局，1973 年 9 月），頁
41-42。按，馮書耕《古文通論》也說：「雜記之作，亦重在敘事；敘事
之後，略作議論以結之，此為正體。在唐時作者，多能如此。間有如韓退
之〈新修滕王閣記〉，及柳子厚之記新堂，志鐵爐步，則以議論為多。
歐、蘇而後，多專用議論，要皆謂之變體。」此意與吳訥相同，而舉例多
出韓愈〈新修滕王閣記〉一篇。參見馮書耕、金仞千《古文通論》，同註
5，頁 805。

〈永州八記〉記山水，還有許多記營建的記，大抵以敘事為主，略作議論以結之者，如韓愈〈燕喜亭記〉，吳訥都稱之為「正體」。〈永州新堂記〉有議論成分，〈永州鐵爐步志〉藉此地原有「為鐵爐者」居之，而今名不符實，也引出一番議論；吳訥認為這些作品造成北宋歐陽脩、蘇軾之後記體文「專尚議論」，「變體」因此產生。這說法與前引真德秀之言，敘事之作源自《尚書》，但是「後人作記，難免雜以議論。」看法相當一致。徐師曾《文體明辨·序說》亦闡明「記」的性質及其遞變：

> 其文以敘事為主，後人不知其體，顧以議論雜之。故陳師道云：「韓退之作記，記其事耳，今之記乃論也。」蓋亦有感於此矣。然觀〈燕喜亭記〉已涉議論，而歐、蘇以下，議論寖多，則記體之變，豈一朝一夕之故哉？[29]

　　雜記在唐代成為新興文體，自韓、柳開始，雜記已染上議論色彩，其功用也由原本純實用性的「所以備不忘」，漸漸轉變成文人書寫情志、議論事理的工具。北宋歐、蘇以後，記體文更朝向求新求變的路途邁進，這是一段漸進的過程。

　　碑記文的功用原在於「蓋所以備不忘」，不過，記營建之類的篇章，吳訥說：「敘事之後，略作議論以結之，此為正體。」這表明了碑記文不是不可以議論，而是須以記敘手法為主體。大約在中唐韓、柳之時，記體文（尤其是碑記文）的文體規範意義已經幾乎確立了。後來徐師曾《文體明辨·序說》因此提出「記」有三品的說

29　〔明〕徐師曾：《文體明辨序說》，頁145。

法：

> 其主於敘事者曰正體，主於議論者曰變體，敘事而參之以議
> 論者曰變而不失其正。

> 又有託物以寓意者（如王績〈醉鄉記〉是也），有首之以序而以
> 韻語為記者（如韓愈〈汴州東西水門記〉是也），有篇末系以詩歌
> 者（如范仲淹〈桐廬嚴先生祠堂記〉之類是也），皆為別體。今並
> 列于三品之末，仍分三體，庶得以盡其變云。*30*

這兩則資料，不僅解析了文體正、變的關係，而且看出文體發展的
軌跡。很顯然的，碑記文終究從碑文體獨立出來，這是唐人的一大
貢獻。錢穆認為韓愈、柳宗元開創新「記」體居功尤偉：

> ……故韓、柳之大貢獻，乃在於短篇散文中再創新體，如贈
> 序，如雜記，如雜說，此等文體，乃絕不為題材所限，有題
> 等如無題，可以純隨作者稱心所欲，恣意為之。……故短篇
> 散文之確能獲得其在文學上之真地位與真價值，則必自韓、
> 柳二公始。*31*

實則，在韓愈、柳宗元同時或稍後不久，還有些作家創作碑記
體文章，如白居易（772-846）〈廬山草堂記〉、杜牧（803-853）〈杭

---

30 〔明〕徐師曾：《文體明辨·序說》，頁 144、145。
31 同註 7，頁 54。

州新造南亭子記〉（約 847 年作）等，[32]只因為韓、柳二家作品較多，成績較佳，在眾人推波助瀾下，造成古文運動的興起。

四、北宋碑記文的寫作流變

北宋初年，李昉編定《文苑英華》，首先將「記」列為獨立文體，其中有宮殿、廳壁、公署、館驛、樓、閣、城、城門、水門、橋、井、河渠、祠廟、祈禱、學校、文章、釋氏、觀、宴遊、紀事、刻候、歌樂、圖書、災祥、質疑、寓言、雜記 27 個子目；姚鉉（986-1020）編《唐文粹》也有「記」類，包括古跡、陵廟、水石、岩穴、外物、府署、堂樓亭閣、興利、卜勝、館舍、橋梁、井、浮圖、災沴、議會、譙譙、書畫、琴古物、種植等 19 個子目。大抵而言，與建築物相關的類別多於其他子類，除常見的廳壁、亭、臺、堂、樓、閣題材之外，城門、井、河堤、寺院、園林等，也都屬於建物範圍。從此，碑記文漸漸增多，蔚為大宗。以下我們擇取重要的作家作品說明如次：

(一)王禹偁

先是，王禹偁（元之，954-1101）〈待漏院記〉（987 年作），勸勉宰相應該竭盡思慮，謹慎勤政，不能私心用事，也不能無所作為。這正是「設宰臣待漏院於丹鳳門之右」的目的。南宋樓昉《崇古文訣》卷十六評此文：「是時五代習氣未除，未免稍俳，然詞嚴氣

---

[32] 參見何寄澎：〈唐文新變論稿（一）——記體的成立與開展〉，《臺大中文學報》第 28 期，2008 年 6 月，頁 69-92。

正，可以想見其人，亦自得體。」清林雲銘（1628-1697）《古文析
義》評道：「細玩詞意，似過於平正無波。但名為記，却語語是
箴，故自言『規於執政』，其體製不得不如此矣。」[33]吳楚材
（1655-?）、吳調侯（康熙時人）《評註古文觀止》也說：「雖名為
記，極似箴體。」[34]浦起龍（1679-1762）《古文眉詮》卷七十三說：
「非駢非散，似箴似銘，文格猶沿五代。」過珙（約 1691 前後）
《古文評註》卷八說：「通篇出力，只寫一『勤』字，『勤』字下
得好。正與待漏『待』字恰恰相當。相君有思，亦是待漏時所必有
之想。寫得森嚴可畏，有體有裁，宜與溫公（司馬光，1019-1086）
〈諫院題名記〉並垂。」李扶九（光緒時人）《古文筆法百篇》卷一
也說：「以體言，雖云是記，實可為古今宰相箴。」上述說法，有
兩個重點，一是本文有五代習氣，似箴似銘；二是本文內容森嚴，
語語規勸，為箴體。〈待漏院記〉重視語辭對句，造語工整、駢散
相生的字句形式，乃北宋初年承襲五代文體風氣而來；而在內容方
面，立意正大，有規諫之風，也印證了本文有來自兩漢碑文體的寫
作風格。

　　王禹偁的另一名篇〈黃州新建小竹樓記〉（999 年作）原本也是
碑記，但是竹樓不可能刻石，雖然仿古寫「樓記」，也在文中記敘
了竹樓的方位，建樓過程、地點與時間，但是真正的筆墨重點，是
在描繪竹樓周遭美麗的景致，渲染居住其中的優雅情趣，最後點出

33　〔清〕林雲銘評注：《古文析義》（臺北：廣文書局，1976 年 10 月 4
版），2 編，卷 7，頁 7。

34　〔清〕吳楚材評註：《評註古文觀止》（臺北：廣文書局，1981 年 12
月），卷 9，頁 15。

「未知明年在何處」的飄零身世的感傷。林雲銘《古文析義》評道：「以竹瓦起，以竹瓦結，中間撰出六『宜』，俱在竹瓦聲音相應上描寫，皆非尋常意想所及。至敘登樓對景清致，飄飄出塵，可以上追柳州得意諸作。」[35]由此可知，這篇文章已經跳脫全文敘事的傳統寫法，轉而寫心情，寫景致，與柳宗元的山水意趣相當接近。清余誠（乾隆時人）《古文釋義》卷八評此記：「大抵是借竹樓以寫其謫居之意也。通體俱切定竹樓，抒寫勝概。……末以『斯樓不朽』結，到底還他個記體。」據此意，王禹偁〈黃州新建小竹樓記〉仍保有傳統記體體製，介乎變與不變之間。王禹偁之後不久的蘇舜欽（1008-1048）有〈滄浪亭記〉（1044 年作），也用心描繪亭園的自然風光，仿效柳宗元山水遊記的移步換形法寫景，將敘事、寫景、言情融合為一，紓解自己遭貶之後的苦悶心情。

(二) 范仲淹

范仲淹（文正，989-1052）〈嚴先生祠堂記〉（約 1033 年作）的寫法值得注意。文章開頭先以排偶句並提嚴先生、光武帝二人，中間引《易經》爻辭佐證，又是整齊句型相對，最後以歌作結，頌揚「先生之風，山高水長」，表達個人的仰慕之情。全文基本上採大段的排偶形式，將二人互為襯托，相得益彰。文辭典雅醇正，文氣流暢，有秦漢古風。「祠堂記」在碑記文中頗為特殊，本為建築物而作，又須以人物為核心，與碑誌類文章十分接近。

〈岳陽樓記〉（1046 年作）的寫法與〈嚴先生祠堂記〉有幾分相似。本文先簡述岳陽樓重修的背景、經過，之後設想洞庭湖的兩

---

[35]　同註33，初編，卷5，頁23。

種景色，由此引發不同的憂樂情懷，最後提出「先天下之憂而憂，後天下之樂而樂」與友人共勉。文中寫景而帶出心情，抒情而生發議論，情景交融，先敘後議，段落結構分明，轉換自然；句式亦駢亦散，也能舒展自如。本文雖是眾人賞愛的名篇，但也引發後人從文體角度提出疵議。南宋王正德（約 1182 前後）《餘師錄》卷一說：「范文正公為〈岳陽樓記〉，用對話說時景，世以為奇。尹師魯（1001-1046）讀之曰：『此傳奇體耳。』傳奇，唐裴鉶（860-878 前後）所著小說。」金聖歎（1608-1661）《天下才子必讀書》卷十五也說：「中間悲、喜兩大段，只是借來翻出後文憂樂耳。不然，便是賦體矣。……一肚皮聖賢心地，聖賢學問，發而為才子文章。」這裡提到「傳奇」寫法和「賦體」寫法，都是指文章中間的兩大段。所謂「傳奇」，可以從史才、詩筆、議論的角度來說，〈岳陽樓記〉沒有史書的記述，它的議論大家公認很好，所以負面的評價應該是來自詩筆，意謂文筆太美，有駢儷風，很炫才的意思，這當然不合古文的寫作要求。清代桐城派曾經提出古文不可以有小說氣，大概是指文章中的虛構成分，這也可以用來批評〈岳陽樓記〉這篇文章。高步瀛（1873-1940）《唐宋文舉要》批評〈岳陽樓記〉寫景部分云：「二段稍近俗豔，故師魯譏為傳奇體也。」[36]王夢鷗（1907-2002）曾經說明《傳奇》的構詞形式和〈岳陽樓記〉有很多相似的地方，例如駢散互用，敘事的時候用散體之文，為文章定下輪廓，一旦狀山水、描姿容，就以四字為主的駢語排偶的語調來描

---

[36] 高步瀛選注：《唐宋文舉要》（臺北：漢京文化事業公司，1984 年 5 月），頁 654。

繪其細部。[37]文中寫風景陰晴不同的兩大段文字，文筆暢美，引動觀賞者的悲喜心情，純屬虛構設想，其中夾帶幾句提問語，是「用對話說時景」，也含有小說技巧的成分。學者們已經認定，唐代寫記的特徵，多作客觀、靜態的記述，重在本事，以寫實勝；宋代多作動態的敘述而避開正面的描繪，多以表現主觀意識為主，故寫景多虛實參半。[38]宋人虛寫景物的手法，從韓愈〈新修滕王閣記〉而來，唐代這類文章很少，宋人就大量虛寫不曾到過的風景點。再從「賦體」角度來說，這兩大段文字，寫景狀物，極力鋪陳，甚至於帶有夸飾不實的成分。〈岳陽樓記〉能寫景狀物，文采華美，終究缺少古文的質樸感。因為末尾收束到「聖賢心地」，才能被後世古文家接受。余誠《古文釋義》說得很好：「通體俱在謫守上著筆，確是子京重修岳陽樓記，一字不肯苟下。聖賢經濟，才子文章，於此可兼得之矣。」

(三)歐陽脩

　　歐陽脩的記體文，大都是關於建築物的碑記，罕見單純的山水遊記。當我們依寫作時間流覽一番後，會發覺他有過特別的發展：

　　較早的〈叢翠亭記〉（1032 年作），文中交代命名的來由：「取其蒼翠叢列之狀」，也寫明亭子座落的地點、景色。這是歐陽脩初學作古文時，遵循傳統碑記寫法的試驗之作，難得的是：「叢

---

[37]　王夢鷗：《唐人小說研究：纂異記與傳奇校釋》（臺北：藝文印書館，1997 年 6 月），頁 95。

[38]　王水照（1934-）主編：〈記序的長足發展與文賦的脫穎獨立〉，《宋代文學通論》（開封：河南大學出版社，1997 年 6 月），頁 438-444。

翠亭是一個普通園亭，其主人亦非作者同道，題目較難敷衍，文章結合洛陽雄偉的山川入手，寫得生動有氣勢，已見出構思運筆的才能。」[39]這一年，另有〈非非堂記〉，先講明「非非」的意義，第二段寫明「非非堂」的建築經過，也能遵循傳統碑記的寫法，是一篇富含哲理的小品文。

歐陽脩的〈李秀才東園記〉（1034 年作），很有結構。一開始「脩友李公佐，有亭在其居之東園，今年春，以書抵洛，命脩志之」短短幾句話，交代了人物、時間、地點和寫作緣由。接續下文兩大段，分寫真州的歷史環境、地理樣貌，最後再寫自己不能忘記與當地的情感作結。全文有傳統碑記文的寫法，又有濃厚的抒情意味，這已經開啟了後來歐陽文的寫作特色。

歐陽貶官夷陵（今湖北省宜昌市）期間，先後寫出〈九陵縣至喜堂記〉（1036 年作）、〈峽州至喜亭記〉（1037 年作）二文。前者是當地長官朱慶基同情歐陽脩貶官到此地，「擇其廳事之東以作斯堂，度其疏潔高明，而日居之以休其心。堂成，又與賓客偕至而落之。」對此深表感激的歐陽脩，開始欣賞體會夷陵之美，敞開心懷，樂觀曠達的過日子。這篇文章兼具敘事、寫景，而且抒寫懷抱。後一篇是因為峽州治所在夷陵，這裡位在湖北西境長江三峽東口，「江出峽，始漫為平流。」文中先著力描寫惡水怒狀，再寫道「舟人至此者，必瀝酒再拜相賀，以為更生。」以「至喜」名亭，正是為了「志夫天下之大險，至此而始平夷，以為行人之喜幸。」作者反映了特殊的題材，題義也寫得清清楚楚。

---

[39]　陳新、杜維沫選注：《歐陽脩選集》（上海：上海古籍出版社，1986 年 4月），〈叢翠亭記〉評語，頁 264。

　　歐陽脩貶官滁州（今安徽省滁州市）期間，更寫出兩篇傳世不朽的名作：〈豐樂亭記〉與〈醉翁亭記〉（都作於 1046 年）。〈豐樂亭記〉寫於初到貶官之地以後，收拾好心情，探訪山水之樂。文章先述建亭的緣由，交代其位置、景色，接著由今日滁州之安定，想起五代時期這裡是兵連禍結的用武之地，而今「民生不見外事，安於畎畝衣食」，這之間的轉變，得力於宋太祖的聖德，真有說不盡的感念。末段環繞這分心情，見「四時之景無不可愛」，願意「與民共樂」，亭名為「豐樂」，即有深刻紀念的含義。值得注意的是，這篇亭記，雖然保有碑記的某些形式，譬如交代亭名的由來，但是全文由景入情，遊賞的心情表露無遺，稱得上是一篇遊記。換言之，歐陽脩模糊了祠堂廳壁亭臺記和遊覽山水記之間的界線，但又不是純粹的山水遊記。吳楚材《評註古文觀止》評本篇：「作記遊文，却歸到大宋功德、休養生息所致，立言何等闊大。其俯仰今昔，感慨係之，又增無數烟波。較之柳州諸記，是為過之。」[40]民國陳衍（1856-1937）《石遺室論文》也說：「永叔文以序跋、雜記為最長，雜記尤以〈豐樂亭〉為最完美。起一小段，已簡括全亭風景，乃橫插『滁於五代干戈之際』二語，得勢有力。然後說由亂到治與由治回想到亂，一波三折，將實事於虛空中摩盪盤旋，此歐公平生擅長之技，所謂風神也。」[41]

　　如同范仲淹〈岳陽樓記〉有盛名之累，〈醉翁亭記〉這篇文章也引發了許多人從文體角度提出異議。全文段落清楚，敘事層次井

40　同註 34，卷 10，頁 7。

41　陳衍：《石遺室論文》，收入陳步（1921-1994）編：《陳石遺集》（福州：福建人民出版社，2001 年 6 月），下冊，卷 5，頁 1623。

然有序，對句優美，讀來節奏輕快自然，頗獲好評。然而，陳師道
《後山詩話》說：「少游（秦觀，1049-1100）謂〈醉翁亭記〉，亦用
賦體。」朱弁（1085-1144）《曲洧舊聞》卷三也說：「〈醉翁亭
記〉初成，天下莫不傳誦，家至戶到，當時為之紙貴。宋子京
（祁，998-1061）得其本，讀之數過，曰：『只目為〈醉翁亭賦〉，
有何不可？』」南宋張表臣《珊瑚鉤詩話》卷一云：「〈醉翁亭
記〉步驟類〈阿房宮賦〉，〈晝錦堂記〉議論似〈盤谷序〉。」南
宋陳鵠《西塘集耆舊續聞》卷十也說：「余謂文忠公此記之作，語
意新奇，一時膾炙人口，莫不傳誦，蓋用杜牧〈阿房賦〉體，游戲
於文者也，但以記號『醉翁』之故耳。富文忠公（弼，1004-1083）嘗
寄公詩云：『滁州太守文章公，謫官來此稱醉翁。醉翁醉道不醉
酒，陶然豈有遷客容？公年四十號翁早，有德亦與耆年同。』又
云：『意古直出茫昧始，氣豪一吐閶闔風。』蓋公寓意於此，故以
為出茫昧始，前此未有此作也。不然，公豈不知記體耶？」上述有
關〈醉翁亭記〉用賦體的質疑，可能有兩種解釋。第一種可能與讀
范仲淹〈岳陽樓記〉的感受相似，文中寫景狀物，駢散並用，美則
美矣，卻缺少一分古文的質樸感。第二種可能是「步驟類〈阿房宮
賦〉」，從遠處緩緩說起，寫靜態景物，再寫動態的人群生活，最
後才點明主題。把重要的題旨用一種類似遊戲的手法寫出，從茫昧
不明寫到豪氣干雲，杜牧賦、歐陽文之間可能有某種程度的關聯。
仔細思量，這些批評不必全作負面解讀。

　　北宋黃庭堅（魯直，1045-1105）說：「或傳王荊公稱〈竹樓記〉
勝歐陽公〈醉翁亭記〉，或曰：『此非荊公之言也。』某以謂荊公
出此言未失也。荊公評文章，常先體制而後文之工拙。蓋嘗觀蘇子
瞻〈醉白堂記〉，戲曰：『文辭雖極工，然不是〈醉白堂記〉，乃

是韓白優劣論耳。』以此考之，優〈竹樓記〉而劣〈醉翁亭記〉，是荊公之言不疑也。」[42]金王若虛（1174-1243）《滹南遺老集》卷三十六〈文辨三〉也說：「宋人多譏病〈醉翁亭記〉，此蓋以文滑稽。曰：『何害為佳？但不可為法耳。』」又說：「荊公謂王元之〈竹樓記〉勝歐陽脩〈醉翁亭記〉，魯直亦以為然，曰：『荊公論文，常先體製而後辭之工拙。』予謂〈醉翁亭記〉雖淺玩易，然條達逃快，如肺肝中流出，自是好文章。〈竹樓記〉雖復得體，豈足置歐文之上哉！」他們都引述了王安石（介甫，臨川，1021-1086）的看法，王若虛另外認定〈醉翁亭記〉有遊戲的手法，肯定此文流暢自然，出自真性情，是篇好文章；但是對於〈竹樓記〉與〈醉翁亭記〉二文的高下之分，意見並不一致。後來明代張鼐《評選古文正宗》卷九引元代虞集（1272-1348）語：「此篇是記體，歐陽以前無之。或曰賦體，非也。逐篇敘事，無韻不排，只是記體。第三段敘景物，忽然鋪敘，記中多有。」同書卷九引焦□□云：「歐公此記，非獨句句合體，且是和平深厚，得文章正氣。」此意與羅大經（1196-1252）《鶴林玉露》引楊東山之言：「歐公文，非特事事合體，且是和平深厚，得文章正氣。」[43]極為相似。這些人都肯定歐陽脩文章合乎體製，給予極高的評價。

　　清代已還，更多人肯定〈醉翁亭記〉的藝術價值。林雲銘《古文析義》說：「亭在滁州西南兩峯之間、釀泉之上，自當從滁州說

42　參見〔宋〕黃庭堅：《豫章黃先生文集》（臺北：臺灣商務印書館，1979年11月臺1版），四部叢刊正編本，第49冊，卷26，〈書王元之竹樓記後〉，頁293。

43　〔宋〕羅大經：《鶴林玉露》（北京：中華書局，1997年12月），丙編，卷2，〈文章有體〉，頁265。

起，層層入題。其作亭之故，亦因彼地有山水佳勝，記雖為亭而
作，亦當細寫山水。既寫山水，自不得不記游宴之樂，此皆作文不
易之定體也。但其中點染、穿插、布置、呼應，各極自然之妙，非
人所及。至於亭作自僧，太守、賓客、滁人游，皆有分，何故獨以
己號『醉翁』為亭之名？蓋以太守治滁，滁民咸知有生之樂，故能
同作山水之游。即太守亦以民生既遂，無吏事之煩，方能常為宴酣
之樂。其所號『醉翁』，亦從山水之間而得，原非己之舊號。是醉
翁大有關於是亭，亭之作始為不虛。夫然，則全滁皆莫能爭是亭，
而醉翁得專名焉。……句句是記山水，却句句是記亭，句句是記太
守。讀之惟見當年雍熙氣象，故稱絕搆。」[44]這是從文章作法角
度，肯定此記的內容安排，指出題名的書寫十分恰當，也合乎碑記
文體製。大概因為遊覽舊建物的碑記文日漸增多，新建物的碑記文
相對減少，衍變至清代，不太有傳統碑記寫法的堅持，評點家轉而
從寫作觀點進行討論，從而給予肯定。[45]余誠《古文釋義》卷八也
說：「記亭所以名醉翁，及醉翁所以醉處，俱隱然有『樂民之樂』
意在，而却又未嘗著跡，立言更極得體。彼謂似賦體者，固未足與
言文。」李扶九《古文筆法百篇》卷六也說：「過珙曰：『從山作
泉，從亭出人，從人出名』，此明明是記，後人即謂之賦體，想讀
『山間之朝暮也』數段以為類賦耳。不知得此數句節節倒轉，便是
記體。」愈到近代，愈多人從記體文章的角度肯定此文，也認為
「賦體」的批評不足取。

44　同註33，初編，卷5，頁29。

45　〔清〕浦起龍《古文眉詮》卷59合評〈豐樂亭記〉與〈醉翁亭記〉道：
　　「兩亭兩記，似散非散，似駢非駢，文家之創調也。」

　　另有〈真州東園記〉（1051 年作），文中提出地方官應使「上下給足」，百姓「無辛苦愁怨之聲」，「然後休其餘閒，又與四方之賢士大夫共樂於此」，這些觀點，與〈豐樂亭記〉、〈醉翁亭記〉相似。作者未去過真州（今江蘇省儀徵縣），未見過東園，只根據一張「東園示意圖」及對方口述內容而作文，故在謀篇構思方面須另闢蹊徑。此記有大段文字描寫東園景色，以豐富的聯想力，賦體文字的鋪敘方式，鋪排成篇。值得注意的是，其子歐陽發（1040-1085）撰其父〈事迹〉云：「公之文，備盡眾體，變化開闔，因物命意，各極其工，或過退之。如〈醉翁亭記〉、〈真州東園記〉，創意立法，前世未有其體。」這麼高的評價，意謂歐陽家族對於文體的變化、文意內容的創新，抱持樂觀其成的態度。沈德潛《唐宋八大家文讀本》說：「韓公〈新修滕王閣記〉，絕不著景，一則己未及遊，一則備見於前人賦、記、序中也。此於圖畫中，已嘗寫景，然只就子春語指點物象，故面目各異，而神理自合，此謂善學前人。」[46]清初和碩親王輯《古文約選·歐文約選》載方苞曰：「范文正公〈岳陽樓記〉，歐公病其詞氣近小說家，與尹師魯所議不約而同。歐公諸記不少穠麗語，而體製自別，其辨甚微，治古文者最宜研究。」姚鼐《古文辭類纂》卷五十四引劉海峰（大櫆，1698-1780）曰：「柳州記山水，從實處寫景；歐公記園亭，從虛處生情。柳州山水以幽冷奇峭勝，歐公園亭以敷娛都雅勝。此篇鋪敘今日為園之美，一一倒追未有之荒蕪，更有情韻意態。」上述三家說法，有待深入剖析。一是韓公〈新修滕王閣記〉已有生情作態的寫法，歐公更推進了一步。歐陽脩未嘗到該地，於文章之中仍可描

---

[46]　同註 24，卷 5，頁 3。

寫當地景致，這是韓愈、柳宗元未曾有過的作法。不過有個前提是，歐陽脩憑藉相關材料進行創作，換言之，絕非空穴來風，憑空設想。正因為如此，范仲淹未曾到該地點，卻又憑空想出岳陽樓陰晴不同的景色描寫，被視為小說家虛構之言。方苞和劉海峰多多少少承認了歐公諸記帶有「賦體」風格，但是仍然給予歐公正面評價。至於歐陽脩從虛處生情的筆法，比起柳宗元從實處寫景的筆法，亦不遜色。

歐陽脩〈相州畫錦堂記〉（1065 年作），是他晚年的作品。當時聲譽崇隆的大丞相魏國公韓琦（1008-1075）榮歸故里，建堂以自戒。而歐陽脩此記，開頭不敘明堂址，不說明興建過程，也沒有描繪畫錦堂的外觀和內部陳設，乃引用蘇秦、朱買臣的典故，窮形盡相的描繪世俗阿諛諂媚、嫌貧愛富的醜陋樣貌。這些鋪陳，為下文讚頌韓琦的高尚人格作了對比。文末才點出作此記的用意，乃是向世人稱道韓公。全文的前半，出於苦心的安排，後半才更能看出議論的旨趣。茅坤《唐宋八大家文鈔》評本文：「以史遷之煙波，行宋人之格調。畫錦堂本一俗見，而歐陽公卻於中尋出第一層議論發明，古之文章家，地步如此。」[47]說得是不直接入題，卻將敘事文寫出議論來的效果。作者未到過相州，文中這種避實就虛的寫法出現過許多次，後人轉相學習，被稱之為「宋調」。

歐陽脩尚有〈樊侯廟災記〉，也是從記事入手，意在破除迷信，引發出層層反駁、一再詰問的議論主題；〈河南府重修使院記〉，由建築過程思考為政之本；「制作雖壯，不逾距；官司雖冗，執其方。君子謂是舉也，得為政之本焉。烏有端其本而末不正

---

[47]　同註 20，卷 48，〈廬陵文鈔〉卷 20，頁 5。

者哉！」這是從敘事轉為議論的實例。劉少雄（1959-）說：「歐陽脩雜記文的另一項特色，就是借題寓慨，好發議論，以抒其情志胸懷。如〈相州畫錦堂記〉，本『富貴不歸故鄉，如衣錦夜行』（《漢書・項籍傳》）之意，引申論辯，……又如〈御書閣記〉之議佛老，……都是以論為記的篇章。」[48]

　　此外，歐陽脩〈夷陵縣至喜堂記〉（1036 年作）、〈畫舫齋記〉（1042 年作）、〈偃虹隄記〉（1046 年作）、〈峴山亭記〉（1070 年作），或即事窮理，或即景抒情，形成自家寫作風格。在歐陽脩筆下，傳統以建築物為主的碑記寫法，與山水遊記的界限日趨模糊，因此有些學者將山水遊記範圍擴大，納入歐陽脩〈豐樂亭記〉、〈醉翁亭記〉、〈浮槎山水記〉、〈峴山亭記〉等作品。[49]其實，歐陽脩書寫這些文章，如〈泗州先春亭記〉記亭子地理位置：「乃築州署之東城上，為先春亭，以臨淮水，而望西山」、〈游鯈亭記〉記命名緣由、〈河南府重修淨垢院記〉詳記修建費用與工程大小、〈湘潭縣藥師院佛殿記〉記當地商人李遷捐錢新修佛殿的來龍去脈，皆記錄建築物命名及其過程，也記錄建築時間、主事者姓名，都保有碑記文的尺度在心，他的碑記文大多不宜歸入山水遊記。

48　劉少雄：〈歐陽脩雜記文的思想內涵與表現特色〉，《中國文學研究》創刊號，1987 年 5 月，頁 141。

49　參見梅新林（1958-）、俞樟華（1956-）：《中國遊記文學史》（上海：學林出版社，2004 年 12 月），頁 31。

(四)曾鞏

　　歐陽脩的門生曾鞏（子固，南豐，1019-1083），記體作品也多，寫出許多不同的題材。他的〈宜黃縣縣學記〉（1049 年作），先敘述古代立學及從學的風氣，指出興學的重要，又從社會現實證明不興學的弊病；而後再寫到宜黃縣立學的始末，從篳路藍縷到眼前的盛況，包括學校的規模和設施。最後勉勵學子發憤向學，「正心修身為國家天下之大務」。全文記敘事件的原委，條理井然，又能由此生發議論，使敘事和深刻的議論緊密結合。〈筠州學記〉（1066 年作），是另一篇曾鞏論學的名作，規模大意相似。茅坤《唐宋八大家文鈔》說：「子固記學，所論學之制與其所以成就人材處，非深於經術者不能。韓、歐、三蘇所不及處。」[50]從刻石的角度來說，「學記」都刻石，因此歸入碑記之屬；但是其內容重點不在記敘而在說理，所以林紓《畏廬論文》指出：「學記則為說理之文，不當歸入廳壁；至遊讌觴詠之事，又別為一類，綜名為記，而體例實非一。」[51]由此可知，曾鞏此文既敘事又議論，那是緣自「學記」特有的現象。清代桐城派古文家劉開（1781-1821）說：

　　　昌黎始工為贈送碑誌之文，柳州始創為山水雜記之體，廬陵始專精於序事，眉山始窮力於策論。序經以臨川為優，記學

50　〔明〕茅坤編：《唐宋八大家文鈔》，景印文淵閣四庫全書本，第 1384 冊，集部，第 323 冊，卷 103，〈南豐文鈔〉卷 7，頁 4。

51　同註 2，頁 20。

以南豐稱首。故……文之體製，至八家而乃全。**52**

這段話說明了各家的古文特色，而曾鞏在碑記文中的學記方面表現
尤其特出。曾鞏又有〈鵝湖院佛殿記〉，雖是應和尚之請而作，却
一變頌揚為痛斥，揭露佛教高層大興土木、揮霍財物、不勞而獲、
愚弄百姓的劣行。「作者於結尾反問，浪費至此，難道不值得把此
事記下來？文章不依通例去記建殿經過，頌主事者功德，而是揶揄
譏諷，指刺醜惡，既別出心裁又構築精巧。」**53**如此寫法，的確與
眾不同。

　　曾鞏〈醒心亭記〉（1047 年作），詳述歐陽脩先築豐樂亭、後
築醒心亭的時間、地點，交代寫這篇文章的緣起。第二段記醒心亭
遠眺所見之景，以及亭名的由來。第三段由亭及人，讚美歐陽公關
心國計民生。曾鞏還有〈擬峴臺記〉（1057 年作），先一句提過
「擬峴臺」因山谿形似峴山而得名。接著敘述撫州「擬峴臺」的建
築經過，同時由城郊的美景寫到官民同樂之旨。其中善於鋪敘景
色，頗具駢文的韻味和色彩；寫到「官民同樂」的內容與句式，彷
彿踵武柳宗元〈桂州裴中丞作訾家洲亭記〉、歐陽脩〈醉翁亭記〉
的足跡。

　　〈學舍記〉（1054 年作），自陳居家休讀的經過，寫得有自傳
的意味。〈思政堂記〉（1058 年作），雖是受人之託而作的應酬文

---

52 〔清〕劉開：〈與阮芸臺宮保論文書〉，《劉孟塗集》（上海：上海古籍
　　出版社，2002 年 3 月），《續修四庫全書》第 1510 冊，影印道光六年
　　（1826）姚氏檗山草堂刻本，〈文集〉，卷 4，頁 5 下。

53 林非（1931-）主編：《中國散文大辭典》（鄭州：中州古籍出版社，
　　1997 年 6 月），頁 210。

字，也能闡明「為政須多思、慎思」的主意。〈齊州北水門記〉
（1072 年作），記敘齊州修建兩個水門，一高一低，視水患高低而
開關水門，使百姓安居樂業，又不勞民傷財。文章前半介紹水門的
構造和功能，清楚詳細；後半記敘開工和完工日期，監督官員的姓
名，並點出作記的目的：「欲後之人知作之自吾三人者始也。」這
是一篇典型的碑記寫法，出自深知經術的學問家之手，並不意外。
〈襄州宜城縣長渠記〉（1075 年作），追溯一條長渠的歷史，記述
修渠經過，最後再交代作記緣由及其目的，依舊符合傳統碑記文的
寫法。

　　曾鞏〈撫州顏魯公祠堂記〉（1056 年作），脫離一般褒揚唐朝
名將顏真卿捍賊死節之事，也不談論他的書法成就；而是另出慧
眼，著重稱道他一生不計較個人的得失和禍福，歷忤大奸、至死不
悔的守道精神。這篇文章的寫法與柳宗元〈段太尉逸事狀〉、歐陽
脩〈王彥章畫像記〉有異曲同工之妙。十餘年後，曾鞏有〈徐孺子
祠堂記〉（1076 年作），肯定一位漢朝末年隱士的行為，這是紀念
前賢之作的另一種寫法。

　　另有〈道山亭記〉（1077 年作），真正記亭只有寥寥幾筆，反
而用大量篇幅描繪此亭所在地閩山周圍的景致，以及讚美建亭的主
人。全文「描寫細膩，狀物生動，文采斐然。」[54]

　　此外，曾鞏〈墨池記〉（1048 年作），是記物小品，借此抒發
「學不可少」的道理；有〈越州趙公救災記〉（1079 年作），是記
事散文，詳實記錄一次救災情況和措施，以供後人參考借鑒；有

---

[54] 包敬第、陳文華注譯：《曾鞏散文選》（香港：三聯書店，1990 年 7
月），頁 177。

〈游信州玉山小岩記〉，則是一篇遊記。這些作品不屬於碑記文，卻可以看出曾鞏用心於各類記體文章，且有不錯的成績。

(五)王安石

前引黃庭堅〈書王元之竹樓記後引〉載：「荊公評文章，常先體制而後文之工拙。」（詳見註 30）王安石早年的碑記文的確如此。譬如〈揚州新園亭記〉（1043 年作），是一篇首尾完整的記敘文；〈信州興造記〉（1050 年作），文中敘述、描寫、議論依序進行，最後集中討論吏治，指陳「吏之不學」是令人憂慮的問題。〈芝閣記〉（1053 年作），通過靈芝一物在真宗、仁宗兩朝不同的遭遇，作為當時士人命運的象徵，從而抒發人才興廢的感慨。這些文章都從記敘出發，交代題名由來，合乎碑記文的寫作常規。

王安石〈慈溪縣學記〉（1048 年作）已經帶出大量議論，這是因為「學記」體例特殊使然。但是中年以後的〈度支副使廳壁題名記〉（1060 年作）就另當別論了。這篇文章頗富盛名。度支副使是有權力的行政長官，主掌國家的財政和稅賦。本文強調了理財在國家政治中的重要地位，接著直抒己見，提出改善法令和擇吏理財的主張。結尾點明廳壁題名之用意，可供人評斷任此職之人的賢與不賢，說明此為呂君刻石之用心所在，暗寓勸戒後世之意。此記以「題名」開篇，以「題名」作結，由事而議，首尾圓合；言詞又雄深有力，不讓人有閃躲餘地。其耿介如石的態度，以及用人除弊的主張，在後來熙寧變法期間也都持續下去。由此可知，遵守傳統碑記文的寫作規範，可能是王安石青年時期的理想，當時他用世之心迫切、意圖施展抱負，傳統規範不再是首要的考慮，如何陳述己見，表達有益國事的建議，才是他的當務之急。

(六)司馬光

司馬光〈諫院題名記〉（1063 年作）是一篇石刻，文中討論諫官責任的重大，以及惕厲品德的重要。諫官的姓名刻著於石，其目的是讓後人評論諫官或忠或奸，或直或曲。此記短短二百餘字，規勸官吏，正而不阿，簡短有力。與前述王安石文同是「題名記」，都具有警世教訓意味。

〈獨樂園記〉（1073 年作），寫迂叟隱居之樂，文中詳述獨樂園的風景與命名的由來。〈韓魏公祠堂記〉（1084 年作），寫百姓為韓琦立生祠，感念他「愛民如子」的惠政。此文題材與歐陽脩〈晝錦堂記〉相近，文氣却不如歐陽公文豪邁俊爽，文采亦不如他鮮明生動，然而內容醇雅，理路清楚，尤其能交代寫作緣起，可說是很正統的碑記文的佳作。

(七)蘇軾

到了北宋中期的蘇軾（子瞻，文忠，長公，1037-1101），由於在野時間長，遊走各地機會多，加上自身文名崇高，碑記文大量增加。先是，任鳳翔府簽書判官時，作〈喜雨亭記〉（1062 年）。這年當地久旱之後，連下三場雨，作者便用「喜雨」名亭，抒寫「久旱逢甘霖」的喜悅，說盡無雨之憂和有雨之樂。然而全文未對亭子進行直接的記述和描繪，倒是「舉酒於亭上以屬客」那一段，語氣活潑，喜氣洋洋；最後一段以歌詞作結。金聖歎《天下才子必讀書》卷十五說：「此是特稱出以雨名亭妙理，非故涉筆為戲論也。」浦起龍《古文眉詮》卷六十九也說：「志不忘，是名亭主意，即是通篇命意。」

　　次年，蘇軾應鳳翔知府陳希亮之請作〈凌虛臺記〉（1063年）。文章先交代建築凌虛臺的起因，再寫築臺經過，因臺上所見風景隱約而奇幻，故取名「凌虛」。最後以登高懷古，論古今物之廢興成毀與人事之得喪無常，抒發感慨，論定「臺猶不足恃以長久，蓋世有足恃者」的結論；然而作者不說出「足恃者」為何，使不盡之意見於筆外。全文虛實相生，卻又富有哲理。

　　蘇軾〈超然臺記〉（1075年作），也是一篇富有哲理的作品。此文一開始就從議論入手，先明「超然」之理；再記述他初到密州的生活，陳述他恬淡自適、超然物外、則無往不樂的心境，寫「超然」之人；最後再寫到修葺城牆陋臺的過，以及登臺遊賞之樂，點出「超然」之臺名。清沈德潛《唐宋八大家文讀本》說：「通篇含『超然』意，末路點題，亦是一法。」[55]然而本文虛實相生的寫法，與〈凌虛臺記〉並無二致，故方苞《方望溪先生全集》卷五十六說：「子瞻記二臺，皆以東西南北點綴，頗覺膚套，此類蹊徑，乃歐、王所不肯蹈。」其實這話也可以反過來說，正因歐、王等人未如此寫過，蘇軾為求創新，於是另闢蹊徑而有此作。

　　蘇軾〈放鶴亭記〉（1078年作），也是一篇佳構。此記先寫築亭的經過；又有二隻鶴，馴服善飛，常於亭上朝西山之口放飛，故名「放鶴亭」。較特殊的是，文中以賦體主客問答的形式，討論隱士的情懷和君王的志趣問題，認為隱士可以縱情適意，君王不可玩物喪志，從而肯定隱居之樂無窮。最後以〈放鶴〉、〈招鶴〉歌結尾，書寫放鶴的逸趣，有仙鶴飄逸之姿。孫琮《山曉閣選蘇東坡全集》卷六說：「前幅敘事錯落，是記之正體。後幅因好鶴而及好

---

[55]　同註24，卷23，頁20。

酒,而以南面之君,來與山林之士相形,見山人隱居之為樂。稍涉議論,是記之變體。一篇之中,正變錯出,真如野鶴高遷,令人攀援無際。」這裡對蘇軾文法多變作出了形容。

綜觀蘇軾的碑記文,敘事、描寫、議論與問答手法,不但廣泛運用,且有單用、混用的現象,如全篇議論的〈醉白堂記〉,[56]先議論後敘事的〈三槐堂記〉,先敘事、中議論、後抒情的〈眉州遠景樓記〉,先寫景、中敘事、後議論、再抒情的〈靈壁張氏園亭記〉等。即使其他不屬於碑記的記體文,如〈石鐘山記〉(1084 年作),浦起龍《古文眉詮》卷六十九評道:「以辨體為記體,當作翻案觀。」他如〈稼說〉(約 1076 末-1077 初作)、〈日喻〉(1078 年作)、〈記承天寺夜游〉(1083 年作),一直到他晚年的〈潮州韓文公廟碑〉(1092 年作),皆可見蘇軾常常常變換文法,以議論手法寫入記敘文類,創新不少體製。楊慶存說:

> 亭臺堂閣記是記體散文最習見的體式,也是宋人最擅長的體式,……對亭軒記的發展作出了重要貢獻的當推蘇軾。……蘇軾之後,此類體式……南宋諸人也未能越此規範。[57]

從碑記文的寫法豐富多變化,看出蘇軾是影響至南宋最重要的作家之一。

56　參見謝敏玲:〈蘇軾〈醉白堂記〉之「以論為記」試探〉,《淡江人文社會學刊》第 26 期,2006 年 6 月,頁 1-22。

57　楊慶存:〈宋代散文體裁樣式的開拓與創新〉,《中國社會科學》1995 年第 6 期,頁 154-168。

(八)蘇轍

　　蘇轍（穎濱，文定，1039-1112）也有兩篇有名的碑記：〈武昌九曲亭記〉（1082 年作）、〈黃州快哉亭記〉（1083 年作）。前一篇文章，首言子瞻常遊武昌西山，與山中人優游相樂，不覺被貶時久；中寫九曲亭勝景，渲染子瞻建亭的動機，以及亭成之後的「最樂」心情。末段生發議論，言「天下之樂無窮，而以適意為悅。」通篇環繞「樂」字，層層展開，頗多筆墨描寫山光水色、葱翠林木，也塑造出蘇軾風神瀟灑、逍遙自在的人物形象。全文幾乎脫離了碑記文的寫法，對於九曲亭的亭名、擴建經過不作任何交代，也沒有韻語作結的格式，讀起來就是一篇寫景兼議論的遊記。孫琮《山曉閣選蘇穎濱全集》卷二說：「讀古人遊記，便如目中親覽其勝概，身中親履其勝境，意中親領略其勝味。」他直接視此文為一篇遊記。

　　後一篇文章，為謫居黃州的張懷民築快哉亭而作。蘇軾為亭命名，蘇轍寫記。文章圍繞亭名運筆，極寫亭之所見山川浩渺、岡陵起伏的景色，並展開楚襄王和宋玉的對話，表現了作者不以得失為意的曠達情懷。這等情懷，是作者與蘇軾、張懷民所共有，是貶謫之人的互相慰藉。吳楚材、吳調侯《評註古文觀止》評本文：「前幅握定『快哉』二字洗發，後幅俱從謫居中生意，文勢汪洋，筆力雄壯，讀之令人心胸曠達，寵辱都忘。」[58]一如前篇〈武昌九曲亭記〉，此文立足於碑記文的傳統規範，而又極力發揮議論，與蘇軾〈超然臺記〉相輝映。柯慶明（1946-）《中國文學的美感》說：「似乎『亭』的設立或建構，往往就是暗示著一種動態的行『遊』

---

[58]　同註34，卷11，頁20。

的意圖或先決情況，因此，『亭』的本身未必宏麗，却往往與『行旅』的情景與『山水』的勝況，常相聯繫。」「『遊止』一詞，正凸顯了『亭』在『遊觀美學』上的最主要的特質。」[59]這正告訴了我們，為什麼文人不再對亭本身多作描寫，轉而寫亭外之景，與作者的心境相聯繫。前引曾鞏〈道山亭記〉、蘇軾〈喜雨亭記〉都可以為佐證，這種現象大概到了宋代逐漸成為定型。

(九)其他

秦觀（1049-1100）〈龍井題名記〉（1079 年作），記述作者自吳興過杭州，夜遊西湖的情景。文章寫景優美，與作家的詞風同調，基本上是一篇遊記。

晁補之（1053-1110）〈照碧堂記〉（1101 年作），題材頗為特殊。先前，曾肇（1047-1107）出知應天府（今屬河南省商丘縣）時，修葺此堂，後因名列元祐黨籍，多次被貶。而晁補之與曾肇相識多年，却也因故降貶應天府通判，因而賭物思人，感慨良多。全文先寫照碧堂之美，次寫內心感慨，最後才點明曾肇「為後來矜式」，此堂完工實出自他之手。

北宋末年，孔武仲（約 1041-1097）〈安堂記〉、黃庭堅〈筠州新昌縣瑞芝亭記〉、〈江陵府承天禪院塔記〉、晁補之〈新城游北山記〉、謝逸（約 1064-1113）〈淇澳堂記〉、〈三益齋記〉、〈浩然齋記〉、〈介庵記〉、〈壽亭記〉……也是寫得較好的碑記。後來陳與義（1090-1138）的〈頤軒記〉、鄭肅（1091-1132）的〈具瞻堂

59　柯慶明：〈從「亭」、「臺」、「樓」、「閣」說起〉，收入氏著：《中國文學的美感》（臺北：麥田出版公司，2005 年 12 月），頁 284、286。

記〉、岳飛（1103-1141）的〈五嶽祠盟記〉都是碑記，但是完稿於南宋了。大致說來，碑記文不斷有人寫作，最盛時期發生在北宋中期歐、曾、蘇等人身上，作品數量多，寫法也有變化，引起後世古文評點家注意。南宋以後，山水遊記較碑記文盛行，陸游（1125-1210）的《入蜀記》就是有名的代表作。

五、結語

經由上述討論，我們可以分從寫法演變、內容演變、形式演變三方面，說明北宋碑記文與前人不同之處，亦即在文體發展史上的開創意義：

首先就寫法演變來說。如吳訥《文章辨體》所說，記營建之文，「當記月日之久近，工費之多少，主佐之姓名。」這是傳統以來的寫作基本規範，但不是每篇文章都要寫成流水帳，唐人已非如此寫。而碑記文（屬雜記類）來自碑文體（屬碑誌類），另有韻語作結的形式傳統，這也會在許多作品中表現出來。這般界限，在宋初王禹偁身上就已經產生了微妙的變化。他的〈待漏院記〉很像「箴體」，這當是來自碑銘的寫法，不足為奇；而他的〈黃州新建小竹樓記〉，却由於不刻石之故，寫得頗似柳宗元的山水遊記。後來我們看到歐陽脩〈豐樂亭記〉、〈醉翁亭記〉之類的許多作品，一方面保留傳統進行釋名、記述過程的工作，一方面又寫得很像遊記；而到了蘇轍〈武昌九曲亭記〉、〈黃州快哉亭記〉，就寫成完全是遊記的風貌了。這一文體寫作方式改變的過程，是宋人的一大開創。

宋人對於碑記文寫法的求新求變也頗感到自豪，葉適（1150-

1223）《習學記言》說：

> 韓愈以來，相承以碑、志、序、記為文章家大典冊；而記，
> 雖愈與宗元猶未能擅所長也，至歐、曾、王、蘇，始盡其變
> 態，如〈吉州學〉、〈豐樂亭〉、〈擬硯臺〉、〈道州山
> 亭〉、〈信州興造〉、〈桂州新城〉，後鮮過之矣。若〈超
> 然臺〉、〈放鶴亭〉、〈箕簹偃竹〉、〈石鐘山〉，奔放四
> 出，其鋒不可當，又關紐繩約之不能齊，而歐、曾不逮
> 也。*60*

　　從韓愈到歐陽脩到蘇軾，的確有一文章演變的進程。韓愈〈燕
喜亭記〉微載議論於文中，到了歐、蘇以後，專有以論議為記者，
然而立言足以垂範後世，學者尚能接受。韓文「結局處特高」，或
是未到其地亦能寫出碑記的寫法，歐陽脩也有所繼承。而歐公緩緩
從遠處說起，形成虛筆寫法，被人目之為「迴環作態」；到了蘇軾
更是架空立論，求新求變，文章寫法變化多端。即使部分作品被批
評為「宋調」，但不得不說宋人有其自家面目，從中可以看出宋人
的努力成績。

　　其次就內容演變來說。唐代韓愈等人的碑記文只有少量議論的
現象，被稱為「正體」，影響到了北宋變成大量由記敘轉為議論的
現象，被稱為「變體」；引發陳師道等人對此嚴加批評。然而，北

---

60 〔宋〕葉適：《習學記言·序目》（臺北：臺灣商務印書館，1983 年 6
　　月），景印文淵閣四庫全書本，集部，第 849 冊，卷 49，〈皇朝文鑒〉
　　三，頁 794 下。

宋碑記文並非大量為「變體」之作，觀察司馬光等人作品可知。有些「變體」之作，雖然加入議論的內容，但是立言正大，有垂範後世的意味，如范仲淹〈岳陽樓記〉、歐陽脩〈豐樂亭記〉與〈醉翁亭記〉等，仍然能被世人接受，給予極高的評價。

此外，唐人以「物」為主的作品內容，至宋代轉而成為以「人」的思想情感為主；歐、蘇碑記文更大的發揮重點，是把「記」寫成抒情性質很濃的文章，這在唐人是罕見的。清末民初章廷華《論文瑣言》說：「歐文說到窮極處，每參以身世興衰之感，〈峴山亭碑〉、〈豐樂亭記〉諸作均如此。」[61]他所說的，正是北宋碑記文的一大特色。

最後就形式演變來說：

(一)北宋碑記文大多數遵守傳統寫作規範，記命名緣由、修建過程，以及讓後人評斷是非曲直的「題名記」作法，都保有碑記文的尺度在心，因此碑記文與山水遊記不相混淆。

(二)北宋有些碑記文以歌作結，這應該是來自兩漢碑文體最後以銘文韻語作結的形式，范仲淹〈嚴先生祠堂記〉、蘇軾〈喜雨亭記〉、〈放鶴亭記〉可為代表。

(三)北宋有些早期碑記文作品，沿襲五代風氣，講究形式與音韻之美，造成「記體」似「賦體」的現象，范仲淹〈岳陽樓記〉、歐陽脩〈真州東園記〉、〈醉翁亭記〉可為代表。

(四)北宋碑記文數量遠勝於唐代，題材也較唐代更為開闊，尤其擴展了「學記」的題材。

61　轉引自洪本健：《歐陽脩資料彙編》，下冊，頁1341。

（臺灣彰化，明道大學：《明道中文學報》，第 3 期，2011
年 9 月。）

歐陽脩古文的創作階段
及風格嬗變

提　要

　　本文依據歐陽脩的生平活動，以及學界有關歐陽脩各種文體作品的分期方式，討論出歐陽脩古文有五個創作階段：第一期：仁宗景祐三年（1036）五月降貶夷陵縣令以前。第二期：仁宗景祐三年五月——仁宗慶曆五年（1045）八月降貶滁州前。第三期：仁宗慶曆五年八月——仁宗至和元年（1054）四月還京任職前。第四期：仁宗至和元年五月——英宗治平四年（1067）三月出知亳州前。第五期：英宗治平四年三月——神宗熙寧五年（1072）閏七月去世止。

　　而後梳理歐陽脩古文各階段的風格，發現他的文章風格始終很統一，其中也有一些獨特性。譬如三十歲以前的第一期，仍有駢散夾雜、對偶句式較多的現象。三十歲到四十歲的第二期，對「道」有了明確的闡述，開始寫作大量政論文，創造了許多新議題引發討論。他的奏議切中實務，語氣果敢而堅定，流露出大無畏的剛正風格。大約四十歲到五十歲的第三期，努力撰述《五代史》，闡發韓愈的「詩窮而後工」說，記體文章出類拔萃。大約五十歲到六十歲

的第四期，政論文剛正的表現，「紀大略小」的敘事手法，都與前
幾期相似。然而墓誌、詔令、論辨、奏議文章大都緣事而發，忽然
增多起來。六十歲以後的第五期，仍然耗費心力在奏表方面，並且
回顧個人及家族的一生。

關鍵詞：歐陽脩，古文，創作階段，分期，風格

一、前言

　　文學史上常對某一時代或某一作家的作品，進行創作分期的探討，這能增進作家作品較全面性的理解。歐陽脩（永叔，1007-1072）的文學作品應當如何分期？學界目前對他的作品分期的討論成果如何？能否運用已有的詩詞或學術思想作品的分期討論成果，進一步印證他的古文分期方式？有關他的古文創作分期的討論，判準當如何建立？建立分期之後，能否觀察每個時期風格嬗變的情形，增進我們對歐陽文的理解？這是本篇論文所擬探討的課題。以下我們即依據歐陽脩文集及時人的評論，學者對歐陽脩生平所作的研究，他們對歐陽脩各種文體作品的分期方式為借鏡，討論出較為適當的歐陽脩古文創作分期，以及由此衍生出來的風格嬗變現象。

二、歐陽脩古文創作分期的考察

　　迄今為止，提出歐陽脩古文創作階段的說法不多，大陸學者王水照（1934-）〈歐陽脩散文創作的發展道路〉一文，將其作品分為五個階段：

　　（一）洛中三年（1031-1033）對歐陽脩的散文創作起過重要作用，在此期，他編校《韓集》，寫作古文，崇尚「道」的實踐性品格，並提高了知名度，孕育了他獨特散文風格的胚芽。他開始崇尚「簡古」、「完粹有法」，力忌「格弱字冗」。現存這時期各類文章三十多篇，其特點是學韓、崇尚

簡古的風格、多駢偶句式。

（二）景祐元年（1034）到慶曆五年（1045），第一次的夷陵（湖北宜昌）之貶對他的思想、性格以及創作的道路發生了深刻的影響，其文論思想也臻於成熟。對「道」有了明確的闡述，創作與他的政治活動密切配合，寫了不少關於政治活動的文章。由於文名卓著，他應邀寫了不少墓碑文，又以精於詩文集序著稱。

（三）慶曆五年到至和元年（1054），歐陽脩第二次被貶，外放到滁州（安徽滁縣），這是他人生思想轉折變化的分界線，而他的散文主體風格却由此走向成熟。兩次被貶，歐陽脩的心態並不相同。他前次貶赴夷陵途中寫的〈與尹師魯書〉，仍以到貶所後「勿作戚戚之文」相戒，保持不畏誅死、慷慨剛直的獻身精神；然而，慶曆新政的失敗促進了他對政局的深刻反思和憂苦，「盜甥」流言的人格污辱更增加了他的心理重負。他於是從前期的果敢進取，發展為一再要求提前「致仕」、急流勇退的決絕態度。

（四）至和元年（1054）到治平四年（1067），歐陽脩在朝任職的主要時期，仕途順遂，位高聲隆，形成了以他為盟主的嘉祐文人集團，利用知貢舉的機會，對當時的太學體進行了堅決的鬥爭，終於奠定了宋代散文平易自然、流暢婉轉的群體風格。

（五）治平四年到熙寧五年（1072），由於捲入「濮議」之爭，再遭流言構陷，他辭去參知政事，出知亳州（安徽亳縣）。這時期歐陽的散文集中地表達了「老之將至」的遲暮心態，創作上時有出語重複之病，乃至老人式的細事絮叨，

但這「反而增添了感人的力量」。《歸田錄》、《六一詩話》是這一時期的重要收穫。[1]

近年來，韓國學者黃一權《歐陽脩散文研究》再對此議題進行討論。此書首章即討論「歐陽脩散文的創作歷程」，將歐陽文分為四個時期：

歐陽脩散文創作的奠基時期
歐陽脩散文主體風格的形成時期
散文風格的成熟及實現古文理想的時期
歐陽脩散文的晚年創作時期[2]

黃氏云：「主要是以歐文風格的變化為依據，分成四個階段。當然，其中也伴隨有對其人生經歷起落變換等的參照。就歐文的風格變化而言，第一階段（1036 年 5 月前）與第二階段（1036 年 5 月-1045 年 8 月）的分野是以 1036 年歐陽脩被貶夷陵為標誌的。被貶夷陵之後，歐陽脩年輕時的政治抱負遭受挫折，自然放逸的性格有所改變，此時的散文風格也有了明顯的變化，出現了第一次的轉型期。……第二階段與第三階段（1046 年-1059 年）的分野是以歐陽脩被貶滁州為界限的，此後歐陽脩的散文風格日漸成熟，完全以一種

---

[1] 王水照：〈歐陽脩散文創作的發展道路〉，《社會科學戰線》，1991 年第 1 期，頁 270-278、284。

[2] 〔韓〕黃一權：《歐陽脩散文研究》（上海：華東師範大學出版社，2003 年 11 月），第 1 章第 1-4 節，頁 2-42。

紆徐委備的技法寫出，第三階段可以說是歐文含蓄吞吐、反覆抑揚的風格成熟的階段。……第三階段與第四階段（1059 年-1072 年）是以歐陽脩於 1059 年創作的〈秋聲賦〉為界的。之所以這樣劃分，是因為〈秋聲賦〉比較明顯地代表了這一階段他的主要風格，當然，這之後歐文中仍有一些是與以前的風格類似的，這也說明了上面所提到的作家風格是有著重疊期的。」[3]

上述王、黃二人的分期，乍看之下頗有差異，其實仍有共同的軌跡可尋。

首先，他們二人都以歐陽脩「第一次的夷陵之貶」為第一階段生活的結束，合乎歐陽脩的實際生活情形。從歐陽脩對自身的評論看來，他確實發跡甚早，有過一段與後來生活不太一樣的「早期」階段。他的〈送徐生之澠池〉說：「我昔初官便伊洛，當時意氣尤驕矜；主人樂士喜文學，幕府最盛多交朋。」[4]《宋史》本傳也說他中進士後，任西京（河南洛陽）推官，在錢惟演（962-1034）幕下：「始從尹洙（師魯，1001-1046）游，為古文，議論當世事，迭相師友。與梅堯臣（聖俞，1002-1060）游，為歌詩，相倡和。遂以文章名冠天下。」[5]當年的生活仍不免放縱，他在仁宗寶元二年（1039）〈答孫正之第二書〉曾說：「僕知道晚，三十以前，尚好文華，嗜酒歌呼，知以為樂，而不知其非也。及後少識聖人之道，而悔其往

3　同前註，第 1 章，〈歐陽脩散文的創作歷程〉，頁 1。

4　〔宋〕歐陽脩：《歐陽文忠公文集》（臺北：臺灣商務印書館四部叢刊正編，1979 年 11 月）卷 5，《居士集》卷 5；又參閱〈七交七首〉，同書卷 51，《居士外集》卷 1。以下《歐陽文忠公文集》簡稱《歐集》。

5　〔元〕脫脫（1238-1298）：《宋史》（臺北：藝文印書館，1988 年 6 月初版），卷 319，列傳 78，〈歐陽脩傳〉。

咎。則已布出,而不可追矣。」（《歐集》卷 68,《居士外集》卷 18）所說的正是仁宗景祐三年（1036）三十歲那年被貶夷陵之前的事。劉子健（1919-1993）《歐陽脩的治學與從政》說:「歐陽的學問基礎,改革的主張,愛才的精神,以及後來政治上遭受打擊,這一切都已定型於他早年在洛陽的時候。」[6]蔡世明《歐陽脩的生平與學術》補充說明一點:景祐四年（1037）三月,歐陽脩再娶嚴謹持家的薛夫人（1017-1089）,後來他的生活趨於嚴肅,也與薛夫人大有關係。[7]因此,歐陽脩第一期的生活可以採用貶官夷陵的 1036 年為界。

　　王水照是以「第一次的夷陵之貶」和「第二次被貶」作為分出第二期和第三期的依據,這點黃一權與他相同。但是他定的年分有些問題。細察原委,王氏把夷陵之貶訂在 1034 年,是因為此年三月歐陽脩在西京秩滿,過去的生活告一段落。其實當年五月,歐陽脩回到開封;閏六月,授宣德郎,試大理評事、兼監察御史、充鎮南軍節度掌書記、館閣校勘。七月,預修《崇文總目》。此後一兩年間,生活仍然安定。直到 1036 年,歐陽脩貽書切責諫官高若訥（997-1055）,招至他生平第一次被貶的重大挫折,五月降為峽州夷陵縣令,十月至夷陵。據《歐集》卷一二五《于役志》載,當年五月,范仲淹（989-1052）、余靖（1000-1064）、尹洙接連遭責,而後歐陽脩也被貶夷陵。從心理層面來說,這麼多忠臣好友在短時間都遭

6　劉子健:《歐陽脩的治學與從政》（臺北:新文豐出版公司,1984 年 10月補正再版）,下編第 2 章,〈歐陽的發跡〉,頁 136。

7　蔡世明:《歐陽脩的生平與學術》（臺北:文史哲出版社,1986 年 9 月修訂再版）,上編第 2 章第 2 節,〈從貶官夷陵到復職〉,頁 21。

到貶黜，對歐陽脩造成一定程度的打擊。從生活層面來說，歐陽家生活也因此大為困窘，歐陽脩〈瀧岡阡表〉載母親鄭夫人安慰他說：「汝家故貧賤也，吾處之有素矣。汝能安之，吾亦安矣。」（《歐集》卷 25，《居士集》卷 25）故以此年五月為歐陽脩生活轉變的重大依據，較為恰當。

修正了王水照第二期的開始時間為 1036 年 5 月之後，王、黃二人的第二階段分期就完全相同。貶官夷陵以後的歐陽脩，由於「開始負責地方行政，才深切感到高論宏旨，未必對治道有實際裨益。……所以後來參加慶曆變法時，已不太重視政策的改革，而著意於行政的改善。」[8]

仁宗慶曆三年（1043）三月，歐陽脩回朝任諫官，開始在政治舞台上閃亮登場。這年三月到次年八月離朝為河北都轉運按察使，上奏文章都收錄在《奏議集》卷一至卷十的「諫院」部分（《歐集》卷 97-106），言詞頗為激烈懇切。當時，歐陽脩擁護范仲淹「慶曆新政」的變法革新。沒想到反對聲浪太大，慶曆四年六月，范仲淹被迫離京，十一月，朋黨之議大起，范仲淹、富弼（1004-1083）、歐陽脩等人被指為「朋黨」。此時，歐陽脩曾出使河東（1044 年 4 月-7 月）、河北（1044 年 8 月-1045 年 8 月），他大半時間在地方處理開墾邊疆、減輕賦稅、罷免不才官吏的工作，有人問他：「公以文章儒學名天下，而治此俗吏之事乎？」他說：「吏之不職，吾所愧也。繫民休戚，其敢忽乎？」（《歐集》附錄卷 5，歐陽發（1040-1085）〈先公事迹〉）

出使河北的後期，歐陽脩於慶曆五年（1045）上〈論杜衍范仲

8　同註6，下編第3章，〈范呂黨爭和解仇〉，頁147。

淹等罷政事狀〉（《歐集》卷 107，《奏議集》卷 11），小人嫉恨之，立刻遭遇到「張甥案」的牽連，是年八月貶知滁州，十月至郡。這也是王水照、黃一權一致同意第三階段分期的開始。歐陽脩在〈滁州謝上表〉陳述「張甥案」案的來龍去脈，並認為招罪的原因是：平時「論議多及於貴權，指目不勝於怨怒。若臣身不黜，則攻者不休。」（《歐集》卷 90，《表奏書啟四六集》卷 1）這事件的打擊不小，在滁州自號「醉翁」，也反映了他的衰退心情。劉子健指出：「時方四十，正當盛年，幾乎一蹶不振。」[9]此後改知揚州（江蘇江都）、潁州（安徽阜陽）、應天府（河南商丘），仁宗至和元年（1054）再被召入京，陞任翰林學士，奉命刊修《新唐書》。此年作〈述懷〉詩自歎：「十年困風波，九死出檻穽。」（《歐集》卷 5，《居士集》卷 5）對歐陽脩來說，1045-1054 的十年貶官外放，又是一段刻骨銘心的慘痛生活經驗。

　　黃一權以仁宗嘉祐四年（1059 年）歐陽脩創作〈秋聲賦〉（《歐集》卷 15，《居士集》卷 15）為第三階段與第四階段的分界，他忽然改變了以生活事迹為分期的依據，轉由一篇文章風格進行討論，這是奇怪的作法。黃氏的說法是：「〈秋聲〉寓遲暮，紆徐有情致。……在這篇文章中，他把無形的『秋聲』用高度的比喻法來成功地形象化，借以表達自己的思想，表達一種遲暮之感。」[10]他的說明似乎不足，我們很難由這篇文章論定歐陽文第四階段都有這種風格。黃氏自己也說過：「作品風格的變化難以簡單地一概而論，

9　同註 6，下編第 7 章，〈中年蹉跎與繼續鬥爭〉，頁 210。「張甥案」案情，可參考劉書同一章，頁 211-213。

10　同註 2，第 1 章第 4 節，〈歐陽脩散文的晚年創作時期〉，頁 38。

也難以簡單地劃清。從實際的創作情況來看，不同風格的作品往往在某一時間段內同時出現，相同風格的作品在不同的階段也都會出現，以至形成所謂的風格重疊期與跨越期。」[11]實則，黃氏有意「以歐文風格的變化為依據」，這涉及每個人對文章風格的主觀判斷，處理方式比較危險，倒不如以作家生平經歷為判準，如前述黃氏自己也認同：「人生經歷起落變換」是很好的分期參照，以歐陽脩被貶官的年月作為處理方式，較為有憑有據。

回頭檢視王水照把第三階段結束於至和元年（1054），這是因為他以「歐陽脩在朝任職」為一期，這是恰當的作法。至和元年五月，歐陽脩服母喪期滿，復舊官職，赴京師。此後常在京師任職。雖然在至和三年八月，任賀契丹登寶位國信使，有過出使遼國的紀錄，但這也是受到朝廷重用的表現。

仁宗至和三年九月改元為嘉祐元年（1056），此後到英宗駕崩、神宗即位的治平四年（1067），歐陽脩有一段相當長的時間在朝為官。嘉祐二年（1057）正月，權知禮部貢舉，拔擢許多人才。從此改變北宋文風，對朝政的影響力與日俱增。然而，嘉祐五年的〈辭樞密副使表〉有「屢乞方州，幾于十請」之言，頗有倦勤之意。（《歐集》卷 91，《表奏書啟四六集》卷 2）發生於英宗年間（1065-1066）的「濮議之爭」，更是影響歐陽脩後期行事風格的另一件大事。北宋文人大多直言敢諫，歐陽早年也是大力提倡直言極諫的人。英宗欲追崇濮王的問題，表面上是禮制上稱死去的英宗的生父為「皇伯」或「皇考」之爭，其實是想借此推翻對方的力量，逼迫政敵下臺。王珪（1019-1085）、司馬光（1019-1086）、呂公著（1018-

---

11　同註 2，第 1 章，〈歐陽脩散文的創作歷程〉，頁 1-2。

1089）、程顥（1032-1085）主稱「皇伯」，韓琦（1008-1075）、歐陽
脩、蔣之奇（1031-1104）、傅卞、吳申主稱「皇考」，呂誨（1014-
1071）、范純仁（1027-1101）、呂大防（1027-1097）、富弼更是將矛頭
指向歐陽脩。歐陽脩引〈喪服記〉立說，與當時公議多主稱「皇
伯」不合，成了眾矢之的。劉子健說：「他早年是以敢言，諫君，
得罪而出名的。晚年執政則易地而處，大受言官攻擊。」[12]

　　「濮議之爭」還在延燒的時候，歐陽自知眾議難容，於是連上
奏摺，力求外放，未允。[13]終因治平四年（1067）二月蔣之奇掀起
控告歐陽脩與長媳吳氏有曖昧關係的大案子，三月改知亳州，五月
到亳州。是年正月，神宗即位，朝政有所更迭，同年韓琦也罷職，
政局走入王安石（介甫，1021-1086）變法時代。神宗曾派人詳查「長
媳案」，然無實據。「雖然結束，歐陽又何能安於其位？內有其親
戚之誹謗，外則自己提拔的言官倒戈相向，竟欲置之死地。再加上
政敵環攻。雖然手詔優渥，畢竟聲名已墜，在政治上是不會再有領

12　以上「濮議之爭」始末，參見同註 6，下編第 8 章，〈歐陽與韓富當
　　政〉，頁 234-238。

13　同註 4，《歐集》卷 92，《表奏書啟四六集》卷 3 載，治平二年正月二十
　　三日上〈乞外任第一表〉，二十五日批答不允；正月二十六日上〈第二
　　表〉，二十九日批答不允；正月二十九日上〈第三表〉，二月二日批答不
　　允；同時間也上〈第一劄子〉、〈第二劄子〉、〈第三劄子〉；又治平二
　　年八月上〈為雨水為災待罪乞避位第一表〉，之後再上〈第二表〉、〈第
　　三表〉；又在治平三年三月二十四日上〈為乞外任第一表〉，批答不允；
　　三月二十八日上〈第二表〉，四月三日批答不允；四月初四日上〈第三
　　表〉，初七日批答不允；同時間陸續呈上〈第一劄子〉、〈第二劄子〉、
　　〈第三劄子〉、〈第四劄子〉、〈第五劄子〉，可見辭官外放的心情非常
　　強烈。

導的力量了。」[14]「最使歐陽傷心的是陷害他的人往往就是他曾舉拔的人。更何況他一生提倡經學，到了晚年，攻擊他的人卻說他毫無道德！」[15]此後歐陽脩再三要求查明事實，[16]也透露出辭官的心意已決。〈亳州乞致仕第一表〉明白說出：「苟貪榮而不止，宜招損以自貽。」（《歐集》卷 93，《表奏書啟四六集》卷 4）又三請乞罷政事，三乞外郡。[17]即使外放青州（山東益都）、蔡州等地，他又再三推辭。[18]加上健康狀況也差，[19]終於在熙寧四年（1071）完成追記一些政事軼聞的《歸田錄》後，六月致仕退休。

之前，治平四年（1067）九月歐陽脩先寫出〈歸田錄序〉說道：「幸蒙人主之知，備位朝廷，與聞國論者，蓋八年于茲矣。既

14　同註 6，下編第 9 章，〈被誣外任，反新政，與退休〉，頁 250-251。

15　同前註，頁 248。

16　同註 4，《歐集》卷 93，《表奏書啟四六集》卷 4 有〈乞詰問蔣之奇言事箚子〉、〈再乞詰問蔣之奇言事箚子〉、〈封進批出蔣之奇文字箚子〉、〈乞辨明蔣之奇言事箚子〉、〈再乞辨明蔣之奇言事箚子〉。

17　同註 4，《歐集》卷 93，《表奏書啟四六集》卷 4 有〈乞罷政事第一表〉、〈乞罷政事第二表〉、〈第三表〉，〈又乞外郡第一箚子〉、〈第二箚子〉、〈第三箚子〉。

18　同註 4，《歐集》卷 94，《表奏書啟四六集》卷 5 載熙寧元年（1068）八月九日上〈辭免青州第一箚子〉、八月二十八日上〈第二箚子〉、九月上〈第三箚子〉，熙寧元年十月〈青州謝上表〉說：「國恩未報，而身已先衰；世塗可畏，而命亦多舛。頃緣災疾，遂決退休。」同卷載熙寧三年有〈蔡州謝上表〉，熙寧四年四月有〈蔡州再乞致仕第一表〉、〈又箚子〉，五月有〈第二表〉、〈又箚子〉、〈第三表〉。

19　蔡世明《歐陽脩的生平與學術》說：「總計歐陽脩在亳州上表五、箚子五，在青州上箚子三，乞壽州箚子二，辭太原府箚子六，蔡州乞致仕表三、箚子三，前後二十七次辭職告老，都極力說明他的衰病。」同註 7，上編第 2 章第 6 節，〈由剝而復的晚年〉，頁 39。

不能因時奮身，遇事發憤，有所建明，以為補益；又不能依阿取容，以徇世俗，使怨嫉謗怒，叢于一身，以受侮於群小。」「宜乞身于朝，退避榮寵，而優游田畝，盡其天年。」（《歐集》卷 126，《歸田錄》卷 1）後來他果然遠離朝政，轉任多處地方官也不願意回朝。熙寧元年（1068）築第於潁州，逐步實現歸隱養老的心願。從這些過程，看得出晚年的歐陽脩心境有了很大的轉變，他的晚年生活可以獨立看待。王水照以治平四年為第四階段的結束、第五階段的開始，合乎歐陽脩晚年心境的變遷。

三、從歐陽脩詩詞創作階段的觀點進行佐證

作者生平經歷是分期的基礎，而詩詞作品也是生活變化的反映。因此，前人有關歐陽脩的詩詞的分期觀點，可以提供我們對歐陽文的分期方式作借鏡。

施培毅《歐陽脩詩選》的〈前言〉將歐陽脩的生平分為四個階段：

> 一、39 歲即慶曆五年（1045）以前，「滿懷豪情，以天下為己任」，反對「西崑體」，倡導古文運動；
> 二、39 歲-48 歲，「思想上開始萌發了消極的因素，但主導傾向仍是對新政失敗不甘心」，具有個人思想和藝術特色的詩篇多寫於此時；
> 三、48 歲-61 歲（至和元年 1054 到治平四年 1067）重新被啟用，但思想苦悶，報國無方，「歸潁」無期；
> 四、61 歲-65 歲，年已垂暮，再遭一次打擊，「雖仍在官

身，早已身游家園了。」[20]

這個說法出現較早，已經被後人參考引用。其中以慶曆五年、至和元年、治平四年為分期的依據，與前節的討論相符。

嚴杰（1951-）〈歐陽脩詩歌創作階段論〉是一篇討論創作分期的重要論文，可謂後出轉精。他很明白的指出：

> 歐陽脩的一生與政治活動不可分離，他的詩歌創作階段的劃分也與其政治活動時期大致相應。歐陽脩一生的活動可以劃分為五個時期：一、自少年應舉至景祐三年（1036）貶官夷陵前，這是翩翩才子時期。二、自景祐三年（1036）至慶曆五年（1045）貶官滁州前，這是勇於實現政治理想的時期。三、自慶曆五年（1045）至至和元年（1054）入朝，這是被貶外任而進取心理與退避心理並存的時期。四、自至和元年（1054）至治平四年（1067）外任前，這是地位顯要而未能盡展抱負的時期。五、自治平四年（1067）至熙寧五年（1072）去世，這是從外任到退隱而歸心天然的時期。[21]

---

[20]　施培毅：《歐陽脩詩選》（合肥：安徽人民出版社，1982 年），〈前言〉，頁 2-3。轉引自張毅（1957-）主編：《宋代文學研究》》（北京：北京出版社，2001 年 12 月），下冊，第 10 章第 1 節，〈歐陽脩生平與思想研究中的問題〉，頁 647。

[21]　嚴杰：〈歐陽脩詩歌創作階段論〉，收入劉文源編：《廬陵文章耀千古：全國首屆歐陽脩學術討論會論文集》（南昌：百花洲文藝出版社，1999 年 10 月），頁 245。嚴文兩度出現「治平元年（1067）」，實為「治平四年（1067）」之誤。

　　上述歐陽脩詩歌創作分期的觀點，與本文前節討論歐陽脩古文創作分期的觀點，不謀而合。嚴杰更將政治活動與作家心理活動結合以觀，闡述歐陽脩五個詩歌創作時期的特點，分別是：從注重記敘性出發、理性思考的發展——以古文章法為詩的成熟、理性思考的博大——平易疏暢詩風的確立、以文為詩的隨心所欲——記敘範圍擴展的文化內蘊、歸於抒寫自然情趣。[22]該文頗能體現歐陽脩的詩風演進歷程，值得參考。

　　謝桃坊《宋詞概論》一書，以詞的風格，對應歐陽脩的生平，斷定他的詞作，應該以歐陽脩慶曆六年（1046）謫知滁州為界，分為前後二期。[23]龍建國（1957-）、杜道群（1963-）參考過謝書，再提出自己的看法說：「歐陽脩的歌詞創作可以分成三個時期。慶曆五年（1045）以前為第一時期，其詞受到『柳體』與『晏體』的雙重影響，表現出一種深婉與俗艷並存的風格。慶曆五年至治平四年（1067）為第二時期。由於人生體驗的深化，其詞風一變為疏雋。治平四年至熙寧五年（1072）為第三時期。由於詞人徹悟人生，嚮往山水，其詞風再變為俊逸明秀。」[24]這裡依據詞作風格作判斷，把歐陽脩古文與詩的第一期和第二期，合為一期；把第三期和第四期，合為一期；對應於歐陽脩的詞作較古文和詩為少，分期數相對

---

[22]　同前註，頁 245-259。

[23]　謝桃坊：《宋詞概論》（成都：四川文藝出版社，1992 年），第 2 章第 2 節，〈從貶官夷陵到復職〉，頁 21。轉引自吳政翰：〈歐陽脩詞淺探〉，《南臺科技大學學報》，第 31 期，2006 年 12 月，頁 27。

[24]　龍建國、杜道群：〈歐陽脩詞的創作分期及風格嬗變〉，《吉安師專學報》，第 20 卷第 1 期，1999 年 2 月，頁 28-32。此文亦收入劉文源編：《廬陵文章耀千古：全國首屆歐陽脩學術討論會論文集》，頁 288-297。

減少是可行的。他以慶曆五年、治平四年為三個時期的分界點，十分恰當。譬如作於慶曆六年的〈臨江仙〉：「記得金鑾同唱第，春風上國繁華。如今薄宦老天涯，十年歧路，空負曲江花。」（《歐集》卷 133，《雜著述》卷 19，《近體樂府》卷 3）正反映了慶曆五年歐陽脩謫知滁州後的生活，今昔不同。又如龍建國強調晚年詞風的轉變，也與前述嚴杰強調詩風的轉變非常貼合。

爾後，吳政翰再依據前述意見，自己另外提出歐陽脩詞的三期說：「第一期以天聖九年（1031）至慶曆五年（1045）為界；第二期自慶曆五年（1045）至熙寧四年（1071）；第三期自熙寧四年（1071）至熙寧五年（1072）。」[25]這裡還是以慶曆五年歐陽脩謫知滁州為界，可見學界已經對歐陽脩創作分期形成了一些共識。不過，以熙寧四年退休歸潁，至熙寧五年去世——歐陽脩臨終前的短短一年作為分期，似乎不太妥當。人生走入暮年，身體健康和個人性情難免有些變化，與其認定他正式過退休生活只有一年，倒不如注意他在此之前早有倦勤之意，致仕退休的心意日益堅決。歐陽脩早已經有外放州郡、不再回朝的心境，依此寫出來的作品，可以獨立成較長的一段時間的。因此，歐陽脩晚期作品，仍然以治平四年出知亳州為分界點，較為妥當。

走筆至此，有關歐陽脩的古文、詩、詞的創作階段，可列成簡表如下：

25　吳政翰：〈歐陽脩詞淺探〉，同註 23，頁 19-34。

各家說法	第一期	第二期	第三期	第四期	第五期
王水照：古文的分期	天聖九年到明道二年(1031-1033)	景祐元年到慶曆五年(1034-1045)	慶曆五年到至和元年(1045-1054)	至和元年到治平四年(1054-1067)	治平四年到熙寧五年(1067-1072)
黃一權：古文的分期	景祐三年(1036)五月以前	景祐三年五月到慶曆五年八月(1036-1045)	慶曆六年到嘉祐四年(1046-1059)	嘉祐四年到熙寧五年(1059-1072)	
施培毅：詩的分期	慶曆五年(1045)以前	慶曆五年到至和元年(1045-1054)	至和元年到治平四年(1054-1067)	治平四年到熙寧五年(1067-1072)	
嚴杰：詩的分期	自少年到景祐三年(1036)	景祐三年到慶曆五年(1036-1045)	慶曆五年到至和元年(1045-1054)	至和元年到治平四年(1054-1067)	治平四年到熙寧五年(1067-1072)
謝桃坊：詞的分期	慶曆六年(1046)以前	慶曆六年(1046)以後			
龍建國、杜道群：詞的分期	慶曆五年(1045)以前	慶曆五年到治平四年(1045-1067)	治平四年到熙寧五年(1067-1072)		
吳政翰：詞的分期	天聖九年到慶曆五年(1031-1045)	慶曆五年到熙寧四年(1045-1071)	熙寧四年到熙寧五年(1071-1072)		

　　歸納上述，筆者的古文創作分期與嚴杰的詩詞創作分期最為接近。古文可分為五期，有關歐陽詩、歐陽詞的分期討論，適足以佐證歐陽古文分為五期的妥切。提出結論如下：

第一期：真宗景德四年（1007）出生——仁宗景祐三年（1036）五月
　　　　降貶夷陵縣令以前。[26]

第二期：仁宗景祐三年（1036）五月——仁宗慶曆五年（1045）八月
　　　　降貶滁州前，共 9 年 3 個月。

第三期：仁宗慶曆五年（1045）八月——仁宗至和元年（1054）四月
　　　　還京任職前，共 8 年 10 個月。

第四期：仁宗至和元年（1054）五月——英宗治平四年（1067）三月
　　　　出知亳州前，共 12 年 10 個月。

第五期：英宗治平四年（1067）三月——神宗熙寧五年（1072）閏七
　　　　月去世止，共 5 年 5 個月。

四、歐陽脩古文五個創作階段的風格意義

今人常見的歐陽脩年譜有三種，宋胡柯《廬陵歐陽文忠公年
譜》、清楊希閔《歐陽文忠公年譜》、清華孳亨《增訂歐陽文忠公
年譜》。這些年譜關於歐陽文的著作年月，有若干考證，但不夠精
確。蔡世明《歐陽脩的生平與學術》一書，依據這三本年譜，再參
考日本不著撰人的《歐陽脩家系圖並年譜》（《漢文大系》冊 3《唐宋

中，他也引述歐陽脩〈記舊本韓文後〉，說明歐陽脩幼年（按，應是真宗
大中祥符九年，1016 年）在城南李堯輔家，第一次得見韓愈的文集；天
聖元年（1023）州試落第後，又重讀《韓集》；天聖七年仁宗下〈貢舉
詔〉戒除文弊（《續資治通鑑長編》卷 108），歐陽脩〈與荊南樂秀才
書〉（《歐集》卷 47，《居士集》卷 47）、〈蘇氏文集序〉說：「由是
其風漸息，而學者稍趨於古焉。」（《歐集》卷 41，《居士集》卷 41）
天聖八年歐陽脩進士及第後，與尹洙學作古文，〈答陝西安撫使范龍圖辭
辟命書〉說：「今世人所謂四六者，非脩所好，少為進士時，不免作之。
自及第，遂棄不復作。」（《歐集》卷 47，《居士集》卷 47）參見同註
1，頁 269-270。可見學作古文是一漸進的過程，定在 1016 年之前為宜。

八家文》附）*27*、民國林逸《宋歐陽文忠公脩年譜》*28*，以及劉子健書、許秋碧《歐陽脩著述考》，撰成〈歐陽脩年表〉、〈歐陽脩著述表〉二文。*29*劉若愚（1926-1986）《歐陽脩研究》強調胡柯的《年譜》注意官職，楊希閔的《年譜》側重事業，而他參照嘉慶祠堂本《歐陽文忠公全集》、四部叢刊影印元刊本《歐陽文忠公全集》目錄之下已有十之六七的文章經由周必大（1126-1204）、曾三益等人作好的繫年記注，撰寫歐陽脩〈一生的經歷〉時，特別注意其文章著述的時間。*30*此外，嚴杰《歐陽脩年譜》*31*、洪本健（1945-）《宋文六大家活動編年》*32*、劉德清（1949-）《歐陽脩紀年錄》*33*也都在前賢的基礎上，提出信而有徵的相關論述可供參考。以下，我們即參考這些作品繫年的研究成果，討論歐陽文各期不同的風格特色。

---

27 〔清〕沈德潛編、〔日〕毅遠叔評：《唐宋八家文》（臺北：新文豐出版公司，漢文大系第3-4冊，1978年10月）。

28 林逸：《宋歐陽文忠公脩年譜》（臺北：臺灣商務印書館，《新編中國名人年譜集成》第9輯，1980年6月初版）。

29 同註7，附錄一〈歐陽脩年表〉、附錄二〈歐陽脩著述表〉，頁225-262、263-270。其中許秋碧書，出自政治大學中國文學研究所1976年碩士論文。

30 劉若愚：《歐陽脩研究》（臺北：臺灣商務印書館，1989年5月初版），上編第1章，〈一生的經歷〉，頁12-31。

31 嚴杰：《歐陽脩年譜》（南京：南京出版社，1993年11月）。

32 洪本健：《宋文六大家活動編年》（上海：華東師範大學出版社，1993年12月）。

33 劉德清：《歐陽脩紀年錄》（上海：上海古籍出版社，2006年7月）。

(一)第一期的古文風格

第一期：仁宗景祐三年（1036）五月降貶夷陵縣令以前。

歐陽脩幼年跟隨叔父歐陽曄卜居隨州（湖北隨州），曾在州南李堯輔（公佐）家得見《韓昌黎文集》。他在〈記舊本韓文後〉說：

> ……州南有大姓李氏者，其子堯輔頗好學，予為兒童時，多遊其家，見有弊筐貯故書在壁間，發而視之，得唐《昌黎先生文集》六卷，脫落顛倒無次序，因乞李氏以歸。讀之，見其言深厚而雄博，然予猶少，未能悉究其義，徒見其浩然無涯若可愛。是時天下學者，楊（億，974-1020）、劉（筠，971-1031）之作，號為時文，能者取科第，擅名聲，以誇榮當世，未嘗有道韓文者。予亦方舉進士，以禮部詩賦為事。年十有七，試于州，為有司所黜，因取所藏韓氏（愈、退之，768-824）之文復閱之，則喟然嘆曰：「學者當至於是而止爾。」因怪時人之不道，而顧己亦未暇學，徒時時獨念于予心，以謂方從進士干祿以養親，苟得祿矣，當盡力于斯文以償其素志。後七年，舉進士及第，官于洛陽，而尹師魯之徒皆在，遂相與作為古文。因出所藏《昌黎集》而補綴之，求人家所有舊本而校定之。其後天下學者亦漸趨於古，而韓文遂行于世。（《歐集》卷73，《居士外集》卷23）

他在仁宗皇祐三年（1051）寫的〈蘇氏文集序〉追記這段光陰也說：

子美（舜欽，1008-1048）之齒少於予，而予學古文反在其後。
天聖之間，予舉進士于有司，見時學者務以言語聲偶摘裂，
號為時文，以相誇尚。而子美獨與其兄才翁（一作「子翁」，
舜元，1006-1054）及穆參軍伯長（脩，979-1032），作為古謌詩
雜文，時人頗共非笑之，而子美不顧也。（《歐集》卷 41，
《居士集》卷 41）

這兩段文字歐陽脩自述了早期生涯的寫作歷程。十七歲那年是仁宗
天聖元年（1023），在此之前，他雖然見過《昌黎先生文集》，也
能看出韓文的「深厚而雄博」、「浩然無涯若可愛」；但為了「干
祿以養親」，他必須寫作時文，「以禮部詩賦為事」。到了天聖六
年（1028），他為了應舉拜謁胥偃（983-1039）於漢陽（湖北漢陽），
〈上胥學士啟〉（《歐集》卷 95，《表奏書啟四六集》卷 6）是一篇「麗
以靡」的四六文，胥公大奇之。天聖七年春，試國子監為第一；
秋，赴國學解試，又第一；八年正月，試禮部復為第一。京師三
試，連中三元，寫的全是詩賦：〈監試玉不琢不成器賦〉、〈國學
試人主之尊如堂賦〉、〈省試司空掌輿地圖賦〉（《歐集》卷 74，
《居士外集》卷 24）。可見他的文筆不凡。天聖九年三月在西京寫的
〈會聖宮頌〉（《歐集》卷 58，《居士外集》卷 8），也是歌功頌德的餘
韻作品。

　　天聖八年（1030）考取進士後，授西京留守推官的歐陽脩，因
緣際會，與尹洙、梅堯臣游，日為古文詩歌，寫作古文能力大增。
此年，他為落第考生而作的〈送方希則序〉，是篇嘗試用散文寫成
的贈序，然而駢散兼行，「昔公孫常退歸，鄉人再推，射策遂第
一；更生（劉向，前 77-前 6）書數十上，每聞報罷，而終為漢名

臣。」（《歐集》卷 64，《居士外集》卷 14）駢文上駕輕就熟，而散文則相當稚嫩。[34]此後西京三年的寫作古文經驗，帶來很明顯的文章風格變化。馬茂軍說：

> 天聖八年（1030）他的〈送方希則序〉駢散兼行，而天聖九年的〈游大字院記〉雖不再夾雜駢文句式，但駢文味依然很濃：「六月之庚，金伏火見，往往暑虹晝明，驚雷破柱，鬱雲蒸雨，斜風酷熱，……」（《歐集》卷 63，《居士外集》卷 13）一出手便是駢儷辭采，工整句式，這是寫慣了駢文的慣性。到了明道元年（1032），歐陽脩力求古樸，已基本脫去駢偶習慣，這一年作的〈河南府重脩使院記〉已很古樸：「郡府統理民務，調發賦稅，稽功會事，事無不舉，代君理務，政教繫之。漢承秦餘精意，牧民之官，置部刺史以督察，出御史以監掌之。」（同上）這篇文章有點學尹洙〈鞏縣孔子廟記〉的痕迹。……這一年的〈河南府重修淨垢院記〉、〈叢翠亭記〉、〈非非堂記〉（同上）皆寫得只有三、五百字，極簡明，然而離簡而有法還欠缺些。內容上也力求寫出些道理來，但離「簡而有深意」也還不足，主要是議論不夠高，思考還不夠深，學尹洙還未學到家。……這一年八九月份，歐陽脩的〈戕竹記〉（同上）在內容和形式上都取得了可喜的進步，全文很短，只有 291 字，但「語簡而事備」，在寫法上也對尹洙有突破。……歐陽脩那含蓄、委

34　馬茂軍：〈西京幕府中的尹洙與歐陽脩〉，《松遼學刊》，1997 年第 1 期，總第 76 期，頁 29。

曲、委備的文風已露端倪。[35]

　　幾年之間，歐陽脩古文成績漸漸顯現出來。他從尹洙身上學到的不只是由駢轉散、「簡而有法」的寫作藝術，恐怕更大的部分是「忠義之節，處窮達，臨禍福，無愧於古君子」[36]的一種人生態度。明道元年（1032）的〈戕竹記〉說：「君子節用而愛人。天子有司，所當朝夕謀慮，守官與道，不可以忽也。推類而廣之，則竹事猶末。」嚴杰說道：「節用愛民，為永叔一貫的政治主張，於此始發之。可見永叔於游樂歌詠之際，仍留意於政事。」[37]明道二年的〈上范司諫書〉（《歐集》卷 66，《居士外集》卷 16）、景祐三年（1036）的〈與高司諫書〉（《歐集》卷 67，《居士外集》卷 17）都在催促對方言事，寫來義憤填膺，雖然後者較為紆徐委備，二文風格有些不同，但是為民請命、請求針對時弊而提出建言的心意是一致的。

　　在文學主張方面，明道二年（1033）作〈與張秀才第二書〉，主張道須「履之以身，施之於事，而又見於文章而發之。」（《歐集》卷 66，《居士外集》卷 16）景祐元年（1034）的〈代人上王樞密求先集序書〉提倡「事信言文」、「其言之所載者大且文，則其傳也章」（《歐集》卷 67，《居士外集》卷 17）、〈與黃校書論文章書〉主張「切中於時病而不為空言」（同上），景祐二年（1035）作〈與石推官〉二書，批評石介（1005-1045）好為怪異（《歐集》卷 66，《居士

35　同前註，頁 32-33。

36　歐陽脩：〈尹師魯墓誌銘〉，《歐集》卷 28，《居士集》卷 28。

37　同註 31，明道元年壬申（1032 年）26 歲，頁 41-42。

外集》卷 16）。這都是以道為先的觀點，論道時不忘落實於關心百
事，重實事求是，而不託諸空言，進而追求平易而簡明的文風。另
外值得注意的是，景祐二年歐陽脩開始與尹洙合作《十國志》，景
祐四年春〈與尹師魯書〉提及此書「盡宜刪削，存其大要。」
（《歐集》卷 67，《居士外集》卷 17）這等只記大節的撰史方式，也是
歐陽脩終身不渝的主張，大抵奠基於年輕時期。

(二)第二期的古文風格

第二期：仁宗景祐三年（1036）五月──仁宗慶曆五年（1045）
八月降貶滁州前，共 9 年 3 個月。

景祐三年五月，歐陽脩降貶為夷陵縣令，十月至夷陵。歐陽脩
記錄赴任所沿途事情，完成《于役志》。第一次降貶夷陵令而後轉
任地方官，時間頗長，生活自然產生變化。我們首先注意到他不再
是以諫官的身分針對國家大政發聲，而是勤於地方史事，與尹洙議
修《五代史》。有關山川景物的作品，以及貶謫之後的人生思考作
品並不多見，歐陽脩面對困境時並非憂心忡忡的過日子。

這個時期很突出的一個重點是討論「道」與「文」的關係更為
嚴密而周延。譬如景祐四年二月的〈與樂秀才第一書〉[38]強調充實
於內而後外發為光輝之文，反對「隨時俗之所好」（《歐集》卷 69，
《居士外集》卷 19），這在同年的作品〈答祖擇之書〉[39]（《歐集》卷

---

[38] 此文《歐集》四部叢刊本繫年於「景祐三年」，據嚴杰前揭書改。同註
31，景祐四年丁丑（1037 年）31 歲，頁 73。

[39] 此文《歐集》四部叢刊本未繫年，據嚴杰前揭書補。同註 31，景祐四年
丁丑（1037 年）31 歲，頁 77。

68，《居士外集》卷 18）、〈答吳充秀才書〉**40**（《歐集》卷 47，《居士集》卷 47）、〈與荊南樂秀才書〉（同上）也持相同的論點。〈答吳充秀才書〉還提出「棄百事不關于心」的「文士」不可取，這始終是他的文學基本觀念。

貶居夷陵期間，歐陽脩展露了多方面的才華。他以疑古精神研治經傳，先後寫成〈易童子問〉（《歐集》卷 76-78，《居士外集》卷 16-18）、〈易或問〉（《歐集》卷 18，《居士集》卷 18），質疑〈繫辭〉非孔子作；作〈詩解〉（《歐集》卷 60，《居士外集》卷 10），質疑毛公、鄭玄（127-200）解經之說；作〈春秋論〉、〈春秋或問〉（二文俱見《歐集》卷 18，《居士集》卷 18），直陳三傳有失。

康定元年（1040）八月，歐陽脩回京師任官，作〈原弊〉（《歐集》卷 59，《居士外集》卷 9），指明當時「有誘民之弊，有兼并之弊，有力役之弊」，嚴杰說道：「此文論時弊，應視作『慶曆新政』之先聲。此後數年之政論文亦然。」**41**這裡注意到了歐陽脩政論文的興起。譬如慶曆二年（1042）五月，歐陽脩又作〈準詔言事上書〉，指陳當時有「不慎號令，不明賞罰，不責功實」三弊，另須加強「兵、將、財用、禦戎之策、可任之臣」等五事（《歐集》卷 46，《居士集》卷 46）。同年又作〈本論〉，上篇謂均財、節兵、立法以制之、任賢以守法、尊名以屬賢，為當世急務（《歐集》卷 59，《居士外集》卷 9），中、下篇謂修禮為勝佛之本（《歐集》卷 17，《居士集》卷 17）。儘管此年八月，歐陽脩自請外任，在朝時間僅短短

---

40 此文《歐集》四部叢刊本繫年於「康定元年」，據嚴杰前揭書改。同註31，景祐四年丁丑（1037 年）31 歲，頁 77。

41 同註 31，康定元年庚辰（1040 年）34 歲，頁 91。

　　兩年。然而他在職言事，熱情始終不減。之前在野多年的生活經
驗，深深瞭解民間疾苦，促使他不斷提出改革意見。

　　慶曆三年歐陽脩被召還，知諫院，再度大量寫作奏摺，〈論按
察官吏劄子〉、〈論按察官吏第二狀〉、〈再論按察官吏狀〉屢次
條陳冗官太多，應慎選官吏（《歐集》卷 97，《奏議集》卷 1）。〈論禁
止無名子傷毀近臣狀〉力主斷絕匿名黑函，以免小人流言動搖朝政
（同上）。其他〈論王舉正范仲淹等劄子〉、〈論蘇紳姦邪不宜侍
從劄子〉（《歐集》卷 98，《奏議集》卷 2）、〈論呂夷簡劄子〉（《歐
集》卷 100，《奏議集》卷 4）、〈論美人張氏恩寵宜加裁損劄子〉
（《歐集》卷 103，《奏議集》卷 7）……更是直接點名道姓，指責某人
不適合其位，應予更換。他論事切直，嫉惡如仇的態度，當然得罪
不少權貴，但是對照他後來也曾推薦過去被他指責過的官員作法，
可知他是針對事情，一切秉公處理，絕不循私。在諫院期間（1043
年 4 月-1044 年 3 月），歐陽脩另有一大類內容的文章，如〈論沂州軍
賊王倫事宜劄子〉、〈再論王倫事宜劄子〉（《歐集》卷 98，《奏議
集》卷 2）、〈論西賊議和利害狀〉（《歐集》卷 99，《奏議集》卷 3），
〈論西賊議和請以五問詰大臣狀〉（《歐集》卷 102，《奏議集》卷
6）、〈論京西賊事劄子〉、〈再論置兵禦賊劄子〉、〈論盜賊事
宜劄子〉（《歐集》卷 100，《奏議集》卷 4），〈論禦賊四事劄子〉
（《歐集》卷 101，《奏議集》卷 5），〈論捕賊賞罰劄子〉（《歐集》卷
103，《奏議集》卷 7）……，或是為弭平盜賊獻策，或是為應付邊擾
獻策，無不深憂國事，貢獻一己心力。

　　到了慶曆四年（1044）四月出使河東以後，胡柯《廬陵歐陽文

忠公年譜》說他「計度廢麟州及盜鑄鐵錢并礬課虧額利害」，[42]《宋史・歐陽脩傳》說他「凡河東賦斂過重民所不堪者，奏罷數十事。」這些邊防實務處理，收錄成《河東奉使奏草》二卷、《河北奉使奏草》二卷（《歐集》卷 115-118）。這一年年初歐陽脩還在諫院時，有〈論水洛城事宜乞保全劉滬等劄子〉、〈再論水洛城事乞保全劉滬劄子〉（《歐集》卷 105，《奏議集》卷 9），對於邊境防禦事，與尹洙不同調。後來尹洙看到歐陽脩《河東奉使奏草》說道：「不謂留意文業，乃得詳盡至是。……見永叔所作奏記，把玩駭嘆者累日。」[43]於此看出歐陽脩的政治才幹，以及他的奏議切中實務，更看得出歐陽脩、尹洙二人論事至公無私，不徇私交，不積小怨，處處以國家大事的高度盱衡事理，有著令人感佩的人格與交誼。

　　康定元年（1040）歐陽脩作〈正統論〉、〈或問〉（《歐集》卷16，《居士集》卷 16）、〈魏梁解〉（《歐集》卷 17，《居士集》卷 17），引發了五代魏、梁能否為正統的爭論。[44]慶曆二年（1042）的〈本論〉開始闢佛，在歐陽脩來說也是創新之舉（《歐集》卷 17，《居士集》卷 17）。慶曆四年又有〈論更改貢舉事件劄子〉、〈詳定貢舉條狀〉（《歐集》卷 104，《奏議集》卷 8），主張重策論而後詩賦，引

42　〔宋〕胡柯：《廬陵歐陽文忠公年譜》，《歐集》書首，慶曆四年甲申。

43　〔宋〕尹洙：〈答河北都轉運歐陽永叔龍圖書〉，《河南先生文集》（臺北：臺灣商務印書館四部叢刊正編，1979 年 11 月），卷 10。

44　〔宋〕蘇軾（1037-1101）：〈正統總論〉說：「正統之論起於歐陽子。」參見蘇軾：《經進東坡文集事略》（郎曄選註本，香港：中華書局香港分局，1979 年 6 月），卷 12。

發更改考選事宜的思考。[45]〈朋黨論〉作於同一年（《歐集》卷 17，
《居士集》卷 17），出於一時憤激，也引發眾人加入討論。慶曆五年
〈論杜衍范仲淹等罷政事狀〉再次展現不畏群小，勇敢挺身而出為
賢者打抱不平的胸襟氣度（《歐集》卷 107，《奏議集》卷 11）。從這些
篇章看來，歐陽脩四十歲以前，已經是位開風氣之先的了不起人
物，他見義勇為的精神，精闢透徹的時論見解，與范仲淹推動的新
政桴鼓相應，啟動風潮於一時。

(三)第三期的古文風格

第三期：仁宗慶曆五年（1045）八月——仁宗至和元年（1054）
四月還京任職前，共 8 年 10 個月。

滁州之貶的打擊，迫使歐陽脩失去了政治思考機會較多的舞
臺，轉而來到地方進行歷史思考。慶曆六年的〈豐樂亭記〉說滁州
是五代時期的用兵之地，歐陽脩曾在此地考察山川地理形勢。
（《歐集》卷 39，《居士集》卷 39）可見貶居滁州，反而引發歐陽脩完
成《五代史記》的動機。後來，歐陽脩的〈免進五代史狀〉說：
「往者曾任夷陵縣令及知滁州，以負罪謫官，閑僻無事，因將《五
代史》試將補緝。」（《歐集》卷 112，《奏議集》卷 16）由此得知貶官
外放期間，是撰寫史書的大好時光。皇祐元年（1049）的〈與王文

---

[45]　〔宋〕歐陽脩〈詳定貢舉條狀〉題下注：「初，范仲淹等欲復古勸學，詔
　　近臣議。於是翰林學士宋祁（996-1061）、御史中丞王拱辰（1012-
　　1085）、知制誥張方平（1007-1091）、歐陽脩、殿中侍御史梅摯、天章
　　閣侍講曾公亮（999-1078）、王洙（997-1057）、右正言孫甫（998-
　　1057）、監察御史劉湜九人同上此奏，其文則出公手。」參見《歐集》卷
　　104，《奏議集》卷 8。

恪公〉[46]說到寫此書已經十三年，仍在蒐求資料（《歐集》卷 147，《書簡》卷 4）。歐陽脩在潁州期間（1049 年 2 月-1050 年 6 月），曾寄上《五代史記》稿件供劉敞（原父，1019-1068）觀看。[47]皇祐五年〈與梅聖俞〉的書信說道：「閑中不曾作文字，只整頓了《五代史》，成七十四卷，不敢多令人知。」（《歐集》卷 149，《書簡》卷 6）大抵此書完成於此時，然而至和元年（1054）〈與澠池徐宰（無黨）〉的書信却又說道：「《五代史》，昨見曾子固（鞏，1019-1083）議，今却重頭改換，未有了期。仍作注，有難傳之處⋯⋯」（《歐集》卷 150，《書簡》卷 7）這又說明了歐陽脩求好心切，不惜一改再改，想讓這本著作完美問世。

在文學思想方面，歐陽脩於慶曆六年（1046）作〈梅聖俞詩集序〉（《歐集》卷 42，《居士集》卷 42），闡發韓愈〈荊潭唱和詩序〉「歡愉之辭難工，而窮苦之言易好」（《昌黎先生集》卷 20）的說法，倡「詩窮而後工」說。慶曆七年，曾鞏來滁州約二十日，不久作〈與王介甫第一書〉（《元豐類藁》卷 16），其中有「歐公云：『孟、韓（愈）文雖高，不必似之也，取其自然耳』」文句。這裡看出歐陽脩從早年的「學韓」，已經轉向到「變韓」，追求自我風格。皇祐元年（1049）作〈論師尹師魯墓誌〉，提倡「簡而有法」的寫作方式，既「舉其要者一兩事以取信」，又因為觀察到「韓退之與孟郊聯句，便似孟郊詩」，於是仿效師魯文風而寫出「用意特

46　此文《歐集》四部叢刊本繫年作「皇祐初」，據嚴杰前揭書考訂為皇祐元年。同註 31，皇祐元年己丑（1049 年）43 歲，頁 162。

47　參見〔宋〕劉敞：《公是集》（臺北：臺灣商務印書館景印文淵閣四庫全書本，集部，第 1095 冊，1983 年 6 月），卷 9，〈觀永叔《五代史》〉、〔宋〕歐陽脩：《歐集》卷 5，《居士集》卷 5，〈答原父〉。

深而語簡」的墓誌。文中又表明「偶儷之文，苟合于理，未必為非」的寫作態度（《歐集》卷 73，《居士外集》卷 23）。這裡又看出可以學習韓愈、尹師魯，乃至於偶儷之文的文風而從事寫作，基本上是開放胸襟的。至和元年（1054）歐陽脩作〈送徐無黨南歸序〉，強調不能只是盡心於文字間，而應該以「修之於身，施之於事」為要（《歐集》卷 43，《居士集》卷 43）。這個觀念是早期「道」與「文」關係的延續。

這時期的寫作文體，以〈豐樂亭記〉、〈醉翁亭記〉（《歐集》卷 39，《居士集》卷 39）之類的「記」體文章最負盛名，歐陽脩時年才四十，已自號「醉翁」。另外有些身為地方官必須寫作的「祈晴」或「祈雨」的應用類文章（《歐集》卷 49，《居士集》卷 49）。由於不在朝為官，少了許多奏議，連帶政論文也少了許多。又由於尹洙、蘇舜欽、范仲淹的相繼謝世，這時期祭文、墓誌銘和神道碑銘作品增多了些。可惜的是，歐陽脩自我堅持的寫法，往往換來家屬的抱怨。[48]不過，他在皇祐三年（1051）九月，編定蘇舜欽遺稿，作〈蘇氏文集序〉，皇祐四年始作《集古錄目》，皇祐五年搜訪家譜，為後來完成的《歐陽氏譜圖》奠立基礎。至和元年（1054）八月，又受詔修《唐書》。因此這時期除了《五代史》大致完成之外，另有許多工作是先行的辛苦耕耘，其後的豐收有待他日。

---

[48] 尹洙家屬的抱怨，參見歐陽脩〈論師尹師魯墓誌〉的辯解，《歐集》卷 73，《居士外集》卷 23。范仲淹家屬的抱怨，參見嚴杰前揭書的討論，同註 31，至和元年甲午（1054）48 歲，頁 184-187。為此緣故，歐陽脩在嘉祐四年（1059）〈與劉侍讀原父〉書說：寫墓誌之苦，「不可勝言」，嘉祐五年又寫給劉侍讀書說：「更為人家驅逼作文字，何時免此老業！」《歐集》卷 148，《書簡》卷 5。

(四) 第四期的古文風格

第四期：仁宗至和元年（1054）五月——英宗治平四年（1067）三月出知亳州前，共 12 年 10 個月。

歐陽脩自遼國出使回國後，再次有一段較長的時間受到朝廷重用。值得注意的是，復任京官的歐陽脩仍維持一貫作風，「以議論為政爭的工具」[49]，而且直率剛正，言詞激烈，幾乎他一生的行為都如此，這應當是源自剛正的性格，[50]王安石也稱許歐陽脩：「仕宦四十餘年，上下往復，感世路之崎嶇，屯邅困躓，竄斥流離」的經驗，但是「果敢之氣，剛正之節，至晚而不衰。」[51]《宋史》本傳也說歐陽脩：「天資剛勁，見義勇為，雖機穽在前，觸發之不顧。放逐流離，至于再三，志氣自若也。」[52]換言之，每個人面對人生挫折可以有不同的態度，歐陽脩面對來自官場貶謫的挫折，並不減損他公忠體國的剛正之氣。當我們讀到他在嘉祐元年（1056）十一月寫的〈論賈昌朝除樞密使劄子〉，直指賈氏「稟性回邪，執心傾險，頗知經術，能文飾姦言，好為陰謀，以陷害良士。小人朋附者眾，皆樂為其用。前在相位，累害善人，所以聞其再來，望風恐畏。……早罷昌朝，還其舊鎮，則天下幸甚。」（《歐集》卷110，《奏議集》卷 14）全文遣詞犀利，長篇深論，那不畏權勢的作法，與年輕氣盛、身為諫官時期的作品並無二致。同年另有〈舉留

49　同註 6，下編第 7 章，〈中年蹉跎與繼續鬥爭〉，頁 215。

50　同註 7，上編第 3 章第 1 節，〈剛正的性格〉，頁 47-49。

51　〔宋〕王安石：《臨川先生文集》（臺北：臺灣商務印書館四部叢刊正編，1979 年 11 月），卷 86，〈祭歐陽文忠公文〉。

52　同註 5，列傳 78，〈歐陽脩傳〉。

胡瑗（993-1059）管勾太學狀〉、〈薦布衣蘇洵狀〉、〈舉梅堯臣充直講狀〉、〈舉布衣陳烈充學官劄子〉（同上），嘉祐二年上〈再乞召陳烈劄子〉（同上）、〈舉宋敏求同知太常禮院劄子〉（《歐集》卷 114，《奏議集》卷 18）、嘉祐四年有〈論包拯除三司使上書〉（《歐集》卷 111，《奏議集》卷 15）、治平二年（1065）有〈辨蔡襄異議〉（《歐集》卷 119，《奏事錄》）……，也都是果敢直言，忠心體國的作品。

　　嘉祐元年四月，剛回到京師不久，歐陽脩就作了〈廖氏文集序〉，反對「學者不知偽說之亂經」（《歐集》卷 43，《居士集》卷 43）。〈論刪去九經正義中讖緯劄子〉（《歐集》卷 110，《奏議集》卷 14）不知作於何年，也是反對怪異之言惑亂經義的意思。

　　嘉祐元年九月，蘇洵（1009-1066）來京師，〈上歐陽內翰第一書〉評歐陽脩文說：

　　　　執事之文，紆餘委備，往復百折，而條達疏暢，無所間斷；
　　　　氣盡語極，急言竭論，而容與閑易，無艱難勞苦之態。[53]

　　回顧歐陽脩寫於仁宗景祐三年（1036）的〈與高司諫書〉、慶曆四年（1044）的〈黃夢升墓誌銘〉、慶曆六年（1046）的〈豐樂亭記〉、〈醉翁亭記〉、至和元年（1054）的〈送徐無黨南歸序〉……，無不從遠處娓娓道來，語氣連貫而下，逐步導入正題；即使說理文字，也是辯駁完一個命題之後，收束前文，再討論下一

53　〔宋〕蘇洵：《嘉祐集》（臺北：臺灣商務印書館四部叢刊正編，1979
　　年 11 月），卷 11。

件事理。而遣詞用字又流暢明白，讀來平易近人，有整體和諧的感覺。蘇洵這段評論，非常中肯，他所敘述的寫作風格，可說是歐陽脩一貫保持的風格。

在文學思想方面，歐陽脩於嘉祐二年（1057）作〈與杜訢論祁公墓誌〉二書，表明墓誌須「紀大而略小」，「所紀事皆實錄」（《歐集》卷69，《居士外集》卷19）。嘉祐五年作〈與梅聖俞〉書，提到寫行狀時，「再三去問」，希望求得實情以便傳之久遠（《歐集》卷149，《書簡》卷6），這都是追求史書的實錄精神。此外，《試筆》多篇完成於嘉祐年間，其中〈蘇氏四六〉一則稱讚蘇洵、蘇軾、蘇轍（1039-1112）父子三人的四六文「委曲精盡，不減古人。」（《歐集》卷130）可見歐陽脩也能接受好的駢文，他對文體一直維持開放學習的態度。

這時期的寫作文體，有四類作品突然增多。一是為朝廷宗室寫的墓誌銘。劉若愚說：「按《居士集》卷三十七，共有墓誌銘十七篇，均為嘉祐五年（1060），依照葬宗室宗婦故事，例差翰林學士分撰墓誌銘所作，文學價值不高，故略去之。」[54]一是嘉祐八年英宗即位以後，代皇帝草擬了不少詔書，如〈請皇太后權同聽政詔〉、〈皇太后還政議合行典禮詔〉、〈賜夏國詔書〉（《歐集》卷39，《居士集》卷39）等。三是「濮議」事件發生後，對此事寫過不少論辯文，後來收錄成《濮議》四卷（《歐集》卷120-123）。四是「長媳案」爆發以後，歐陽脩一則屢次上表請求外放，後來再請求致仕；二則屢次上表請求查明實情，洗刷清白。他似乎花費許多心力在請求退休這件事情上，直到臨終前一年——熙寧四年（1071）

54　同註30，上編第1章，〈一生的經歷〉，頁27。

六月才獲准以觀文殿學士、太子少師致仕。這使得他的表狀劄子增多，而非應用性質的文章在壯年到晚年的時期銳減。這個時期其他方面的成績尚有：嘉祐五年（1060）七月，完成《新唐書》，歐陽脩主修紀、志六十卷；嘉祐七年，編成《集古錄》一千卷。

(五)第五期的古文風格

第五期：英宗治平四年（1067）三月——神宗熙寧五年（1072）閏七月去世止，共5年5個月。

這時期較長時間的工作是在完成《歸田錄》一書（《歐集》卷126-127）。這是歐陽脩致仕潁州期間，記述「朝廷之遺事」以及「士大夫笑談之餘」的雜記文體。熙寧二年（1069）年之前完成的《歐陽氏圖譜》（《歐集》卷 71），對譜學影響甚大。歐陽脩〈唐歐陽琟碑〉曾經說：「余自皇祐、至和以來，頗求歐陽氏之遺文，以續家譜之闕。」（《歐集》卷 140，《集古錄跋尾》卷 7）可見這本書也是長時期累積出來的成果。

除此之外，熙寧三年四月作〈瀧岡阡表〉（《歐集》卷 25，《居士集》卷 25），對自己的家世作了一次完整的追憶。這篇文章改寫早年的〈先君墓表〉（《歐集》卷 62，《居士集》卷 12）而來，歐陽脩看重家族的榮耀。同一年的夏天，在青州上〈言青苗錢〉二劄子（《歐集》卷 114，《奏議集》卷 18），直言敢當；即使停放青苗錢事，神宗特免罪，歐陽脩再上〈謝擅止散青苗錢放罪表〉（《歐集》卷 94，《表奏書啟四六集》卷 5），依然再陳青苗法之不便，有剛正之氣。可能緣自對新法的失望，熙寧三年九月作〈六一居士傳〉（《歐集》卷 44，《居士集》卷 44），又作〈續思潁詩序〉（同上），歸隱之心日益強烈。熙寧四年五月有〈薛簡肅公文集序〉（同上），

再論文窮而易工。直到去世前一個月，才與長子歐陽發等編定《居士集》五十卷。畢生文學創作的心血從此傳世，看得出歐陽脩一字不苟的立言心態。

五、結語

　　總結前文，我們發覺歐陽脩散文的分期，應當以「生平的變化」作判準，但是應該從整體去看，結合官場現象、一段長時間的生活情形進行考察。例如第一次的夷陵之貶和第二次的滁州之貶，是嚴重的打擊；後來回朝知諫官，以及出知亳州從此再也沒有回朝任官，這都是人生重大的轉捩點，可據此事件分期。這樣的歐陽脩一生，可以分作五個時期（已見於第二節文末）。五期的分法，合乎歐陽脩仕途經歷和生活變化的情形，也與其詩詞風格的轉變情形相符合。

　　建立分期的目的，主要還涉及研究對象的評價問題。

　　學者已知歐陽脩學作古文先是以韓愈為效法對象，尹洙、梅堯臣等人互相切磋激勵，也是寫作古文能大幅進步的原因。進一步考察會發現，歐陽脩能學韓，也能變韓；能學習尹洙簡而有法的寫作觀念，也能學習他的人生態度；甚至於歐陽脩也能肯定「偶儷之文」的價值。歐陽脩是以一種開放的學習心態，不拒細流，廣納百川的方式學作古文。

　　歐陽脩崇尚「道」的實踐性品格，主張「履之以身，施之於事」，充實於內而後外發為光輝之文。歐陽脩強調寫史、作人物傳記，只記大節，追求「事信言文」。歐陽脩無論在朝或在野，都保持著坦蕩不循私的人格、剛正不阿的節操，因而一生寫作不少直言

極諫的文章，至晚而不衰。與其說他的文章風格「從崇尚骨力到傾心於風神姿態，從陽剛到陰柔的轉變」、「由直率轉為紆徐」，[55]倒不如多注意他一生沒有改變的堅持。這就說明了為什麼他的文章風格始終很統一，沒有太大的變化，所謂「紆餘委備，往復百折」，的確是他散文風格的主要特色。

歐陽脩各期散文風格也可以找出一些獨特性。譬如三十歲以前的第一期，仍在學習古文的摸索階段，因而有駢散夾雜、對偶句式較多的現象。三十歲到四十歲的第二期，對「道」有了明確的闡述，開始寫作大量政論文，創造了許多新議題引發討論。他的奏議切中實務，語氣果敢而堅定，流露出大無畏的剛正風格。大約四十歲到五十歲的第三期，努力撰述《五代史》，闡發韓愈的「詩窮而後工」說，「記」體文出類拔萃。大約五十歲到六十歲的第四期，政論文剛正的表現，「紆餘委備」、「紀大略小」的寫作手法，都與前幾期相似。然而墓誌、詔令、論辨、奏議文章大都緣事而發，忽然增多起來。六十歲以後的第五期，仍然耗費心力在奏表方面，並且回顧個人及家族的一生。整體而言，各個階段古文創作最大的差異在於文章體類的不同。

（國立臺灣大學中國文學系主編：《紀念歐陽脩一千年誕辰國際學術研討會論文集》，臺北，國立臺灣大學中國文學系出版，2009 年 6 月。）

55　同註 2，第 1 章，〈歐陽脩散文的創作歷程〉，頁 1。

歐蘇散文創作與
接受活動的考察

提　要

　　由唐入宋的散文創作與接受活動的過程中，歐陽脩、蘇軾二人實居關鍵影響地位。本文即以二人的創作成績及文本的接受活動作為討論對象，澄清其散文創作的效果、闡釋與影響。

　　研究過程得知，歐陽脩仕途平順，性情和易清簡，加上「事信言文」的文學主張，抒發出平易近人的寫作風格。蘇軾宦途險巇，促成晚年生命層境愈趨通透，文筆趨於純熟，超凡而脫俗。一常在朝，一常在野，而人品高潔，皆能樹立當代文士的典範。

　　從接受史的角度看來，歐陽脩經過「由奇而常」的努力，確立了唐宋散文的分野。蘇軾的影響力也與日俱增。這原因來自多方面：一是蘇軾自身的創作經歷；二是他擴大了文學範圍的解釋，追求「意」的呈現；三是仕宦遊歷，飄泊南北，既擴大了空間版圖，也受到朝廷皇帝的同情目光。眾人都成了蘇文的讀者。

　　儘管如此，蘇軾大名終未掩蓋歐陽脩，歐、蘇二人也沒有競勝高下之爭。蘇軾始終尊歐，當為關鍵因素。

關鍵詞：歐陽脩，蘇軾，散文創作，接受活動

一、前言

　　北宋中期歐陽脩（1007-1072）所領導的古文運動，上承唐代韓（愈，768-824）、柳（宗元，773-819）之文風，下啟三蘇（洵，1009-1066、軾，1036-1101、轍，1038-1112）、曾（鞏，1019-1083）、王（安石，1021-1086）乃至後世散文寫作之新機運，其影響可謂深遠。這一段由唐入宋的散文創作與接受活動的過程中，歐（陽脩）、蘇（軾）二人實居關鍵影響地位。文學史上並稱「歐蘇」，一如「韓柳」、「蘇黃（庭堅，1045-1105）」者，皆是對其文學地位之肯定，其中含有肯定二人之關聯性，如「韓柳」、「歐蘇」並稱之重點在文不在詩，「蘇黃」並稱之重點在詩不在文。不過，合稱其名也往往引發後人加以比較，如歐陽脩即認為「柳不及韓」，[1]韓柳為文競勝、二人高下相爭的說法也一直爭論不休；[2]「蘇黃」齊名也是引發後

1　〔宋〕歐陽脩〈唐南嶽彌陀和尚碑〉：「自唐以來，言文章者惟韓、柳，柳豈韓之徒哉？真韓門之罪人也。」《歐陽文忠公文集》（臺北：臺灣商務印書館四部叢刊正編，1979 年 11 月），卷 141，《集古錄跋尾》卷 8，頁 1127。以下簡稱《歐集》。

2　歷代對韓、柳二人的評價頗為紛歧，有揚韓抑柳者，如宋祁（998-1061）、歐陽脩、李塗（約 1147 前後）、茅坤（1512-1601）、方苞（1668-1749）、姚鼐（1732-1815），有揚柳或揚柳抑韓者，如晏殊（991-1055）、范仲淹（989-1052）、李贄（1527-1602）、陳衍、章士釗等；今人討論文章亦屢見不鮮，如羅聯添（1927-2015）：〈論韓愈古文幾個問題〉論及「韓柳為文相角」，《漢學研究》第 9 卷第 2 期，1991 年 12 月，頁 294-302；又如吳小林：〈韓愈柳宗元散文比較〉，收入氏著：《唐宋八大家》（臺北：里仁書局，1999 年 12 月），頁 159-180。

世爭論的議題。[3]倒是「歐蘇」相提並論，文名益高，[4]始終沒有競勝高下之爭，令人好奇「歐蘇」二人同時或其後，世人為何少有評比，原因何在？究竟二人對當代散文創作的影響孰大？

　　本文僅以北宋中後期為討論的對象，[5]這是因為歐蘇二人已是北宋中期的人物，當時進入文風鼎盛的階段，大量的文集、詩話、筆記小說資料，正可視為深具接受意義的文本，最能提供我們瞭解二人對古文運動的直接影響。借鑒歐、蘇文本的接受活動，可以考察其創作態度之歧異，包括文學主張、寫作歷程、文體選擇影響了哪些讀者？北宋文人對歐、蘇的接受現象和審美反應為何？這都有助於澄清散文創作的效果、闡釋、影響。綜合上述努力，可望對二人之影響力重新詮釋，建構起北宋散文的接受史意義。

3　曾棗莊（1937- ）：〈評蘇黃爭名說〉，收入氏著：《唐宋文學研究》（成都：巴蜀書社，1999 年 10 月），頁 129-144。

4　〔宋〕呂本中（約 1119 前後）《紫薇詩話》載〔宋〕潘邠老（大臨，約 1090 前後）〈哭東坡絕句十二首〉云：「公與文忠總遇讒，讒人有口直須縅。聲名百世誰常在？公與文忠北斗南。」引自〔清〕何文煥（乾隆年間）編：《歷代詩話》（臺北：木鐸出版社，1982 年 2 月），上冊，頁374。

5　此處北宋的分期，採用張其凡〈論宋代政治史的分期〉的說法，以太祖、太宗、真宗三朝為前期（960-1022），以仁宗、英宗兩朝為中期（1023-1067），以神宗、哲宗、徽宗、欽宗四朝為後期（1068-1127），收入氏著：《宋初政治探研》（廣州：暨南大學出版社，1995 年 10 月），頁 1-9。

二、盟主地位的接受

　　一般《中國文學史》推尊歐陽脩能文愛士，身居要津，拔擢曾鞏（1019-1083）、王安石（1021-1086）、三蘇父子，領導宋代古文運動終底於成；然而，詩話、筆記小說却大量記載蘇軾事蹟遠多於歐陽脩，[6] 又對蘇軾詩、詞、散文、書畫各方面的藝術成就多所肯定，且「蘇門六君子」後繼有人，[7] 影響北宋文壇可能更為深遠。如果學者由此提出懷疑，認為蘇軾影響力高過歐陽脩，亦合乎情理。

　　然而，從時間條件、因果條件上來說，歐陽脩的年齡較長，又是北宋古文運動領導者，更在嘉祐二年（1057）知貢舉期間親手拔

6　以常振國、降雲編《歷代詩話論作家》為例，該書搜集眾多詩話作品討論歐陽脩的資料，自《臨漢居詩話》至《藝苑雌黃》，凡 101 則；而搜集詩話討論蘇軾的資料，自《冷齋夜話》至《詩學規範》，凡 488 則；足見後人談論蘇軾的情形勝過歐陽脩。參見氏著：《歷代詩話論作家》（臺北：黎明文化事業公司，1993 年 9 月），第 2 冊〈歐陽脩〉、〈蘇軾〉，頁 226-248、312-404。

7　「蘇門六君子」指黃庭堅、秦觀（1049-1100）、晁補之（1053-1110）、張耒（1054-1114）、陳師道（1053-1101）、李廌（1059-1109）最負盛名的六人。〔宋〕蘇軾〈答張文潛（耒）縣丞書〉曾說：「僕老矣，使後生猶得見古人之大全者，正賴黃魯直（庭堅）、秦少游（觀）、晁無咎（補之）、陳履常（師道）與君數人耳。」《蘇軾文集》（孔凡禮點校，北京：中華書局，1986 年 3 月），卷 49，頁 1427。以下簡稱《蘇集》。可見蘇軾古道之學的傳人，在此數人身上。彼等古文藝術成就，參見郭預衡（1920-2010）：《中國散文史》（上海：上海古籍出版社，2000 年 3 月），中冊，第 5 編第 8 章第 1、2 節，〈蘇門後學之文〉（一）（二），頁 543-566。

擢蘇軾，自然深深影響到蘇軾的文學創作。更重要的是，蘇軾始終尊歐，他在序歐陽脩《居士集》說道：

……（韓）愈之後二百有餘年而後得歐陽子。其學推韓愈、孟子（軻，前 372-前 289）以達於孔氏（丘，前 551-前 478），著禮樂仁義之實，以合於大道。其言簡而明，信而通，引物連類，折之於至理，以服人心，故天下翕然師尊之。自歐陽子之存，世之不說者，譁而攻之，能折困其身，而不能屈其言。士無賢不肖不謀而同曰：「歐陽子，今之韓愈也。」宋興七十餘年，民不知兵，富而教之，至天聖（1023-1031）、景祐（1034-1037）極矣，而斯文終有愧於古。士亦因陋守舊，論卑氣弱。自歐陽子出，天下爭自濯磨，以通經學古為高，以救時行道為賢，以犯顏納說為忠。長育成就，至嘉祐（1056-1063）末，號稱多士，歐陽子之功為多。……歐陽子論大道似韓愈，論事似陸贄（754-805），記事似司馬遷（前145-約前 86），詩賦似李白（701-762）。此非余言也，天下之言也。*8*

這篇文章作於「歐陽子沒十有餘年」*9*（約 1082 之後），實有其寫作背景。一方面對應於當代道學思想之興起，肯定歐陽脩「通經學古」，已能繼承孔孟大道；另一方面也肯定他能拔擢人才，造成文

8　〔宋〕蘇軾：〈六一居士集敘〉，《蘇集》，卷 10，頁 316。
9　同前註，〈六一居士集敘〉，頁 316。

風改革的成功；[10]這裡也指出，他的人品影響到當代風氣，表現於當代議論文氣之增強。此外，蘇軾提出「歐陽子今之韓愈也」的說法，實有意接續韓愈結合道統與文統的作風。韓愈〈原道〉揭櫫「道統說」，[11]一方面也提出了一個「尊經重散」的「文統說」，正因為他身兼道統與文統，故深獲世人敬重。[12]蘇軾勾勒歐陽脩的文章美學意蘊之餘，不忘提出韓、歐一脈相承的說法，確立了歐陽脩的地位及其影響之深遠。

　　蘇軾對歐陽脩的禮敬，除了在他的書信、評論文字對歐公贊譽得無以復加，毫無貶損之意外，也從他的交遊往還看得出來。例如神宗熙寧四年（1071），蘇軾自請外放，被任命為杭州通判時，他離京南下，先到陳州（今河南省淮陽市）探望弟弟蘇轍，兄弟二人再

10　〔宋〕歐陽脩〈條約舉人懷挾文字劄子〉提出錄取文士的標準是：「務通經術，多作古文。」《歐集》，卷 111《奏議集》卷 15，頁 850。此外，〔宋〕惠洪（1071-1128）《冷齋夜話》卷 2 說：「歐陽文忠喜士為天下第一，嘗好誦孔北海（融，153-208）『坐上客常滿，杯中酒不空。』」引自洪本健（1945-）編：《歐陽脩資料彙編》（北京：中華書局，1995年 5 月），上冊，頁 159。有關歐陽脩知貢舉期間的考試政策，參考金中樞：《宋代學術思想研究》（臺北：幼獅文化事業公司，1989 年 3月），第 3 章，〈宋代古文運動之發展研究〉，頁 181-253、〔美〕包弼德（Peter K. Bol）著、劉寧（1969-）譯：《斯文：唐宋思想的轉型》（南京：江蘇人民出版社，2001 年 1 月），第 6 章，〈歐陽脩在他的成熟階段〉一節，頁 199-210。

11　〔唐〕韓愈〈原道〉，《朱文公校昌黎先生集》（〔宋〕朱熹（1130-1200）校，臺北：臺灣商務印書館四部叢刊正編，1979 年 11 月），卷11，頁 96-97。以下簡稱《韓集》。

12　劉大杰（1904-1977）：《中國文學發展史》（臺北：華正書局，1996 年7 月），第 17 章 2〈宋代的古文運動〉，頁 588。

同往潁州（今安徽省阜陽市）拜謁歐陽脩，此時歐已歸養潁州，年六十五，自號「六一居士」。歐是蘇氏兄弟的門師，三人皆因與王安石政見不合而離京去職，又成為政治上的同道，於是蘇氏兄弟此行是感懷知遇之恩，也有拜見請安的情意。這份情意，終老不衰。次年（1072）蘇軾作〈祭歐陽文忠公文〉寫道：「斯文有傳，學者有師」，*13*筆端飽富情感，內心深處的悲慟彷彿師生情誼深厚的無限延伸。

再者，歐陽脩「未嘗矜大所為文」，*14*反而能提拔後進，也很能欣賞蘇軾，打從身為主考官，錄取蘇軾為第二名開始。哲宗元祐五年（1090）蘇軾作〈太息一首送秦少章（覯，觀之弟）秀才〉說「昔吾舉進士，試名於禮部，歐陽文忠公見吾文，曰：『此我輩人也，吾當避之。』」*15*楊萬里（1127-1206）《誠齋詩話》記載當時歐公讀到蘇軾〈刑賞忠厚之至論〉一文，驚喜萬分，事後詢問東坡典故出處，知其無中生有，大驚曰：「此人可謂善讀書，善用書，他日文章必獨步天下。」*16*邵博（約 1122 前後）《邵氏聞見後錄》也說：「歐陽公……謂梅聖俞（堯臣，1002-1060）云：『讀蘇軾書，不覺汗出，快哉！老夫當避路，放他出一頭地也。』又曰：『軾所言

---

13 〔宋〕蘇軾：〈祭歐陽文忠公文〉，《蘇集》，卷 63，頁 1937。

14 出自〔宋〕葉夢得（1077-1148）《石林詩話》卷中載歐陽棐（歐陽脩之子）之言。引自〔清〕何文煥編：《歷代詩話》，上冊，頁 424。

15 《蘇集》，卷 64，頁 1979。又見於〔宋〕蘇軾著，孔凡禮整理：《補錄：商刻東坡志林》（鄭州：大象出版社，2003 年 10 月，上海師範大學古籍整理研究所編：《全宋筆記》第一編第九冊），卷 10，頁 175。

16 引自丁福保輯：《歷代詩話續編》（臺北：木鐸出版社，1988 年 7月），上冊，頁 148-149。其中提及蘇軾〈省試刑賞忠厚之至論〉一文，參見《蘇集》，卷 2，頁 33-34。

「樂」，乃脩所得深者爾，不意後生達斯理也。』歐陽公初接二公（王安石、蘇軾）之意已不同矣。」[17]葛立方（?-1164）《韻語陽秋》也有類似記載。[18]朱弁（1085-1144）《曲洧舊聞》也說：「東坡詩文落筆，落筆輒為人所傳誦；每一篇到，歐陽公為終日喜，前輩類如此。一日，與棐論文及坡公，歎曰：『汝記吾言，三十年後，世上人更不道著我也。』」[19]上述四則筆記，皆未偏離蘇軾自家的說法，亦非孤證，可見故事流傳久遠，深入人心。宋人多肯定歐陽脩能發掘人才、獎譽人才，日後蘇軾的表現，也不負歐公先見之明的厚望。

歐陽脩的文壇盟主地位，[20]蘇軾心嚮往之，在某些時候，也不諱言以繼承其位為己任。蘇軾〈太息一首送秦少章秀才〉一文，力主歐陽脩的名聲高過那些責難他的人，而自己也是歐的繼承者：

17　〔宋〕邵博：《河南邵氏聞見後錄》（臺北：廣文書局，1970 年 12 月），卷 14，頁 2b。

18　〔宋〕葛立方《韻語陽秋》卷 18 說：「王介甫（安石）、蘇子瞻（軾）皆為歐陽文忠公所收，公一見二人，便知其他日不在人下。……子瞻登乙科，以書謝歐公，歐公語梅聖俞曰：『老夫當避此人，放出一頭地。』當是時，二人俱未有聲，而公知之於未遇之時，如此所以為一世文宗也與？」引自〔清〕何文煥編：《歷代詩話》，下冊，頁 629。

19　〔宋〕朱弁：《曲洧舊聞》（鄭州：大象出版社，2008 年 1 月，收入上海師範大學古籍整理研究所編：《全宋筆記》第三編第七冊），卷 8，頁 74。此條亦見於〔宋〕朱弁：《風月堂詩話》（臺北：廣文書局，1973 年 9 月初版），卷中，頁 25。

20　〔宋〕朱弁《風月堂詩話》卷上說：「歐公為文章宗師。」〔宋〕陳郁（約 1253 前後）《藏一話腴》甲集卷下說：「歐公，宋文章之師，故蘇子美（舜欽，1008-1048）、梅聖俞為之徒。」引自洪本健編：《歐陽脩資料彙編》，上冊，頁 198、390。

「自視缺然，而天下士不吾棄，以為可以與於斯文者，猶以文忠公之故也。」*21*元祐六年（1091）九月，蘇軾在潁州所寫的〈祭歐陽文忠公夫人文〉也說：

> 嗚呼，軾自齠齔，以學為嬉。童子何知，謂公我師。晝誦其文，夜夢見之。十有五年，乃克見公。公為抃掌，歡笑改容：「此我輩人，餘子莫群。我老將休，付子斯文。」再拜稽首：「過矣公言。」雖知其過，不敢不勉。契闊艱難，見公汝陰。多士方譁，而我獨南。公曰「子來，實獲我心。我所謂文，必與道俱。見利而遷，則非我徒。」又拜稽首：「有死無易。」（《蘇集》卷63）

上述這些話看出蘇軾的學習歷程，以及一生感念歐陽公對他的肯定。此處自白，有飲水思源之意，同時也說明了歐公對他的期許。東坡可能也跟弟子們說起這事，故而他的追隨者李廌也記述道：

> 東坡嘗言：「文章之任，亦在名世之士相與主盟，則其道不墜。方今太平之盛，文士輩出，要使一時之文有所宗主。昔歐陽文忠常以是任付某，故不敢不勉，異時文章盟主責在諸君，亦如文忠之付授也。」*22*

21　同註15。

22　〔宋〕李廌：《師友談記》，引自四川大學中文系唐宋文學研究室編：《蘇軾資料彙編》（北京：中華書局，1994年4月），上編1，〈濟南先

這段話當屬實，也透露不少訊息。首先，歐、蘇二人都有「需要文章盟主」的想法，傳文章即所以傳道。其次，歐陽脩已穩居盟主的地位，才能有傳位給誰的考量，而他屬意的對象是蘇軾。再其次，蘇軾不認為這是一個「位」，而是一種「責任」，心中已接下此一重責大任，不過，他沒有指定繼承人。這則資料結合前述蘇軾贊美「歐陽脩兼備道統與文統」的說法觀之，北宋古文運動在歐、蘇身上薪火相傳，那是以「文道合一」的理念對抗道學家的勢力。[23]然而，蘇軾若真有接下盟主「大位」的考量，恐怕還有另一個重要因素：反對王安石領導文壇。[24]就後來的發展看來，蘇軾學得歐陽脩獎譽人才的作風，[25]環繞在他周圍的文士頗多，這是繼歐公之後另

生師友談記〉，頁89。

23　當時有文學家與道學家二大勢力的角力活動，爭執焦點在於文學家能否傳道？例如提倡道學的〔宋〕胡宏（1105-1155）〈程子雅言前序〉就認為傳統學術將絕，能傳承斯文者，不是王安石、歐陽脩或蘇軾，而是程氏兄弟（顥，1032-1085；頤，1033-1107）。他說：「王氏支離。支離者，不得其全也。……歐陽氏淺于經。淺於經者，不得其精也。……蘇氏縱橫。縱橫者，不得其雅也。……」可見有些道學家認為文學寫作者難以繼承傳統學術。參見〔宋〕胡宏：《胡宏集》（北京：中華書局，1987 年 6月），頁 156-158。

24　〔美〕包弼德說：「王安石在《字說》的序言中聲稱上天通過他拯救斯文，蘇軾向這個說法提出挑戰。歐陽脩、王安石和蘇軾聲稱自己承遞斯文，也就是擁有道德權威，因為這就是聲明自己於斯文的用意所在。」參見氏著《斯文：唐宋思想的轉型》，第 8 章，〈蘇軾的道：盡個性而求整體〉，頁 269。

25　〔宋〕葛立方《韻語陽秋》卷 1 說：「東坡喜獎與後進，有一言之善，則極口褒賞，使其有聞於世而後已。故受其獎者，亦踴躍自勉，樂於修進，而終為令器。若東坡者，其有功於斯文哉！其有功於斯人哉！」引自〔清〕何文煥編：《歷代詩話》，下冊，頁 489。

一次文人「群英會」，他在文壇上領導地位也因之屹立不搖。

　　蘇軾之弟蘇轍也說到當年試後不久的情形，〈送歐陽辨〉一文中說：「我年十九識君翁，鬚髮白盡顴頰紅。奇姿雲卷出翠皁，高論河決生清風。」（《欒城集》卷15）其〈上樞密韓太尉書〉一文說：「見翰林歐陽公，聽其議論之宏辯，觀其容貌之秀偉，與其門人賢士大夫游，而後知天下之文章聚乎此也。」（《欒城集》卷22）曾鞏〈蘇明允哀辭〉也說：「既而歐陽公為禮部，又得其二子之文，擢之高等，於是三人之文章盛傳於世。」（《元豐類稿》卷41）後來邵博《邵氏聞見後錄》、朱弁《風月堂詩話》卷上、《曲洧舊聞》卷八、吳曾（1141-1160 前後）《能改齋漫錄》卷十一、葛立方《韻語陽秋》卷十八等，亦載錄歐陽讚賞東坡的相關內容。[26] 由此得知，歐陽脩開始引領蘇軾拜見達官貴人，照顧他逐步走上仕途。相傳歐陽脩將文壇盟主地位傳給蘇軾，應當是可信的。[27]

三、創作生命層境的提升

　　宋代古文運動的寫作者，延續晚唐韓文「重道」與「尚奇」兩

26　參見〔宋〕邵博：《河南邵氏聞見後錄》，卷 14，頁 2b、朱弁《風月堂詩話》與朱弁《曲洧舊聞》內容相同，參見洪本健：《歐陽脩資料彙編》，上冊，頁 197、前引葛立方《韻語陽秋》之言，參見何文煥編：《歷代詩話》，下冊，頁 629。

27　〔宋〕李廌（1059-1109）：《師友談記》說：「東坡嘗言，文章之任亦在名世之士相與主盟，則其道不墜。方今太平之盛，文士輩出，要使一時之文有所宗主。昔歐陽文忠常以是任付與某，故不敢不勉，異時文章盟主，貴在諸君，亦如文忠之付授也。」引自四川大學中文系唐宋文學研究室編：《蘇軾資料彙編》，上編 1，頁 89。

條途徑，構成了當時學寫古文的兩大路線之爭。稍早之時，柳開
（947-1000）、穆脩（979-1032）反對「西崑體」的作風；王禹偁
（954-1001）等人反對晚唐晦澀風格，逐漸轉向平易近人的書寫方
式，皆為歐陽脩所接受。*28*

於是歐陽脩知貢舉時，打擊「太學體」，排抑古文寫作過程中
險怪奇澀的文風。*29*這期間他提倡尊韓，領導文士步趨韓文，大量
書寫古文作品，使之成為一種風尚。然而歐文風格又不似韓文，一
方面是他改變了韓文「尚奇」的特點，側重「重道」，在六經精義
中找尋「能樹立經時不移的『常』，……在他的文學理論和實踐中
體現由『奇』而『常』的轉化。」*30*另一方面是他強調道的同時，
更重視「事」的要求，〈代人上王樞密求先集序書〉說：「言以載
事，而文以飾言。事信言文，乃能表見於後世。」*31*歐去世後，蘇
軾繼承了歐文「重道」的特點，又將「道」擴大到「藝」的解釋，

---

28 〔宋〕葉夢得《石林詩話》卷上云：「歐陽文忠公詩始矯『崑體』，專以
　　氣格為主，故其言多平易疏暢。」引自〔清〕何文煥編：《歷代詩話》，
　　上冊，頁 407。有關歐陽脩對王禹偁等人的接受，可參考拙著：〈韓愈散
　　文的讀者接受意義──中晚唐至北宋中期的考察〉，《唐宋古文論集》
　　（臺北：里仁書局，2001 年 10 月），頁 21-69。

29 〔宋〕沈括（1031-1095）：《夢溪筆談》載：「嘉祐中，士人劉幾，累
　　為國學第一人，驟為怪嶮之語，學者翕然效之，遂成風俗。歐陽公深惡
　　之。會公主文，決意痛懲，凡為新文者，一切棄黜。時體為之一變，歐陽
　　之功也。」〔宋〕沈括著、胡道靜（1913-2003）校注：《元刊夢溪筆談
　　及新校注合刊》（臺北：鼎文書局，1977 年 9 月），卷 9，頁 4b。

30 陳幼石：《韓柳歐蘇古文論》（上海：上海文藝出版社，1983 年 5
　　月），第 3 章，〈歐陽脩的文學理論與實踐〉1，頁 86。

31 《歐集》卷 67，《居士外集》卷 17，頁 504-505。

開展出「意——法——工」三段文道論，由此而有文意「脫凡超俗」，又不否認「新」、「奇」、「高」、「華」為工的表現形式。[32]他也重視「事」，〈與王庠書〉直陳「儒者之病，多空言而少實用」，[33]到了晚年，蘇軾也反對「時文」，但他在〈答張文潛縣丞書〉提出來的是：「文字之衰，未有如今日者也。其源實出於王氏（王安石）。王氏之文，未必不善也，而患在於好使人同己。……王氏欲以其學同天下！」[34]所反對的是王安石鼓動而成的文風。蘇軾繼承歐陽脩的某些觀點，振興古文的初衷未曾改變，只是時局變遷而努力方向有所不同。

　　歐、蘇之間關係密切，其文學觀念理應十分相近，然而終究存在不少差異。郭紹虞（1893-1984）《中國文學批評史》說：

　　　　三蘇論文便與歐（陽脩）曾（鞏）迥異。其所由不同之故，即
　　　　在其對文學的態度。……蓋道學家及柳（開）穆（脩）歐曾諸
　　　　人，其所以學古人之文者，乃所以求其道，即使於道無所
　　　　得，表面上總不敢像蘇洵這樣大膽地宣言為文而學文。……
　　　　所以孔孟荀（況，約前 315-約前 236）揚（雄，前 53-18）韓（愈）
　　　　諸人在道學家以之建立道統者，在他（蘇洵）却以之建立文
　　　　統。……他只是論文的風格，不復論及文的內容。……這便
　　　　是三蘇論文重要的地方。明此，才可知三蘇論文，本不重在

32　陳幼石：《韓柳歐蘇古文論》，第 4 章，〈蘇軾文學理論中的「變」和
　　「常」——兼論《赤壁賦》〉，頁 106-123。
33　《蘇集》卷 49，頁 1422。
34　同前註，頁 1427。

> 道。即偶有言及道者，其所謂道，也是道其所道；非惟不是
> 道學家之所謂道，抑且不是柳穆歐曾諸人之所謂道。……東
> 坡之所謂「道」，其性質蓋通於藝，較之道學家之所謂道，
> 更為通脫透達而微妙。35

這裡把道學家與早期古文家的思想觀念畫上等號，認為他們是在
「文以載道」，因而是在建立「道統」；而三蘇以後是「為文而學
文」，即使論「道」，也已經擴大了「道」的解釋，更專著於文
藝，因而是在建立「文統」。在歐陽脩方面，他的〈答吳充秀才
書〉說：「大抵道勝者文不難而自至也。」36〈送徐無黨南歸序〉
鼓勵學者首重修之於身，次則施之於事，而較不重視見之於言；37
〈答祖擇之書〉也說：「學者當師經，師經必先求其意，意得則心
定，心定則道純，道純則充於中者實，中充實則發為文者輝光。」
38這些言論都在闡述「重道勝於重文」的傳統觀點，與儒家「有德
者必有言」39的說法相似。在此背景下，「歐陽脩提出的不少文學

35　郭紹虞：《中國文學批評史》（臺北：文史哲出版社，1982 年 9 月），
　　上卷第 6 篇第 1 章第 3 節第 3 目，〈三蘇〉，頁 339-342。其中稱引蘇洵
　　（明允，1009-1066）的言論，出自〔宋〕蘇洵：《嘉祐集》（臺北：臺
　　灣商務印書館四部叢刊正編，1979 年 11 月），卷 11，〈上歐陽內翰第一
　　書〉，頁 42。

36　《歐集》卷 47，《居士集》卷 47，頁 343。

37　《歐集》卷 43，《居士集》卷 43，頁 320。

38　《歐集》卷 68，《居士外集》卷 18，頁 516。

39　〔魏〕何晏（195?-249）集解，〔宋〕邢昺（932-1010）疏：《論語注
　　疏》（臺北：藝文印書館，十三經注疏 8，嘉慶 20 年江西南昌府學開雕
　　重刊宋本，1989 年 1 月），卷 14，〈憲問〉，頁 1。

理論概念，例如『信』、『簡』、『常』等都可以看作是與唐代古文傳統相成相正的，……歐陽脩古文文論中心論點是他的『信』的觀念。『信』在歐陽脩的文論中有兩個方面的意義，即它在文學中的立足點以及『信』本身作為一種道德價值的立足點（理論據點）。歐陽脩在很多文章中都把『信』作為一個價值標準。見〈正統論〉、〈春秋論〉、〈魏梁解〉、〈易或問〉、〈內殿崇班薛君墓表〉、〈與樂秀才第一書〉、〈與張秀才第二書〉等。」[40]循此理論據點而作文，基本上恆有一「信實可徵」的寫作態度，出發點常會考慮到道德價值問題。我們可以拿柳宗元貶官永州（805）後所作的〈懲咎賦〉、〈永州八記〉、〈愚溪對〉、〈囚山賦〉[41]和歐陽脩貶官滁州（1045）後所作的〈醉翁亭記〉、〈豐樂亭記〉[42]比較，會發覺柳宗元訴求的是個人的牢騷滿腹，歐陽脩念茲在茲的卻是「與民同樂」、「宣上恩德」的官箴職守。後者來自儒家之道的

40　陳幼石：《韓柳歐蘇古文論》，第 3 章，〈歐陽脩的文學理論與實踐〉2，頁 89。其中〈正統論三首〉出自《歐集》卷 16，《居士集》卷 16，頁 143-148；〈春秋論〉上、中、下三篇，出自《歐集》卷 18，《居士集》卷 18，頁 158-161；〈魏梁解〉出自《歐集》卷 17，《居士集》卷 17，頁 153；〈易或問三首〉出自《歐集》卷 18，《居士集》卷 18，頁 156-158；〈易或問〉又出自《歐集》卷 60，《居士外集》卷 10，頁 449-451；〈內殿崇班薛君墓表〉出自《歐集》卷 24，《居士集》卷 24，頁 197；〈與樂秀才第一書〉出自《歐集》卷 69，《居士外集》卷 19，頁 523；〈與張秀才第二書〉出自《歐集》卷 66，《居士外集》卷 16，頁 498-499。

41　〔唐〕柳宗元著、吳文治點校：《點校本柳宗元集》（北京：中華書局，1979 年 9 月），其中〈懲咎賦〉、〈囚山賦〉出自《柳集》，卷 2，頁 53-56、63-64；〈永州八記〉出自《柳集》卷 29，頁 762-773；〈愚溪對〉出自《柳集》卷 14，頁 357-359。以下簡稱《柳集》。

42　《歐集》卷 39，《居士集》卷 39，頁 298-299。

責任感遠勝於個人生命的感受。

到了蘇軾，改口強調「道可致而不可求」，意即學者所追求的工夫，在於平日的學養，「何嘗臨文時纔去討箇道來入放裏面呢？」[43]至於〈南行前集敍〉則說：「山川之有雲霧，草木之有華實，充滿勃鬱，而見於外。……自少聞家君（蘇洵）之論文，以為古之聖人有所不能自已而作者。」[44]這裡強調心有所感，而後外發成文，雖聖人亦不例外，文學創作有時源自外在物色的引發，不必為道服務；顯然他已脫離「道勝於文」的傳統，更關注於「文」的獨立價值。循此理論據點而作文，會發展出「吾文如萬斛泉源，不擇地而出，……常行於所當行，常止於不可不止」[45]的寫作態度，自然會重視「辭達」，「辭至於能達，則文不可勝用矣」[46]，而不會以背負道德價值為主要的考量。我們拿蘇軾貶官後的作品為例，神宗熙寧八年（1075）在密州作〈超然臺記〉、元豐五年（1082）在黃州作〈赤壁賦〉、〈後赤壁賦〉、次年作〈記承天夜游〉、元豐七年（1084）作〈石鐘山記〉，[47]發覺他的思想內容豐富多元，實

---

43 語出〔宋〕蘇軾：〈日喻〉，及郭紹虞對此文的詮釋。參見《蘇集》卷64，頁 1981；郭紹虞：《中國文學批評史》，上卷第 6 篇第 1 章第 3 節第 3 目，〈三蘇〉，頁 342。

44 《蘇集》卷 10，頁 323。

45 〔宋〕蘇軾：《經進東坡文集事略》（郎曄選註，香港：中華書局，1979年 6 月），卷 57，〈文說〉，頁 947。

46 〔宋〕蘇軾：《蘇集》，卷 49，〈答謝民師推官書〉，頁 1418。

47 〔宋〕蘇軾：〈超然臺記〉參見《蘇集》卷 11，頁 351-352；〈赤壁賦〉、〈後赤壁賦〉，參見《蘇集》卷 1，頁 5-8；〈記承天夜游〉，參見《蘇集》卷 71，頁 2260；〈石鐘山記〉參見《蘇集》卷 11，頁 370-371。

不似歐陽脩僅有儒家之道的一個層面而已。葛立方《韻語陽秋》卷三記載了一則後人耳熟能詳的故事：「東坡在儋耳時，余三從兄諱延之，自江陰擔簦萬里，絕海往見，留一月。坡嘗誨以作文之法曰：『儋州（海南島）雖數百家之聚，州人之所須，取之市而足，然不可徒得也，必有一物以攝之，然後為己用。所謂一物者，錢是也。作文亦然，天下之事，散在經子史中，不可徒使，必得一物以攝之，然後為己用。所謂一物者，意是也。不得錢不可以取物，不得意不可以明事，此作文之要也。』吾兄拜其言而書諸紳。」[48]蘇軾正是以「意」貫串其道，而這個「意」不拘守於儒家之道，乃散在經子史中，指一種事理而言，得「意」可以明事、可以作文的說法，對當代文人發生了作用。

　　歐、蘇面對的社會情境不同，落實至散文創作上，語境也大不相同。前引歐陽脩將韓文之「奇崛」轉為歐文之「平易」，可說是唐宋散文首先看到的一大分野。呂思勉《宋代文學》形容歐陽脩的文章說：

　　歐公文極平易。蘇明允（洵）〈上歐公書〉謂「執事之文，紆徐委備，往復百折，而條達疏暢，無所間斷。氣盡語極，急言極論，而容與間易，無艱難勞苦之態。」可謂知言。今觀歐公全集，其議論之文：如〈朋黨論〉、〈為君難論〉、〈本論〉，考證之文，如〈辨易繫辭〉：皆委婉曲折，意無不達，而尤長於言情。序跋如〈蘇氏文集序〉、〈釋祕演詩集序〉，碑誌如〈瀧岡阡表〉、〈石曼卿墓表〉、〈徂徠先

> 生墓誌銘〉，雜記如〈豐樂亭記〉、〈峴山亭記〉等，皆感
> 慨系之，所謂六一風神也。歐公文亦有以雄奇為尚者，如
> 《五代史》中諸表、志、序是。然仍不失其紆徐委備之態。
> 人之才性，固各有所宜也。**49**

這裡明白指出歐文的「平易」風格，已表現於各類文體上。我們應
深究的是，「紆徐委備」、「委婉曲折」的寫作技巧除了是對應當
代晦澀文風而產生的舉措外，更重要的原因是什麼？恐怕更重要的
是得自於「才性」、「長於言情」，而後才能出現「六一風神」。
歐陽脩從「重道」、「事信言文」到「平易近人」的文風，一貫如
此表現的重要關鍵在於「性情」。歐陽脩原有「果敢之氣，剛正之

---

49 呂思勉：《宋代文學》（上海：上海商務印書館，1964 年 3 月重印
版），第 2 章，〈宋代之古文〉，頁 14。其中稱引蘇洵的言論，出自
〔宋〕蘇洵：〈上歐陽內翰第一書〉，出處同註 35。〔宋〕呂本中《童
蒙詩訓》也說：「文章紆餘委曲，說盡事理，惟歐陽公得之。」引自洪本
健編：《歐陽脩資料彙編》，上冊，頁 194。其中〈朋黨論〉、〈為君難
論〉、〈本論〉出自《歐集》卷 17，《居士集》卷 17，頁 152-153、153-
156、149-152；〈蘇氏文集序〉、〈釋祕演詩集序〉出自《歐集》卷
41，《居士集》卷 41，頁 310-311、307-308；〈瀧岡阡表〉出自《歐
集》卷 25，《居士集》卷 25，頁 205-207；〈石曼卿墓表〉出自《歐
集》卷 24，《居士集》卷 24，頁 195-196；〈徂徠石先生（介，1005-
1045）墓誌銘〉，出自《歐集》卷 34，《居士集》卷 34，頁 264-265；
〈豐樂亭記〉，出處同註 42；〈峴山亭記〉出自《歐集》卷 40，《居士
集》卷 40，頁 305-306。另可參考歐陽脩《新五代史》（臺北：鼎文書
局，1978 年 9 月），卷 58-60〈司天考〉、〈職方考〉、卷 71〈十國世
家年譜〉之序，頁 669-746、873-884。

節,至晚而不衰」,[50]然而剛而不怒,威而不猛,常以「清簡和易」的人生態度處世及寫作文章。如仁宗慶曆五年(1045)被貶知滁州後,曾藉身邊景物抒發牢騷而作〈啼鳥〉詩。[51]好友梅堯臣隨即〈和歐陽永叔啼鳥十八韻〉,勸他放開心懷,對遭誣被貶之事釋懷。[52]歐陽脩接受勸勉,從此不再沉溺於自怨自艾的氛圍,詩文風格有了明顯的轉變,環繞滁州醉翁亭、豐樂亭的作品正是最好的寫照。[53]又如仁宗嘉祐三年(1058),歐陽脩權知開封府,「承包拯威嚴之後,簡易循理,不求赫赫名,京師亦治。」[54]前引蘇洵〈上歐陽內翰第一書〉作於仁宗嘉祐元年(1056),[55]正在權知開封府前二年,此時歐公文章已是「條達疏暢,無所間斷。……容與間易,無艱難勞苦之態。」則其性情能完全融入文章,臻於美善化境。

　　蘇軾既繼承又發展了歐陽脩的文學風格。將歐文之「平易」轉

---

50 〔宋〕王安石:《臨川先生文集》(臺北:臺灣商務印書館四部叢刊正編,1979 年 11 月),卷 86,〈祭歐陽文忠公文〉,頁 538。

51 《歐集》卷 3,《居士集》卷 3,頁 62。

52 〔宋〕梅堯臣:《宛陵先生集》(臺北:臺灣商務印書館四部叢刊正編,1979 年 11 月),卷 27,〈和歐陽永叔啼鳥十八韻〉,頁 231。

53 參見〔宋〕歐陽脩:〈豐樂亭記〉、〈醉翁亭記〉,出處同註 42、〈遊瑯琊山〉、〈豐樂亭小飲〉、〈瑯琊山六題〉,出自《歐集》卷 3,《居士集》卷 3,頁 62-63、67、68、〈豐樂亭遊春三首〉,出自《歐集》卷 11,《居士集》卷 11,頁 114、〈題滁州醉翁亭〉,出自《歐集》卷 53,《居士外集》卷 3,頁 396-397 等。

54 〔元〕脫脫(1238-1298):《宋史》(藝文印書館,1988 年 6 月初版),卷 319,列傳 78〈歐陽脩傳〉,頁 10378。

55 據洪本健:《宋文六大家活動編年》(上海:華東師範大學出版社,1993 年 12 月),頁 129。

為蘇文之「多變化」，可說是北宋散文看到的一大分野，也可以說歐、蘇之間發生了「古文的變質」。[56]有待深究的是，這些寫作技巧的轉變，重要的原因是什麼？蘇軾曾說自己「受性剛褊，黑白分明，難以處眾」，[57]但在政治改革方面，他主張「法相因則事易成，事有漸則民不驚」，[58]和歐陽脩一樣採取比較溫和的態度。後世史家給予蘇軾的評論意見是：「器識之閎偉，議論之卓犖，文章之雄雋，政事之精明，四者皆能以特立之志為之主，而以邁往之氣輔之。故意之所向，言足以達其有猷，行足以遂其有為。至於禍患之來，節義足以固其有守，皆志與氣所為也。」[59]這段話與前引蘇軾〈六一居士集敘〉評論歐公之言多麼神似！顯而易見的是，歐、蘇二人性情相近，而他們面對王安石變法的政局，也曾互相慰勉鼓勵，常常有相近的行事風格。因此自身性情因素不當是歐、蘇文風不同的主因。蘇軾文風的特殊性，實可能得自於個人貶官流落過程

56　何寄澎（1950-）說：「北宋古文運動發展到歐陽脩，已漸有重文傾向，在此以前，道重於文，文是道的附庸；在此以後，文道等量，甚且文重於道，歐陽脩適居樞紐。歐陽本人仍能做到文道兼重，並且在道的方面也能謹守儒家之道，對佛老排擊不遺餘力。但這種情形到蘇軾手上幡然一變，蘇軾雖一方面注重儒家經世教民之道，一方面卻為文而文，道遂往往僅成門面裝點而已。不僅如此，蘇軾所謂道，頗軼儒家而入莊（周，?-約前275 左右）、釋，與古文運動原先標榜的宗旨已大相逕庭。」參見氏著：《北宋的古文運動》（臺北：幼獅文化事業公司，1992 年 8 月），第 5 章第 1 節，〈古文的變質〉，頁 231-232。

57　〔宋〕蘇軾：《蘇集》，卷 29，〈論邊將隱匿敗亡憲司體量不實劄子〉，頁 834。

58　〔宋〕蘇軾：《蘇集》，卷 27，〈辯試館職策問劄子第二首〉，頁 791。

59　〔元〕脫脫：《宋史》，卷 338，列傳 97，〈蘇軾傳〉，頁 10818-10819。

所帶來的空間版圖及其處世之道的啟示。

　　前人早已觀察到蘇軾文章的變化，有早年晚年的不同。正如朱弁《風月堂詩話》卷上載：「東坡文章，至黃州（1080-1084）以後，人莫能及，唯黃魯直詩時可以抗衡。晚年過海（1097），則雖魯直亦瞠若乎其後矣。或謂東坡過海雖為不幸，乃魯直之大不幸也。」[60]吳可（約 1125 前後）《藏海詩話》載：「子由（蘇轍）曰：『東坡黃州以後文章，余遂不能追逐。』」[61]這二則材料，說明蘇文日進一步，尤以黃州時期為關鍵。考察神宗元豐二年（1079），蘇軾因詩文有「謗訕新政罪」，即有名的「烏臺詩案」被捕入獄。雖經眾人營救出獄，貶為黃州團練副使；此後自號「東坡居士」，徬徨於山水間，於《老》、《莊》、《易》、《論語》及佛禪中尋求解脫。[62]今人章培恆指出：「他把老（李耳，約前 571 左右-?）莊哲學從無限的時間和空間的立場看待人生的苦難與歡樂及世間是是非非的觀照方法，與禪宗以『平常心』對待一切變故、順乎自然的生活態度結合起來，求得人心靈的平靜。當種種不幸襲來之時，他都以一種曠達的宏觀心理來對待，把這一切視為世間萬物流轉變化中

---

[60]　引自四川大學中文系唐宋文學研究室編：《蘇軾資料彙編》，上編 1，頁332。

[61]　引自丁福保輯：《歷代詩話續編》，上冊，頁338。

[62]　〔宋〕蘇軾〈黃州上文潞公書〉說：「到黃州，無所用心，輒復覃思於《易》、《論語》，端居深念，若有所得。」《蘇集》卷 48，頁 1380。案，〔唐〕柳宗元〈送僧浩初序〉曾說：「浮圖誠有不可斥者，往往與《易》、《論語》合。」（《柳集》卷 25，頁 673-675）他的著眼點即在於儒家「動而時中」、「淡泊名利」，因此讀這些書有助於人生出處進退的思考。參見拙著：〈《易》與柳宗元古文表現風格之關係析論〉（臺北：《師大國文學報》第 31 期，2002 年 6 月），頁 167-168。

的短暫現象；他不願以此自苦，……這種心理使他的文學創作削弱了激情的強度，但同時也要看到：這不僅是時代文化的產物，而且畢竟表現出在更為高遠的立場上觀照社會與人生、處理個人不幸遭遇的宏達情懷。」[63]無怪乎黃州三年餘，東坡詞有〈卜算子〉（黃州定慧院寓居作）、〈西江月〉（世事一場大夢）、〈水龍吟〉（次韻章質夫楊花詞）、〈定風波〉（莫聽穿林打葉聲）、〈哨徧〉、〈念奴嬌〉（赤壁懷古），東坡文有〈方山子傳〉、〈答李端叔書〉、〈赤壁賦〉、〈後赤壁賦〉、〈記承天夜游〉等名作，[64]皆飽含思想深度，頗為後人稱頌。飽經憂患，深添閱歷，造成蘇文大幅度的成長，至晚年而不衰。秦觀於哲宗元祐元年（1086）作〈答傅彬老

---

[63] 章培恆、駱玉明：《中國文學史》（上海：復旦大學出版社，1996 年 3 月），卷中，第 5 編第 2 章第 6 節 1，〈蘇軾的生平與個性〉，頁 371。曾子魯〈簡述蘇軾對韓歐古文成就的繼承與發展〉也說：「蘇軾沒有從韓愈『自鳴不幸』、歐陽脩『窮而後工』的觀點出發，進一步揭示作家的身世、處境給作品所帶來的影響，而是從創作的本質著眼，把創作當作反映現實生活、抒發自己生活感受的一大快事。」收入中國蘇軾研究學會編：《中國第十屆蘇軾研討會論文集》（濟南：齊魯書社，1999 年 3 月），頁 306-319。

[64] 〔宋〕蘇軾：〈卜算子〉（黃州定慧院寓居作），出自蘇軾：《東坡樂府》（臺北：廣文書局，1960 年 2 月），卷 2，頁 9b、〈西江月〉（世事一場大夢），出自《東坡樂府》卷 1，頁 29a、〈水龍吟〉（次韻章質夫楊花詞），出自《東坡樂府》卷 2，頁 20、〈定風波〉（莫聽穿林打葉聲），出自《東坡樂府》卷 2，頁 2a、〈哨徧〉，出自《東坡樂府》卷 2，頁 3b-4a、〈念奴嬌〉（赤壁懷古），出自《東坡樂府》卷 2，頁 5b-6a、〈方山子傳〉，出自《蘇集》卷 13，頁 420-421、〈答李端叔書〉，出自《蘇集》卷 49，頁 1432-1433、〈赤壁賦〉、〈後赤壁賦〉、〈記承天夜游〉，出處同註 47。

簡〉也說：

> 蘇氏之道，最深於性命自得之際，其次則器足以任重，識足
> 以致遠，至於議論文章，乃其與世周旋至粗者也。閣下論蘇
> 氏而其說止於文章，意欲尊蘇氏，適卑之耳。……閣下試贏
> 數月之糧，謁二公於京師，不然，取其所著之書熟讀而精思
> 之，以想見其人。[65]

　　秦觀這段話作於蘇軾離開黃州後二年，已形容出蘇文勝境的由
來。一方面針對世俗觀點有感而發，撇清了蘇氏兄弟只會作文的說
法，從而抬高其學術地位；另一方面也說明了蘇氏兄弟（尤其是蘇
軾）的成就不當止於文章，或者說文章的成就亦當來自「最深於性
命自得之際」。黃州之後，蘇軾始終顛沛流離，雖一度回朝任職，
而其後浪跡天涯，走遍大江南北的遭遇，只有少數人差可比擬。晚
年流徙至儋州，自料死於南荒，親友痛哭送別，那刻骨銘心的感
受，更難為外人體會。自少到老，伴隨著生命的曲折歷程，蘇文有
其藝術層境的提升。呂思勉《宋代文學》說：

> 東坡文字，當分少年與晚年觀之。少年文字，如〈策略〉、
> 〈策斷〉等，氣勢極盛，然體格多有未成處。姚姬傳（鼐）
> 評其〈策略五〉云：「此篇立論極善，而文不免於冗長，此
> 東坡少年體有未成處。」……晚年文字，則心手相忘，獨立

千載。議論文字，如〈志林〉，敘事文字，如〈徐州上皇帝
書〉是也。東坡自言少年文字極絢爛，晚乃歸於平淡，可謂
自知其功候。又謂「吾文如萬斛源泉，不擇地而施。及其與
山石曲折，則隨物賦形，有不可知者。」又曰：「文字無定
形，惟行乎其所不得不行，止乎其所不得不止。」可謂能自
道其晚年之勝境矣。[66]

四、文體書寫的思考方式

歐陽脩倡導宋代古文運動時，吸納了駢體文的長處，他主張
「偶儷之文，苟合于理，未必為非」，[67]也曾高度贊揚三蘇父子的
四六文說：

往時作四六者，多用古人語及廣引故事，以衒博學，而不思
述事不暢。近時文章變體，如蘇氏父子，以四六述敘，委曲
精盡，不減古人。自學者變革為文，迄今三十年，始得斯

---

[66] 呂思勉：《宋代文學》，第 2 章，〈宋代之古文〉，頁 17。其中稱引
〔宋〕蘇軾的言論，〈策略〉有五篇，出自《蘇集》卷 8，頁 226-240；
〈策斷〉有三篇，出自《蘇集》卷 9，頁 280-289；〈志林〉見於《東坡
志林》（臺北：木鐸出版社，1982 年 5 月），頁 1-122；〈徐州上皇帝
書〉，出自《蘇集》卷 26，頁 758-762。另引述「吾文如萬斛源泉……」
句，出自〈文說〉，同註 45；「文字無定形……」句，出自〈答謝民師
推官書〉，同註 46。

[67] 〔宋〕歐陽脩：《歐集》卷 73，《居士外集》卷 23，〈論尹師魯墓
誌〉，頁 545。

> 人。不惟遲久而後獲，實恐此後未有能繼者爾。自古異人間
> 出，前後參差不相待。余老矣，乃及見之，豈不為幸哉！[68]

這段話肯定三蘇父子四六文「委曲精盡」的成績，但也流露出歐陽脩對前人作法的不滿意，在於追求用語故事，忽視了述事暢達的功能。其實，歐、蘇皆能欣賞寫作四六文的佳妙處，吳充〈歐陽公行狀〉評論歐陽脩「文備眾體，變化開闔，因物命意，各極其工。」[69]呂本中《童蒙詩訓》也評論蘇軾：「自古以來，語文章之妙，廣備眾體，出奇無窮者，唯東坡一人。」[70]可見擅長寫作各類文體，是促成北宋古文運動成功的要素之一。

對此，宋人詩話有許多耐人尋味的討論。陳師道《後山詩話》說：

> 國初士大夫例能四六，然用散語與故事爾。楊文公（億，974-
> 1020）刀筆豪贍，體亦多變，而不脫唐末與五代之氣。又喜

68　〔宋〕歐陽脩：《歐集》卷 130，《試筆》，〈蘇氏四六〉，頁 1008-
　　1009。

69　〔宋〕吳充：《歐集》附錄卷 1，〈歐陽公行狀〉，頁 1251。章培恆、駱
　　玉明《中國文學史》對這段話解釋道：「指出了他的散文創作的一些主要
　　特點，即第一，文體多樣，有各種類型的議論文、敘事及抒情散文；第
　　二，兼采『古文』與駢文之長，根據內容需要熔鑄剪裁，形成新的散文風
　　格；第三，變化多端，開闔自如，氣脈流動，富於內在節奏感與韻律
　　感。」參見該書卷中，第 5 編第 2 章第 3 節，〈歐陽脩與詩文變革的完
　　成〉，頁 346。

70　引自四川大學中文系唐宋文學研究室編：《蘇軾資料彙編》，上編 1，頁
　　255。

用古語，以切對為工，乃進士賦體爾。歐陽少師（脩）始以文體為對屬，又善敘事，不用故事陳言而文益高，次退之云。[71]

　　唐末五代以來的文風，為楊億等人領導的西崑體所繼承，其特色為「喜用古語，以切對為工」，前者結合宋初士大夫「用散語與故事」的作法，造成好用僻典的現象；後者結合士大夫「例能四六」的作法，即追求詞采富麗、聲調鏗鏘。范仲淹〈尹師魯《河南集》序〉說：「洎楊大年（億）以應用之才獨步當世，學者刻詞鏤意，依稀彷彿，未暇及古也。其間甚者專事藻飾，破碎大雅，反謂古道不適於用，廢而弗學者久之。」[72]石介〈怪說中〉也說：「今楊億窮妍極態，綴風月，弄花草，浮巧侈麗，浮華纂組，刓鏤聖人之經，破碎聖人之言，離析聖人之意，蠹傷聖人之道……。」[73]從他們的批判看來，楊億等人不是拒斥聖人之道，而是割裂經書詞句，斷章取義，專力於摘句用典，反而讓古道湮滅不彰。大致說來，西崑體用力於文辭者多，用心於思想內涵者少。

　　歐陽脩《六一詩話》充分肯定楊億、劉筠（子儀，約 1016 前後）的藝術成就，他曾說「蓋其雄文博學，筆力有餘，故無施而不可」，也認為「用故事」或「不用故事」皆不害為佳句。[74]這裡顯

---

[71] 引自〔清〕何文煥編：《歷代詩話》，上冊，頁 310。

[72] 〔宋〕范仲淹：《范文正公集》（臺北：臺灣商務印書館四部叢刊正編，1979 年 11 月），卷 6，〈尹師魯《河南集》序〉，頁 53-54。

[73] 〔宋〕石介：〈怪說中〉。引自郭紹虞編：《中國歷代文論選》（臺北：木鐸出版社，1980 年 5 月），中冊，頁 19。

[74] 引自〔清〕何文煥編：《歷代詩話》，上冊，頁 270。

示他能從寫作技巧的觀點，廣博學習各文體作法。《後山詩話》說歐公「始以文體為對屬，又善敘事」，說明他不是停留在「散語與故事」的層次，反而採用「對屬」和「敘事」的技巧，提升其寫作功力。例如「少游（秦觀）謂：〈醉翁亭記〉亦用賦體。」〈醉〉文對屬整齊，敘事條理井然，正是一例。[75]歐陽脩擅長「敘事」，與他重視「事信言文」的文學主張遙相呼應。至於歐陽脩「不用故事陳言」，表明了他不願意走上「喜用古語」、好用僻典的路途，那些以「賦頌章奏」為主、有利於科考利器的西崑作品，歐陽脩不願多作。[76]這樣的寫作方式，又與他的性情配合，形成獨特出眾的「平易」敘事風格。

此後不久，人們轉而看重蘇軾「議論」方面的長才。本來宋人就好議論，言事論政是很普遍的現象。周必大（1126-1204）〈蘇魏公文集後序〉說：「熙寧（1068-1077）元豐（1078-1085），以經術相高尚，回視前日，不無疵之辨焉。再變而至元祐（1086-1093），雖闢專門之學，開眾正之路，然議論不齊，由茲而起。又一變為紹聖（1094-1097）元符（1098-1100），則勢有所激矣。」[77]這說明了伴隨

75　語出〔宋〕陳師道《後山詩話》。引自〔清〕何文煥編：《歷代詩話》，上冊，頁 309。〔宋〕陳師道《後山詩話》又載：「世語云：『歐陽永叔不能賦。』」若認定〈醉翁亭記〉亦為賦體，則歐陽脩能賦，只是此類作品較少而已。引自〔清〕何文煥編：《歷代詩話》，上冊，頁 312。

76　〔宋〕邵博：《河南邵氏聞見後錄》說：「本朝四六，以劉筠、楊大年為體，必謹守四字六字律令，故曰『四六』，然其散類俳語可鄙。歐陽公深娸之曰：『今世人所謂「四六」者，非脩所好。少為進士時不免作，自及第遂棄不作。』」參見該書卷 16，頁 1b。

77　〔宋〕周必大：〈蘇魏公文集後序〉，引自陶秋英編選：《宋金元文論選》（北京：人民文學出版社，1984 年 11 月），頁 280。

蘇軾一生的時光，是更為變本加厲的議論風氣，蘇軾這方面的成績
出色，也有推波助瀾的功效。「荊公（王安石）以經術，東坡以議
論」，[78]這般說法看得出時人對蘇軾議論文的肯定。王正德（約
1182 前後）《餘師錄》卷二說：

> 本朝自明道（1032-1033）景祐間，始以文學相高，故子瞻、
> 師魯兄弟（洙，1001-1047；源，1005-1054）、歐陽永叔、梅聖俞
> 為文，皆宗主六經，發為文采，脫去晚唐五代氣格，直造退
> 之、子厚之閫奧，……天下學者，爭相矜尚，謂之古文。皆
> 以不識其人，不習其文為深恥。……當時諸公為之倡率楷
> 模，風流漸漬之所成。故相距七八十年，長老之人，皆能傳
> 誦以教人，其為澤也厚哉！[79]

楊慶存《宋代散文研究》說：「這段文字至少有如下幾點值得
注意：一是說明興起和發展的時間，即從明道初（1032）直到『七
八十年』後（蘇軾逝世時），二是指出了古文派的主要代表人物和為
文特點；三是描述了影響之大之廣之深。」[80]這裡也看出古文運動
日漸興盛，來自民間誦讀教化的力量不可小覷。歐陽脩初起領導古
文運動時，文學家與道學家對峙為兩派，古文大盛以後，「歐蘇古
文派」隱然成形；其後人數眾多，又可再分為文章派、經術派與議

---

78 〔宋〕陳善（約 1147 前後）：〈本朝文章亦三變〉，《捫蝨新話》（臺
   北：藝文印書館百部叢書集成儒學警悟），上集卷 3，頁 1a。

79 引自洪本健編：《歐陽脩資料彙編》，上冊，頁 378。

80 楊慶存：《宋代散文研究》（北京：人民文學出版社，2002 年 9 月），
   第 7 章第 3 節，〈體派共生的多元複合群體：歐蘇古文派〉，頁 162。

論派，而後再分為蘇門派、太學派與道學派。[81]考察上述三階段的傳承與變遷，蘇軾無疑是北宋中晚期最具影響力的人物。據現存詩話資料看來，「東坡先生學術文章，忠言直節，不特士大夫所欽仰，而累朝聖主，寵遇皆厚。」[82]這也是他受到世人看重的一大原因。

五、結語

　　歐、蘇二人天資聰穎，勤敏有功，同樣都能持守儒道傳統，寫作古文，獎掖後進，領導當代文風，接力完成宋代古文運動，影響深遠。更難得的是，二人性情相近，剛正敢言，發為議論，擲地有聲。歐陽脩多年在朝為官，仕途相對較為平順，性情也能和易清簡，加上「事信言文」的文學主張，抒發出平易近人的寫作風格。蘇軾雖然宦途險巇，促成晚年生命層境大不相同，但仍不願出之以激憤，文筆趨於純熟，超凡而脫俗。一常在朝，一常在野，而人品高潔，皆能樹立當代文士的典範。歐擅長敘事，蘇則跟隨文風的轉移，擅長議論；其實兼擅眾體寫作，原為二人追求的目標，只是較突出表現於某方面而已。今人郭預衡認為：「文章到北宋，又有新特徵。一是長於議論，二是平易自然。長於議論，是政治上積極的

81　楊慶存：《宋代散文研究》，第 8 章第 1 節，〈文章派、經術派與議論派〉、第 8 章第 2 節，〈蘇門派、太學派與道學派〉，頁 174-178、178-182。

82　〔宋〕陳巖肖（約 1138 前後）：《庚溪詩話》，引自丁福保輯：《歷代詩話續編》，上冊，頁 170。其中所謂「累朝聖主」，包括神宗、哲宗、徽宗、孝宗等人。

一種表現：平易自然，是藝術上成熟的一個標誌。」[83]這正好說明歐、蘇各自不同的成就，但是歐也能議論，蘇也能平易，大作家原不拘限於一格。

從接受史的角度看來，歐陽脩「三十年後世上人更不道著我」的說法，並未出現。原因當在於歐陽脩散文的藝術成就亦佳，他也經過「由奇而常」的努力，確立了唐宋散文的分野。蘇軾的影響力確實與日俱增。這原因來自多方面：一是蘇軾自身的創作經歷，作品豐富，生命層境愈趨通透；二是他擴大了文學範圍的解釋，追求「意」的呈現，於是作品無施不可，給予當代文風良好的示範；三是仕宦遊歷，飄泊南北，既擴大了空間版圖，也受到朝廷皇帝的同情目光。下至市井小民，上至達官貴人，眾人都成了蘇文的讀者。

儘管如此，蘇軾大名終未掩蓋歐陽脩，歐、蘇二人也沒有競勝高下之爭，後世詩話、筆記少有評比。蘇軾始終尊歐，當為其中關鍵因素。這真是一對令人欽羨的師生，文名相得益彰，永垂不朽。

（臺灣花蓮，國立東華大學：《東華漢學》第 1 期，2003年 2 月。）

---

[83]　郭預衡：〈北宋文章的兩個特徵〉，《社會科學戰線》1985 年 3 期，頁300-310。

歐、蘇文本互動之考察
——兼論蘇軾對歐陽脩的理解

提　要

　　本文考察歐陽脩、蘇軾二人討論對方的文本材料，釐清北宋時人所述歐、蘇二人史事，有哪些屬於作者文本的「本意」，有哪些屬於後人自己詮釋出來的「衍義」，由此看出二人之間相互交流的真貌與影響。文章分從正統論、朋黨論、歐陽脩心境、歐陽脩的文學評價、六一居士的形象五個角度進行討論。

　　研究結果發現：一、蘇軾在「正統」、「朋黨」方面的論述，為歐陽公辯護頗多。不過，當蘇軾經過理性思辨而與歐陽脩有不同意見時，也會直接指出不能同意歐陽脩的地方。二、蘇軾分析歐陽脩能退能進的心境，十分到位，恰如其分。三、蘇軾從學術、文章兩方面，以及歷史長流的眼光，肯定歐陽公的文學地位與成就。

關鍵詞：歐陽脩，蘇軾，文本互動，正統論，朋黨論

一、前言

北宋文壇巨擘，首推歐陽脩（永叔、文忠，1007-1072）、蘇軾（子瞻、東坡，1037-1101）二人。二人先後主盟文壇，改變了許多文學現象，影響極其深遠。歐、蘇死後至南宋末年，已經流傳許多有關二人之間互動交誼的故事，然而大量出現的詩話、筆記、小說之屬，往往隨興添加筆墨，漸漸失去本事的真實性。後人對歐、蘇文本的解釋有些是揣摩想像出來的，未必可信；有時雖也嘗試解析歐、蘇作者文本的『本意』（meaning），「不過終究能得到的還是自己詮釋出的『衍義』（significance）。」[1]因此，我們應當回到歐陽脩與蘇軾的詩文集，查閱時人所述及的一手材料，釐清歐、蘇文本中，重疊討論彼此的資料所彰顯出來的內容為何，由此看出二人之間的相互交流與影響。他倆人對對方的認知，這才是理解二人的第一手材料，可以避免後世讀者「衍義」過多而失去真相的危險。以下依時間先後的順序，進行本文的討論。

二、關於「正統」的討論

北宋仁宗康定元年（1040），歐陽脩在滑州（今河南省滑縣）採得王彥章〈家傳〉，從事《舊五代史》的補正工作；喜歡讀歷史，也寫史書，對歷代政權的興替有過深入思考的他，於此年寫畢〈正統

---

[1] 衣若芬（1964-）：〈歐陽脩〈六一居士傳〉與蘇軾〈書六一居士傳後〉〉，《輔仁國文學報》第 12 集，1996 年 8 月，頁 216。

論序〉、〈正統論上〉、〈正統論下〉、〈或問〉等文,另有「附論七首」(《歐陽脩全集》卷 16)、[2]〈魏梁解〉(《歐集》卷 17)等文,在當時引起極大的迴響,《宋史·章望之傳》說:「歐陽脩論魏、梁為正統,望之以為非,著〈明統〉三篇。」[3]後來,蘇軾也於仁宗至和二年(1055)撰寫〈正統論三首〉(《蘇軾文集》卷 4,頁120-125)[4]與歐陽脩的精神相呼應。

歐陽脩在〈正統論序〉就表明此文為君王而作;〈正統論上〉先解釋「正」為「君子大居正」、「統」為「王者大一統」,並細數歷史上政權更迭的實情後,在〈正統論下〉指出:

2　有關歐陽脩文的編年,本篇論文主要參考嚴杰:《歐陽脩年譜》(南京:南京出版社,1993 年 11 月)、劉德清(1949-):《歐陽脩紀年錄》(上海:上海古籍出版社,2006 年 7 月)二書,輔以李之亮(1950-):《歐陽脩集編年箋注》(成都:巴蜀書社,2007 年 12 月)。有關歐陽脩文的出處,本篇論文主要參考李逸安點校:《歐陽脩全集》(北京:中華書局,2001 年 3 月)。下文簡稱《歐集》,不另列註。此處《歐集》卷16 有「附論七首」,包括〈原正統論〉、〈明正統論〉、〈秦論〉、〈魏論〉、〈東晉論〉、〈後魏論〉、〈梁論〉,四部叢刊本載《居士外集》卷 9,且注云:「此七篇,公後刪為三篇,已載《居士集》第十六卷。今所載,蓋初本也。」可見歐陽脩自認刪改後的三篇,已經足以代表其「正統論」的觀點。

3　〔元〕脫脫(1314-1355):《宋史》(臺北:鼎文書局,1980 年 3 月初版),卷 443,頁 13098。

4　有關蘇軾文的編年,本篇論文主要參考吳雪濤:《蘇文繫年考略》(呼和浩特:內蒙古教育出版社,1990 年 2 月)一書。有關蘇軾文的出處,本篇論文主要參考孔凡禮(1923-2010)點校:《蘇軾文集》(北京:中華書局,1986 年 3 月)。下文簡稱《蘇集》,註明卷次、頁碼,不另列註。

> 正統有時而絕也。故正統之序，上自堯、舜，歷夏、商、
> 周、秦、漢而絕，晉得之而又絕，隋、唐得之而又絕。自
> 堯、舜以來，三絕而復續，惟有絕而有續，然後是非公，予
> 奪當，而正統明。（《歐集》卷16）

歐陽脩繼承《春秋》「不沒其實」之義例，接受已經發展出來、無可改變的歷史的事實，承認有時居大統之位者並非有德的君子，因此「正統有時而絕」，但是也可以「絕而復續」。是故他在撰寫《五代史記》時，承認篡奪唐朝地位的後梁叛賊，有大統之位；但是「於論正統，則黜梁而絕之。」（歐陽脩〈或問〉，《歐集》卷16），這是他一貫的立場。歐陽脩同時破除「五德」帝位輪轉的迷信觀念，又創制「絕統說」，建構出成熟的理論。清何焯（1661-1722）《義門讀書記・歐文上卷》評曰：「古今論正統論者，當以公為第一。」

十五年後，蘇軾加入了論戰，他的〈正統論三首〉先將「名」、「實」二分，強調「有天子之名而無其德」者，不得列入正統，這是因為「名輕而實重」。（〈正統論三首・總論一〉，《蘇集》卷4，頁120）接著他指出：

> 正統之論，起於歐陽子；而霸統之說，起於章子。二子之
> 論，吾與歐陽子，故不得不與章子辨，以全歐陽子之
> 說。……
> 雖然，歐陽子之論，猶有異乎吾說者。……其言曰：「秦、
> 漢而下，正統屢絕，而得之者少。以其得之者少，故其為名
> 甚尊而重也。」嗚呼！吾不善乎少也。幸而得之者少，故有

以尊重其名。不幸而皆得，歐陽子其敢有所不與耶？且其重
之，則其施於篡君也，誠若過然，故章子有以啟其說。
（〈正統論三首‧辯論二〉，《蘇集》卷 4，頁 121-122）

由此得知，蘇軾雖然尊重歐陽子，但是當有不同的觀點時，蘇
軾仍然會勇於表達，甚至於文中出現強烈的回問語氣。他後來說得
更清楚：

始終得其正，天下合於一，是二者，必以其道得之耶？亦或
不以其道得之耶？病乎或者之不以其道得之也，於是乎舉而
歸之名。歐陽子曰皆「正統」，是以名言者也。章子曰「正
統」，又曰「霸統」，是以實言者也。歐陽子以名言而純乎
名，章子以實言而不盡乎實。……歐陽子純乎名，故不知實
之所止。……
故曰：莫若純乎名。純乎名，故晉、梁之得天下，其名曰正
統，而其弒君之實，惟天下後世之所加，而吾不為之齊量
焉，於是乎晉、梁之惡不勝誅於天下，實於此反不重乎？
（〈正統論三首‧辯論三〉，《蘇集》卷 4，頁 123-124）

蘇軾雖然主張「名輕而實重」，一如歐陽子首先承認歷史發展
的事實，對於實際獲得政權者特加看重；但是他又是位儒家孔門學
說的追隨者，《春秋》「寓褒貶、別善惡」精神早已植立於心中，
因此面對有「弒君之實」的逆賊，自然仍須口誅筆伐之。有誅伐之
實，而後名實兼而得之矣，這才是蘇軾的本意。據此觀之，歐陽
脩、蘇軾二人的論述宗旨沒有太大的差異，只是論述取樣過程有些

微小差別而已。

三、關於「朋黨」的討論

仁宗慶曆四年（1044）歐陽脩寫畢〈朋黨論〉（《歐集》卷 17）一文，又引發當時及後世學者一波波地加入討論，蘇軾也於嘉祐元年（1056）撰寫〈續歐陽子朋黨論〉（《蘇集》卷 4，頁 128-130）一文。

歐陽脩〈朋黨論〉是因內侍藍元震劾奏范仲淹（989-1052）、歐陽脩結成「朋黨」營私而作，有其時代背景。[5]該文指出：

> 朋黨之說，自古有之，惟幸人君辨其君子小人而已。大凡君子與君子以同道為朋，小人與小人以同利為朋。……為人君者，但當退小人之偽朋，用君子之真朋，則天下治矣。（《歐集》卷 17）

這篇文章用意在於國君身上，與歐陽脩《新五代史·唐六臣傳》贊論感慨「唐末白馬之禍」有感而發的議論互為表裡。歐陽脩主張君子守道義、行忠信，同道而相益，是始終如一的朋友；小人為利祿而暫時結黨營私，是假的朋黨。文中提出「小人無朋，惟君子則有之」，發議出人意表；而後二段則援引史事，舉證歷歷，說明君子

5　參見〔宋〕李燾（1115-1184）：《續資治通鑑長編》，卷 148，慶曆 4 年 4 月戊戌（7 日）紀事，「內侍藍元震上疏」一節文末附注：「此一節恐在脩進（朋黨）之前，更詳之。」參見劉德清：《歐陽脩紀年錄》，頁 160 引。《歐集》附錄卷 3，葉濤〈重修實錄本傳〉也載明此事。

能治國，小人能亂國，「夫興亡治亂之迹，為人君者可以鑒矣。」（《歐集》卷 17）

　　然而此文四月完稿後，同年十一月仁宗不表同意，認為君臣共同治理國家，不必有朋黨之說，引發尹洙（1001-1047）上疏為歐陽脩辯說。[6]北宋政潮洶湧，此事始終未得紓解，餘波盪漾不止。王禹偁（954-1001）、范仲淹、司馬光（1019-1086）的〈朋黨論〉、蘇軾的〈續歐陽子朋黨論〉、劉安世（1048-1125）的〈論朋黨之弊〉、秦觀（1049-1100）的〈朋黨〉（《淮海集》卷 13），都是有名的作品。其中蘇軾說道：

> 禍莫大於權之移人，而君莫危於國之有黨。有黨則必爭，爭則小人者必勝，而權之所歸也，君子安得不危哉！何以言之？君子以道事君，人主必敬之而疎。小人唯予言而莫予違，人主必狎之而親。疎者易間，而親者難睽也。而君子者，不得志則奉身而退，樂道不仕。小人者，不得志則徼倖復用，唯怨之報。此其所以必勝也。蓋嘗論之：君子如嘉禾也，封殖之甚難，而去之甚易；小人如惡草也，不種而生，去之復蕃。（《蘇集》卷 4，頁 128）

　　蘇軾尊敬歐陽公，也認同他的論點；但是文中的內容已經逸出歐陽公的原文觀點，可說是一種「填補空白」的寫法。蘇軾和後來秦觀的說法，都是植基於歐陽脩「君子有朋，小人無朋」的觀點，

6　同前註，卷 153，慶曆 4 年 11 月己巳（12 日）紀事、尹洙：《河南集》，卷 18，〈論朋黨疏〉；劉德清：《歐陽脩紀年錄》，頁 175 引。

其目的在於嚴辨君子、小人，分出不同的政治團體與立場。不過，蘇軾提到「君莫危於國之有黨」這句話，和仁宗的意見有點接近，可以補歐陽脩的不足。這或許可以解釋，為什麼歐陽脩〈朋黨論〉發表了十五年之後，蘇軾才有續作？一方面是因為「朋黨」之說餘波盪漾，尚未歇止；另一方面是皇帝仍然需要臣子提供更好的意見，尤其是能支持皇帝看法的人。歐、蘇、秦三人的說法，後來在《宋史》卷三五六〈賈偉節傳〉也得到稱許，但是這種二分法並不能解決問題，甚至於導致北宋後期新、舊二黨互相傾軋不已的惡性循環的局面，這恐怕也是他們始料所未及。蘇軾寫此文時未滿二十歲，距離事發當時已有一段時間，且為準備應舉而作，帶有制科習氣。歐陽公對此文沒有回應。

四、關於〈省試刑賞忠厚之至論〉用典的討論
（略）

此節內容，請參考本書下一篇論文：〈蘇軾〈省試刑賞忠厚之至論〉的接受研究〉一文。

五、關於歐陽脩心境的討論

歐陽脩在嘉祐二年考試之後不久，即已閱讀過蘇軾多篇文章，其中必然包括了東坡登第後「以書謝諸公」的〈謝南省主文啟五首〉（《東坡前集》卷 26）[7]以及〈上梅直講書〉（《蘇集》卷 48，頁

7　《東坡前集》卷 26〈謝南省主文啟五首〉這篇文章的總題之下，依次分

1385-1386）。考察蘇軾此時初試啼聲，作品尚不多，故歐陽脩〈與梅聖俞〉書簡所謂的軾所言「樂」，應該是指〈上梅直講書〉的內容，文章第一段指陳周公之富貴不足取，因其無法與兄弟同樂，保有天下亦不得其樂；而孔門師生雖然窮愁潦倒一生，但是師生之間默識心通，相得之樂有常人所不能及者。這一段話是深造自得之言。蘇軾徐徐寫出自己對歐陽公和梅公的仰慕之情：

> 軾七、八歲時，始知讀書。聞今天下有歐陽公者，其為人如古孟軻、韓愈之徒；而又有梅公者從之遊，而與之上下其議論。其後益壯，始能讀其文詞，想見其為人，意其飄然脫去世俗之樂而自樂其樂也。方學為對偶聲律之文，求升斗之祿，自度無以進見於諸公之間。來京師逾年，未嘗窺其門。
> 今年春，⋯⋯嚮之十餘年間，聞其名而不得見者，一朝為知己。退而思之，人不可以苟富貴，亦不可以徒貧賤。有大賢焉而為其徒，則亦足恃矣。苟其僥一時之幸，從車騎數十人，使閭巷小民聚觀而贊歎之，亦何以易此樂也。（《蘇集》卷48，頁1386）

蘇軾時年二十，面對大人物竟然能如此坦率。他說到歐陽公名

別標注「歐陽內翰」、「王內翰」、「梅龍圖」、「韓舍人」、「范舍人」的小題，正是寫給前述正副主考官歐陽脩、王珪（禹玉，1019-1085）、梅摯（公儀）、韓絳（子華，1021-1088）、范鎮（景仁，1007-1088）五人。而《東坡續集》卷10又收錄〈謝王內翰啟〉、〈謝韓舍人啟〉、卷11收錄〈謝歐陽內翰書〉、〈上梅龍圖書〉、〈謝范舍人書〉共5篇文章，內容與之相同，實為重出。

滿天下，這正是歐陽脩自己說道「吾徒為天下所慕」的意思；他又猜想歐陽公「意其飄然脫去世俗之樂而自樂其樂也。」這正是歐陽脩自己坦承「某所得深者爾」的地方。對歐陽公知之甚深，於此可見。文章中段以「富貴」和「貧賤」對舉，隱約以孔門師生之樂比喻得從遊在歐陽公門下的快樂，回應了上文，也符合自己的身分。末尾忽然問起梅公：「執事名滿天下，而位不過五品。其容色溫然而不怒，其文章寬厚敦朴而無怨言，此必有所樂乎斯道也，軾願與聞焉。」（《蘇集》卷 48，頁 1386）以此作結，肯定了收信者梅公，讓人印象深刻。歐陽脩顯然十分欣賞東坡坦率直言、析理透闢的文章風格，對此持有正向肯定的態度。

　　蘇軾此時對歐陽脩的認識已經十分深入，並獲得歐陽公的肯定。後來歐陽脩在仁宗景祐三年（1035）因上書高若訥（997-1055）而被貶至夷陵時，曾經表示自己「發於極憤而切責之」，不願「沈默畏慎」，「其所為何足驚駭？路中來，頗有人以罪出不測見弔者，此皆不知脩心也。」又提到與同被貶官的余靖（安道，1000-1064）交談的內容：「每見前世有名人，當論事時，感激不避誅死，真若知義者。及到貶所，則戚戚怨嗟，有不堪之窮愁形於文字，其心歡戚，無異庸人，雖韓文公不免此累。用此戒安道，慎勿作戚戚之文。」（《歐集》卷 69，〈與尹師魯第一書〉）這些話可以看出歐陽脩不因自己退朝而悲的心態，用此自勉，兼以勉人。慶曆五年（1045），歐陽脩因遭人誣陷，被貶至滁州，不久寫出〈豐樂亭記〉、〈醉翁亭記〉二文，表達「宣上恩德」「與民同樂」旨趣，也看不出悲苦之意。換言之，歐陽脩始終保有和樂的性情，這尤其在仕途不如意時看得出來。因此，當神宗熙寧四年（1071）六月，以王安石之故，未及退休之齡而提前申請退休時，蘇軾寫下〈賀歐

陽少師致仕啟〉，文中說道：

> 自非智足以周知，仁足以自愛，道足以忘物之得喪，志足以
> 一氣之盛衰，則孰能見幾禍福之先，脫屣塵垢之外？常恐茲
> 世，不見其人。伏惟致政觀文少師，全德難名，巨材不器。
> 事業三朝之望，文章百世之師。功存社稷，而人不知；躬履
> 艱難，而節乃見。縱使耄期篤老，猶當就見質疑，而乃力辭
> 於未及之年，退託以不能而止。大勇若怯，大智如愚。至貴
> 無軒冕而榮，至仁不導引而壽。較其所得，孰與昔多。軾受
> 知最深，聞道有自。雖外為天下惜老成之去，而私喜明哲得
> 保身之全。（《蘇集》卷47，頁1346）

這裡極力稱美歐陽公，揣摩歐陽公的心思，毫不遲疑。值得注意的
是，蘇軾自認「受知最深，聞道有自」，因此這番話不是表面的恭
維，而是長久的觀察。我們考察歐陽脩的內心，真是位能放下世俗
名利，忘懷得失，甘心退隱過著自在的生活。而這般心境，時人常
常不能理解，惟蘇軾知之甚深。

六、關於歐陽脩文學評價的討論

　　仁宗明道二年（1033）歐陽脩〈與張秀才第二書〉說：「君子
之於學也，務為道，為道必求知古；知古明道，而後履之以身，施
之於事，而又見於文章而發之，以信後世。其道，周公（?-前
1105）、孔子（前551-前479）、孟軻（約前372-前289）之徒常履而行之
者是也；其文章，則六經所載，至今而取信者是也。其道易知而可

法，其言易明而可行。」（《歐集》卷 66，頁 5-7）其〈答祖擇之書〉也說：「夫世無師矣。學者當師經，師經必先求其意。意得則心定，心定則道純，道純則充於中者實，中充實則發為文者輝光，施於世者果致。三代、兩漢之學，不過此也。」（《歐集》卷 68，〈答祖擇之書〉，頁 9）蘇軾〈祭歐陽文忠公夫人文〉說歐陽公告訴他：「我所謂文，必與道俱。」（《蘇集》卷 63，頁 1956）蘇軾〈錢塘勤上人詩集敘〉也說：「故太子少師歐陽公好士，為天下第一，士有一言中於道，不遠千里而求之，甚於士之求公。……公不喜佛老，其徒有治《詩》《書》、學仁義之說者，必引而進之。」（《蘇集》卷 10，頁 321）由是可知，歐陽脩的「道」，終其一生都是儒家之道。

蘇軾寫過〈六一居士集敘〉一文，據《蘇詩總案》編於哲宗元祐三年（1088）末，[8]此時歐陽脩已逝，然而學術地位不減。蘇軾形容他是繼孔子、孟子、韓愈（退之，768-824）之後的文化道統傳承者：

> 愈之後三百餘年而後得歐陽子，其學推韓愈、孟子，以達於孔氏；著禮樂仁義之實，以合於大道。其言簡而明，信而通，引物連類，折之於至理，以服人心，故天下翕然師尊之。自歐陽子之存，世之不說者譁而攻之，能折困其身，而不能屈其言。士無賢不肖，不謀而同曰：「歐陽子，今之韓愈也。」
>
> 宋興七十餘年，……斯文終有愧於古。士亦因陋守舊，論卑

8　參見吳雪濤：《蘇文繫年考略》，頁 265 引《蘇詩總案》卷 30。

氣弱。自歐陽子出，天下爭自濯磨，以通經學古為高，以救時行道為賢，以犯顏納說為忠，長育成就，至嘉祐末，號稱多士，歐陽子之功為多。嗚呼！此豈人力也哉？非天其孰能使之？

歐陽子沒十有餘年，士始為新學，以佛、老之似，亂周、孔之真，識者憂之。賴天子明聖，詔修取士法，風屬學者專治孔氏，黜異端，然後風俗一變，考論師友淵源所自，復知誦習歐陽子之書。予得其詩文七百六十六篇於其子棐，乃次而論之曰：「歐陽子論大道似韓愈，論事似陸贄，記事似司馬遷，詩賦似李白。此非余言也，天下之言也。」（《蘇集》卷10，頁316）**9**

這段話說明歐陽脩古文的寫作特色，肯定他領導古文運動的貢獻，又說明了他多方面的文學成就，正是蘇軾對歐陽公一生的定評。值得注意的是，這些話綜合時人之言而來，不只是代表蘇軾一人的觀點而已，因此文中兩度表明「士無賢不肖，不謀而同」，又說是「天下之言也」。譬如他提到道統觀和經學上的影響，曾鞏在慶曆元年（1041）作〈上歐陽學士第一書〉也是如此推崇：歐陽公可與孟子、韓愈相唱和，是「真六經之羽翼，道義之師祖。」又如在詩歌方面，嚴杰《歐陽脩年譜》引述《石林詩話》、《王直方詩話》之後說道：「據上引數則，永叔自喜〈廬山高〉三詩，當可信。此

9　此文又見於〔宋〕蘇軾著，〔宋〕郎曄選註：《經進東坡文集事略》（香港：中華書局香港分局，1979 年 6 月港一版），下冊，卷 56，〈六一居士集敘〉，頁 903-906。

詩風格似李白，而用窄韻則效韓愈。永叔作詩推崇李白，而主要學韓愈。《藝概》卷二〈詩概〉曰：『東坡謂歐陽公「論大道似韓愈，詩賦似李白」。然試以歐詩觀之，雖曰似李，其刻意形容處，實於韓為逼近耳。』可謂公論。」**10**

　　歐陽脩一生堅守儒家的學說，排斥佛、老，蘇軾却對佛教和道家的學說採取都能接受的態度。因此蘇軾能發展出「萬物一切平等」、「文章一定要表達出意思」的觀念，這對文學發展有正面的幫助。譬如，蘇軾〈樂全先生文集敘〉稱美張方平（1007-1091）說：「毀譽不動，得喪若一，真孔子所謂大臣以道事君者。世遠道散，雖志士仁人，或少貶以求用，公獨以邁往之氣，行正大之言，曰：『用之則行，舍之則藏。』」（《蘇集》卷 10，頁 314）這裡擴大了儒家學說的解釋，比歐陽脩謹守立德、立功、立言的想法，更開放了些。其〈與劉宜翁使君書〉自言：「軾齠齔好道，本不欲婚宦，為父兄所強，一落世網，不能自逭。然未嘗一念忘此心也。……古之至人，本不吝惜道術，但以人無受道之質，故不敢輕付之。軾雖不肖，竊自謂有受道之質三……」（《蘇集》卷 49，頁 1415-1416）這裡明白表示自己願意學道的初衷，也自很有學道術的資質，文章中提到的「道術」，指的是外丹、神藥、郭璞（景純，276-324）遊仙之屬。後來，蘇軾也深受佛學影響，〈與參寥子二十一首〉其十九說：「自揣省事以來，亦粗為知道者。但道心屢起，數為世務所移奪，恐是諸佛知其難化，故以萬里之行相調伏爾。」（《蘇集》卷 61，頁 1867）其〈將至廣州用過韻寄邁迨二子〉詩又說自己是：「皇天遣出家，臨老乃學道。」這裡的「道」，指的是佛

10　嚴杰：《歐陽脩年譜》，頁 173。

理。對東坡來說，道家哲學、道家養生之術、佛家哲學，他都能一體接受，而又有些許的轉變與調整。（參見本書第三篇論文：〈蘇軾惠州時期的思想變遷與會通〉。）蘇轍〈亡兄子瞻端明墓誌銘〉說：「公……少與轍皆師先君，初好賈誼、陸贄書，論古今治亂，不為空言。既而讀《莊子》，喟然歎曰：『吾昔有見於中，口未能言，今見是書，得吾心矣。』乃出〈中庸論〉，其言微妙，皆古人所未喻。……後讀釋氏書，深悟實相，參之孔、老，博辯無礙，浩然不見其涯也。」[11]這類言論很多，這讓我們瞭解到蘇軾的「道」不是單一的儒家之道，他對佛家、道家思想有一定程度的嚮往，與歐陽公迥不相侔。因此，王十朋〈百家分類注東坡先生詩序〉說：「東坡先生之英才絕識，卓冠一世。平生斟酌經史，下至小說、雜記、佛經、道書、古詩、方言，莫不畢究。故雖天地之造化，古今之興替，風俗之消長，與夫山川、草木、禽獸、鱗介、昆蟲之屬，亦皆洞其機而貫其妙，積而為胸中之文，不啻如長江大河，汪洋閎肆，變化萬狀。」（《蘇軾詩集》第 8 冊附錄 2）這說明了蘇軾多方面成就的來源，與他博通達觀的視野有密切關聯。

此外，蘇軾曾經寫下〈記歐陽論退之文〉這一段話：

> 韓退之喜大顛，如喜澄觀、文暢之意，了非信佛法也。世乃妄撰退之〈與大顛書〉，其詞凡陋，退之家奴僕亦無此語。有一士人於其末妄題云：「歐陽永叔謂此文非退之莫能。」

11　〔宋〕蘇轍著，陳宏天、高秀芳點校：《蘇轍集、欒城後集》（北京：中華書局，1999 年 7 月），《欒城後集》，下冊，卷 22，〈亡兄子瞻端明墓誌銘〉，頁 1414、1421。

> 此又誣永叔也。永叔作〈醉翁亭記〉，其辭玩易，蓋戲云
> 耳，又不以為奇特也，而妄庸者亦作永叔語，云：「平生為
> 此最得意。」又云：「吾不能為退之〈畫記〉，退之又不能
> 為〈醉翁記〉。」此又大妄也。僕嘗謂退之〈畫記〉近似甲
> 名帳耳，了無可觀，世人識真者少，可歎亦可慼也。（《蘇
> 集》卷66，頁2055-2056）

這段文字有幾個重點。首先，蘇軾認為韓愈〈與大顛書〉，「其詞
凡陋」，不似出自韓愈手筆，因此歐陽脩對此文極力的稱讚應該是
謠傳。其次，歐陽脩〈醉翁亭記〉是遊戲筆墨，不算奇特之作，因
此所謂歐陽脩自認「平生為此最得意」、「退之不能為〈醉翁
記〉」的說法，皆不可信。事實上，歐陽脩曾有〈贈沈遵〉詩：
「我時四十猶彊力，自號醉翁聊戲客。」（《歐集》卷6）他有許多
與醉翁亭相關的作品，如〈瑯琊山六題〉之屬，（《歐集》卷3）都
有遊戲人間的況味。故知東坡所言不無道理。再其次，蘇軾不喜歡
韓愈〈畫記〉「近似甲乙帳耳」的寫法，評價並不高，因此認定歐
陽脩不可能說過「吾不能為退之〈畫記〉」這樣的話來。雖然韓愈
〈畫記〉描摹逼真，敘寫翔實，後世有許多模仿之作；但是我們如
果拿題材十分接近的蘇軾〈淨因院畫記〉（《蘇集》卷11，頁367）對
照，會發覺蘇軾此文以議論為主、記事為輔，與韓文風格迥異。韋
賓（1971-）《宋元畫學研究》說：「這裡還有一個微妙的不同，即
觀畫態度的不同。如果用蘇軾的觀點來看，觀畫則主要是『取其意
氣之所到』，大抵有忘形得意的意思，而韓愈的畫記，却像今日的

所謂圖像學派，以辨識物象為主。」[12]回過頭來看歐陽脩，也會發覺他的記體文喜好發表議論，觀賞景物時也是以意為主，不作辨識物象的細部描摹。大體上歐陽脩、蘇軾都生活在宋代文人的氛圍中，有著宋人好議論的習氣，是故東坡的推論近乎實情。

七、關於六一居士形象的討論

歐陽脩晚年自號「六一居士」，其〈退居述懷寄北京韓侍中二首〉說：「猶須五物稱居士，不及顏回飲一瓢。」（《歐集》卷 57）他是很單純的喜歡陪伴之物而已。可是蘇軾〈寶繪堂記〉曾經說：「君子可以寓意於物，而不可以留意於物。寓意於物，雖微物足以為樂，雖尤物不足以為病。留意於物，雖微物足以病，雖尤物不足以樂。老子曰：『五色令人目盲……』」（《蘇集》卷 11，頁 356）前引〈賀歐陽少師致仕啟〉（《蘇集》卷 47，頁 1345-1346）、〈超然臺記〉（《蘇集》卷 11，頁 351-352）也有類似意見。蘇軾的生活態度其實是能不受物的羈絆，飄然於物之外的，因此他在〈書六一居士傳後〉文中轉換了歐陽脩的意思，強作解人說道：

> 物之所以能累人者，以吾有之也。吾與物俱不得已而受形於
> 天地之間，其孰能有之？而或者以為己有，得之則喜，喪之
> 則悲。今居士自謂六一，是其身均與五物為一也。不知其有
> 物耶，物有之也？居士與物均為不能有，其孰能置得喪於其

12　韋賓：《宋元畫學研究》（蘭州：甘肅人民出版社，2009 年 3 月），卷 6，〈韓愈〈畫記〉對宋元士大夫的影響〉，頁 477。

間？故曰：居士可謂有道者也。雖然，自一觀五，居士猶可見也；與五為六，居士不可見也。居士殆將隱矣。（《蘇集》卷66，頁2048-2049）

這段話讀來很有莊周「物化」的意味，是「齊物」思想的表現。衣若芬〈歐陽脩〈六一居士傳〉與蘇軾〈書六一居士傳後〉〉說：「究其思想迥異之根本，恐怕是基於歐蘇二公對於『名』與『物』之不同態度。……歐陽脩認為累於軒裳珪組使人勞形且多憂患思慮，累於五物則既樂且佚，依蘇軾對『物』的想法，則『物未始能累人也，軒裳圭組且不能為累，而況此五物乎？』物既不累我，我又忘物之得喪，身與五物為一，故而『自一觀五，居士猶可見也；與五為六，居士不可見也』，如同莊子『喪我』之境，擴充了歐陽脩所云五物與己身六者合稱是為『六一』之初衷。」[13]

　　衣若芬這篇論文，從「醉翁」談到「六一居士」的名號，清楚說明歐陽脩的自我期許，而後再討論蘇軾不同的詮釋，她指出：「蘇軾明知歐陽脩謹守儒家之道，却能從『六一』中開出齊物的推論。蘇軾的這種解讀方式固然有其個人思想理念上的背景因素，但誠如前文對歐陽脩一生境遇的分析，〈書六一居士傳後〉中蘇軾筆下的居士形象仍與〈六一居士傳〉裡的描寫有所出入也是不爭的事實。即使從蘇軾其他的文字敘述得知他絕非不能體察歐陽脩的心意，無法斷言蘇軾是誤讀歐公原作，若要讀者完全贊同蘇軾的詮解還是有所困難的。」[14]在這裡，我們必須從「文本」可以任由讀者

13　同註1，頁201-224。

14　同註1，頁215。

自由地採取各種閱讀策略來觀察，任何人——包括蘇軾的閱讀活動是可以別開新面目的。

八、結語

　　歐陽脩去世後，蘇軾對他的追念情懷，偏重在個人單向的思念之情，我們就不討論下去了。綜合前文，可以得出幾點結論：

　　一、蘇軾自少年時代起，即以歐陽脩為學習的榜樣；進京考試，蒙歐陽公拔擢之後，更是一生擁護他，為他辯護頗多，這從二人在「正統」、「朋黨」方面的論述看得出來。不過，這是情意的交流；每當蘇軾遇到理性思辨的時候，如果有與歐陽脩不同的意見，他也會直言不諱，直接指出不能同意歐陽脩的地方。由此一方面可見蘇軾很聰明，常能思考到別人之所未及，能言人之所未言；另一方面也是文意上的追求創新，立意不與人同才是好文章，人云亦云的文章不苟作。

　　二、歐陽脩臨事不畏不懼、勇往直前的生活態度，令人佩服。當他遭遇貶官之際，不改其和樂處世的生活方式，也深受肯定。然而，時人常以世俗眼光看待他，對他有過誤解；惟獨蘇軾知之甚深，表達正向的支持與理解。儘管蘇軾可能是接受老、莊而有豁達的心態，學問來源與歐陽脩不同；但是他仍然能夠從數十年來的觀察、相處，很有把握的分析歐陽脩能退能進的心境，這是十分難得的。

　　三、歐陽脩的文學地位崇高，時人已有不錯的評價。蘇軾能綜合時人見解，給予完整美好的定評。他從學術、文章兩方面，以及歷史長流的眼光，肯定歐陽公的文學地位與成就。他的理解，有其

獨到的一面。

　　四、文學作品的解讀，有來自作者的「本意」，也有來自讀者詮釋出的「衍義」。譬如歐陽脩讀過多篇蘇軾文章之後，大加讚賞，相傳有意將文壇盟主地位傳給蘇軾，應當是可信的。（參見本書第七篇論文：〈歐蘇散文創作與接受活動的考察〉）又如歐陽脩晚年自號「六一居士」，只是很單純的喜歡陪伴之物而已。可是蘇軾〈書六一居士傳後〉文中轉換了歐陽脩的意思，這是因為蘇軾深受老、莊「齊物」影響之故。相關的論述，再請讀者參考之。

　　（《第七屆宋代文學國際研討會論文集》，開封，河南大學出版社，2013 年 7 月。）

蘇軾〈省試刑賞忠厚之至論〉的接受研究

提　要

　　蘇軾〈省試刑賞忠厚之至論〉一文，是作者自出新意，而非取材自真實史料的文章。在這種情況下，作者如何書寫古代的史事？讀者對於他所建構的文本意義作何反應？又為何此文深受世人的肯定？這是本文所要回答的問題。文章先考述此文的文章作法及史事本意，再爬梳北宋迄至南宋的相關文獻，發覺後世詩話、筆記的記載不可盡信。從作品完成後的讀者反應，得知蘇軾此文受到世人肯定的原因，在於寫作方式能翻新古書內容，立意方面求得創新，符合科場應試的要求。蘇軾討論古代史事的文章，事實上就為它所討論的本事與本意建立了一個接受傳統，這種接受現象，說明了蘇文的創作影響力十分深遠。

關鍵詞：孟軻，蘇軾，刑賞忠厚之至論，以無為有

一、前言

宋代議論風氣頗盛,尤其是政論文和進論文、史論文得到充分的發展。大多數的北宋散文家都希望從舊有典籍中找出新的詮釋意義,給予當代政治環境嶄新的思考。因此我們發覺,北宋討論古代人物或事件的文章,集中在國君、大臣身上,尤其三代聖王的淳美之治更是心嚮往之的論述重點。蘇軾(東坡,子瞻,1037-1101)正是寫作此類文章的個中翹楚。[1]蘇軾常常將古代史事寫入文章中,其目的乃針對議論時政而發,於是他閱讀古書而後將史事寫入文章中的過程,值得我們作進一步的探討。

首先,我們須注意到北宋新經學疑古風氣的開展,[2]這造成北宋文人對古籍所呈現的本事、本意,往往勇於提出質疑,甚至於有

---

[1] 郭預衡(1920-2010)〈北宋文章的兩個特徵〉說:「文章到北宋,又有新特徵。一是長於議論,二是平易自然。長於議論,是政治上積極的一種表現。」又說:「北宋初年,文人論道也即是論政;其所謂道,實在即指統治思想。用今天的話說,就是指導思想。」《社會科學戰線》1985年3期,頁300-301。李道英(1938-)也說:「議論文在蘇軾散文中佔有突出的地位。大而論之,包括政論文和史論文兩種。」參見李道英著:《唐宋古文研究》(北京:北京師範大學出版社,1992年5月),頁281。

[2] 劉復生(1948-)說:「劉咸炘(1896-1932)先生謂,宋代治史『重議論而輕考索』。此風之盛,始於仁宗時期,這同樣是受到儒學復興思潮的影響所致。社會危機的加深,政治風潮的湧漲,激發了新儒者們去探尋歷史上治亂興衰的道理,於是論者蠭出。雖云論史,往往有其針對性,並不空發。」參見劉復生著:《北宋中期儒學復興運動》(臺北:文津出版社,1991年7月),第4章第2節,頁94-95。

否定、駁辯的意見；或是發揮想像力，關注文本的空白，[3]填補古籍尚未講清楚的地方。在這種情況下，討論史事的篇章不再依附原始古籍的本意，常在不同程度上超越了原文，進行了屬於讀者個人「主觀的閱讀」[4]之旅。

其次，蘇軾的家學早已奠定良好的史學素養，[5]他的文筆也深受世人肯定，接著可以討論的是，他個人的寫作動機與目的？他如何論述古代史書的本事？當他對史事提出不同意見時，所填補空白、建構出來的文本意義在哪裡？是否還有成為好文章的可能？假設可以脫離本意的解釋，而又同時能被世人接受，其原因安在？這時我們不得不從作品完成後的讀者反應，去尋覓蘇軾討論史事的價值意義。

3　此處借用西方接受美學的觀念。龍協濤（1945-）說：「完整的接受美學由兩個相互區別的研究方向組成，以姚斯（Hars Robert Jauss，1921-）為代表的接受研究，著重於讀者研究，關注讀者的審美經驗和期待視野，致力於建設新的文學史理論。在方法論上更多地採用社會——歷史的研究法；而以伊舍（Wolfgang Iser，1922-2007）為代表的效應研究，則著重於接受活動中的文本研究，關注文本的空白和召喚結構，關注閱讀過程本身和這一過程中的相互作用。它更多地採用文本的反應分析方法。兩種研究相互補充，共同構成接受美學後期的交流（對話）理論的總體構架。」參見龍協著：《讀者反應理論》（臺北：揚智文化公司，1997 年 3 月），第 4 章，頁 88。

4　狄其驄（?-1997）、王汶成（1953-）、凌晨光（1965-）：《文藝學新論》（濟南：山東教育出版社，2001 年 7 月），第 19 章第 1 節，頁 666-667。

5　謝敏玲：《蘇軾史論散文研究》（臺北：萬卷樓圖書公司，2000 年 5 月），第 2 章第 1 節，頁 24-27。

　　以下選擇從蘇軾〈省試刑賞忠厚之至論〉談起。[6]因為這是蘇軾早年的作品，大膽地寫於考場，深得主考官歐陽脩（1007-1072，永叔）、梅聖俞（1002-1060，堯臣）的賞識，與當代文壇互動關係密切，且在後世引起深刻迴響。無論從作者或讀者的立場，從文本意義的建構或後世接受的立場進行討論，這篇文章都具有典型的代表意義。

二、文本意義：「孟軻之風」的深受肯定

　　世人多半認同蘇軾的討論史事成績，首先得見的是嘉祐二年（1057 年）應試禮部的〈省試刑賞忠厚之至論〉一文。全篇以散文寫成，未作艱澀的語詞修飾。第一段從堯、舜、禹、湯說起，講到周朝的「廣恩」、「慎刑」，孔子認為有可取之處。接著第二、三段文字說：

> 當堯之時，皋陶為士。將殺人，皋陶曰：「殺之」，三。堯曰：「宥之」，三。故天下畏皋陶執法之堅，而樂堯用刑之寬。四岳曰：「鯀可用。」堯曰：「不可！鯀方命圮族。」既而曰：「試之！」何堯之不聽皋陶之殺人，而從四岳之用鯀也？然則聖人之意，蓋亦可見矣。《書》曰：「罪疑惟輕，功疑惟重。與其殺不辜，寧失不經。」嗚呼！盡之矣！
> 可以賞，可以無賞，賞之過乎仁；可以罰，可以無罰，罰之

6　〔宋〕蘇軾著，〔宋〕郎曄（1192 前後）選注：《經進東坡文集事略》（香港：中華書局香港分局，1979 年 6 月），卷 9，頁 117-119。

過乎義。過乎仁，不失為君子；過乎義，則流而入於忍人。
故仁可過也，義不可過也。古者賞不以爵祿，刑不以刀鋸。
賞以爵祿，是賞之道行於爵祿之所加，而不行於爵祿之所不
加也。刑以刀鋸，是刑之威施於刀鋸之所及，而不施於刀鋸
之所不及也。先王知天下之善勝賞，而爵祿不足以勸也；知
天下之惡不勝刑，而刀鋸不足以裁也，是故疑則舉而歸之於
仁。以君子長者之道待天下，使天下相率而歸於君子長者之
道，故曰：忠厚之至也！[7]

這裡引出文本的第二段，先是用典，中間夾以君臣對話，再引古書
句子收束。第三段以排句形式成文，其中「可以賞，可以無賞，賞
之過乎仁」二排句，仿自《孟子‧離婁下》「可以取，可以無取，
取傷廉」的句型；而後「賞以爵祿」、「刑以刀鋸」二長句，以相
對反的雙排複句句型，依序遞進，再提出「先王……」觀點加強論
述，結尾以「故曰」一句收束。其中多處作法，皆與《孟子》文章
神似。例如《孟子‧公孫丑上》：「孟子曰：『以力假仁者霸，霸
必有大國。以德行仁者王，王不待大，湯以七十里，文王以百里。
以力服人者，非心服也，力不贍也。以德服人者，中心悅而誠服
也。如七十子之服孔子也。《詩》云：「自西自東，自南至北，無
思不服。」此之謂也。』」又如《孟子‧離婁下》「君臣相對待」

7　〔宋〕蘇軾著，孔凡禮（1923-2010）點校：《蘇軾文集》（北京：中華
書局，1986 年 3 月），卷 2，頁 33-34，以下簡稱《蘇集》，以下隨文標
示卷次、篇名、頁碼，不另列註。又參見〔宋〕蘇軾：《經進東坡文集事
略》，卷 9，頁 118-119。

章、《孟子·盡心上》「窮不失義達不離道」章,皆有相對反的雙排複句句型;至於引述「先王」觀點,引用古書句子收束,或以「故曰」一句收束,皆是《孟子》書中常見的現象。[8]蘇軾〈上梅直講書〉說出當時主試官對此文的肯定:

> 今年(按:指嘉祐二年)春,天下之士群至于禮部,執事(按:指梅聖俞)與歐陽公實親試之。誠不自意,獲在第二。既而聞之人,執事愛其文,以為有孟軻之風,而歐陽公亦以其能不為世俗之文也而取焉。[9]

如前所述,此文確有「孟軻之風」,梅堯臣因此喜歡這篇文章。葉夢得(1077-1148)《石林燕語》卷八、陳善(約 1162-1174 前後)《捫蝨新話》卷五也記載梅聖俞一見此文,「以為似《孟子》」。[10]至於歐陽脩這邊,他權知禮部貢舉,是從文字不同乎流俗的觀點欣賞這篇文章,十分喜歡蘇軾的作品。他的〈與梅聖俞〉書簡說:

---

8   〔明〕楊慎(1488-1559)《三蘇文範》說:「每段述事,而斷以婉言警語,且有章調。」參見〔明〕楊慎:《三蘇文範》(臺南:莊嚴文化實業有限公司,吉林省圖書館藏清光緒七年至八年廣漢鍾登甲樂道齋刻函海本影印,1997 年 6 月),《嘉樂齋三蘇文範》卷 5,頁 3。〔清〕吳楚材(1655-?)、吳調侯(清康熙年間):《評註古文觀止》(臺北:廣文書局,1981 年 12 月)與楊慎意見雷同,參見該書下冊,卷 10,頁 20。

9   〔宋〕蘇軾:《經進東坡文集事略》,卷 41,頁 720。

10 引自曾棗莊(1937-)、曾濤:《蘇文彙評》(臺北:文史哲出版社,1998 年 6 月),卷上,頁 130。

讀軾書，不覺汗出，快哉快哉！老夫當避路，放他出一頭地也。可喜可喜。……吾徒為天下所慕，如軾所言是也。……軾所言「樂」，乃某所得深者爾，不意後生達斯理也。

（《歐集》卷 149）

　　文中提及蘇軾所言之「樂」，並未見於〈省試刑賞忠厚之至論〉一文，可能是蘇軾應試及第後，奉書向歐陽公謝恩，始游其門下，隨後所獻出來的文章。[11]哲宗元祐四年（1089 年），蘇軾〈范文正公文集敘〉追述自身往事說道：「嘉祐二年，始舉進士，至京師。……是歲登第，始見知于歐陽公，因公以識韓（琦）、富（弼），皆以國士待軾。」（《蘇集》卷 10，頁 311）元祐五年，蘇軾作〈太息一首送秦少章（覯，觀之弟，1091 年進士）秀才〉深有感慨地追憶此事寫道：

11　上述事件，發生於省試之後不久。劉德清（1949-）：《歐陽脩紀年錄》（上海：上海古籍出版社，2006 年 7 月）將歐陽脩〈與梅聖俞〉書簡列在嘉祐二年六月，參見該書〈嘉祐二年丁酉（1057），五十一歲〉，頁 300。然而，嘉祐二年四月，蘇洵之妻程氏於家，父子三人倉卒返回四川，故蘇軾拜謝歐陽公、歐陽脩讀到蘇軾其他文章之事，都不得晚於是年四月間。劉書說法有誤。孔凡禮《三蘇年譜》列此事於嘉祐二年三月丁亥（十一日）：「蘇軾、蘇轍皆進士及弟。與瓊林苑宴，與蔣之奇約卜居陽羨。見歐陽脩，以書啟謝脩及梅摯、王珪、范鎮、韓絳。」此說較為正確。參見氏著：《三蘇年譜》（北京：北京古籍出版社，2004 年 10 月），第一冊，卷 7，頁 225。另可參考曾棗莊（1937-）、舒大剛（1959-）著：《北宋文學家年譜》（臺北：文津出版社，1999 年 6 月），〈三蘇年譜簡編〉，頁 61、〈蘇洵年譜〉，頁 195。

> 昔吾舉進士，試名於禮部，歐陽文忠公見吾文，曰：「此我
> 輩人也，吾當避之。」方是時，士以剽裂為文，聚而見訕，
> 且訕（歐）公者，所在成市。曾不數年，忽若潦水之歸壑，
> 無復見一人在此，豈復待後世哉！（《蘇軾文集》卷 64，頁
> 1979）

　　當年眾口同聲反對歐陽公取士的作法，而今安在哉？蘇軾對於
當年歐陽公的知遇之恩，應當是沒齒難忘的。十一年後，蘇轍
（1039-1112）為兄長所寫的墓誌銘也說：

> 嘉祐二年，歐陽文忠公考試禮部進士，疾時文之詭異，思有
> 以救之。梅聖俞時與其事，得公〈論刑賞〉，以示文忠。文
> 忠驚喜，以為異人。欲以冠多士，疑曾子固所為。子固，文
> 忠門下士也，乃置公第二。復以《春秋》對義，居第一，殿
> 試中乙科。以書謝諸公。文忠見之，以書語聖俞曰：「老夫
> 當避此人，放出一頭地。」士聞者始譁不厭，久乃信服。[12]

這裡明白指出歐陽公「疾時文之詭異」，才大力改革當世文風。歐
陽發（1040-1085）記載其父歐陽脩的〈先公事迹〉也說：「嘉祐二
年，先公知貢舉，時學者為文以新奇相尚，文體大壞。公深革其
弊，一時以怪僻知名在高等者，黜落幾盡。二蘇出於西川，人無知

---

[12] 〔宋〕蘇轍著，陳宏天（1938-1989）、高秀芳（1924-）校點：《蘇轍
　　集》（北京：中華書局，1990 年 8 月），《欒城後集》卷 22，〈亡兄子
　　瞻端明墓誌銘〉，頁 1117-1118。

者，一旦拔在高等，榜出，士人紛然，驚怒怨謗。其後，稍稍信服。而五六年間，文格逐變而復古，公之力也。」（《歐集》附錄卷2）南宋李燾（1115-1184）《續資治通鑑長編》也說：「先是，進士益相習為奇僻，鉤章棘句，浸失渾淳，脩深疾之，遂痛加裁抑，仍嚴禁挾書者。」[13]《宋史・蘇軾傳》也說：「方時文磔裂詭異之弊勝，主司歐陽脩思有以救之，得軾〈刑賞忠厚論〉，驚喜。」[14]由上可知，東坡〈論刑賞〉是平實風格的作品，有助於標舉此文，以矯正流俗，故歐陽脩謂「能不為世俗之文」，與「時文磔裂詭異」者不同，遂拔擢之。今本《歐陽文忠公集》有〈與梅聖俞〉書簡，即蘇轍所提及的書信。其後，邵博（?-1158）《邵氏聞見後錄》、朱弁（1085-1144）《風月堂詩話》、《曲洧舊聞》、葛立方（?-1164）《韻語陽秋》等，亦載錄歐陽讚賞東坡的相關內容，[15]文字大同小異。全文扣緊了題目中的「刑賞」和「忠厚」歸之於仁的重點來發

13　〔宋〕李燾：《續資治通鑑長編》（北京：中華書局，2004 年 9 月第 2版），卷 185，頁 4467。

14　〔元〕脫脫（1314-1355）：《宋史》（臺北：藝文印書館，1988 年 6 月初版），卷 338，頁 10801。

15　參見〔宋〕邵博：《河南邵氏聞見後錄》（臺北：廣文書局，1970 年 12月），卷 14，頁 2b、〔宋〕朱弁《風月堂詩話》卷上與〔宋〕朱弁《曲洧舊聞》卷 8 內容相同，參見洪本健（1945-）：《歐陽脩資料彙編》（北京：中華書局，1995 年 5 月），上冊，頁 197。〔宋〕葛立方《韻語陽秋》卷 18 也說：「王介甫、蘇子瞻皆為歐陽文忠公所收，公一見二人，便知其他日不在人下。〈贈介甫〉詩云：『老去自憐心尚在，後來誰與子爭先？』」「子瞻登乙科，以書謝歐公，歐公語梅聖俞曰：『老夫當避此人，放出一頭地。』當是時，二人俱未有聲，而公知之於未遇之時，如此所以為一世文宗也與？」引自〔清〕何文煥（乾隆年間）編：《歷代詩話》（臺北：木鐸出版社，1982 年 2 月），下冊，頁 629。

揮，善於扣題作文，也符合考試作文的要求。可以這麼說，在考場上那麼急迫的時間限制下，蘇軾能振筆疾書，寫出有「孟軻之風」不同乎流俗的作品，迎合主試者的心意，才是他能獲選為第二名的主因。

三、「皋陶殺人」的史事本意辯證

蘇軾〈省試刑賞忠厚之至論〉一文引起廣泛的討論與回響，但這篇文章「皋陶殺人」的內容實有爭議。一是據《尚書・舜典》所載，皋陶為舜臣，而蘇軾誤為堯臣。[16]二是據趙令畤（1064-1134）《侯鯖錄》載：

> 東坡先生召試直言極諫科時，答〈刑賞忠厚之至論〉，有云：「皋陶曰『殺之』三，堯曰『宥之』三。」諸主文皆不知其出處。及入謝日，引過，詣兩制幕次，歐公問其出處，東坡笑曰：「想當然爾。」[17]

趙令畤出身於趙宋貴族之後，又是蘇東坡的朋友，這段記載可能是真的。由於歐陽脩立身處世往往「本於人情」，因此歐公問完

16　〔漢〕舊題孔安國（約前 156-前 74）傳，〔唐〕孔穎達（574-648）等疏：《尚書正義》（臺北：藝文印書館，十三經注疏 1，嘉慶 20 年江西南昌府學開雕重刊宋本，1989 年 1 月），卷 3，〈舜典〉，頁 44。

17　〔宋〕趙令畤著，孔凡禮點校：《侯鯖錄》（北京：中華書局，2004 年 9月），卷 7，〈東坡想當然〉，頁 178。

之後，應該能認同東坡的說法。南宋葉夢得《石林燕語》[18]、陳善《捫蝨新話》[19]則說是梅聖俞問其出處，東坡徐應曰：「想當然爾。」陸游（1125-1210）《老學庵筆記》載：

> 東坡先生〈省試刑賞忠厚之至論〉有云：「皋陶為士，將殺人，皋陶曰『殺之』三，堯曰『宥之』三。」梅聖俞為小試官，得之以示歐陽公。公曰：「此出何書？」聖俞曰：「何須出處！」公以為皆偶忘之，然亦大稱歎。初欲以為魁，終以此不果。及揭榜，見東坡姓名，始謂聖俞曰：「此郎必有所據，更恨吾輩不能記耳。」及謁謝，首問之，東坡亦對曰：「何須出處。」乃與聖俞語合。公賞其豪邁，太息不已。[20]

這段故事流傳甚廣，版本越來越多，却也越來越可疑。據歐陽脩《歸田錄》載：「嘉祐二年，余與端明韓子華、翰長王禹玉、侍讀范景仁、龍圖梅公儀同知禮部貢舉，辟梅聖俞為小試官，凡鎖院五十日」（《歐集》卷 127），梅聖俞實為點檢試卷官，是否當時曾經

---

18 〔宋〕葉夢得著：《石林燕語》（鄭州：大象出版社，2006 年 1 月，上海師範大學古籍整理研究所編：《全宋筆記》第 2 編第 10 冊），卷 8，頁 113。

19 〔宋〕陳善著：《捫蝨新話》（臺北：新文豐出版公司，《叢書集選》第 52 冊，1984 年 6 月），下集卷 2，〈東坡論刑賞用堯皋陶事出何書〉，頁 63。

20 〔宋〕陸游著，李劍雄（1942-）、劉德權（1935-）點校：《老學庵筆記》（北京：中華書局，1979 年 11 月），卷 8，頁 102。

有「何須出處」的口氣？這種東坡的「豪邁」之氣，出自聖俞身上，與一般人對他的認知不同。歐陽擢置第二的原因，據蘇轍說是文章太像曾鞏，也與此處以為是文章出處不詳有異。蘇軾〈謝南省主文啟五首〉（《東坡前集》卷 26）的寫作對象，並不包括梅聖俞，這是因為他的職務較低，因此蘇軾另寫〈上梅直講書〉（見前引）。也因此，梅聖俞對於蘇軾應試文的反應不會過於強烈才是。前引蘇轍〈亡兄子瞻端明墓誌銘〉一文說道梅聖俞先看到此文，再呈示歐陽公，當屬實情。這麼說來，蘇軾〈上梅直講書〉說出當時主試官欣賞此文的原因有二：梅聖俞以為有孟軻之風，這應該是次要因素，而歐陽公以其能不為世俗之文也而取焉，這才是主要的因素。由於拔擢此文，梅、歐陽二人同有功勞，同時又因為寫信給「梅直講」之故，蘇軾遂抬高了梅聖俞的功勞。據蘇轍的說法，東坡登第後，「以書謝諸公」，指的正是蘇軾〈謝南省主文啟五首〉這篇文章。而歐陽脩讀過書信後，也是「以書語聖俞」，前引葛立方《韻語陽秋》亦有相似說法。儻若歐陽已經當著梅的面稱讚過蘇軾，又何須再寫書信給他？

到底是歐陽脩還是梅聖俞去問東坡「皋陶殺人」一事，各書也有不同說法。《侯鯖錄》、《老學庵筆記》，以及下述《誠齋詩話》等書，都說是歐陽脩問蘇軾；而下述《芥隱筆記》又說是梅聖俞問蘇軾。那麼歐陽脩與梅聖俞二人是否在考試後不久即見面討論應試的內容不無疑問。更重要的是，歐陽、梅二人為什麼看不出「皋陶為堯臣」的謬誤，對東坡創發的內容深信不疑，而願意承認自己的學養不足？歐陽、梅二人果真對文本出處有興趣的話，何不在放牓後的日子裡自己去查考古籍，以證明自己非「偶忘之」，而要親自向考生請教？較為合理的推測是，閱卷時間短、份量多，在

放榜有時間壓力的情況下，只得匆匆閱過，一時習焉不察。再加上蘇軾引述《尚書》故實，遠古渺邈，本不易知，其文筆又流暢自然，容易讓人信服。早先歐陽脩寫過〈朋黨論〉一文，也有用錯典故的現象，眾人罕見糾舉之。那是因為古人寫文章、用典故，乃憑記憶所及，並非手頭有書可以隨時翻檢，故差錯難免。歐陽、梅一時有誤，可以理解；不過趙令時、陸游二書有關「皋陶殺人」一事的問答，非出自當事人一手資料，文獻晚出，流傳版本又差異甚多，應當存疑。

儘管如此，後世對蘇軾有關「皋陶殺人」一段的內容仍維持高度的興趣。敖英《綠雪亭雜言》說：

> 余按東坡斯言，非無稽臆斷也。在〈文王世子〉曰：「公族有罪，有司讞於公。其死罪，則曰：『某之罪在大辟』，公曰：『宥之。』有司又曰：『在辟。』公又曰：『宥之。』有司又曰：『在辟。』三宥不對，走出，致刑于甸人。」即此而觀東坡之意，得非觸類於此乎？[21]

比對《禮記・文王世子》與東坡〈論刑賞〉二文的內容，同樣在討論刑罰，皆具有「三次赦宥」的紀錄，故東坡文有可能由此觸發而來。然而另有一種說法見於下列二書，龔頤正（1194-1201 前後）《芥隱筆記》云：

---

21 引自王水照（1934-）：《蘇軾選集》（臺北：群玉堂出版公司，1991 年 9 月），文選，頁 331。

東坡試〈刑賞忠厚之至論〉，其間有云：「皋陶曰『殺之』三，堯曰『宥之』三。」梅聖俞以問蘇出何書？答曰：「想當然耳。」此語蓋宗曹孟德問孔北海：「『武王伐紂，以妲己賜周公』，出何典？」答曰：「以今準古，想當然耳。」一時猝應，亦有據依。（原注：「據《東漢・孔融傳》與操書，稱：『武王伐紂，以妲己賜周公。』操不悟，後問出何經典？對曰：『以今度之，想當然耳。』」）**22**

楊萬里（1127-1206）《誠齋詩話》云：

坡來謝，歐陽問坡所作〈刑賞忠厚之至論〉，有「皋陶曰『殺之』三，堯曰『宥之』三，此見何書？」坡曰：「事在《三國志・孔融傳注》。」歐退而閱之，無有。他日再問坡，坡云：「曹操滅袁紹，以袁熙妻賜其子丕。孔融曰：『昔武王伐紂，以妲己賜周公。』操驚問何經見？融曰：『以今日之事觀之，意其如此。』堯、皋陶之事，某亦意其如此。」歐退而大驚曰：「此人可謂善讀書、善用書，他日文章必獨步天下。」然予嘗思之，《禮記》云：「獄成，有司告於王，王曰：『宥之。』有司曰：『在辟。』王又曰：『宥之。』有司又曰：『在辟。』三宥不對，走出，致刑於甸人。」坡雖用孔融意，然亦用《禮記》故事，其稱王謂王

22　〔宋〕龔頤正：《芥隱筆記》（臺北：藝文印書館，原刻景印百部叢書集成本，第 71 冊，1969 年），1 卷，〈殺之三宥之三〉，頁 2-3。

三皆然，安知此典故不出於堯？[23]

　　今考察《三國志‧孔融傳注》的文意，旨在說明類推現象，以顯示東坡可以「想當然耳」，而有「無中生有」的寫作手法。早期數據只有東坡「想當然耳」的應答，越到晚期，才出現《三國志‧孔融傳注》的補實說法，頗令人懷疑。儻若歐陽脩、蘇軾二人並未在考試後不久即見面討論應試的內容，則所謂「一時猝應」的說法亦難以成立。不過，敦英、楊萬里都從《禮記‧文王世子》找到東坡寫法的來源，這是值得肯定的。這麼多數據都在討論此事，可見東坡文深受世人看重；而眾人喜歡將歐陽脩事蹟附會其中，也是為了給東坡一些「加持」。

　　從「皋陶殺人」事件可知，歷史學與文學對「本事」的處理態度終究有些不同。「許多歷史學者懷疑歷史研究是對過去事實的復原，而相信歷史是在特定的社會情況下，人們對過去——社會記憶——的選擇、重組與重建。」[24]然而，這種對歷史事件的理解而重新進行的「歷史建構」，與文學家寫出來的文本的「意義建構」，大相逕庭。基本上，文學家是以他特殊的歷史視角（現今的視域）來理解「歷史事實」（初始的視域），「以古為鑑」、「古為今用」就是他面對歷史本事的態度。於是他可以順著時代需求流轉，面對同樣的「本事」，可以依時空環境變遷而詮釋出不同的意義。換言

23　引自丁福保（1874-1952）輯：《歷代詩話續編》（臺北：木鐸出版社，1988 年 7 月），上冊，頁 148-149。

24　王明珂（1952-）：〈集體歷史記憶與族群認同〉（《當代》第 91 期，1993 年 11 月），頁 10-11。

之，討論史事的文章是把之前的歷史重新詮解，建構出有用的當代意義。於是蘇軾許多政論、進論、史論類的文章都屬於再創造出來的文本，它並不需要對史料作品作原意的復原，而需要重新用自己的話語詮釋他自己對歷史的理解，從而展現一種再創造性的審美態度。

四、〈省試刑賞忠厚之至論〉的接受傳統

當我們注意到後世對此文的正反面評論意見時，很明顯的可以發現是各有考慮的。如《朱子語類》記載朱熹（1130-1200）已批評此文：「因論東坡〈刑賞論〉，悉舉而歸之仁義，如是則仁義乃是不得已而行之物，只是作得一癡忠厚。此說最礙理，學者所當察。」又說：「大意好，然意闊疏，說不甚透。」[25]清高宗（愛新覺羅弘曆，1711-1799，1735-1795 在位）《御製文二集》也以為此文「實不經之論也！」他說：「蓋帝堯聖君，皋陶賢臣，聖君、賢臣必有一德同風之盛，不應大相徑庭。……殺之、宥之，亦非堯與皋陶所得而主，惟其人之自取而已。其宜殺耶？堯與皋陶皆應曰『殺之』；其宜宥耶？堯與皋陶應曰『宥之』。豈有臣則慢謂之『應殺』，而君則佯謂之『應宥』。是其人之果宜殺，果宜宥，君若臣原無定見？」[26]可見思想家站在思辯的角度，國君站在治國的立

25　〔宋〕黎靖德編：《朱子語類》（北京：中華書局，王星賢點校，1986年3月），卷130，頁3114。

26　〔清〕愛新覺羅弘曆著：《御製文二集》（上海：上海古籍出版社，清代詩文集彙編，清乾隆嘉慶武英殿刻本，2010年12月），卷19，〈書蘇軾刑賞忠厚之至論後〉，頁6-7。

場，皆能對文本提出一些質疑。

　　然而，另有更多人給予這篇文章肯定，這裡一脈相承，形成了蘇軾所「召喚」而成的「接受傳統」。是文本的表現如此之好嗎？也不盡然。如羅大經（1196-1252後）《鶴林玉露》說：

> 《莊子》之文，以無為有；《戰國策》之文，以曲作直。東坡生平熟此二書，故其為文，橫說豎說，惟意所到，俊辨痛快，無復滯礙。其論刑賞也，曰：「……。」其論武王也，曰：「……。」其論戰國任俠也，曰：「……。」凡此類，皆以無為有者也。……其論唐太宗征遼也，曰：「……。」凡此類，皆以曲作直者也。葉水心云：「蘇文架虛行危，縱橫倏忽，數百千言，讀者皆知其所欲出，推者莫知其所自來，古今議論之傑也。」[27]

這段話也被楊慎《三蘇文範》引用，[28]旨在讚美蘇軾〈省試刑賞忠厚之至論〉、〈論武王〉、〈論養士〉、〈策斷〉等文，出奇異想，變化萬千。實則，東坡〈赤壁賦〉、〈超然臺記〉得自《莊子》「齊物」、「逍遙」、「養生」的觀念，〈鼂錯論〉也有《戰國策》「揣摩君心」的作法，相對來說，〈刑賞忠厚之至論〉這篇文章，並無實際內容與《莊子》、《戰國策》相似，只能說是一種「虛筆」的作法已被接受。如同清初呂留良（1629-1683）、呂葆中

27　〔宋〕羅大經著，王瑞來點校：《鶴林玉露》（北京：中華書局，1997年12月），乙編卷3，〈東坡文〉，頁167。

28　同註8，卷5，頁3。

（?-1707）父子編選的《晚邨先生八家古文精選》評東坡〈留侯論〉說過這樣的話：「此篇善于用虛，都是將無作有。空中結撰，文情縹緲，千丈游絲。」[29]可以這麼說，從「將無作有」這個角度肯定東坡史論，基本上不是從文本挖掘出來的意義，而是在後人以讀者身分來看東坡文時，與文本互動作用中所獲得的意義。

　　「以無為有」是在編造史實，不當為史家所接受，「架虛行危」、「莫知其所自來」的文章也不一定就是好文章。「以曲作直」更是甘冒風險，有強詞奪理之嫌。於是我們必須更深一層思索，這種「虛筆」作法的最大特長在哪裡？羅大經《鶴林玉露》形容東坡文「惟意所到，俊辯痛快」，已透露一些端倪，關鍵在於能創發新意，輔以暢達之辭。明代歸有光（1507-1571）《文章指南》論文章體則有「死中求活」的說法：「凡文字議論已到至處，更出一段議論，不溺於題意之尋常，是謂死中求活，此文法之最妙者，如蘇子瞻〈范增論〉『方羽殺卿子冠軍』一段，〈鼂錯論〉『當此之時』一段是也。」[30]這點與歸有光自己論作文法所說：「常中有變，正中有奇，題常則意新，意常則語新」，[31]意思是相通的。歸有光《文章指南》又曾以「立意貫說」形容蘇軾〈留侯論〉「以『忍』字貫說」，以「一反一正」形容蘇軾〈秦始皇扶蘇論〉「文

29　〔清〕呂留良輯，呂葆中批點：《晚邨先生八家古文精選》（北京：北京出版社，清康熙呂氏家塾刻本，收在四庫禁燬書叢刊編纂委員會編：《四庫禁燬書叢刊》，集部第 94 冊，2000 年 1 月），〈蘇文精選〉，頁464。

30　〔明〕歸有光：《文章指南》（臺北：廣文書局，1972 年 4 月），頁23-24。

31　同前註，頁3。

勢亦圓活,義理亦精微,意味亦悠長。」[32]清代劉熙載（1813-1881）《藝概》說：「東坡最善於……未曾有底題說未曾有底話。」[33]《藝概》又說：「坡文多微妙語,其論文曰快,曰達,曰了,正為非此不足以發微闡妙也。」[34]這都足以證明東坡議論文有創意新奇、結構圓活、文辭明快的特色,成為取勝科場的利器。

　　時至明、清,選本表現出來的科場考慮,愈發明顯,如明代茅坤（1512-1601）《蘇文忠公文抄》評此文：

　　　東坡試論文字,悠揚宛宕,於今場屋中極利者也。[35]

清代張伯行（1651-1725）《唐宋八大家文鈔》也說：

　　　東坡自謂文如行雲流水,即應試論可見,學者讀之,用筆自
　　　然圓暢。中間「賞不以爵祿,刑不以刀鋸」一段,議論極有
　　　至理。[36]

沈德潛（1673-1769）《唐宋八大家文讀本》也說：

32　同前註,頁 24、10。

33　〔清〕劉熙載：《藝概》（臺北：廣文書局,1969 年 4 月）,卷 1,〈文概〉,頁 16。

34　同前註。

35　〔明〕茅坤著：《唐宋八大家文鈔》（臺北：臺灣商務印書館,景印文淵閣四庫全書,1983 年 6 月）,第 1384 冊,集部第 323 冊,卷 133,〈東坡文鈔〉卷 17,頁 589。

36　〔清〕張伯行著：《唐宋八大家文鈔》（臺北：藝文印書館,百部叢書集成：正誼堂全書,第 19 函,第 1 冊,1966 年）,卷 8,頁 15。

> 以「罪疑惟輕，功疑惟重」二語作主，文勢如川雲嶺月，其
> 出不窮。

> 以長公之高才，歐文忠之巨眼，而闈中遇合之文，圓熟流美
> 如是，宜後世墨卷，不矜高格也。為之三歎！[37]

　　上述諸家品評文章之美，大抵指出文中有主意，議論獨到，文
勢流暢，詞語悠揚而自然。這些觀點，都是好文章的基本要求，尤其
值得注意的是，沈德潛指出來的「主意」，這是一般應試做不到的
事。東坡此文正是闈場遇合之作，短時間內完成，却擺脫「時文」
的種種束縛，通篇曉易樸素，用筆自然圓暢，且結構層層相連，以
「賞不以爵祿，刑不以刀鋸」、「以君子長者之道待天下，使天下
相率而歸於君子長者之道」的觀點上升到治國高度，意味深遠。[38]
內容正大，立意深遠，符合試場所須，更加強了後世讚不絕口的說
服力。
　　南宋呂祖謙（1137-1181）《古文關鍵》評〈留侯論〉一文：
「格製好。」[39]他也是從科考觀點，欣賞段落體製的安排。清代永
瑢（1743-1790）、紀昀（1724-1805）《四庫全書總目提要》更是從北
宋科考制度一路講來，肯定東坡此文的重要價值，他說：

37　〔清〕沈德潛評點、〔日〕嶋田正幹纂評：《纂評唐宋八大家文讀本》
　　（京都：嵩山堂，1887年6月），卷20，頁11。
38　參見孫佳巍：〈仁政思想與文學風格的傳承——從〈刑賞忠厚之至論〉說
　　起〉，《北京教育學院學報》，第20卷第4期，2006年12月。
39　〔宋〕呂祖謙：《古文關鍵》（臺北：廣文書局，1970年10月），卷
　　下，〈留侯論〉，頁218。

其始尚不拘成格,如蘇軾〈刑賞忠厚之至論〉,自出機杼,未嘗屑屑於頭、項、心、腹、腰、尾之式;南渡以後,講求漸密,程式漸嚴。試官執定格以待人,人亦循其定格以求合,於是「雙關」、「三扇」之說興,而場屋之作遂別有軌度,雖有縱橫奇偉之才,亦不得而越。……紹興重修貢舉式中,試卷犯「點抹」條下,有論策經義連用本朝人文集十句之禁,知拘守之餘,變為剽竊,故以是防其弊矣。……且其破題、接題、小講、大講、入題、原題諸式,實後來「八比」之濫觴,亦足以見制舉之文,源流所自出焉。*40*

這裡說明東坡〈刑賞忠厚之至論〉雖屬應試之作,但是「自出機杼」,並沒有落入考試的形製窠臼,後世講求規格,反而見不到好文章。無怪乎宋、明以來古文選本盛行以後,為考試而編寫參考書,卻不得不肯定東坡此文議論有條理而又文筆佳妙,自然水漲船高,屢受編書者青睞,流傳甚廣。

從接受美學的觀點來說,「一部作品產生之後,最初的讀者理解、解釋與評價就構成了下一代讀者接受的基礎,形成一個接受傳統。這個接受傳統隨著接受過程的進展而不斷變化,期待視野因而也不斷擴大和改變。」*41*這個觀點值得我們深思。例如有關三代史事的討論,往往題材來自於《尚書》,那麼「佶屈聱牙」的文字引

---

40 〔清〕永瑢、〔清〕紀昀等撰:《四庫全書總目提要》(臺北:臺灣商務印書館,1983 年 10 月初版),《論學繩尺》之說解,第 5 冊,卷 187,集部 40,總集類二,頁 40。

41 同註 4,第 20 章第 3 節,頁 695。

起北宋古文家的討論，就會擴大和改變了它的期待視野。《尚書》
的本事、本意受到討論，這是第一個層次。蘇軾等人討論《尚書》
史事的文章，又有它自成一格的文本意義，這是第二個層次。然而
就像前引《朱子語類》記載朱熹之言、清高宗《御製文二集》的不
同觀點，這又是第三、四個層次。我們由此認知，原始的本事本意
可以永無止境的不斷的被解釋討論下去，而被討論次數越多的文
本，就會形成一個接受傳統，這個接受傳統還是會隨著接受過程的
進展而不斷變化。「真正的藝術傑作，使得人們面對它時會身不由
己地為其所吸引，而將自己的生命體驗、情懷襟抱投入作品的『召
喚結構』中去『填空白』，時間愈長，作品被解釋的次數愈多，被
解說對象的藝術價值就愈高。」[42]因此蘇軾討論史事的文章，事實
上就為它所討論的本事本意建立了一個接受傳統，也直接或間接地
肯定了古書本事本意的藝術價值。

五、結語

　　文學作品是「人同此心，心同此理」的產物，討論史事的作者
如同一般文學作品的作者，其實是基於同一信念，認為語詞的意義
與心理行為的內容是古今如一的。也就是說，文學的普遍性及永恆
性仍然應當追求；因此他書寫出來的作品仍然希望議論中肯，條理
分明，具備傳之久遠的條件。這些都合乎文學作品的評價觀念。於
是他雖然面對「本事」而詮釋出不同的意義，仍須以符合古書的

---

[42] 胡經之（1933-）、王岳川（1955-）：《文藝學美學方法論》（北京：北
　　京大學出版社，1994 年 10 月第 1 版），第 11 章第 5 節，頁 331。

「本意」為起碼要求。

東坡在文章中援引了哪些史事？他如何對應本事本意而論史？這是值得注意的問題。例如東坡熟悉《莊子》、《戰國策》二書，呂祖謙〈看蘇（軾）文法〉也說他的文章「出於《戰國策》、《史記》，亦得關鍵法。」[43]但他討論的「本事」，却不限於這幾本書。東坡品評的人物對象，《戰國策》、《史記》之外，有些來自《左傳》，如〈論魯隱公〉之作。他喜歡討論國家制度，於是有〈論周東遷〉、〈養士論〉之作；他也喜歡討論三代淳美之治，於是多論述六經內容，堯、舜遠古之事亦在討論之列。這固然承襲了北宋新儒學運動風氣，其實也繼承加強了有關三代本事的論述。歐陽脩〈朋黨論〉、蘇軾〈省試刑賞忠厚之至論〉正是這方面的代表作。

我們可以發現，那些合乎文學評價觀念的史論散文，就是好文章。譬如寫作有新意，能立足於史事本意，又能延伸本意而立論的〈留侯論〉、〈賈誼論〉、〈鼂錯論〉，乃至〈省試刑賞忠厚之至論〉等作品。只要翻開呂祖謙《古文關鍵》、茅坤《唐宋八大家文鈔》、林雲銘（1628-1697）《古文析義》、吳楚材評註《古文觀止》、清高宗愛新覺羅弘曆（1711-1799）御選《唐宋文醇》、姚鼐（1731-1815）《古文辭類纂》等書，就能發現這些具有代表性的東坡討論史事的文章，深受後人重視。

近代西方解釋學（Hermenentik）發展出文學解釋的四種類型說，分別是：「符合論，解釋者的解釋者盡可能地與原文本意或原解釋結論相符或相近；衍生論，解釋者用新的解釋疊加在原解釋上，使

43　同註 39，〈看蘇文法〉，頁 2。

對象產生意義增殖；創生論，解釋者的解釋對原文加以創造並對原解釋進行更具主觀色彩的發揮性闡釋；逆轉論，解釋者完全超出對象的有效解釋範圍，以一種對立唱反調的方式對原解釋加以逆轉。」[44] 執此以觀，則東坡史論大概僅有〈論封建〉一文追尋柳宗元〈封建論〉而作，其餘幾乎沒有符合論的作品，那會陷入人云亦云的窠臼；他的〈韓非論〉追源其學誤於莊子與老子、〈秦始皇帝論〉論述秦之不重禮開啟天下日趨詐偽之心、〈留侯論〉強調張良「能忍」、〈賈誼論〉責怪賈誼自用其才、〈鼂錯論〉批評鼂錯不能挺身而擔大任，凡此皆立足於史事本意，延伸本意而立論，可說是衍生論的作品；〈省試刑賞忠厚之至論〉編造史事說明制賞罰本乎忠厚之意、〈論養士〉討論秦不養士之弊，忽略秦亡主因在於暴虐無道，而單以「養士」因素論斷一切、〈論項羽范增〉認為項羽、范增同時跟隨義帝，范增可以考慮殺項羽，此與實情不符。[45]無端生出范增該殺項羽，並討論范增離棄項羽時機的問題，凡此皆不依傍史書本事，憑空立論，可說是創生論的作品；〈論武王〉以武王非聖人、〈樂毅論〉認為樂毅未能下齊是因為「欲以仁義服齊」、〈論商鞅〉暗批王安石之新法又斥責司馬遷有二大罪、〈荀卿論〉怪罪荀卿教出李斯以其學亂天下、〈諸葛亮論〉批判他以詐力奪蜀，這些可說是逆轉論的作品。

　　並列上述諸文之後，我們發覺符合論的作品太少，也了無新義；逆轉論的作品推論太過，往往不足為訓；於是東坡討論史事是

44　同註42，頁325-328。

45　謝敏玲：《蘇軾史論散文研究》，第7章第2節、第4節，頁212-214、218-222。

以衍生論與創生論作品為主力。此二者或遵循本事、本意，或不遵循之，然東坡於討論史事時皆延展或重新賦予新義，故不乏佳篇。而創生論的作品，其解釋者如何拿捏分寸，使其不流於太過主觀，是該文能否成功的重要因素。〈論養士〉、〈論項羽范增〉二文縱橫家氣味濃厚，實不如〈省試刑賞忠厚之至論〉雖編造史事，卻仍歸結至忠厚之旨，立意正大，何等氣象！由此可知，東坡討論史事的文章的好壞評價，不在於他是否遵循史書的本事本意，而在於他是否重新創造出合理的文本意義，而這也一如他從讀者轉換至作者的立場一樣，他所建構出來的新的文本意義，才是判斷東坡文章成功與否的標準。

（本文初稿發表於臺灣花蓮，國立東華大學中國語文學系主辦之「第一屆文學傳播與接受國際學術研討會」，後刊登於武漢，武漢大學：《長江學術》2007 年第 1 期。）

曾鞏筆下的女性書寫的追求
——一個來自儒家生命的思索

提　要

　　北宋古文家曾鞏，終身服膺儒家思想，強調仁義道德的發用。他的筆下，如何評述當代女性，這是引人好奇深思的問題。

　　考察曾鞏的古文作品，主要是以墓誌為載體，評述女性的美德。他秉承漢代《禮》學的說法，依循「三從」的觀點，肯定女性盡子道、盡妻道、盡母道，又依循「四德」的觀點，肯定女子在家事方面的操持，這當然是受到儒學思想的演化所形成的社會背景，而有以致之。曾鞏繼承漢儒的解釋，欣賞婦女孝順的行為、恭敬的態度之外，也特別肯定能勤儉持家的女性。雖然說，古代女性的評述大多是男性社會制約下的產物，但是曾鞏記人事時，追求信實而語言繁簡適中；寫悲情時，溫和平正而不激切，有他自己的寫作風格。觀察曾鞏對女性的書寫，一方面能對宋代的儒學教義影響力之大有更深刻地理解，一方面也能看出曾鞏如何將儒家經典的理解落實在現實社會生活中。

關鍵詞：曾鞏，古文，女性，墓誌

一、前言

北宋古文家曾鞏（1019-1083），字子固，建昌軍南豐（今江西省南豐縣）人。生於北宋真宗天禧三年，卒於神宗元豐六年，年六十五。仁宗嘉祐二年（1057 年）進士，其後在朝廷編校書籍九年，外徙七州郡十餘年，官至中書舍人。從思想觀念來說，他一生以儒學為本，所作文章幾乎都是「載道」之作。他的弟弟曾肇（1047-1107）所寫的〈行狀〉云：

> 公生於末俗之中，絕學之後，其於剖析微言，闡明疑義，卓然自得，足以發六藝之縕，正百家之繆，破數千載之惑。其言古今治亂得失是非成敗、人賢不肖，以至彌綸當世之務，斟酌損益，必本於經。……世謂其辭於漢、唐可方司馬遷、韓愈，而要其歸，必止於仁義，言近指遠，雖《詩》、《書》之作者，未能遠過也。[1]

---

[1] 〔宋〕曾肇：〈行狀〉，收入〔宋〕曾鞏著：《元豐類藁》（臺北：國立故宮博物院，1988 年 6 月初版），元朝大德甲辰（1304 年）刊本，第 8 冊，續附南豐先生行狀碑誌哀挽，頁 2-3。此刊本為現存世間最早也最完整的刻本，共計 8 冊，50 卷，外觀尺寸（高、廣）32×21 公分，版框尺寸（高、廣）24×16.5 公分，每頁 10 行，每行 20 字，字跡清楚，保存良好，今藏於臺北：國立故宮博物院，已經影印行世。故下引用曾鞏文章時，皆依據此書，隨文注明卷次、篇名、頁碼，不另列註。此外，有關曾鞏原文，另參考〔宋〕曾鞏著，陳杏珍、晁繼周（1941-）點校：《曾鞏集》（北京：中華書局，1984 年 11 月第 1 版）、曾棗莊（1937-）、劉

　　《宋史》本傳也說他：「為文章，上下馳騁，愈出而愈工，本原六經，斟酌於司馬遷、韓愈，一時工作文詞者，鮮能過也。」[2] 可見他是位儒家思想的實踐者，他的寫作態度是以儒家經籍為歸，強調仁義道德的發用。也或許緣自於此，曾鞏文集中敘事、說理之作較多，而寫景、抒情之作甚少。後人不太看重曾鞏古文的藝術技巧，相關的文學研究論著也不如韓愈（768-824）、歐陽脩（1007-1072）來得多。

　　然而，曾鞏畢竟是北宋著名的古文家之一。從文體觀念來說，他的古文作品，顯然比詩歌韻文更適合用來敘事、說理，很能真實地反映出一個時代的人民生活。曾鞏出身於傳統道德涵養極高的讀書人家庭，他所受的教育，也正足以彰顯出那個時代正統的教育觀念，換言之，自孔子（前551-前479）以來、自漢武帝（劉徹，前156-前87，前140-前87在位）獨尊儒術以來，「仕而優則學，學而優則仕」[3] 的觀念，一直深入人心，延續到歷代的讀書人身上，他們的心靈探索，很能具體地反映出傳統中國的文化現象。劉靜貞（1955-）說：「以宋代而言，目前所能取得的文字資料，絕大多數出自擁有讀寫能力的士大夫之手。他們經儒學教養，藉科舉登仕，一方面秉承了傳統的儒家教義，一方面則試圖將取自經典的理念落實在現實社會

　　琳（1939-）主編：《全宋文》（上海：上海辭書出版社，合肥：安徽教育出版社，2006年8月）二書。

2　〔元〕脫脫（1314-1355）等：《宋史》（臺北：藝文印書館，1988年6月初版），卷319，列傳第78，〈曾鞏傳〉。

3　〔魏〕何晏（195?-249）等注、〔宋〕邢昺（932-1010）疏：《論語注疏》（嘉慶20年江西南昌府學開雕重刊宋本，臺北：藝文印書館，十三經注疏8，1989年1月），卷19，〈子張〉，頁4。

中。」[4]這也說明了在曾鞏當時,男性比女性更容易有接受教育的機會,教育內容主要是儒學教養,男性一旦考取功名,他往後的仕宦過程中自然而然會去試圖落實經典的理念。這引起筆者的好奇:究竟曾鞏接受儒家經典的教育之後,他如何看待當代女性?他以儒學教養為基礎而寫作出來的女性書寫,是否能真實地呈現當代的女性生活?他的古文受到肯定,是否可以從女性書寫中看出一些成功的端倪?以下筆者環繞女性書寫的主題,一一探討之。

二、儒家教養所構成的曾鞏對女性的觀點

曾鞏為人剛毅直方,取舍必度於禮義。進士及第後,於嘉祐三年(1058)出任太平州(今安徽省當塗縣附近)司法參軍。嘉祐五年,因歐陽脩的舉薦,入京充任館閣校勘、集賢校理。八年館職期間,曾鞏從事編校書籍的工作,陸續整理並校勘《梁書》、《陳書》、《南齊書》、《列女傳》、《戰國策》、《說苑》等,寫有「敘錄」。神宗熙寧二年(1069),任《英宗實錄》檢討,不久被外放越州通判,歷任齊州、福州等地知州。元豐四年(1081),再以史學才能被委任史官修撰,判太常寺兼禮儀事。元豐六年去世。總計曾鞏一生長達十年之久任職史官,這對他寫作傳狀、墓誌銘有很大的啟示意義。

曾鞏〈戰國策目錄序〉云:「道者所以立本也」;(《元豐類

4　劉靜貞:〈女無外事?——墓誌碑銘中所見北宋士大夫社會秩序理念〉,原載於《婦女與兩性學刊》第 4 期,1993 年 3 月;後收入宋史座談會:《宋史研究集》第 25 輯(臺北:國立編譯館,1995 年),頁 96。

薫》卷 11，頁 10）〈新序目錄序〉云：「學之有統，道之有歸」，故
罷斥眾說……，（同上，頁 1-2）都是原本經術的論調。漢朝劉向（前
77-前 6）編撰《列女傳》一書，七卷，又續傳一卷，不知誰作，分
〈母儀〉、〈賢明〉、〈仁智〉、〈貞順〉、〈節義〉、〈辨
通〉、〈孽嬖〉七目。曾鞏〈列女傳目錄序〉云：

> 初，漢承秦之敝，風俗已大壞矣。而成帝後宮趙、衛之屬尤
> 自放，向以謂「王政必自內始」，故列古女善惡所以致興亡
> 者以戒天子，此向述作之大意也。其言大任之娠文王也，目
> 不視惡色，耳不聽淫聲，口不出敖言，又以謂古之人胎教者
> 皆如此。夫能正其視、聽、言、動者，此大人之事，而有道
> 之所畏也，顧令天下之女子能之，何其盛也！……古之君
> 子，未嘗不以身化也：故〈家人〉之義，歸於反身；〈二
> 南〉之業，本於文王。夫豈自外哉！世皆知文王之所以興，
> 能得內助，而不知其所以然者，蓋本於文王之躬化，故內則
> 后妃有〈關雎〉之行，外則群臣有〈二南〉之美，與之相
> 成。……此所謂身修，故家國天下治者也。後世自學問之
> 士，多徇於外物而不安其守，其室家既不見可法，故競於邪
> 侈；豈獨無相成之道哉？士之苟於自恕，顧利冒恥而不知反
> 己者，往往以家自累故也。故曰：「身不行道，不行於妻
> 子。」信哉！如此人者，非素處顯也，然去〈二南〉之風，
> 亦已遠矣，況於南鄉天下之主哉！向之所述，勸戒之意，可
> 謂篤矣。（《元豐類薫》卷 11，頁 5-6）

這篇文章中，首先概述《列女傳》的流傳及整理情況，揭明劉向作

　　《列女傳》的本旨是「以謂王政必自內始，故列古女善惡所以致興亡者以戒天子」，然後圍繞著「王政必自內始」這一論題，廣泛徵引經典，展開深入而酣暢的議論。曾鞏先從文王之母說起，她有良好的胎教，以合禮近乎仁的生活方式，育成文王。文王之母品德良好，能以身作則，「令天下女子能之」；也因此文王有良好的品德，躬行教化。接著引用了《周易‧家人》象辭之義：「女正位乎內，男正位乎外。男女正，天地之大義也。」[5]將這些美德歸本於文王身上。於是在文王治理之下，內則后妃有〈關雎〉之行，外則羣臣有〈二南〉之美，與之相輔相成。下文再引述《孟子‧盡心下》「身不行道，不行於妻子」之言，趙岐（約 108-201）注：「身不自履行道德，而欲使人行道德，雖妻子不肯行之。言無所則效，使人不順其道理，不能使妻子順之，而況他人乎？」[6]可見修身齊家而後治國的理想，在文王身上得到實踐。《禮記‧中庸》說：「君子之道，造端乎夫婦，及其至也，察乎天地。」[7]曾鞏認為家有賢母頗為重要，夫婦相成也很重要，而一家之主的男性也應該具備以身作則、導民向善的教化能力，這是曾鞏所嚮往的儒家精神。

5　〔魏〕王弼（226-249）注、〔晉〕韓康伯（?-?）注、〔唐〕孔穎達（574-648）等正義：《周易注疏》（嘉慶 20 年江西南昌府學開雕重刊宋本，臺北：藝文印書館，十三經注疏 1，1989 年 1 月），卷 4，頁 16。

6　〔漢〕趙岐注、〔宋〕孫奭（962-1033）疏：《孟子注疏》（嘉慶 20 年江西南昌府學開雕重刊宋本，臺北：藝文印書館，十三經注疏 8，1989 年 1 月），卷 14 上，頁 6。

7　〔漢〕鄭玄（127-200）注、〔唐〕孔穎達等正義：《禮記注疏》（嘉慶 20 年江西南昌府學開雕重刊宋本，臺北：藝文印書館，十三經注疏 5，1989 年 1 月），卷 52，頁 7。

曾鞏〈福州上執政書〉一文[8]也舉出《詩經》多章的內容，說明居高位者如何拔擢人才、養育人才，其中提及國君的后妃可以扮演賢內助的角色：

> 鞏頓首再拜上書某官：竊以先王之迹去今遠矣。其可概見者，尚存于《詩》。《詩》陳先王養士之法，所以撫循待遇之者，恩意可謂備矣。……及其還也，既休息之，又追念其悄悄之憂，而及於僕夫之瘁。當此之時，后妃之於內助，又知臣下之勤勞，其憂思之深，至于山脊、石砠、僕馬之間。
> （《元豐類藁》卷 16，頁 21）

此處再次印證曾鞏對於儒家以禮樂教化治國的理想，充滿熱切地期盼。國君於臣下出差回來後，使之得以休息，體恤其憂勞，此時后妃也能與國君同一立場，念及他們在國境的各個角落盡忠職守。曾鞏寫這封書信的目的，是因為「鞏年六十，老母年八十有八，老母寓食京師，而鞏守閩越，仲弟守南越。二越者，天下之遠處也。」為此，希望長官施以援手，「使得諧其就養之心，慰其高年之母。」（同上，頁 23）故而文末仍然引《詩經》的篇章作結。由此可見，曾鞏對儒家教義有深厚的欣慕之情。

秉持儒家理想，曾鞏對於古代女性的道德表現常常給與高度地

8　據援鶉堂《南豐年譜》、《三曾年譜》，此文神宗元豐元年（1078 年）作，曾鞏時年 60。另有豫章先賢本《年譜》，說此文神宗熙寧十年丁巳年（1077 年）作。參見包敬第、陳文華注譯：《曾鞏散文選》（香港：三聯書店，1990 年 7 月），頁 6。

肯定。譬如〈南源莊〉一詩說：「介推母厭俗，久思巔崖住不顧。梁鴻妻亦高，能快穿衣與藜茹。」（《元豐類藁》卷1，頁3）這裡所說的是《左傳・僖公二十四年》所載介之推和《後漢書・逸民列傳》所載梁鴻之妻，欣賞她們勤儉持家，不戚戚於貧賤的故事。再如嘉祐四年（1059年）作〈明妃曲〉二首，其中亦有「喧喧雜虜方滿眼，皎皎丹心欲語誰」、「長安美人誇富貴，未央深殿競光陰。豈知泯泯沈煙霧，獨有明妃傳至今」（《元豐類藁》卷4，頁13-14）的句子。這幾句讚賞王昭君忠心愛國的志節，足以流芳千古。這些都符合儒家的教養規範。

三、曾鞏女性書寫的主要載體

曾鞏八歲喪母，父親曾知泰州如皋縣（今江蘇省如皋市），受誣失博士，歸鄉不仕十二年。慶曆七年（1047年）再度前往京師，謀求仕途，而途中病故。當時曾鞏年二十九，只有一人隨侍在側，醫藥喪葬費用全靠友人資助，始得以完事。父亡後六年（皇祐5年，1053年），曾鞏的長兄曾曄又因病去世。曾鞏上奉繼母，下有弟妹十三人皆賴其撫育成人。四個弟弟名：牟、宰、布、肇；另有九個妹妹。家庭重擔全部落在曾鞏的身上，這一時期是曾鞏人生道路上最艱困的時期。曾鞏〈初夏有感〉說到這段痛苦的經歷：「十年萬事常坎壈，奔走未足供藜藿。」（《元豐類藁》卷2，頁6）〈學舍記〉也說：「天傾地壞，殊州獨哭。數千里之遠，抱喪而南，積時之勞，乃畢大事，此予之所遘禍而憂艱也。弟昏妹嫁，四時之祠，與夫屬人、外親之問，王事之輸，此予之所皇皇而不足也。」（《元豐類藁》卷17，頁13）文中所謂屬人、外親之問，分別指的是同

宗親屬和母系、妻系親屬之間的慰勞犒問，王事之輸指的是納稅的事情，可見一家的經濟重擔全在曾鞏一人身上。他在〈南源莊〉一詩也說：「成家僶已嫁諸妹，有立不憂吾弟孺。攘攘天地間，萬類殊好惡。憧憧無一非，睽睽有百牾。吾獨安能逐毛髮，飲泉食力從所慕。」（《元豐類藁》卷 1，頁 3）這又說明了經濟負擔之外，弟弟妹妹們的成家立業，更是他的重責大任。《宋史》本傳說：「鞏性孝友，父亡，奉繼母益至，撫四弟、九妹於委廢單弱之中，宦學昏嫁，一出其力。」[9]說的就是這段經歷。曾鞏的單親家庭生活經驗，讓他對女性的感受尤其深刻。

仁宗天聖四年（1026 年），長妹生。天聖五年，次妹生。慶曆二年（1042 年），八妹德耀生。至和元年（1054 年），妻晁文柔十八歲來歸。嘉祐二年（1057 年），登進士第，是年七月長妹卒。嘉祐四年，次妹卒，撰〈江都縣主簿王君夫人曾氏墓誌〉。（《元豐類藁》卷 46，頁 3）嘉祐五年，第七妹歸王無咎。嘉祐六年九月，八妹德耀卒；十月，長妹葬，撰〈鄆州平陰縣主簿關君妻曾氏墓表〉；（《元豐類藁》卷 46，頁 3-5）十一月，女慶老殤。嘉祐七年三月，夫人晁氏卒，年二十六。繼娶李氏，來歸不知何時。英宗治平二年（1065 年），繼室李氏生女興老。母朱太夫人至京師。治平三年，女興老殤。神宗熙寧二年（1069 年），撰〈永安縣君李氏墓誌銘〉，（《元豐類藁》卷 45，頁 11-12）繼室李氏母；又撰〈壽安縣太君張氏墓誌銘〉，（同上，頁 20-21）元配晁氏之祖母。熙寧七年三

9　同註 2。另可參考張劍（1971-）、呂肖奐（1965-）、周揚波（1976-）：《宋代家族與文學研究》（北京：中國社會科學出版社，2009 年 9 月），第 9 章第 4 節，〈曾氏家族成員的關係及家族意識〉，頁 341-350。

月，九妹德操卒。熙寧十年，曾鞏任洪州刺史之便，始將權厝在外地的二弟宰及亡妻晁氏、八妹德耀暨堂姊、二女等人，歸葬於故鄉「南豐龍池鄉之源頭」（語出〈亡弟湘潭縣主簿子翊墓誌銘〉，《元豐類藁》卷 46，頁 13-14），遂於此年連續寫下〈夫人曾氏墓誌銘〉、〈亡妻宜興縣君文柔晁氏墓誌銘〉、〈曾氏女墓誌銘〉、〈二女墓誌銘〉（以上《元豐類藁》卷 46，頁 9、12-13、14-15、15），時年 59。元豐四年（1081 年）為九妹撰〈仙源縣君曾氏墓誌銘〉，（《元豐類藁》卷 46，頁 15-16）曾鞏時年六十三。

此外，皇祐五年（1053 年）撰〈永安縣君謝氏墓誌銘〉，（《元豐類藁》卷 45，頁 10-11）謝氏為王安石之祖母。嘉祐八年（1063 年），撰〈仁壽縣太君吳氏墓誌銘〉，（同上，頁 5-7）吳氏為王安石之母。英宗治平二年（1065 年），撰〈夫人周氏墓誌銘〉，（同上，頁 9-10）周氏為關景仁妻；又撰〈池州貴池縣主簿沈君夫人元氏墓誌銘〉。（同上，頁 14-15）治平三年，撰〈試祕書省校書郎李君妻太原王氏墓誌銘〉。（同上，頁 13-14）如上所述，曾鞏筆下的女性書寫，以墓誌類作品為主，大都圍繞在自己的妹妹、妻子、女兒、妻族親友，以及至交好友的女性親人。這些篇章大多饒富深情，出自個人生活周遭的經驗而寫。

從文體的角度觀察，宋代詩歌作品較少記敘女性的生活事蹟，錢鍾書（1910-1998）指出：「宋代五七言詩講『性理』或『道學』的多得惹厭，而寫愛情的少得可憐。宋人在戀愛生活裏的悲歡離合不反映在他們的詩裏，而常常出現在他們的詞裏。……據唐、宋兩代的詩詞看來，也許可以說，愛情，尤其是在封建禮教眼開眼閉的監視下那種公然走私的愛情，從古體詩裏差不多全部撤退到近體詩

裏，又從近體詩裏大部分遷移到詞裏。」[10]他的說法，也能適用到曾鞏身上。曾鞏幾乎不寫詞，故而看不到關於戀愛生活的描述。曾鞏不太寫愛情詩，表達愛情的作品以近體詩為主，詩中提及妻子晁氏的有兩首。〈大乘寺〉一詩說：「行春門外是東山，籃輿寧辭數往還。溪上鹿隨人去遠，洞中花照水長閒。樓臺勢出塵埃外，鍾磬聲來縹緲間。自笑麄官偷暇日，暫攜妻子一開顏。」（《元豐類藁》卷 8，頁 6）這首詩描述全家人出遊的過程，歡樂無比。然而，全詩從男主人的視角著筆，妻子只是開顏歡笑，即使寫到女性，也只是附帶提出來的角色，往往只是泛稱，甚至於沒有寫出妻子的姓名！另一首〈郟口〉詩題下自注：「昔與宜興君同過此。」宜興君為元配夫人晁氏的封號，熙寧四年（1071 年）追封，故知此詩為追敘當年與晁氏同遊此地之作。詩云：「我行去此二十年，郟水不改流潺湲。風光滿眼宛如昨，故人乘鸞獨騰騫。今人隨我不知昔，我記昔遊何處言？淚向幽襟落如瀉，況聞江漢斷腸猿。」（《元豐類藁》卷 5，頁 10-11）按：至和元年（1054 年），妻晁文柔十八歲來歸，嘉祐七年（1062 年）去世。詩中言及「我行去此二十年」，故知此詩寫作時間不得早於 1074 年，不得晚於 1082 年，大約在元配妻子去世十多年之後所寫。時日已久，而曾鞏憶及往事情景「宛如昨」，不禁淚溼衣襟。[11]上述二詩，固然是以男性為中心本位的思考模式，但也和詩歌篇幅短小、不太適合敘事的文體特質有關。對曾鞏來

10　錢鍾書：《宋詩選註（增訂本）》（臺北：書林出版公司，1990 年 9月），〈序〉，頁 13。

11　關於曾鞏〈郟口〉詩的討論，感謝日本佛教大學中原健二（1950-）提供他的論文參考。參見中原健二：〈夫と妻のあいだ——宋代文人の場合〉，《中華文人生活》，1994 年 1 月，平凡社，頁 246。

說，詩歌較古文更不適用於敘事與議論。[12]

　　若從古文類型的角度觀察，傳狀、碑銘、墓誌、雜記類的作品，原本就帶有敘事的性質，與其他論辨、序跋、奏議、書牘相較，顯然更適合用來敘寫人物生平事蹟。不過，傳狀多屬史官之事，碑銘多為有事功可書者，雜記則以記事物為主。於曾鞏文集中，寫女性就幾乎集中在墓誌，因為這類文體適合描述墓主的一生。楊果說：「除了極個別的例外，幾乎每方墓誌中都有女性的存在，這就使得墓誌較之于其他文本來說，更有助於閱讀者瞭解女性生活的面相以及撰者心中的女性觀念。」[13]寫墓誌的用意，是後世子孫為了彰顯先人之善，又擔心陵谷變遷而不至於死後無人得知墓主是誰，故將墓誌埋入地下。可惜的是，自唐朝以來，墓誌埋入地下，其文字內容世人往往不知，漸漸地興起「諛墓」之風。不過，宋人墓誌已經公開流傳，[14]曾鞏對於其內容是否真實，有過深刻反

12　〔明〕屠隆（1543-1605）〈文論〉云：「宋人多好以詩議論，夫以詩議論，即奚不為文而為詩哉？……宋人又好用故實組織成詩，……用故實組織成詩，即奚不為文而為詩哉？」參見屠隆：《由拳集》（臺北：偉文圖書出版社，1977 年 9 月），卷 23，頁 1173。由此得知，詩歌與古文的性質不同，再加上傳統詩作以抒情為主，而敘事詩並不發達，敘事作品主要以文為主，故詩歌不如古文適用於敘事與議論。

13　楊果：〈宋人墓誌中的女性形象解讀〉，《東吳歷史學報》第 11 期，2004 年 6 月，頁 244。

14　劉靜貞說：「宋代的墓誌銘文已不只是藏於地下，投於幽冥，而是有相當的機會藉著文集的刊刻、販賣與流布，在現世（甚至未來）社會傳之廣泛、久遠。這使得墓誌撰寫活動與當下社會的互動、關聯愈趨緊密，也使得書寫者在這書寫過程中必須更審慎地處理各種社會牽引力──諸如：如何堅持作者的理念、如何因應社會的期待、如何配合墓主家人親朋的想法。這不但觸發了墓誌書寫如何「真實」的焦慮，帶引出各式各樣的寫作

省，在〈寄歐陽舍人書〉中明白指出：

> 夫銘誌之著于世，義近於史，而亦有與史異者。蓋史之於善
> 惡，無所不書。而銘者，蓋古之人有功德、材行、志義之美
> 者，懼後世之不知，則必銘而見之。或納于廟，或存于墓，
> 一也。苟其人之惡，則於銘乎何有？此其所以與史異
> 也。……及世之衰，為人之子孫者，一欲褒揚其親而不本乎
> 理，故雖惡人，皆務勒銘以誇後世。立言者既莫之拒而不
> 為，又以其子孫之所請也，書其惡焉，則人情之所不得，於
> 是乎銘始不實。後之作銘者，常觀其人，苟託之非人，則書
> 之非公與是，則不足以行世而傳後。（《元豐類藁》卷 16，頁
> 4）

　　於曾鞏的認知，史書和墓誌銘這兩種文體有異有同。史家有褒
善貶惡的職責，故史書必有評論，善惡必書；墓誌銘以敘述為主，
為傳世目的而寫，既然如此，就不是人人皆需要有銘有誌，前提是
死者本人必須有值得書寫的德行。因此，曾鞏所寫的墓誌銘，必然
是墓主生平有值得表彰之處，他的筆下追求信實，而且能流傳後
世。劉靜貞說道：

> 曾鞏之所以討論撰述者的重要性，以及實與不實的問題，原
> 與他請歐陽脩為亡父撰寫碑銘，歐陽脩覆信指出他所提供的

主張，社會情境與價值觀的實況也由此映現。」參見劉靜貞：〈北宋前期
墓誌書寫活動初探〉，《東吳歷史學報》第 11 期，2004 年 6 月，頁 59。

世系資料錯誤有關。因此，他接著強調只有「畜道德而能文章」如歐陽脩者，才足以當其任。（〈寄歐陽舍人書〉，《元豐類藁》卷 16；並〈與曾鞏論氏族書〉，《歐陽文忠公文集》卷 47）曾鞏在此……指出有關誌銘作者道德修養與所銘真實性的問題，的確切中時弊。《雲麓漫鈔》的作者趙彥衛即頗有同感，他也說：「近世行狀、墓志、家傳皆出於門生故吏之手，往往文過其實，人多喜之，率於正史不合。」他還特別舉了陳氏子孫捏造其祖陳堯佐曾經諫阻仁宗立溫成為后的事做例證。（《雲麓漫鈔》卷 8）**15**

由是可知，曾鞏主張傳狀、碑銘、墓誌類的作品須出之以史家敬業的精神，信以傳信，疑以闕疑，寫出實情，這是基本的要求。而曾鞏用心於選擇寫墓誌的作者，不願意「託之非人」，這也是為了寫出公正客觀的事實，「所以使死者無有所憾，生者得致其嚴」，使其「足以行世而傳後」，（〈寄歐陽舍人書〉，《元豐類藁》卷16，頁 4-6）其實這也預示了曾鞏寫此類文章也會有「立言不苟」的態度。

雜記類文章，有一篇〈禿禿記〉，雖以「禿禿」這個小孩子為篇名，然而不是人物傳記，而是一個事件的紀錄，其中涉及一些女性的生活。（《元豐類藁》卷 17，頁 3-4）文中記載地方官吏孫齊熟諳法律，却知法犯法。他先有元配杜氏，又再騙娶了周氏，和周氏生下了禿禿。周氏在不知情的情況下嫁給孫齊，心生不滿而告官，孫

---

15 劉靜貞：〈女無外事？——墓誌碑銘中所見北宋士大夫社會秩序理念〉，頁 98-99。

齊却憑藉送錢財賄賂、走後門的方式，逃過官府的審判。不久之後，孫齊惡行不改，又再娶了陳氏，且疏遠了周氏。接著，帶走了禿禿，偽造文書說周氏只是個傭人。周氏再次告官，在官官相護的情況下敗訴，只得流落街頭，走在路上乞食、訴冤、請願。後來周氏再提出訴訟，孫齊因為風聲吃緊，竟然與陳氏聯手，殺害了禿禿，當時才五歲。孫氏下手不重，「陳氏從旁引兒足，倒持之，抑其首甕水中乃死，禿禿也。」（同上，頁4）可見小妾之間沒有情感，視對方子女如無物。最後曾鞏的友人破獲此案，重新埋葬禿禿。文末曾鞏對孫齊表示不滿，却沒有批判心狠手辣的陳氏，可見寫此文的重點不在於批判女性；在當時以男性為中心的主導社會，最應該負起責任的人仍然是一家之主的男性。這篇文章慶曆三年（1043年）作，曾鞏時年二十五，算是早期的作品。文中的女性角色是互相衝突的，與曾鞏後來主張寫人物傳應當表彰善行的作法又不同，故推測起來，曾鞏只是在記錄一次事件，後來也不太寫這類涉及女性的負面題材，轉而以廳壁建物記、學記為主。《元豐類藁》卷50收錄一些金石錄跋尾的作品，由於事涉古代文物居多，本文也暫不擬列入討論。

　　曾鞏外徙七州之後，直到晚年，才蒙神宗（趙頊，1048-1085，1068-1085在位）召見，留職於京師，拜中書舍人。現存曾鞏制誥類作品209篇，（《元豐類藁》卷20至26）大率此時所作。其中關於女性的制誥有〈左僕射門下侍郎王珪追封三代并妻制〉、〈中大夫尚書左丞蒲宗孟追封三代并進封妻制〉、〈鄧忠臣母周氏封縣太君制〉、〈宗室承操新婦王氏進封夫人制〉、〈皇伯滕王第十六女封縣主制〉（以上參見《元豐類藁》卷21，頁1-3、3-6、7-8、9、11）、〈皇伯宗惠新婦郭氏進封郡夫人制〉、〈雍王顥乳母宋氏贈郡君制〉、

〈封曹諭母制〉（以上參見《元豐類藁》卷 22，頁 3、8、12）等八篇。尋繹這些作品，如〈左僕射門下侍郎王珪追封三代并妻制〉內含〈曾祖母尹氏追封燕國太夫人〉、〈祖母丘氏追封魏國太夫人〉、〈母薛氏追封漢國太夫人〉、〈妻鄭氏追封楚國夫人〉等文，乃因大臣有功於國家，而澤及家室，故稱美這幾位女性「躬蹈純德」、「言為壼彝」、「動靜以禮，協于經言」，（《元豐類藁》卷 21，頁 1-3）以其持家有道，能教導子孫，蔚為國用，而得到敕封。〈中大夫尚書左丞蒲宗孟追封三代并進封妻制〉內含〈曾祖母鮮于氏追封太寧郡太夫人〉、〈祖母陳氏追封蜀郡太夫人〉、〈繼祖母朱氏封閬中郡太夫人〉、〈母陳氏追封潁川郡太夫人〉、〈妻陳氏封河東郡夫人〉等文，內容亦復如此。（《元豐類藁》卷 21，頁 3-6）從曾鞏的制詞看來，往往是從婦人的品德、言語，肯定她的為人。由於這些制誥類的文章，內容相似，篇幅率多短小，屬於官方應用文字，故不列入以下的討論。

四、曾鞏評述女性的寫作方式

曾鞏評述女性的基本立場，是從儒家經典思想出發。其主要方式有二，說明如下：

(一)由「三從」觀念出發

《儀禮·喪服》云：「婦人有三從之義，無專用之道，故未嫁從父，既嫁從夫，夫死從子。故父者子之天也，夫者妻之天也。」[16]

16　〔漢〕鄭玄注、〔唐〕賈公彥（約 7 世紀中葉）疏：《儀禮注疏》（嘉慶

此處的說法，原專就喪服穿著的等級而說，然而後世擴大解釋到生活的各個層面，於是婦女在家中的地位始終受制於男性，至老至終，無法改變。「三從」限制了婦女地位的提升，「無專用之道」限制婦女不得自作主張，凡事不能自以為是。自漢朝以來，歷經儒家後學輾轉相傳的解釋，班昭（49-120）《女誡》[17]、晉代張華（茂先，232-300）〈女史箴〉[18]、唐代宋若莘（?-820）、宋若昭（?-825）姐妹所撰的《女論語》[19]、北宋司馬光（1019-1086）《家範》[20]之類書籍的廣為流傳，到北宋時期已經流傳一千多年，形成一個維護社會秩序的悠久傳統。[21]初步看來，曾鞏秉承儒家教義，無意挑戰此一

---

20 年江西南昌府學開雕重刊宋本，臺北：藝文印書館，十三經注疏 4，1989 年 1 月），卷 30，頁 15。

17 〔漢〕班昭：《女誡》，收錄於〔南朝宋〕范曄（398-445）著，劉昭（約 510 前後）補志，〔唐〕李賢（章懷太子，655-684）注，〔清〕王先謙（1842-1917）集解：《後漢書集解》（臺北：藝文印書館，1956 年），卷 84，頁 994-996。

18 〔晉〕張華：〈女史箴〉，收錄於〔南朝梁〕蕭統（501-531，昭明太子）著，李善（630-689）注：《昭明文選》（臺北：藝文印書館，1976 年 10 月 8 版），卷 56，頁 1-4。

19 〔唐〕宋若莘、宋若昭合著：《女論語》，收錄於〔清〕陳宏謀（1696-1771）著：《五種遺規：教女遺規》（臺北：臺灣中華書局，1962 年 5 月臺一版），第 2 冊，卷上，頁 6-10。

20 〔宋〕司馬光：《家範》（臺北：臺灣商務印書館，景印文淵閣四庫全書本，1983 年 6 月初版），第 696 冊，頁 657-724。

21 劉燕儷說：「由唐代家訓類著書觀察，唐人對於夫妻關係與相處是依循東漢儒家禮教規範的夫妻見解。唐代家訓書接受漢儒以天地陰陽為夫妻關係的宇宙論基礎，經由此一論點而導出夫天妻地、夫陽而尊，妻陰而卑的夫妻上下主從關係。因為夫為妻天，故夫可再娶而妻不能再醮；因為夫為尊長，妻為卑幼，所以妻須敬夫婿等。」由此可知，漢儒的禮教規範限制了

權威說法，於是借用「三從」觀念來表彰女性一生的行為。例如
〈金華縣君曾氏墓誌銘〉說：

> 夫人嫁王氏，為侍御史諱平妻，姓曾氏，泉州晉江人。……
> 未嫁，承順父母，盡子道。既嫁，夫家貧，養姑盡婦道。輔
> 其夫，盡妻道。夫死，寓食於潁，以勤儉積日大其家，以誘
> 教不倦成其子，又可謂盡母道也。
> 於是時，夫人兄魯公公亮實為宰相當國，然夫人處里舍彌
> 約，未嘗以為泰。及其後，回、向、同、周皆蚤世，人以為
> 難處，夫人能自廣以理，未嘗亂其志。教養其孫，至男有
> 立，女有歸。
> 惟夫人為子若婦，若為妻、若母，皆盡其道，於艱阨流寄之
> 中，能立其家，成就其子，所以自處於通塞之際者，無不當
> 於理，是其智術德性過人遠甚，宜得銘。……銘曰：……廼
> 立厥家，自墜而興。廼教厥子，自幼而成。……維德寔孚。
> 尚寵爾後，列銘陰墟。（《元豐類藁》卷45，頁1-2）

此文元豐二年（1079 年）作，曾鞏時年六十一。墓主曾氏為曾公亮
（998-1078）的妹妹、王回（1048-1101）之母。曾公亮於神宗朝與韓琦
（1008-1075）共事，權傾一時，其妹曾氏在「艱阨流寄」的環境
中，栽培四子，蔚為國用，完全不倚賴娘家的權勢，是位了不起的

女性的地位，到了唐代依舊有很大的影響力。推測這股力量，到了北宋時
期仍然發揮了作用。參見劉燕儷：〈唐代家訓中的夫妻關係及其源流〉，
《嘉南學報》第 32 期，2006 年 12 月，頁 617-635。

女性。文中反覆提到她克勤克儉，立家傳世之外，又能扮演好自己在不同年齡階段的角色，未出嫁之前，盡子女之道；既出嫁以後，事奉舅姑，盡媳婦之道；輔助丈夫，盡妻子之道；丈夫去世後，能循循善誘，教導子孫，又是盡母道了。曾鞏對她的讚美，雖然與《儀禮》所說的「三從之義」不是全然相合，但是分階段肯定女性的表現，表彰一位女性能「齊家」而有功於「治國」的事實，其觀點仍然是受到儒家教義的影響而來。又如〈試祕書省校書郎李君妻太原王氏墓誌銘〉一文：

> 為人明識強記，博覽圖籍，子孫受學，皆自為先生。其行仁孝慈恕，始於為女，中於為婦，終於為母，無不盡其道。……銘曰：嗚呼夫人！既有其質，又肆爾力。古有遺辭，固不采獲。克踐以躬，亦異爾息。維癠有銘，尚以載德。（《元豐類藁》卷45，頁14）

再如〈沈氏夫人墓誌銘〉一文：

> 夫人為人柔閒靜專，事父母，盡子道；事姑長興縣太君賈氏，盡婦道；事夫，盡妻道；為母及與內外屬人接，一皆盡其道。故其處也，愛於其家；其嫁也，夫之屬人上下遠近皆愛之；而其歿也，哭之者皆哀。（《元豐類藁》卷 45，頁 19-20）

上述二文，也是肯定墓主一生能盡子道、盡婦道、盡妻道、盡母道，「無不盡其道」。一個「盡」字，說明了女性服從盡責的本

質。或許女性只須在不同階段為不同的家人服務，盡責任處理家中大小事務，而不從事權力地位的爭奪，管家而不當家，[22]就是對夫家最大的幫助了。這在當時，可說是女性完美人格的一生。

又如〈祭亡妻晁氏文〉寫自己的元配妻子，題下小字注：「治平元年五月三十日」，是知作於英宗治平元年（1064 年），妻子去世後二年。通篇讚美妻子「有仁孝之行，勤儉之德」，一生待人處世的美德，尤其表現於「事姑之禮，左右無違」、「訓誨惟謹，日宜幼時」兩方面，故而文本發出感歎：

> 嗚呼哀哉！父失賢女，姑亡孝婦，子喪嚴師，吾虧益友。時歲雖往，悲酸則新。……長號敘哀，寓以斯文。（《元豐類藁》卷 38，頁 5-6）

這篇祭文的寫作時間，比〈亡妻宜興縣君文柔晁氏墓誌銘〉更早，故而對亡妻的嘉言懿行，無所不書，鉅細靡遺；可以與墓誌銘互見。由此觀之，曾鞏評女性的一生，常從她孝順長輩、教導晚輩的態度著眼，符合傳統儒家教育的要求。附帶一提的是，文末「時歲雖往，悲酸則新」的說法，對照前引〈郎口〉一詩，則知曾鞏對亡妻的感情，出自肺腑，並非誇大其詞。

惟不容忽略的是，曾鞏是位能「因時制宜，反對墨守經學成

---

[22] 楊果說明了當時的情形：「實際上，男子在外，家內權力出現父權真空，母親在此種情況下填補真空，雖非全然被動，但她們更像是『管家』而不是『當家』，家庭生活的決定權根本上還是在男性手中。（寡母在家庭中的權力與地位屬於非常態，不可作為母權的代表。）」參見楊果：〈宋人墓誌中的女性形象解讀〉，頁 261。

規」[23]的人。他曾在〈禮閣新儀目錄序〉一文中說道:「古今之變不同,而俗之便習亦異,則法制數度其久而不能無敝者,勢固然也。故為禮者其始莫不宜於當世,而其後多失而難遵,亦其理然也。失則必改制以求其當。……何必一二以追先王之迹哉?其要在於養民之性、防民之欲者,本末先後能合乎先王之意而已,此制作之方也。」(《元豐類藁》卷 11,頁 7-8)據此可知,他認為只須掌握古代禮制的大節,不需要亦步亦趨地跟從古人腳步,故而有關「三從」之說,主要是依循女性的一生,以本末先後的次序完成人格的修養,「合乎先王之意」即可。

(二)由「四德」觀念出發

《周禮‧天官‧九嬪》云:「九嬪掌婦學之灋,以教九御:婦德、婦言、婦容、婦功,各帥其屬,而以時御敘于王所。」[24]《禮記‧昏義》亦云:「古者婦人先嫁三月,祖禰未毀,教于公宮;祖禰既毀,教于宗室。教以婦德、婦言、婦容、婦功。……所以成婦順也。」[25]以上這兩本書,不約而同地表揚女性的四類德行,可見漢代的儒家學者已形成了某種共識。曾鞏承續儒家教義,常循此觀點評述女性。

---

[23] 王水照(1934-):〈曾鞏散文的評價問題〉,收入王水照:《唐宋文學論集》(濟南:齊魯書社,1984 年 7 月),頁 207-228。

[24] 〔漢〕鄭玄注、〔唐〕賈公彥疏:《周禮注疏》(嘉慶 20 年江西南昌府學開雕重刊宋本,臺北:藝文印書館,十三經注疏 3,1989 年 1 月),卷 7,頁 116。

[25] 〔漢〕鄭玄注、〔唐〕孔穎達等正義:《禮記注疏》,卷 61,頁 9。

1.首先從「婦德」的觀點考察

茲先引曾鞏〈仁壽縣太君吳氏墓誌銘〉一文為例：

> 夫人好學強記，老而不倦，其取舍是非，有人所不能及者。
> 然好問自下，於事未嘗有所專也。其平生養舅姑甚孝，蓋侍
> 郎七子，而少（去聲）子五人，吳氏出也。然夫人之愛其長
> 子，甚於少子，曰：「吾愛之甚於吾子，然後家人愛之能不
> 異於吾子也。」故其子孫已壯大，有不知為異母者。居久
> 之，二長子前死，夫人已老矣，每遇其嫠婦異甚，而身為字
> 其孤兒，忘其力之憊也。
> 其處內外親踈之際，一主於恩。有讒訕踞罵己者，數困苦，
> 常置之，不以動聲色，亦未嘗有所含怒於後也。有以窮歸己
> 者急，或分衣食，不為秋毫計惜，以其故至不能自給，然亦
> 未嘗不自若也。其嫁三從之孤女如己女，而待長子之母族如
> 己族，蓋篤行如此，而天性之所有也。
> 其自奉養未嘗擇衣食，其視世俗之好，無足累心者。方其隱
> 約窮匱之時，朝廷嘗選用其子，堅讓至於數十，或謂可強起
> 之，夫人曰：「此非吾所以教子也。」卒不強之。及處顯
> 矣，其子嘗有歸志，而以不足於養為憂。夫人曰：「吾豈不
> 安於命哉？安於命者，非有待於外也。」其子為知制誥，故
> 事，其母得封郡太君，夫人不許言，故卒不及封。此夫人之
> 德見於行事之跡，而余以通家，故熟於耳目者也。（《元豐
> 類藁》卷45，頁5-6）

此文嘉祐八年（1063年）作，曾鞏時年四十五。吳氏為王安石（1021-

1086）的母親，母以子貴，在當時享有盛名，故而這篇墓誌寫得特別長。文章開頭如同一般男性寫女性墓誌的寫作習慣，先簡單交代她的官銜、里籍、姓氏、出身、卒年等，之後即對墓主作出總評，看得出夫人是位明辨是非、不恥下問，又能不嫉妒，而推恩愛之心及於子媳的人。作者據實寫出夫人嫁入王家為第二任妻子，元配已有二子，然而夫人不別親疏，視如己出，且關懷至孫兒、媳婦身上。以具體事實佐證總評所言不虛。第二段寫夫人的道德涵養，遇惡言，能忍耐，不懷恨在心，不計前嫌，且能救助窮苦，願施與援手，推己及人。第三段更從王安石受起用一事，說明夫人不慕榮利，不僅能「處窮」，也能「處顯」，安時以處順，縱心而委命。於是透過本文，能瞭解到王安石少年時期，生活在艱困的環境中；出仕之前，有過堅持推讓的經過；想要辭官退隱時，曾經考慮家庭的用度；為官期間，又幾乎不曾為母親爭取權益；凡此，俱見王安石受到母親良好的教誨，行事了無拘絆或牽掛。末尾曾鞏有點仿效司馬遷（前 145-前 86?）《史記》的寫法，說明與王家往來頻繁之故，得以熟悉往事。曾鞏於仁宗慶曆六年（1046 年）引薦王安石至歐陽脩門下，[26]寫作此文時，曾、王二人大約相識近二十年。

又如〈天長縣君黃氏墓誌銘〉寫到這位寡婦的一生：

> 其子既就學，夫人常夜治絲枲，居其旁以勉之。至其後，其子遂以文學名天下。既而其子不克壽，屯田府君亦卒于官，諸孫皆幼，夫人已老矣。乃棲吳郡，斥賣簪珥，以經理其

26　參見曾棗莊、舒大剛（1959-）著：《北宋文學家年譜》（臺北：文津出版社，1999 年 6 月），〈蘇洵年譜〉，頁 165-166。

家，絲蓄粒聚，至有田以食，有宅以居。平居日夜課諸孫以
學，有不中程，輒扑之。及長，遂多知名，連以進士中其
科。……夫人乃顧諸孫謂曰：「吾始得事祖姑，今得弄曾
孫，遂保有汝家，起于既墜，吾老且死不恨矣！」（《元豐
類藁》卷 45，頁 4-5）

夫人黃氏出身官宦之家，其夫、其子皆有官職，孰料獨子早
逝，遺留孫輩八人、曾孫十二人，家道中落，生活陷入困境。文中
敘及黃氏早年紡紗織麻，親自教導兒子讀書。晚年又在街頭擺攤，
賣髮簪耳環，點點滴滴累積財富，挽救家業於頹敗之中。除了一肩
挑起家庭經濟重擔外，並未忽視孫兒輩的教育，曾經以戒尺體罰，
嚴格督促晚輩，終於使孫輩多人考取功名。臨終前說「保有汝家，
起于既墜」，正是她一生盡責而成功的寫照。

2.其次從「婦言」、「婦容」的觀點考察

儒家思想源遠流長。《論語》曾載孔子曰：「非禮勿視，非禮
勿聽，非禮勿言，非禮勿動」，[27]曾鞏在〈與王深甫書〉反覆討論
這四句話，認為「學者其心篤於仁，其視、聽、言、動由於禮，則
無常產而有常心。」（《元豐類藁》卷 16，頁 15-17）可見他把言行舉
止合於禮，當作儒者的生活準則。推而廣之，在女性身上看到言行
恭敬的表現，也是一種美德。曾鞏〈壽安縣君錢氏墓誌銘〉一文
說：

劉凝之仕既齟齬，退處廬山之陽。初無一畝之宅、一廛之

27　〔魏〕何晏等注、〔宋〕邢昺疏：《論語注疏》，卷 12，〈顏淵〉，頁 1。

田，而凝之囂囂然樂若有餘者。豈獨凝之能以義自勝哉？亦
其妻能安於理，不戚戚於貧賤，有以相之也。……夫人色莊
氣仁，言動不失繩墨，居族人長幼親踈間盡其宜，事夫能成
其忠，教子能成其孝，是皆可傳者也。（《元豐類藁》卷45，
頁2-3）

此文熙寧九年（1076年）作，曾鞏時年五十八。文中提及夫人氣色
端莊仁和，行為舉止有禮法，從外表的容貌、舉止再觀察到她在家
中的實際作為，是位能相夫教子的成功女性，因此曾鞏讚美她的成
就「可傳」於世。曾鞏正是用立言傳世的精神寫墓誌，這點與史家
慎重立言的態度相去不遠。

再看曾鞏〈知處州青田縣朱君夫人戴氏墓誌銘〉一文：

其平居深靜有儀法，不妄笑言，就之色莊而氣仁。居貧，自
薄衣食，而厚於施與。……既老矣，女事不廢，而婦容益
恭，雖少者有不及也。（《元豐類藁》卷46，頁6-7）

此文寫墓主的一生，自幼年寫到老年，形容她的外表是沈靜寡言，
舉止有法度，也用了「色莊而氣仁」這幾個字。下文接著說到戴氏
節儉而又能救助他人，可見容貌與品德相結合才是真正的美德。值
得注意的是，文中提及她「女事不廢」，僅止於家務閫內之事，不
涉及「外事」，[28]家務閫內之事往往須講求對長輩敬禮，因此「婦

28　劉靜貞以北宋墓誌碑銘為史料說：「當我們閱讀這些銘文資料時，卻會發
　　現，在現實生活中應該是際遇各異的婦女們，竟然在士大夫筆下，被刻畫

容益恭」就變得十分重要了。

再看曾鞏為堂姊所寫的〈夫人曾氏墓誌銘〉：

> 夫人，吾從女兄也，姓曾氏。沈靜謹約，不妄笑言，遇人一
> 以恕。於其內外屬之間，孝友慈順，無不當於理，故與之處
> 者皆愛，哭其死者皆哀。嗚呼！為女如是，足以知其賢，又
> 足以知吾之祖考以來教行於其家也。（《元豐類藁》卷 46，頁
> 10）

此文對女性的讚美也是從沈靜寡言、舉止有法度的觀點給予肯定。
雖然是寫自己的親屬，作者知之甚深，但是可記之事不多，語言遂
十分簡明。不同於前幾篇墓誌銘的是，從情感深刻處著筆，「與之

成幾乎一式的『無外事』之人。這當然與歷來『女正位乎內』的單一價值
理念誘導有關：……『婦人無外事』觀念對墓誌銘寫作的第一個影響，是
讓撰述者有『無事可記』之歎。……『婦人無外事』觀念對墓誌銘寫作的
第二個影響是『不記外事』。……就一般情況論，宋人所謂的外事，應是
與家事相對的概念。這也就是王珪所說：『婦人無外事，能勤儉以正家，
柔愛以睦族，固已謂賢。』參見劉靜貞：〈女無外事？——墓誌碑銘中
所見之北宋士大夫社會秩序理念〉，頁 97-108。劉靜貞又說：「……因
為『男子見於外，其善惡功過，可舉而書』，但『婦德主內，自非死節殉
難非常之事，則其幽閒淑女之行，孰得顯然列而詩之以示後？』（歐陽脩
〈萬壽縣君徐氏墓誌銘〉，《歐集》卷 36）宋代士大夫所詮釋的女性生
活特質——『內』、『幽』，一方面使得歐陽脩在為婦女撰寫墓誌銘時面
臨了『無事可記』的困境，另一方面則轉化出『不該』或『不能』讓『外
事』浮出檯面的書寫原則。」參見劉靜貞：〈歐陽脩筆下的宋代女性——
對象、文類與書寫期待〉，《臺大歷史學報》第 32 期，2003 年 12 月，
頁 61。

處者皆愛，哭其死者皆哀」，寥寥二語，已把死者親切待人，深受後人愛戴的情景，表露無遺。文末曾鞏再將堂姊如此完美的表現，歸諸家族教化的流風久遠。這麼一來，不僅表彰了墓主的美德，也光大了先祖，流芳百世。曾鞏念茲在茲的是家族良好門風的流傳，於此可見一斑。

3.其次從「婦功」的觀點考察

曾鞏〈江都縣主簿王君夫人曾氏墓誌〉一文說：

> 孝愛聰明，能讀書，言古今，知婦人法度之事，巧鍼縷刀尺，經手皆絕倫。……曾氏為家婦，而其姑蚤世，獨任家政，能精力，躬勞苦，理細微，隨先後緩急為樽節，各有條序。有事於時節，朝夕共賓祭奉養，撫其門內，皆不失所時，將以恭嚴誠順，能得其屬人。其舅喜曰：「吾不以家為卹矣。」其夫歎曰：「我能一意自肆於官學，不以私累其志，曾氏助我也。」（《元豐類藁》卷46，頁3）

此文的墓主是曾鞏的二妹，嘉祐四年（1059年）五月去世。曾鞏同年作此文，時年四十一。文中言及二妹「孝愛聰明，能讀書，言古今」，在過去「女子無才便是德」的觀念下，不見得會鼓勵女孩讀書，因此許多墓誌不寫這方面的事情，（詳後）而曾鞏對於女子受過教育完全抱持肯定的立場。接著提及二妹守法度，且「巧鍼縷刀尺，經手皆絕倫」，因此在婆婆去世後，以嫡長婦的身分「獨任家政，能精力，躬勞苦，理細微」，可見她受過良好的家庭養成教育。下文分別引述其舅、其夫的話，以見她除了能勤儉克苦之外，還能知禮待人，幫助丈夫，興隆家道。引述他人言語以為佐證，

《史記》以來的傳記類文章多有此種寫法，增加了文章的可信度。何況說話之人尚在世，不至於造假。曾鞏為文，真的能做到信實可徵了。

再如〈鄆州平陰縣主簿關君妻曾氏墓表〉一文：

> 始吾妹為兒時，育於祖夫人，已不好戲弄。及長，喜讀書。於女工之事，不教而自能。為人進退容止皆有法度，人罕見其喜慍之色，內外屬皆嚴重之。性儉素，於紛華盛麗之際無所好。其在父母及夫之家，或蔬食不給，處之晏然。其推之於人，雖資身之物，不為秋毫顧惜計也。其治女事尤勤，雖勞不厭。治家人之業，雖煩細皆有條理。（《元豐類藁》卷46，頁4）

此文的墓主是曾鞏的長妹，嘉祐二年（1057年）五月去世，曾鞏時年三十九。遲至嘉祐七年始遷葬墓地，撰此文，曾鞏時年四十四。文中言及長妹「於女工之事，不教而自能」，雖有誇大之嫌，然而當作一種修飾語，正足以說明其妹有這方面的天分。長妹也是位能讀書，守禮義，勤勞節儉，樂於助人的人。末尾說她能治女事、治家人之業，是位稱職能幹的女性。

曾鞏還有一篇寫八妹的〈曾氏女墓誌銘〉，（《元豐類藁》卷46，詳見第五節之三）也表彰了她擅長女工之事。由於他與親妹妹共同生活過一段時間，對於她們的早年生活知之甚詳，故而描述她們的美德懿行，真實而可信。

4.最後就「婦教」的觀點考察

英宗治平二年（1065年），曾鞏撰〈夫人周氏墓誌銘〉寫到這

位女性：

> 夫人諱琬，字東玉，姓周氏，父兄皆舉明經。夫人獨喜圖史，好為文章，日夜不倦，如學士大夫，從其舅邢起學為詩。既嫁，無舅姑，順夫慈子，嚴饋祀，諧屬人，行其素學，皆應儀矩。有詩七百篇，其文靜而正，柔而不屈，約於言而謹於禮者也。昔先王之教，非獨行於士大夫也，蓋亦有婦教焉。故女子必有師傳，言動必以禮，養其德必以樂，歌其行，勸其志，與夫使之可以託微而見意，必以詩。此非學不能，故教成於內外，而其俗易美，其治易洽也。茲道廢，若夫人之學出於天性，而言行不失法度，是可賢也已。其夫來乞銘，予與之親且舊，故為之序而銘之。……銘曰：女有圖史，傳於師氏。其勸以樂，其康以禮。能此非他，繇學而已。王政之興，蓋自此始。今孰登茲？維周之媛。學繇自好，終之不倦。言循于矩，行循于典。尚配古人，輝光日遠。（《元豐類藳》卷45，頁9-10）

此文肯定了女子的才學，而且認為學詩、寫詩，以之修身、齊家、治國，皆有可為。文中提及「先王之教，亦有婦教焉」，此與前引曾鞏〈列女傳目錄序〉云周文王之母有「胎教」的說法相契合（詳見第二節），蓋皆言明婦道有助於國家教化之功。這在當代是不尋常的現象。劉靜貞說：

> 由於誌銘的撰述對象，多半是出身於士大夫家庭，或是因子孫進學成為士大夫家庭的婦女，因此她們之中頗有曾習

《詩》、《書》者。不過就當時整個社會而言,這恐怕不是普遍的現象。蘇軾就未曾預期他的第一任妻子王氏能「知書」。同時,能文善書,評古論今,就當時所謂的女德而言,也還是負面意義居多。王旦的女兒與李昉的五世孫女都曾習《詩》、《書》,但是她們後來都以此非婦事,非女子所當為,而終身不再為之。惟或許因為誌銘的撰述者本身都是知書能文的士大夫,對於女子之有才學者生惺惺之感;也或許是因為社會上有學有識的女性就比例而言實在太少,故其事雖非女子所當為,仍特予誌記。通常撰述者在行文上多採取就此印證墓主個人才性修養及能力確有不凡的寫法;然後再就其如何藉之相夫教子作進一步的發揮。**29**

可見宋代女性受教育的機會不多,受教育的女性也未必能被社會所認同,即使少數士大夫能認同這些女性並將之寫入墓誌,也都僅止於「家事」而已;曾鞏雖然也是在寫「家事」,但是他更拉高層級到治國教化上,所謂「王政之興,蓋自此始」,這可能與他家族的女性——譬如他的妹妹們,都已經接受儒學教育有關。他認同女性接受教育的程度,遠高於一般士大夫之上。

---

29 劉靜貞:〈女無外事?——墓誌碑銘中所見之北宋士大夫社會秩序理念〉,頁 110。劉靜貞另一文也說:「關於宋人對女子才學的態度,基本上並不一致。固然有部分墓誌銘中寫入女性知書能文的事蹟,但也有銘文記載女性墓主以習《詩》、《書》非婦事,非女子所當為,而終身不再為之。如王旦之女(987-1041)、李昉五世孫女(1074-1093)皆屬後者。」參見劉靜貞:〈歐陽脩筆下的宋代女性——對象、文類與書寫期待〉,頁 64。

　　以上數篇文章，看出曾鞏讚美女性的角度有其一致性，深受儒家教義而來。他強調女子的美德，在家及出嫁後的懿德，以及婦德、婦言、婦容、婦功、婦教各方面，隨處被提起。除前所述之外，〈池州貴池縣主簿沈君夫人元氏墓誌銘〉寫到墓主「在家宜之」，在夫家能盡孝、教養諸子，（《元豐類藁》卷 45，頁 14-15）〈永安縣君謝氏墓誌銘〉也寫到王安石之祖母謝氏的婦容、及婦言與行為。（同上，頁 10-11）〈仙源縣君曾氏墓誌銘〉寫九妹「動止以儀度。平居溫溫，一言笑不妄也。」（《元豐類藁》卷 46，頁 15-16）這雖然是當代男性主導力量下，形成了一種制約的規範，[30]但是曾鞏秉承儒家教義之餘，與他人的作法仍然微有些不同。譬如他喜歡沈靜寡言，舉止從容合度，知書達禮的女性，更不吝指出女子受教育之後對家業的貢獻等等。

---

[30]　法國學者 Simone de Beauvoir（西蒙‧波娃，1908-1986）說：「一個人之為女人，與其說是『天生』的，不如說是『形成』的。沒有任何生理上，心理上，或經濟上的定命，能決斷女人在社會中的地位；而是人類文化之整體，產生出這居間於男性與無性中的所謂的『女性』。」參見氏著：《第二性》（歐陽子譯，臺北：志文出版社，1996 年 10 月再版），第 1卷：形成期，〈童年〉，頁 6。這種女性主義的說法，顯然適用於宋代學者，楊果說：「宋代……墓誌的撰述主體是男性，儘管撰述者的視角有一些個體差異，但從總體上看，抹殺女性主體性的男性中心視角主導著墓誌文本的建構，女性的人生被男性視角所解構、過濾、重組，女性成為男權中心社會傳宗接代、出人頭地、齊家治國的欲望對象。與此同時，女性群體遵循男權社會所倡導的女性模式，進一步強化了以男權為中心的女性價值觀。宋人墓誌體現著男權中心主義對於女性的文本統治。」參見楊果：〈宋人墓誌中的女性形象解讀〉，頁 243。

五、曾鞏女性書寫的特色

曾鞏將儒家經典的理解落實在現實社會生活中，所寫出來的內容看似平凡無奇。然則，曾鞏古文何以能受到肯定呢？筆者以為，曾鞏並無貶低或框架女性的「顯性意圖」，他是在北宋的時代環境背景下，寫出了「實存的宋代女性」，並且從史家撰述文本的精神出發，試圖彰顯女性的價值。他書寫女性的成績很值得注意，分述如下：

(一)求信實，以立言傳世的精神寫墓誌

曾鞏主要以墓誌為載體，書寫女性的一生。一般寫法是，簡略地交代女性的身分、里籍、官銜，以及依時間順序敘述女性在家、出嫁、子嗣、追封等事宜，視功業多少而增減其文章之長短。有時曾鞏會交代寫作墓誌的緣由，通常是因為男性家屬的請託；有時又寫些能光大家族的內容，這是因為相信文章能傳世的緣故；有時直接保留墓主及其家屬的話語，用以增加文本的可信度；有時經由子孫的成就，證明女性家庭教育的成功，也化解了自古以來婦女無事功可記的困窘情況。曾鞏寫作墓誌的背後，顯然有他講求史傳敘事文字必須「信實」的用心，追求「道德傳世」的目的，這在許多篇文章中看得出來。

明代徐師曾（1517-1580）《文體明辨》說到「墓誌銘」這種文體：「按誌者，記也；銘者，名也。古之人有德善功烈可名於世，歿則後人為之鑄器以銘，而俾傳於無窮。……迨夫末流，乃有假手文士，以謂可以信今傳後，而潤飾太過者，亦往往有之，則其文雖

同,而意斯異矣。然使正人秉筆,必不肯徇人以情也。」[31]這段文字簡直是前引曾鞏〈寄歐陽舍人書〉(詳見第三節)的翻版。換言之,儘管曾鞏的墓誌銘有意識地表彰女性善行,但是他有濃厚的史學觀念,不輕易為人寫傳記,也從不諛墓。他考量到不同文體的功能,雜記、制誥類文中的女性書寫不多,也不如墓誌銘中的女性較為可信。楊果指出:「宋人墓誌的總傾向是理想多於現實。」因此,「宋代墓誌中的女性形象被簡單地定義為孝女、順婦、貞妻、慈母,形成某種固定的模式,與其在實際生活中的複雜、多樣性並不完全相符。」[32]但是從曾鞏效法史家筆法、力求真實而能傳世的角度來說,他所寫的墓誌銘——以及墓誌銘中的女性生活,(詳見第四節)無疑地還是具有很高的可信度。

(二)塑造人物形象,不描摹外貌而重實事

　　一般說來,宋人寫墓誌只寫其神態,不會細膩刻畫女性,故而婦女的容顏美色究竟如何,實不得而知。[33]曾鞏筆下的女性,其容貌美艷與否,其舉手投足之間的身體姿態如何,從未出現於文墨之中;後世只能從「色莊氣仁」之類的詞語,揣摩女性的神情而已。然而須注意的是,曾鞏在輕描淡寫「婦容」的同時,往往又帶出「女事不廢」之類具有事功的詞語,而且他肯定女性的事功不僅僅限於「家事」,還包括推廣教化、子孫恩澤化及於民的「外事」

31　〔明〕徐師曾:《文體明辨序說》(臺北:泰順書局,1973 年 9 月),〈墓誌銘〉,頁 148。

32　楊果:〈宋人墓誌中的女性形象解讀〉,頁 255、243。

33　楊果說:「宋人墓誌不寫容顏美色,也與宋代古文運動、刷新文風,崇尚樸實、恥於奢華有關。」同前註,頁 249。

——國家社會之事。（詳見第四節之二）這已經和北宋某些士大夫有了不同的思考。

細察曾鞏塑造女性的人物形象時，較常使用的方式有：以節儉樸素、善於處窮，能救助窮苦、慷慨施與，受人愛戴，不嫉妒、能忍耐等方面，肯定有婦德的表現。以言語得當，色莊氣仁，沈靜謹約，不妄笑言等方面，肯定有婦言、婦容的表現。以善待下屬，能做女工之事，能復興家業，甚至於幫助丈夫安邦定國等方面，肯定有婦功的表現。以能讀書，照顧子孫輩教育等方面，肯定有婦教的表現。（詳見第四節之二）

曾鞏之為人具有儒者情懷，一方面自我期許，另一方面也看重婦德。他欣賞沈靜寡言、持家有道的女性，肯定女性能讀《詩》、《書》，受過教育，對於女性一生的評述，從盡子道、盡妻道、盡母道、盡婦道依照人生階段說明清楚，簡直就是漢代《禮》學「三從」說重現；對於女性品德的要求，包括孝順舅姑、勤儉有禮等，又與漢代《禮》學「四德」說若合符節。不過，曾鞏承繼傳統思想之外，也有個人獨特的見解。譬如「三從」不必是死守古書的解釋，而是人生階段的思考；「四德」都與儒家道德觀念結合，故而講求婦人的容貌、舉止，從不描摹女性花容月色的美貌；又由於「四德」內具於心，外發則為「婦教」，影響至國家社會，因此他重視女性能培育人才、推廣教化的事功。（詳見第四節之二）他不太強調「婦容」，反而將「婦功」擴大延伸到「婦教」的內容，拉高女性的懿德到達有利於齊家、治國的程度，提高了當代女性的價值地位。由是觀之，曾鞏調整修正了傳統古書的某些說法，加入了自己欣賞的元素，他寫女性的特質，既承繼「三從四德」而又有所創新。雖然他的價值觀與當時士大夫微有些不同，但是他所提出來的

一些新穎的詮釋角度，豐富了當代女性的形象特徵。

(三)記人事，簡明扼要，又能繁簡適中

曾鞏〈曾氏女墓誌銘〉一文說：

> 先君太常博士贈尚書都官員外郎曾公之第八女，諱德耀，字
> 淑明。生而慧淑，於女工不學而能，於孝愛天成也。生二十
> 歲，許嫁大理寺丞王幾，行有日矣。嘉祐六年九月戊寅以疾
> 卒于京師，熙寧十年三月壬申葬南豐之源頭，其兄鞏為銘
> 曰：孰訛爾質，而伐其成。尚千萬年，爾室之寧。（《元豐
> 類藁》卷46，頁14-15）

這位墓主是曾鞏的八妹，嘉祐六年（1061 年）九月去世，曾鞏時年
四十三。熙寧十年（1077 年），曾鞏才撰寫這篇墓誌銘，時年五十
九。全文很簡短，僅 109 字，乃因八妹生於慶曆二年（1042 年），
得年二十，尚未出嫁即謝世，幾乎無功德可述。曾鞏追憶她幼年的
聰慧，讚許她「於女工不學而能，於孝愛天成也」。短短數言，勾
勒出完美的形象。文末寫了四句銘語，前二句感傷八妹的良質美
材，後二句期盼她死後得以安息。有感傷，有期盼，字裡行間，充
滿了兄長的愛護之情。

再者，熙寧十年曾鞏寫〈二女墓誌銘〉，也因為長女慶老三歲
辭世、次女興老二歲辭世，墓主實無事蹟可述，故而文中只是追敘
當年的情景：「余窮居京師，……不得視其疾、臨其死也。二女生
而值余之窮多故，其不幸又夭以死，所謂命非邪？」（《元豐類藁》
卷 46，頁 15）秉持追求信實的寫作原則，語言十分簡明扼要，情感

寫得很平和，點到為止。

有些文章，曾鞏寫得較長。譬如寫〈亡妻宜興縣君文柔晁氏墓誌銘〉一文，夫人卒年二十六，曾鞏時年四十四，鰈鶼情深，感傷在心。由於亡妻英年早逝，可寫之事不多，故除了敘其美德之外，再加入子嗣的現況，以及亡妻的曾祖、祖、考的官職，光大其門楣，力求其詳。（《元豐類藁》卷 46，頁 12-13）後來寫長妹〈鄆州平陰縣主簿關君妻曾氏墓表〉，從小時候「喜讀書」寫起，文章長且有感情，乃因為兄妹二人相差七歲，從小生活在一起；長妹三十一歲去世，其前半生曾鞏知之甚深。（同上，頁 3-5）又如寫王安石的母親〈仁壽縣太君吳氏墓誌銘〉（詳見第四節之二）、曾公亮的妹妹〈金華縣君曾氏墓誌銘〉（詳見第四節之一），語言也十分詳盡。因為她們出自名門，墓主所維繫的家風，能為國家培植人才，與當時的政壇有密切關聯。

(四)敘悲情，溫和平正而不激切

曾鞏的性情謹慎和平，文章自然而然地趨於溫醇莊重、雍容平易一途。譬如〈江都縣主簿王君夫人曾氏墓誌〉一文：

> 將葬江都，告其兄鞏，使誌其墓。天乎！吾哭伯姊始逾朞，又哭吾妹而誌之，其可哀也已！其可哀也已！（《元豐類藁》卷 46，頁 3）

這篇文章寫二妹，最悲痛的話就在文末這一段。曾鞏悲慟親人接連去世，疊用「其可哀也已！其可哀也已！」書寫內心之悲苦。類似的句子曾經在孔子見冉伯牛時曾經說過：「亡之，命矣乎？斯人也

而有斯疾也！斯人也而有斯疾也！」[34]孔子為顏淵之死也說道：
「噫！天喪予！天喪予！」[35]非如此疊用二句，不足以盡傷痛之
情。

又如曾鞏〈亡妻宜興縣君文柔晁氏墓誌銘〉：

> 蓋天畀之德而夭其年，遺以相余而奪之蚤。余不知其所以，
> 而又不自知其哭之之慟也！文柔以嘉祐七年三月甲子卒于京
> 師，年二十有六，余時校史館書。熙寧四年，追封宜興縣
> 君；十年二月庚申，葬于建昌軍南豐縣龍池鄉之源頭，余時
> 為洪州。文柔有子……（《元豐類藁》卷46，頁12-13）

此為文章的中段部分。前文寫亡妻「仁孝慈恕，人有所不能及」，
而以「……其概可見者如此」作收束。此處是由敘事轉入抒情，怪
罪上天賜給她美德却不賜給她長壽，因此有「余不知其所以，而又
不自知其哭之之慟也」的句子出現。然而，抒情句子甚短，不是呼
天搶地的寫法，而是平和冷靜的思考；接著又是敘事，寫妻子逝於
嘉祐七年（1062 年），遲至熙寧十年（1077 年）才安葬，敘寫死後追
封之事，以及子嗣等人的情況，後面敘事文字又多了起來。由此可
見，曾鞏擅長敘事，前後兩段文字都很長；而不擅長處情，對亡妻
的深情竟然只用幾句話含蓄平靜地帶過。曾鞏文章讀來平實雅正，
但是缺少熾熱激切的情感，殆與其個人性情有密切的關聯。

又如曾鞏〈仙源縣君曾氏墓誌銘〉：

34　〔魏〕何晏等注、〔宋〕邢昺疏：《論語注疏》，卷6，〈雍也〉，頁4。
35　同前註，卷11，〈先進〉，頁3。

　　吾妹十人，其一蚤夭。吾既孤而貧，有妹九人皆未嫁，大懼
　　失其時，又懼不得其所歸。賴先人遺休，嫁之皆以時，所嫁
　　之者皆良士，謂宜皆壽而昌，以延光榮于父母家也。而十餘
　　年間，死者四人，先人之盛德也，吾妹之懿也，曾不章顯於
　　世而夭，吾故不知夫哭之之慟也！（《元豐類藁》卷46，頁15-
　　16）

　　熙寧七年（1074年）三月，妹德操卒，曾鞏時年五十六。元豐
四年（1081年）葬於揚州江都縣東興鄉，曾鞏作此文，時年六十
三。文中先敘述家人相繼去世的悲痛，而後出現了「吾故不知夫哭
之之慟也」的句子，前引哭悼亡妻晁氏時也寫過相同的文句，可見
曾鞏表達最為傷心難過的心情不過如此，亦即出之以平和的語氣，
用「不知」的否定語詞表達自己的反省思考，而不是痛不欲生的激
切悲號。這類語氣之所以頻繁出現，雖然有可能是因為死者去世多
年之故，感情已經沈澱下來；但更主要的原因是因為曾鞏個性沈潛
篤實，生命底層的修養表現。

六、結語

　　以上僅就曾鞏重要的女性書寫作品逐一討論。可以補充說明的
是，歷來無數的婦女墓誌都在表揚女性孝友持家的美德，幾乎都寫
成女性的典範，然而絕少如曾鞏很明白地從「三從」、「四德」的
觀點出發，大力宣揚女性的美德。只須檢閱韓愈、歐陽脩、蘇軾
（1036-1101）等人的文集，略作比較，即可得知曾鞏比起他們，是
位更能深刻服膺儒家教養的學者，完全能出之以儒家的生命型態思

索人生的價值。

　　楊果曾經根據「三十多種宋人文集、二百多篇女性墓誌中描寫女子性情舉止的常用字作過初步統計，出現頻率最高的是八個字，可分為四組，依次為：德、賢；柔、順；淑、靜；敏、慧。」而曾鞏常用前六個字，較少使用「敏、慧」二字。[36]這個現象一則說明了儒家對女性的標準有其一致性，由於宋代學術風氣傾向儒家思想的影響，因此宋人所稱讚女性的字眼大同小異；再則說明了曾鞏有他自己的詮釋觀點，他常用「德、賢、柔、順、靜」，罕用「敏、慧」，正與他喜歡「沈靜謹約，不妄笑言」的立場相符。曾鞏秉持儒家《禮》學精神的教化，看重婦德，但又對這些源自古代《禮》學精神的詞語涵義，有所調整。曾鞏對應於當代社會風氣而提出來新的思考，有與眾不同的獨創性，這是曾鞏筆下的女性書寫值得關注的地方。

　　（本文初稿發表於 2014 年 5 月日本京都大學主辦之「第 1 屆宋代文學研究會」，後刊登於臺北，國立臺灣師範大學：《師大學報‧語言與文學類》，第 59 卷第 1 期，2014 年 3 月。）

---

[36]　參見楊果：〈宋人墓誌中的女性形象解讀〉，頁 250。

辛稼軒「以文爲詞」的現象及
其在文學發展史上的意義

提　要

　　學者談論辛稼軒「以文為詞」時，實際上涉及描述、評價、規範三個層次的文體學意義。本文主要依據《稼軒長短句》及南宋以來詩文評材料進行探討。除了文本的詮釋分析，也需要將稼軒詞放入文學史長流中，觀察其對後世的影響和學習情形，換言之，稼軒詞可供學習的典範意味何在？稼軒「以文為詞」有何重要的文學史意義？這是本文所欲處理的問題。

　　研究結果得知，辛稼軒能引用古文的語句、善用古書的故實，甚至於不避方言、俗語填詞，還能用賦體的直接陳述方式、結構安排方式寫詞，這些寫作技巧運用得宜，數量也多，被後人統稱之為「以文為詞」。其次，稼軒的「以文為詞」淵源自東坡的「以詩為詞」，二者皆開拓了詞的寫作題材，豐富了詞的語言形象，走出婉約派的拘限，演變成無事不可書的境地。稼軒遭逢詞壇發展較好的語境，加之以個人生命歷程所帶來的志意與理念的深摯過人，於是傾力作詞，帶動一股英雄豪氣的詞風。稼軒詞的特色來自稼軒胸襟、稼軒處境，「以文為詞」造成詞的內容意境與寫作藝術都有值

得學習的地方，受到後人的歡迎，並未受到太多的質疑。

關鍵詞：辛棄疾，稼軒詞，以文為詞

一、前言

　　有關宋代文學作品的寫作特色的討論，常常離不開為「本色」、「辨體」的相關命題。每一個文類，都有它的本來面目，即是依其功能、性質而應有的標準藝術形象，此即所謂「本色」。當重視「本色」的文學批評者，提出反對悖離本色、或是移轉文類功能而加在另一文類之上時，「辨體」的討論於是產生。「辨體論」往往先從描述的工作做起，說明客觀的創作事實，而後給予評價。一旦討論出屬於較為正面的評價，就又涉及了文體批評的規範意義。易言之，當我們從辨體論的角度考察文學寫作現象時，經常離不開創作現象上的「描述義」，實際批評上的「評價義」，理論批評上的「規範義」。[1]

　　上述描述、評價、規範的「辨體論」三個層次的研究意義，並非截然畫分，還互相糾結在一起，開展出這三層意義在文學史上的討論。這是因為，學者進行「辨體」工作時，雖然是在陳述兩種以上文類之間的差別，同時也是以文類的分判為依據而建構批評的準則。曹丕（187-226）《典論·論文》的四體八科之說：「奏議宜雅，書論宜理，銘誄尚實，詩賦欲麗」，[2]不正是兼有描述義與規範義？當它具有規範義時，又可以據此評論作品是否被學習、形成

1　顏崑陽（1948-）：〈論宋代「以詩為詞」現象及其在中國文學史論上的意義〉，《東華人文學報》第 2 期，2000 年 7 月，頁 34-35、37-57。

2　〔南朝梁〕蕭統（501-531）撰、〔唐〕李善（?-689）注：《文選》（臺北：藝文印書館，1976 年 10 月 8 版），卷 52，頁 734。

典範，這時評價義就會在文學史洪流中隨地而出，為之滔滔不絕。

　　因此，本文擬以辛棄疾（稼軒，幼安，1140-1207）「以文為詞」的現象為討論命題，除了涉及作者對於文、詞的「本色」的認知，作者如何「以文為詞」？究竟「以文為詞」的含義為何？稼軒「以文為詞」包括哪些具體作法？這些是描述義方面的問題。稼軒的豪氣詞是「長短句之詩」，是否具備了某些值得給予肯定的藝術成就的特質？然則，稼軒的「以文為詞」應該如何評價？這些是評價義方面的問題。另外也涉及「以詩為詞」和「以文為詞」有無關聯？蘇軾（東坡，子瞻，1037-1101）、辛棄疾同被稱為「豪放派」詞人，在文體上「縱的繼承」的過程中，有無異同？「以文為詞」對當代及後世的文壇影響力如何？「以文為詞」是否容易學習？這些是規範義方面的問題。

　　稼軒詞多達六百餘首，為現存兩宋詞人中作品數量最多的一位，佳作亦復不少。本文僅就其「以文為詞」的相關問題進行討論，重點放在文學史的傳承演變之中加以考察。

二、「以文為詞」的指涉意義

　　辛棄疾「以文為詞」的現象，在詞語字句間顯而易見；南宋陳模（子宏，?-?）《懷古錄》卷中指出：「乃是把古文手段寓之於詞。」[3]這涉及文體論的意義，也涉及文體名稱由此特質跨渡到彼

---

[3]　參見鄧廣銘（1907-1998）箋注：《稼軒詞編年箋注（增訂本）》（上海：上海古籍出版社，1993 年 10 月），附錄 2〈舊本稼軒詞集序跋文〉，頁 599。以下引用稼軒詞都依據此書，簡稱《稼軒詞》，隨文注明

特質的創作論的意義。陳模沒有對「古文」與「詞」的文體概念作很清楚深入的辨析，可以想見這裡所寓藏的文體概念，應該是一般讀者的認知。那意謂著，「古文」非韻文，散行單句行文，以說理、敘事為主；「詞」屬韻文，有詞牌，有格律限制，用來抒情為主。

　　「以文為詞」由「以文為詩」和「以詩為詞」演化而來。我們先討論「以文為詩」的「文」。北宋陳師道（1053-1102）《後山詩話》說：「退之以文為詩，子瞻以詩為詞，如教坊雷大使之舞，雖極天下之工，要非本色。」[4]比辛棄疾稍晚的批評家嚴羽（1198-1241）《滄浪詩話・詩辨》也說：「詩者，吟詠情性也。盛唐諸人惟在興趣，羚羊掛角，無跡可求。……近代諸公乃作奇特解會，遂以文字為詩，以才學為詩，以議論為詩。夫豈不工？終非古人之詩也。蓋於一唱三歎之音，有所歉焉。」[5]此處討論重點在於北宋人喜歡韓愈（退之，768-824）「以文為詩」的作法，其中關於「文」的含義是相當廣的，主要表現在變換調整文字的手法，包括運用險韻、奇字、古句、方言、俚語的寫作技巧；也表現在學問思想的流露，包括運用經史子集古書的內容、典故，發揮議論，這些都能達到很好的藝術效果。程千帆（1913-2000）指出：所謂「以文為詩」，與「以文字為詩」有別，蓋指以古文之章法句法為詩，以議

卷次、詞牌名、頁碼，不另列註。

4　參見〔清〕何文煥（1770 前後）編：《歷代詩話》（臺北：木鐸出版社，1982 年 2 月初版），上冊，頁 309。

5　〔宋〕嚴羽著、郭紹虞（1893-1984）校釋：《滄浪詩話校釋》（臺北：里仁書局，1987 年 4 月），〈詩辨・五〉，頁 26。

論入詩，化複句為單句、以語尾虛字入詩等特色。[6]羅聯添（1927-2015）也歸納北宋以後「以文為詩」的定義有四種：變句脈，以賦為詩，以古文章法、古文手筆（或筆力）作詩，以議論作詩。[7]程、羅二人都認同用古文的章法寫詩、用議論的方式寫詩、改變句式的方法寫詩，都是「以文為詩」；至於用語尾虛字入詩、「以賦為詩」也可以視為「以文為詩」，後者是由晁以道（說之，1059-1129）、沈德潛（1673-1769）、趙翼（1727-1814）、方東樹（1772-1851）提出，「取漢賦鋪敘而無含蓄的方法作詩」。學者將賦體納入「文」的寫作方式之一，肇因於唐宋古文運動興盛以後，賦的寫法已經溶入古文寫法之中，這是值得注意的事實。由上可知，當我們說到文體的變位轉換時，既是讀者讀作品的感覺，也是作者有意為之的作法。

　　至於「詞」的概念，我們可以從「以詩為詞」的「詞」進行一般性的理解。雖說詩、詞同屬韻文體製，但是王國維（1877-1927）《人間詞話》已經說過：「詞之為體，要眇宜修」、「詩之境闊，詞之言長」。[8]繆鉞（1904-1995）在其〈論詞〉一文中也說：「詩顯而詞隱，詩直而詞婉，詩有時質言而詞更多比興。」又說：「詩尚能敷暢而詞尤貴蘊藉。」[9]莫礪鋒（1949-）也曾經論及蘇軾詞的題材

6　程千帆：〈韓愈以文為詩說〉，張伯偉（1959-）編：《程千帆詩論選集》（太原：山西人民出版社，1990 年 11 月），頁 205-230。

7　羅聯添：〈論韓愈古文幾個問題〉，《漢學研究》第 9 卷第 2 期，1991 年 12 月，頁 288-289。

8　王國維著，滕咸惠校注：《人間詞話新注》（臺北：里仁書局，1994 年 11 月初版），上卷，第 43 則，頁 65。

9　繆鉞：《詩詞散論》（臺北：開明書店，1953 年 11 月），頁 4-5。

範圍比詩狹隘，蘇詞風格比蘇詩更傾向於柔美和婉。**10**這些觀點，表明了詞比詩在語言上更為精緻、綿長，更多比興，在情感上更為含蓄、委婉，亦即世人所熟知的「以婉約為大宗」。另外值得注意的是，詞起源自里巷歌謠的音樂文學，一開始就以旖旎柔媚擅場，詞的分片、音韻、格律也和近體詩不同。

　　以上就詩、詞二大文類對舉而說，屬於文體觀念的討論；但是稼軒「以文為詞」，意謂從文體特質跨度到創作寫法，因此同屬詞的作品，他的詞風也與其他各家有顯著的不同。陳模《懷古錄》曾說稼軒〈賀新郎〉（綠樹聽啼鴂）一詞，全與太白（李白，701-762）〈擬恨賦〉手段相似。〈沁園春〉（將止酒，戒酒杯使勿近）一詞，又如東方朔（前 154-前 93）〈答賓戲〉、揚雄（前 53-18）〈解嘲〉等作，「乃是把古文手段寓之於詞。」於是稼軒詞風與眾人有顯著的不同，他說：

> 近時作詞者只說周美成、姜堯章等，而以稼軒詞為豪邁，非詞家本色。潘紫巖枋云：「東坡為詞詩，稼軒為詞論。」此說固當。……回視稼軒所作，豈非萬古一清風也哉？或曰：「美成、堯章，以其曉音律，自能撰詞調，故人尤服之。」**11**

這裡指出，南宋詞家喜好以周邦彥（美成，1057-1121）、姜夔（堯章，

10　莫礪鋒：〈從蘇詩蘇詞異同看蘇軾「以詩為詞」〉，《中國文化研究》2002 年，夏之卷。

11　〔明〕楊慎（1488-1559）《詞品》卷 4「評稼軒詞」引，又見於鄧廣銘箋注：《稼軒詞編年箋注（增訂本）》，附錄 2〈舊本稼軒詞集序跋文〉，頁 599。

1163-1203）為主要學習對象，因為他們通曉音律，能譜曲、撰詞；相對來說，蘇軾「以詩為詞」、辛棄疾「以論為詞」——以古文議論的作法寫詞，比較不重視體製，這只能視作主流之外的一股清風。學者大多認同，從蘇東坡的「以詩為詞」到辛稼軒的「以文為詞」是創作手法的開拓，開拓了詞的寫作藝術境界。陳模和潘牥（?-?）或許不是知名的文學批評家，但是他們的說法，合乎一般中國文學史家的共識。明代毛晉（1598-1659）〈跋稼軒詞〉說：「宋人以東坡為詞詩，稼軒為詞論，善評也。」[12]

　　顏崑陽在討論過東坡「以詩為詞」的論題時指出：從實際批評的「評價義」來看，持「辨體」觀念者，對「以詩為詞」之作，往往從「文體評價」上給予負面批判，如陳師道《後山詩話》、李清照（易安，1084-1155?）〈詞論〉皆是。而相對的，若持「反辨體」觀念者，則對「以詩為詞」之作，往往超越文體之區別，而從「藝術評價」上給予正面之肯定，如王若虛（1174-1243）《滹南詩話》、王灼（?-?）《碧雞漫志》皆是。[13]這個分析觀點，同樣適用於關乎辛棄疾的文學實際批評之討論，前引陳模《懷古錄》已認定稼軒「以論為詞」非詞家本色，這是從「文體評價」上給予負面批判；但是他又說「稼軒所作，豈非萬古一清風哉？」這是從「藝術評價」上給予正面之肯定。二者批評路徑不同，呈現出對稼軒詞不同解讀的兩個面向。

12　引自辛更儒（1944-）編：《辛棄疾資料彙編》（北京：中華書局，2005年10月），頁215。

13　同註1，頁42-46。

三、稼軒「以文為詞」的描述與規範

　　辛稼軒是以「文」的特質運用至「詞」的體製，以至於擴大或改變了詞體原有特質的一種寫作藝術的表現。首先，顯而易見的，他常以古文句法入詞，這引起了眾人的注意。例如：

> 凡我同盟鷗鷺，今日既盟之後，來往莫相猜。白鶴在何處，嘗試與偕來。（《稼軒詞》卷 2，〈水調歌頭〉（帶湖吾甚愛），頁 115）

> 甚矣吾衰矣。……不恨古人吾不見，恨古人不見吾狂耳。知我者，二三子。（《稼軒詞》卷 4，〈賀新郎〉（甚矣吾衰矣），頁 515）

> 賢愚相去，算其間能幾？差以毫釐繆千里。細思量義利，舜跖之分，蹻蹻者，等是雞鳴而起。　味甘終易壞，歲晚還知，君子之交淡如水。（《稼軒詞》卷 5，〈洞仙歌〉（賢愚相去），頁 560）

> 且題醉墨，似蘭亭列敍時人。後之覽者，又將有感斯文。（《稼軒詞》卷 4，〈新荷葉〉（曲水流觴），頁 434）

> 亭上秋風，記去年嫋嫋，曾到吾廬。山河舉目雖異，風景非殊。功成者去，……（《稼軒詞》卷 6，〈漢宮春〉（亭上秋風），頁 542）

　　第一例類似春秋戰國時期的盟約之詞的語氣，學自《左傳》、《史記》，南宋陳鵠（?-?）《耆舊續聞》卷五說：「余謂近日辛幼安作長短句，有用經語者。〈水調歌〉云：『凡我同盟鷗鷺，今日既盟之後，來往莫相猜。』亦為新奇。」[14]第二例取自《論語》、第三例取自《論語》和《孟子》、第四例取自王羲之（303-361）〈蘭亭集敘〉、第五例來自《世說新語·言語》，有時直接引用原文，有時稍作改易，但是都符合詞的音律。上述諸例，或是完全襲用古書的辭句，或是模擬古書的風格，都是「語典」的使用。使用古書的語言，甚至於不避免使用古文虛字，往往句式完全散文化，有一瀉直下的氣勢，也可以有感傷、期盼的語氣在其中，造成「詞」的語言多元創新的效果。

　　辛棄疾之引用古文，還善用古書的故實。這可以稱之為「事典」。有時借用、套用、化用前人詩句或句意，有時將某個典故提煉成一堆語詞用在句中，這在唐五代詞中罕見，但是從蘇軾「以詩為詞」之後，便大量出現。[15]葉嘉瑩（1924-）說：「辛詞既能用古又能用俗，在詞史上可以說是語彙最為豐富的一位作者，而尤以其用古方面最為值得注意。因為詞之興起既本是源於里巷之俗曲，所以五代、宋初之詞原來極少使用古典者，及至詩人蘇軾與賦家周邦彥在詞壇上相繼出現，始稍稍在詞中使用古典，但周氏之使用古典多只限於以唐人之詩句為主，蘇氏之用典亦遠不及辛氏之多而且

14　同註12，頁111。

15　王文龍（?-）：〈論蘇軾的以學問為詞〉提及蘇軾之前的詞作極少用典，蘇軾用典範圍之廣，使用頻率之高，在詞史上是空前的。蘇軾還有隱括前人作品，以及和韻、集句、回文的手法，造成以學問為詞的創作現象。該文參見《樂山師範學院學報》第20卷第4期，2005年4月。

廣。」[16]由此可知，辛稼軒在用典方面的成績一是數量多，二是取材範圍廣，不再限於詩句而已。譬如〈踏莎行〉（賦稼軒，集經句）：

> 進退存亡，行藏用舍。小人請學樊須稼。衡門之下可棲遲，日之夕矣牛羊下。　去衛靈公，遭桓司馬。東西南北之人也。長沮桀溺耦而耕，丘何為是栖栖者。（《稼軒詞》卷2，頁119）

這闋詞鄧廣銘疑作於宋孝宗淳熙九年（1182），當是稼軒隱居帶湖之初所作，時年四十三歲。詞題註明「集經句」，可見是有意為之；他明顯採用了《論語》書的文意，道出隱居不仕者的心聲，且不辭納入「矣」、「也」等虛詞，很典型化的使用了「古文」字法入「詞」。稼軒詞的特色之一，在於大量使事用典，有時一首詞中連用數典，隨手援引古書，左右逢源，組成一群具有特定意義的文字符號，表達自己的內心價值觀以及情感機制。

又如〈水龍吟〉（甲辰歲壽韓南澗尚書）：

> 渡江天馬南來，幾人真是經綸手？長安父老，新亭風景，可憐依舊。夷甫諸人，神州沉陸，幾曾回首！算平戎萬里，功

16　葉嘉瑩：〈論辛棄疾詞〉，收入氏著：《唐宋詞名家論集》（臺北：國文天地雜誌社，1987年11月初版），頁365。另可參考李定廣（?-）、陳學祖（?-）：〈試論「稼軒式用典」的美學意蘊〉，《江淮論壇》2003年第2期。

名本是，真儒事，君知否？　　況有文章山斗，對桐陰、滿
庭清晝。當年墮地，而今試看：風雲犇走。綠野風煙，平泉
草木，東山歌酒。待他年整頓，乾坤事了，為先生壽。
（《稼軒詞》卷 2，頁 145）

　　詞題中的韓南澗（元吉，1118-1187），是稼軒的詩友。詞中一連
用了晉元帝、桓溫、周顗、王衍、韓愈、裴度、李德裕、謝安等人
的故實，借以集中地表達一種思想，渲染一種氣氛，鑄造一種意
境。雖然用典過多過僻，會遭致「掉書袋」之譏，[17]但從整體來
看，稼軒能活用許多典故，生動貼切，含蘊深厚，道出自身的家國
關懷，耐人尋索。[18]

---

[17] 〔宋〕劉克莊（後村，1187-1269）〈跋劉叔安感秋八詞〉：「余嘗評
之，者卿有教坊丁大使意態，美成頗偷古句，溫、李諸人，困於摶擪。近
歲放翁、稼軒，一掃纖豔，不事斧鑿，高則高矣，但時時掉書袋，要是一
癖。」出自《後村先生大全集》卷 40，引自辛更儒編：《辛棄疾資料彙
編》，同註 12，頁 102。類似的意見有岳珂〈稼軒論詞〉：「辛稼軒守南
徐，已多病謝客。……特好歌〈賀新郎〉一詞，自誦其警句曰：『我見
青山多嫵媚，料青山見我應如是。』又曰：『不恨古人吾不見，恨古人、
不見吾狂耳！』……。遍問客，必使摘其疵，遜謝不可。……余曰：『前
篇豪視一世，獨首尾二腔，警語差相似；新作微覺用事多耳。』於是大
喜，酌酒而謂坐中曰：『夫君寔中予痼。』」出自《桯史》卷 3，引自辛
更儒編：《辛棄疾資料彙編》，頁 98-99。

[18] 胡適（1891-1962）：〈辛棄疾小傳〉說：「「古來批評他的詞的，或說
他愛掉書袋，或說他的音節不很和諧，這都不是確論。他的長詞確有許多
用典之處，但他那濃厚的情感和奔放的才氣，往往使人不覺得他在裏掉
袋。試看吳文英、周密諸人，一掉書袋，便被書袋壓死在底下，這是何等
明顯的教訓！真有內容的文學，真有人格的詩人，我們不妨給他們幾分寬

又如〈沁園春〉（靈山齊菴賦，時築偃湖未成）：

疊嶂西馳，萬馬回旋，眾山欲東。正驚湍直下，跳珠倒濺；
小橋橫截，缺月初弓。老合投閒，天教多事，檢校長身十萬
松。吾廬小，在龍蛇影外，風雨聲中。　　爭先見面重重。
看爽氣、朝來三數峰。似謝家子弟，衣冠磊落；相如庭戶，
車騎雍容。我覺其間，雄深雅健，如對文章太史公。新堤
路，問偃湖何日，煙水濛濛？（《稼軒詞》卷4，頁376）

這闋詞是辛棄疾回想當年戰場，如在眼前，於是有「檢校」松樹，
將青山比附成謝家子弟、相如車騎、太史公書的句子。這裡依序用
了《世說新語·簡傲》、《晉書·謝玄傳》、《史記·司馬相如列
傳》、劉禹錫（772-842）〈唐故柳州刺史柳君集紀〉引述韓愈語，
但又轉換原本文義用來說明眼前青山的形象，陳模《懷古錄》因此
說道：「說松而及謝家子弟、相如車騎、太史公文章，自非脫落故
常者未易闖其堂奧。」[19]葉嘉瑩對此詞也作過深入的剖析，她認為
下片這幾句「全寫作者眼前當面所見之群山，而辛氏乃完全不從山
之實象著筆，却用了一聯串得之於古典中抽象的概念，於是遂把自
己平日讀書所得的學養襟抱，一併都投入了對山的描述之中，因此
遂使得既無知覺又無感情的山，也竟然有了人的品格和修養，而產
生了一種強大的感發的力量，這自然更是辛詞在形象之描述中的另

假。」參見氏著：《詞選》（臺北：臺灣商務印書館，1975 年 5 月臺三
版），人人文庫特 97 冊，第五編，頁 217。

19　同註 3，頁 599。

一點值得注意的特色。」[20]這是「將具體之形象擬比為一種抽象之概念」的寫法，正如王國維《人間詞話》所說：「以我觀物，物皆著我之色彩。」[21]整闋詞因脫化古書詞語，而有古文氣味，雖然不是詞家本色，却有著相當豪邁的藝術效果。類似的例子還有，譬如辛稼軒寫棋聲如突破重圍：「小窗人靜，棋聲似解重圍」（《稼軒詞》卷 1，〈新荷葉〉（春色如愁），頁 31）；寫牡丹花則如吳宮訓練女兵：「對花何似，似吳宮初教，翠圍紅陣」（《稼軒詞》卷 2，〈念奴嬌〉（對花何似），頁 182）；寫青山「青山欲共高人語，聯翩萬馬來無數」（《稼軒詞》卷 1，〈菩薩蠻〉（青山欲共高人語），頁 32）；寫潮水「望飛來、半空鷗鷺，須與動地鼙鼓。截江組練驅山去，鏖戰未收貔虎」（《稼軒詞》卷 1，〈摸魚兒〉（望飛來半空鷗鷺），頁 39）等，無不生動突兀，波瀾壯闊，為前代詞人所罕見，這實與他遠大的政治抱負和飽經風霜的戰鬥經歷有關。王兆鵬（1959-）說：「稼軒詞所創造的戰爭和軍事活動的意象，又使詞的意象群出現了一次大的轉換。」[22]這應該來自於稼軒特殊的生活經驗，絕非單純的文字技巧而已，對於豪放詞風的促成大有助力。

　　清代吳衡照（?-?）《蓮子居詩話》說：「辛稼軒別開天地，橫絕古今。《論》、《孟》、《詩》小序、《左氏春秋》、《南華》、〈離騷〉、《史》、《漢》、《世說》、《選》學、李杜

20　同註 16，頁 375。

21　同註 8，上卷，第 33 則，頁 58。

22　袁行霈（1936-）主編：《中國文學史》（臺北：五南圖書公司，2003 年 1 月初版），下冊，第五編第 9 章第 3 節，〈辛詞的藝術成就〉，頁 188-192。

詩，拉雜運用，彌見其筆力之峭。」[23]劉熙載（1813-1881）《藝概》也說：「稼軒詞龍騰虎擲，任古書中理語、瘦語，一經運用，便得風流，天姿是何夐異！」[24]陳廷焯（1853-1892）《詞壇叢話》也說：「稼軒詞非不運典，然運典雖多，而其氣不掩，非放翁所及。」[25]這顯示稼軒有豐富的學問涵養之外，更具備運典的筆力，筆力健峭、有文氣，這才是「以文為詞」的可貴之處。

又如〈永遇樂〉（京口北固亭懷古）：

> 千古江山，英雄無覓，孫仲謀處。舞榭歌臺，風流總被，雨打風吹去。斜陽草樹，尋常巷陌，人道寄奴曾住。想當年：金戈鐵馬，氣吞萬里如虎。
>
> 元嘉草草，封狼居胥，贏得倉皇北顧。四十三年，望中猶記，烽火揚州路。可堪回首，佛貍祠下，一片神鴉社鼓。憑誰問：廉頗老矣，尚能飯否？（《稼軒詞》卷5，頁553）

這闋詞作於宋寧宗開禧元年（1205），稼軒時年 66 歲。登京口（今江蘇鎮江）北固亭，可以遠望揚州，正是 43 年前稼軒率兵渡江處。京口英雄，孫權之後當推宋武帝劉裕，故前半片專寫二人，正面倡導北伐之議，聲情激越。而南宋此時，韓侂冑當國，力主北伐，却用人失當，面臨失敗危機。稼軒可能對大事不濟已有預感，故下半

23　參見唐圭璋（1901-1990）輯：《詞話叢編》（臺北：廣文書局，1980 年9 月），第 4 冊，頁 2359-2360。

24　〔清〕劉熙載：《藝概》（臺北：廣文書局，1969 年 4 月），卷 4，〈詞曲概〉，頁 3。

25　同註 23，第 6 冊，頁 3975。

片用反面典故，寫宋文帝、後魏太武帝的故事，以歷史經驗對照現實敵況，寫出自己對國事的憂慮。書寫至此，心情一度低盪。然而「稼軒非反對北伐者，特主慎重從事，備而後動耳；故末二句仍有據鞍顧盼，以示可用之意，其所謂烈士暮年，壯心未已乎？」[26]葉嘉瑩說：「辛氏之詞在表面看來，其內容雖有寫壯懷之詞、寫閒居之詞、寫農村之詞、寫嘲諷之詞，種種性質不同的作品，但究其實，辛氏之關懷國計民生一心想要恢復中原的志意與理念，則一直是其貫穿萬殊之中的一本，不過寫之於詞的面目不同，其曲折隱顯的層次變化也各有不同。」[27]末二句借廉頗自喻，正是回到一生心志的表現。

「以文為詞」的「文」，不只是指古文的語句、古書的故實而已。如前所述，稼軒詞有取材自《論語》、《孟子》、《左傳》、《史記》、《世說新語》……者，這些書常記錄當時的口語、俗語，許多古代生動活潑的語彙得以流傳後世，成為當代通行的語言。譬如稼軒〈賀新郎〉（甚矣吾衰矣）句尾的「知我者，二三子」，可能是來自《左傳‧僖公二十四年》「主晉祀者，非君而誰？天實置之。而二三子以為己力，不亦誣乎？」而不是來自《論語‧述而》的「二三子以我為隱乎？吾無隱乎爾。」因為前者指二

---

26 鄭騫（1906-1991）編註：《詞選》（臺北：中國文化大學出版部，1982年2月），頁122-123。

27 同註16，頁374。另有陳學祖：〈主體品性的定格和物化──論稼軒詞美與用典〉一文，也認為稼軒詞中大量的典故意象所含人物的崇高美和儒雅瀟灑之美是稼軒主體品性美的反映，但這只是表象，「志士失職而志不平」和杜鵑啼血似的慷慨悲壯，才是稼軒典故意象蘊含的內美本質。該文參見《新疆大學學報》2002年第4期。

三知己而言，與稼軒詞指稱「山水」的詞意暗合；後者係指諸弟子
而言，與稼軒詞意不符。無論如何，「二三子」應該是歷代流傳的
口語，稼軒是用古語，也是在用今語。

　　用今語的著名例子，還有稼軒〈沁園春〉（盃汝來前）、〈醜奴兒〉
（少年不識愁滋味）以及〈西江月：遣興〉，後者寫道：「醉裏且貪
歡笑，要愁那得工夫？近來始覺古人書，信著全無是處。　　昨夜
松邊醉倒，問松『我醉何如』？只疑松動要來扶，以手推松曰
『去』！」（《稼軒詞》卷 4，頁 444）整闋詞以很生動的口語，帶出
一個晚上的生活情形，句中自問自答，醉態畢露。稼軒善用通俗、
樸素的口語，大量提煉民間口語入詞。譬如「歎人生、不如意事，
十常八九」（《稼軒詞》卷 4，〈賀新郎〉（肘後俄生柳），頁 447）；「些
底事，誤人哪。不成真箇不思家」（《稼軒詞》卷 1，〈鷓鴣天〉（困不
成眠奈夜何），頁 102）；又常用方言土語和兒化名詞，如「箇中不許
兒童會」（《稼軒詞》卷 4，〈鷓鴣天〉（髮底青青無限春），頁 417）；
「驟雨一霎兒價」（《稼軒詞》卷 2，〈醜奴兒近〉（千峯雲起），頁 171）
等。這些來自民間語言的使用，打破了詞的界限，增強了詞的生動
性、通俗性，也給詞帶來了新鮮活潑的生動氣息。[28]

　　更明顯的例證乃如葉嘉瑩之說：「辛詞中每好以『老子』自
稱，則原來亦為山東之俗語，而此種自稱之辭自亦原非詞中傳統之
所有。蓋詞在初起本為不具個性之艷歌，故甚少自稱之辭，其有之

---

[28] 李家欣（?-）：〈論辛棄疾「以文為詞」的得失〉一文也指出：「辛詞廣
　　泛運用歷史語彙和民間語彙入詞，把這些風格上存在著明顯差異的材料，
　　熔鑄成一種別具特色的辛棄疾式語言，從而豐富了宋詞的語言風格。」該
　　文參見《武漢教育學院學報》1987 年第 3 期。

者，則多為以女子口吻自稱……。至蘇軾『曲子中縛不住者』始有以『老夫』自稱之語，辛棄疾之自稱為『老子』，蓋亦曾受有蘇軾之影響，只是蘇軾之自稱『老夫』，不過僅表現了一份疏放而已，至辛氏之自稱『老子』，則似乎更多了一份以鄉音自慨的失志之悲。」[29]這種以鄉音口吻傳達出來的詞彙，早已越過「詞」的本色的藩籬，而是另一種寫作技巧。夏敬觀（1875-1953）〈跋毛鈔本稼軒詞〉說：「稼軒詞往往以鄉音叶韻，全集中不勝枚舉」，且已經舉例佐證。[30]在稼軒之前，少有人從事口語化的寫詞手法，就作品數量多且順暢佳妙而言，實無出其右者。

前引葉嘉瑩說，提到稼軒詞「萬殊一本」。所謂的「本」，指的是稼軒滿腔熱血，終身不渝的復國情操，這類心聲，大都以直陳其事的賦體寫出來。稼軒有時直接標示某一闋詞使用賦體，如〈木蘭花慢〉（可憐今夕月）的小序：「中秋飲酒，將旦，客謂前人詩詞有賦待月、無送月者，因用〈天問〉體賦」（《稼軒詞》卷4，頁408），通篇設問，一問到底，且打破上片和下片的界限，頗具創新意味。又如〈水調歌頭〉（長恨復長恨）這闋詞，借用《史記・留侯世家》「為我楚舞，吾為若楚歌」寫故人離別，大量採用《楚辭》文句，幾乎字字有來歷。（《稼軒詞》卷3，頁317）又如〈賀新郎〉（鳳尾龍香撥）的詞題：「賦琵琶」，上片全用典故，總結以王昭君的怨：「絃解語，恨難說。」下片以彈奏者的表情和內心世界，穿於歷史與音樂之中，見出感歎。這是善用典故的賦體。（《稼軒詞》卷2，頁137）此外，更直接學習賦的寫法，在於結構的

29　同註16，頁375。
30　同註3，頁580-581。

安排。陳模《懷古錄》曾經具體的分析稼軒詞，說：

> 稼軒……晚年詞筆尤好。嘗作〈賀新郎〉云：「綠樹聽啼
> 鴃，更那堪、杜鵑聲住，鷓鴣聲切？啼到春歸無尋處，苦恨
> 芳菲都歇。算未抵、人間離別：馬上琵琶關塞黑，更長門翠
> 輦辭金闕。看燕燕，送歸妾。　　　將軍百戰身名裂。向河梁
> 回頭萬里，故人長絕。易水蕭蕭西風冷，滿座衣冠似雪。正
> 壯士、悲歌未徹。啼鳥還知如此恨，料不啼清淚空啼血。誰
> 伴我，醉明月？」此詞盡集許多怨事，全與太白〈擬恨賦〉
> 手段相似。又，止酒賦〈沁園春〉云：「杯汝來前，老子今
> 朝，點檢形骸。甚長年抱渴，咽如焦釜；於今喜眩，氣似奔
> 雷。漫說劉伶，古今達者，醉後何妨死便埋？渾如此，歎汝
> 於知己，真少恩哉。　　　更憑歌舞為媒。算合作、平生鴆毒
> 猜。況怨無小大，生於所愛；物無美惡，過則為災。與汝成
> 言：『勿留亟去，吾力猶能肆汝杯。』杯再拜，道『麾之則
> 去，招則須來。』」此又如〈賓戲〉、〈解嘲〉等作，乃是
> 把古文手段寓之於詞。[31]

這裡引述稼軒兩首詞，都是辭賦體的作法，也都是稼軒「以文為
詞」的範例。〈賀新郎〉這闋詞，寫王昭君、寫李陵、寫荊軻，結
合許多故實事例，均屬恨事，風格極似江淹（444-505）〈恨賦〉、
〈別賦〉，也可以說是學自李白。（《稼軒詞》卷 4，頁 526-527）〈沁
園春〉這一闋詞，先用對話的形式，與酒杯對話，表達戒酒的強烈

---

[31]　同註 3，頁 599。

動機。文中敘述飲酒的害處，感歎自作自受的無奈心情，最後很慎重其事的要求酒杯離去，沒想到換來的是酒杯的短暫妥協。（《稼軒詞》卷 4，頁 386）這裡蘊含著豐富的哲理智慧，帶出諧謔氣氛的幽默感，口語化生動有趣的文字，餘味無窮。設為一問一答的作法，的確與枚乘（?-前 140）〈七發〉、東方朔〈答賓戲〉、〈非有先生論〉、揚雄〈解嘲〉的漢賦作法相似，後來韓愈〈進學解〉、〈送窮文〉也是一脈相承之作，說它「乃是把古文手段寓之於詞」，一點也不為過。也有學者指出：稼軒詞常常在「起調造思，以一問一答為最基本的特徵。」[32]到了南宋，長調慢詞已經流行甚久，連續提問、一問一問一答的寫法紛紛競陳，賦體寫法也因之更為活絡。

　　於此須岔開一路來說。以賦體手法寫詞，並非始於辛稼軒，蓋自蘇軾「以詩為詞」以來，一洗五代以來之艷詞的綺羅香澤之態，詞已從伶工之詞、井水處歌詞而變為士大夫傾力抒寫自身情感的文學體裁。周邦彥善解音律，重視鍛字鍊句的工夫，他的〈瑞龍吟〉（章臺路）、〈蘭陵王〉（柳陰直）、〈六醜〉（正單衣試酒）等，都能蓄勢用典，以景物的鋪陳，帶出離別的意緒，歷代詞評家目之為北宋集大成的作家。葉嘉瑩說：「……周之以賦筆為詞，一變五代以來諸作者之但重直感的敘寫，而將著重勾勒的思索安排的手法帶入了詞的寫作之中，於是遂為南宋後來之姜夔、吳文英（1200-1260）、王沂孫（1248-1321?）、張炎（1248-1320）諸作者開啟了無數法門。」[33]可見周邦彥的成就，有多處正是來自賦體用典、鋪寫、鉤勒的手法。「以賦體為詞」未必會走上豪放派一途，如同顏崑陽

32　竇玉璽（?-）：〈論辛詞起句的造思〉，《古典文學知識》1999 年第 2 期。
33　同註 16，頁 360。

說「以詩為詞」並不必然導致「豪放」之體。[34]詞的「詩化」、「賦化」，都是創作方式的開展，是一種創作詞的態度、方式，並非構成個人作品的藝術形象的充要因素。

上述討論稼軒「以文為詞」的作法十分多樣化，這是詞體寫作藝術發展的正常現象。江河不廢細流，只要有利於詞體的開創與變換的手法，都會被大作家所吸納。譬如稼軒能「以賦體為詞」，並不會因此排斥「比興」寫法，以〈摸魚兒〉（更能消幾番風雨）（《稼軒詞》卷 1，頁 66）這闋詞為例，羅大經（1196-1252）《鶴林玉露》已經評這闋詞道：「詞意殊怨，『斜陽』、『煙柳』之句，其與『未須愁日暮，天際乍輕陰』者異矣。使在漢、唐時，甯不賈種豆、種桃之禍哉！愚聞壽皇（孝宗）見此詞，頗不悅；然終不加罪，可謂至德也已。」[35]程千帆、吳新雷（1933-）《兩宋文學史》也對此闋詞分析道：「詞中對春光零落的惋惜，也就是對國事衰微的惋惜；對陳皇后失寵於漢武帝的慨歎，也就是對英雄見棄於朝廷的慨歎。通過惜春、失寵這兩種互不相同但却可以類比的情事，作者將憂國深衷和投閑孤憤都表現了出來。……〈摸魚兒〉是辛詞中可以肯定為具有深長的言外之意的名作。」[36]因為時代環境的緣故，南宋詞

---

[34]　同註1，頁 39-40。

[35]　〔宋〕羅大經：《鶴林玉露》（北京：中華書局，1997 年 12 月），甲編，卷 1，〈辛幼安詞〉，頁 12。

[36]　參見程千帆、吳新雷：《兩宋文學史》（上海：上海古籍出版社，1991 年 2 月），第 8 章第 2 節，〈辛詞的獨創性〉，頁 366-367。該書對《鶴林玉露》所載故事也作了補充說明：「按：『未須』二句，程頤和司馬光等襖飲詩，阮閱《詩話總龜後集》卷 37 引《龜山語錄》謂其溫厚，『聞者自然感動。』」

較唐五代、北宋詞寄托更多，也更深婉，譬如〈蝶戀花〉（誰向椒盤簪綵勝）、〈漢宮春〉（春已歸來）等，也都有比興寫法。[37]

綜上可知，辛棄疾不僅引用或改創古書所出現過的故實，也從中揀擇想要使用的語言，甚至於提煉口語、俗語，大力突破古文、詩、詞、賦體不同樣式的語言界限，全面性開創詞的寫作藝術。清代陳廷焯《白雨齋詞話》卷七說：「辛稼軒詞，運用唐人詩句，如淮陰將兵，不以數限，可謂神勇。」[38]這雖然只舉出唐詩為例，說得不夠全面，但是也已經準確地指出辛氏融鑄書面語言的能力。

四、東坡「以詩為詞」與稼軒「以文為詞」

從前述「辨體」的觀點觀之，東坡「以詩為詞」與稼軒「以文為詞」都不是詞的本色，而是求新求變的一種文學手法，就這個意義講，「以詩為詞」與「以文為詞」之間有文學史上的傳承發展關係。

蘇軾在世時，曾經將韓愈〈聽穎師彈琴〉簡括成〈水調歌頭〉；又取歐陽脩（1007-1072）〈醉翁亭記〉山水之樂的意境，配合沈遵（?-?）的琴音，而有〈醉翁操〉，稼軒仿作此詞，同樣有《楚辭》古意。東坡又取用陶潛（淵明，365-427）〈歸去來辭〉文詞，「稍加櫽括，使就聲律」，而有〈哨徧〉之作，稼軒因為也喜歡陶、蘇二人之故，仿效繼作多首，也都是「以文為詞」手法的運用。如〈哨徧〉（秋水觀）：

37　同註 26，頁 124。

38　同註 23，第 6 冊，頁 3981。

蝸角鬪爭，左觸右蠻，一戰連千里。君試思：方寸此心微。總虛空并包無際。喻此理，何言泰山毫末，從來天地一稊米。嗟小大相形，鳩鵬自樂，之二蟲又何知？記跖行仁義孔丘非，更殤樂長年老彭悲。火鼠論寒，冰蠶語熱，定誰同異。　　噫。貴賤隨時，連城纔換一羊皮。誰與齊萬物？莊周吾夢見之。正商略遺篇，翩然顧笑，空堂夢覺題秋水。有客問洪河，百川灌雨，涇流不辨涯涘。於是焉河伯欣然喜，以天下之美盡在己。渺滄溟、望洋東視，逡巡向若驚歎，謂我非逢子。大方達觀之家未免，長見悠然笑耳。此堂之水幾何其？但清溪、一曲而已。（《稼軒詞》卷4，頁422-423）

又（用前韻）：

一壑自專，五柳笑人，晚乃歸田里。問誰知：幾者動之微。望飛鴻冥冥天際。論妙理，濁醪正堪長醉，從今自釀躬耕米。嗟美惡難齊，盈虛如代，天耶何必人知？試回頭五十九年非，似夢裏歡娛覺來悲。變乃憐蚿，穀亦亡羊，算來何異。　　嘻。物諱窮時，豐狐文豹罪因皮。富貴非吾願，皇皇乎欲何之？正萬籟都沉，月明中夜，心彌萬里清如水。却自覺神遊，歸來坐對，依稀淮岸江涘。看一時魚鳥忘情喜，會我已忘機更忘己。又何曾、物我相視，非魚濠上遺意，要是吾非子。但教河泊休慚海若，小大均為水耳。世間喜慍更何其？笑先生、三仕三已。（《稼軒詞》卷4，頁424）

這二闋詞同韻，推測是同時作，約作於稼軒六十歲時（1199），代

表其晚年心境。文中略論《莊子》哲思，又藉此表明隱居的心志，敘事、議論成分兼而有之，獨獨少了些許抒情意味。稼軒另有一首〈哨徧〉（池上主人），詞前有篇序，長達二百餘字，旨在討論《莊子》的文意，更不像一般婉約詞風的作品。（《稼軒詞》卷4，頁485）論其內容意境，這三首詞略有幾分相似，也都是繼承東坡「如詩如文」的路數而來。東坡詞多採用俗語、口語、諧語、虛詞及散文化之句式入詞，稼軒詞不但擴大了這些寫法，更在靈活運用虛詞、語助詞、問答語氣方面，到了出神入化的地步。詞寫到這般地步，已經是熟化古書，隨處用典，愛發議論，自問自答，甚至有全篇以古文章法行之者，讀來似一篇短論；雖然叶律，但已經感受不到韻律的限制，完全打破詩詞與古文之間的界限。

　　蘇軾的性格、學問、襟抱決定了「以詩為詞」的創作路，其努力方式雖然引起一些負面的批評，但是不容認的，也改變了詞壇後來的走向：一是擴大了詞的寫作題材，在蒨紅刻翠的婉約詞風之外，另外開啟豪放派詞風；二是注重詞的情意內容，突破了倚聲填詞的音律上的束縛。於是詞從小道、末技、伶工之詞提升到士大夫之詞的雅正殿堂。東坡的〈與鮮于子駿三首〉自承：「近却頗作小詞，雖無柳七郎風味，亦自是一家。呵呵！數日前，獵於郊外，所獲頗多，作得一闋，令東州壯士抵掌頓足而歌之，吹笛擊鼓以為節，頗壯觀也。」[39] 書信中所謂「作得一闋」，指的是作於神宗熙寧八年（1075）的〈江城子‧密州出獵〉（老夫聊發少年狂），這首詞用語淺白，有豪邁氣，無論在題材和意境方面都具有開拓意義，一

---

[39]　〔宋〕蘇軾著、孔凡禮（1923-2010）點校：《蘇軾文集》（北京：中華書局，1986年3月第1版），卷53，頁1560。

洗北宋詞壇綺羅香澤、淺斟低唱之態，令人耳目一新。蘇軾明白表示自己有改創柳永（耆卿，987-1057）詞風的意圖，自成豪放一家。關於這點，王灼《碧雞漫志》卷二也說：「東坡先生非醉心於音律者，偶爾作歌，指出向上一路，新天下耳目，弄筆者始知自振。今少年妄謂東坡移作長短句。」[40]南宋陸游（放翁，1125-1210）《老學庵筆記》也評論蘇軾說：「公非不能歌，但豪放，不喜裁翦以就聲律耳。」[41]由此可知，東坡為了追求豪放詞風，以性情為創作基調，不願受限於音樂格律，而開創了另類的宋詞風氣。

　　到了南宋的辛稼軒，也以其相近的性格、學問、襟抱，開創「以文為詞」的寫法，連帶地豪放詞風也一併傳承下來。《四庫全書總目提要》說：「詞自晚唐、五代以來，以清切婉麗為宗，至柳永而一變，如詩家之有白居易；至軾而又一變，如詩家之有韓愈，遂開南宋辛棄疾等一派。尋源溯流，不能不謂之別格，然謂之不工則不可，故至今日，尚與花間一派並行，而不能偏廢。」[42]當然，稼軒的出身以及所處的時代與東坡不同，他的軍事抱負以及政治理

---

[40]　同註23，第 1 冊，頁 85。劉少雄（1959-）〈由詩到詞——東坡早期詞的創作歷程〉也指出：熙寧 8 年作〈江城子‧密州出獵〉、熙寧 9 年作〈水調歌頭〉（明月幾時有），「東坡填詞至此，已能打通詩詞的界限，指出向上一路，提升了詞的語言和情意之境界。」參見氏著：《會通與適變——東坡以詩為詞論題新詮》（臺北：里仁書局，2006 年 3 月），頁 30-34。

[41]　〔宋〕陸游著，李劍雄（1942-）、劉德權（1935-）點校：《老學庵筆記》（北京：中華書局，1979 年 11 月），卷 5，頁 66。

[42]　〔清〕永瑢（1743-1790）、〔清〕紀昀（1724-1805）等撰：《四庫全書總目提要》（臺北：臺灣商務印書館，1983 年 10 月初版），第 5 冊，集部 51，詞曲類 1，卷 198，《東坡詞》1 卷，頁 8。

想也與東坡不同,故稼軒自有其努力出來的新成就。南宋末年劉辰翁(1231-1294)〈辛稼軒詞序〉看出此中端倪:

> 詞至東坡,傾蕩磊落,如詩如文,如天地奇觀,豈與羣兒雌聲學語較工拙?然猶未至用經用史,牽〈雅〉〈頌〉入鄭、衛也。自辛稼軒前,用一語如此者必且掩口。及稼軒橫豎爛熳,乃如禪宗棒喝,頭頭皆是;又如悲笳萬鼓,平生不平事並巵酒,但覺賓主酣暢,談不暇顧。詞至此亦足矣。[43]

這段話說明了一些重點。首先,東坡「以詩為詞」之中,已經包含了以「如詩如文」為詞的寫作手法;然而到了稼軒,的確在文句使用方面更推進了一層,這裡包括前所未見的用經用史的句法,「橫豎爛漫」,「頭頭皆是」,表現出屢屢用典,更多的擴充與自由,達到靈活變化,直抒胸臆的效果。劉熙載《藝概》評東坡詞「無事不可入,無意不可言」,[44]這句話也適用於稼軒詞。蘇、辛二人的努力,使詞作都走向豪放寬闊的天地,到達了另一番藝術高峰的成就。

學者大多認定蘇東坡、辛稼軒二人有傳承關係,故能寫出豪放派的詞風。稼軒的門人范開(?-?)於宋孝宗淳熙十五年(1188)編印《稼軒詞》,收錄稼軒四十九歲之前的作品,書前寫下〈稼軒詞

---

[43] 同註 3,頁 564。〔宋〕劉辰翁:《須溪集》,卷 6,《豫章叢書》本;又收錄於《四庫全書珍本》(臺北:臺灣商務印書館,1973 年),四集,別集三。

[44] 同註 24,頁 2。

序〉說：

> 器大者聲必閎，志高者意必遠。知夫聲與意之本原，則知歌
> 詞之所自出。是蓋不容有意於作為，而其發越著見於聲音言
> 意之表者，則亦隨其所蓄之淺深，有不能不爾者存焉耳。世
> 言稼軒居士辛公之詞似東坡，非有意於學坡也，自其發於所
> 蓄者言之，則不能不坡若也。坡公嘗自言與其弟子由為文至
> 多，而未嘗敢有作文之意，且以為得於談笑之間，而非勉強
> 之所為。公之於詞亦然。苟不得之於嬉笑，則得之於行樂；
> 不得之於行樂，則得之於醉墨淋漓之際。……是亦未嘗有作
> 之之意，其於坡也，是以似之。雖然，公一世之豪，以氣節
> 自負，以功業自許，方將斂藏其用以事清曠，果何意於歌詞
> 哉？直陶寫之具耳。故其詞之為體，如張樂洞庭之野，無首
> 無尾，不主故常；又如春雲浮空，卷舒起滅，隨所變態，無
> 非可觀。無他，意不在於作詞，而其氣之所充，蓄之所發，
> 詞自不能不爾也。其間固有清而麗、婉而嫵媚，此又坡詞之
> 所無，而公詞之所獨也。[45]

這段話反覆說明稼軒詞出自真性情，以其涵養之氣節，卓絕之人
格，在日常生活中，自然發聲，不待勉強而成。然而，東坡與稼軒

---

[45] 同註 3，頁 561。又參見《中華大典》工作委員會編纂：《中華大典·文
學典·宋遼金元文學分典》（南京：江蘇古籍出版社，1999 年 9 月第 1
版），第 4 冊，頁 148；又參見辛更儒編：《辛棄疾資料彙編》，頁 49-
50。

真有相似的性情嗎？金朝王若虛《滹南詩話》卷二說東坡「雄文大手，樂府乃其游戲，顧豈與流俗爭勝哉！蓋其天資不凡，辭氣邁往，故落筆皆絕塵耳。」[46]稼軒却不是如此。前引〈踏莎行〉（賦稼軒，集經句）一詞，已經看出稼軒有意以古書文句入詞。他在〈鷓鴣天〉（老病那堪歲月侵）說：「人無同處面如心。不妨舊事從頭記，要寫行藏入笑林。」（《稼軒詞》卷4，頁417）很清楚地表白寫詞的動機。他所寫的「舊事」，許多是少年英雄的回顧，中年英雄的自我期許，以及暮年英雄的長歌浩歎。詞中表露的苦悶憂患，對時局、朝政、社會現象的批判，乃至於晚年歸隱田園後鄉村生活的片斷剪影，都抒發了不少個人的心志情懷。他在〈好事近〉（雲氣上林梢）說：「老無情味到篇章，詩債怕人索。却笑近來林下，有許多詞客。」（《稼軒詞》卷2，頁280）這份心思，豈與流俗之人相同？稼軒詞常常有感而發，自出機杼，無意模仿別人，而能表現豪放的詞風。范開有意說明東坡、稼軒詞都是出乎自然而然，不可學，都能在談笑間表現文采，可是他也發現稼軒有些清麗嫵媚的作品，為東坡詞所無。換言之，東坡是東坡，稼軒是稼軒，二人有別；而稼軒可能比東坡更有心意去改變詞風。

　　蘇、辛二人的生平際遇及其創作道路不同，至於改變文風的努力途徑──「以詩為詞」或「以文為詞」也有所差異；然而二人所以能被相提並論者，在於二人都把詞當作「抒情言志」的書寫工具，用詞來表露自我的安身立命之道和精神世界。有關蘇、辛二人詞風的比較，不是那麼重要，本文所關注的重點，在於東坡「以詩

---

[46] 引自丁福保（1874-1952）編：《歷代詩話續編》（臺北：木鐸出版社，1988年7月），上冊，頁517。

為詞」與稼軒「以文為詞」之間有何傳承關聯的問題？在文學史發
展史上的意義何在？如前所述，二者之間是一個縱向的繼承，也是
寫作藝術手法的擴大。不過值得注意的是，東坡「以詩為詞」的努
力雖然造成詞的內容意境的擴大，「一洗（五代以來）綺羅香澤之
態，擺脫綢繆宛轉之度，使人登高望遠，舉首高歌，而逸懷浩氣，
超乎塵垢之外，於是《花間》為皂隸，而柳氏為輿臺矣。」[47]但是
這彷彿曇花一現，《花間》、柳永寫男女戀情、離別柔情的旖旎纏
綿的詞風，繼續影響到秦觀（少游，1049-1100）、周邦彥、李清照，
乃至於整個南宋詞壇。葉嘉瑩指出：「就詞之演進而言，蘇詞之開
拓原為一可供發展的大有可為之途徑。然而蘇詞之拓展卻並未能引
起同時代作者普遍的共鳴，私意以為其主要之原因蓋有以下數端：
其一是由於詞要以婉約為主的傳統觀念之拘限；其二是由於北宋直
到末期仍充滿了歌舞淫靡的社會風氣；其三是由於詞在蘇軾手中雖
表現了詞在詩化以後的很高的成就，但同時卻也顯示了詞在詩化以
後的一些缺點。……有時卻也不免有『失之粗豪淺率者』。這種情
形之出現，一方面固由於蘇氏之性格超放，又復天才過人，寫作時
往往並不需精心為之結撰，故不免有下筆率意處；而另一方面則也
由於詞與詩之特質原有不同，蘇軾……乃是以寫詩之餘力為詞，因
此在寫詞之際有時遂不免以詩筆為之，因而不免有失之粗豪率易之
處。總之，正是由於以上的一些因素，遂使得蘇軾對詞之拓展在當

---

47 〔宋〕胡寅（1089-1156）：〈題酒邊詞〉，見汲古閣本《酒邊詞》；一
　　名〈酒邊集後序〉，收在《中華大典》工作委員會編纂：《中華大典・文
　　學典・宋遼金元文學分典》，第 2 冊，頁 376。

時並未被北宋之詞人所普遍接受。」[48]

　　當我們認同這樣的說法，再來檢視稼軒「以文為詞」所面臨的文化語境，其實有些地方是很相似的。譬如「以婉約為主的傳統觀念之拘限」，在東坡身上有之，因此他被人視為「失之粗豪」；在稼軒身上亦有之，因此他也被南宋詹傅（?-?）〈笑笑詞序〉說他「非不可喜，然其失也粗豪。」[49]顯而易見的是，站在以書寫婉約為主要立場的批評者，對於書寫豪放者始終有些許不滿。

　　然而不容忽視的是，北宋與南宋大環境的不同，也造就了蘇、辛二人寫作成就的不同。「北宋直到末期仍充滿了歌舞淫靡的社會風氣」，這一點在南宋初期兵馬倥傯之際，大為改觀。南渡諸人滿懷悲歌慷慨復國之志，時代環境提供了極佳改換文風的寫作題材，由是，同屬豪放派詞家，東坡得力於天資、才性，[50]稼軒得力於時勢、學養；故王國維《人間詞話》云：「東坡之詞曠，稼軒之詞豪。」葉嘉瑩服膺此言，認為「辛詞之『放』，是由於一種英雄豪

---

[48]　同註 16，頁 361-362。文中「蘇詞不免有失之粗豪淺率者」的說法，來自〔清〕周濟（1781-1839）：《介存齋論詞雜著》云：「東坡每事俱不十分用力，古文、書、畫皆爾。」又云：「人賞東坡粗豪，吾賞東坡韶秀。韶秀是東坡佳處，粗豪則病也。」

[49]　〔宋〕詹傅：〈笑笑詞序〉，收在《彊村叢書》，參見金啟華（1919-2011）、張惠民、王恆展、張宇聲、王增學編：《唐宋詞集序跋匯編》（臺北：臺灣商務印書館，1993 年 2 月），頁 229。又參見辛更儒編：《辛棄疾資料彙編》，頁 85。

[50]　〔金〕王若虛《滹南詩話》，參見註 46 引文，〔清〕周濟〈宋四家詞選目錄序論〉，參見註 57 引文，〔清〕劉熙載《藝概》說：「東坡詞具神仙出世之姿。」參見該書卷 4，〈詞曲概〉，頁 2。

傑之氣，而蘇詞之『放』，則是由於一種曠達超逸之懷。」[51]再對照蘇、辛二人的生平氣性，「蘇氏天性中蓋原稟具有兩種不同之資質，一則是欲以天下為己任的儒家用世之志意，另一則是超然於物外的道家放曠之襟懷。……而蘇氏之從事於詞之寫作，既是在其仕途受到挫傷以後，故其詞中所表現者，乃大多以放曠之襟懷為主，且蘇氏原是一個長於『出』，而並不執著於『入』的人，故其詞中乃極少有生命中志意與理念的本體之呈現。」[52]相對來說，辛稼軒是一生心繫家國大業，並結合此性情襟抱中志意與理念而從事詞之創作，故與一般唐宋詞人迥然不同者在於一是投注全心力與感情，二是作品內容中貫注一種崇高的志意與理念，「所以辛詞對傳統之突破，可以說乃是斯人與斯世相結合而造成的必然結果。」[53]明白及此，我們會更加瞭解為何東坡曠達的詞風一變而成為稼軒英雄豪氣的詞風。

五、稼軒「以文為詞」的影響與評價

　　東坡辭世以後，豪放派詞風興起，先後有陳與義（1090-1138）、張元幹（1091-1161）、張孝祥（1132-1169）等，直到稼軒詞問世，作者群又多了起來。承上節所述，我們可以推想：當世局風雨飄搖之際，詞人可能不再以婉約為宗，轉而追求嚮往英雄豪氣的詞風。劉克莊〈辛稼軒集序〉記載：「辛公文墨議論尤英偉磊落」，

---

[51]　葉嘉瑩：〈論蘇軾詞〉，收入氏著：《唐宋詞名家論集》，頁221。
[52]　同註16，頁342。
[53]　同註16，頁340-341、364。

「世之知公者，誦其詩詞。」[54]同時或稍後追隨稼軒詞的創作隊伍日益壯大，有韓元吉、陳亮（1143-1194）、[55]劉過（改之，龍洲，1154-1206）、袁去華（1145 年進士）、楊炎正（1196 年進士），以及接近南宋晚期的繼承者劉克莊、戴復古（1167-?）、陳人杰（?-1243）、吳潛（?-1262）、文天祥（1236-1282）、劉辰翁等。其他尚有在稼軒前後亦師亦友的豪放風格作品，以及時人唱和辛詞之作，數量很多，[56]後世總稱之為「辛派詞人」。清代周濟（1781-1839）〈宋四家詞選目錄序論〉說：「蘇、辛並稱。東坡天趣獨到處，殆成絕詣。……稼軒則沉著痛快，有轍可循。南宋諸公，無不傳其衣鉢。」[57]陳廷焯《白雨齋詞話》也說：「南渡詞人沿稼軒之後，慣作壯語。」[58]凡此，證明稼軒詞風已興起發展成南宋詞壇一大勢力。

從周邦彥已還，漸漸發展出嚴守律呂、講求婉曲蘊藉之美的格律派作品，他們自視為詞家正宗本色，批評蘇、辛詞「失之粗豪」、「非本色」。李清照、姜夔、吳文英、張炎也都有相近的看

---

54 〔宋〕劉克莊：《後村先生大全集》卷98，頁846。

55 程千帆、吳新雷指出：陳亮提倡方言俚語入詞，其運用比興手法寫詞也極為成功，顯然受到稼軒影響很深。參見氏著：《兩宋文學史》，第 8 章第 3 節，〈辛派詞人〉，頁 377-378。

56 檢視辛更儒編：《辛棄疾資料彙編》，即有韓元吉、韓玉、趙善括、陳亮、張鎡、黃機、程珌……，與稼軒唱和之作，參見該書頁 2、19、33-34、42-43、57-58、70、81。程千帆、吳新雷：《兩宋文學史》，第 8 章第 3 節〈辛派詞人〉也對此作過討論，參見該書頁 382。

57 〔清〕周濟：《介存齋論詞雜著》附錄，同註23，第 3 冊，頁 1631。

58 〔清〕陳廷焯：《白雨齋詞話》，卷 6，引自郭預衡（1920-2010）主編：《中國古代文學史長編：宋遼金卷》（北京：首都師範大學出版社，2000 年 9 月），第 8 章第 3 節 4，〈辛詞的影響〉，頁 387。

法。從南宋中期走向晚期，在眾人推波助瀾下，愈來愈強調詞的音律，也注重詞的內容意境須趨向醇雅。張炎《詞源》卷下〈賦情〉說：「簸弄風月，陶寫性情，詞婉於詩。」[59]同卷〈雜論〉又說：「詞之作必須合律，然律非易學，得之指授方可。……音律所當參就，詞章先宜精思，俟語句妥溜，然後正之音譜，二者得兼，則可造極元之域。」[60]宋末沈義父（約 1237-1243 前後）《樂府指迷》說：「詞之作難於詩，蓋音律欲其協，不協則成長短之詩。」[61]他們將北宋以來的婉約派——以情意為主，加入了重視語言、音律的訴求力道，占據當時詞壇的主導地位。同時期的「辛派詞人」既以「豪放」為宗，可能會重內容而輕形式，離「格律」愈來愈遠，於是遭致謹守格律作詞者的批評。張炎《詞源》卷下〈雜論〉說：「辛稼軒、劉改之作豪氣詞，非雅詞也。於文章餘暇，戲弄筆墨為長短句之詩耳。」[62]宋末元初仇遠（1261-?）〈玉田詞題辭〉也說：「世謂詞者詩之餘，然詞尤難於詩。詞失腔猶詩落韻，……若言順律舛，律協言謬，俱非本色。……又怪陋邦腐儒，窮鄉村叟，每以詞易事，酒邊興豪，即引紙揮筆，動以東坡、稼軒、龍洲自況。……不知宮調為何物，令老伶俊娼，面稱好而背竊笑，是豈足以言詞哉！」[63]沈義父《樂府指迷》也說：「近世作詞者不曉音律，乃故為豪放不羈之語，遂借東坡、稼軒諸賢自諉。諸賢之詞固豪放矣，不豪放處，未嘗不叶律也。如東坡之〈哨遍〉、楊花〈水龍吟〉、

59　同註 23，第 1 冊，頁 214。
60　同註 23，第 1 冊，頁 214、216。
61　同註 23，第 1 冊，頁 229。
62　同註 23，第 1 冊，頁 219。
63　此據顏崑陽說，出自金啟華等編：《唐宋詞集序跋匯編》，頁 306。

稼軒之〈摸魚兒〉之類，則知諸賢非不能也。」[64]細察仇遠、沈義父在抨擊後人鄙陋之詞時，仍然肯定東坡、稼軒、劉過等人的詞叶律，對豪放詞風亦無貶意；但是他們對辛派後學「不叶律」的作法無法苟同。

將宋詞分為「婉約」、「豪放」兩派，始於明代張綖（南湖，?-?）《詩餘圖譜·凡例》，他說：「詞體大略有二：一婉約，一豪放。蓋詞情蘊藉、氣象恢弘之謂也。然亦在乎其人，如少游多婉約；東坡多豪放。東坡稱少游為今之詞手，大抵以婉約為正也。」[65]他說「詞體以婉約為正」，合乎詞的發展事實。其實就詞作數量而言，東坡詞並非「多是豪放」，稼軒詞也並非如此，[66]蘇、辛二人仍然是生活在整個以婉約含蓄為主軸的宋代詞壇之中；眾人之所以稱他們二人為豪放派詞宗，那是看到他們努力轉變詞風的結果。辛棄疾〈臨江仙〉（莫笑吾家蒼壁小）說：「有心雄泰華，無意巧玲瓏。」（《稼軒詞》卷4，頁514）表露的正是此意。後來，清代王士禎（1634-1711）《花草蒙拾》延續張氏說法，但是將「詞體」改稱為「詞派」，並將詞派領袖改為「婉約以易安為宗，豪放惟幼安稱

---

64 同註23，第1冊，頁234。

65 引自王又華（?-?）：《古今詞論》，收在〔清〕查培繼（1615-1692）輯：《詞學全書》（臺北：廣文書局，1971年7月），頁83。

66 王水照（1934-）：〈蘇軾豪放詞派的涵義和評價問題〉說：「今存蘇詞真正體現豪放詞格的最多不過二三十首，實不能概括其全部風格甚至基本風格。」收入氏著：《蘇軾論稿》（臺北：萬卷樓圖書公司，1994年12月）。程自信（?-?）：〈淺論辛棄疾的婉約詞〉說：「觀全部現存辛詞，綩約詞在數量上占絕對優勢。創作大量婉約詞的原因有三個：一是傳統詞風的影響，二是抒寫多元化情感的需要，三是對婉約詞體式作用的肯定。」《江淮論壇》1998年第6期。

首。」[67]這樣的說法，更符合南宋詞壇發展的情形。

「辛派詞人」雖然眾多，但是終身嚮慕學習也不見得有稼軒的成就，陳廷焯《白雨齋詞話》曾經批評「劉改之、蔣竹山皆學稼軒者，然僅得稼軒糟粕，既不沉鬱，又多枝蔓。」又說：「改之全學稼軒皮毛。」又說：「張安國詞，熱腸鬱思，可想見其為人。劉後村則感激豪宕，去稼軒雖遠，正不必讓劉、蔣，世人多好推劉、蔣，直以為稼軒後勁，何耶？」[68]這般看法，可能夾雜了個人主觀的成分，譬如王兆鵬在介紹辛派詞人時，僅提及張孝祥（1132-1169）、陸游、陳亮、劉過四人，而略去劉克莊。[69]見仁見智，不宜黜此抑彼。不過，陳廷焯《白雨齋詞話》說到一個重點：「放翁詞亦為當世所推重，幾與稼軒相頡頏。然粗而不精，枝而不理，去稼軒甚遠。大抵稼軒一體，後人不易學步。無稼軒才力，無稼軒胸襟，又不處稼軒境地，欲於粗莽中見沉鬱，其可得乎？」[70]

到了金、元時期的詞壇，「由於受地域的影響，崇尚雄健清剛之氣」，加上王若虛《滹南詩話》卷二主張「詩詞只是一理」，說東坡詞「古今第一」，[71]因此他們論詞的傾向推崇以蘇、辛為主的豪放詞風。金末元好問（遺山，1190-1257）為自己的詞集作序時寫下〈遺山自題樂府引〉道：「樂府以來，東坡為第一，以後便到辛稼

67　同註23，第1冊，頁679。

68　同註23，第6冊，頁3817、3818。

69　袁行霈主編：《中國文學史》，下冊，第五編第9章第4節，〈辛派詞人〉，頁192-197。

70　同註23，第6冊，頁3819。

71　同註46，上冊，頁517。

軒。」[72]元代的詞論者頗多附和王若虛、元好問的意見,如劉敏中、王博文等;明代大都崇尚婉約,僅有少數詞論家如孟稱舜(1594-1684)者對尊婉抑豪的觀點提出質疑。清初雖由陽羨詞派和浙西詞派占主導地位,但是「詞論家大都持論允達,主張兼收並採,不可偏廢。」陽羨詞派尤其推重蘇、辛雅健的詞風,後來常州詞派繼浙西詞派之後,「尊詞體,崇比興,尚寄托」,如前引述後期大詞論家陳廷焯的觀點,頗能超然於婉約、豪放的爭論之上,對蘇、辛詞作出公正客觀的評價。[73]然而,論人、論詞派者多,論及「以文為詞」的寫作技巧者較少,故不再多作陳述。

六、結語

綜上所述,提出本文的結論如下:

一、辛稼軒並未提出「以文為詞」的理論說明,這是後人加給他的說法。因此,當後人發覺稼軒能引用古文的語句、善用古書的故實,甚至於不避方言、俗語、虛詞以填詞,還能用賦體的直接陳述方式、結構安排方式寫詞,就統稱之為「以文為詞」。這當然是因為稼軒這種寫作技巧運用得宜,數量也多,是這方面的代表作家。

二、稼軒的「以文為詞」淵源自東坡的「以詩為詞」,二者皆

72　同註12,頁138。

73　本段有關金、元、明、清詞壇的論述,參考自王水照主編:《宋代文學通論》(開封:河南大學出版社,1997年6月),學術史篇,第1章第2節,〈關於宋詞的爭論:婉約與豪放〉,頁495-502。

開拓了詞的寫作題材，豐富了詞的語言形容，走出婉約派的侷限，演變成無事不可書的境地。東坡與稼軒都突破了詞之內容意境的傳統，也突破了詞之寫作藝術傳統，只不過東坡受限於傳統觀念及當時社會風氣，並未形成詞壇主流，且在音律方面飽受質疑與批評。稼軒則遭逢詞壇發展較好的語境，加之以個人生命歷程所帶來的志意與理念的深摯過人，於是傾力作詞，帶動一股英雄豪氣的詞風。

　　三、稼軒的「以文為詞」並未受到太多的批評，而後來的辛派詞人漸漸受到許多質疑的聲浪。這是因為稼軒詞的特色來自稼軒胸襟、稼軒處境，不只是一種語言技巧而已，因此並不容易學習。如果將蘇、辛詞從作家人格與內容意境抽離出來，就無法深入體會二人詞風之美的所在；也無法體認唐宋詞從「婉約」到「豪放」、從東坡詞的「曠（生命曠達表現）」到稼軒詞的「豪（英雄豪氣表現）」的轉變有其文學發展史上的意義。

　　（世新大學中國文學系主編：《第二屆兩岸韻文學學術研討會論文集》，臺北，世新大學中國文學系出版，2010 年 4月。）

綱目與血脈

──呂祖謙《古文關鍵》的評文觀點初探

提　要

　　南宋呂祖謙《古文關鍵》旨在揭示文章作法，確實有些精彩見解。此書提出的兩個相對意義的評點術語：「綱目」與「血脈」，可以作為分析文章作法的基礎，本文擬就此進行討論。

　　本文首先討論「綱目」與「血脈」這兩個術語的重要性，而後歸納分析書中所有的實例，分別界定「綱目」的定義與效用、「血脈」的定義與效用，探討這兩個術語帶來何種文學寫作效果。而後再探討當「綱目」與「血脈」二詞同時出現時，在文章中交互作用地寫作效果。

　　經由上述討論，得知呂祖謙《古文關鍵》所說的「綱目」與「血脈」，都是從大處看，從數行數句看起，能造成文章前後呼應的效果。「綱目」具體而有形，比較容易尋得；「血脈」抽象而無形，討論的材料相對來得較少。一篇文章之中，「綱目」有時不只出現一次而已，它可以表現於文章中警策、有力量、鋪陳敘述、抑

揚開合等地方。在文章開頭明示「綱目」的寫法，普遍被作家所運用。至於「血脈」，必須從文意上的「反覆」去尋找，行文語氣較緩，運用「反覆有血脈」地寫作技巧，會造成剛柔相濟的文章風格。

關鍵詞：呂祖謙，古文關鍵，評點，綱目，血脈

一、前言

　　自南宋呂祖謙（伯恭、東萊，1137-1181）《古文關鍵》[1]問世以來，古文評點之類的著作方興日盛，成為士子學習舉業必備的讀

1　據當代學者考證，今所見《古文關鍵》之版本系統有二：一為 20 卷本，選文 62 篇，北京圖書館藏宋刻本；一為明清以下刻本，皆為 2 卷本，其中臺北臺灣商務印書館景印文淵閣四庫全書本乃明嘉靖年間刊本，選文 60 篇，前有鄭鳳翔序；其餘各家版本如北京圖書館藏明嘉靖十一年（1532）李成刻本、南京圖書館藏清康熙年間崑山徐氏冠山堂刻本、臺北國立故宮博物院圖書館藏清乾隆十八年（1753）浙西顧氏讀畫齋刊本、東海大學圖書館藏清嘉慶九年（1804）刊本、東海大學圖書館藏日本文化元年（1804）刊本、政治大學圖書館藏清同治九年（1870）張氏勵志書屋刊本、清同治十年（1871）胡鳳丹輯刊金華叢書本、清光緒二十四年（1898）江蘇書局刊本等，選文 62 篇，前有〔清〕張雲章（漢瞻，1648-1726）序，內容相同。參見張秀惠：《南宋古文評點研究》（臺北：國立政治大學中國文學研究所碩士論文，1987 年 5 月），第 2 章第 2 節，〈《古文關鍵》之版本〉，頁 15-20、張智華（1963-）：《南宋的詩文選本研究》（北京：北京師範大學出版社，2002 年 6 月），第 3 章第 1 節，〈呂祖謙《古文關鍵》版本考辨〉，頁 53-58、仇小屏（1970-）：《呂祖謙《古文關鍵》文章論研究》（臺北：萬卷樓圖書公司，2010 年 6 月），第 2 章第 2 節，〈《古文關鍵》之卷數、版本與選評〉，頁 40-51。本文選用〔宋〕呂祖謙評、〔宋〕蔡文子（行之，福建人，孝宗乾道年間 1165-1173 進士）註、〔清〕徐樹屏（敬思，1712 年進士）考異、〔清〕俞樾（曲園，1821-1907）跋：《古文關鍵》（臺北：廣文書局，1970 年 10 月）的版本，此本影印自清光緒 24 年江蘇書局刊本。以下引用《古文關鍵》原文時，同時參酌其他版本進校勘，隨文注明卷次、頁碼，不另列註。

物。此書一出，影響頗大，古文評點的編選竟成一時風氣；[2]這類著作大多掛名出自名家之手，以此招徠讀者，廣為通行。書中主要內容在揭示文章作法，確實有些精彩見解，受到世人矚目。

　　然而，南宋至民國初年近八百年左右的時間，評點材料很多，閱讀起來有些困難。筆者個人的閱讀經驗是，評點材料散落各處，搜求困難，此為難點之一；評點材料瑣碎、駁雜，其所使用的語詞乃當時通用的意義，當代讀者未必能掌握其確切意思，此為難點之二；評點者的意見有可能是隨機而發，有時為了自出新義，達到與眾不同的目的，難免帶有主觀的成分，此為難點之三；評點書籍並非謹嚴的學術著作，雖然討論同一篇作品，每位評點者同時也都是讀者的身分，於是有甲說東、乙說西的各說各話的情形，此為難點之四；各朝代評點者所使用的術語即使勦說雷同，卻可能是字面相同而指涉意義不同，此為難點之五；有許多後出者，轉相因襲前人著作而不注明，此為難點之六。上述諸多難點，造成一種閱讀困境，那就是有時候很用心地閱讀評點材料，逐字逐句細讀，卻依舊不得要領，甚且看書愈多，愈有困惑之感。

　　如何面對上述的困難呢？本文僅就單一文本——呂祖謙《古文關鍵》來談，這就暫時先擱置了搜求材料、後人勦說雷同的問題，而是嘗試解決上述難點之二與三。本文寫作目的在於釐清呂祖謙所

2　今本《古文關鍵》書首有〔清〕張雲章的序云：「有宋一代，文章之事盛矣。而集錄古今之作，傳於今者，僅三、四家。夫亦以得其當者鮮哉！真西山《正宗》、謝疊山《軌範》，其傳最顯，格製法律，或詳其體，或舉其要，可為學者準則；而迂齋樓氏之標註其源流，亦軌於正，其傳已在隱顯之間。以余考之，是三書皆是東萊先生開其宗者。」（《古文關鍵》，頁1）

使用的語詞的確切意思，之後，也有助於檢覈他的評論意見是否合理恰當？他日從事呂祖謙《古文關鍵》的評點術語與後代評點書籍的術語作比較時，也能更有所依據。因此，本文擬就呂祖謙《古文關鍵》的兩個評點術語「綱目」與「血脈」論起。

二、「綱目」與「血脈」的重要

呂祖謙《古文關鍵》選取唐宋八家古文作品，[3] 討論其作法。書首開宗明義有「總論看文字法」，是很珍貴的閱讀基礎材料，他說：「學文須熟看韓、柳、歐、蘇，先見文字體式，然後偏考古人用意下句處。」（《古文關鍵》卷上，頁17）接著提出四個步驟：

> 第一看大概主張，第二看文勢規模，第三看綱目關鍵，如何是主意首尾相應，如何是一篇鋪敘次第，如何是抑揚開合處。第四看警策句法，如何是一篇警策，如何是下句下字有力處，如何是起頭換頭佳處，如何是繳結有力處，如何是融化屈折剪截有力處，如何是實體貼題目處。（《古文關鍵》卷上，頁17-18）

3　呂祖謙《古文關鍵》卷上選取〔唐〕韓愈（768-824）、〔唐〕柳宗元（773-819）、〔宋〕歐陽脩（1007-1072）文、卷下選取〔宋〕蘇洵（1009-1062）、〔宋〕蘇軾（1037-1101）、〔宋〕蘇轍（1039-1112）、〔宋〕曾鞏（1019-1083）、〔宋〕張耒（1054-1114）等八家文，共計62篇進行評點，已開後世「唐宋八大家」之風，雖然後世由〔宋〕王安石（1021-1086）取代張耒的說法較為通行。

　　由此可知，呂祖謙的閱讀古文法，是從大處著眼，從理解文意旨趣、看文章的安排規模，而後再討論到綱目關鍵、警策句法。呂祖謙說過這樣的話：「舉其綱，萬目自張。」、「大抵為學須識得大綱模樣，使志趣常在這裏。到做工夫，却學節次做去。漸漸行得一節，又問一節，方能見眾理所聚。」[4]他又說：「看經書，須是識他綱目。」[5]他明確地講出「綱目」是為學的首要工作，讀經書如此，也可以轉移到文章作法上來談，他說：「……大凡為人須識綱目。辭氣是綱，言事是目。言事雖正，辭氣不和，亦無益。自古亂亡之國，非無敢言之臣，既殺其身，國亦從之，政作此耳。」[6]這裡很清楚地看見辭氣對言事的決定作用。「綱目」指的就是文章的主幹用意，表現於文意的層次結構與呼應；至於所謂的「警策句法」，表現於文章字句的經營，是一種醒目的字眼，帶出一股力量。他很具體地說出，「綱目關鍵」是指主意首尾相應、一篇鋪敘次第、抑揚開合等處，討論「綱目」顯然是後世所謂「篇法」、「章法」的範疇。文章作法是有跡可尋的，其觀察步驟是先篇法、章法而後句法、字法。[7]之後，他在「論作文法」的第一則從創作

4　呂祖謙：《東萊呂太史集》（〔宋〕呂喬年（祖儉長子，?-?）輯，臺北：新文豐出版公司，《叢書集成續編》第 128 冊，1989 年 7 月），外集卷 5，〈雜說〉，頁 715、716。

5　呂祖謙：《呂東萊文集》（長沙：上海商務印書館，《叢書集成初編》第 7 冊，1935 年 12 月），卷 20，〈雜說〉，頁 458。

6　同註 4，頁 715。

7　〔南梁〕劉勰（約 465-522）《文心雕龍》的〈鎔裁〉、〈章句〉篇，已經提出「情理設位」、「設情有宅，置言有位；宅情曰章，位言曰句」的說法，開啟了後世有所謂的篇法、章法、句法、字法之說。譬如〔日〕兒島獻吉郎（1866-1931）著、孫俍工（1894-1962）譯：《中國文學通論》

者的觀點說道：

> 文字一篇之中，須有數行齊整處，須有數行不齊整處，或緩
> 或急，或顯或晦，緩急顯晦相間，使人不知其為緩急顯晦，
> 常使經緯相通，有一脈過接乎其間，然後可。蓋有形者綱
> 目，無形者血脈也。（《古文關鍵》卷上，頁 21）

這裡很明白地指出，作文須有數行整齊、數行不整齊，造成文章有
時緩，有時急，有時顯，有時晦，這是因文章作法由「綱目」或
「血脈」交織而成，這兩個語詞各自有不同的指涉意義，在文章中
發揮了不同的作用。然而，他們所構成的緩急顯晦相間，應當是
「有一脈過接乎其間」。如前段所述，「綱目關鍵」有跡可尋，因
此「綱目」是有形的，易於掌握；但是文章段落之間的「血脈」是
無形的，有時不易察覺；兩者在文章中都有「過接」的作用，都很
重要，而且能達到相輔相成的效果。

三、「綱目」的定義與效用

綱目既然是有形的，不妨先由此進行討論。

（臺北：臺灣商務印書館，2004 年 5 月），第 10 章至第 20 章〈篇
法〉、〈章法〉、〈句法〉、〈字法〉就討論許多這方面的問題。參見該
書頁 112-201。不過，劉勰這裡主要是從創作者的觀點，說明創作過程中
字句方面的重要；而呂祖謙這裡主要是從欣賞者的觀點，說明觀看過程中
篇章方面的重要，二者有些差異。下文呂祖謙才有從創作者的觀點所進行
的討論。

　　考察呂祖謙《古文關鍵》一書，多次在夾批的地方點明文章的「綱目」，有時一篇只出現一次，有時一篇出現兩次；其次，他在討論到「綱目」時，也有同時討論到「主意首尾相應」、「一篇鋪敘次第」、「抑揚開合處」等現象。這些地方都有待釐清它的含義以及在文章中的作法有何效用等問題。

(一)定義

　　依《古文關鍵》編選的次序，先從韓愈〈師說〉一文觀之：

> 生乎吾前，其聞道也，固先乎吾，吾從而師之；生乎吾後，其聞道也，亦先乎吾，吾從而師之。吾師道也，夫庸知其年之先後生於吾乎？是故無貴、無賤、無長、無少，道之所存，師之所存也。（**承接得好處。綱目。**）（《古文關鍵》卷上，頁27）

這裡是原文的第二段。先承接了首段「人不可無師」的意思，又開啟了下一段「聖人且從師」的意思，有良好的承接手法。提出「吾師道也」的觀念後，慢慢地收結前文，結尾寫得有力量。因此被呂祖謙視為「綱目」的表現手法。

　　再如韓愈〈諫臣論〉[8]一文：

---

[8]　〔唐〕韓愈〈諫臣論〉一文的篇名，宋代《昌黎先生集》、《文苑英華》、《崇古文訣》都作「諫臣論」，自〔宋〕方崧卿《韓集舉正》、〔宋〕朱熹《昌黎先生集考異》始改作「爭臣論」。後世多作「爭臣論」。參見羅聯添（1927-2015）編：《韓愈古文校注彙輯》（臺北：國立編譯館，2003年6月），第2冊，頁497-498。

今陽子實一匹夫，在位不為不久矣；聞天下之得失不為不熟矣；天子待之不為不加矣；而未嘗一言及於政。（含蓄下意。）視政之得失，若越人視秦人肥瘠，忽焉不加喜戚於其心。（綱目露於此。）問其官，則曰：「諫議也」；問其祿，則曰：「下大夫之秩也」；問其政，則曰：「吾不知也」。（責得他最深，引證陽城不可不諫，直說倒。）有道之士故如是乎哉？（《古文關鍵》卷上，頁31-32）[9]

此處剖析韓愈〈諫臣論〉的寫法。先是緩緩敘寫他人歌誦陽城（736-805）的事跡，而後韓愈一一辨駁。韓愈先引述《易經》之言，強調居處進退之道；而後寫到陽城居諫議大夫之位甚久，却「未嘗一言及於政。」接著下一斷語：「視政之得失，若越人視秦人肥瘠，忽焉不加喜戚於其心。」由此設為問答，從多方面設想陽城的心態以及他的回應，藉此突顯陽城未能盡諫官之責，不符合「有道之士」的標準。這段話十分深刻，又直接明白，因此也被視為「綱目」的表現手法。

再如韓愈〈原道〉一文：

博愛之謂仁，行而宜之之謂義，由是而之焉之謂道，足乎己無待於外之謂德。（散起。）仁與義為定名，道與德為虛位。（總結。）故道有君子小人，而德有凶有吉。

---

[9]　本段文字中，凡是韓愈〈諫臣論〉之外的文字，都是〔宋〕呂祖謙《古文關鍵》的評點文字，書中以夾批的方式呈現。此處評點文字以括弧內、粗黑體的方式標示出來，以下引文皆仿此。

> 老子之小仁義，非毀之也，其見者小也。坐井而觀天，曰天
> 小者，非天小也。彼以煦煦為仁，孑孑為義，其小之也則
> 宜。（綱目。一篇之意。）其所謂道，道其所道，非吾所謂道
> 也；其所謂德，德其所德，非吾所謂德也。凡吾所謂道德云
> 者，合仁與義言之也，天下之公言也；老子之所謂道德云
> 者，去仁與義言之也，一人之私言也。（《古文關鍵》卷上，頁
> 37-38）

此為韓愈〈原道〉第一大段的第一、二節。全文一開始，韓愈標榜
儒家之道的同時，也提出了他主要的批判對象——老子。因此「彼
以煦煦為仁」這三句，先斷定老子之說不可取，以下再逐一將老子
的仁、義、道、德作反面對舉，強調自己的仁、義、道、德與他完
全不同。由於針對性十分鮮明，批判性十足，因此也視之為「綱
目」的表現手法。

再如蘇洵〈春秋論〉一文：

> 夫子之作《春秋》也，（方入本意救轉。）非曰：「孔氏之書
> 也。」又非曰：「我作之也。」賞罰之權，不以自與也。
> （與後「與」字相應。）曰：「此魯之書也，（綱目。）魯作之
> 也。」有善而賞之，曰：「魯賞之也。」有惡而罰之，曰：
> 「魯罰之也。」（說破到此方明說。）（《古文關鍵》卷下，頁
> 163）

引文為蘇洵〈春秋論〉一文的中段。作者討論孔子作《春秋》
之義，不是想得到著述之名，而是希望行「賞罰」之實；然而這些

「賞罰之權」不是孔子所有，乃魯國所有，只因世衰道微，故孔子作《春秋》。由於此處直接講明孔子不求著述之名的態度，因此呂祖謙肯定為文章中的「綱目」所在。

再如蘇洵〈審勢〉一文：

> 天下之勢有強弱，聖人審其勢而應之以權。（主意。）勢強矣，強甚而不已，則折；勢弱矣，弱甚而不已，則屈。聖人權之，而使其甚不至於折與屈者，威與惠也。（綱目。）夫強甚者，威竭而不振；弱甚者，惠褻而下不以為德。故處弱者利用威，而處強者利用惠。乘強之威以行惠，則惠尊；乘弱之惠以養威，則威發，而天下震慄。故威與惠者，所以節制天下強弱之勢也。（一篇筋骨在此數行。）……
>
> 噫！有可強之勢如秦，而反陷於弱者，何也？習於惠而怯於威也，惠太甚而威不勝也。（綱目。）夫其所以習於惠而惠太甚者，賞數而加於無功也；怯於威而威不勝者，刑弛而兵不振也。由賞與刑與兵之不得其道，是以有弱之實著於外焉。何謂弱之實？曰：官吏曠惰，職廢不舉，而敗官之罰不加嚴也；多贖數赦，不問有罪，而典刑之禁不能行也；……（鋪敘。）（《古文關鍵》卷下，頁 180、184-185）

這兩段文字分居於〈審勢〉一文的前半與後半。重點是蘇洵先立下全篇的主意，再圍繞著「聖人審其勢而應之以權」立說，別出新義，挑明「威與惠」能夠調節「勢強」與「勢弱」的缺失，論點十分特殊，引人注目，故呂祖謙標明此處為「綱目」。到了文章後

段，再申述「習於惠而怯於威」的不當，論點由前文而來，有呼應的效果，因此再次被呂祖謙標明為「綱目」。

又如蘇洵〈上田樞密書〉的第一段寫道：

> 天之所以與我者，豈偶然哉？堯不得以與丹朱，舜不得以與
> 商均，（「與」字是眼目。）而瞽瞍不得奪諸舜。（「與」生
> 「奪」。）發於其心，出於其言，見於其事，確乎其不可易
> 也。聖人不得以與人父，不得奪諸其子，於此見天之所以與
> 我者，不偶然也。（一篇綱目。）（《古文關鍵》卷下，頁196）

這裡先說「天之所以與我者」，既無法將其給與他人，別人也無法奪走，由此可知人生而有命定的成分，絕非偶然。全文由「與」字生出「奪」字，文意由此展開，因此呂祖謙說它是「一篇綱目」。

再如蘇軾〈子思論〉一文，也是在文章開頭明示「綱目」的寫法：

> 昔者夫子之文章，非有意於文，是以未嘗立論也。（綱
> 目。）所可得而言者，唯其歸於至當，斯以為聖人而已矣。
> 夫子之道，可由而不可言，可知而不可議，此其不爭於區區
> 之論，以開是非之端，是以獨得不廢，以與天下後世為仁義
> 禮樂之主。（《古文關鍵》卷下，頁202-203）

以孔子「未嘗立論」的說法作為起筆，其目的是為了說明後世孟子性善、荀子性惡、揚子性善惡混的說法，都是徒增紛擾，不如孔子、子思不多言性，而且「未有必然之論」，反而是一種「善於

立論」的作法。蘇軾的寫作用意在此，因而呂祖謙認為本文首句就已經立下了本文的「綱目」。

在文章首句提出「綱目」，再由此貫穿全篇，也是蘇軾常用地寫作手法。譬如蘇軾〈留侯論〉一文開頭寫道：

> 古之所謂豪傑之士，必有過人之節。人情有所不能忍者，（一篇綱目在「忍」字。）匹夫見辱，拔劍而起，挺身而鬥，此不足為勇也。天下有大勇者，卒然臨之而不驚，無故加之而不怒，此其所以挾持者甚大，而其志甚遠也。（一篇意在此數句。）（《古文關鍵》卷下，頁218）

此處從《史記》原文，看出張良（?-前185）「能忍」是他一生成功的關鍵。這種人物史論的寫法，是讀者補充原作者未及敘述出來的部分，符合當代接受美學「期待視野」的說法——亦即讀者的閱讀活動，會關注到文本沒有記載到的地方，從而填補文本的空白，滿足讀者的審美經驗和期待視野。[10]筆者注意到蘇軾此文多次提及

---

10 此處借用西方接受美學的觀念。龍協濤（1945-）：《讀者反應理論》（臺北：揚智文化公司，1997年3月）說：「完整的接受美學由兩個相互區別的研究方向組成，以姚斯（Hans Robert Jauss，1921-1997）為代表的接受研究，著重於讀者研究，關注讀者的審美經驗和期待視野，致力於建設新的文學史理論。在方法論上更多地採用社會──歷史的研究法；而以伊舍（Wolfgang Iser，1926-2007）為代表的效應研究，則著重於接受活動中的文本研究，關注文本的空白和召喚結構，關注閱讀過程本身和這一過程中的相互作用。它更多地採用文本的反應分析方法。兩種研究相互補充，共同構成接受美學後期的交流（對話）理論的總體構架。」參見該書第4章，頁88。

「忍」字:「彼其能有所忍也,然後可以就大事」、「深折其少年剛銳之氣,使之忍小忿而就大謀」、「觀夫高祖之所以勝,項籍之所以敗者,在能忍與不能忍之間而已矣。」然而呂祖謙的夾批不再標示這些「忍」字的出現有無呼應、反覆、繳結的作用,只在文章首句交代過一次「一篇綱目在『忍』字」,就足以代表整篇文章處處有「忍」字的作用。

此外,蘇軾〈倡勇敢〉一文也是一篇在文章首句提出「綱目」的明顯例子:

> 戰以勇為主,以氣為決,(綱目。)天子無皆勇之將,而將軍無皆勇之士。是故致勇有術,致勇莫先乎倡,倡莫善乎私,(相應。)此二者,兵之微權。英雄豪傑之士,所以陰用而不言於人,而人亦莫之識也。臣請得以備言之。(《古文關鍵》卷下,頁253)

此處也是文章開頭的第一段文字。先說「戰以勇為主」,為全文奠定基石,後文全由此申論下去。蘇軾在本文多次提及「勇怯」、「勇者」、「致勇」……,但是呂祖謙的夾批不再說明這些「勇」字的出現有無寫作技巧,而是在文章首句交代過一次「綱目」,就足以代表整篇文章處處有「勇」字的作用。由此觀之,「綱目」有提綱挈領的意思,是指在全文中引領作用的一種寫法,不需要再三重覆叮嚀它的出現。

再如蘇軾〈范增論〉一文,文中用了許多筆墨討論范增應該何時離開項羽,先是說:「增之去,當於羽殺卿子冠軍時也。」而後文章開始鋪敘,中間有幾處討論到義帝:

義帝之存亡，（幹轉好，是關鍵、警策、精髓處。）豈獨為楚之盛
衰，亦增之所與同禍福也；未有義帝亡而增獨能久存者也。
（關鎖切而當。）……
吾嘗論義帝，天下之賢主也。（開。綱目。）獨遣沛公入關，
不遣項羽；識卿子冠軍於稠人之中，而擢以為上將，不賢而
能如是乎？（文字出沒。自此解殺冠軍、殺義帝。）羽既矯殺卿子
冠軍，義帝必不能堪；（此二句是羽殺冠軍、殺義帝之自。）非羽
弒帝，則帝殺羽，不待智者而後知也。（最道得好。）
增始勸項梁立義帝，諸侯以此服從；（綱目。）中道而弒之，
非增之意也。夫豈獨非其意，將必力爭而不聽也。不用其
言，而殺其所立，羽之疑增必自是始矣。（筆力高。）……
增年已七十，合則留，不合則去。（警策。）不以此時明去
就之分，而欲依羽以成功名，陋矣！（關鍵。）（《古文關鍵》
卷下，頁 244-247）

　　蘇軾是從「義帝之存亡」的角度來討論范增的去留。呂祖謙先
點明「義帝之存亡」是「關鍵、警策、精髓處」，而後兩度在「義
帝」登場時，夾批「綱目」二字。首次出現的「綱目」，乍看之下
不明究理，須待呂祖謙抽絲剝繭，解釋項羽必殺義帝的緣故，才感
到豁然開朗。一般說來，看綱目關鍵是從大處看，這裡已經引導讀
者看清楚蘇文的「鋪敘次第」；然則，看警策句法，就是從小處觀
察了。當呂祖謙並提「關鍵、警策、精髓」時，已經表明此文寫到
「義帝」的地方，涉及文章的各處精髓，因此他兩度寫下「綱目」
二字，也提出下文「筆力高」、「警策」、「關鍵」等諸多現象。
這就更讓讀者注意到文章的重點所在。

再如曾鞏〈戰國策目錄序〉一文，其中有兩段話如此說道：

> 蓋法者，所以適變也，不必盡同；道者，所以立本也，不可
> 不一；（此數句蓋一篇骨子綱目。）此理之不易者也。故二子者
> 守此，豈好為異論哉！能勿苟而已矣。……
>
> 惟先王之道，因時適變，為法不同，（應前。）而考之無
> 疵，用之無弊，故古之聖賢未有以此而易彼也。（結有力。）
> （《古文關鍵》卷下，頁304、305-306）

這裡指出戰國策士唯利是圖的心態，不如孔子、孟子二人能堅持理
想，拯救邦國。同樣地先寫出綱目，作為全文的立論基礎，而後下
文與之呼應。這是很常見的運用「綱目」造就出來的一種寫作模
式，呼應效果有時候是很自然地產生出來。

呂祖謙此書注意到張耒〈景帝論〉一文也有立下「綱目」的作
法：

> 古之知人者，不觀其形，而察其情；得其妙，而遺其似。
> （立一篇綱目。）夫天下之善惡，其似者固未必是，而其真
> 者，或不可以形求也。綰，車戲之賤士也，其椎魯庸鈍偶
> 似，夫敦厚長者之形耳。……苟以是為長者而用之，則世之
> 可以持重者多矣。（關鍵。）（《古文關鍵》卷下，頁310）

這篇文章並無高論，只是申述不可以貌取人，尤其是國家之重臣。
文章先立下綱目，而後討論古代人物以之為例證。

又如張耒〈用大論〉一文：

> 能用大而後能治天下，則用大為最難。夫惟有所不治，而後
> 能用大矣。（綱目。）何則？治大者莫若立法，有所不治，
> 而後法立矣。……夫以聖人之智，猶有所屈於事物之變，則
> 立法以求盡天下之理，吾知聖人有所不能。故立法於此，足
> 以通天下之情，至於聰明之所不及，思慮之所難測，出於人
> 情之外者，吾有所不治也。而吾之法立矣。（應綱目。）
>
> （《古文關鍵》卷下，頁 312-314）

　　作者主張立法的起源，「乃出於天下之大情，萬物之常理」，
（同上，頁 314）亦即以全天下大多數人的需求為立法的準則。故在
前文先立下「用大」的原則，由此行文，下文再與之呼應。「知所
以立法而後知用大，知用大而後能不出戶，而天下無遺慮矣。」
（同上，頁 316）姑且不論這種治國理想能否實現，但是作者心中先
有定見，再循此立論，不失為一種能宣揚理念地寫作模式。

　　綜上可知，「綱目」旨在綱舉目張，特重「意義段」的彰顯。
它是文章中的文眼，可以是一兩個字的詞語，也可以是幾句話，重
點在於貫穿全文，乃全篇的主意所在，文意由此展開。（有時，一段
文字中另起一意，也可以有其不是貫穿全文的綱目，而是一個段落中的綱目。
──詳下蘇軾〈韓非論〉評語。）尋找綱目時，往往從字詞的重複運
用，或是文意的重複出現看得出來。也因此，綱目常見於文章的首
段或首句，有提綱挈領的意思，寫得十分深刻、直接明白，顯露而
引人注目。綱目是從大處看，與它相似的關鍵、警策、精髓等，則
是從小處看；當難以區分時，評點家會一併提出。呂祖謙《古文關

鍵》看出綱目的重要，又覺得醒目而容易學習，因而選析了許多這類性質的文章。

(二)效用

前引提及多篇唐宋古文有「綱目」的寫法，以下我們依序討論這類文章的寫作效益問題。

譬如韓愈〈原道〉一文寫到後面，再次提出「夫所謂先王之教者何也？（反覆再應前面說。）博愛之謂仁，行而宜之之謂義，由是而之焉之謂道，足乎己無待於外之謂德。」以下再分說「其文《詩》、《書》、《易》、《春秋》，其法禮、樂、刑、政，其民……，其位……，其服……，其居……，其食……，其為道易明，其為教易行也。」（《古文關鍵》卷上，頁 44-45）這裡用現實生活的事例，以分疏說明的方式，寫出抽象地「道體」的具體內涵。誠如呂祖謙評點所說的，這是一次照應前文的寫作手法，很明顯地達到「主意首尾相應」的效果。

再如蘇洵〈春秋論〉一文寫到後面，持續討論孔子何以有「賞罰之權」而作《春秋》？因此又有很長的篇幅：

> 《春秋》之賞罰，自魯而及於天下，天子之權也，魯之賞罰不出境。（結好。語工。抑揚。）而以天子之權與之，何也？（句法。應前。）曰：天子之權在周，夫子不得已而以與魯也。……故夫子亦曰：「天下不可以無賞罰。」而魯，周公之國也，居魯之地，宜如周公，（歸。聖人意雖未必然，在此篇中形容最出，文甚暢。）不得已而假天子之權，以賞罰天下，以尊周室，故以天子之權與之也。」（「與」字自此說起到

後。）……

夫子作《春秋》以公天下，而豈私一孔丘哉！（**此見精神，亦是先得之意。「公」「私」字是眼目。**）嗚呼！夫子以為「魯國之書」，而子貢之徒以為「孔氏之書」也歟？遷、固之史，有是非而無賞罰，彼亦史臣之體宜爾也。後之效孔子作《春秋》者，吾惑焉。《春秋》有天子之權。天下有君，則《春秋》不當作；天下無君，則天子之權，吾不知其誰與？（**說到後世《春秋》，有君、無君皆不當作，夫子作《春秋》，所以為當。**）天下之人，烏有如周公之後之可與者？（**就此生出三足意。**）與之而不得其人，則亂；不與人而自與，則僭；不與人、不自與而無所與，則散。嗚呼！後之《春秋》，亂耶？僭耶？散耶？（**結有力。**）（《古文關鍵》卷下，頁164-167）

這裡先討論魯國有「賞罰之權」而可以作《春秋》，這是因為周天子授權對魯國的信任；之後再說明《春秋》本是魯國之書，孔子因為無私心，因此撰作此書以明善惡是非。說到「魯之賞罰不出境」，這是「抑」；然而「以天子之權與之」，這是「揚」；文勢有起伏波瀾。末尾再由此申說，後世人只能寫史書，不能作《春秋》，因為即使遭逢亂世，也沒有人獲得如周天子所授與的權力、也沒有人如周公之後所具有的美德可以獲得授權。全文後半反覆討論「授與賞罰之權」的問題，因此呂祖謙評語指出這裡有回應前文的寫法，也提醒讀者，結尾由「與」字的討論生出三個完足的語意，這也是一種鋪敘次第地寫作技巧。不過，呂祖謙對於蘇洵是否真能得到「聖人之意」持有保留的態度，可以看出他具有客觀而嚴謹的分析態度。

　　再如前引蘇洵〈審勢〉一文，文中評語兩度出現「綱目」二字，分布在文章一前一後，距離遙遠，却帶出相呼應的效果。等到論點說明清楚，作者又不嫌辭費，以大量文字分條陳述的方式，說明「弱之實」的具體現象，這就是「鋪敘」的寫法了。「綱目」之後有「鋪敘」，這是讀者需要注意的地方。

　　再如前引蘇洵〈上田樞密書〉一文，首段開頭以疑問句的型態出現了「天之所以與我者，豈偶然哉」這句話，經過一番自問自答之後，在首段末尾就轉為以肯定句的型態出現了「於此見天之所以與我者，不偶然也」這句話。是故，文章首段出現的「與」字，由此延伸至下一段，成為以下反覆論述的依據。接著第二段文字寫道：

> 夫其所以與我者，（過接好。）必有以用我也。（見意。）我知之不得行之，不以告人；天固用之，我實置之；其名曰棄天。自卑以求幸，（鋪敘間架。）其言自小，以求用其道，天之所以與我者何如，而我如此也，其名曰褻天。棄天，我之罪也；褻天，亦我之罪也。不棄、不褻，而人不我用，不我用之罪也，其名曰逆天。……（《古文關鍵》卷下，頁 196-197）

　　本段說明「天之所以與我者」，就是「必有以用我也」——我必能為世所用。這裡「過接好」之餘，又明顯地用了三個間架鋪敘出一段事理：儻若自我放棄或自我矮化見用於世的機會，是為「棄天」、「褻天」，若是他人不用我，則是「逆天」。將自己求仕的機運與天意相結合，也呼應了前段由「與」字生出「奪」字的意思，是別出心裁的寫法。這篇文章如同前引蘇洵〈審勢〉一文，都

是在「綱目」之後有「鋪敘」，可能是作者慣用的寫法之一。蘇洵〈上田樞密書〉寫到末段時說道：

> 洵有山田一頃，非凶歲可以無饑，力耕而節用，亦足以自老。不肖之身不足惜，（句法鍵。）而天之所與者不忍棄，且不敢褻也。（首尾相應。有收拾，有關鎖。）（同上，頁201）

於是將前文求售之心，轉成表明個人也可以隱居終老的心志；而個人的心志，仍然是有機會就待價而沽。因此，呂祖謙說「首尾相應」，再說「有收拾，有關鎖」，都再次證明了文章開頭的「天之所以與我者」是作者明白帶出來的文意。由此可知，「綱目」的作用在於明示全文的主意所在。

再如蘇軾〈荀卿論〉一文：

> 嘗讀孔子世家，觀其言語文章，循循然莫不有規矩，不敢放言高論，（一篇綱目。）言必稱先王，然後知聖人憂天下之深也。……
> 且夫學聖人者，豈必其言之云哉？亦觀其意之所向而已。（應「不敢言」。）夫子以為後世必有不足行其說者矣，必有竊其說而為不義者矣。是故其言平易正直，而不敢為非常可喜之論，（便是前「不敢放言高論」意，此言夫子不為異論。）要在於不可易也。（《古文關鍵》卷下，頁207-208）

這裡如同前幾篇蘇軾文章的共同寫法，在文章開始就立下了「綱目」，比較特別地是，文章中段重覆討論「綱目」所討論過的問題

——「不敢言」，於是很明顯地看出「綱目」是要領，後文與之呼應的作法。

再如蘇軾〈韓非論〉一文：

> 昔周之衰，有老聃、莊周、列禦寇之徒，更為虛無淡泊之言，而治其猖狂浮游之說，紛紜顛倒，而卒歸於無有。（綱目。）由其道者蕩然，莫得其當，是以忘乎富貴之樂，而齊乎死生之分，此不得志於天下，高世遠舉之人，所以放心而無憂。雖非聖人之道，而其用意固亦無惡於天下。（開之於遠。）自老聃之死百餘年，有商鞅、韓非著書，言治天下無若刑名之賢。及秦用之，終於勝、廣之亂，教化不足而法有餘，秦以不祀，而天下被其毒。後世之學者，知申、韓之罪，而不知老聃、莊周之使然。（合之於近。）……
>
> 太史遷曰：「申子卑卑，施於名實。韓子引繩墨，切事情，明是非，其極慘礉少恩，皆原於道德之意。」嘗讀而思之，事固有不相謀而相感者，（段中一柱又綱目。）莊、老之後，其禍為申、韓。由三代之衰，至於今，凡所以亂聖人之道者，其弊固已多矣，而未知其所終，奈何其不為之所也。（結不盡意。）（《古文關鍵》卷下，頁 211-214）

這篇文章的主旨是在批判韓非（約前 280-前 233）「亂天下」，然而却遠從老聃（?-?）、莊周（前 350?-前 270?）說起，這符合司馬遷（前 145-前 87?）《史記》將老、莊、申（不害，前 420-前 337）、韓合為一傳的精神。文中先比較老、莊和申、韓的不同。其中說到老、莊「卒歸於無有」、「其用意固亦無惡於天下」，真是天外飛來一

筆，由此對比申、韓太過有所作為，終於危害天下。蘇軾已經看出老、莊與申、韓的絕大不同，因此呂祖謙點明老、莊「卒歸於無有」的說法，是全文立論的一大基礎，須加以重視。文中指出老、莊「其用意固亦無惡於天下」，呂祖謙評論此乃「開之於遠」，對應到下文申、韓二人的作法，呂祖謙評論此乃「合之於近」。可見前面鋪敘開來，後面縮合前文，兩相呼應，揭示出韓非之罪源自老、莊的主意。到了文章末段，引述司馬遷之言，更驗證了老、莊與申、韓的關係，可以作全文的總結。然而蘇軾忽然又另起一意，感慨世間有許多偶發的事件，演變至今日，亦不知何時有個了結，這又是一個值得注意的地方。因為它與前面的「綱目」所指涉的意義不同，因此呂祖謙說這是「段中一柱又綱目。」可見，文章中的綱目不見得只有一處，不過，它們都是文中立論的重點，讀者須留心閱讀。

又如曾鞏〈唐論〉一文：

> 夫有天下之志，有天下之材，又有治天下之效，（結。）然而不得與先王並者，法度之行，（鎖處以先王說，則提綱起好。）擬之先王未備也。（綱目。自此以下放開說。）禮樂之具，田疇之制，庠序之教，擬之先王未備也。（抑。）躬親行陣之間，戰必勝，攻必克，天下莫不以為武，（揚。）而非先王之所尚也。（抑。）四夷萬里古所未及，以政者莫不服從，天下莫不以為盛，（揚。）而非先王之所務也。（抑。）
> （《古文關鍵》卷下，頁290）

這裡先收結前一段的內容，再開啟新的論點。文中從反面立論，說

明為何有志於行道，却仍然達不到先王之治的原因。曾鞏寫〈唐論〉一文的目的是借古諷今，尤其側重對唐太宗的描述，是為了引導宋朝皇帝「見賢思齊、見不賢而內自省」，（《論語·里仁》）走上「聖君」一途。因而他不煩辭費地用了綱目分疏的方式，說出四種情形是唐太宗不如古代先王的原因，而在本段起句說出「擬之先王未備也」之後，即分別以「禮樂之具，田疇之制，庠序之教」三個排句，說明不如先王之治的情形。文中「擬之先王未備也」、「非先王之所尚也」、「非先王之所務也」都是「抑」，「天下莫不以為武」、「天下莫不以為盛」都是「揚」；這說明了「綱目」之後「鋪敘次第」的方式，固然是以「分條疏陳」最為常見，但也可以兼用「抑揚」的作法。呂祖謙《古文關鍵》一書常常點明「抑」、「揚」之處，顯然他十分重視這個寫作技巧。

　　再如曾鞏〈救災議〉一文，與〈唐論〉的寫法有些相似。他說：

> 百姓患於暴露，非錢不可以立屋廬；患於乏食，非粟不可以飽，（轉。兩句綱目。此一段文字有操縱。）二者不易之理也。非得此二者，（抑揚。）雖主上憂勞於上，使者旁午於下，無以救其患、塞其求也。（結。關鎖破前說。）（《古文關鍵》卷下，頁 292）

　　河北發生地震、水災，朝廷應變的能力不足，雖然「恩其厚也」，然而無法救急。這裡深刻地指出眼前的問題癥結所在，呂祖謙看出由此分疏下文，故以「兩句綱目」稱之。下文分段說明目前賑災的作法「非深思遠慮為百姓長計也」、（同上，頁 293）「又非

深思遠慮為公家常計也」，（同上，頁294）而後又轉出與前文相應之道，提出「彼得錢以完其居，得粟以給其食」（同上，頁297）才是「深思遠慮為百姓長計」、（同上，頁297）「深思遠慮為公家長計」（同上，頁298）的正確作法。全文骨幹已立，架構清楚完整，「藏富於民」的內容也因此得以暢敘明白。

　　綜上可知，「綱目」的寫法直接而強烈，或從正面立論，氣勢奔騰而下；或從反面立論，針對對方意見反駁，批判性十足。最常表現的形態有三種：

　　一是字詞的重複運用、前後呼應、繳結；甚至於由一個字眼生出另一個字眼，帶出全文的論述，很自然地產生主意首尾相應的效果。譬如韓愈〈原道〉、歐陽脩〈縱囚論〉、〈本論下〉、〈春秋論中〉、蘇洵〈春秋論〉、〈審勢〉、〈上田樞密書〉、蘇軾〈荀卿論〉、〈鼂錯論〉等皆是。

　　二是在文章的首段或首句立下全篇的主意後，下文由此鋪敘次第。此時可以採用分疏立柱的方式，在文章後段分項來說，譬如韓愈〈原道〉以分疏說明的方式，寫出抽象地「道體」的具體內容；蘇洵〈春秋論〉的結尾由「與」字的討論生出三個完足的語意；蘇洵〈審勢〉以大量文字分條陳述的方式，說明「弱之實」的具體現象；蘇洵〈上田樞密書〉明顯地用了「棄天」、「褻天」、「逆天」三個間架鋪敘出一段事理；曾鞏〈唐論〉用分條疏陳的方式，說出四種唐太宗不如古代先王的情形等。

　　三是運用抑揚、開合的寫作手法，一正一反，或是一高一低的語意，開展間架；也可以運用開、合的寫作手法，啟萌後文。譬如蘇洵〈春秋論〉、曾鞏〈唐論〉語句的高昂低沉、蘇軾〈韓非論〉有「開之於遠」又「合之於近」的段落的開合等。

　　以上鋪敘、抑揚、開合的作法，皆可造成綱舉目張，總提分應的效果。前引呂祖謙《古文關鍵》「總論看文字法」說道：「看綱目關鍵，如何是主意首尾相應，如何是一篇鋪敘次第，如何是抑揚開合處。」他說明了看綱目的三個重點，這不是泛泛虛語。由於都是貫穿全文的寫法，因此能收拾前文，切當地關鎖前文，有力量地作出全文的總結，很明顯地可見其寫作效果。

四、「血脈」的定義與效用

　　以上討論完綱目後，再來考察血脈。「綱目」有形，「血脈」無形，後者較難察覺，故而《古文關鍵》點評「血脈」之處不多。

(一)定義

　　前引呂祖謙〈論作文法〉已經說明「文字一篇之中，須有數行齊整處，須有數行不齊整處」，這自然造成文句「或緩或急，或顯或晦，緩急顯晦相間，使人不知其為緩急顯晦」地寫作效果，然而，呂祖謙更明白地指出，這時候會出現「常使經緯相通，有一脈過接乎其間，然後可」的作法：「蓋有形者綱目，無形者血脈也。」由此說來，「綱目」與「血脈」雖然是相對的詞語，但是在文章中同樣具有「過脈」的作用，也就是連接前後文意，使許多參差不齊的文句，組合成完整的有機體結構。在前節討論「綱目」時，發覺「綱目」有在篇首立柱、由此鋪敘下文，或者在篇中、篇末與前文呼應等具體效用，的確幫助文章形成完美的結構。「血脈」也可能有類似的具體效用。

　　然而，「綱目」與「血脈」有很大的不同，即是「或顯或晦」

的差異性。讀者往往可以從文眼中尋得「綱目」的「顯」的作用；但是當讀者太過於看重詞語的重覆出現時，往往忽略了「血脈」的「晦」的作用也可以從文眼中尋得。

(二)效用

　　《古文關鍵》選錄了歐陽脩〈縱囚論〉一文，此文篇題下有小字標示：「此篇反覆有血脈。」[11]這裡明白地指出，「血脈」也是由文意文句的「反覆」看得出來。「反覆有血脈」的概念是指文意？或是文句？還是詞語呢？此處的判斷應當是指文意為主。一般

---

[11] 篇題下的小字，應當是出自《古文關鍵》的注解者〔宋〕蔡文子之手。今本《古文關鍵》〔清〕張雲章序說：「東萊呂子《關鍵》一編，……觀其標抹評釋，亦偶以是教學者，乃舉一反三之意。」（《古文關鍵》，頁1-2）而在書首不注明撰人的〈重刊東萊先生《古文關鍵》凡例〉說：「東萊先生此編，家藏兩宋刻，刻有先後，評語悉同，皆以抹筆為主，而疏密則殊。一本稍前者，每篇抹不過數處，皆綱目關鍵；其稍後一本，所抹較多，并及於句法之佳者。今將二本參酌互用，第恐抹多而汩其面目，大槩從前本為多；其接頭處用抹，則從後本。」（《古文關鍵》，頁5）宋代的兩種刻本評語相同，由此推想，極有可能都是來自呂祖謙。至於篇題下的小字和正文下的小字，從體例上來說，相當接近，可能出自同一人。〈重刊東萊先生《古文關鍵》凡例〉又說道：「後本有蔡文子註，其中習見者可刪，缺略者宜補，恐損其真，今皆仍之。」（《古文關鍵》，頁7）筆者發覺，《古文關鍵》書中所選歐陽脩〈縱囚論〉一文的篇題下小字，幾乎都是抄錄正文中的夾批而來，全書罕見此情形；蘇軾〈荀卿論〉一文的篇題下小字寫道：「此篇前罵後略取，綱目在『不敢放言』上面平說來。雖是平說，如有規矩，一句亦有句法。」（《古文關鍵》卷下，頁207）此處的用語較為粗俗，讀來的氣味感覺與呂祖謙夾批有些差距，因此傾向於認定不是出自呂祖謙之手，當出自蔡子文之手。不過，蔡子文註解時間甚早，受到他的影響的人並不少，故一併列入討論。

用法是把「文句」或「詞語」說成「重覆」，不必用「反覆」；「反覆」通常指「文意」，而這「文意」又是從許多文句之間的變換使用而來。因此，《古文關鍵》選錄〈縱囚論〉一文時，雖然沒有任何一個評語明白指出哪些文句有「血脈」，但是讀者仍然可以從文意（兼及文句之間的變換使用）來觀察「血脈」這個概念的運用情形。為了方便討論起見，先節錄歐陽脩〈縱囚論〉原文及呂祖謙的評點如下：

> 信義行於君子，而刑戮施於小人。（立兩句柱發起。）刑入於死者，乃罪大惡極，此又小人之尤甚者也。（接得住，有力。此二段格，精神。眼目應得出重。）寧以義死，不苟幸生，而視死如歸，此又君子之尤難者也。（下兩「尤」字最精神。）
>
> 方唐太宗之六年，（先藏此句不閒，應在後。）錄大辟囚三百餘人，縱使還家，約其自歸以就死：是以君子之難能，期小人之尤者以必能也。（結上二段。十分說君子、小人，又收得緊。）其囚及期，而卒自歸，無後者：是君子之所難，而小人之所易也。此豈近於人情哉？（疑詞設問。）
>
> 或曰：「罪大惡極，誠小人矣。及施恩德以臨之，可使變而為君子；（上既疑了，此段為太宗解。）蓋恩德入人之深，而移人之速，有如是者矣。」曰：「太宗之為此，所以求此名也。（一篇本意。此二段說太宗骨髓出。警策。）然安知夫縱而去也，不意其必來以冀免，所以縱之乎？又安知夫被縱而去也，不意其自歸而必獲免，所以復來乎？（是此一篇根本。）夫意其必來而縱之，（緩緩說下，方說「上下相賊」語。）是上賊下之情也；（是「上賊下」、「下賊上」二句，須自前引來，若直說

便不好。要下此語，亦如孟子言楊、墨比禽獸，必先說「為我無君」、「兼愛無父」之類。）意其必免而復來，是下賊上之心也。吾見上下交相賊，以成此名也，（驚人險語。）烏有所謂施恩德，與夫知信義者哉？不然，太宗施德於天下，於茲六年矣，不能使小人不為極惡大罪，而一日之恩，能使視死如歸，而存信義；此又不通之論也。」（文愈壯愈緊。此文字豐厚處，若便接「何為而可」，覺單弱。）

「然則，何為而可？」（難。）曰：「縱而來歸，殺之無赦；而又縱之，而又來，則可知為恩德之致爾。」然此必無之事也。（結盡。）若夫縱而來歸而赦之，（欲說不可為常，先立此句。）可偶一為之爾。（此一句已藏「常法」意。一句勝一句。）若屢為之，則殺人者皆不死，是可為天下之常法乎？不可為常者，其聖人之法乎？（此就一字上生意。先說聖人，所以引入堯舜三王事。）是以堯舜三王之治，必本於人情；不立異以為高，不逆情以干譽。（前不說堯舜三王，留在後結，詞盡而意無窮。）（《古文關鍵》卷上，頁112-114）

通讀全篇後，可以感受到反覆論難的過程。全文先以君子、小人作對比，而信義、刑戮加諸於君子、小人身上，成為牢不可破的印記。接著歐陽脩說：「刑入於死者，乃罪大惡極，此又小人之尤甚者也。寧以義死，不苟幸生，而視死如歸，此又君子之尤難者也。」這裡語意強烈，呂祖謙云：「眼目應得出重。」、「下兩『尤』字最精神。」接著從「方唐太宗之六年，錄大辟囚三百餘人……」起，交代事情的始末，呂祖謙云：「先藏此句不閑，應在後。」到了後面說道：「不然，太宗施德於天下於茲六年

矣……」，這裡的確呼應了前文，故呂祖謙云：「上既說太宗骨髓了，下如無此段，則文字單弱；前入太宗事已說六年了，此又說六年，亦有未盡意，是重臺格。」（《古文關鍵》卷上，頁 113）「六年」二字固然不容忽略，然而這會流於辭格的討論，同時「重臺格」的照應說法，也太過具體有形。以上都是顯而易見的強烈語氣，有對比，有照應，皆屬於有實質形式的「綱目」範例。

也因此，可以更加確定須從文句尋找「血脈」，而且「反覆有血脈」的意思不在於「詞語的重覆」，而應該是「文意的反覆出現」。譬如作者在敘述唐太宗縱囚事件的原委時，已經有娓娓敘來，不急而稍緩的語氣，其中「是以君子之難能，期小人之尤者以必能也」、「是君子之所難，而小人之所易也」這兩句話語意相近，而變換語詞再提問，已經有一點反覆論辯的味道。以「君子之難能」換成「小人之所易」的行為，「此豈近於人情哉？」這裡點出「人情」；文章中段也曾經論述「上賊下之情」、「下賊上之心」的不近情理；文末也以「堯舜三王之治，必本於人情」作收。可見「人情」此一判準，在全文反覆出現，讓人讀來回味再三，有餘音繞梁的感覺。

本文的「血脈」還可以從第三段看出。

第三段試圖為唐太宗開脫，反而引出一篇本意。「然安知夫縱而去也，不意其必來以冀免，所以縱之乎？」這是一問。「又安知夫被縱而去也，不意其自歸而必獲免，所以復來乎？」這又是一問。「夫意其必來而縱之，是上賊下之情也」，這是戳破第一問的說法；「意其必免而復來，是下賊上之心也。」這是戳破第二問的說法。看他都是「緩緩說下」，語氣不忿不急，却又條理分明。而後收束上文說：「吾見上下交相賊，以成此名也，烏有所謂施恩

德，與夫知信義者哉？」這真是戳破了歷來天大的謊言，所以呂祖謙說這句話是「驚人險語。」作者在這段文字中反覆質疑、戳破歷史的假相，然而用詞並不嚴厲、直接，像「棉裡針」一樣，這不是很接近不露形跡的「血脈」手法嗎？

這一段文字的最後，再加上一些筆墨：「不然，太宗施德於天下，於茲六年矣，不能使小人不為極惡大罪，而一日之恩，能使視死如歸，而存信義；此又不通之論也。」這又延伸了論難的內容，單獨評論小人的行為，再次提出質疑，如同呂祖謙所說：「此文字豐厚處，若便接『何為而可』，覺單弱。」刪除這一小節文字，直接把「然則，何為而可」接在「烏有所謂施恩德，與夫知信義者哉？」之後的話，語意還是連貫的，但是終究減了幾分氣力。這正是無形的「血脈」的發用。

此文的末段，仍然是前文一貫的寫法，從提問之中尋求解套，還是分兩路來說。「縱而來歸」是一路，「而又縱之」是另一路；「可偶一為之爾」為一層，「不可為常者」為另一層。呂祖謙說到「可偶一為之爾」這一句：「已藏『常法』意。」意謂文意潛藏在後；等到後文「不可為常者」出現，就單就「常」字生發出許多治國之道的意見。文章一層引出一層，引出最後立意正大的結論。歐陽脩〈縱囚論〉的確是通篇有血脈的文章，表現在文意之間的妙手安排，尤其以文章中段、末段為勝。

綜上可知，「血脈」旨在反覆論難，也是「意義段」的彰顯。它也是文章中的文眼，全篇的主意所在。但是不像綱目那般，有對比，有照應，用強烈的語氣說出主旨；而是從看似不經意的詞語中，反覆論難，不斷重複出埸文意而看得出來。歐陽脩〈縱囚論〉可能是有「血脈」的典型。此文有反覆論難的過程，經由兩路敘

寫、提問、反覆質疑，戳破歷史的假相，然而用詞並不嚴屬，還可
以延伸論難的內容，使文字更為豐厚圓潤。由此可知，血脈也是從
大處看，能串連語意、一層引出一層，延伸文意主旨，具有前後呼
應、詞意無窮的效用。然而，它常見於文章的中間或後段。

五、「綱目」與「血脈」交互作用的考察

《古文關鍵》單獨點評「血脈」的文章，只有前述歐陽脩〈縱
囚論〉一篇，另有兩篇文章歐陽脩〈本論下〉、〈春秋論中〉，則
是在評語中「綱目」與「血脈」並提。以上這三篇文章都可以從
「綱目」與「血脈」交互作用的角度進行考察。

譬如歐陽脩〈本論下〉是一篇闢佛文章，文章先說起「佛有為
善之說」，因此人民「相率而歸焉」；又說道中國自古為禮義之
邦，也能導民為善，只是「佛之說熟於人耳、入乎其心久矣。至於
禮義之事，則未嘗見聞。今將號於眾曰：『禁汝之佛而為吾禮
義！』則民將駭而走矣。莫若為之以漸，使其不知而趣焉可也。蓋
鯀之治水也障之，故其害益暴，及禹之治水也導之，則其患息。蓋
患深勢盛，則難與敵，莫若馴致而去之易也。」呂祖謙說到「莫若
為之以漸」這句話是「主意」所在，而且寫得很溫婉。（《古文關
鍵》卷上，頁127）〈本論下〉接著寫道：

> 今堯舜三代之政，其說尚傳，其具皆在。誠能講而修之，行
> 之以勤，而浸之以漸，（血脈相應。）使民皆樂而趣焉，則充
> 行乎天下，而佛無所施矣。……奚必曰：「火其書而廬其
> 居」哉！……

救之莫若修其本以勝之，捨是而將有為，雖賁、育之勇，孟軻之辯，太公之陰謀，吾見其力未及施，言未及出，計未及行，而先已陷於禍敗矣。何則？患深勢盛，難與敵，（**綱目相應。**）非馴致而為之莫能也。故曰：修其本以勝之。作〈本論〉。（《古文關鍵》卷上，頁127-131）

　　比較上述兩段文字，發覺同樣都是在文章中有相呼應的寫法，譬如文章中段又出現「然非行之以勤，浸之以漸，則不能入於人而成化」，呂祖謙在此處的夾批寫了「相應」二字；（《古文關鍵》卷上，頁129）而文章末段所出現的「患深勢盛，難與敵，非馴致而為之莫能也」，又與前文「蓋患深勢盛，則難與敵，莫若馴致而去之易也」相應；可見在這篇長文中，作者反覆表明的立場就是從教化做起，用溫和的手段推廣禮義，自然能屏退佛法。然而不同的是，講到溫和的手段時，是「血脈相應」，講到佛法勢力強大難以正面衝突時，是「綱目相應」。這裡明白指出「綱目」與「血脈」在寫作上都有「相應」的效果，但是前者語氣柔和，後者語氣剛毅，兩者之間有些差異。

　　再如歐陽脩〈春秋論中〉一文：

孔子何為而修《春秋》？正名以定分，求情而責實，別是非，明善惡，此《春秋》之所以作也。（**名分、情實、是非、善惡是綱目處。**）

自周衰以來，臣弒君，子弒父，諸侯之國相屠戮，而爭為君者，天下皆是也。當是之時，有一人焉，能好廉而知讓，立乎爭國之亂世，而懷讓國之高節，孔子得之於經，宜如何而

別白之？宜如何而褒顯之？其肯沒其攝位之實，而雷同眾君，誣以為公乎？（綱目。）

所謂攝者，臣行君事之名也。（作兩段說「攝」字。）伊尹、周公、共和之臣嘗攝矣，不聞商周之人謂之王也。使息姑實攝，（蔡文子註：息姑，魯隱公名。）而稱號，無異於正君，則名分不正，而是非不別。夫攝者，心不欲為君，而身假行君事，雖行君事，而其實非君也。今書曰「公」，則是息姑心不欲之，實不為之，而孔子加之，失其本心，誣以虛名，而沒其實善。（警策。）夫不求其情，不責其實，而善惡不明如此，（綱目相應。）則孔子之意疏，而《春秋》謬矣。《春秋》辭有同異，尤謹嚴而簡約，所以別嫌明微，慎重而取信，其於是非善惡難明之際，聖人所盡心也。（血脈。）息姑之攝也，會盟、征伐、賞刑、祭祀，皆出於己，舉魯之人，皆聽命於己，其不為正君者幾何？惟不有其名耳。使其名實皆在己，則何從而知其攝也。故息姑之攝與不攝，惟在為公與不為公，別嫌明微，繫此而已。……

孔子於名字氏族，不妄以加人，其肯以「公」妄加於人而沒其實乎？（「名實」字是眼目。）以此而言，隱實為攝，則孔子決不書曰「公」，孔子書為「公」，則隱決非攝。（《古文關鍵》卷上，頁132-135）

以上引文是〈春秋論中〉的前大半段。作者先揭示孔子修《春秋》很重視「名分、情實、是非、善惡」的態度，故呂祖謙說這是本文的「綱目處」。而全文旨在討論息姑是否攝位以及有無名分這件事情，故而第二段末尾「其肯沒其攝位之實，而雷同眾君，誣以

為公乎？」呂祖謙說這是「綱目」所在。接著提到息姑如果有「攝政」，而孔子稱他為「公」，這是「不求其情，不責其實，而善惡不明如此」的作法，那麼就是「孔子之意疏，而《春秋》謬矣。」事實當然不是如此。作者肯定《春秋》的價值，因而反證息姑是位正人君子，「孔子書為『公』，則隱決非攝。」於此，作者有許多精細的辯證，目的在證明「其於是非善惡難明之際，聖人所盡心也。」這用心良苦處，呂祖謙評為「血脈」。仔細觀察之，第一次、第二次出現的「綱目」評語，是從《春秋》大義討論到本文的主角息姑──魯隱公，關涉全文，因此說法可以成立。第三次出現的「綱目相應」評語，只能說與原文的「明善惡」（即第一次「綱目處」的原文）有些呼應；但是就內容來說，反而是負面否定孔子的話，實不宜列為「綱目」，改為「相應」二字即可。同理，此處所謂的「血脈」，也只是因為字面上的雷同──「其於是非善惡難明之際」與原文的「明善惡」（即第一次「綱目處」的原文）有些呼應，因而被標示出來。就文章內容觀之，此處並未交代文意，也未見文意上的「反覆」作用，不足以構成某種很好的文章技巧。因此，筆者初步認為，這裡不宜說是「綱目」或「血脈」，如果只因字面相似而逕稱之，可能會抹煞了這種寫作技巧的價值。

再如蘇軾〈鼌錯論〉一文：

> 天下之患最不可為者，名為治平無事，而其實有不測之憂。……惟仁人君子豪傑之士，為能出身為天下犯大難以求成大功。……
> 天下治平，無故而發大難之端：吾發之，吾能收之，然後有辭於天下。（起好。是一段起頭。一篇主意，關鍵、警策、綱目在

此。）事至而循循焉欲去之，使他人任其責，則天下之禍，必集於我。

……古之立大事者，不惟有超世之才，亦必有堅忍不拔之志。（與前相應。血脈。）……惟能前知其當然，事至不懼，而徐為之圖，是以得至於成功。

夫以七國之強而驟削之，其為變豈足怪哉！（不粘綴，脫洒。略說七國。與「當然」相應。）錯不於此時捐其身，為天下當大難之衝，（筋骨。句壯。）而制吳、楚之命，乃為自全之計，（與後相應。）欲使天子自將而己居守。且夫發七國之難者誰乎？己欲求其名，安所逃其患？（難。此數句起得好，如平波淺瀨中忽跳起一浪。）以自將之至危，與居守之至安，己為難首，擇其至安，而遺天子以其至危，（利害明白。）此忠臣義士所以憤惋而不平者也。

……使吳楚反，錯以身任其危，（綱目關鍵。）日夜淬礪，（下語警策處好。）東向而待之，使不至於累其君，則天子將恃之以為無恐，（至此文字最有力。）雖有百袁盎，可得而間哉？……

嗟夫！世之君子，欲求非常之功，則無務為自全之計。使錯自將而討吳、楚，未必無功。（與前相應。）唯其欲自固其身，而天子不悅，奸臣得以乘其隙。錯之所以自全者，乃其所以自禍歟？（「嗟夫」以下一段近乎緩，惟前有「日夜淬礪」幾句有力，雖緩亦前後相應，做文字要知此處。）（《古文關鍵》卷下，頁223-226）

在這篇文章中，提到許多主意、關鍵、警策、綱目、呼應的地

方，這些都可以統攝於「綱目」之下，是「有形」的文章作法，前文已經舉例分析很多，故不再贅述。蘇軾的古文風格，可以歸入陽剛之屬，因此上述文章中，筆墨用力處隨處可見。然而本文一開始反覆論理，說明「君子豪傑之士」的行止，而後強調出「古之立大事者，不惟有超世之才，亦必有堅忍不拔之志。」這是文章中的一股伏流。由於全文主要是闡明鼂錯未能承擔責任，以致遭來殺身之禍，這是明白地論述；因而有關「堅忍不拔之志」這類的論述，看來不是指稱主角人物，但是又與主角人物息息相關的討論，就可以納入「無形」的「血脈」作法討論了。

另外值得注意的是，呂祖謙的評點往往能注意到文章的跳接起伏，譬如「夫以七國之強而驟削之，其為變豈足怪哉！」這裡不是順著前文說理的文句而來，而是用一種「不粘綴」的跳脫手法，敘述七國故事，由此帶出主意。「且夫發七國之難者誰乎？」以下，也是「忽跳起一浪」，其下接連幾個問句，讓文勢有起有伏，也因此有緩有急。到了文章末尾，呂祖謙的夾批更明白指出：「『嗟夫』以下一段近乎緩，惟前有『日夜淬礪』幾句有力，雖緩亦前後相應，做文字要知此處。」這裡明白講出作者創造出來的「近乎緩」的效果，以及「雖緩亦前後相應」，正是一般讀者不容易看出的「血脈」。細察「世之君子，欲求非常之功，則無務為自全之計」這幾句話，與前文一再提示鼂錯應當「制吳、楚之命」，不應該「為自全之計，欲使天子自將而己居守。」鼂錯應當「以身任其危，日夜淬礪，東向而待之，使不至於累其君。」這些話都是前後呼應的。由此觀之，前文有許多關鍵、警策的用語，加強了語氣，是為「綱目」；而後來又有些提問、感歎的語氣，讓文章緩緩奔流而下，是為「血脈」；不論語氣或急或緩，都能達到前後相應的效

果。在這篇文章中,語氣由急速轉而舒緩下來,「綱目」與「血脈」一前一後地交互出現,達成了相輔相成地寫作效果。

綜上可知,當「綱目」與「血脈」同時在一篇文章中出現時,會看到其中明顯地不同效用。譬如歐陽脩〈本論下〉講到溫和的手段時,是「血脈相應」,講到佛法勢力強大難以正面衝突時,是「綱目相應」。兩者皆有「呼應」的作用,然而一柔一剛之間,透露出行文手法的不同。又如蘇軾〈鼂錯論〉能接連用幾個問句,讓文勢有起有伏,也因此有緩有急。其中前文有許多關鍵、警策的用語,而後來又有些提問、感歎的語氣,文章「或急或緩」的交互出現,達成了相輔相成地寫作效果。

六、結語

經由上述討論,確知呂祖謙《古文關鍵》有很清楚明白地「綱目」與「血脈」的觀念。如他所說,「綱目」與「血脈」都是從大處看,從數行數句看起,只是「綱目」具體而有形,比較容易尋得;「血脈」抽象而無形,討論的材料相對來得較少。

「綱目」表現於文章中深刻、直接明白、針對性十分鮮明、批判性十足的地方,亦即文章中的顯處;由於「綱目」往往連結「關鍵」、「警策」、「精髓」、「筋骨」、「筆力高」同時出現,可以造成語氣急速的效果。「血脈」是指文章「反覆有血脈」,這必須從文句中尋找血脈,而且「反覆有血脈」的意思不在於詞語的「重覆」,而應該是文意上的「反覆」。關於「綱目」、「血脈」的定義及其效用,詳見前文第三節、第四節的結語。

以下,筆者嘗試提出綜合討論的結果如下:

　　從作法層面來說，在文章開頭明示「綱目」的寫法，普遍被作家所運用，譬如蘇洵〈上田樞密書〉、蘇軾〈子思論〉、〈留侯論〉、〈倡勇敢〉、〈荀卿論〉、張耒〈用大論〉等。蘇軾是一位擅長在文章開頭明示「綱目」寫法的作家。而文章中的綱目不見得只有一處，如歐陽脩〈春秋論中〉、蘇洵〈審勢〉、蘇軾〈韓非論〉、〈鼂錯論〉、張耒〈用大論〉等。

　　從作家層面來說，蘇洵〈春秋論〉、〈審勢〉、〈上田樞密書〉三文，都喜歡在「綱目」之後有「鋪敘」，這可能是他慣用地寫作手法。曾鞏也能在文章前半先立下綱目，而後在下文分疏其論點，他的〈唐論〉和〈救災議〉都是如此。至於最能寫出「反覆有血脈」的文章，首推歐陽脩。其〈縱囚論〉、〈本論下〉、〈春秋論中〉，是《古文關鍵》書中惟一提及有「血脈」作法的三篇文章；而「血脈」出現的同時，必有「綱目」的作法與之相應，以故他的文章常見剛柔相濟的風格。

　　（張高評主編：《語言傳播與詩學評點——「修辭學之多元詮釋與教學」學術研討會論文集（二）》，臺北，新文豐出版公司，2012 年 10 月。）

評點學之筆法研究
——從呂祖謙到金聖歎

提　要

　　本文探討南宋至清初評點筆法的發展過程。南宋呂祖謙的《古文關鍵》，一般認為是評點著作正式的開端。該書卷首有〈總論看文字法〉，每篇原文開頭有總評，原文之旁有夾批、抹、點，顯然是在教導舉子從事文章寫作的「筆法」。其後明代歸有光《文章指南》這本書的體製、筆法名詞都承襲自《古文關鍵》，而在內容方面則有大幅的擴充。到了金聖歎手裡，重新拾起「筆法」，再把它移用到小說等文體來。

　　金聖歎的評點方式，很能利用前人的評論術語，從事文本細部的批評；又能針對不同的文體，提出不同的評點方法。從呂祖謙到歸有光、金聖歎，他們在筆法方面愈趨講求，術語愈來愈多，而用心獨創解讀新義的力道未曾稍減，可以作為很重要的解讀文本的基礎。

關鍵詞：呂祖謙，歸有光，金聖歎，古文關鍵，筆法

一、前言

除了劉勰（約 465-520）《文心雕龍》、鍾嶸（468-518）《詩品》、嚴羽（約 1192-1245）《滄浪詩話》等少數著作以外，中國文學理論確實缺乏架構完整、體大慮周之作。後世有關這方面的材料，主要是詩話、文話、文類選集的方式呈現，這可以從紀昀（1724-1805）、永瑢（1743-1790）等人所編《四庫全書》的「詩文評類」看出端倪。從南宋呂祖謙（伯恭，東萊，1137-1181）編選《古文關鍵》開始，樓昉（1193 年進士）《崇古文訣》、真德秀（西山，1178-1235）《文章正宗》、謝枋得（疊山，1226-1289）《文章軌範》，採用圈點、題下批、眉批、旁批、夾批、尾批等不同形式，有時還會在書前附上一段「讀書法」的評點學著作，始終不絕如縷。發展到清朝初年的金聖歎（1608-1661），有大量的評點著作問世：《水滸》、《西廂》、《離騷》、《史記》、《杜詩》、《莊子》號稱六才子書，可謂一個重要階段的完成。

當我們開始詳細分析評點的形式、用語、批注內容時，發覺宋明以來的評點書籍，原是為了舉業應試之作，隨筆抒議的成分頗高，慢慢的由此歸納出一些筆法，客觀公允的批評原理才逐步建立起來，這有助於讀者閱讀古文、詩、小說，理解文本，達成完美的文學批評架構。因此本文擬從較為宏觀的立場，探討南宋至清初評點筆法的發展過程，藉此闡明各種筆法被提出來的重要性。期盼經由宏觀的視野，進入微觀的細讀文本的批評與討論，將筆法的重要性彰顯出來。

二、評點筆法的形成：呂祖謙現象

　　筆法或簡稱為「法」，或稱文法、章法結構、結構模式。一般公認評點風氣的開啟，始於南宋呂祖謙的《古文關鍵》。事實上，北宋黃庭堅（豫章，1045-1105）領導的「江西詩派」，已經提出「奪胎」、「換骨」之說，推動了詩法的講求。同時期呂本中（1084-1145）〈江西宗派圖〉的問世，更奠立了他們屹立不搖的地位。呂本中的詩論也提出了「悟入說」、「活法說」，他的《童蒙訓》、《童蒙詩訓》，偶有論及詩文之語，今書雖不傳，而郭紹虞（1893-1984）《宋詩話輯佚》中仍輯得七十五條。[1]當然，在此之前，歷代都有討論詩文作法之書，然而我們卻不能忽略一個事實：呂本中是南宋呂祖謙的伯祖父，[2]他所寫的《童蒙訓》系列書本來就是教導子侄孫輩的教材，呂本中學詩論文十分強調活法。其〈夏均父集序〉云：

　　學詩當識活法。所謂活法者，規矩備具，而能出於規矩之外；變化不測，而亦不背於規矩也。是道也，蓋有定法而無定法，無定法而有定法。知是者，可以與語活法矣。謝玄暉有言：「好詩流轉圓美如彈丸。」此真活法也。近世豫章黃公首變前作之弊，而後學知所趨向。必精盡知左規右矩，庶

1　歐陽炯：《呂本中研究》（臺北：文史哲出版社，1992 年 6 月），第 5 章，〈呂本中之詩論〉、第 3 章第 4 節，〈著述〉，頁 257-289、頁 154-156。另可參考郭紹虞：《宋詩話輯佚》（臺北：華正書局，1981 年 12 月），附輯，《童蒙詩訓》，頁 585-605。

2　歐陽炯：《呂本中研究》，第 3 章第 5 節，〈附：呂祖謙〉，頁 184。

幾至於變化不測。然余區區淺末之論，皆漢、魏以來有意於
文者之法，而非無意於文者之法也。[3]

呂祖謙受祖上影響，也非常注意「法」。他在《古文關鍵》中
批評曾鞏（1019-1083）的〈戰國策目錄序〉，就用到了「活法」一
詞；書中評韓愈（退之，昌黎，768-824）〈師說〉一文的「聖人之所
以為聖，愚人之所以為愚」這兩句，就說是「使〈袁盎傳〉換骨
法」，[4]也明顯來自江西宗派的觀念。

呂祖謙的《古文關鍵》收錄韓愈、柳宗元（773-819）、歐陽脩
（1007-1072）、蘇洵（1009-1066）、蘇軾（1037-1101）、蘇轍（1039-
1112）、曾鞏、及張耒（1054-1114）等八人共計六十二篇文章，[5]每篇
都有旁批及抹、點，在原文開頭的總評、原文之旁的「夾批」，都
是他對唐宋古文一種「重建」和「具體化」的再創造活動之產物，
它起了溝通讀者、解決作者與讀者之間的隔閡作用，這是中國古代
第一次直接對作品進行評點的集子。[6]此書除了選文之外，首開評

3　〔宋〕劉克莊：《後村先生大全集》（臺北：臺灣商務印書館，上海涵芬
樓影印顧氏賜硯堂本，1979 年 11 月），卷 95，〈江西詩派序〉引。

4　本文選用〔宋〕呂祖謙評、〔宋〕蔡文子（行之，福建人，孝宗乾道年間
1165-1173 進士）註、〔清〕徐樹屏（敬思，1712 年進士）考異、〔清〕
俞樾（曲園，1821-1907）跋：《古文關鍵》（臺北：廣文書局，1970 年
10 月）的版本，以下隨文注明卷次、頁碼，不另列註。

5　〔宋〕呂祖謙：《古文關鍵》收入八家作品，按照入選篇目的多少依次
為：蘇軾 16 篇、韓愈 13 篇、歐陽脩 11 篇、柳宗元 8 篇、蘇洵 6 篇、曾
鞏 4 篇、蘇轍 2 篇、張耒 2 篇。

6　〔清〕章學誠（1738-1801）：《文史通義・校讎通義・宗劉》云：「評
點之書，其源亦始於鍾氏《詩品》、劉氏《文心》。然彼則有評無點，且

點風氣，一般認為是評點著作正式的開端。該書卷首有一篇〈總論看文字法〉，下分為〈看韓文法〉、〈看柳文法〉……等，有如導讀，顯然是在教導舉子從事文章寫作的「筆法」，這是編選評點類書籍的主要目的。呂祖謙在此書擔任的角色既是文本的接受者，又是評點古文選本的開創者。

　　呂祖謙的〈總論看文字法〉提出了評點的總原則，是稍具有系統的閱讀理論。此文開頭即說：「學文須熟看韓、柳、歐、蘇」，這裡的「看」字，實際上已透露了接受的意思，表明他認為想要學作古文，先要接受，而且是要接受名家、優秀的作品。這樣的想法在古代是很普遍的。如果說這是一種普遍的想法，那麼接下來呂祖謙闡述對優秀的作品該如何接受的思想則是他自己獨有的：

> 第一看大概主張。第二看文勢規模。第三看綱目關鍵，如何是主意首尾相應，如何是一篇鋪敘次第，如何是抑揚開合處。第四看警策句法，如何是一篇警策，如何是下句下字有力處，如何是起頭換頭佳處，如何是繳結有力處，如何是融化屈折翦截有力處，如何是實體貼題目處。（《古文關鍵》卷上，頁 17-18）

自出心裁，發揮道妙。又且離詩與文而別自為書，信哉，其能成一家言矣！」評點和以中國傳統文學批評方式為代表的《詩品》和《文心雕龍》不同的地方在於，傳統文學批評形式是「有評無點」；而且傳統文學批評形式是「離詩與文而別出為書」，而評點則是與本文緊密結合在一起。參見吳承學（1956-）：〈現存評點第一書——論《古文關鍵》的編選、評點及其影響〉，收於章培恆（1934-2011）、王靖宇（1934-）：《中國文學評點研究論集》（上海：上海古籍出版社，2002 年 12 月），頁 220。

　　呂祖謙這裡的排序是有先後次序的，絕非不分先後的並列式，這樣的排序反應了他的思想：「第一看大概主張」，即先看文章的大概命意；「第二看文勢規模」即指整體的形式方面；「第三看綱目關鍵」主要講文章整體的結構方面；「第四看警策句法」主要講文章局部的字句安排。換言之，呂祖謙認為理解文章時，應先分析文章整體的布局，再分析文章局部的字句使用；亦即先宏觀再微觀，把文章當作一個有機體的組合。早先劉勰《文心雕龍》〈附會〉、〈鎔裁〉、〈章句〉、〈麗辭〉等關於文章的整體要求，也認為站在讀者的角度去理解一篇文章，要注意文章各要素的特點，又注意它們之間的聯繫。

　　在作家論方面，呂祖謙重視古文寫作的淵源，提出韓愈文出自《孟子》，有「簡古」之風；柳宗元文出自《國語》，能得其「關鍵」；歐陽脩文出自韓文，有「平淡」之風；三蘇文出自《戰國策》、《史記》，「亦得關鍵法」。而「論作文法」時，他提出「文字一篇之中，須有數行齊整處，須有數行不齊整處，或緩或急，或顯或晦，緩急顯晦相間，使人不知其為緩急顯晦，常使經緯相通，有一脈過接乎其間，然後可。蓋有形者綱目，無形者血脈也。」（《古文關鍵》卷上，頁 21）這裡特別重視文章中無形的「血脈」，遠勝過有形的「綱目」，文章中的「回復轉換」、「起伏」、「文字委曲」、「以虛作實」都因此而受到重視；顯然已經是很深入的讀法，注意到有形和無形的不同層次現象。他在細部的講求方面，提到「常中有變」、「正中有奇」、「結前生後」等很具體的作法，這些揭示出來的意義，常常落實在文章的評點當中。當我們檢視了《古文關鍵》所有的評點用語之後，發覺呂祖謙有一些自己的想法。這裡面包括他看重文章的任何角落，篇法、章法、

句法、字法都沒有遺漏；在有形的章法中，結筆討論得最多，而如何相應前文，如何轉接、過渡，也是評文的重點。

　　若依據劉勰《文心雕龍・章句》的說法，先從章法、篇法的角度論文，其次才是從字法、句法的角度論文。《古文關鍵》的評點方式也是如此，這應當是長久以來的一般文人的習慣。呂祖謙品評文章的語詞，會運用一些「譬」、「旁影」的批評術語；在句法方面，他基本上又是主張「省文」和「簡文」而追求簡練的。不過，重要的是，他常運用對立面的語辭，所指出的兩種元素，譬如「緩急」、「顯晦」、「抑揚」、「開合」、「大小」……等，往往著重在兩種元素之間的互攝互補，以韓愈〈送文暢師序〉為例，其旁批云：「善惡相形」、「先說至不好事，然後形容聖人好處」（《古文關鍵》卷上，頁 72），指出兩種元素互補之效果。龔鵬程（1956-）指出：「這些對舉辭，似乎最能說明中國人或這些批評家們心目中的文章內部關係。」[7]他更深入地闡述到：「順逆，亦是往復，是對待之意，是雖兩端而非對立。它們跟西方哲學中不斷強調的二元對立思考迥然不同。……細部批評特別喜好用這些對偶詞來解說文章內部交錯複雜的關聯，顯然意味著他們基本上是認為文章各部門均有其作用，而整篇文章又互攝互補、平衡對舉地構成一以功能為綱的有機整體（organically functional whole），如一活物。」[8]

7　龔鵬程：《文學批評的視野》（臺北：大安出版社，1990 年 1 月），頁 420。

8　龔鵬程：《文學批評的視野》，頁 421。張伯偉（1959-）對唐五代詩格中「勢」論的看法，也可與此參看：「這些名目眾多的『勢』講的實際上是詩歌創作中的句法問題。這裡講的句法，指的是由上下兩句在內容上或表現手法上的互補、相反或對立所形成的『張力』。這種『張力』存在於

後來在許多評點書也出現了術語對舉並陳的現象，如虛實、避犯、疏密、肥瘦、陰陽、剛柔……等，在二元「相間」中實現了藝術化的銜接、轉換、對照、鎖合，大致不脫離這樣的思考。美國學者浦安迪（Plaks, Andrew H.，1945- ）也曾經以小說為例說：「『事』在中國敘事傳統裡，並不是一個真正的實體。在中國古代的原型觀念裡——動與靜、體與用、事與無事之事等等——世間萬物無一不可以化分成一對對彼此互含的觀念，然而這種原型却不重視順時針方向作直線的運動，而却在廣袤的空間中循環往復。」[9]上述二人的觀點，的確指出了中國人常見的特有的一種思維方式，亦即二元相輔相成的對舉辭已經普遍灌注在評點文章的作法之中，就某個意義來說，呂祖謙《古文關鍵》帶動了評點思考方式、評點術語的使用模式，這是值得注意的一環。

三、呂祖謙《古文關鍵》之影響

呂祖謙在當時學術界、教育界的特殊地位，明末黃宗羲（1610-1695）《宋元學案》的「東萊學案」有過介紹，其所評點的《古文關鍵》在當時即產生相當大的影響。《朱子語類》有兩段文字涉及

詩句的節奏律動和構句模式之間，因而就能形成一種『勢』，並且由於『張力』的正、反、順、逆的種種不同，遂因之而出現種種名目的『勢』。」參見氏著：《中國古代文學批評方法研究》（北京：中華書局，2006 年 1 月），第 3 章第 4 節，〈晚唐至宋初的詩格及其特色〉，頁 374。

9　〔美〕浦安迪（Plaks, Andrew H.）：《中國敘事學》（北京：北京大學出版社，1995 年 11 月），第 47 頁。

朱熹（1130-1200）對呂祖謙之評點的看法：

> 因說伯恭所批文曰：「文章流轉變化無窮，豈可限以如
> 此。」某因說：「陸教授謂伯恭有個文字腔子，才作文字
> 時，便將來入個腔子做。文字氣脈不長。」先生曰：「他便
> 是眼高，見得破。」
> 至之以所業呈先生。先生因言：「東萊教人作文，當看〈獲
> 麟解〉也，是其間多曲折。」（《朱子語類》卷 139，〈論文
> 上〉）

這裡基本上是持批評態度的，因為朱熹認為文章之法變化無窮，難以用一定的格式來評點。不過，朱熹還是贊同呂祖謙對韓愈〈獲麟解〉的分析，裡面蘊藏著豐富的文學批評意見。朱熹本人雖未有評點本傳世，但他本人也非常喜歡用點抹的方式來讀書，其在《朱子語類》中曾再三提及。**10**

　　此外，呂祖謙《古文關鍵》之所產生於南宋，並且帶動古文評點之風氣，這和書籍印刷發明和書籍流通方便這個外在客觀物質性因素的改變，從而導致人們接受方式主要從聽授轉變到閱讀幾乎是同步發生的。南宋至清朝初年，同時也是漸漸進入印刷文化（print culture）的鼎盛時期，文集的創作者、出版業的傳播者，他們的傳播行為是具有顯性意圖的，亦即嘗試從評點書籍的流傳，幫助文人士子博取功名，能對當代讀者產生立即效應。楊玉成指出：「評點

---

10 參見〔宋〕黎靖德編：《朱子語類》（北京：中華書局，1986 年 3
　月），卷 115、卷 120，頁 2783、2877。

如此依賴書籍的物質形式，迫使我們審視文本的物質遺跡，關注背後文化與社會的脈絡。」[11]《古文關鍵》的編選評點對於其後的南宋文學選本產生了直接的影響。接受理論以為，「接受不是一種消極的文本消費行為，在其效果中帶有消費者或明或顯、或深或淺的個人印記……但是，另一方面究竟選擇哪些文本作為閱讀研究的對象，往往又會表現出某種比較一致的傾向。」[12]

　　有關學術思想背景的考察，讓我們瞭解到從南宋到明末清初年間，在理學思想氛圍籠罩、科舉制度定型化的情形下，評點學著作能從古文開展到各領域的主因。《四庫全書總目提要》評論樓昉《崇古文訣》時說到：「世所傳誦，惟呂祖謙《古文關鍵》、謝枋得《文章軌範》及昉此書而已。」[13]可見此三書的影響之大。不過，樓昉《崇古文訣》、謝枋得《文章軌範》，多多少少受到《古文關鍵》的影響而寫就的。

　　在選文方面，《古文關鍵》所選的多為有典範意義的文學作品，許多文章也被《崇古文訣》、《文章軌範》、《唐宋八大家文鈔》等文集選錄，而且所佔比例相當大，為後來選家與讀者所廣泛

11　楊玉成：〈劉辰翁：閱讀專家〉，《國文學誌》第 3 期，1999 年 6 月。

12　鄔國平（1954-）：《中國古代接受文學與理論》（哈爾濱：黑龍江人民出版社，2005 年 11 月），頁 7。

13　〔清〕永瑢、〔清〕紀昀等撰：《四庫全書總目提要》（臺北：臺灣商務印書館，1983 年 10 月初版），卷 187，第 5 冊，頁 32〔清〕張雲章《古文關鍵序》也說：「有宋一代，文章之事盛矣，而集錄古今之作傳於今者，僅三四家。夫亦以得其當者鮮矣！真西山《正宗》、謝疊山《軌範》其傳最顯，格製法律，或詳其體，或舉其要，可為學者準則，而迂齋樓氏之標註其源流，亦軌於正，其傳已在隱顯之間，以余考之，是三書皆是東萊先生開其宗者。」

接受，對於唐宋古文經典的形成產生了巨大的影響。不僅如此，呂祖謙《古文關鍵》的評論已成為研究韓、柳、歐、蘇的權威說法，其說經常被人引用，已初具明人所謂「唐宋八大家」的雛形。

　　在筆法方面，《古文關鍵》卷首有〈總論看文字法〉一篇，總結了多種「作文法」。到了宋、元之際就有各種「法」和「格」，如南宋周弼（1194-?）《三體唐詩》中有「截句法」、「前虛後實格」等，至於魏慶之（約 1240 前後）《詩人玉屑》、署明代歸有光（1506-1571）《文章指南》中所列詩法、古文筆法就更多了。歸有光、唐順之（1507-1560）、王慎中（1509-1559）、茅坤（1512-1601）等人，一般歸為「唐宋派」，他們不太重視考證、校勘，僅從文學作品出發，進行一種文本的批評，多集中於評判文學作品本身的優劣高低。吳承學指出：明代題為歸有光編的《文章指南》卷首即有「歸震川先生總論看文字法」、「歸震川先生論作文法」，其文字幾乎全抄自《古文關鍵》。[14]但是我們必須補充說明，《文章指南》這本書的體製、筆法名詞雖然都承襲自《古文關鍵》，而在內容方面仍有大幅的擴充，這是時代的進步使然，有因襲前人的成分，但非全面性的抄襲。

四、古文／詩詞／小說：評點筆法的轉向

　　南宋末至明末清初的評點發展走向，有了轉變。首先，評點不再是單純的品評他人的文章，為人作嫁而已。明代鍾惺（1574-

---

[14] 吳承學：〈現存評點第一書──論《古文關鍵》的編選、評點及其影響〉，頁229。

1625）自言所作《詩歸》一書，「此雖選古人詩，實自著一書。」
[15]金聖歎也曾聲明：經他所批的《西廂記》，「是聖歎文字，不是
《西廂記》文字。」[16]廖燕（1644-1705）亦以為文章經評點，「此文
雖為他人之文，遂與己之所作無異。」[17]這些說法，證明他們評點
文章，已經自覺是從一個閱讀者、接受者，轉變成創作者、發明者
的角色，金聖歎甚至於大幅搬動章節段落、刪削刊落文句，改變了
原著的面貌，絕不只是閱讀而已。

其次，是來自作者配合時代脈動的嘗試工作，帶動了評點筆法
涉及到各文體的面向。我們可從評點學大師劉辰翁（1233-1297）、
王世貞（1526-1590）、李贄（1527-1602）等人身上見出一些端倪。劉
辰翁評點《世說新語》，除了評論書中的人與事，也從文學創作的
觀點評論書中的敘述與描寫。[18]然而，劉辰翁具有強烈的主觀色
彩，自明代起受到楊士奇（1366-1444）、胡應麟（1551-1602）、胡震

15　〔明〕鍾惺：〈與蔡敬夫〉，〔明〕鍾惺撰，李先耕（1944-）、崔重慶
　　標校：《隱秀軒集》（上海：上海古籍出版社，1992年），卷28，頁
　　469。

16　〔清〕金聖歎：〈讀第六才子書《西廂記》法〉，〔清〕金聖歎著，陸林
　　（1957-）輯校整：《金聖歎全集・貫華堂第六才子書・西廂記》（南
　　京：鳳凰出版社，2008年12月），卷2，頁865，第71則。

17　〔清〕廖燕：〈評文說〉，收入王鎮遠（1949-）、鄔國平編選：《清代
　　文論選》（北京：人民文學出版社，1999年），頁400。

18　楊玉成：〈劉辰翁：閱讀專家〉從南宋市民文化的興起，剖析評點家興起
　　的歷史意義。作者指出劉辰翁評點具有後設批評（注解的批評）的性格，
　　進而勾勒評點的閱讀現象及其文化意義。接著從語言觀入手，指出斷片、
　　無指涉、無緊要等批語的含義，短小輕薄的審美觀，及其與市民品味複雜
　　的關係。該文參見《國文學誌》第3期，1999年6月。

亨（1597 進士）的推崇，却也受到金聖歎、紀昀的批評責難。元代評點文學的重心在於詩，明代王世貞、李贄之前評點文學的重心也在於詩或文。李贄曾經評點《史記》、《漢書》，而他的《水滸傳》評點，雖然見解深刻，有時未免還太簡單，僅二、三字而已，金聖歎在他的基礎上更加分析詳盡，又具膽識，以極精采紛呈的語言，創出各種筆法名目。李贄是在李開先（1502-1568）評選戲曲的基礎上，擴大範圍評點至戲曲、小說，更令人驚異的是，他大量運用來自民間嬉笑怒罵的語彙，放手發揮評點功能，形成獨特的風格。在眾人努力之下，評點學的重點從詩文拓展到詞曲、戲劇、小說的不同文學體裁。

從呂祖謙到金聖歎，這時期的評點著作談論到「筆法」的並不太多，小說評點中有一些。譬如《新刻繡像批評金瓶梅》曾經提出了「躲閃法」（第 21 回）、「捷收法」（第 57 回），雖然比較零碎，但明確概括了一些「文法」。直到金聖歎評點《水滸傳》時才比較系統化。孫琴安（1949-）針對「筆法」現象說到：「後來不知何故，至方回、李贄等後世許多文學評點家，竟都棄之不用。而到了金聖歎手裡，却又重新拾起，再把它移用到小說等文體來。」[19]雖然從呂祖謙以來，「法」原本是古文評點家很重視的要件，但是中途衰微，到了金聖歎之時，他才把「法」發揚光大，結合到各類文體裡去講求，而其中又以小說為最大宗。

金聖歎把一部《水滸傳》看了不知多少遍，從頭到尾，一路批下，對其中的許多段落，不僅逐段逐節，而且是逐字逐句地詳加批

---

[19] 孫琴安：《中國評點文學史》（上海：上海社會科學院出版社，1999 年 6月），頁 177。

點，多雙行夾批，也有眉批。對於他以為重要的或穿針引線的字或句，還特意加圈或點，以期引起讀者注意。因而他列出繁多的「文法論」，在評點《水滸》時，列出十五條重要讀法：倒插法、夾敘法、草蛇灰線法、大落墨法、綿針泥刺法、背面鋪粉法、弄引法、獺尾法、正犯法、略犯法、極不省法、極省法、欲合故縱法、橫雲斷山法、鸞膠續弦法；他在評點《西廂》時，也列出烘雲托月法、移堂就樹法、月渡回廊法、羯鼓解穢法、那輾法、淺深恰好法、起倒變動法。金聖歎顯然是站在前人基礎上，又巧立名目，自創許多筆法名詞。

後來的毛宗崗（1632-1709 後）、張竹坡（1670-1698）、脂硯齋評《三國演義》、《金瓶梅》、《紅樓夢》等書，又有所發展，名目更多，如「回風舞雪、倒峽逆波法」、「遠及近、由小至大法」、「橫雲斷嶺法」、「偷度金針法」等等。這些敘事「文法」，雖然有的含義比較模糊，但它畢竟形象地總結了不少敘事文學的表現手法和形式美。毛宗崗提出了小說文法十二條、張竹坡的《金瓶梅讀法》一百零七條，與金聖歎的評點理論幾乎都是一脈相承的，影響頗鉅，確立了小說評點的形式。[20]又如脂硯齋評點《紅樓夢》時，也曾效法金聖歎提出「草蛇灰線法」，「指作者重複運用關鍵的形象或象徵，而達到一種統一的、或其他某種效果，……而有時指把不引人注目的線索精心地插入描述中，將來再作發展。指後一層意思時，其名稱常和『伏線法』交替使用。」[21]由此觀之，金聖歎評

---

[20] 陳莉（1971-）：〈金聖歎小說評點影響簡述〉，《新鄉學院學報》，第 23 卷第 3 期，2009 年 6 月，頁 112-114。

[21] 王靖宇：《中國文學評點研究論集》，頁 333。

《水滸傳》的筆法觀念，對後世有很大的影響力。

　　由於評點的形式，讓評點文字夾在正文之中，便有分析越精細的趨向，這導致金聖歎的評點將《水滸》文字拆解成許多小段，加以分析其中關聯、整體結構。楊義（1946-）《中國敘事學》說：「讀中國敘事作品是不能忽視以結構之道貫穿結構之技的思維方式，是不能忽視哲理性結構和技巧性結構相互呼應的雙重構成的。不然，就只知其然而不知其所以然，難以解讀清楚其深層的文化密碼。」[22]雖然金聖歎沒有明確提到「結構」一詞，然而他已經意識到文本的整體架構，不但把《水滸傳》當成「一篇文字」來讀，更指出「中間許多事體，便是文字起承轉合之法」，[23]看出「三個『石碣』字，是一部《水滸傳》大段落。」[24]因此有人說：「金、毛二子批小說，乃論文耳，非論小說也。」[25]此話確實有道理，其中的文勢筆法，可以論小說亦可論文。林崗（1957-）提到金批《水滸》有「強烈的本文意識」，而這個超越美學的前提正統貫

22　楊義：《中國敘事學》（嘉義：南華管理學院，1998 年 7 月），頁 47。

23　〔清〕金聖歎：《貫華堂第五才子書・水滸傳讀第五才子書法》，另高禎臨（1977-）：〈金聖歎小說戲曲情節美學分析〉（《東海大學文學院學報》第 47 卷，2006 年 7 月）提到：可見「必須講究整體結構的完整性，而情節發展過程中的波瀾起伏、擒縱變化就如同文章寫作必須擁有的技巧一般，有承繼有轉折；然整體的和諧統一性以及連貫度却必須環環相扣，無有破綻。」

24　同前註。

25　陳平原（1954-）引解弢《小說話》，參陳平原：《中國小說敘事模式的轉變》（北京：北京大學出版社，2010 年 1 月），頁 100。

具體美學原則和藝術探索，[26]且「評點家把小說看成是經由敘述，也就是經由一番次第安排而出的『文』」。[27]雖然金聖歎說：「夫固以為《水滸》之文精嚴，讀之即得讀一切書之法也。汝真能善得此法，而明年經業既畢，便以之遍讀天下之書，其易果如破竹也者。」[28]然而金聖歎在注意「字有字法，句有句法，章有章法，部有部法」[29]的重「法」之下，亦分析這些法帶給敘事文學的效果，並注意到讀者的感受。

　　金聖歎評點的特點之一，便是能針對不同的文體，提出不同的評點方法，並且很聰明很得體地找到自己採用或選擇這一方法的理由或依據，顯得言之成理，持之有故。在詩歌評點上，他除了詳細串講和四句一解的定式不肯輕易放棄以外，也會抓住不同的詩歌特點，變換各種評法和角度，說得津津有味。金聖歎對詞的評點作品僅一種，即他對歐陽脩詞的評點，後人輯為《唱經堂批歐陽永叔詞》，收在《貫華堂才子書彙編》中。其實也不過十二首。但他的評點却很認真，對歐詞中的好句，都加上圈或點，除在詞中有雙行小字夾批之外，在每首詞的最後，還都加上尾批。他的雙行小字都是對該句的詳細具體的分析和品賞，而他的尾批則都是對該詞的整

26　林崗：《明清之際小說評點學之研究》（北京：北京大學出版社，1999年1月），頁97。

27　同前註，頁 142。林崗並認為，這番次第安排最上層是結構，中層是「段」與「段」，即上下文連貫組織的文理章法，最下的層次是文句修辭。

28　〔清〕金聖歎：《貫華堂第五才子書・水滸傳序三》。

29　同前註。

體評價，偏重於章法結構。[30]這麼用心於章法結構，當然會引起注意。金聖歎之後，許多評點家評論長篇小說，乃至於桐城派名家評論歷代古文，也多多少少都受到金聖歎的影響，但又似乎不如金氏評點來得全面。

五、評點筆法的集大成：金聖歎現象

金聖歎的評點學可謂集前人之大成，又能自立新說，影響深遠。因此，「金聖歎」為研究的焦點之一。陳萬益（1947-）《金聖歎的文學批評考述》雖然寫得很早，但是已經不限於知人論世的寫法，有點受到美國「新批評」影響的味道，常常直接就金聖歎文本進行討論。[31]然而，除了金聖歎引人注目的小說評點之外，我們也不能忽視他還有古文評點的專著：《才子古文讀本》。

金聖歎繼承了南宋以來評點學書籍的演變傳統，那就是選文不斷的擴大，不再像呂祖謙《古文關鍵》只選以唐宋八大家為主的作品，而是類似樓昉《崇古文訣》、真德秀《文章正宗》、謝枋得《文章軌範》……以來，將選文上溯到先秦《左傳》、《國語》、《戰國策》、《史記》等書，他的《才子古文讀本》卷上就只選到西漢文，其中《左傳》四十六篇、《國語》二十八篇、《戰國策》三十七篇、《史記》七十八篇，數量之大前所未有。事實上，這本書末尾的「補遺」部分，還選了《史記》十六篇，可惜其中幾篇沒

30　孫琴安：《中國評點文學史》，頁 193-194、199。
31　陳萬益：《金聖歎文學批評考述》（臺北：臺灣大學文學院，國立臺灣大學文史叢刊第 42 冊，1976 年 6 月）。

有評論，可能是來不及完成之作。一方面他已經跳脫了《昭明文選》以來不選經、史、子的作法，這在他之前已有選評者如此做過，尚不足為奇；而更引人注目的是，他選《史記》時，幾乎全選「贊」，且包括本紀、世家、列傳的「贊」大量被選，這當然是因為這些作品帶有太史公濃厚的主觀抒情成分，文學成分極高。至於卷下，從東漢文選起，仍然是以唐宋八大家為多，其中韓愈文三十篇、柳宗元文十七篇、歐陽脩文十八篇、蘇軾文十九篇最多。

金聖歎的評點方式，基本上與前人無異，亦即原文前先有總評，原文中有夾評、夾注，而這些評注多有些筆法觀念的討論。他也很能繼承呂祖謙《古文關鍵》以來的筆法觀念，利用前人的評論術語，從事文本細部的批評。譬如評點柳宗元〈謗譽〉時說：

> 不過只是「鄉人之善者好之」二句意，看他無端變出如許層折，如許轉接，如許幽秀歷落。32

又如評點蘇軾〈凌虛臺記〉說：

> 讀之如有許多層節，却只是「興成廢毀」二段，一寫再寫耳。（《天下才子必讀書》，卷 15，頁 9））

又如評點王安石〈同學一首別子固〉說：

---

32 〔清〕金聖歎：《天下才子必讀書》（臺北：書香出版社，1978 年 11 月），下冊，卷 12，頁 27。以下引用此書，隨文標示書名、卷次、篇名、頁碼，不另列註。

此為瘦筆，而中甚腴。學文必當由瘦以入腴，如先學腴，即更無由得瘦也。（《天下才子必讀書》，卷 15，頁 19）

以上所用的「層折」、「轉接」、「層節」、「瘦筆」等，都是歷代古文評點書籍中常見的術語。再者，前文提及呂祖謙《古文關鍵》常見的對舉辭，也是金聖歎《天下才子必讀書》評點慣用的手法。譬如他評點韓愈〈與于襄陽書〉說：

前半幅，只是閒閒說成一段議論，或整或散，或對不對，任筆自為起盡。至「側聞閣下」後，方是兩段正文：一段先揚後抑，一段先抑後揚。因前幅既有議論，於是輕輕着筆便休也。（《天下才子必讀書》，卷 10，頁 13）

將一篇文章分出前、後兩大段結構，考察其中文句的嚴整或零散，是否有對句的形式？再看全文的正意如何表出？「抑揚」的變換手法，更是評點家常常如此觀察的重點。又如評點韓愈〈上張僕射書〉說：

前幅條暢，後幅酣恣。（《天下才子必讀書》，卷 10，頁 16）

評點韓愈〈獲麟解〉說：

一篇只是一正一反，再一正，再一反。每段又自作曲折。（《天下才子必讀書》，卷 10，頁 27）

評點柳宗元〈小石城山記〉說：

> 筆筆眼前小景，筆筆天外奇情。（《天下才子必讀書》，卷 12，
> 頁 21）

類似的例子不勝枚舉，可知評點文章的筆法觀念既是前有所承，又是評點家常有共同理解的方式。不過，評點家也可以有各自不同的觀點，對金聖歎來說，他更看重的可能是文章中的「才氣」，這須由「音節」、「快」、「妙筆」等方面認定出來。譬如他評《左傳・鄭伯克段于鄢》時說：

> 通篇要分認其前半是一樣音節，後半是一樣音節。前半，獄在莊公，姜氏只是率性偏愛婦人，叔段只是嬌養失教子弟；後半，功在潁考叔，莊公只是惡人到貫滿後，却有自悔改過之時。33

這裡的「音節」，指出來的是主角人物的轉換，以及讀者的感受。他常常獨具慧眼，看出文章中前半、後半各自有其特殊的寫法。他在評《左傳・燭之武退秦師》時也說：「妙在其辭愈委婉，其說愈曉暢。」（卷上，頁 12）這就真的能從讀者立場作體會了。此外，他很能欣賞出文章中的快節奏，譬如他在評《左傳・士貞子諫

33　〔清〕金聖歎：《才子古文讀本》（臺北：老古出版社，1981 年 8月），卷上，頁 1。以下引用此書，隨文標示書名、卷次、篇名、頁碼，不另列註。

殺林父》時說：

> 快論。又快文。（《才子古文讀本》，卷上，頁 20）

評《左傳‧魯展禽論居》時也說：

> 看其議論處、敘述處、結束處，凡發出無數典故，直是疏
> 快。（《才子古文讀本》，卷上，頁 53）

這都是與前人不同的看法。而他更從呂祖謙全面重視篇法、章法、句法、字法的方式，走向愈來愈重視細微末節處，如《左傳‧單子知陳必亡》評語說：

> 此篇，篇法不論，只細看其字法。（《才子古文讀本》，卷上，
> 頁 51）

金聖歎必然想突破窠臼，而有不同的努力方式，這可以解釋為什麼後來的評點學家愈讀愈細，愈能別出心裁。

六、結語

呂祖謙編選《古文關鍵》，是為了因應科舉考試科目轉變的時代要求、同時受到宋人注重讀書之法、呂祖謙之家學淵源、印刷術發明等因素影響，而成為帶動古文評點風氣、奠定評點文學樣貌之第一人。

　　英國學者殷格頓（Roman Ingarden，1893-1970）說：「在對藝術作品做結構分析探究時，我們不應忘記藝術作品是由藝術家的特定創作活動所產生，所以作品是以某種具目的性的方式去加以塑造，也就是說一心要實現某一種藝術或美感的構想與成就。」[34]這一過程，類似今日所採用「寫作學」眼光，對文本作一細緻、深入的挖掘與探索，實際上呂祖謙對唐宋古文接受的表現亦是如此。就接受理論而言，這是主體在審美活動中再創造的問題，也就是審美活動的「重建」和「具體化」的問題。殷格頓（Roman Ingarden）又說：

　　　觀賞者通過鑑賞時的合作的創造活動時，能使自己像普通所說的那樣去「解釋」作品，或者像我寧願說的那樣，按其有特效性去「重建」作品。這樣做時，如果作品處在來自本身暗示性的影響之下，那麼觀賞者就去充實作品的圖式結構，至少部分地充實模糊（不確定）的領域，實現僅僅處在潛在狀態的種種要素。於是，就產生了對藝術作品「具體化」的東西。這樣，藝術作品是藝術家有目的活動的產品；作品的「具體化」則不僅由觀賞者對作品所描繪的事物的作用，而是一種「重建」，而且也是作品的完成及其潛在要素的實現。[35]

34　〔英〕殷格頓（Roman Ingarden）著，廖炳惠（1954-）譯：〈現象學美學：試界定其範圍〉，收於鄭樹森（1949-）編：《現象學與文學批評》（臺北：東大圖書公司，1984 年 7 月），頁 53。

35　朱立元（1945-）：《接受美學導論》（合肥：安徽教育出版社，2004 年11 月），頁 13-14。

　　因此，評點如果只限於一部作品、一篇作品的批評，它缺乏的是理論上的概括力，與《文心雕龍》那樣系統性的理論著作是無法相提並論的，與《詩品》以及其他詩話、詞話、曲話等批評著作相比，在深度上也顯度不夠。評點必須從根本上看是一種批評型態，將讀者與文本放在主體部分，透過評點者的提示、引導、啟發作用，去「重建」作品，整理出其理論體系，這時候評點文字才不是獨立的文體，才有其理論意義。

　　以上我們從古文與小說筆法的討論，提出文學批評原理的內在共通的理據。由於評點學是閱讀文本之後的讀者理論，因此它能提供評價論、鑒賞論的參考。當我們通過一段長時間的考察，會看到一種筆法觀念的轉化，這時我們就「重建」了一種理論體系，從呂祖謙到歸有光、金聖歎，他們在筆法方面愈趨講求，術語名詞愈來愈多，而用心獨創解讀新義的力道未曾稍減。他們所提出來的各種筆法，都可以作為很重要的解讀基礎；其次，檢驗評點家細讀文本的批評觀點，辨明各種筆法的定義、適用的例證、適用的範圍，以及討論各種筆法作為一種文學批評原則有何實際效用的問題，對我們深入瞭解文學作品將有莫大的助益。

　　（復旦大學中國語言文學系主編：《復旦大學第三屆中國文論國際學術研討會論文集：視角與方法》，南京，鳳凰出版社，2013 年 8 月。）

陳衍《石遺室論文》
論宋代古文

提　要

　　陳衍《石遺室論文》是一本古文實際批評的著作，頗受學界看重，臺灣地區却長期不得見。今見載於陳步編：《陳石遺集》、王水照編：《歷代文話》之中。本文討論陳書關於宋代古文的內容，分從論淵源、論文體、論創作、論人品等方面，歸納討論陳衍的批評觀念。研究結果發現，陳衍評文的方式是先考察作品的淵源，其次是段落的安排，他認為歐陽脩的寫作淵源中，以《史記》的影響最大，是「六一風神」的主要來源。歐陽脩、蘇軾二人是宋代碑傳文的代表作家。創作論方面，他主張文以意為主，重視文章的起筆和結筆。此外，他肯定曾鞏的文章用語有分寸，人品極佳。

　　陳衍站在客觀的立場，提出鑑賞古文的角度，進行有憑有據的討論，這是一本對讀者很有啟發性的書。

關鍵詞：陳衍，石遺室論文，宋代古文，歐陽脩，曾鞏，蘇洵，蘇軾，王安石

一、陳衍及其著述

陳衍（1856-1937），字叔伊，號石遺，福建侯官（今福建省福州市）人。生於清文宗咸豐六年，卒於民國二十六年，年八十二歲。

陳衍是位論學紮實，而又識見獨具的學者。民國二年（1912），梁啟超（1873-1929）開辦《庸言雜誌》，約石遺先生編詩話，陳衍舊有詩話百餘則尚未成書，於是先編成兩卷與之。後來再續編詩話，於民國十五年交付涵芬樓主人合刻刊行之，而有蜚聲文壇的《石遺室詩話》三十二卷問世。民國二十年，應唐文治先生邀請，主持無錫國學專修學校講席，仍然著述不輟。《石遺室論文》應該是在先生講學江蘇無錫以後，隨講隨編，又得若干卷的晚年定稿，於民國二十五年初次刊行。不久，陳衍病逝於福州。

陳衍身受傳統舊文學的薰陶，是民國初年重要的古詩文辭創作者兼文學評論家。《石遺室論文》剛開始出版時，只有無錫國學專修學校的排印本，逢抗日戰爭，因此傳播情形並不理想。臺灣地區的圖書館收藏有陳衍《石遺先生集》三十卷等，却始終不見《石遺室論文》五卷。後來，陳衍的嫡孫陳步（1921-1994）在北京中國社科院編成《陳石遺集》上中下三大冊問世，由福建人民出版社2001年出版，其中下冊收錄了陳衍《石遺室論文》五卷。另有王水照（1934-）主編的十大冊《歷代文話》，由復旦大學出版社2007年出版，其中第七冊也收錄了陳衍《石遺室論文》五卷。本書而今得以重見天日。

二、《石遺室論文》論宋代古文

　　陳衍《石遺室論文》今存五卷。此書卷一論「上古至周秦」，卷二論「兩漢」，卷三論「三國六朝」，卷四論「唐」，卷五論「宋」。卷五頁數較少，僅討論到蘇東坡（軾，子瞻），可見這是一部未完成的作品。雖然如此，由於陳衍重視學術的根柢，以細密分析見長，因而吉光片語、零金碎玉，俱有可觀。以下筆者嘗試歸納陳衍的古文批評觀點，再綜合說明他對宋代古文的具體看法。

(一)論淵源

　　陳衍主張作文須取法於先秦兩漢古書，因此各家作品的淵源，是他討論的重點。他說：

> 大略宋六家之文，歐公敘事，長於層累鋪張，多學漢人鼂錯
> 〈貴粟重農疏〉、淮南王（劉）安〈諫伐閩越書〉、班孟堅
> （固）《漢書》各傳，而濟以太史公（司馬遷）之抑揚動盪。
> 曾子固（鞏）專學匡（衡）、劉（向）一路。蘇明允（洵）揣摩
> 子書，與長公（蘇軾）多得力於《孟子》。荊公（王安石）除
> 〈萬言書〉外，各雜文皆學韓（愈），且專學其逆折拗勁
> 處。（《石遺室論文》卷五，頁 1625）**1**

1　本文所採用的陳衍《石遺室論文》一書，出自陳步編：《陳石遺集》（福州：福建人民出版社，2001 年 1 月）。以下只註明此書的卷次和頁數，不另立註解。

此處指出北宋各大家的寫作淵源，大致可信。再詳細說明如次：

1.歐陽脩

陳衍論及歐陽脩學西漢鼂錯〈貴粟重農疏〉，這是因為鼂錯文字，「多以繁音促節，斬截無長語見長」（卷2，頁1562），這與歐陽脩古文「尚簡」的作法相符。而鼂錯「〈論貴粟〉一疏，則用加倍寫法。如云『民貧於不農，不農則不地著』，兩語足矣。乃必云『貧生於不足，不足生於不農，不農則不地著，不地著則離鄉輕家，民如鳥獸，雖有高城深池，嚴法重刑，猶不能禁也。』……重重疊疊，歧中有歧，山上有山，常為韓、歐諸家所學。」（卷2，頁1562-1563）由此可見，將文意反覆申說，充實內容，刻意增添文句的作法，常見於鼂錯文之中，也常見於歐陽文之中。

又譬如陳衍注意到「世稱歐陽公文，為六一風神，而莫詳其所自出。」他追索秦漢典籍，認為歐陽脩六一風神主要來自《史記》，另有少部分來自韓昌黎文。這是因為《史記》的傳贊，「皆以姿態見工，而〈五帝本紀〉、〈項羽本紀〉二贊尤有神。傳文則莫如〈伯夷列傳〉。」（卷5，頁1623）至於昌黎的〈送董邵南序〉、〈藍田縣丞廳壁記〉、〈與孟東野書〉「亦韓文之有風神者。」（同上）這樣看來，所謂有風神是指不直接順暢地說出本事，改換成迂迴含蓄、吞吐不露的表現手法，因此文章能搖曳生姿。然而，陳衍同時也反對「作態太甚」（同上）的手段。

上述說法，陳衍舉出了一些實證。其一，歐陽脩〈豐樂亭記〉，「起一小段，已簡括全亭風景，乃橫插『滁於五代干戈之際』二語，得勢有力。然後說由亂到治，與由治回想到亂，一波三折，將實事於虛空中摩盪盤旋，此歐公平生擅長之技，所謂風神也。」（卷5，頁1623）其二，如歐陽脩〈峴山亭記〉，「亦以一起

特勝。中間抑揚處，正學《史記》傳贊，『豈皆自喜其名之甚』二句，為道著二子心坎，姚惜抱（鼐）以為『神韻縹緲，如所謂吸風飲露，蟬蛻塵壒者，絕世之文也。』」（卷5，頁1624）據此可知，「風神」常出現在文章中段，有時並不實寫，而是用虛筆盤旋，盤旋過程中幾度波瀾，才慢慢吐出文意，《史記·五帝本紀贊》正是如此；有時也表現在段落中的抑揚動盪，彷彿《史記·項羽本紀贊》評論傳主興、衰之快，一正一反的對比手法所造成的效果。歐陽文確實有許多來自《史記》的成分。

2.曾鞏

陳衍書中沒有說明曾鞏文如何得自匡衡；他只說到劉向（子政）的特色是「援引經義，語多莊重」（卷2，頁1579）、「子政文章，筆皆平實」。（卷2，頁1580）這幾句話已經能讓我們體會劉、曾二人文風相似的原因。劉向編成《戰國策》，曾鞏撰作的〈戰國策目錄序〉也是一篇有名的文章，這又是二人有關聯的重要因素。

3.蘇洵

陳衍曾經指出：「論事設譬，莫善於《孟子》，以事理有難明，借譬一事則易明也。」正因如此，蘇洵〈衡論〉的第二篇〈御將〉，多方譬喻，又舉漢高祖部將為證，文章才不會流於泛泛空論，「文勢方不平弱」，「此正老泉學《孟子》之顯證。」（卷5，頁1627）

4.蘇軾

至於蘇軾文除了學自《孟子》外，還有來自賈誼、鼂錯、賈捐、陸贄、柳宗元等。陳衍說：「陸宣公奏疏，多用譬喻。蘇子瞻尤工，蓋本用功《孟子》、賈生，又學宣公也。」（卷2，頁1565）這裡指明善用譬喻，有一脈相承的文章寫法。

　　又譬如陳衍發現，鼂錯〈論貴粟疏〉（即〈貴粟重農疏〉）末段
結以排偶，「後世為奏議者，無不學此鎖紐之法，不但陸宣公、蘇
子瞻諸家然也。」（卷 2，頁 1563）又譬如賈捐〈罷珠崖對〉「中間
一段云：『當此之時，寇賊並起，軍旅數發，父戰死於前，子鬥傷
於後，……遙設虛祭，想魂乎萬里之外。』說得驚心動魄，後世李
華〈弔古戰場文〉、蘇軾〈諫用兵書〉等篇，屢揚其波。」（卷
2，頁 1570-1571）又譬如陳衍引述陸宣公〈論兩河及淮西利害狀〉
「夫投膠以變濁」以下八句，正是蘇軾〈上皇帝書〉「驅鷹犬而赴
林藪」以下一長句排偶之所本。（卷 2，頁 1566-1567）此外，他提出
蘇軾〈石鐘山記〉中間數句學自柳宗元〈小石城山記〉，該文後半
學自柳宗元〈封建論〉筆意。（卷 4，頁 1605）蘇軾文章廣納百川，
不拘細流，淵源不止一端；歷代這些說法層出不窮，陳衍所述有憑
有據，大致可信。

　　陳衍又指出，「古人文字，凡屬地理者，每言四至。〈禹貢〉
言……、《左傳》言……；若〈殽之戰〉，蹇叔送其子曰：『殽有二
陵焉，……余收爾骨焉。』則望古灑淚之辭。東坡本之以作〈凌虛
臺記〉云：『嘗試與公登臺而望：其東則秦穆之祈年、橐泉也，其
南則漢武之長楊、五柞，而其北則隋之仁壽、唐之九成也。計其一
時之盛，宏傑詭麗，堅固而不可動者，豈特百倍而於臺而已哉？』
又本之以作〈超然臺記〉云：『南望馬耳、常山，出沒隱見，若近若
遠，庶幾有隱君子乎！而其東則廬山，秦人盧敖之所從遁也。西望穆
陵，隱然如城郭，師尚父、齊桓公之遺烈，猶有存者。北俯濰水，
慨然太息，思淮陰之功，而弔其不終。』又本之以作〈赤壁賦〉
曰：『東望夏口，西望武昌。』皆撫今引古，感慨係之。」（卷
5，頁 1625）這裡一口氣說明蘇軾〈凌虛臺記〉、〈超然臺記〉、

〈赤壁賦〉這三篇文章結合了古書的兩種寫法，一是平實的方位記述，二是賦予情感上的寄託，文字內容因為順著方位的敘述而增多，又因為添寫歷史興亡的感慨饒富深情，所以能寫出一些佳篇。

5.王安石

　　陳衍《石遺室論文》說：王安石〈上神宗萬言書〉也是承繼鼂錯而來。鼂錯當年回答孝文帝詔書，「長達二千言。首段以五帝、三王、五伯，總冒篇中三段，而以退託於不明以求賢良，冒末段作結。皆就詔策中所問，明於國家之大體，通於人事之始終，及能直言極諫者各項，分別對答，開出後世對策體格；無他，求其眉目清楚而已。」（卷2，頁1568-1569）就對策的源流，以及眉目清楚、段落有次序的寫法，王安石真有可能得自鼂錯。至於其他雜文多學韓愈，早已經是學界的共識。

(二)論文體

　　從文體觀點討論作家作品，為中國文學批評的悠久傳統。陳衍《石遺室論文》也常見這種批評方式。譬如他提到「東漢蔡伯喈（邕）以最長碑銘稱，開六朝人駢偶之體。」這當然與蔡邕的代表作〈郭有道碑〉詞語雅正有關；但是，陳衍指出：「伯喈文全篇無一事實，惟『辟司徒掾，舉有道』二語，若掩去姓名及此二句，則移作何人不可？況此二事，亦不必郭林宗有之乎？故碑傳不得不以馬、班、韓、柳、歐、蘇為工。」（卷5，頁1626-1627）這段話挑明了蔡邕作品雖然享有盛名、卻又有所不足的原因，也正因為其他名家能有合乎傳主獨特事實的寫法，因此受到看重。歐陽脩、蘇軾二人是宋代碑傳文的代表作家。

　　此外，陳衍還說過「永叔文以序跋雜記為最長」，他認為〈豐

樂亭記〉、〈有美堂記〉、〈峴山亭記〉為「雜記中最工者」。
（卷5，頁 1623-1624）從這些地方肯定了歐陽脩古文體製的特點。

(三)論創作

1.文以意為主

陳衍曾以歐陽脩為例，指出「命意」的重要。他說：

> 歐公為惟儼、祕演兩僧作詩文集序，皆以石曼卿一人為聯
> 絡。蓋曼卿奇士，惟儼、祕演皆名僧，兩序易於從同。而說
> 祕演則寫兩人同處，說惟儼則寫兩人異處，以此命意，則一
> 切布置，自迥乎不同矣。惟儼能文，祕演能詩，曼卿長於
> 詩，不以文著，又其所以不同處。故作文必以命意為要。
> （卷5，頁 1626）

這裡陳衍透過比較的工夫，發覺相近的題材，可以透過不同的命
意，而寫出迥然不同的內容。譬如惟儼、祕演二人都是石曼卿的好
朋友，都是佛教名僧，來求序時曼卿已經去世，寫作背景多麼相
同！歐陽脩寫〈惟儼文集序〉、〈祕演詩集序〉這兩篇文章時，一
定會想起曼卿，但是又不能兩篇序都寫一樣的內容。於是他從兩人
和曼卿相處的不同情形，包括性格、不同的交游態度，作為文章立
意的切入點；最後再針對兩人能文、能詩的不同，寫出二篇符合對
方身分，而又能分別宣揚其文集、詩集特色的序跋作品。這真是極
好的例子，驗證了「文以意為主」的鐵則。

此外，陳衍曾針對北宋蘇軾的史論文，說明文章來自立意而有
正起或反起的不同：

論之有冒頭者，其冒頭主意，率與所論之人之事相反。蓋凡人凡事，必有其可議處，論之所由作也。若其人其事，已毫無遺憾，則何論之有？故〈荀卿〉、〈韓非〉、〈賈誼〉、〈鼂錯〉、〈留侯〉諸冒頭，皆對題目反起，以諸人皆有可議也。惟〈伊尹〉一篇，冒頭對伊尹正起，則以伊尹無可議之人也。無可議而論之者，將其生平本領，人所見不到處，闡明出來。……《孟子》之論……伊尹之一介不與，一介不取，……專論其特別好處，人所未見到者。……若論臧文仲之竊位、臧文仲之居蔡、臧文仲之要君，則〈荀卿〉、〈韓非〉、〈鼂錯〉等篇之例也。永叔〈縱囚論〉首段亦反起。（卷5，頁1627-1628）

從這段話看來，陳衍認為從反面立論，評騭古人是非的史論文，並不難寫，只要找出反面立論的主意即可。比較難的是針對題目正面說起的古文，必須把毫無可議之人，寫出別人未曾看出來的那一面。換言之，立意決定了文章內容的方向，也帶來文章寫作的難易度。蘇軾的史論文很多，只有〈伊尹論〉是從正面立論，由此發議；其餘各篇多是從反面立論，正好反應了這種現象。歐陽脩的〈縱囚論〉也是從反面立論的文章。

2.重視起筆

前節討論到正起或反起的現象時，已經是文意決定表現手法的一種形式，因而文章的開頭就有正起或反起的不同。

此外，歐陽脩〈醉翁亭記〉在首段說明亭名的由來，層層遞進，次序分明。陳衍讚美此文「起數句頗自俊爽」。（卷5，頁1624）

3.重視結筆

陳衍曾指出歐陽脩〈江鄰幾文集序〉的結撰方式學自曹子桓（丕）〈與吳季重書〉，「而層折勝之」。（卷5，頁1626）這是指歐陽文層層疊疊的內容，又加之以一波三折的頓挫，文勢波瀾更勝過前人。陳衍對此作過詳細的說明：

> 全寫友朋交好、零落可悲之情，而層累而下，分出四五種類，歸重於死而有文章可傳者。此種結撰，最為百餘年來講散文者所學。（卷5，頁1626）

這裡說明了歐陽文的結撰筆法，既能歸結前文，又能加重情感的渲染；另一方面又說明了歐陽脩的影響力歷久不衰，所謂「百餘年來講散文者所學」，指的正是清中葉桐城派興盛以來，一直到民國初年的古文家，依然把唐宋八大家名篇奉為圭臬。

陳衍再論歐陽脩〈豐樂亭記〉：「『今滁介於江淮』一小段，與『脩之來此』一段，歸結到太平之可樂與名亭之故。收煞皆用反繳筆為佳。」（卷5，頁1623）

這裡是說〈豐樂亭記〉倒數第二段的結尾和最後一段的結束，歸結到「上之功德」是一篇主意所在，又由此解釋命名「豐樂亭」的緣故，這種回顧過往、撫今思昔的手法，頗為別出一格。歐陽脩〈醉翁亭記〉與〈豐樂亭記〉這兩篇文章寫作時間相近，也都是滁州近郊的景點，寫法却大不相同，顯然都是歐陽公有意為之的佳構。

(四)論人品

1.曾鞏

陳衍對北宋古文家的討論，尤其青睞於曾鞏人品的討論。他評

論曾鞏〈寄歐陽舍人書〉，這篇感謝歐陽脩為他先大父撰寫墓碑銘的書信，既不諂媚，也沒有過當的推崇，「下語有分寸」，看得出曾鞏作為一位有責任感的曾家後代子孫的懇切心情。（卷5，頁1624）他又說「曾子固〈謝杜相公書〉，述其父病卒，受杜公之恩，自醫藥以至歸櫬，種種關切。」其中「夫明公存天下之義，而無有所私；則鞏之所以報於明公者，亦惟天下之義而已。誓心則然，未敢謂能也。」這裡「謙而得體」，寫出「真性情道義之文」。陳衍肯定此文「下語最有分寸，有身分，隱隱見得杜氏與曾氏，有道義之感，非濫於恩施與偏徇私情。」也因此，曾鞏的人品值得肯定，他是位「天下之義者，自勉為君子」的人。（卷5，頁1625-1626）陳衍透過上述「讀其書想見其為人」的方式，給予曾鞏十分完美的肯定。

三、結語

　　總結前文，陳衍《石遺室論文》是一本有深度、具特色的古文評論書籍。他所評論的宋代古文家，只限於北宋歐陽脩、曾鞏、蘇洵、蘇軾、王安石等人。其中討論歐陽脩最多，大蘇次之；對曾鞏的讚美也不少。

　　陳衍評文的方式是先考察作品的淵源，其次是段落的安排。他認為歐陽脩的寫作淵源有鼂錯〈貴粟重農疏〉、劉安〈諫伐閩越書〉、《史記》、《漢書》、曹丕文、韓愈文，其中《史記》的影響最大，是「六一風神」的主要來源。他認為曾鞏的寫作淵源有匡衡文、劉向文。老蘇文則是得力於《孟子》；大蘇文也得力於《孟子》，還有來自《尚書·禹貢》、《左傳》、賈誼、鼂錯〈貴粟重

農疏〉、賈捐〈罷珠崖對〉、陸宣公〈論兩河及淮西利害狀〉、柳宗元〈小石城山記〉與〈封建論〉的寫作淵源。他認為王安石的寫作淵源有鼂錯文、韓愈文，其中韓文幾乎影響到他所有的篇章。

古文作法方面，陳衍認為歐陽脩的敘事文，長於層層疊疊，鋪張而又有轉折。「六一風神」通常可以在文章的中間段落看出，有含蓄吞吐之妙，有抑揚動盪之勢。歐陽脩的序跋、雜記、碑傳文都是他拿手的作品。歐陽文又能以「立意」為前提，他寫的〈惟儼文集序〉、〈祕演詩集序〉，以及〈醉翁亭記〉、〈豐樂亭記〉，都能在相近的題材範圍內，追求命意的不同，而有不同的表現。歐陽脩常在文章的前半部加重情感的渲染，且在結撰時作出完美的收束。

陳衍認為老蘇文的譬喻真實有力量，因此文勢不弱。大蘇文有波瀾，能增添敘述文字，又注入情感，其實有許多地方與歐陽文相近却又不太相同。大蘇的史論有從正面立論者，也有從反面立論者，後者比較容易寫，作品也較多。陳衍對王安石的評論較少，對曾鞏的評論較多。他肯定曾鞏文如其人，是位謙謙君子。他的文章用語有分寸，有身分，人品極佳。

陳衍《石遺室論文》是一本以古文實際批評為導向的書，最大的成績在此。他站在客觀的立場，進行有憑有據的討論，故能信而有徵，具參考價值。書中觀點，提供我們鑑賞古文的角度，也讓我們對北宋古文的寫作來源、文體特色、創作手法、作家人格都有更深一層的理解，這是一本對讀者很有啟發性的書。

（南京，鳳凰出版社：《古典文學知識》，2012 年第 4 期，2012 年 8 月。）

畫荻剌字見慈暉
——歐母、蘇母與岳母

　　人倫之道，首重親子關係，而親子關係的建立，不僅在於父母使子女溫飽、子女能奉養父母而已。更重要的是，父母能「教育」子女，使他們長大成人，成為有操守、有識見的棟樑之材，而後能「揚名於後世，以顯父母」，此之謂「大孝」。換言之，家庭教育是培育人才的基礎，父母對子女的「教養」「養育」，十分重要。

　　我國自古以來，「男主外，女主內」的觀念綿延不絕，女子披上嫁衣後，「相夫教子」乃天經地義的大事，家庭教育的責任常常落在母親身上。而宋代以後，對女性的道德要求日趨嚴正，《宋史‧列女傳》就常有不受賊辱、不嫁二夫、婦人死不出閨房……的言行記載。這種風氣逐漸形成，婦女自我約束日增，寡母守節的比例也節節升高；於是在品德愈高、責任愈重的背景下，母教不期然而然地彰顯出來。其中光輝常存者，可揀述三家如下。

一、歐陽脩的母教

　　歐陽脩是北宋的文學家兼政治家，德業、事功、學術文章各方面，皆有非凡的成就。這些成就的來源，顯然和母教息息相關。

《宋史・歐陽脩傳》記載著:

> 歐陽脩字永叔,廬陵人。四歲而孤,母鄭,守節自誓,親誨
> 之學,家貧,至以荻畫地學書。幼敏悟過人,讀書輒成誦。
> 及冠,嶷然有聲。(《宋史》卷319)

　　此處「畫荻學字」的故事,流傳久遠,至今稱頌不絕。由於歐
陽脩早年喪父,家境清苦,幸賴母親撫育教導,而後認字學書,因
此「以荻畫地學書」,大致可信。不過,其他筆記小說似無相同的
記載[1],因此劉子健先生指出:「這恐怕是偶一為之的軼事,而傳
為千古佳話。」[2]衡情度理,劉先生的說法可從。

　　真正影響歐陽脩最深遠的母教,應當是歐母常用仁孝寬簡的事
蹟來教育他,〈瀧岡阡表〉一文中已見端倪。在此墓表內,歐陽脩
所知的父親行誼,泰半得自母親口述,例如:

> 汝父為吏,嘗夜燭治官書,屢廢而歎。吾問之,則曰:「此
> 死獄也,我求其生不得爾。」吾曰:「生可求乎?」曰:
> 「求其生而不得,則死者與我皆無恨也。矧求而有得邪?以
> 其有得,則知不求而死者有恨也。夫常求其生,猶失之死,

1　丁傳靖《宋人軼事彙編》一書,輯錄宋元明清約五百餘種有關宋人事跡的
　　材料,頗值得參考。其中卷八「歐陽脩」條目下,搜羅近百則資料,獨未
　　言及歐母畫荻教子的故事,此事或未可輕信。該書 1935 年初版,1982 年
　　臺灣重印,源流出版社。

2　語出劉子健《歐陽脩的治學與從政》頁 132,1963 年初版,1984 年臺灣
　　重印,新文豐出版公司。

而世常求其死也。」……其平居教他子弟，常用此語。吾耳
熟焉，故能詳也。（《歐陽脩全集》卷2‧居士集二）

這段文字，透顯出歐陽脩父親仁厚的心地，以及歐陽脩母親教誨的
苦心。其目的，在於慎終追遠，不忘先人德澤，進而效法先人的言
行，供作處世持政的準則。事實上，歐陽脩對這些教誨，確實是
「聞而服之終身」的（《宋史‧歐陽脩傳》語）。他平日細心理政，
「遇事不敢忽」（同上），而且在各地為官時，不求治迹，不求聲
譽，完全以百姓生活作考量，寬簡而不擾，民心稱便。這種寬簡的
持政態度，與其先父仁厚的心地契合，實得力於母親的教誨。因而
「瀧岡阡表」贊揚先父的德行時，處處引用母親的話語作見證，並
且說：「脩泣而志之，不敢忘。」[3]

　　綜上可知，歐陽脩的母親鄭氏，不僅在語文知識方面教導過
他，更在遵守父志、克盡官職、修養品德等方面勉勵過他，這才是
歐陽脩日後成德成材的主因。可見少年時代的母教，影響至為深
遠。

二、蘇軾的母教

　　蘇軾字子瞻，號東坡，是北宋頗富盛名的文學家，與父親蘇
洵、弟弟蘇轍，合稱「三蘇」。在他十歲以前，蘇洵進京趕考，落

---

[3] 語出蘇轍為歐陽脩撰寫的〈神道碑〉，收在《歐陽脩全集》書後附錄。又
可參考韓琦為歐陽脩撰寫的〈墓誌銘〉，收在《歐陽脩全集》書後附錄，
大意略同。

榜後就遊歷四方，因此，東坡兄弟幼年的家教，全由母親程氏負責。程家原屬仕宦之家，東坡的外祖父程文應是當時的進士，官任大理寺丞；諸舅父「皆仕有聲，為監司者三人」，可謂「朱紫滿門」。[4]因而程氏在未出嫁前，受過良好教育，讀了不少經史文章。

　　蘇軾在母親程氏的教誨下，幼小心靈，便傾慕古聖先賢，立志頡頏前賢。蘇轍〈亡兄子瞻端明墓誌銘〉記載著：

> 公生十年，而先君宦學四方。太夫人親授以書，聞古今成敗，輒能語其要。太夫人嘗讀東漢史至「范滂傳」，慨然太息。公侍側曰：「軾若為滂，夫人亦許之否乎？」太夫人曰：「汝能為滂，吾顧不能為滂母耶？」公亦奮厲有濟世志。太夫人喜曰：「吾有子矣。」（《欒城後集》卷22）

這件事《宋史·蘇東坡傳》也有記載。由此可知，程氏教導兒子進德修業，甚且在必要時，成仁取義亦在所不惜。日後東坡在仕途中，屢次甘冒大不諱，抨擊變法，直諫君相，乃至於被誣陷入獄，流徙海南，凡此種種，正與范滂挺身而出、冒死進諫的作風結果雷同。《宋史·蘇軾傳》說：

> （蘇軾）自為舉子至出入侍從，必以愛君為本，忠規讜論，挺挺大節，羣臣無出其右。但為小人忌惡擠排，不使安於朝

4　詳見蘇軾〈外曾祖程公逸事一首〉，收在《蘇東坡全集》後集卷9，1975年臺灣景印初版，河洛圖書公司。

廷之上。（《宋史》卷338）

又說：

> 器識之閎偉，議論之卓犖，文章之雄雋，政事之精明，四者
> 皆能以特立之志為之主，而以邁往之氣輔之。故意之所向，
> 言足以達其有猷，行足以遂其有為。……或謂：「軾稍自韜
> 戢，雖不獲柄用，亦當免禍。」雖然，假令軾以是而易其所
> 為，尚得為軾哉？（同上）

從這兩段文字看來，有特立之志，有邁往之氣，不畏群小，不
避災禍，此正所以為蘇軾。蘇軾的志節抱負，實得力於前賢，亦得
力於母教。[5]

三、岳飛的母教

岳飛字鵬舉，是南宋的名將。據說他出生時，有大鳥飛鳴在屋
頂上，故取名為「飛」。生而未彌月，黃河決堤，大水暴漲，母親
姚氏抱他坐在甕中，隨波濤湧至岸邊，倖免於難。就在這充滿傳奇

5　蘇轍在〈壇院記〉中贊頌母親說：「程氏追封蜀太夫人，生而志節不群，
　　好通古今，知其治亂得失之故。有子二：長曰軾，季曰轍。方其少年，先
　　公先夫人皆曰：吾嘗有志斯也，今老矣，二子其尚吾志乎！」可見蘇軾兄
　　弟的志節，來自雙親的訓誨頗多。

的故事裏*6*，蘊育出一位英雄。

　　岳飛自幼與母親朝夕相處，庭訓教導，皆來自母親。金兵南下之際，岳飛隨軍轉進，母子一度失散。後來一再訪求，終於迎歸母親。由於母愛宏深，母教良多，因此岳飛孝敬有加，於母喪時，擬終三年服制。他曾三度上表，請許終制，第一次奏表就說：

　　臣孤賤之迹，幼失所怙，鞠育訓導，皆自臣母。國家平燕雲之初，臣方束髮從事軍旅，誓期盡瘁，不知有家。自從陛下渡河以來，而臣母淪陷河朔，凡遣人一十八次，始能般挈，得脫虜禍……今者遭此大難，荼毒哀苦，每加追念，輒欲無生……伏望聖慈，矜憐餘生，許終服制。

　　由此觀之，岳飛實由母親養育成人，一生孝敬母親，不負其教誨。《宋史·岳飛傳》也有許多孝行的記載，並且引述當時大將張浚的話說：「岳侯，忠孝人也。」（《宋史》卷365）

　　另外，最膾炙人口的事情，就是岳母刺字。《宋史》本傳說：

　　飛裂裳以背示鑄（人名），有「盡忠報國」四大字，深入膚理。（卷365）

　　可見實有此事，但時間不詳。一般較通行的說法是，岳飛起初

6　《宋史·岳飛傳》大多根據岳飛的孫子岳珂所編的《金陀粹編》和《金陀續編》而來，其中有夸誕不實處，清儒錢大昕《潛研堂文集》卷 30 已指出。因此有關岳飛的傳奇故事，雖明載於史冊，亦不可輕信。

投效宋軍時，隸屬宗澤指揮，宗元帥病故後，朝廷以杜充繼任元帥。不料杜充昏暗不明，軍心渙散，遭到投閒置散命運的岳飛，就乘此時返歸故里省親。岳母忽見兒子返家，心知有異，得知詳情後，不免訓斥一番，於是以金針筆墨在岳飛背上刺入「盡忠報國」四字，命他重返軍隊，永矢忠貞，報效國家。[7]

　　岳母教子以忠，岳飛事母至孝，流傳為千古美談。其後岳飛每戰皆捷，功勞漸增，宋高宗手書「精忠岳飛」四字，製成旗幟以賜之。（事見《宋史・岳飛傳》）因此，流傳的彈詞、子弟書，都有以「精忠」二字題為篇名的作品，久而久之，「精忠報國」四字也隨之流傳開來。揆諸史傳，當作「盡忠報國」才是！

四、結語

　　綜結上文可知，宋代是母教光輝極盛的時代，不論文臣武將，多有得於母教。本文為篇幅所限，僅敘述資料較多的三位人物，由此即可看出，人物性格的養成、志節抱負的冶鍊，往往來自母親的教誨啟迪。宋代如此，今日亦然。

　　當然，宋代婦女的風範，絕不囿限於此。《宋史・列女傳》就有許多母儀長昭的例證。宋末抗元的義士謝枋得，就有一位好母親：「枋得母桂氏尤賢達，自枋得遘播，婦與孫幽遠方，處之泰然，無一怨語。人問之，曰：『義所當然也。』人稱為賢母云。」（《宋史》卷460）類此的例證尚夥，讀者可自行搜檢之。

7　詳見《岳飛故事戲曲說唱集》，1981年臺灣初版，明文書局。

〈稼說送張琥〉文中 「不幸」宜作何解？

　　問：高中國文第三冊〈稼說送張琥〉的「不幸而早得與吾子同年」的「不幸」，宜作何解？「吾子其去此而務學也哉」的「其去此」，宜作何解？（臺中讀者·黃麗芳）

　　答：中興大學中文系教授胡楚生：不幸，即作通常「不幸運」解，韓愈〈答劉正夫書〉云：「而愈不幸，獨有接後輩名，名之所存，謗之所歸也。」蘇軾此文所謂「不幸」，義與韓愈該文用法相同。宋仁宗嘉祐二年，蘇軾與張琥同登進士第，時蘇軾二十二歲，張琥年未弱冠，蘇軾自以早登科第，暴得大名，不易更求進益，故以此為懼，以此為「不幸」，故蘇軾自謂：「吾少也有志於學，不幸而早得與吾子同年」，自謂：「吾今雖欲自以為不足，而眾且妄推之矣」，所以，他用稼穡為喻，以勸張琥，宜去此虛名，而求實學，希望張琥：「博觀而約取，厚積而薄發」，而勿為世俗之虛聲所累也。

　　至於：「吾子其去此而務學也哉」，此「其」字，王引之《經傳釋詞》云：「其，猶尚也，庶幾也。」裴學海《古書虛字集釋》云：「其，為期望之詞。」因此，「其去此」，可解為：「希望你（張琥）能拋棄這種世俗的虛名」。

（臺北：《國文天地》3 卷 11 期，總號第 35 期，1988 年 4
月。）

問：蘇軾〈稼說送張琥〉中的「不幸而早得與吾子同年」，蘇
軾與張琥同年登進士應是互許幸運才對，怎麼說是「不幸」呢？
（豐原讀者・林陳子）

答：臺灣大學中文系講師王基倫：蘇軾〈稼說送張琥〉一文，
完稿於仁宗嘉祐六年至英宗治平元年間（西元 1061-1064 年），時年二
十六至二十九。（據彭珊珊《蘇東坡散文研究》，東吳中文所 74 年碩士論
文，頁 18）

此時，蘇軾已登進士第，受歐陽脩延譽賞識，文章擅天下。
《宋史・蘇軾列傳》說他：

> 弱冠，父子兄弟至京師，一日而聲名赫然，動於四方。既而
> 登上第，擢詞科，入掌書命，出典方州。……仁宗初讀軾、
> 轍制策，退而喜曰：「朕今日為子孫得兩宰相矣！」

一時朝野上下，推重如此，真稱得上「年少得志」了。常人處
此情境，或難免志得意滿、額首稱慶，而蘇軾却深以為戒，惕勵在
心。〈稼說〉一文，就是在這種反躬自省的心境下所產生的作品。
首先，他從年歲的觀點，指出人才的培育，猶如禾稼的生長，
需經歷長時間的「養」、「成」。文中：「三十而後仕，五十而後
爵」的說法，隱然告誡張琥與自己尚未年滿三十，不宜暴享盛名。
其次，他更深切體認到，學養不足尤其是「青年學者」的大敵，所
以主張「務學」，文中「博觀而約取，厚積而薄發」的說法，即對

此而發。

　　瞭解上述旨意後，讀者已能解答問題否？正因為年紀輕，而受人誇讚過多，所以蘇軾〈稼說送張琥〉說：「吾少也有志於學，不幸而早得與吾子同年，吾子之得亦不可謂不早也。吾今雖欲自以為不足，而眾且妄推之矣！嗚呼！吾子其去此而務學也哉！」言下之意，正是苦於文名太盛，願去此虛名而求得實學，勉勵張琥，亦所以勉勵自己。

　　（臺北：《國文天地》5 卷 1 期，總號第 49 期，1989 年 4月。）

宋朝三類不同的遺民心態

「遺民」指的是身處改朝換代之際，親身經歷國破家亡世變之痛的人。這些人的詩文作品往往深沈而悲哀，讀之倍感辛酸。

一般人在談論宋代的遺民文學時，往往先想到南宋末年抵抗元兵的忠臣烈士，以他們為代表。其實我們可以回溯一下：晚唐五代的亡國之人，當他們生活在北宋初期的時候，不也是一種遺民？同樣的，北宋末年到南宋初年的文人，他們也經歷了一次國土淪喪、舉家逃難的世變，不也是一種遺民？可是他們和南宋末年的遺民的反應不盡相同。這是因為每個人面對世變的反應不同，以下我們就以這三個區塊來討論這些文人經歷世變的不同現象。

一、北宋初年的遺民情結

晚唐五代到北宋初年的文人，在宋太祖趙匡胤統一天下後，可以區分為兩類，一類為原來後周政權的文人，居住於中原地區；另一類是居住在五代十國的南唐、吳越、西蜀的文人。這兩類文人進入北宋後，原來在後周的文人適應得比較快，因為他們原本就處於北方的政權下，而五代十國的文人需要多一些時間作調整。來自他們身分的不同，作風也會有些差異。由於這個階段並非異族入主中原的時代，基本上還是漢族繼承漢族的政權，所以沒有所謂的民族

英雄，沒有民族意識的起義，沒有強烈的反抗態度，再加上北宋皇
帝宋太祖趙匡胤和宋太宗趙光義的「重文」政策，禮遇文人，因此
那些文人較沒有強烈的反抗態度。

在這樣的背景下，他們經歷世變時，會有兩種反應：

其一，懷念昔日生活，如南唐後主李煜（937-978）身為階下囚
之後，當然更懷念亡國前的美艷生活，鳳閣龍閣的紙醉金迷，「垂
淚對宮娥」[1]的傷心感動，都是心頭永難忘懷的場景。鄭文寶（953-
1013）的《南唐近事》記載了一些南唐時的奇聞軼事，[2]也帶有懷舊
的性質。懷舊是經歷世變的人常常開展的一種主題，無論經歷哪一
種世變，多數人會懷念前朝佳處。

其二，北宋初期，收編了各地的文人，同時提供文人很多發展
的空間，比如李昉（925-996）在後漢、後周兩朝就做過官，到了趙
宋，曾三度入翰林；徐鉉（916-991）在南唐時就出使北方，力爭南
唐主權，與後來的宋太祖趙匡胤（926-976）曾有過言詞交鋒，但是
天下一統之後，只得隨李煜歸宋。李昉編了《文苑英華》[3]，徐鉉
校訂《說文解字》，薛居正（912-981）寫了《五代史記》[4]，他們可
以修史、寫筆記、編書，這些工作跟文學有關，基本上沒有脫離本
行，保有了文官的基本生活條件，因此他們對新朝廷的反抗並不激

1　〔南唐〕李璟（916-961）、李煜著，詹安泰（1902-1967）校注：《李璟
　　李煜詞》（北京：人民文學出版社，1998 年 5 月），〈破陣子〉，頁
　　62。
2　〔宋〕鄭文寶著：《南唐近事》（北京：中華書局，1985 年新 1 版）。
3　〔宋〕李昉編：《文苑英華》（臺北：新文豐出版公司，1979 年 1
　　月）。
4　〔宋〕薛居正著：《舊五代史》（北京：中華書局，1976 年 5 月）。

烈，懷念故國之作鮮少。

其三，文學發展可能有它的慣性，前代文學會不自覺地影響到後代的文學。北宋初年的文人在寫詩方面，有人效法中唐的白居易（772-846）體，有人效法晚唐的李義山（商隱，812-858）體，後來還發展出楊億（974-1020）、錢惟演（962-1034）、劉筠（971-1031）的西崑體；文章方面，受到五代的風氣影響而寫駢文，但是也有人學習韓愈（768-824）、柳宗元（773-819）的古文，如歐陽脩（1007-1072）之前的柳開（947-1000）等人，他們模仿了前一代的文學作品，這是文學發展的慣性作用，而當文學傳統沒有中斷的時候，前代文學就會被保留下來。以上是從北宋初年文人身上看到的現象。

二、南宋初年的遺民情結

再看北宋末年到南宋初年的文人。這群文人讓大家最注意的是出現民族英雄，以李綱（1083-1140）、陳與義（1090-1138）、張元幹（1091-1170）、岳飛（1103-1142）、辛棄疾（稼軒，1140-1207）為代表。他們群起抗金，有復國之志，抒家國之痛，均表達了愛國思想。

第二種類型的文人是經歷戰亂之痛，從北方逃到南方，有流離失所的痛苦，並在詩文中流露出來，李清照（易安，1084-1155）可為代表人物。

還有另一種人，他的生活心境轉變了，比如朱敦儒（1081-1159），在北宋末年本來可以做官，皇帝召見他，他却說他「自樂閒曠」，不適合做官，拒絕了出仕的機會；等到戰亂發生之後，他

寫下「中原亂，簪纓散，幾時收」[5]這樣的詞，感歎過去的生活再也一去不復返；而到了南宋高宗紹興（1131-1162）年間，他還是出來做官了，做過秘書省正字、兵部郎中。這樣的情形可說明文人的心境會跟著時代轉變，而這樣的轉變有時是迅速的。朱敦儒活了近八十歲，生命經歷了安定、變動、而又安定下來的三個階段，但是做官之後，心境並沒有跟著平靜下來，也曾經被廢棄不用，也有不得志的時候，這樣的文人在動亂的時代就有不同階段的不同身分出現。

在文學表現方面，他們會懷舊，會感慨時事，會發表愛國思想、抗金言論，這些都很容易理解。不過我還要再指出一點，就是辛稼軒他們這些人始終有一些不如意、不得志的鬱悶之情。我們都知道他是一位民族英雄，從北方的山東歷城縣來到中央政府的所在地杭州城——南宋朝廷做了官，但始終不受重用，他們被歸類為「歸順人」，即後來才歸順到南方來的人，而不是一開始就受到南宋政權信任的人，所以稼軒詞中多次表現出「閒愁最苦」[6]的心情。這樣的心情也同時激發出詞中慷慨悲歌的高昂語氣，像是「渡江天馬南來，幾人真是經綸手？」[7]而他到了晚年，却又寫一些小的景物、小的人事，描寫生活周遭的點點滴滴。

相較之下，同時期的陸游（放翁，1125-1210），他的愛國思想是

5　〔宋〕朱敦儒著，龍元亮校：《樵歌》（北京：文學古籍刊行社，1958年1月）卷下，〈相見歡〉，頁82。

6　〔宋〕辛棄疾著，鄭騫（1906-1991）校注：《稼軒詞校注：附詩文年譜》（臺北：臺大出版中心，2013 年 1 月），卷 1，〈摸魚兒〉，頁104。

7　同前註，卷2，〈水龍吟〉，頁136。

直抒胸臆的，希望能夠北伐，將來「王師北定中原日，家祭毋忘告乃翁」。[8]他有一種宋人昂揚進取的精神，會直接表達自己的心情。但辛稼軒到了晚年則否，詞中出現了很多比興、象徵，而且是避居、閒人的狀態，從一個抗敵英雄變成一個避居的閒人；因此稼軒詞中的豪放融合了一種抑鬱、悲苦的心情，他的詩詞文集作品並非全數豪放的。在這樣的背景下，文人所寫出來的作品非常特殊，稼軒詞寫得好，出自於他的比興、象徵。稼軒的一生沒有受到重用而不得志，所以謝枋得（1226-1289）後來為稼軒抱屈，他為稼軒寫墓記時說道：

> 官不為邊閫，手不掌兵權，耳不聞邊議，後之誣公以片言隻字，文致其罪。[9]

辛稼軒終究沒有掌握到兵權，沒有參與國家的邊政、軍事上的重要討論，這是因為一些很勢利的小人以片言隻語陷害他。這也可以用來解釋稼軒詞風形成的重要原因。

三、南宋亡國前後的遺民情結

南宋末年的遺民身分有兩大類，一群是在金朝政權華北地區居

8　〔宋〕陸游著，錢仲聯（1908-2003）校注：《劍南詩稿校注》（上海：上海古籍出版社，2005年4月），卷85，〈示兒〉，頁4542。

9　〔宋〕謝枋得著：《疊山集》（臺北：臺灣商務印書館，景印文淵閣四庫全書本，1983年6月初版），第1184冊，卷3，〈祭辛稼軒先生墓〉，頁881。

住的人，另一群是在南宋居住的人。這兩群人都有殉國英雄以及隱居終老的人。我們不能說金人就沒有民族意識，比方說王若虛（1174-1243）、元好問（1190-1257）一輩子都不為元朝做官，寧可隱居終老，因此不是只有漢人講求民族氣節；也有一群人是入元後再做官的，像是建德府（今浙江建德市）陷落後，方回（1227-1305）向蒙古兵投降，可是他們出仕並非表示沒有民族氣節，也可能是為了保存漢文化而努力。因此，每個文人面對世變會有不同的作法，我們不能輕易地認定他們是不忠於國家。

不容諱言，在改朝換代之際，一定有人變節投降。然而，誠如出現在元代的《忠義集·序》所說：

> 宋有天下三百餘年，以仁厚立國，以《詩》、《書》造士，以節義勵士大夫，故其士民觀感興起，皆知殺身成仁之為美。及其遭罹變故而且亡也，死宗廟者有之，死社稷者有之，死君上者有之，死城郭封疆者又有之。下至山谷之儒、里巷之婦，亦皆秉義抱節，矢死不辱。嗚呼！漢、唐之末曷嘗有是哉！ *10*

相對而言，宋末遺民人數眾多，抵抗蒙古兵十分慘烈，史書所載多有。原因之一是華夏子民不願淪入異族統治，民族意識高漲；二是理學思想濃厚，先秦原始儒家強調華、夷之辨，這不是由血緣

---

10 〔元〕佚名：〈忠義集序〉，收入〔元〕趙景良編：《忠義集》（臺北：臺灣商務印書館，1983 年 6 月初版），景印文淵閣四庫全書本，第 1366 冊，卷 1，頁 914。

區分，而是由文化水平的認同問題。唐朝韓愈（768-824）〈原道〉說：「孔子之作《春秋》也，諸侯用夷禮則夷之，進於中國則中國之。」[11]在中原文明可能高於異族的情況下，不容易接受外來政權的統一。上述原因，正可以解釋為何漢、唐異代之際，較無激烈的抗爭；而宋、明異代之際，忠義之士風起雲湧。

　　宋末元初的遺民中，北方重氣節者而不仕者，有金人元好問；仕元者有耶律楚材（1190-1244）、許衡（1209-1281）等；南方不仕元者如謝枋得、謝翱（1249-1295）、鄭思肖（1241-1318）、汪元量（1241-1317 後）等；仕元者如趙孟頫（1254-1322）、方回、戴表元（1244-1310）等。以謝枋得為例，其起兵抗元，一門多忠烈殉國；宋亡後，以老母尚在，盡孝而苟活人世。曾寫下〈却聘書〉云：「司馬子長有言：人莫不有一死，死或重於泰山，或輕於鴻毛。』先民廣其說曰：『慷慨赴死易，從容就義難。』公亦可以察某之心矣。」後來被押解北上，終不肯降為元臣，絕食五日而死。讀其一生傳記，委實可歌可泣。其他人雖然生活背景不同，表現有差異，但是對於漢文化與文學傳統，也多有所繼承。在文學表現上，有兩種現象：

　　其一，選擇歸隱山林而終老，特別喜愛陶淵明（352-426）的詩。因為陶淵明是一個有氣節的人，歸隱田園而不出仕。當遺民生活越困窘的時候，更欣賞陶淵明在貧苦之中能夠怡然自逸的精神，和陶詩在整個宋朝非常盛行，因此，「宗陶」是一條綿延不絕的路

11　〔唐〕韓愈：〈原道〉，收入〔唐〕韓愈著、〔宋〕朱熹（晦庵，1130-1200）校：《朱文公校昌黎先生文集》（臺北：臺灣商務印書館，1979年11月臺1版），四部叢刊正編本，第39冊，卷11，頁1-4。

線。

　　另一條路線是宗詩聖杜甫（712-770）的，像文天祥（宋瑞，1236-1283）的詩一半以上寫於起兵抗敵之後，有《集杜詩》一卷，運用「集句」的體製，擷取杜甫五言詩句，來記錄自己遭逢宋末山河破碎的一段歷史。他在《集杜詩・自序》說：「所集杜詩，自余顛沛以來，世變人事，槩見於此矣，是非有意於為詩者也。後之良史，尚庶幾有考焉。」[12]這已經從遊戲手法變成嚴肅的創作，成為宋末社會縮影的「詩史」，是了不起的詩歌書寫。像文天祥這樣的民族英雄之所以如此喜愛杜甫，與杜甫的詩風──憂國憂民的內容相關。此外，文天祥在顛沛流離中寫下的《指南錄》、《指南後錄》，被後世當作人格典範的代表作。由此可知，文學上的慣性作用、時代背景，加上文人心志的自我選擇，讀者的期待視野，都會造成特出的文學表現。

　　又譬如當時陸秀夫（1236-1279）在背負皇帝趙昺（1272-1279）投海殉國之前，位居左丞相，詔令多出其手。《宋詩記事》記載鄭思肖曾經叩闍上書，「辭切直，忤當路，不報。」[13]亡國後，他畫「失根的蘭花」，以《心史》一書寄寓血淚心聲。書中〈哀劉將軍〉一文說：「為痛英雄併消末，託詩為史筆傳聞。」[14]可見有志

12　〔宋〕文天祥：〈文信國集杜詩原序〉，收入〔宋〕文天祥著：《文信國集杜詩》（臺北：臺灣商務印書館，1983 年 6 月初版），景印文淵閣四庫全書本，第 1184 冊，頁 808。

13　〔清〕厲鶚（1692-1752）著：《宋詩紀事》（臺北：臺灣商務印書館，1983 年 6 月初版），景印文淵閣四庫全書本，第 1485 冊，卷 80，頁 553。

14　〔元〕鄭思肖：〈哀劉將軍〉，收入鄭思肖著，陳福康（1950-）校點：

之志，唯恐亡國之後，史事湮沒不明，因而以詩心之筆，記錄保存一些史料，以供後來者參考。這也是我們在做遺民文學研究時應當注意的地方。綜上所述，提出幾點看法如下：

（一）當時有心之士保存了一些史料，很不幸地，也有一些史料亡佚了。如何在有限的材料下，尋得當時歷史的真面目，這是初步的工作。有時不是單純的史實真假問題，而是在於文本 text、語境 context 的交互關係應該如何？或者說可以如何去看待當時的現象？這仍然是一種企圖接近真相的努力，也可以作為一種美學的討論。

（二）宋、元之際遺民文學的研究，應當注意文學上的傳承、發展，作者是宗陶？或是宗杜？其中具有作者的選擇傾向。胡傳志（1964-）指出，當初北宋覆亡時，「入金宋人」文學的走向可概分為兩類：一、抗節不仕者：首開崇杜風氣，二、屈節仕金者：崇陶尚蘇的新變。[15]這等情形，顯然也是南宋覆亡時，「入元金人」、「入元宋人」文學的走向。為何有此繼承？又如何開創新局？這是值得繼續討論的。

（三）作者的細微表現，也很值得關注。比如稼軒詞多用比興象徵，像王沂孫（約 1230-約 1291）、周密（1232-1298）、張炎（1248-1320）等宋末至元初的遺民，表面上在寫他們的生活情形，其中委婉地使用比興、象徵的技巧，都很值得注意。譬如王沂孫《碧山樂

《鄭思肖集》（上海：上海古籍出版，1991 年 5 月），《中興集》卷 2，頁 93。

15　胡傳志：《宋金文學的交融與演進》（北京：北京大學出版社，2013 年 3 月），第 2 章，〈入金宋人與金初文學的走向〉，頁 22-39。

府》以詠物詞居多，寓含身世之感，意旨隱晦難解；遭逢亂世，文人作品的心思愈趨幽微，這是不容錯過的文學現象。

（國立中央大學中國文學系舉辦「世變下的中國知識份子與文化」第一次學術交流座談會發言稿，刊登於臺北，國語日報社：《書和人》第 1209 期，2012 年 4 月 23 日第 4 版、第 13 版。）

參考文獻

一、古代文獻

〔周〕左丘明傳，〔晉〕杜預注，〔唐〕孔穎達疏：《春秋左傳注疏》，臺北：藝文印書館，十三經注疏 6，嘉慶二十年江西南昌府學開雕重刊宋本，1989 年 1 月。

〔漢〕舊題孔安國傳，〔唐〕孔穎達等疏：《尚書正義》，臺北：藝文印書館，十三經注疏 1，嘉慶二十年江西南昌府學開雕重刊宋本，1989 年 1 月。

〔漢〕趙岐注，〔宋〕孫奭疏：《孟子注疏》，臺北：藝文印書館，嘉慶二十年江西南昌府學開雕重刊宋本，十三經注疏 8，1989 年 1 月。

〔漢〕鄭玄注，〔唐〕賈公彥疏：《周禮注疏》，臺北：藝文印書館，嘉慶二十年江西南昌府學開雕重刊宋本，十三經注疏 3，1989 年 1 月。

〔漢〕鄭玄注，〔唐〕賈公彥疏：《儀禮注疏》，臺北：藝文印書館，嘉慶二十年江西南昌府學開雕重刊宋本，十三經注疏 4，1989 年 1 月。

〔漢〕鄭玄注，〔唐〕孔穎達等正義：《禮記注疏》，臺北：藝文印書館，嘉慶二十年江西南昌府學開雕重刊宋本，十三經注疏 5，1989 年 1 月。

〔魏〕王弼注，〔晉〕韓康伯注，〔唐〕孔穎達等正義：《周易注疏》，臺北：藝文印書館，嘉慶二十年江西南昌府學開雕重刊宋本，十三經注疏 1，1989 年 1 月。

〔魏〕何晏集解，〔宋〕邢昺疏：《論語注疏》，臺北：藝文印書館，嘉慶二十年江西南昌府學開雕重刊宋本，十三經注疏 8，1989 年 1 月。

〔南朝宋〕范曄著，〔南朝梁〕劉昭補志，〔唐〕章懷太子賢注：《後漢

書》，臺北：藝文印書館，1956 年。

〔南朝梁〕劉勰著，范文瀾注：《文心雕龍注》，臺北：文史哲出版社，
　　1977 年 8 月。

〔南朝梁〕蕭統著，〔唐〕李善注：《昭明文選》，臺北：藝文印書館，
　　1976 年 10 月。

〔唐〕封演著，張耕注評：《封氏聞見記》，北京：學苑出版社，2001 年 10
　　月。

〔唐〕韓愈著，〔宋〕朱熹校：《朱文公校昌黎先生文集》，臺北：臺灣商
　　務印書館，四部叢刊正編，第 34 冊，1979 年 11 月。

〔唐〕韓愈著，〔明〕蔣之翹評：《唐昌黎集》，東京：汲古書院，和刻本
　　漢詩集成第七輯，昭和五十六年，1981 年 6 月。

〔唐〕柳宗元著，吳文治點校：《柳宗元集》，北京：中華書局，1979 年 9
　　月。

〔唐〕杜牧著：《樊川文集》，臺北：臺灣商務印書館，四部叢刊正編，第
　　37 冊，1979 年 11 月。

〔唐〕李璟、李煜著，詹安泰校注：《李璟李煜詞》，北京：人民文學出版
　　社，1998 年 5 月。

〔宋〕薛居正著：《舊五代史》，北京：中華書局，1976 年 5 月。

〔宋〕李昉編：《文苑英華》，臺北：新文豐出版公司，1979 年 1 月。

〔宋〕柳開著：《河東先生集》，臺北：臺灣商務印書館，四部叢刊正編，
　　第 39 冊，1979 年 11 月。

〔宋〕鄭文寶著：《南唐近事》，北京：中華書局，1985 年。

〔宋〕趙湘著：《南陽集》，臺北：藝文印書館，百部叢書集成：武英殿聚
　　珍版叢書，1966 年。

〔宋〕智圓著：《閒居編》，《卍續藏經》，臺北：中國佛教會影印卍續藏
　　經會，1968 年 8 月。

〔宋〕范仲淹著：《范文正公集》，臺北：臺灣商務印書館，四部叢刊正
　　編，1979 年 11 月。

〔宋〕尹洙著：《河南先生文集》，臺北：臺灣商務印書館，四部叢刊正
　　編，1979 年 11 月。

〔宋〕梅堯臣著：《宛陵先生集》，臺北：臺灣商務印書館，四部叢刊正編，1979 年 11 月。

〔宋〕歐陽脩著：《新唐書》，臺北：藝文印書館，1956 年。

〔宋〕歐陽脩著：《新五代史》，臺北：鼎文書局，1978 年 9 月。

〔宋〕歐陽脩著：《歐陽文忠公文集》，臺北：臺灣商務印書館，四部叢刊正編，第 49-50 冊，1979 年 11 月。

〔宋〕歐陽脩著，李逸安點校：《歐陽脩全集》，北京：中華書局，2001 年 3 月。

〔宋〕蘇洵著：《嘉祐集》，臺北：臺灣商務印書館，四部叢刊正編，1979 年 11 月。

〔宋〕蘇洵著，曾棗莊、金成禮箋注：《嘉祐集箋注》，上海：上海古籍出版社，1993 年 3 月。

〔宋〕周敦頤著：《濂洛關閩書》，臺北：藝文印書館，百部叢書集成：正誼堂全書，第 1 冊，1966 年。

〔宋〕劉敞著：《公是集》，臺北：臺灣商務印書館，景印文淵閣四庫全書，集部，第 1095 冊，集部，1983 年 6 月。

〔宋〕曾鞏著，陳杏珍、晁繼周點校：《曾鞏集》，北京：中華書局，1984 年 11 月。

〔宋〕曾鞏著：《元豐類藁》，臺北：國立故宮博物院，元朝大德甲辰刊本，1988 年 6 月。

〔宋〕司馬光著：《家範》，臺北：臺灣商務印書館，景印文淵閣四庫全書，第 696 冊，1983 年 6 月。

〔宋〕王安石著：《臨川先生文集》，臺北：臺灣商務印書館，四部叢刊正編，1979 年 11 月。

〔宋〕沈括著，胡道靜校注：《元刊夢溪筆談及新校注合刊》，臺北：鼎文書局，1977 年 9 月。

〔宋〕程顥、程頤著：《二程語錄》，臺北：藝文印書館，百部叢書集成：正誼堂全書，第 14 函，1966 年。

〔宋〕程顥、程頤著：《二程遺書》，上海：上海古籍出版社，1992 年 2 月。

〔宋〕蘇軾著:《東坡樂府》,臺北:廣文書局,1960 年 2 月。

〔宋〕蘇軾著,〔宋〕郎曄選注:《經進東坡文集事略》,香港:中華書局香港分局,1979 年 6 月。

〔宋〕蘇軾著,龍榆生校箋:《東坡樂府箋》,臺北:華正書局,1980 年 2 月。

〔宋〕蘇軾著:《東坡志林》,臺北:木鐸出版社,1982 年 5 月。

〔宋〕蘇軾著,孔凡禮點校:《蘇軾文集》,北京:中華書局,1986 年 3 月。

〔宋〕蘇軾著,〔清〕馮應榴輯注,黃任軻、朱懷春校點:《蘇軾詩集合註》,上海:上海古籍出版社,2001 年 6 月。

〔宋〕蘇轍著:《蘇氏詩集傳》,臺北:臺灣商務印書館,景印文淵閣四庫全書,經部,第 70 冊,1983 年 6 月。

〔宋〕蘇轍著,陳宏天、高秀芳校點:《蘇轍集》,北京:中華書局,1990 年 7 月。

〔宋〕黃庭堅著,〔宋〕任淵、〔宋〕史容、〔宋〕史溫注:《山谷詩內外集注》,臺北:學海出版社,1979 年 10 月。

〔宋〕黃庭堅著:《豫章黃先生文集》,臺北:臺灣商務印書館,四部叢刊正編,第 49 冊,1979 年 11 月。

〔宋〕秦觀著:《淮海集》,臺北:臺灣商務印書館,四部叢刊正編,第 50 冊,1979 年 11 月。

〔宋〕楊時著:《楊龜山集》,臺北:臺灣商務印書館,叢書集成簡編,1965 年 12 月。

〔宋〕蘇過著,舒大剛、蔣宗許等校注:《斜川集校注》,成都:巴蜀書社,1996 年 12 月。

〔宋〕蘇過著,舒星校補,蔣宗許、舒大剛注:《蘇過詩文編年箋注》,北京:中華書局,1996 年 12 月。

〔宋〕何薳著,張明華點校:《春渚紀聞》,北京:中華書局,1983 年 1 月。

〔宋〕朱敦儒著,龍元亮校:《樵歌》,北京:文學古籍刊行社,1958 年 1 月。

〔宋〕朱弁著:《風月堂詩話》,臺北:廣文書局,1973 年 9 月。

〔宋〕胡宏著:《胡宏集》,北京:中華書局,1987 年 6 月。

〔宋〕李燾著:《續資治通鑑長編》,北京:中華書局,2004 年 9 月。

〔宋〕陸游著,李劍雄、劉德權點校:《老學庵筆記》,北京:中華書局,1979 年 11 月。

〔宋〕陸游著,錢仲聯校注:《劍南詩稿校注》,上海:上海古籍出版社,2005 年 4 月。

〔宋〕周必大著:《文忠集》,臺北:臺灣商務印書館,景印文淵閣四庫全書,第 1147-1149 冊,集部,1983 年 6 月。

〔宋〕朱熹註:《四書集注》,臺北:學海出版社,1976 年 9 月。

〔宋〕朱熹著:《晦庵先生朱文公文集》,臺北:臺灣商務印書館,四部叢刊正編,第 52-53 冊,1979 年 11 月。

〔宋〕朱熹著:《詩經集傳》,臺北:臺灣商務印書館,景印文淵閣四庫全書,第 72 冊,經部,1983 年 6 月。

〔宋〕朱熹著:《昌黎先生集考異》,上海:上海古籍出版社,1985 年 2 月。

〔宋〕黎靖德編,王星賢點校:《朱子語類》,北京:中華書局,1986 年 3 月。

〔宋〕方崧卿著,劉真倫彙校:《韓集舉正彙校》,南京,鳳凰出版社,2007 年 12 月。

〔宋〕龔頤正著:《芥隱筆記》,臺北:藝文印書館,原刻景印百部叢書集成,第 71 冊,1969 年。

〔宋〕呂祖謙評:《古文關鍵》,臺北:藝文印書館,百部叢書集成初編之 95,金華叢書第 32 函,1969 年。

〔宋〕呂祖謙評,〔宋〕蔡文子註,〔清〕徐樹屏考異,〔清〕俞樾跋:《古文關鍵》,臺北:廣文書局,1970 年 10 月。

〔宋〕呂祖謙著,〔宋〕呂祖儉、〔宋〕呂喬年編:《東萊外集》,臺北:臺灣商務印書館,景印文淵閣四庫全書,第 1150 冊,集部第 89 冊,1986 年 3 月。

〔宋〕呂祖謙評:《古文關鍵》,臺北:臺灣商務印書館,景印文淵閣四庫

全書,第 1351 冊,集部第 290 冊,1986 年 3 月。

〔宋〕呂祖謙著,〔宋〕呂喬年輯:《東萊呂太史集》,臺北:新文豐出版公司,叢書集成續編第 128 冊,1989 年 7 月。

〔宋〕呂祖謙評,〔宋〕蔡文子注:《增注東萊呂成公古文關鍵》,宋刻本殘卷,北京:北京圖書館出版社,2004 年。

〔宋〕邵博著:《河南邵氏聞見後錄》,臺北:廣文書局,1970 年 12 月。

〔宋〕陳善著:《捫蝨新話》,臺北:新文豐出版公司,《叢書集選》第 52 冊,1984 年 6 月。

〔宋〕辛棄疾著,鄧廣銘箋注:《稼軒詞編年箋注(增訂本)》,上海:上海古籍出版社,1993 年 10 月。

〔宋〕辛棄疾著,鄭騫校注:《稼軒詞校注:附詩文年譜》,臺北:臺大出版中心,2013 年 1 月。

〔宋〕葉適著:《習學記言》,臺北:臺灣商務印書館,1983 年,景印文淵閣四庫全書,集部,第 849 冊,1983 年 6 月。

〔宋〕費袞著:《梁谿漫志》,臺北:廣文書局,1969 年 9 月。

〔宋〕王稱著:《東都事略》,臺北:國立中央圖書館,1991 年 2 月。

〔宋〕真德秀編:《文章正宗》,臺北:臺灣商務印書館,景印文淵閣四庫全書,第 1355 冊,集部,1983 年 6 月。

〔宋〕陳耆卿著:《篔窗集》,臺北:臺灣商務印書館,景印文淵閣四庫全書,第 1178 冊,集部,1983 年 6 月。

〔宋〕劉克莊著:《後村先生大全集》,臺北:臺灣商務印書館,上海涵芬樓影印顧氏賜硯堂本,1979 年 11 月。

〔宋〕羅大經著,王瑞來點校:《鶴林玉露》,北京:中華書局,1997 年 12 月。

〔宋〕嚴羽著,郭紹虞校釋:《滄浪詩話校釋》,臺北:里仁書局,1987 年 4 月。

〔宋〕謝枋得著:《疊山集》,臺北:臺灣商務印書館,景印文淵閣四庫全書,第 1184 冊,集部,1983 年 6 月。

〔宋〕劉辰翁著:《須溪集》,臺北:臺灣商務印書館,四庫全書珍本,1973 年。

〔宋〕文天祥著：《文信國集杜詩》，臺北：臺灣商務印書館，景印文淵閣四庫全書，第 1184 冊，集部，1983 年 6 月。

〔元〕劉壎著：《隱居通議》，臺北：新文豐出版公司，1984 年 6 月。

〔元〕鄭思肖著，陳福康校點：《鄭思肖集》，上海：上海古籍出版，1991 年 5 月。

〔元〕趙景良編：《忠義集》，臺北：臺灣商務印書館，景印文淵閣四庫全書，第 1366 冊，集部，1983 年 6 月。

〔元〕潘昂霄著：《金石例》，臺北：臺灣商務印書館，景印文淵閣四庫全書，第 1482 冊，集部，1983 年 6 月。

〔元〕脫脫著：《宋史》，臺北：藝文印書館，1988 年 6 月。

〔明〕吳訥著：《文章辨體序說》，臺北：泰順書局，1973 年 9 月。

〔明〕楊慎編：《三蘇文範》，臺南：莊嚴文化實業有限公司，吉林省圖書館藏清光緒七年至八年廣漢鍾登甲樂道齋刻函海本影印，1997 年 6 月。

〔明〕唐順之編：《文編》，臺北：臺灣商務印書館，景印文淵閣四庫全書，第 1377-1378 冊，集部，第 316-317 冊，1983 年 6 月。

〔明〕歸有光著：《文章指南》，臺北：廣文書局，1972 年 4 月。

〔明〕茅坤編：《唐宋八大家文鈔》，臺北：臺灣商務印書館，景印文淵閣四庫全書，第 1383-1384 冊，集部，第 322-323 冊，1983 年 6 月。

〔明〕徐師曾著：《文體明辨序說》，臺北：泰順書局，1973 年 9 月。

〔明〕屠隆著：《由拳集》，臺北：偉文圖書出版公司，1977 年 9 月。

〔明〕鍾惺著，李先耕、崔重慶標校：《隱秀軒集》，上海：上海古籍出版社，1992 年。

〔清〕金聖歎編：《天下才子必讀書》，臺北：書香出版社，1978 年 11 月。

〔清〕金聖歎批註：《才子古文讀本》，臺北：老古出版社，1981 年 8 月。

〔清〕金聖歎著，陸林輯校整：《金聖歎全集》，南京：鳳凰出版社，2008 年 12 月。

〔清〕汪琬著：《汪琬全集箋校》，北京：人民文學出版社，2010 年 1 月。

〔清〕查培繼輯：《詞學全書》，臺北：廣文書局，1971 年 7 月。

〔清〕林雲銘評註：《古文析義》，臺北：廣文書局，1976 年 10 月。

〔清〕呂留良輯，〔清〕呂葆中批點：《晚邨先生八家古文精選》，北京：
　　北京出版社，清康熙呂氏家塾刻本，2005 年 8 月。

〔清〕張伯行著：《道統錄》，臺北：藝文印書館，百部叢書集成：正誼堂
　　全書，第 13 函，1966 年。

〔清〕張伯行編：《濂洛關閩書》，臺北：藝文印書館，百部叢書集成：正
　　誼堂全書，第 15 函，1966 年。

〔清〕張伯行評：《唐宋八大家文鈔》，臺北：藝文印書館，百部叢書集
　　成：正誼堂全書，第 19 函，第 1 冊，1966 年。

〔清〕余誠評：《古文釋義：《古文觀止》姊妹篇》，長沙：嶽麓書社，
　　2003 年 1 月。

〔清〕吳楚材、吳調侯評：《評註古文觀止》，臺北：廣文書局，1981 年 12
　　月。

〔清〕過珙評：《古文評註全集》，臺北：宏業書局，1979 年 10 月。

〔清〕何焯著：《義門讀書記》，臺北：臺灣商務印書館，景印文淵閣四庫
　　全書，第 860 冊，子部，第 166 冊，1983 年 6 月。

〔清〕和碩輯，〔清〕方苞評：《古文約選》，臺北：臺灣中華書局，1969
　　年 3 月。

〔清〕陳景雲著：《柳集點勘》，臺北：新文豐出版公司，叢書集成續編
　　本，文學類第 183 冊，1989 年 7 月。

〔清〕沈德潛評點、〔日〕嶋田正幹纂評：《纂評唐宋八大家文讀本》，京
　　都：嵩山堂，1887 年 6 月。

〔清〕沈德潛編、〔日〕毅遠叔評：《唐宋八家文》，臺北：新文豐出版公
　　司，漢文大系第 3-4 冊，1978 年 10 月。

〔清〕厲鶚著：《宋詩紀事》，臺北：臺灣商務印書館，景印文淵閣四庫全
　　書，第 1485 冊，集部，1983 年 6 月。

〔清〕陳宏謀著：《五種遺規：教女遺規》，臺北：臺灣中華書局，1962 年
　　5 月。

〔清〕愛新覺羅弘曆著：《御製文二集》，上海：上海古籍出版社，清代詩
　　文集彙編，清乾隆嘉慶武英殿刻本，2010 年 12 月。

〔清〕愛新覺羅弘曆選輯：《唐宋文醇》，臺北：臺灣中華書局，1984 年 12

月。

〔清〕袁枚著：《袁枚全集》，南京：江蘇古籍出版社，1993 年 9 月。

〔清〕姚鼐輯，王文濡評註：《評註古文辭類纂》，臺北：華正書局，2004 年 9 月。

〔清〕永瑢、〔清〕紀昀等撰：《四庫全書總目提要》，臺北：臺灣商務印書館，1983 年 10 月。

〔清〕何文煥編：《歷代詩話》，臺北：木鐸出版社，1982 年 2 月。

〔清〕王文誥著：《蘇文忠公詩編注集成總案》，臺北：學海出版社，1991 年 9 月。

〔清〕徐松輯：《宋會要輯稿》，北京：中華書局，2006 年 2 月。

〔清〕劉開著：《劉孟塗集》，上海：上海古籍出版社，《續修四庫全書》第 1510 冊，影印道光六年（1826）姚氏檗山草堂刻本，2002 年 3 月。

〔清〕曾國藩著：《求闕齋讀書錄》，臺北：廣文書局，1969 年 1 月。

〔清〕曾國藩著：《經史百家雜鈔》，臺北：弘道文化事業公司，原刻本校刊，1976 年 9 月。

〔清〕劉熙載著：《藝概》，臺北：廣文書局，1969 年 4 月。

〔清〕郭慶藩編、王孝魚整理：《莊子集釋》，臺北：木鐸出版社，1982 年 9 月。

〔清〕李扶九編選、〔清〕黃紱麟書後：《古文筆法百篇》，臺北：文津出版社，1978 年 11 月。

丁福保編：《歷代詩話續編》，臺北：木鐸出版社，1988 年 7 月。

常振國、降雲編：《歷代詩話論作家》，臺北：黎明文化事業公司，1993 年 9 月。

王水照編：《歷代文話》，上海：復旦大學出版社，2007 年 11 月。

吳鋼主編：《全唐文補遺》，西安：三秦出版社，1995 年 5 月。

金啟華、張惠民、王恆展、張宇聲、王增學編：《唐宋詞集序跋匯編》，臺北：臺灣商務印書館，1993 年 2 月。

《中華大典》工作委員會編纂：《中華大典‧文學典‧宋遼金元文學分典》，南京：江蘇古籍出版社，1999 年 9 月。

陶秋英編選：《宋金元文論選》，北京：人民文學出版社，1984 年 11 月。

北京大學古文獻研究所主編：《全宋詩》，北京：北京大學出版社，1991 年
　　7 月-1998 年 12 月。

郭紹虞輯：《宋詩話輯佚》，臺北：華正書局，1981 年 12 月。

唐圭璋輯：《詞話叢編》，臺北：廣文書局，1980 年 9 月。

曾棗莊、劉琳主編：《全宋文》，上海：上海辭書出版社，合肥：安徽教育
　　出版社，2006 年 8 月。

上海師範大學古籍整理研究所編：《全宋筆記》，鄭州：大象出版社，2003
　　年 10 月。

祝尚書編：《宋集序跋彙編》，北京：中華書局，2010 年 7 月。

潘重規編著：《敦煌變文集新書》，臺北：中國文化大學中文研究所敦煌學
　　研究會，1983 年 7 月。

羅聯添編：《韓愈古文校注彙輯》，臺北：國立編譯館，2003 年 6 月。

洪本健編：《歐陽脩資料彙編》，北京：中華書局，1995 年 5 月。

四川大學中文系唐宋文學研究室編：《蘇軾資料彙編》，北京：中華書局，
　　1994 年 4 月。

曾棗莊、曾濤編：《蘇文彙評》，臺北：文史哲出版社，1998 年 6 月。

辛更儒編：《辛棄疾資料彙編》，北京：中華書局，2005 年 10 月。

王鎮遠、鄔國平編選：《清代文論選》，北京：人民文學出版社，1999 年 1
　　月。

二、近人論著

中國蘇軾研究學會編：《中國第十屆蘇軾研討會論文集》，濟南：齊魯書社
　　1999 年 3 月。

孔凡禮：《蘇軾年譜》，北京：中華書局，1998 年 2 月。

孔凡禮：《三蘇年譜》，北京：北京古籍出版社，2004 年 10 月。

仇小屏：《呂祖謙《古文關鍵》文章論研究》，臺北：萬卷樓圖書公司，
　　2010 年 6 月。

王水照：《唐宋文學論集》，濟南：齊魯書社，1984 年 7 月。

王水照選注：《蘇軾選集》，臺北：群玉堂出版公司，1991 年 9 月。

王水照：《蘇軾論稿》，臺北：萬卷樓圖書公司，1994 年 12 月。

王水照主編：《宋代文學通論》，開封：河南大學出版社，1997 年 6 月。

王水照、朱剛：《蘇軾評傳》，南京：南京大學出版社，2004 年 9 月。

王次澄：《宋遺民詩與詩學》，北京：中華書局，2011 年 2 月。

王保珍：《增補蘇東坡年譜會證》，臺北：臺灣大學文學院《文史叢刊》之
　　27，1969 年 6 月。

王國維著，滕咸惠校注：《人間詞話新注》，臺北：里仁書局，1994 年 11
　　月。

王基倫：《唐宋古文論集》，臺北：里仁書局，2001 年 10 月。

王葆心：《古文辭通義》，臺北：臺灣中華書局，1984 年 4 月。

王葆心編撰，熊禮匯標點：《古文辭通義》，武漢：武漢大學出版社，2008
　　年 10 月。

王夢鷗：《唐人小說研究：纂異記與傳奇校釋》，臺北：藝文印書館，1997
　　年 6 月。

包敬第、陳文華注譯：《曾鞏散文選》，香港：三聯書店，1990 年 7 月。

朱立元：《接受美學導論》，合肥：安徽教育出版社，2004 年 11 月。

朱東潤等：《中國文學批評家與文學批評(三)》，臺北：臺灣學生書局，
　　1971 年 10 月。

何寄澎：《唐宋古文新探》，臺北：大安出版社，1990 年 5 月。

何寄澎：《北宋的古文運動》，臺北：幼獅文化事業公司，1992 年 8 月。

余英時：《朱熹的歷史世界》，北京：生活·讀書·新知三聯書店，2004 年
　　8 月。

吳小林：《唐宋八大家》，臺北：里仁書局，1999 年 12 月。

吳雪濤：《蘇文繫年考略》，呼和浩特：內蒙古教育出版社，1990 年 2 月。

呂思勉：《宋代文學》，香港：商務印書館，1964 年 3 月。

成復旺等：《中國文學理論史(二)》，北京：北京出版社，1991 年 9 月。

李之亮：《歐陽脩集編年箋注》，成都：巴蜀書社，2007 年 12 月。

李道英：《唐宋古文研究》，北京：北京師範大學出版社，1992 年 5 月。

杜海軍：《呂祖謙文學研究》，北京：學苑出版社，2003 年 7 月。

狄其驄、王汶成、凌晨光：《文藝學新論》，濟南：山東教育出版社，2001
　　年 7 月。

林非主編：《中國散文大辭典》，鄭州：中州古籍出版社，1997 年 6 月。

林紓：《畏廬論文等三種》，臺北：文津出版社，1978 年 7 月。

林崗：《明清之際小說評點學之研究》，北京：北京大學出版社，1999 年 1 月。

林逸：《宋歐陽文忠公脩年譜》，臺北：臺灣商務印書館，新編中國名人年譜集成第 9 輯，1980 年 6 月。

金中樞：《宋代學術思想研究》，臺北：幼獅文化事業公司，1989 年 3 月。

姚永樸：《文學研究法》，臺北：新文豐出版公司，1979 年 8 月。

姜濤：《古代散文文體概論》，太原：山西人民出版社，1990 年 6 月。

柯慶明：《中國文學的美感》，臺北：麥田出版公司，2005 年 12 月。

洪本健：《宋文六大家活動編年》，上海：華東師範大學出版社，1993 年 12 月。

胡適選註：《詞選》，臺北：臺灣商務印書館，1975 年 5 月。

胡經之、王岳川：《文藝學美學方法論》，北京：北京大學出版社，1994 年 10 月。

胡傳志：《宋金文學的交融與演進》，北京：北京大學出版社，2013 年 3 月。

韋賓：《宋元畫學研究》，蘭州：甘肅人民出版社，2009 年 3 月。

夏傳才：《思無邪齋文鈔》，北京：學苑出版社，2002 年 9 月。

孫琴安：《中國評點文學史》，上海：上海社會科學院出版社，1999 年 6 月。

孫欽善、曾棗莊、安平秋、倪其心、劉琳主編：《國際宋代文化研討會論文集》，成都：四川大學出版社，1991 年 10 月。

祝尚書：《宋代文學探討集》，鄭州：大象出版社，2007 年 12 月。

祝尚書：《北宋古文運動發展史》，北京：北京大學出版社，2012 年 2 月。

祝尚書：《宋元文章學》，北京：中華書局，2013 年 9 月。

袁行霈主編：《中國文學史》，臺北：五南圖書公司，2003 年 1 月。

高步瀛選注：《唐宋文舉要》，臺北：漢京文化事業公司，1984 年 5 月。

張健：《朱熹的文學批評研究》，臺北：臺灣商務印書館，1969 年 11 月。

張劍、呂肖奐、周揚波：《宋代家族與文學研究》，北京：中國社會科學出

版社，2009 年 9 月。

張毅：《宋代文學思想史》，北京：中華書局，1995 年 4 月。

張毅主編：《宋代文學研究》，北京：北京出版社，2001 年 12 月。

張伯偉：《中國古代文學批評方法研究》，北京：中華書局，2006 年 1 月。

張其凡：《宋初政治探研》，廣州：暨南大學出版社，1995 年 10 月。

張高評：《宋詩之新變與代雄》，臺北：洪葉文化事業公司，1995 年 9 月。

張智華：《南宋的詩文選本研究》，北京：北京師範大學出版社，2002 年 6 月。

梅新林、俞樟華：《中國遊記文學史》，上海：學林出版社，2004 年 12 月。

章培恆、駱玉明：《中國文學史》，上海：復旦大學出版社，1996 年 3 月。

章培恆、王靖宇：《中國文學評點研究論集》，上海：上海古籍出版社，2002 年 12 月。

莫礪鋒：《朱熹文學研究》，南京：南京大學出版社，2000 年 5 月。

許錟輝主編：《解惑篇》臺北：：萬卷樓圖書公司，1993 年 6 月。

郭紹虞編：《中國歷代文論選》，臺北：木鐸出版社，1980 年 5 月。

郭紹虞：《中國文學批評史》，臺北：文史哲出版社，1982 年 9 月。

郭紹虞：《照隅室古典文學論集》，臺北：丹青圖書公司，1985 年 10 月。

郭預衡主編：《中國古代文學史長編・宋遼金卷》，北京：首都師範大學出版社，2000 年 9 月。

郭預衡：《中國散文史》，上海：上海古籍出版社，2000 年 3 月。

陳步編：《陳石遺集》，福州：福建人民出版社，2001 年 1 月。

陳新、杜維沫選注：《歐陽脩選集》，上海：上海古籍出版社，1986 年 4 月。

陳幼石：《韓柳歐蘇古文論》，上海：上海文藝出版社，1983 年 5 月。

陳必祥：《古代散文文體概論》，臺北：文史哲出版社，1987 年 10 月。

陳平原：《中國小說敘事模式的轉變》，北京：北京大學出版社，2010 年 1 月。

陳美延、陳琉求主編：《陳寅恪集》，北京：三聯書店，2001 年 7 月。

陳弱水：《唐代文士與中國思想的轉型》，桂林：廣西師範大學出版社，2009 年 10 月。

陳萬益：《金聖歎文學批評考述》，臺北：臺灣大學文學院，《文史叢刊》
　　之 42，1976 年 6 月。

陳曉芬：《傳統與個性：唐宋六大家與儒佛道》，上海：上海古籍出版社，
　　2002 年 8 月。

傅樂成：《漢唐史論集》，臺北：聯經出版公司，1977 年 9 月。

馮書耕、金仞千：《古文通論》，臺北：國立編譯館中華叢書編審委員會，
　　1979 年 4 月。

彭亞非：《中國正統文學觀念》，北京：社會科學文獻出版社，2007 年 5
　　月。

曾棗莊、舒大剛：《北宋文學家年譜》，臺北：文津出版社，1999 年 6 月。

曾棗莊：《唐宋文學研究》，成都：巴蜀書社，1999 年 10 月。

曾棗莊：《宋文通論》，上海：上海人民出版社，2008 年 12 月。

曾棗莊、吳洪編：《宋代文學編年史》，南京：鳳凰出版社，2010 年 4 月。

程千帆著、張伯偉編：《程千帆詩論選集》，太原：山西人民出版社，1990
　　年 11 月。

程千帆、吳新雷：《兩宋文學史》，上海：上海古籍出版社，1991 年 2 月。

葉百豐：《韓昌黎文彙評》，臺北：正中書局，1990 年 2 月。

葉嘉瑩：《唐宋詞名家論集》，臺北：國文天地雜誌社，1987 年 11 月。

楊義：《中國敘事學》，嘉義：南華管理學院，1998 年 7 月。

楊慶存：《宋代散文研究（增訂版）》，北京：人民文學出版社，2002 年 9
　　月。

楊慶存：《宋代文學論稿》，上海：復旦大學出版社，2007 年 3 月。

葛曉音：《漢唐文學的嬗變》，北京：北京大學出版社，1990 年 11 月。

鄔國平：《中國古代接受文學與理論》，哈爾濱：黑龍江人民出版社，2005
　　年 11 月。

鄒同慶、王宗堂著：《蘇軾詞編年校注》，北京：中華書局，2002 年 9 月。

漆俠：《宋學的發展和演變》，石家莊：河北人民出版社，2002 年 10 月。

劉石：《論蘇軾與佛教》，高雄：佛光山文教基金會，《中國佛教學術論
　　典》第 38 冊，2001 年 6 月。

劉大杰：《中國文學發展史》，臺北：華正書局，1996 年 7 月。

劉子健：《歐陽脩的治學與從政》，臺北：新文豐出版公司，1984 年 10 月。

劉子健：《中國轉向內在：兩宋之際的文化轉向》，南京：江蘇人民出版社，2012 年 1 月。

劉文源編：《廬陵文章耀千古：全國首屆歐陽脩學術討論會論文集》，南昌：百花洲文藝出版社，1999 年 10 月。

劉少雄：《會通與適變──東坡以詩為詞論題新詮》，臺北：里仁書局，2006 年 3 月。

劉若愚：《歐陽脩研究》，臺北：臺灣商務印書館，1989 年 5 月。

劉昭明：《蘇軾與章惇關係考──兼論相關詩文與史事》，新文豐出版公司，2011 年 6 月。

劉昭明主編：《文與哲・臺灣南區大學中文系策略聯盟學術論叢》，高雄：國立中山大學中國文學系，2014 年 6 月。

劉復生：《北宋中期儒學復興運動》，臺北：文津出版社，1991 年 7 月。

劉德清：《歐陽脩紀年錄》，上海：上海古籍出版社，2006 年 7 月。

歐陽炯：《呂本中研究》，臺北：文史哲出版社，1992 年 6 月。

蔡方鹿：《朱熹經學與中國經學》，北京：人民出版社，2004 年 4 月。

蔡世明：《歐陽脩的生平與學術》，臺北：文史哲出版社，1986 年 9 月。

褚斌杰：《中國古代文體概論》，北京：北京大學出版社，1992 年 8 月。

鄭騫編註：《詞選》，臺北：中國文化大學出版部，1982 年 2 月。

鄭騫校注：《稼軒詞校注附詩文年譜》，臺北：臺大出版中心，2013 年 1 月。

鄭樹森編：《現象學與文學批評》，臺北：東大圖書公司，1984 年 7 月。

錢穆：《中國學術思想史論叢(四)》，臺北：東大圖書公司，1978 年 1 月。

錢穆：《中國史學名著》，臺北：三民書局，1984 年 1 月。

錢穆：《朱子學提綱》，臺北：東大圖書公司，1986 年 1 月。

錢鍾書：《宋詩選註（增訂本）》，臺北：書林出版公司，1990 年 9 月。

繆鉞：《詩詞散論》，臺北：開明書店，1953 年 11 月。

謝敏玲：《蘇軾史論散文研究》，臺北：萬卷樓圖書公司，2000 年 5 月。

龍協濤：《讀者反應理論》，臺北：揚智文化事業公司，1997 年 3 月。

羅立剛：《宋元之際的哲學與文學》，上海：復旦大學出版社，1999 年 6

月。

羅立剛：《史統、道統、文統——論唐宋時期文學觀念的轉變》，上海：東
　　方出版中心，2005 年 5 月。

羅宗強：《隋唐五代文學思想史》，上海：上海古籍出版社，1986 年 8 月。

羅根澤：《中國文學批評史》，臺北：學海書局，1990 年 2 月。

羅聯添教授八秩晉五壽慶論文集編輯委員會：《羅聯添教授八秩晉五壽慶論
　　文集》，臺北：臺灣學生書局，2011 年 11 月。

嚴杰：《歐陽脩年譜》，南京：南京出版社，1993 年 11 月。

龔鵬程：《文學批評的視野》，臺北：大安出版社，1990 年 1 月。

外文專書

〔日〕兒島獻吉郎著、孫俍工譯：《中國文學通論》，臺北：臺灣商務印書
　　館，2004 年 5 月。

〔法〕西蒙・波娃（Simone de Beauvoir）著，歐陽子譯：《第二性》，臺
　　北：志文出版社，1996 年 10 月。

〔美〕包弼德（Peter K. Bol）著、劉寧譯：《斯文：唐宋思想的轉型》，南
　　京：江蘇人民出版社，2001 年 1 月。

〔美〕浦安迪（Plaks, Andrew H.）：《中國敘事學》，北京：北京大學出版
　　社，1995 年 11 月。

〔美〕艾朗諾（Ronald C. Egan）：*The Literary works of Ou-yang Hsiu*, London:
　　Cambridge University Press, 1984.

〔韓〕黃一權：《歐陽脩散文研究》，上海：華東師範大學出版社，2003 年
　　11 月。

三、期刊論文

方元珍：〈論東坡「以詩為詞」與稼軒「以文為詞」之關係，《空大人文學
　　報》，第 4 期，1995 年 1 月。

王水照：〈歐陽脩散文創作的發展道路〉，《社會科學戰線》，1991 年第 1
　　期。

王文龍：〈論蘇軾的以學問為詞〉，《樂山師範學院學報》，第 20 卷第 4

期，2005 年 4 月。

王明珂：〈集體歷史記憶與族群認同〉，《當代》，第 91 期，1993 年 11 月。

王基倫：〈《易》與柳宗元古文表現風格之關係析論〉，《師大國文學報》，第 31 期，2002 年 6 月。

衣若芬：〈歐陽脩〈六一居士傳〉與蘇軾〈書六一居士傳後〉〉，《輔仁國文學報》，第 12 集，1996 年 8 月。

何寄澎：〈唐文新變論稿（一）──記體的成立與開展〉，《臺大中文學報》，第 28 期，2008 年 6 月。

吳政翰：〈歐陽脩詞淺探〉，《南臺科技大學學報》，第 31 期，2006 年 12 月。

李定廣、陳學祖：〈試論「稼軒式用典」的美學意蘊〉，《江淮論壇》，2003 年第 2 期。

李家欣：〈論辛棄疾「以文為詞」的得失〉，《武漢教育學院學報》，1987 年第 3 期。

李慕如：〈東坡詩文中道家道教思想之玄蘊〉，《中國學術年刊》，第 18 期，1997 年 3 月。

洪本健：〈歐陽脩天聖學韓：北宋「文學自覺」的重要標誌〉，《華東師範大學學報》，2009 年第 3 期。

洪本健：〈兩宋文壇由宗歐向宗歐與宗蘇並重的演變及其意義〉，《滁州學院學報》，第 13 卷第 3 期，2011 年 6 月。

柳立言：〈何謂「唐宋變革」？〉，《中華文史論叢》，2006 年第 1 期。

胡楚生：〈〈稼說送張琥〉中「不幸」宜作何解？〉，《國文天地》第 35 期，1988 年 4 月。

高禎臨：〈金聖歎小說戲曲情節美學分析〉，《東海大學文學院學報》，第 47 卷，2006 年 7 月。

孫佳嶷：〈仁政思想與文學風格的傳承──從〈刑賞忠厚之至論〉說起〉，《北京教育學院學報》，第 20 卷第 4 期，2006 年 12 月。

馬茂軍：〈西京幕府中的尹洙與歐陽脩〉，《松遼學刊》，1997 年第 1 期，總第 76 期。

莫礪鋒：〈從蘇詩蘇詞異同看蘇軾「以詩為詞」〉，《中國文化研究》，2002 年，夏之卷。

郭預衡：〈北宋文章的兩個特徵〉，《社會科學戰線》，1985 年 3 期。

陳莉：〈金聖歎小說評點影響簡述〉，《新鄉學院學報》，第 23 卷第 3 期，2009 年 6 月。

陳學祖：〈主體品性的定格和物化——論稼軒詞美與用典〉，《新疆大學學報》2002 年第 4 期。

曾子魯：〈略論蘇軾「記」體散文的藝術特色〉，《西北師院學報》，1986 年 4 期，1986 年 10 月。

程自信：〈淺論辛棄疾的婉約詞〉，《江淮論壇》，1998 年第 6 期。

葉國良：〈唐代墓誌考釋八則〉，《臺大中文學報》，第 7 期，1995 年 4 月。

楊果：〈宋人墓誌中的女性形象解讀〉，《東吳歷史學報》，第 11 期，2004 年 6 月。

楊玉成：〈劉辰翁：閱讀專家〉，《國文學誌》，第 3 期，1999 年 6 月。

楊慶存：〈宋代散文體裁樣式的開拓與創新〉，《中國社會科學》，1995 年第 6 期。

葛兆光：〈「唐宋」抑或「宋明」——文化史和思想史研究視域變話的意義〉，《歷史研究》，2004 年第 1 期。

蓋琦紓：〈蘇門文人私人建物記之美學意涵〉，《漢學研究》，第 24 卷第 1 期，2006 年 6 月。

　少雄：〈歐陽脩雜記文的思想內涵與表現特色〉，《中國文學研究》，第 1 期，1987 年 5 月。

劉靜貞：〈女無外事？——墓誌碑銘中所見北宋士大夫社會秩序理念〉，《婦女與兩性學刊》，第 4 期，1993 年 3 月。

劉靜貞：〈歐陽脩筆下的宋代女性——對象、文類與書寫期待〉，《臺大歷史學報》，第 32 期，2003 年 12 月。

劉靜貞：〈北宋前期墓誌書寫活動初探〉，《東吳歷史學報》，第 11 期，2004 年 6 月。

劉燕儷：〈唐代家訓中的夫妻關係及其源流〉，《嘉南學報》，第 32 期，

2006 年 12 月。

鄭柏彥：〈中國古代文學史源流論述中的「文統」與「道統」〉，《興大人文學報》，第 45 期，2010 年 12 月。

謝敏玲：〈蘇軾〈醉白堂記〉之「以論為記」試探〉，《淡江人文社會學刊》，第 26 期，2006 年 6 月。

顏崑陽：〈論宋代「以詩為詞」現象及其在中國文學史論上的意義〉，《東華人文學報》，第 2 期，2000 年 7 月。

羅聯添：〈論韓愈古文幾個問題〉，《漢學研究》，第 9 卷第 2 期，1991 年 12 月。

竇玉璽：〈論辛詞起句的造思〉，《古典文學知識》，1999 年第 2 期。

〔日〕中原健二：〈夫と妻のあいだ——宋代文人の場合〉，《中華文人生活》，1994 年 1 月，平凡社。

〔美〕艾朗諾（Ronald C. Egan）著，王宜瑗譯：〈歐陽脩日常性散文的特徵〉，《古典文學知識》，第 39 期，1991 年第 6 期。

李卓穎、〔美〕蔡涵墨（Charles Hartman）："A Newly Discovered Inscription by Qin Gui: Its Implications for the History of Song Daoxue", *Harvard Journal of Asiatic Studies* 70.2(2010.12):pp.387-448。邱逸凡譯：〈新近面世之秦檜碑記及其在宋代道學史中的意義〉，《宋史研究論叢》，第 12 輯（姜錫東編，河北大學出版社），2011 年 12 月。

四、學位論文

張秀惠：《南宋古文評點研究》，臺北：國立政治大學中國文學研究所，碩士論文，1987 年 5 月。

許秋碧：《歐陽脩著述考》，臺北：政治大學中國文學研究所，碩士論文，1976 年 6 月。

國家圖書館出版品預行編目資料

宋代文學論集

王基倫著. – 初版. – 臺北市：臺灣學生，2016.03
面；公分：

ISBN 978-957-15-1697-4 (平裝)

1. 宋代文學 2. 文學評論 3. 文集

820.905   105002616

宋代文學論集

著　作　者：王　　　　基　　　　倫
出　版　者：臺 灣 學 生 書 局 有 限 公 司
發　行　人：楊　　　　雲　　　　龍
發　行　所：臺 灣 學 生 書 局 有 限 公 司
　　　　　　臺北市和平東路一段七十五巷十一號
　　　　　　郵 政 劃 撥 帳 號：00024668
　　　　　　電　話：(02)23928185
　　　　　　傳　眞：(02)23928105
　　　　　　E-mail：student.book@msa.hinet.net
　　　　　　http：//www.studentbook.com.tw
本書局登
記證字號：行政院新聞局局版北市業字第玖捌壹號
印　刷　所：長 欣 印 刷 企 業 社
　　　　　　新北市中和區中正路九八八巷十七號
　　　　　　電　話：(02)22268853

定價：新臺幣六五○元

二 ○ 一 六 年 三 月 初 版

82044
ISBN 978-957-15-1697-4 (平裝)